Harper
Collins

Juan Francisco Ferrándiz

Die Kathedrale des Himmels

Roman

Aus dem Spanischen von
Lisa Grüneisen

HarperCollins

HarperCollins®

FSC
MIX
Papier
FSC® C014496

1. Auflage: September 2019
Deutsche Erstausgabe

Originaltitel: »La Tierra Maldita«
Erschienen bei: Penguin Random House Grupo Editorial, S. A. U.

Published by arrangement with
Penguin Random House, Barcelona

Umschlaggestaltung: zero-media.net, München
Umschlagabbildung: akg-images / Bildarchiv Monheim,
Basilika Kloster Eberbach
Lektorat: Anna Koliska
Satz: GGP Media GmbH, Pößneck
Printed in Germany
Dieses Buch wurde auf FSC®-zertifiziertem Papier gedruckt.
ISBN 978-3-95967-339-6

www.harpercollins.de

Werden Sie Fan von HarperCollins Germany auf Facebook!

Für meinen Sohn Marc,
Bewohner von tausend Welten.
Wir trinken gemeinsam aus
derselben Quelle der Inspiration –
möge sie niemals versiegen.
Danke für die Heldentaten
und Abenteuer, die du immer
vorschlägst.

Es gibt bestimmte Epochen in der Geschichte, an die man aufgrund der mangelnden Quellenlage nur herangehen kann, indem man von vornherein akzeptiert, dass man sich auf unsicherem Boden bewegt, und sich darüber im Klaren ist, dass man womöglich einem Irrtum unterliegt. Wenn wir durch ein Wunder tausend Jahre in der Zeit zurückgehen könnten, um die Menschen und Ereignisse, von denen wir sprechen, mit eigenen Augen zu sehen, hätten die Realität und die Imagination, die wir geschaffen haben, womöglich wenig gemeinsam, und wir würden die größten Überraschungen erleben.

Ramon d'Abadal, *Els primers comtes catalans*
(Die ersten Grafen Kataloniens)

Prolog

Kloster Santa Afra, nördlich von Girona

Es stürmte in jener Nacht, in der die beiden Kinder das bescheidene Kloster erreichten. Schutz suchend kauerten sie sich auf dem Friedhof hinter einen Grabstein. Ganz in der Nähe heulten die Wölfe, die ihnen gefolgt waren.

In der steinernen Kapelle beteten fünf Mönche gerade die Komplet, als sie das Heulen vernahmen. Abt Adaldus fuhr mit den Gesängen fort, um die Dämonen der Nacht zu bannen, doch Bruder Rainart, der vor vielen Jahren erblindet war, erhob sich und verkündete, dass die verlorenen Seelen, die in der Gegend ihr Unwesen trieben, nicht in dieser Weise klagten.

Ängstlich gingen sie mit Fackeln nach draußen und schauten sich rings um die Kapelle um. Die Wölfe schnüffelten zwischen den Gräbern, der größte von ihnen riss drohend sein Maul auf. Die Mönche schwenkten die Fackeln, um sie zu verscheuchen, da entdeckten sie die Kinder hinter dem Grabstein. Der Junge mochte etwa sieben Jahre alt sein, das Mädchen nicht viel älter als drei. Ihre Gesichtszüge ähnelten einander, und ihr verfilztes Haar war vom gleichen schmutzigen Blond. Der Junge hatte schützend den Arm um die Kleine gelegt, die verängstigt wirkte. Sie richtete ihre tiefblauen Augen in die Dunkelheit, dorthin, wo die Wölfe verschwunden waren. Als sie die Männer sah, wimmerte sie leise, weinte aber nicht, was die Mönche ein wenig befremdete.

»Seid ihr verletzt?«, fragte der Abt besorgt.

Das Kleid des Mädchens war zerrissen, es sah aus, als hätten die Tiere es von hinten angefallen, doch die beiden schüttelten den Kopf. Die Mönche holten Decken, um sie darin einzuhüllen. Der Junge umklammerte einen Bogen aus Eibenholz, den er wohl kaum hätte spannen können. Die Geschwister waren entkräftet, ausgehungert und durchnässt, ihre Füße nach einem langen Marsch zerschunden – doch ihre zerschlissenen Gewänder bestanden aus feinstem Leinen. Ihre leeren Blicke zeugten von einer tragischen Geschichte; einer von vielen in diesem düsteren Landstrich.

»Sie scheinen von weit her zu kommen. Sie sind fast erfroren und sehr schwach!«

»Sie werden überleben«, sagte der alte Bruder Rainart, während er ihnen über die Köpfe streichelte. »Aus irgendeinem Grund hat Gott sie beschützt und hierhergeführt. Wer seid ihr?«

Die Kinder schwiegen. Erst nachdem die Mönche ihnen trockene Kleidung gegeben und zugesehen hatten, wie sie mehrere dicke Kanten Brot und ein paar Stücke alten Käse verschlangen, erhielten sie eine Antwort. Es grenzte an ein Wunder, dass die beiden es nach mehrtägiger Wanderung aus dem Herzen der Grafschaft Barcelona hierher geschafft hatten. Die kleine Gemeinschaft der Benediktinermönche nannte sie von nun an »Die Kinder der Erde«, um zu verbergen, dass es sich um Isembard und Rotel handelte, die Kinder Isembards von Tenes, des letzten Ritters der Mark. Er war während des blutigen Aufstands Wilhelms von Septimanien verschollen, nachdem dieser sich im Süden des Reichs erhoben und die Grafschaft Barcelona besetzt hatte, nicht ohne zuvor den rechtmäßigen Grafen zu ermorden.

Die Mönche wechselten düstere Blicke, während Isembard mit stockender Stimme ihre Geschichte erzählte und die schlimmsten Gerüchte bestätigte. Das Geschlecht der Tenes, einst in den Adelsstand erhoben, um die Spanische Mark an der südlichen Grenze des Fränkischen Reichs gegen die Sarazenen zu verteidigen, war untergegangen und zu einer dunklen Legende geworden. Von der Burg auf einem Felsen unweit des Flusses Tenes waren nur stumme Ruinen geblieben. Für lange

Zeit würde es kein Mensch wagen, dort den Boden zu bestellen oder auch nur eine alte Eiche zu fällen. Der Ort war verflucht.

Die Kinder berichteten auch von entsetzlichen Kreaturen in den Wäldern und grausamen Verbrechen in den entvölkerten Landstrichen. Bruder Rainart wirkte verzagt. Die Finsternis breitete sich in der verwüsteten Spanischen Mark aus – und niemand war da, um ihr Einhalt zu gebieten.

Erster Teil

Die Spanische Mark

Das Jahr 861

In der zweiten Hälfte des 9. Jahrhunderts wurde das Fränkische Reich unter den Enkeln Karls des Großen und deren Söhnen aufgeteilt. Nachdem die Land- und Staatsreformen des alten Kaisers gescheitert waren, zerfiel der Traum von einem mächtigen Großreich in Bruderzwist, Machthunger und Elend. Der Adel häufte im Gegenzug für seine Gefolgschaft und militärische Unterstützung Ländereien an, während zahlreiche Gefahren die Außengrenzen des untergehenden Reiches bedrohten: Das Ostfränkische Reich wurde von slawischen Horden bedrängt, Italien von den Sarazenen, und das westliche Frankenreich von den Normannen und dem Emirat von Córdoba.

Diese Bedrohungen betrafen vor allem die Grenzmarken, die von Grafen regiert wurden, die der König ernannte, um das Gebiet zu befrieden. Südlich der Pyrenäen, in jener Region, die zu Zeiten der Westgoten den Namen Gothien oder Septimanien trug, verteidigten die Grafschaften Barcelona, Osona, Girona, Ampurias, Cerdaña, Urgell, Pallars und Ribagorza die Grenze des Frankenreiches zum Emirat von Córdoba. Weder Karl dem Großen noch seinen Nachfolgern war es gelungen, in den neuen Gebieten im Süden zwischen den Flüssen Llobregat, Cardener und Segre eine stabile Herrschaft zu errichten. An der äußersten Grenze der Spanischen Mark, zwischen den dunklen Schatten der Trostlosigkeit und dem strahlend blauen Mittelmeer, leistete Barcelona als letzte Bastion des Reiches verzweifelten Widerstand.

Seit der Rückeroberung der Stadt im Jahr 801 vom Emirat von Córdoba hatte Barcelona mehr als sieben zerstörerische Angriffe durch die Sarazenen erlitten, die über den Llobregat einfielen, um Dörfer, Klöster und Felder in den Grafschaften Barcelona und Osona zu verwüsten. Die trutzige römische

Stadtmauer des antiken Barcino wurde zum Schutz der knapp 1500 Einwohner verstärkt, doch die ständigen Belagerungen hatten zur Folge, dass ein Großteil der westgotischen Bebauung innerhalb der Stadtmauern Nutzgärten und Feldern weichen musste, da eine Bestellung des Landes außerhalb der Mauern kaum möglich war.

Den Herrschenden war bewusst, dass es eine große Gefahr für das Reich darstellte, die Spanische Mark ihrem Schicksal zu überlassen, doch die Zwistigkeiten zwischen den Nachkommen Karls des Großen führten dazu, dass sich der dunkle Schleier des Vergessens über die entlegene Grenzregion senkte. Entsetzliche Geschichten waren von dort zu hören, welche die Bewohner des Reiches erschütterten. Barcelona und die Spanische Mark waren ein furchtbarer Ort.

Im Juni des Jahres 860 trafen sich die drei Karolingerherrscher – Nachfahren Karls des Großen –, um sich über die Machtbereiche des Fränkischen Reichs zu einigen und Konflikte beizulegen. Im Frieden von Koblenz kamen sie überein, dass Karl der Kahle, der Sohn Ludwigs des Frommen und seiner zweiten Frau Judith, das westliche Frankenreich behielt, Ludwig der Deutsche, der Sohn Ludwigs des Frommen und seiner ersten Frau Irmingard, die Gebiete östlich des Rheins. Lothar II. behielt das Gebiet Lotharingien, einen breiten Landstreifen, der von der Nordsee bis zu den Alpen reichte. Sein Bruder Ludwig II., der nicht anwesend war, durfte weiterhin über Italien herrschen und den Kaisertitel tragen.

Doch im Jahr 861 geriet das Machtgefüge erneut ins Wanken, als Lothar II. seine Frau Theutberga verstieß, die aus der mächtigen Familie der Bosoniden stammte und eine Vertraute Karls des Kahlen war. Der fränkische Adel war empört. Wieder kam es zum Konflikt zwischen den Karolingern; Truppen wurden bewegt, Vieh wurde konfisziert, die Felder lagen brach.

Nachdem der fränkische Graf Humfried von Gothien, Herr über Barcelona, Girona, Ampurias und Rosellón, im Jahr 857 einen Waffenstillstand mit dem Wali von Saragossa geschlossen hatte und sich daranmachte, die Küste gegen die Normannen zu verteidigen, erlebten Barcelona und die Spanische Mark eine kurze Zeit des Friedens. Doch als Humfried im Konflikt um Theutberga König Karl dem Kahlen zu Hilfe kam, nutzten die Sarazenen das Machtvakuum, und Barcelona erlebte 861 einen erneuten Überfall, bei dem Felder und Vorstädte verwüstet wurden. Nur die Stadtmauer verhinderte das Schlimmste.

Derart bedrängt und von ihrem Grafen im Stich gelassen, die Felder verwüstet, der Handel am Boden, baten der Vizegraf und die Adligen von Barcelona den König, wenigstens einen Bischof zu ernennen, der den vakanten Bischofssitz übernahm.

Die Aufgabe des Bischofs war es, seine Diözese zu verwalten und ein Gegengewicht zur gräflichen Macht herzustellen. Er erhielt einen Teil der Abgaben und besaß ein eigenes Siegel. Er war die letzte Hoffnung für Barcelona, bevor das Machtvakuum und die prekäre wirtschaftliche Situation zur vollständigen Aufgabe der Stadt führten, wie es zuvor bereits in Egara, Ausa und der nahen Stadt Ampurias geschehen war, der ein Normannenangriff den Todesstoß versetzt hatte.

1

Reims, im Herbst

Frodoi, ein junger Geistlicher aus der Adelsfamilie Rairan in Reims, war mit seinen fünfundzwanzig Lebensjahren davon überzeugt, dass sein bisheriges Leben erst ein Vorgeschmack dessen gewesen war, was noch kommen sollte. Mit einem Kribbeln im Bauch sah er zu der bronzebeschlagenen Tür des Bischofssaals. Seit Monaten hoffte er auf eine Audienz bei Erzbischof Hinkmar, dem mächtigsten Kirchenmann des Frankenreichs und Ratgeber König Karls des Kahlen. Frodoi kannte den Erzbischof aus seiner Zeit an der Kathedralschule und konnte es kaum erwarten zu erfahren, welche hohe Ehre die Kirche für ihn bereithielt.

Die Familie Rairan war in den vergangenen Jahrzehnten im Dienst der Krone aufgestiegen. Frodois Vater fiel während des Aufstands Pippins in der Schlacht, und sein älterer Bruder kämpfte auf Seiten des Königs in Aquitanien gegen die Normannen. Außerdem hatten die Rairans den Abteien Nôtre Dame in Compiègne und Chelles Land übereignet, um das Wohlwollen des Bischofs zu gewinnen. Nach zwei Jahren Priestertum sah der junge Mann einer glanzvollen Karriere in der kirchlichen Kurie entgegen. Er stellte sich ein Bistum in der Nähe von Reims vor, mit Privilegien und Pfründen, abhängigen Bauern, die seine Ländereien bestellten, und Pfarrsprengeln, die ihm großen Gewinn einbrächten. Vielleicht konnte er sogar eine Kathedrale erbauen wie Hinkmar selbst, der seit zwanzig Jahren die Kathedrale von Reims erweitern ließ.

Die Türen des Saals öffneten sich, und Frodoi bezähmte seine Nervosität. Er bewunderte die drei Joche des Tonnengewölbes, das von schlanken, reich verzierten Marmorsäulen getragen wurde. Die schmalen Fenster ließen nur wenig Licht herein, in dem ein feiner Vorhang aus Staub schwebte. Kanoniker und Bischöfe wohnten der Audienz von den Rängen aus bei; ganz vorne im Saal saß auf einem silbernen, mit Edelsteinintarsien geschmückten Thron der mächtige Erzbischof von Reims mit seiner golddurchwirkten Mitra und dem Bischofsstab.

Andächtig küsste Frodoi den Ring des Prälaten. Die königliche Erscheinung des über fünfzigjährigen Hinkmar war beeindruckend. Der junge Priester hob den Blick zu dem gekreuzigten Christus, der über dem Raum schwebte. Er trug eine goldene Krone und blickte mit ausdruckslosem Gesicht geradeaus, als wäre ihm die Gegenwart der Anwesenden lästig.

»Mein Sohn«, sagte Hinkmar, »glaubst du daran, dass unser Erlöser am Kreuz gelitten hat?«

Frodoi erschrak. Seine Leistungen in Arithmetik waren herausragend gewesen, und er mochte die Geschichte der großen römischen und griechischen Staatsmänner, theologische Fragen hingegen langweilten ihn. Wenn er nicht präzise antwortete, lief er Gefahr, eine Häresie zu begehen, deshalb war er vorsichtig.

»Die Menschen sind es, die leiden sollten, wenn sie auf ewiges Leben hoffen.«

»Und ein Diener des Herrn, so wie wir, sollte der leiden wie jeder andere?«

Frodoi hielt Hinkmars bohrendem Blick stand. In dem angespannten Schweigen war das eine oder andere Räuspern von den Rängen der Kleriker zu vernehmen. Irgendetwas lief hier schief.

»Die Kirche ist dazu berufen, das Reich Gottes zu errichten, ihre Botschaft zu verbreiten und das Heidentum zurückzudrängen, das noch immer in der Erde wurzelt.« Je länger er sprach, desto sicherer wurde er, doch die Anspannung blieb.

»Ihre Hirten sollen die Vornehmen und Könige zu Treue und Gehorsam leiten. Wenn man dafür leiden muss, wird Gott es vergelten.«

»Du bist zielstrebig und ehrgeizig, Frodoi, das hast du bereits in der Kanonikerschule unter Beweis gestellt. Ich frage mich allerdings, ob diese Eigenschaften für einen Mann des Glaubens von Vorteil sind … Vielleicht hättest du Soldat werden sollen.«

»Ich habe den Ruf Gottes vernommen«, antwortete Frodoi. Ihm gefiel nicht, welche Richtung das Gespräch nahm. »Auch die Kirche braucht Stärke, um ihren Auftrag zu erfüllen.«

Hinkmar nickte zufrieden. Erleichtert wandte Frodoi sich um und warf den Bischöfen einen herausfordernden Blick zu. Er hatte die Befragung mit Bravour bestanden; vielleicht zog ihn der Erzbischof nun anderen Aspiranten vor.

»Du bist der Richtige«, schloss Hinkmar.

Frodoi neigte den Kopf, um zu hören, welche Ehre man ihm zuteilwerden ließ.

»Im Namen unseres Königs Karl und des Erzbischofs von Narbonne, Fredoldus, wirst du zum Bischof von Barcelona ernannt. Dort wirst du deine Diözese verwalten, den Bau der Kathedrale vollenden, mit dem Joan, einer deiner Vorgänger, begonnen hat, und die heilige Mission erfüllen, von der du mit solchem Eifer sprichst.«

Dem jungen Priester wurden die Knie weich. Die Stille im Saal machte deutlich, dass die Ernennung für keinen der anwesenden Kleriker überraschend kam. Er sah erneut zu ihnen herüber. Einige schienen applaudieren zu wollen. Noch wochenlang würden sie mit Schadenfreude an diesen Moment zurückdenken.

»Erzbischof … Die Spanische Mark?«, stammelte er.

Ein dunkler Schleier senkte sich auf seine Seele. Er wusste, dass Barcelona im äußersten Süden des Reiches vor sich hin kümmerte und in den letzten sechzig Jahren zahlreiche

Angriffe hatte erdulden müssen. Er erinnerte sich besonders an einen, von dem ihm sein Vater erzählt hatte, der daran beteiligt gewesen war: Im Jahr 843 hatte der König den aufsässigen Grafen Bernhard von Septimanien abgesetzt, worauf dieser sich erhoben hatte und schließlich enthauptet worden war. In der Spanischen Mark hatte man die Ernennung des neuen Grafen sehr begrüßt, eines in der Mark geborenen Goten namens Sunifred, der das verwüstete Land wieder besiedeln wollte, um der Region neuen Wohlstand zu bringen. Doch Bernhards Sohn Wilhelm von Septimanien, der als Geisel am königlichen Hof aufgewachsen war, sann auf Rache. Er gab sich königstreu und erhielt zahlreiche Titel, doch im Jahr 848 überrannte er die Gebiete südlich der Pyrenäen, die einmal seinem Vater gehört hatten, und tötete Graf Sunifred und seine Getreuen. Wilhelm harrte zwei Jahre aus, in denen sein Zorn immer größer wurde, bis er schließlich im Jahr 850 gemeinsam mit einem Heerführer der Sarazenen ins Herz der Grafschaft Barcelona vordrang. Danach zog er brandschatzend durch die Mark, bis er durch Graf Aleran von Troyes in Barcelona festgesetzt und hingerichtet wurde.

Seither hatte es einige Herren in der Grafschaft Barcelona gegeben, doch die Lage war düster und trostlos geblieben. Die Stadt war weiterhin Bischofssitz und Münzstätte, besaß aber kaum vierhundert Haushalte. Niemand wollte dort leben, und der aktuelle Graf, Humfried von Gothien, weilte weit entfernt beim König und seinem umherwandernden Hof.

»Wenn du das Angebot annimmst, erhältst du die Bischofsweihe und wirst dich unverzüglich auf den Weg machen«, fuhr Hinkmar fort. »Du wirst die gleichen Privilegien erhalten wie deine Vorgänger: Pfründe, Ländereien und Leibeigene. Für die Fertigstellung der Kathedrale stehen dir ein Drittel der Einnahmen aus der Münzstätte sowie ein ebensolcher Anteil an den Steuern auf alle Waren zur Verfügung, die auf dem Land- oder Seeweg ankommen. Doch deine vorrangige Aufgabe wird es sein, die mozarabischen Riten aus der Liturgie zu entfernen und die römische Messe einzuführen. Dort und nicht anderswo im Land werden Diener wie du gebraucht.«

Frodoi fühlte sich wie ein zum Tode Verurteilter. Der König hatte vor, ihn in die gefährlichste und verlassenste Gegend seines Herrschaftsgebiets zu entsenden, um ein paar feindselige Schäflein zu hüten, die sich von der französischen Krone im Stich gelassen fühlten.

»Dieses Land ist verflucht«, entfuhr es ihm.

Angesichts der trotzigen Antwort wurde es totenstill im Saal. Hinkmar warf den übrigen Prälaten einen verächtlichen Blick zu.

»Keiner der hier Anwesenden hätte das Zeug dazu«, erklärte er. »Aber ich weiß, dass du es kannst. Gott hat es mir offenbart. Nimmst du den Auftrag an?«

Niemand aus seiner Familie hatte eine Verfehlung begangen, die eine solche Strafe gerechtfertigt hätte. Deshalb vermutete Frodoi, dass rivalisierende Adelsfamilien sich verschworen hatten, um seinen Aufstieg zu verhindern. Einige Prälaten grinsten; manche von ihnen waren ebenso jung wie er und herrschten bereits in ihren Bistümern wie wahre Könige. Das Ganze ist eine Falle, schloss er wütend. Ein Adliger seines Standes würde sich niemals dazu herablassen, eine Diözese in der finstersten Weltgegend zu übernehmen, aber jeder wusste, dass eine Weigerung seinem Aufstieg in der Kirche ein Ende setzen würde.

»Nun?«

Frodoi wollte schon ablehnen, doch dann erinnerte er sich daran, was er beim Eintreten gedacht hatte. Sein Leben lang fühlte er sich zu Großem berufen, und dieses Gefühl hatte ihn auch nach Hinkmars beleidigendem Angebot nicht verlassen. Nicht immer sind die Wege des Allmächtigen gerade, sagte er sich, und noch hielt Barcelona stand.

»Ich nehme den Auftrag an.«

Das überhebliche Lächeln verschwand von den Gesichtern der Anwesenden. Frodoi sah herausfordernd zum Chorgestühl hinüber; diese Männer würden ihn niemals einen Feigling nennen können.

»Wenn es der Wille des Königs und der Kirche ist, werde ich der neue Bischof von Barcelona.«

Hinkmar beugte sich vor. In seinen Augen lag Stolz, auch wenn der Erzbischof dies zu verbergen versuchte.

»Bist du sicher? Es ist ein Land der Märtyrer.«

Hinkmar bezog sich auf die lange Liste von Bischöfen und Äbten, die in Gothien auf grausamste Weise ermordet worden waren. Niemand wusste genau, was seinem Vorgänger Bischof Adolf widerfahren war, aber man munkelte von einem blutigen Ende. Frodoi jedoch dachte nur an die Verblüffung, die er verursacht hatte.

»Wann soll ich aufbrechen?«

»Nach deiner Weihe wirst du nach Narbonne reisen und dich der Autorität Erzbischof Fredoldus' unterstellen. Danach brichst du zu deinem Bischofssitz auf. Die Herde ist seit Langem versprengt und braucht einen Hirten mit fester Hand. Uns ist zu Ohren gekommen, dass einige aufrührerische Geistliche, die den mozarabischen Riten anhängen, sich an unserem Besitz bereichern. Den sollst du zurückgewinnen.«

Frodoi bezweifelte, dass dies die schlimmsten Probleme waren, doch er sprach es nicht aus. Nach der Eitelkeit kam die Verunsicherung, aber Hinkmar war noch nicht fertig.

»Der junge Priester Jordi wird dich begleiten. Er ist in Barcelona geboren und wird dir im Umgang mit den schwierigen Goten eine Hilfe sein. Außerdem stelle ich dir meinen Beichtvater, den Benediktinermönch Servusdei, zur Seite. Er ist ein frommer und zudem weiser Mann, den du bereits von der Kanonikerschule kennst. Als Experte für Kirchenrecht wird er dich über die *Lex* und *Consuetudines* der Goten beraten. Servusdei wird dein wichtigster Ratgeber sein. Ich schätze ihn sehr und bedaure es aufrichtig, mich von ihm trennen zu müssen.«

Tatsächlich hatte Frodoi Unterricht bei Servusdei erhalten. Er erinnerte sich an ihn: ein hagerer Mann um die sechzig, der stets eine zerschlissene Kutte trug. Der gesamte Klerus hielt ihn für den besten Lehrer und Beichtvater.

»Ich danke Euch, mein Herr«, sagte Frodoi aufrichtig zum Erzbischof.

Ein Archidiakon flüsterte Hinkmar etwas ins Ohr, und dieser sah den jungen Geistlichen mitleidig an.

»Du sollst wissen, dass es kürzlich einen weiteren Sarazenenangriff auf Barcelona gab. Die Stadtmauer konnten sie nicht überwinden, aber sie haben die Vorstädte verwüstet. Viele Einwohner sind geflohen, die Bevölkerung ist dezimiert. In Abwesenheit von Graf Humfried wirst du gemeinsam mit dem derzeitigen Vizegraf Sunifred die höchste Autorität sein und dir den Respekt der Goten und Hispanier erwerben müssen.«

Frodoi nickte. Er haderte mit sich, weil er aus Hochmut auf das Angebot eingegangen war; womöglich war das der schlimmste Fehler seines Lebens. Er wollte den Saal so schnell wie möglich verlassen, bevor man seine Angst bemerkte. Doch auf dem Weg zur Tür kam ihm der Gedanke, dass es seine Position stärken würde, wenn noch andere mit ihm kämen. Deshalb wandte er sich mit einer Bitte an Hinkmar: »Erzbischof, ich bitte darum, dass der König mir gestatten möge, Siedler mitzunehmen und ihnen gegen Pacht Kirchenland anzubieten, wenn die fehlende Bevölkerung eines der Probleme ist. Es wäre gut, die Anzahl der romtreuen Christen zu erhöhen.«

»Wir werden darüber nachdenken«, antwortete der Kirchenmann.

Hinkmar war aus den Reihen des Adels stark unter Druck gesetzt worden, den jungen Priester zu vernichten, aber er hatte das Gefühl, dass Frodoi mit seinen Talenten Teil eines göttlichen Plans war, den er noch nicht verstand, und dass seine Reise zur Grenze nicht das Ende war. Das Rad der Geschichte drehte sich weiter, und aus diesem Gefühl heraus begann er erneut zu sprechen: »Gott will dich aus irgendeinem Grund dort unten sehen«, sagte er mit bebender Stimme. »Der Herr möge dich behüten und dir deinen Mut bewahren, denn du hast recht, Frodoi: Dieses Land ist verflucht.«

2

Bei Carcassonne

Elisia stand im Regen und strich sich das dunkle Haar aus der Stirn, den Blick auf das Grab ihres Großvaters gerichtet. Sie war siebzehn und blieb nun ohne jede Familie zurück.

Traurig sah sie zu, wie der Regen auf das Grab auf dem kleinen Friedhof neben der Kapelle Saint-Jacques fiel. Hinter ihr verließen die Trauergäste leise den Friedhof, damit sie ungestört von dem Verstorbenen Abschied nehmen konnte. Elisia bedauerte es, dass sie nicht schreiben konnte. Sie hätte gerne seinen Namen in den Grabstein gemeißelt: Lambert.

Im Hintergrund waren schemenhaft, da in grauen Nebel gehüllt, die Festung der Stadt und darunter die verwinkelte Vorstadt zu sehen, die sich bis zum Ufer der Aude zog. Zwischen diesen Fachwerkhäusern lag ihr Zuhause, Oterios Herberge, wo sie mit ihrem Großvater gewohnt und als Dienstmagd gearbeitet hatte, seit sie denken konnte. Mehr als einmal hatte Lambert ihr erzählt, dass sie die Tochter eines tapferen Soldaten sei, der unter dem Befehl des Grafen Berà II. in der Schlacht gefallen sei, und dem Mädchen lachend eine große Zukunft vorausgesagt. Doch als sie älter wurde, begriff Elisia, dass der Großvater sich diese Geschichte nur ausgedacht hatte, um eine Waise zu trösten, die schon als Sechsjährige in einer Schänke neben der Brücke arbeiten musste.

Ihre Eltern und Geschwister waren bei einem Brand in der Schänke ums Leben gekommen, als sie erst zwei Jahre alt gewesen war. Großvater und Enkelin teilten sich einen Verschlag mit dem übrigen Gesinde, und schon als kleines Mädchen half sie bei allen Arbeiten, die ihr Alter zuließ – vom Holzholen bis zum Ausbessern des Dachs und dem Bedienen bei Tisch.

Sie schufteten ohne Unterlass, und für den alten Oterio, den Wirt, waren sie Teil der Familie. Es war ein hartes Leben, aber es fehlte ihnen an nichts.

Obwohl sie eine Unfreie war, war Elisia glücklich in ihrer kleinen Welt. Ihre Zuversicht bewahrte sie davor, über ihr Los zu jammern. Sie hatte Carcassonne noch nie verlassen, aber sie lauschte gebannt den Geschichten der Händler und Pilger, die in der Herberge abstiegen. Sie staunte über die Abenteuer und Fährnisse, die diese auf ihren Reisen erlebten, und malte sich aus, was sie in solchen Situationen tun würde.

In einer Schänke aufzuwachsen hatte ihren Charakter gestärkt. Als sie zu einem jungen Mädchen mit sanften Mandelaugen, die beim Lächeln funkelten, herangewachsen war, wusste sie sich geschickt den begehrlichen Händen der Gäste zu entziehen und Schmeicheleien mit Humor zu erwidern. Immer wenn sie vor den bemoosten Grabsteinen ihrer Familie in Saint-Jacques stand, dankte sie Gott, dass sie ihren Großvater und ein Dach über dem Kopf hatte. Das war viel mehr, als andere in den Vorstädten besaßen.

In diesem Jahr war der Herbst mit Macht hereingebrochen, und mit ihm kam das Unglück. Als der alte Lambert vor zwei Tagen die dunklen Wolken gesehen hatte, war er auf das Dach der Herberge geklettert, um das Stroh festzuzurren. Von den entsetzten Schreien der anderen aufgeschreckt, war Elisia aus der Küche herbeigerannt und hatte Lambert neben der zerbrochenen Leiter liegen sehen. Sie konnte ihn nur noch weinend in ihren Schoß betten, während sie den bitteren Schmerz des Verlusts spürte.

Mit Lambert hatte Oterio seinen liebsten Knecht verloren, und er richtete ihm ein Begräbnis aus, als wäre Lambert ein Verwandter gewesen.

Als sie nun am Grab ihres Großvaters stand, spürte Elisia, dass jemand nach ihrer Hand griff. Es war Gali. Traurig sah sie ihn an und ließ es zu, dass er ihre Hände wärmte. Der junge

Mann mit dem munteren Blick und der flinken Zunge lebte seit fast zwölf Monaten in der Herberge. Er war der Enkel eines Freundes von Oterio, und der Wirt hatte ihn mit offenen Armen aufgenommen. Den ganzen Tag lungerte Gali im Schankraum herum, und mit seinem Grinsen und seinem frechen Mundwerk nahm er alle für sich ein. Auch die junge Dienstmagd erlag seinen Schmeicheleien. Lambert hatte es ganz und gar nicht gefallen, dass seine Enkelin von diesem Tunichtgut umgarnt wurde, der im Ruf stand, nichts anbrennen zu lassen, und das ließ er Elisia auch wissen, doch das Mädchen war fasziniert von Galis Wortgewandtheit.

Zwei Tage vor dem Unfall des alten Mannes hatte Gali die Dreistigkeit besessen, Elisia im Holzschuppen zu küssen, und sie hatte es geschehen lassen. Deshalb empfand sie seine Berührung jetzt, hier auf dem Friedhof im Regen, als tröstlich.

»Lambert hat dir versprochen, dass du nie allein sein wirst. Von nun an werde ich für dich sorgen.«

Elisia lächelte traurig. Galis Worte kamen immer im richtigen Moment. Sie ließ die Umarmung zu, obwohl sie unpassend war, denn sie zitterte vor Kälte.

»Lambert hat seine Versprechen gehalten.«

Elisia wusste, dass Galis Vergangenheit dunkel und von Unglück geprägt war, genau wie ihre eigene. Er war als Freier im Dorf Vernet in der Grafschaft Conflent aufgewachsen, wo sein Großvater Gombau, Oterios Freund, im Auftrag des Grafen die Weinberge verwaltete. Im Jahr 848 ließ der aufständische Wilhelm von Septimanien den Grafen Sunifred in Barcelona hinrichten und seine Vasallen verfolgen, darunter auch Gombau. Soldaten kamen nach Vernet, zerstörten Galis Zuhause und vergewaltigten und töteten seine Mutter und seine Schwestern. Dem Jungen gelang mit seinem Großvater die Flucht, und die beiden lebten jahrelang in Ampurias. Als Gombau starb, ging Gali nach Carcassonne und suchte Zuflucht bei Oterio.

Alle in der Herberge warnten Elisia vor Gali, doch sie gab nichts darauf. Gali war ein freier Mann, er hatte die Welt gesehen und zog sie dennoch den älteren Mädchen vor. Seine honigsüßen Worte gaben ihr das Gefühl, etwas Besonderes zu sein.

»Hast du über meinen Vorschlag nachgedacht?«, fragte Gali nun.

»Barcelona liegt in der Grenzmark.« Sie wusste genau, worum es ging, und es tat ihr weh, in diesem Moment darüber zu sprechen. »Es ist eine gefährliche Gegend.«

»Aber jetzt ist die Gelegenheit, von hier wegzukommen!« Er nahm ihr Gesicht in seine Hände, wie er es immer tat, wenn er ihre ganze Aufmerksamkeit wollte. »Sich dem Zug des neuen Bischofs von Barcelona anzuschließen ist die einzige Möglichkeit, in die Spanische Mark zu kommen. Er hat allen, die sich ihm anschließen, Land und den Schutz der Kirche versprochen.«

In der Schänke wurde über nichts anderes geredet. Der neue Bischof Frodoi war in Narbonne eingetroffen und würde in zwei Wochen mit allen, die seinen Versprechungen glaubten, nach Barcelona aufbrechen. Nicht alle waren von seinem riskanten Unterfangen angetan; außerdem wollten einige Bischöfe und rivalisierende Adelsfamilien verhindern, dass er erfolgreich war.

Elisia schwirrte der Kopf. Der Leichnam ihres Großvaters war kaum unter der Erde, und schon bedrängte Gali sie wieder. Gombau hatte angeblich vor seiner Flucht etwas in seinem Haus in Barcelona versteckt, und seit Wochen redete Gali nun auf sie ein, dass jetzt die Gelegenheit gekommen sei, es zu holen, und dass sie mitkommen solle.

»Barcelona ist ein gefährlicher Ort«, wiederholte Elisia düster. »Es heißt, die Stadt sei dem Untergang geweiht.«

»Ihre Mauern sind höher als die von Carcassonne!«, rief Gali begeistert, ohne Rücksicht darauf zu nehmen, dass sie am Grab des alten Lambert standen.

»Es geht uns doch nicht schlecht hier, Gali. Glaubst du wirklich, dass es stimmt, was dein Großvater dir erzählt hat?«

»Ich bin sicher. Wenn es noch dort ist, wird sich unser Leben ändern!«

»Das ist es ja, was mir Angst macht. Außerdem bin ich Oterios Leibeigene.«

Gali strich ihr übers Haar und lächelte mit dieser Unbekümmertheit, die sie so verwirrte.

»Ich werde mit ihm reden. Wenn er dir gestattet, mit mir zu kommen, wärst du frei!«

Elisia seufzte. Heute war sie nicht in der Stimmung, sich mitreißen zu lassen.

»Angeblich ist dieser Frodoi ein ehrgeiziger Adliger, der sich Hoffnungen auf ein reiches Bistum gemacht hat und zur Strafe nach Barcelona geschickt wurde. Wenn er Siedler mitnimmt, dann nur, damit sie sein Land bestellen und Abgaben zahlen.«

»Natürlich wird er ehrgeizig sein! Aber das Entscheidende ist, dass wir in seinem Schutz reisen könnten. Vertrau mir, Elisia. Unsere Zukunft liegt in Barcelona.«

»Aber du bist noch nie dort gewesen! Du kommst aus Vernet«, warf Elisia ein und setzte hinzu: »Die Grenze macht mir Angst.«

Galis Gesicht verfinsterte sich. So viel Widerspruch war er nicht gewohnt, aber er riss sich zusammen.

»Wir könnten unsere eigene Herberge eröffnen. Wie fändest du das? Du wärst die Besitzerin, denn ich würde alles mit dir teilen. Deine Kinder würden als Freie aufwachsen, und es würde ihnen an nichts mangeln!«

Traurig strich Elisia über Lamberts Grabstein. Der besonnene alte Mann hatte nur das Beste für sie gewollt, und er hätte Galis Abenteuer niemals gutgeheißen. Jetzt war er nicht mehr da, und Gali ließ nicht locker. Es war ein schöner

Traum, das musste sie zugeben. Aber Oterio würde sie niemals gehen lassen, weil er sie in der Herberge brauchte, und das beruhigte sie.

Elisia erinnerte sich, wie sie sich mit zwölf Jahren für die Arbeit ihres Großvaters zu interessieren begann, der in der Herberge für die Küche zuständig war. Vor den großen Feuern entdeckte sie mit ihm die Welt der Gewürze und das Geheimnis der Suppen und lernte, den richtigen Garpunkt eines Bratens am Geruch zu erkennen. Sie entwickelte ein besonderes Gespür fürs Kochen, und Oterio wusste das zu nutzen. Als Lamberts Gehilfin lernte sie, Fische zu räuchern, Fleisch zu pökeln und Würste zu machen. Schon bald konnte sie Kuchen und Nougat herstellen und kandierte Früchte, die sie in großen Töpfen aufbewahrten.

Die Gäste lobten Oterios Küche in den höchsten Tönen. Lambert und seine Enkelin warteten darauf, dass hin und wieder exotische Gewürze eintrafen, und lernten Gerichte zuzubereiten, die Gäste aus fernen Ländern ihnen beschrieben, damit diese sich wie zu Hause fühlten. Die Herberge lief so gut wie nie, und ihr Ruf verbreitete sich in der gesamten Grafschaft. Oterio behandelte sie wie ein Familienmitglied, und Elisia wusste, dass ihr niemals ein Bett zum Schlafen fehlen würde.

Ihr war zum Heulen zumute.

»Manchmal denke ich, dass du sowieso gehen wirst, Gali.« Sie lehnte ihren Kopf an seine Brust. »Ich bin eine Unfreie, mein Platz ist hier.« Sie zitterte. »Mir ist kalt. Lass uns zur Herberge zurückgehen.«

Als sie den morastigen Hügel hinuntergingen, lag ein dunkler Schleier über den Augen des Mädchens.

Drei Tage nach der Beerdigung des alten Lambert saßen Oterio und fünf andere Männer schweigend und mit ernsten Mienen im Keller einer Taverne. Dem Wirt kam es vor, als würde sich die Erde unter ihm auftun. Auf der anderen Seite des alten Fasses, an dem er gespielt und Wein gebechert hatte, sah er den Haufen Silbermünzen liegen, den er im Rausch des Glücksspiels verloren hatte. So desaströs war schon seit vielen Jahren kein Abend mehr gewesen. Am liebsten hätte Oterio die drei Würfel aus gelblichem Elfenbein, die ihm einen solchen Verlust eingebracht hatten, weit von sich geschleudert, so wütend war er.

Gali lächelte angesichts des kleinen Vermögens, das er in dieser Nacht gewonnen hatte. Oterio allerdings hätte sich am liebsten auf ihn gestürzt. Mit offenen Armen hatte er den Jungen damals aufgenommen, als dieser in der Herberge erschienen war und sich als Gombaus Enkel vorstellte. Gombau war sein bester Kamerad während der vier Feldzüge im Dienst des Grafen Oliba von Carcassonne gewesen, bis Gombau weitergezogen war, um Graf Sunifred zu dienen.

Oterio und Gali teilten ein heimliches Laster, das Glücksspiel. Beide trieben sich in den schäbigsten Kneipen von Carcassonne herum, waren aber bislang nie gegeneinander angetreten. Um Mitternacht hatte es mit einer Handvoll Münzen und einigen Pyrrhussiegen für Oterio begonnen; Gali hatte ihn angestachelt, immer weiterzuspielen. Es war ein Fehler gewesen, aber verblendet, wie er war, bemerkte Oterio die Absicht des Jungen nicht. Bald würde es Tag werden, und obwohl noch trunken vom Wein, begriff der Wirt, dass er mehr verloren hatte, als er besaß.

»Ich brauche das Geld für die Herberge, Gali«, sagte er und deutete auf die Münzen. »Aus Freundschaft zu deinem Großvater habe ich dir mein Haus geöffnet, und nun das …«

»So ist das Leben, Oterio«, erwiderte Gali unbarmherzig.

»Aber ich brauche es!«, stammelte der Wirt verzweifelt.

Gali grinste und schob die Münzen zu Oterio hinüber.

»Du weißt, was ich will … Ich habe mit dir darüber gesprochen.«

Der Wirt riss die Augen auf. Plötzlich war ihm alles klar. Deshalb waren sie heute Nacht hier! Er hatte nicht schlecht Lust, den Kerl windelweich zu prügeln.

»Du weißt, dass Elisia wie eine Tochter für mich ist und die Herberge ohne sie nicht mehr dieselbe wäre. Du hast dich da in etwas verrannt und wirst sie ins Unglück stürzen! Wenn Lambert noch lebte …«

»Lass den Alten in Frieden ruhen. Elisia ist jung und schön, sie hat es verdient, frei zu sein. Sie wird eine gute Ehefrau und Mutter abgeben.«

Oterio runzelte die Stirn. Seit seiner Ankunft hatte Gali seine Zeit in Kneipen mit Glücksspiel und Frauen verbracht. Der Wirt wusste, dass dieser Kerl Elisia nicht liebte, sondern lediglich ihre Qualitäten sah. Er wollte sie nur ausnutzen. Bei dieser Erkenntnis wurde ihm übel, aber er saß in der Klemme. Er musste das verlorene Geld zurückbekommen. Wäre Lambert noch unter ihnen, hätte Oterio es niemals gewagt, auf Galis Forderung einzugehen. Der Tod des Alten schien den Interessen des Jungen entgegenzukommen.

»Nach vier Generationen wirst du, Oterio, in der schmählichen Situation sein, die berühmte Herberge an der Aude aufgeben zu müssen«, sagte Gali kalt.

Es war ein Schlag in die Magengrube. Alle rutschten schweigend auf ihren Stühlen herum. Oterio sah die Silbermünzen auf dem Fass liegen. Am nächsten Tag würde er weder das Fleisch noch das Futter für die Tiere im Stall bezahlen können. Die Herberge wäre ruiniert, und die Zeugen, allesamt Zechkumpane von Gali, würden seinen Namen in Carcassonne schlechtmachen. Diese Demütigung konnte er nicht ertragen. Er saß wirklich in der Klemme.

»Sie darf es nie erfahren. Das ist alles, worum ich dich bitte«, sagte Oterio mit einem resignierten Seufzen.

»Ich mag fröhliche, unternehmungslustige Mädchen. Ich suche keine Dienstmagd. Sie wird aus freien Stücken mitkommen, sie wird nur das erfahren, was ich ihr sage, und das denken, was ich will. Ich möchte so schnell wie möglich nach Narbonne aufbrechen, um mich dem Zug des neuen Bischofs von Barcelona anzuschließen.« Er verzog das Gesicht zu einem spöttischen Grinsen. »Elisia wird mich als meine Frau begleiten, mit deinem Segen.«

»Also gut, Gali. Elisia gehört dir«, willigte der Wirt verzweifelt ein, die Hände zu Fäusten geballt. »Ich hoffe, du wirst in der Hölle schmoren, wenn du nicht gut auf sie achtgibst.«

Zwei Tage später betrachtete Elisia die leeren Tische, auf denen das fahle Licht eines weiteren bewölkten Morgens lag. Gleich würden die Gäste herunterkommen, in der Küche flackerte bereits das Feuer. Dieser Moment der Ruhe war die liebste Zeit ihres Großvaters gewesen. Alles erinnerte Elisia an ihn, und sie musste jedes Mal weinen, wenn Nachbarn oder Händler, die nach Carcassonne kamen, ihr Beileid aussprachen. Die Menschen schätzten sie, schließlich hatte sie ihnen mit ihrem Singen, Lachen und Tanzen jahrelang die angenehmsten Abende beschert.

Kurz darauf erschien Oterio, und die beiden setzten sich etwas abseits an einen Tisch. Am Vorabend hatte Gali um ihre Hand angehalten, und zu ihrem Erstaunen hatte der Wirt der Hochzeit zugestimmt. Der alte Lambert habe sechzig Jahre lang geschuftet, ohne sich einen einzigen Tag auszuruhen, sagte er, da habe seine einzige Enkelin die Freiheit und einen guten Ehemann verdient. Gali, der frisch gebadet war und eine neue Tunika aus gutem Tuch trug, schilderte ihr in glühenden Farben die Möglichkeiten, die sich ihr durch ein Leben an seiner Seite boten, und allmählich ließ sich Elisia von seiner Begeisterung anstecken. Die Schänke war ihre Welt, aber wie für jeden Leibeigenen war die Freiheit auch ihr sehnlichster Wunsch. Ohne ihren Großvater hielt sie nichts mehr hier, und bliebe sie, würde sie am Ende sowieso einen anderen Unfreien heiraten.

»Bist du sicher, dass du das wirklich willst, Elisia?«, fragte der Wirt nun rundheraus und sah sie traurig an. »Und damit meine ich nicht den Plan, nach Barcelona zu gehen.«

Elisia war überrascht. Am Abend zuvor, in Galis Gegenwart, schien Oterio doch einverstanden gewesen zu sein, aber nun bemerkte sie etwas in seinem Blick, das ihr nicht gefiel. Man hätte meinen können, dass er Angst um sie hatte.

»Ich werde ihn heiraten. Du hast deine Zustimmung gegeben.«

»Das ist keine Antwort auf meine Frage, Elisia. Deine Familie ist seit Generationen von meiner abhängig; selbst um ein altes Kleid zu kaufen, brauchtest du mein Einverständnis. Lambert hat mich nur um eines gebeten: dass ich dich zu nichts zwinge. Willst du Gali wirklich heiraten?«

»Er ist ein guter Mann«, antwortete sie nervös. »Das hast du gestern selbst gesagt.« Unsicher und ängstlich senkte sie den Blick. Gali hatte doch versprochen, für sie zu sorgen und ihr ein anständiges Leben zu bieten! »Ich werde euch vermissen, Oterio.«

Traurig ließ der Wirt den Kopf hängen. Wenn Elisia sich geweigert hätte, hätte er einen Weg gesucht, um seinen Fehler wiedergutzumachen, doch der willensstarke Gali hatte sie in seinen Bann gezogen.

»Du hast meinen Segen, Tochter«, sagte er kraftlos.

Elisia war ein schlankes Mädchen mit sanften Gesichtszügen und dunklem Haar, das sie normalerweise bedeckte, um es vor dem Küchenfett zu schützen. Doch was alle am meisten anzog, waren ihre großen, honigfarbenen Augen mit den langen Wimpern; sie strahlten eine Wärme aus, die jeden berührte. Außerdem war Elisia lebhaft und quirlig. Dutzende junger Männer aus Carcassonne in besserer Position als Gali würden sich darum reißen, ihr den Hof zu machen. Aber nun war es zu spät.

»Wir alle bedauern es sehr, dass du gehst. Und die Gäste werden ungehalten sein.«

»Adovira kennt die Rezepte und hat ein gutes Händchen.«

Der alte Mann strich ihr väterlich über die Wange. Aus dem kleinen Mädchen, das auf die Tische geklettert war, um für die Gäste zu singen, war eine Frau geworden, aber er vermisste in ihren Augen das helle Leuchten der Liebe. Gali hatte sie lediglich mit seinem Charme geblendet. Allerdings war bei den meisten Mädchen, die von ihren Vätern in eine Ehe versprochen wurden, keine Liebe im Spiel. Er, Oterio, war ihr Herr, und sie im heiratsfähigen Alter. So war nun mal der natürliche Lauf der Dinge. Außerdem war sie klug und selbstbewusst und konnte gut auf sich selbst achtgeben. Das alles dachte er und versuchte so, seine Schuldgefühle zu besänftigen. Aber er hatte sie verkauft, hatte sie ausgeliefert, um eine Schuld zu begleichen.

»Zuerst Lambert, jetzt du ... Zu viele Verluste.« Seine Miene wurde bitter. »Ich werde alt.«

Elisia konnte die Tränen nicht länger zurückhalten. Sie hatte Angst. Sie wäre gerne nach der Hochzeit in Carcassonne geblieben, aber Gali hatte große Pläne im fernen Barcelona. Und sie klammerte sich an jede seiner Versprechungen.

»Danke, Oterio. Sobald ich kann, schicke ich dir Nachrichten durch einen Händler.«

»Wir werden dich alle vermissen, Elisia.«

»Und Gali?« Es tat ihr weh, dass er so argwöhnisch betrachtet wurde.

»Du bist ein kluges Mädchen. Du ähnelst deinem Großvater, also verlass dich auf deinen Verstand und habe ein wachsames Auge auf ihn«, riet ihr Oterio, wie es zuvor Lambert getan hatte. Er hoffte, dass er trotz des Kloßes im Hals weitersprechen konnte, und ergriff ihre Hände, die von Brandwunden und schlecht verheilten Narben gezeichnet waren. Hinter ihrem engelsgleichen Aussehen verbarg sich eine von harter Arbeit gestählte junge Frau. »Und wenn du beißen musst, beiß!«

Als die Stürme nachließen, gab Oterio Elisia die Freiheit, die Herberge in Begleitung des stolzen Gali zu verlassen. Sie heirateten an einem kalten Morgen in der kleinen Kapelle Saint-Jacques, bevor sie sich mit einigen vertrauenswürdigen Händlern auf den Weg nach Narbonne machten, wo Frodoi mit seinem Gefolge wartete. Auch Familien aus anderen Städten, die bei dem ungewissen Abenteuer wenig zu verlieren hatten, waren dem Aufruf gefolgt.

Die Ehe wurde von einem Priester geschlossen, der mehr Zeit in Oterios Taverne als in seiner Pfarrei verbrachte. Er weinte, als er Elisia in ihrem Kleid aus schwarzem Tuch und mit einem weißen Schleier von Oterios Ehefrau sah – sie ging weg, um nie mehr wiederzukommen. Der anschließende Abschied in der Herberge war bewegend. Die zwanzig Bediensteten überreichten ihnen Decken, Dörrfleisch und Weißbrot, Oterio und seine Familie schenkten ihnen eine Handvoll Silbermünzen und zwei dicke Umhänge gegen die Kälte auf der harten Reise. Der Herbst hatte gerade erst begonnen, doch der Winter war schon deutlich zu spüren.

Gali trug ein siegessicheres Lächeln zur Schau. Er hatte bekommen, was er wollte. Elisia schluckte die Tränen herunter, und alle umarmten sie innig. Ratschläge und Warnungen, um sie von der Reise ins finstere Barcelona abzubringen, waren ausgesprochen. Es blieb nur noch, Gott um seinen Schutz zu bitten.

Als der Morgennebel sich lichtete, schlossen sie sich den Karren der Händler an, die mühsam über die morastige Straße davonrumpelten. Elisia und Gali folgten ihnen zu Fuß. Alle, die sich vor der Tür der Herberge versammelt hatten, sahen dem jungen Mädchen, das schon bald mit zwei jungen Männern ins Gespräch kam, wehmütig hinterher.

»Ich habe die schlechteste Entscheidung meines Lebens getroffen«, murmelte Oterio düster. Adovira, die von nun an die Köchin war, wischte sich die Tränen weg und sagte: »Wohin sie auch geht, sie wird genauso geliebt werden wie hier.«

Der Zug überquerte die Holzbrücke über den Fluss Aude, die nach den Regenfällen gefährlich schwankte. Elisia winkte ihnen noch einmal zu.

Gogo, der Lamberts bester Freund in der Herberge gewesen war, trat zu Oterio. Auch ihn behandelte der Wirt nicht wie einen Leibeigenen, und so sprach der Mann offen aus, was er dachte: »Gali hatte das vor, seit er von dem Marsch des Bischofs von Barcelona erfuhr. Ich muss immer wieder daran denken, dass Lamberts Tod ihm sehr gelegen kam.«

Oterio hatte ohnehin schon große Schuldgefühle; er wollte sich nicht auch noch mit diesem Verdacht belasten.

»Zweifel in Elisia zu säen hätte sie nur noch mehr gequält. Sie hat schon genug geweint.«

»Sie hätte sich niemals von ihrem Großvater getrennt, nicht einmal wegen Gali.«

Oterio sah den alten Gogo an und erschauderte.

»Wir werden die Wahrheit nie erfahren, und sie hoffentlich auch nicht. Ich weiß, dass es ihr gut gehen wird, Gogo. Ich hoffe es, beim Andenken an Lambert! Elisia ist noch jung, aber sie weiß auf sich aufzupassen. Ich bete zu Gott, dass er sie beschütze.«

3

Die »Kinder der Erde« überlebten, was die Mönche – aufrechte, glaubensstarke Männer – als Zeichen der Vorsehung sahen. Niemand kam, um die Geschwister zu suchen, und die Familie der Tenes verschwand wie so viele andere in diesen unsteten Zeiten.

Es kam nicht selten vor, dass man verlassene, einsame Kinder fand. Von den fünf Ordensbrüdern waren drei bereits betagt, und sie benötigten starke Arme für die Arbeit in den Weinbergen. Also zogen sie die Kinder als Leibeigene im Dienst des Klosters auf. Sobald Rotel zur Frau wurde, würde man sie mit einem jungen Mann aus dem Dorf verheiraten, oder sie würde in ein Frauenkloster eintreten, falls sie den Ruf Gottes verspürte.

Die beiden Kinder waren so innig miteinander wie damals, als man sie auf dem Friedhof gefunden hatte, und während sie größer wurden und ihre Wohltäter irgendwann überragten, wuchsen sie den rauen Mönchen ans Herz. Beide hatten blondes Haar, aber das von Rotel leuchtete wie die Strahlen der Sonne. Beide hatten blaue Augen, aber die von Rotel waren heller und durchdringender. Sie sahen sich sehr ähnlich, doch sie waren grundverschieden. Der Junge, der ein wenig älter war als Rotel, erzählte nie, dass er sich verschwommen daran erinnerte, wie sein Vater eines Tages mit dem neugeborenen, in eine Decke gehüllten Kind in die Burg gekommen war und seine Mutter sich weinend in ihre Gemächer eingeschlossen hatte. Das Mädchen war ein uneheliches Kind Ritter Isembards von Tenes.

Isembard spielte mit Holzschwertern und übte sich in seiner freien Zeit im Bogenschießen, obwohl der einzige Gegner die Schläfrigkeit während der langen Andachten war, an denen sie teilnehmen mussten. Rotel war eine Einzelgängerin. Sie verschwand manchmal im Wald und kehrte erst bei Einbruch der Dunkelheit zurück, erzählte aber nie, wo sie gewesen war. Mit der Zeit hörten die Mönche auf, sie danach zu fragen. Sie erinnerten sich an ihren von den Wölfen zerkratzten Rücken, und der alte Bruder Rainart behauptete bis zu seinem Tod, dass sie der Natur mehr zugetan sei als den Menschen.

Dem Mädchen ging nie eine der Ziegen verloren, die es schon als kleines Kind hütete. Rotel hatte niemals Angst, und manchmal brachte sie ein Hasenjunges mit, das sie liebevoll aufzog. Ihr ungezähmter Geist wurde noch stärker, als sie mit dreizehn Jahren nach einem Schneesturm drei Tage verschollen war. Man fand sie unversehrt und guter Dinge in einer Höhle, gehüllt in einen Fellumhang, den die Mönche wiederzuerkennen glaubten. Sie wollten ihn verbrennen, aber das Mädchen überzeugte sie, es nicht zu tun. Sie erzählte nie, was passiert war, doch seit damals betrachtete sie die Landschaft mit einem Lächeln, als würde ihr die Natur Geheimnisse zuflüstern.

Irgendwann setzte Rotels Monatsblutung ein, doch mit der Zeit hatte sich der religiöse Eifer der Mönche gelegt, und sie vergaßen, dass sie eigentlich das Kloster verlassen sollte. Das nächste Dorf lag einen Tagesmarsch entfernt, und seine Bewohner kamen nur selten nach Santa Afra. Auch Pilger ließen sich nicht viele blicken. Allerdings errichteten die Mönche ihr eine Hütte aus Feldsteinen in den Weinbergen, denn Abt Adaldus wollte Gerede vermeiden. Die Mönchsgemeinschaft schätzte sie wie eine Tochter; außerdem arbeitete sie ohne Unterlass, und die Brüder waren nicht mehr in einem Alter, in dem man der Versuchung erlag. Aus dem schmächtigen Kind wurde ein junges Mädchen von betörender, abweisender Schönheit. Nur im Kloster war sie gelöst. Oft drangen ihr fröhliches Lachen und das der Mönche durch die Stille von Santa Afra, sehr zum Unmut von Abt Adaldus. Außerhalb des Klosters jedoch war

Rotel verschlossen. Ganz anders als ihr Bruder, der stattliche Isembard, für den sämtliche Mädchen im Dorf schwärmten.

Die beiden jungen Leute standen in vollem Saft, doch die Gemeinschaft der Mönche alterte, und die harten Lebensbedingungen und die karge Ernährung zehrten an der Gesundheit der Männer. Deshalb kümmerten sich Isembard und Rotel um die Feldarbeit, hielten das kleine Kloster in Schuss und sorgten dafür, dass die Speisekammer gefüllt war.

Alles änderte sich, als im Sommer des Jahres 861 eine Krankheit unter den Bewohnern des Tales wütete und der Tod einige der Ordensleute zu sich rief. Nur Abt Adaldus und ein Bruder namens Remigius überlebten. Um zu verhindern, dass das Kloster verwaiste und das Land an den Grafen von Girona fiel, boten sie es einer anderen Mönchsgemeinschaft an.

Auch die sieben neuen Mönche, die sich in Santa Afra niederließen, gehörten dem Benediktinerorden an, doch sie lebten nach den strengen Regeln, die der Reformabt Benedikt von Aniane dem Orden während der Herrschaft Ludwigs des Frommen gegeben hatte. Bei ihrer Ankunft war ihnen Rotels Gegenwart sofort ein Dorn im Auge. Mit ihrer weiblichen Unreinheit beschmutzte sie diesen Ort des Gebets, und ihre unerreichbare Schönheit erschien ihnen gefährlich.

Sixtus, der strengste Anhänger des neuen Reformkurses, wurde zum Abt gewählt, und damit änderte sich alles. Rotel durfte das Kloster nur noch während der Messen betreten, aber sie musste sich verhüllen und ganz hinten sitzen. Es war ihr nicht gestattet, mit den Mönchen zu sprechen, und Sixtus entschied, dass sie nur noch so lange bleiben dürfe, bis sie ein Frauenkloster oder eine Familie im Dorf für sie gefunden hätten. Isembard versuchte erfolglos zu vermitteln; auch für ihn war Santa Afra kein Zuhause mehr.

In jenem Herbst 861 war Rotel fünfzehn und Isembard neunzehn Jahre alt. Es war der 19. Oktober, der Vorabend von St. Simon, und der neue Abt wollte die Vesper als feierliche

Messe abhalten, ohne den Grund dafür zu erklären. Am späten Nachmittag läutete die kleine Glocke des Klosters, ihr Klang hallte von den Bergen zurück. Isembard richtete sich zwischen den Weinstöcken auf und streckte sich, die Hände in den Rücken gestützt. Er war dabei, die Reben zu beschneiden, und es war noch viel zu tun, aber sie durften die Messe nicht versäumen, sonst würde der Abt wieder ungehalten sein.

»Es ist Zeit, Rotel«, rief er.

Seine Schwester erschien am anderen Ende des Weinbergs.

»Ich sollte besser nicht hingehen«, sagte sie düster, als sie neben ihm stand.

»Dann geben sie uns zwei Tage nichts zu essen. So ist es jetzt.«

Neben den Dorfbewohnern würde auch ein Adliger an der Messe teilnehmen, der aus der Grafschaft Barcelona gekommen war, ein Franke namens Drogo von Borr. Bruder Remigius sprach mit Argwohn von ihm. Er war sehr mächtig in der Mark, wo er Ländereien und einige Burgen zwischen Barcelona und Urgell besaß, aber es kursierten beunruhigende Gerüchte über ihn, unter anderem, dass er sich einen Harem blutjunger Mädchen halte. Angeblich war er in die Grafschaft Girona gekommen, um den neuen Bischof von Barcelona zu erwarten, der auf dem Weg in seine Diözese war. Er wolle Graf von Barcelona werden, so hieß es, und sich bei ihm einschmeicheln. Alle wunderten sich, dass er an dem bescheidenen Kloster Santa Afra angehalten hatte.

Sixtus kümmerte das Geschwätz des einfachen Volkes und seiner Mitbrüder nicht. Er wollte das Kloster erweitern und war auf der Suche nach Gönnern. Als Drogo von Borr und seine Männer bei einem Jagdausflug in Santa Afra vorbeikamen, lud er sie ein, an der Messe teilzunehmen, ohne sich darüber zu wundern, dass sich die Jagdgesellschaft so weit von der Stadt Girona entfernt hatte. Dieser Mann war ein Geschenk des Himmels.

Rotel nahm das Kopftuch ab und schüttelte ihr blondes Haar, das ihr in sanften Wellen über den Rücken fiel. Isembard verstand ihre Ängste. Rotels strahlende Schönheit zog alle Blicke auf sich. Hier kannten sie nur die Mönche und die Dorfbewohner, doch an diesem Tag würde sie ein schlecht beleumundeter Adliger zu Gesicht bekommen, und das konnte alles ändern.

»Abt Sixtus braucht uns nicht, um Almosen zu erbetteln«, sagte sie.

»Wir verdienen hier unser Brot und tun, was man uns sagt. So ist es immer gewesen, Rotel.«

»Im Dorf erzählt man sich, ich sei ein Mönchsliebchen«, bemerkte sie traurig.

»Ja. Und, dass du Hexenaugen hättest«, scherzte er. »Gib nichts darauf. Wir setzen uns zu den Tagelöhnern und Hirten ganz hinten in der Kirche. Niemand wird uns beachten.«

Rotel wirkte nicht überzeugt, und Isembard umarmte sie fest. Er hatte sie immer beschützt und schwor sich, dass ihr niemals jemand wehtun würde, selbst wenn Drogos Männer eiserne Schwerter trugen.

»Geh schon vor, Bruder«, sagte Rotel. »Ich will noch mein Haar flechten.«

Während Isembard ein wenig beiseitetrat, den Blick auf die Weinstöcke gerichtet, die mit ihnen gewachsen waren, begann sie ihr Haar zu flechten, wie immer, wenn sie nervös war. Sie wollte nicht zum Kloster gehen und sich vom Abt wie ein Stück Vieh vorführen lassen – denn das war es, was er vorhatte, da war sie sich sicher. Im Dorf gab es einige Mädchen ihres Alters, die bereits von ihren Eltern verheiratet worden waren, und die Mönche konnten mit ihr genauso verfahren.

Sie lief zum Wald, zu der verborgenen Höhle. Nicht einmal Isembard wusste, dass sie dort die Dame, wie sie sie nannte, aufbewahrte, eine handtellergroße Terrakottafigur einer sitzenden Frau mit spitzer Haube und einem Kind in den Armen.

Die Figur schien sehr alt zu sein. Rotel hatte sie in der Höhle gefunden, als sie vor einigen Jahren Zuflucht vor dem Schneesturm gesucht hatte. Sie hatte sie den Mönchen nie gezeigt. Vielleicht war es eine Darstellung der Jungfrau Maria – sie hatte auf einem Felsabsatz gestanden und war von verwelkten Blumen umgeben gewesen. Nun brachte Rotel ihr Blumen. Es gab ihr ein gutes Gefühl; dies war ihr geheimes Heiligtum. Sie strich sanft über das abgegriffene Gesicht der Dame, und eine Träne rollte ihr über die Wange. Irgendetwas würde geschehen, das spürte sie.

Als sie die Höhle verließ, hielt sie erschrocken inne. Im Wald war es ganz still. Auf dem Boden zischelte etwas, und eine Viper richtete sich vor ihren Füßen auf. Rotel war schon öfter einer Schlange begegnet und blieb ganz still stehen. Fast unmerklich bückte sie sich, ohne die Schlange aus den Augen zu lassen. Sie sah den Angriff voraus und packte das Tier im richtigen Moment am Kopf.

»Was machst du hier? Der Winter steht bevor. Du solltest dich verkriechen, genau wie ich.«

Sie warf die Viper ins Gebüsch und erstarrte. Ein paar Schritte entfernt stand reglos eine in Felle gehüllte Gestalt zwischen den Bäumen und beobachtete sie. Es war nicht das erste Mal in den vergangenen Wochen, dass Rotel sie sah. Es konnte der Geist eines Toten sein, wie die Mönche ihnen erzählt hatten, um sie zu erschrecken, als Isembard und sie noch klein waren, aber sie ahnte, dass es sich um etwas noch Gefährlicheres handelte. Einen Wimpernschlag später war die Gestalt verschwunden, und Rotel atmete erleichtert auf.

Schnell lief sie zum Kloster zurück, wo ihr Bruder schon auf sie wartete. Lieber ertrug sie die wollüstigen Blicke der Männer als den dunklen Wächter des Waldes.

Anders als Isembard vorausgesagt hatte, blieben die »Kinder der Erde« nicht unbemerkt. Rotel saß ganz hinten in der schmucklosen Kirche und machte gute Miene zum bösen Spiel, doch irgendwann reichte es ihr.

»Ich will hier weg.«

»Nein!«, flüsterte Isembard.

Sie gehörten dem Kloster. Der alte Adaldus und Bruder Remigius waren ihnen wohlgesinnt, aber Abt Sixtus würde es als Dreistigkeit empfinden, wenn er und seine Schwester die Kirche verließen.

Der kurze Wortwechsel blieb nicht unbemerkt von Sixtus, der ärgerlich im Gebet innehielt. Neben ihm stand Drogo von Borr. Der Adlige hatte zwar erklärt, dass er als junger Mann die Priesterweihe empfangen habe, aber er zelebrierte die Messe nicht mit. Mit seinen langen schwarzen Haaren, die ihm in das blasse, kantige Gesicht hingen, sah er aus wie ein Krieger. Er hatte die vierzig bereits überschritten und musterte die Anwesenden mit dunklen Raubtieraugen, die unaussprechliche Geheimnisse verbargen. Über dem Kettenhemd trug er einen Überwurf mit einem aufgestickten Drachen. Seine Streitaxt hatte er auf den Altar gelegt, eine Kühnheit, über die der Abt hinwegsah, um ihn nicht zu verärgern. Sein ganzes Auftreten bereitete den Anwesenden Unbehagen, und das schien ihm zu gefallen.

Als er Rotel entdeckte, grinste er und beugte sich zu einem seiner Männer, um ihm etwas zuzuraunen. Unfähig, das furchtbare Gefühl drohenden Unheils noch länger zu ertragen, stürzte das Mädchen aus der Kapelle.

Abt Sixtus fuhr mit der Messfeier fort und erhob den schlichten, messingbeschlagenen Holzbecher. Ein Kelch, der des Blutes Christi unwürdig war. Auf dem Konzil von Reims 813 war beschlossen worden, dass Messkelche aus Edelmetall sein sollten. Santa Afra war aber ein armes Kloster; es bestand aus einer Kapelle und einem kleinen Gebäude mit zwei Räumen, das die Mönche mit eigener Hände Arbeit auf einem Hügel errichtet hatten, den der Graf von Girona brach liegen ließ. Sie schlugen sich mehr schlecht als recht durch, ohne Pfründe oder Untertanen, die ihnen den Zehnten entrichteten. Doch das würde sich jetzt ändern, sagte sich der Abt, und zuallererst mussten ein kostbarer Kelch sowie weiterer Zierrat für die Kapelle beschafft werden. Er wollte Drogos Anwesenheit nutzen, um ihm etwas anzubieten, das ihm gefiel. Natürlich gegen eine entsprechende Leistung. Tatsächlich vermutete er, dass der Adlige aus genau diesem Grund gekommen war. Vielleicht hatte er bei seinem letzten Besuch Rotel in den Weinbergen gesehen.

Sixtus hatte es nie interessiert, woher die Geschwister kamen. Die Mönche waren vorsichtig gewesen und hatten ihm nur erzählt, dass die Kinder in einer stürmischen Nacht aufgetaucht seien und die Wölfe sie verschont hätten. Ohne Eltern oder Verwandte war das schöne Mädchen ein Geschenk Gottes für die Ordensbrüder. Es gehörte dem Kloster – wie die Weinberge und die Ziegen. Zuversichtlich fuhr der Abt mit der Messfeier fort.

Als die Messe zu Ende war, begrüßte Isembard einige Bekannte aus dem Dorf und machte sich dann auf die Suche nach seiner Schwester. Er ging zur nahen Quelle, wo sie gerne saß, wenn sie Kummer hatte, aber da war sie nicht. Als es dunkel wurde, begaben sich die Dorfbewohner gemeinsam auf den Heimweg. Auch Drogo brach mit seinen Soldaten nach Girona auf. Isembard atmete erleichtert durch. Da Rotel nicht mehr aufgetaucht war, ging er zu ihrer Hütte. Vielleicht fand er sie dort.

»Rotel?«

Er hörte einen erstickten Schrei und stürzte in die Hütte. Seine Schwester lag gefesselt und geknebelt auf dem Boden, aber bevor er reagieren konnte, versetzte ihm jemand aus dem Hinterhalt einen Schlag, und Dunkelheit umfing ihn.

»Isembard! Komm zu dir!«

Eine Stimme hämmerte in seinem Kopf. Als er die Augen

öffnete, durchfuhr ihn ein unerträglicher Schmerz. Im Halbdunkel erkannte er den alten Adaldus.

»Sie haben sie mitgenommen!«, sagte der Mönch zutiefst betrübt.

»Rotel!« Panik machte sich in dem Jungen breit. »Was ist passiert?«

»Der Abt hat sie an Drogo verkauft.«

»Aber ich habe ihn mit seinen Männern davonreiten sehen!«

»Er wollte es nicht vor den Dorfbewohnern tun. Einer seiner Soldaten hat sie bei Einbruch der Dunkelheit verschleppt, und zwei von uns haben ihm dabei geholfen«, sagte Adaldus beschämt. »Gott möge uns vergeben.«

Immer noch benommen und zutiefst bestürzt, setzte sich Isembard auf – er hatte seine Schwester nicht schützen können.

»Bruder Adaldus, glaubt Ihr, Drogo ist ihretwegen gekommen? Noch nie zuvor hat uns ein Adliger besucht.«

»Möglich, dass er sie gesehen hat, als er vor einigen Wochen mit seinen Männern hier vorbeikam. Oder ein Dorfbewohner hat ihm von ihr erzählt. Es tut nichts zur Sache. Rotel ist sehr schön, aber sie ist auch etwas Besonderes. Niemand weiß das besser als du. Er könnte es aus einer Laune heraus getan haben, aber es könnte auch einen anderen Grund geben …«

»Ich muss sie finden«, sagte Isembard. Er hatte furchtbare Angst, aber er würde sie nicht im Stich lassen.

Adaldus überreichte ihm ein Messer und einen Beutel mit ein paar Silbermünzen – seine einzigen Waffen gegen das Schwert von Drogos Soldat. Seit er Tenes vor zwölf Jahren verlassen hatte, hatte er solche Waffen nicht mehr gesehen.

»Ihr habt Abt Sixtus bestohlen!«

»Sixtus hält sich für ein Werkzeug Gottes, aber das bin ich auch.« Adaldus umarmte Isembard. Er liebte diesen Jungen und dessen Schwester, als wären sie seine Kinder. »Ich war jahrelang Abt von Santa Afra, aber nun erkenne ich das Kloster nicht wieder. Wenn du sie retten kannst, kommt nicht zurück!«

»Was soll nur aus uns werden?«, sagte Isembard niedergeschlagen. Von Kindesbeinen an hatten sie Männern gedient, die sich dem Gebet widmeten. Warum nur strafte Gott sie jetzt so? Oder verfolgte er einen unergründlichen Plan mit ihnen?

Adaldus weinte. Er fühlte sich schuldig. Als Rotel mit dreizehn Jahren zum ersten Mal geblutet hatte, war er Abt gewesen. Warum hatte er sie damals nicht einem anständigen Bauernsohn zur Frau gegeben? Dann hätte das Mädchen zwar in Armut gelebt, doch nun war es den Launen eines verrufenen Adligen mit zweifelhaften Absichten ausgeliefert. Erneut schloss er Isembard in die Arme. Er kannte ihn gut; der Junge hatte einen edlen Geist, und in seinen Adern floss das Blut einer Legende, aber er war nur ein Leibeigener mit leeren Händen. Der Mönch wusste, dass er für Rotel sein Leben riskieren würde, und wollte ihm Mut zusprechen.

»Denk daran, du bist der Sohn Isembards von Tenes. Ich bedaure es, dass ich dir nicht mehr von deiner Familie erzählt habe, aber du wirst es selbst herausfinden. Jetzt musst du los.«

Die Erwähnung seiner Familie schmerzte Isembard sehr. Sein Vater hatte damals versprochen, ihm den Umgang mit dem Schwert beizubringen, und war dann nie zurückgekehrt, um sein Versprechen zu halten. Alles, was Isembard gelernt hatte, war Wein anzubauen und die Mauern des alten Klosters zu reparieren. Die alte Wunde in seinem Herzen riss erneut auf, und Hass und Enttäuschung quollen daraus hervor.

»Wo sind sie hin?«, fragte er Adaldus.

»Nimm den Weg nach Girona. Drogo will dort den neuen Bischof von Barcelona treffen. Der Kerl, der Rotel entführt hat, kann noch nicht weit sein. Wenn er noch nicht zu Drogo gestoßen ist, kannst du ihn vielleicht überwältigen. Aber sei vorsichtig.«

»Sagt Bruder Remigius Lebewohl von mir.«

»Er unterhält die anderen mit einer langweiligen Geschichte. Es ist besser, wenn sie dich nicht sehen.«

Isembard nahm den Umhang, den Adaldus ihm reichte, und verschwand wie ein Schatten auf dem schmalen Pfad. Sein Schädel brummte von dem Schlag. Ein paar Meilen weiter sah er zwei von Sixtus' Mönchen auf dem Weg zurückkommen und versteckte sich hinter einer Eiche. Der prächtige, mit Perlen besetzte Goldkelch, den sie im Mondlicht bewunderten, war vermutlich der Preis für seine Schwester. Santa Afra besaß nicht die Mittel, um einen so kostbaren Gegenstand zu erwerben. Wütend hob er einen schweren Feldstein vom Boden auf, sah aber im letzten Moment davon ab, ihn zu werfen. In der Stille der Nacht wäre ein Kampf weithin zu hören gewesen und hätte Rotels Häscher gewarnt. Er musste ihn überraschen, wenn er eine Chance haben wollte.

Als die Mönche in der Dunkelheit verschwanden, setzte er seinen Weg fort, den Stein nahm er mit. Kurz darauf bemerkte er einen Reiter. An den Händen gefesselt war Rotel mit einem Seil an den Sattel des Pferdes gebunden und trottete mit gesenktem Kopf hinter dem Tier her.

Das Mädchen spürte, dass sein Bruder in der Nähe war. Es drehte sich um und gab ihm durch Blicke zu verstehen, dass er noch abwarten sollte, aber Isembard stieß einen Schrei aus und schleuderte den Stein gegen den Rundhelm des Mannes. Der Reiter krümmte sich vor Schmerz, und Isembard stürzte sich aus dem Lauf heraus auf ihn und rammte ihm das Messer ins Bein. Er hatte schreckliche Angst, aber es gelang ihm, den Strick durchzuschneiden und Rotels Hände zu befreien. Der Soldat, der sich von dem ersten Angriff erholt hatte, sprang vom Pferd und schlug ihn nieder. Isembard verlor das Messer, und ein Fußtritt in die Rippen raubte ihm den Atem.

»Habt Erbarmen mit meinem Bruder!«, flehte Rotel.

Drogos Mann trat erneut auf Isembard ein, der sich vor Schmerz am Boden wälzte.

»Du hast Mut, Junge«, grunzte der Soldat. Er kam auf ihn zugehumpelt und zog die Streitaxt aus dem Gürtel. »Aber deine Schwester darf nicht in diesem elenden Kloster versauern.«

Isembard kroch über den Boden und hob instinktiv den Arm, um sich zu schützen. Er hoffte, dass Rotel die Gelegenheit nutzte und in den Wald floh.

Plötzlich stieß der Mann ein entsetzliches Gurgeln aus, und die Axt entglitt seinen Händen. Erstaunt starrte er geradeaus, während das Blut in Strömen aus seiner durchtrennten Kehle schoss. Dann brach er zusammen – und Isembard sah Rotel hinter ihm stehen. Sie keuchte und hielt das Messer umklammert, das er zuvor verloren hatte. Als sie sich in die Arme fielen, bemerkte Isembard ein beunruhigendes Funkeln in ihren Augen. Dieses zarte fünfzehnjährige Mädchen hatte nicht gezögert, einem Mann hinterrücks die Kehle durchzuschneiden.

»Sie waren meinetwegen da!«, versuchte sie sich angesichts des erschütterten Gesichtsausdrucks ihres Bruders zu rechtfertigen. »Der Abt hat mich verkauft!«

In dem Moment, als der Soldat Rotel an der Quelle überwältigte, hatte sie eine ebenso heftige wie unbekannte Angst erfasst. Die Einsamkeit und die Gefahren der Wälder hatte sie nie als bedrohlich empfunden, doch an diesem Abend war sie ihrem furchtbarsten Schrecken begegnet: hilflos einem anderen ausgeliefert zu sein. Eine Panik, die sie instinktiv und tödlich handeln ließ. Sie betrachtete ihre blutbeschmierten Hände.

»Drogo hat dich mit einem Kelch bezahlt, Rotel.« Isembard hatte das Gefühl, dass ihm das Herz aus der Brust sprang. Ihm tat alles weh, aber sie waren beide unverletzt, und Rotel war frei. Eine Frage jedoch quälte ihn: »Haben sie dir etwas angetan?«

»Nein. Der Mann sollte mich nur zu Drogo bringen«, antwortete das Mädchen und versuchte zu lächeln, um Isembard zu beruhigen. »Er hat mir gesagt, es würde zur Burg Tenes gehen.«

»Zur Burg unseres Vaters?« Isembard verspürte einen schmerzlichen Stich. Nach so vielen Jahren kehrte in dieser unheilvollen Nacht die Vergangenheit zurück.

Rotel nickte. Allmählich wich die Angst von ihr, aber beide wussten nun, dass sich ihr Leben für immer verändert hatte.

»Die Burg ist Drogos Rückzugsort. Ich glaube, er weiß, wer wir sind.« Sie sah ihren Bruder mit ihren hellen, durchdringenden Augen an. »Was sollen wir jetzt tun?«

»Nach Santa Afra können wir nicht zurück. Und im Dorf würde man uns verraten.« Isembard kamen Adaldus' Worte in den Sinn: »Denk daran, du bist der Sohn Isembards von Tenes.« Er durfte nicht länger wie ein Leibeigener denken, wenn sie überleben wollten. »Drogos Männer werden uns in der Umgebung des Klosters suchen, Rotel. In Girona leben viele Menschen, dort bleiben wir unbemerkt. Drogo wird nicht erwarten, dass wir dorthin gehen. Ich habe ein paar Silbermünzen. Wir könnten uns einer Händlerkarawane anschließen.«

Rotel schien nicht überzeugt. Sie hatten das Kloster noch nie verlassen, wussten nicht einmal, wie man mit Geld umging, und wie man mit Händlern verhandelte, schon gar nicht.

»Was soll nur aus uns werden?«

Isembard nahm sie in den Arm. Er empfand die gleiche Angst wie damals als Kind, als sie aus der Burg Tenes geflohen waren. Gott stellte sie erneut auf die Probe, und er wollte sich standhaft zeigen.

»Wir sind die Kinder der Erde und haben den Tod schon einmal besiegt. Ich werde dich beschützen, Rotel.«

Sie kannte ihren Bruder gut. Er war mutig, aber diese Situation überforderte ihn. Dennoch vertraute sie ihm – was blieb ihr auch anderes.

Die Geschwister versteckten die Leiche des Söldners unter trockenem Laub, jagten sein Pferd davon und brachen dann auf, ohne sich noch einmal umzusehen. Ihr Leben in Santa Afra war zu Ende. Schweigend gingen sie davon, nicht wissend, ob sie das Schlimmste bereits hinter sich hatten oder ob die dunkelsten Schatten noch vor ihnen lagen.

4

Girona

Die Stadt erwachte still unter einer dicken Nebelschicht, die vom Fluss Oñar über die mächtige Stadtmauer kroch. Die ersten Händler besetzten die besten Plätze auf dem Areal vor der Kirche. Ungeachtet der Anweisung, bis zum Ende der Messe zu warten, wollten sie die Gelegenheit nutzen, bevor der Zug des neuen Bischofs Frodoi nach Barcelona aufbrach. Einige priesen lautstark ihre Decken und Ausrüstungen an, während die Zimmerleute die Räder und Achsen der Wagen überprüften. Der Winter würde hart werden, der Regen hatte den Weg von Narbonne beschwerlich gemacht, und es wurde noch schlimmer. Streckenweise war die alte Römerstraße mit ihren unebenen Pflastersteinen befahrbar, doch auf den unbefestigten Abschnitten konnten die Räder zerbrechen, wenn sie im Morast versanken.

In der düsteren Kirche verschluckten Weihrauchschwaden das Licht der Kerzen; das Räucherwerk übertünchte den Gestank nach Schweiß und Schmutz, den die Reisenden ausdünsteten. Die Messe war zu Ende. Elias, der neue Bischof von Girona, unterhielt sich mit seinem Vikar und mehreren Domherren, alle im fortgeschrittenen Alter, während sie den jungen Frodoi betrachteten, der vor dem Kruzifix kniete und betete.

Nachdem Frodoi das Amt angenommen hatte, bezweifelten Kurie und Adel, dass er seine Residenz in Barcelona überhaupt erreichen würde. Viele freuten sich, als er in Reims aufbrach – ein Rivale weniger, den sie nur noch bei Konzilen zu Gesicht bekommen würden. Zunächst hatte ihn und seinen Begleiter Servusdei der Weg nach Narbonne geführt, wo er von Erzbischof Fredoldus die Bischofsweihe empfing, der sich fragte, ob Frodois Entschlossenheit auf purem Stolz beruhte. Hier stieß auch wie zugesagt Jordi zu ihnen, ein Priester aus Barcelona, der seine Heimat liebte und in dem jungen Bischof einen Gesandten des Herrn sah. Gemeinsam waren sie weiter nach Girona gereist.

Zur Überraschung des Hofes hatte König Karl seine Zustimmung gegeben, Siedler in die Spanische Mark mitzunehmen, um die brach liegenden Ländereien des Bistums zu bestellen. Nach den Angriffen im letzten Sommer wurde jede Hand gebraucht. Auch Graf Humfried von Barcelona, der sich am königlichen Hof aufhielt, gab seine Einwilligung, denn in seiner Abwesenheit war der Bischof gemeinsam mit dem Vizegrafen die oberste Autorität. Der Aufruf wurde durch Boten und Brieftauben in die Städte Gothiens getragen, von den Pyrenäen bis zum Rhonetal. Die bloße Erwähnung der Spanischen Mark rief Angst und Schrecken hervor, doch die Not war überall so groß, dass sich fast hundert Bauern und Handwerker nach Narbonne aufmachten, außerdem der eine oder andere abtrünnige Mönch und versehrte Soldaten. Manche waren dem Tod näher als dem Leben und besaßen nichts als die Lumpen am Leib; andere kamen mit Karren und sogar Sklaven. Sie alle suchten eine letzte Chance – und sei es im trostlosesten Winkel des christlichen Erdkreises. Frodoi befahl seinen Leuten, eine Liste zu machen und keine Fragen zu stellen. Auch für ihn begann ein neues Leben.

Als Bischof Elias zu dem jungen Frodoi trat, bemerkte er in dessen ebenmäßigem Gesicht eine Träne, die in dem dunklen Bart verschwand, der nach der Mode des französischen Hofes gestutzt war.

»Seit ich nach Gothien gekommen bin, höre ich nur, dass Barcelona dem Untergang geweiht sei«, flüsterte Frodoi mit brüchiger Stimme. »Ist das Gottes Wille?«

Elias hatte Mitleid mit ihm. Dem jungen Bischof stand eine schwere Aufgabe bevor.

»Ich denke, Gottes Wille ist, dass Ihr dies verhindert, aber es wird nicht einfach sein.«

Frodoi wandte sich wieder dem Kruzifix zu und setzte, immer noch kniend, sein Gebet fort. Kurz darauf erhob er sich. Der Moment des Zweifels war vorüber.

»Es gibt keinen Weg zurück. Gott möge uns beistehen.«

Die Kirchenglocken läuteten, und der Klerus trat auf den Vorplatz hinaus. Der Archidiakon setzte Frodoi die kostbare Mitra auf, und dieser nahm Elias' Segen entgegen. Den Bischofsstab in der Hand, wandte er sich an die erwartungsvolle Menge.

»Ihr, die ihr mich auf dieser Reise begleitet, sollt wissen, dass Gott uns unsere Sünden vergibt!«, rief er. »Die Verfehlungen der Vergangenheit spielen keine Rolle mehr. Gott hat den Vormarsch der Ungläubigen aufgehalten, und unser verehrungswürdiger Kaiser Karl der Große hat mit der Spanischen Mark eine Grenze gezogen, die sie niemals überschreiten sollen. Heute fordert Gott uns auf, den Menschen, die dort leben, zur Seite zu stehen, um das verlassene Land zu bestellen, die verwüsteten Klöster wiederaufzubauen und neue Orte zu gründen. Es ist ein blutgetränktes Land, aber im Gebet hat Gott mir eine Vision geschenkt.«

Elias sah ihn verwundert an. Frodoi achtete nicht darauf, sondern breitete die Arme aus, als wollte er die ganze Menge umfassen.

»Ich sah Weinstöcke, die voller Trauben hingen, ich sah riesige Herden, goldene Weizenfelder, so weit das Auge reicht, und Tische, die sich unter Käse, Speck und Würsten bogen! Wir gehen nicht in den Tod. Uns erwartet ein Land, in dem Milch und Honig fließen!«

Alle auf dem Platz Versammelten brachen in Hochrufe und Jubel aus. Die Kinder aus Girona flehten ihre Eltern an, sich dem Zug anzuschließen. Jetzt betrachtete Elias Frodoi mit einem leisen Lächeln.

»Sie brauchen Glauben«, sagte der junge Bischof.

Fünf Soldaten in Kettenhemden und Lederwämsern traten ehrerbietig vor Frodoi, die Rundhelme unter dem Arm. Sie waren Mitglieder der Bischofsgarde von Barcelona und tags zuvor eingetroffen, um ihn zu seinem Ziel zu geleiten. Frodoi begrüßte ihren Hauptmann. Oriol war siebenundzwanzig Jahre alt und stand seit sechs Jahren im Dienste des Bistums. Begleitet wurde er von seinen besten Männern Duravit, Italo, Nicolás und Egil, erfahrene Krieger sie alle. Es waren weniger als erwartet, aber die Sarazenenangriffe des vergangenen Sommers hatten zu Verlusten geführt. Es hatte Tote gegeben und Verwundete, die sich noch von ihren Verletzungen erholten. Die fünf Soldaten hatten einen heiligen Eid geschworen, das Leben des Bischofs zu schützen. Als Frodoi in Oriols Augen sah, fühlte er sich gestärkt; vor ihnen lag die schlimmste Etappe der Reise.

Nicht weit vom Bischof stand Drogo von Borr mit seinen Männern, Söldner, wie Oriol ihm erklärte. Frodoi hatte das Angebot des Adligen, ihm Geleit nach Barcelona zu geben, höflich abgelehnt und erklärt, dass er seine eigene Leibwache habe. Der junge Bischof ahnte, dass hier ein Versuch unternommen wurde, ihn zu manipulieren, um sich Vorteile zu verschaffen, und er wollte nicht schon mit Verpflichtungen und Bündniszwängen an seiner neuen Wirkungsstätte ankommen. Drogo tat, als würde er akzeptieren, aber sein gezwungenes Lächeln verriet die Kränkung.

Erneut läuteten die Glocken. Die Mitra und die Messgewänder wurden in einer Truhe verstaut, und Frodoi bestieg sein Pferd in einem schlichten schwarzen Gewand, den silbernen Krummstab in der Hand, und folgte in Begleitung seiner Leibgarde dem Kreuzträger, der den Zug anführte. Sie verließen Girona durch das Oñar-Tor, um auf der Via Augusta in Richtung Süden zu ziehen. Die Siedler schlossen sich dem Bischof an, während die Einwohner sie mit lautem Jubel verabschiedeten.

In der Menschenmenge, die sich vor der Kirche versammelt hatte, standen auch Isembard und Rotel. Unter ihren Umhängen verborgen, beobachteten sie den Aufbruch. Unter den vielen Fremden waren sie bislang unbemerkt geblieben, wie Isembard vorausgesagt hatte, doch nun verließen die Siedler die Stadt. Girona war für die Geschwister ein feindseliger Ort geworden. Den Händlern zufolge hatte Drogo von Borr Soldaten nach Santa Afra geschickt, um zwei Leibeigene zu fangen, die einen seiner Männer ermordet hatten.

Frodois Worte beeindruckten Isembard. Die Mönche in Santa Afra waren schweigsam und ernst gewesen. Noch nie hatte er jemanden mit einem solchen Charisma gesehen.

»Sie sind unsere Rettung, Rotel«, erklärte Isembard, der vor der Ansprache des Bischofs mit einigen Siedlern geredet hatte. »Sie brauchen fleißige Hände für die Feldarbeit, und sie sagen, dass der Mönch, bei dem man sich einschreiben muss, keine Fragen stellt.«

»Und Drogo?«, fragte Rotel argwöhnisch. Sie sahen den Adligen und seine Männer reglos vor dem Kirchenportal stehen. »Geht er nicht mit ihnen?«

»Ich habe gehört, dass der Bischof sein Geleit abgelehnt hat, weil er eine eigene Leibgarde besitzt.«

Rotel nickte, wirkte allerdings wenig überzeugt. Sie war lieber in der Einsamkeit, als sich so vielen Unbekannten anzuschließen, aber Drogo hatte einen kostbaren Kelch für sie bezahlt und würde weiter nach ihnen suchen.

Die Menge zerstreute sich, und sie blieben allein zurück. Sie erregten zu viel Aufmerksamkeit, also nahm Isembard Rotel bei der Hand, und sie mischten sich unter die Siedler, die sich am Stadttor drängten, um Girona zu verlassen.

»Keiner kommt hier durch, ohne sich auszuweisen!«, dröhnte die Torwache. »Es könnten sich zwei flüchtige Leibeigene unter den Siedlern befinden.«

Die Geschwister sahen sich erschrocken an. Drogo hatte

seine Vorkehrungen getroffen. Unter dem Torbogen stand ein junger Priester mit einem Pergament und überprüfte die Reisenden. Die Torwache forderte jeden auf, die Kopfbedeckung abzunehmen.

»Was machen wir jetzt?«, fragte Rotel, die von der Menge vorwärtsgeschoben wurde.

Sie versuchten umzukehren, doch die Menschenmasse drängte sie murrend weiter in Richtung Tor. Am Torbogen angekommen, sah ein Soldat sie gleichgültig an, ehe er Rotel befahl: »Du! Nimm die Kapuze ab.«

Das Mädchen sah seinen Bruder hilflos an. Sie konnte sich nicht weigern. Gerade als sie ihr blondes Haar freilegen wollte, fiel dem Mann, der hinter ihr stand, ein Krug zu Boden und zersprang in tausend Stücke.

»Du dummes Ding!«

Öl ergoss sich auf das Pflaster der Toreinfahrt. Der Besitzer des Krugs verfluchte die junge Frau, die ihn angerempelt hatte, während ihr Begleiter ihn zu beruhigen versuchte. Ein alter Mann rutschte auf dem Öl aus, und es brach ein Tumult los. Die junge Frau, die den Schaden verursacht hatte, gab Rotel verstohlen ein Zeichen, sich zu beeilen.

»Los!«, flüsterte Isembard und zog sie an der Hand hinter sich her.

Die Soldaten und der Mönch mit der Liste wurden von der Menge beiseitegedrängt, weil die Menschen versuchten, der Öllache auszuweichen, und die Geschwister gingen mit gesenkten Köpfen vorbei. Geduckt ließen sie das Chaos hinter sich, stets damit rechnend, dass man sie aufhielt. Erst als sie den Fluss erreichten, fielen sie einander erleichtert in die Arme.

»Das war knapp«, sagte eine muntere Stimme hinter ihnen.

Die beiden zuckten zusammen. Da stand die junge Frau von eben, das Kleid mit Öl befleckt, und lächelte sie an. Sie musste in Isembards Alter sein, ihr Haar war dunkel und ihre Augen funkelten. Neben ihr stand ein rotblonder Mann, ein paar Jahre älter als sie, und blickte sie missbilligend an. Isembard lächelte dankbar zurück, und ein bislang unbekanntes Gefühl durchströmte ihn, als er die schönen Gesichtszüge seiner Retterin unter der Kapuze betrachtete.

»Warum hast du das gemacht?«, fragte Rotel misstrauisch.

Elisia sah Isembard an und antwortete nicht gleich. Dieser Junge war der schönste Mann, den sie je gesehen hatte. Sie spürte ein unerwartetes Kribbeln im Bauch.

»Ich habe in einer Taverne gearbeitet und bin in meinem Leben vielen Menschen begegnet, die auf der Flucht waren, aber ich muss sagen, ihr seid die Ungeschicktesten. Ihr wart so verängstigt, dass man es nicht übersehen konnte. Ich heiße Elisia, und das ist mein Mann Gali. Wir kommen aus Carcassonne. Ich habe euch vorher noch nicht gesehen.«

Die Geschwister sahen sich schweigend an. Rotel schien die Flucht ergreifen zu wollen, aber Isembard reagierte schnell.

»Wir sind Hirten aus den Bergen. Wir kommen aus dem Norden der Grafschaft«, log er und sah Elisia an. Er war unsicher, denn er hatte noch nicht oft mit Frauen gesprochen. »Meine Schwester heißt Rotel. Ich bin Isembard. Wir waren in der Stadt, um unseren Käse zu verkaufen, und haben beschlossen, uns den Siedlern anzuschließen, die nach Barcelona ziehen.«

Elisia hatte das Gefühl, in den blauen Augen des jungen Mannes zu versinken. Die Scheu, mit der er sie ansah, rührte sie. Er war so anders als Gali. Seine blauen Augen strahlten, und seine feinen Gesichtszüge verwirrten sie. Sie wollte sich nichts anmerken lassen, weil doch ihr Mann neben ihr stand, und deutete auf den Bischof, der den Zug anführte.

»Es ist egal, woher ihr kommt oder was ihr getan habt. Bischof Frodoi sagt, dass wir alle eine Chance haben. Auch ihr, wenn ihr wollt.«

»Weshalb habt ihr euch ihm angeschlossen?«, wollte Rotel

wissen. Sie hatte Elisias Unsicherheit Isembard gegenüber bemerkt und war verwirrt und verärgert.

»Habt ihr von den Köstlichkeiten gehört, die der Bischof beschrieb? Nun, ich werde sie zubereiten!«

Gali musterte die Geschwister. Sie hatten kein Gepäck dabei und trugen alte, abgerissene Kleider. Sie waren nichts. Unfreie vielleicht. Er sah sie herablassend an.

»Wir wollen eine Taverne eröffnen. Meine Frau ist die beste Köchin von ganz Gothien. Für andere wird es Arbeit auf den Feldern geben.« Er warf Rotel einen lasziven Blick zu, bevor er hinzufügte: »Und es müssen viele Kinder geboren werden, um die Mark zu bevölkern.«

Die Geschwister antworteten nicht, und Elisia ärgerte sich über Galis Überheblichkeit. In diesem Augenblick preschten zwei Reiter durch das Stadttor und begannen, die Siedler genau in Augenschein zu nehmen. Isembard und Rotel zogen die Kapuzen tief ins Gesicht.

»Sie suchen nach euch«, schloss Elisia ernst. »Deshalb wurden die Leute am Stadttor überprüft.«

Isembard sah sie an, und etwas in ihren honigfarbenen Augen bewegte ihn dazu, mit der Wahrheit herauszurücken.

»Meine Schwester wurde verkauft … Da sind wir geflohen«, erklärte er vertrauensselig.

Gali zog Elisia beiseite, um unter vier Augen mit ihr zu sprechen. Die Soldaten waren nicht mehr weit, und er konnte sich ein Grinsen nicht verkneifen.

»Wenn sie gesucht werden, springt vielleicht eine Belohnung für uns raus.«

»Sie ist noch so jung, Gali!«, rief Elisia entsetzt. »Ihr Bruder versucht sie zu beschützen, und sie kennen niemanden hier. Wir müssen ihnen helfen!«

»Sie sind Unfreie«, beharrte Gali. Elisia war nicht die unterwürfige, duldsame Ehefrau, die er sich erhofft hatte, und sein Unmut darüber wurde immer größer.

»Das war ich auch«, gab die junge Frau zurück.

»Aber jetzt bist du frei. Und du bist meine Frau!«, bemerkte er bissig. »Du hast mir zu gehorchen.«

Elisia erschrak über seine Reaktion, aber sie gab nicht nach.

»Und wenn zwei Unbekannte euch verraten hätten, als du mit deinem Großvater aus Vernet geflohen bist?«

Aufgebracht über die Bemerkung, ballte Gali die Fäuste. Aber es waren Leute in der Nähe, deshalb beherrschte er sich.

»Sie könnten uns Probleme machen.«

»Die haben wir schon.« Elisia strich über ihr ölgetränktes Kleid. »Wir haben ihnen geholfen, aus Girona herauszukommen.«

»Und wie willst du verhindern, dass man sie festnimmt?«, fragte Gali, als ihm klar wurde, dass sie die Wahrheit sagte.

»Wir lassen sie verschwinden«, antwortete sie mit einem verschmitzten Lächeln.

Die Händler in Oterios Schänke hatten manchmal von ihren Tricks erzählt, mit denen sie versuchten, Steuereintreibern und anderen Unannehmlichkeiten zu entgehen. Elisia hätte nie gedacht, dass sie einmal zu einer dieser Listen greifen würde. Sie gingen zu den Geschwistern zurück, und Gali musterte die beiden argwöhnisch. Seine junge Frau zeigte verdächtigen Eifer, den schönen Isembard zu retten.

»Vertraut mir und tut, was ich euch sage«, erklärte Elisia, während sie unauffällig zu den Soldaten herübersah, die immer näher kamen.

»Sie ist in einer Kaschemme zwischen fahrenden Händlern und Ganoven aufgewachsen«, bemerkte ihr Mann kühl.

Rotel runzelte die Stirn. Sie war misstrauisch, aber Isembard sah tief in Elisias Augen und legte den Arm um seine Schwester. Außerdem war es für eine Flucht ohnehin zu spät.

»Isembard«, sagte Elisia, »du gibst dich als Sklave meines Mannes aus. Rotel, wir tauschen die Umhänge, und dann kommst du mit mir.«

Die Geschwister nickten. Ihnen blieb keine andere Wahl.

Elisia und Rotel gesellten sich zu einer einfach aussehenden Familie, die einen zweirädrigen Karren zog. Darauf saß eine Frau, die ein kleines Kind stillte; daneben hockte ein weiteres Mädchen von etwa drei Jahren. Die Frau lächelte, als sie Elisia erkannte, und die beiden flüsterten miteinander. Die Mutter sah zu Rotel und dann zu den heranrückenden Soldaten. Schließlich nickte sie und hielt Rotel ihr Baby entgegen.

»Das ist Auria, sie ist erst wenige Monate alt«, erklärte Elisia. »Ihre Mutter heißt Leda. Es sind gute Menschen, und sie haben eingewilligt, dir zu helfen, Rotel. Du hast noch nie gestillt, nehme ich an?«

»Aber …«

»Los, mach schon!«

Weiter hinten feuerten die Reiter Gali an, der Isembard brutal vorwärtsstieß, als ob er wütend auf seinen Sklaven wäre. Er warf ihn in den Straßendreck, und die Soldaten ritten erheitert weiter. Elisia schüttelte Rotel eindringlich. Das Mädchen streifte einen Ärmel ab und legte nervös das Kind an die Brust.

»Mein Gott!«, stöhnte sie leise, als sie den Biss der zahnlosen Kiefer spürte.

»Du bist noch nie Mutter geworden, stimmt's?«, flüsterte Leda. »Komm, setz dich neben mich …«

Die Soldaten waren jetzt bei ihnen und musterten das junge Mädchen.

»Na, kriegen wir auch was ab?«

Sie schütteten sich aus vor Lachen. Rotel presste die Lippen zusammen. Der Schmerz war unerträglich, aber sie hielt ihn aus. Die kleine Auria wurde unruhig, weil keine Milch kam, und würde gleich losbrüllen. Elisia, die ein paar Schritte entfernt stand, begann kräftig zu husten.

»Schau mal, der Umhang … Er stimmt mit der Beschreibung überein«, sagte einer der Reiter und riss Elisia die Kapuze herunter.

»Du bist vor zwei Tagen mit dem Bischof gekommen. Woher hast du den Umhang?«

»Mein Herr …« Elisia hustete erneut, bevor sie weitersprach. »Den hat mir ein blondes Mädchen gegeben. Sie war sehr jung und sehr hübsch. Was habe ich denn getan? Nehmt ihn, wenn Ihr wollt!«

Die beiden Soldaten sahen sich angewidert an, während Elisia in einem fort in ihre Richtung hustete.

»Wo ist sie hin?«

»Sie war auf der Flucht mit einem Jungen, der ihr sehr ähnlich sah. Zur Stadtmauer in Richtung Norden, glaube ich … Mehr weiß ich nicht.« Sie tat, als bekäme sie keine Luft. »Ich … Ich …«

»Geh weg, du widerliches Ding! Los, reiten wir weiter.«

Rotel atmete erleichtert auf und gab Auria ihrer Mutter zurück. Dann sah sie Elisia an.

»Und das alles lernt man in einer Schänke?«

»Nur an regnerischen Tagen. Wenn es Nacht wird, ist es noch besser!«

Leda begann zu lachen, und ihr Mann Joan stimmte ein. Er hatte sich die ganze Zeit wachsam im Hintergrund gehalten, um die Seinen zu schützen. Die beiden waren Mitte dreißig; ihre Haut war wettergegerbt, und sie hatten freundliche Augen. Sie waren stolz darauf, zwei Bewaffnete hinters Licht geführt zu haben. Nun stellten sie ihre Kinder vor: Sicfred, der Erstgeborene, war fast so alt wie Elisia; Emma war fünfzehn, wie Rotel, Galderic war acht, Ada, die neben ihrer Mutter auf dem Karren saß, drei. Und dann war da noch die kleine Auria.

Isembard und Rotel fanden, dass das junge Mädchen aus Carcassonne so ganz anders war als sie selbst. Sie war den Umgang mit Fremden gewöhnt, offen und ungezwungen und hatte sich mit vielen der Siedler angefreundet. Sie kannte sogar Frodoi und sein kleines Gefolge.

Als sie Girona hinter sich gelassen hatten, waren die Siedler noch voller Zuversicht gewesen, doch schon auf der Via Augusta machte sich Beklemmung breit. Sicfred und Emma stimmten ein Erntelied an, und andere fielen ein, um sich Mut zu machen.

Isembard ging zu einem etwas abseits gelegenen Bachlauf, um sich den Schlamm abzuwaschen. Er war wütend auf Gali. Es wäre nicht nötig gewesen, ihn derart zu demütigen; darüber hinaus hatte er ihn in größte Gefahr gebracht, indem er die Aufmerksamkeit auf ihn lenkte. Er ist nicht wie seine junge Frau mit den schönen Augen, dachte er, während er sich das Gesicht wusch.

»Das war knapp.«

Neben ihm stand Elisia, eine leichte Röte im Gesicht. Sie sah zur Böschung hinauf, als fürchtete sie, es könne jemand kommen.

»Ich wollte mich für meinen Mann entschuldigen«, sagte sie nervös. Sie wusste selbst nicht genau, was sie hier wollte. »Er hat es vielleicht ein bisschen übertrieben … Aber er ist ein guter Mensch.«

»Danke, dass du uns geholfen hast«, antwortete Isembard, seinen ganzen Mut zusammennehmend. »Du bist das erste Mädchen außer Rotel, das ich kennenlerne, und du hast mich heute zweimal gerettet.« Er zögerte. »Dank auch an deinen Mann.«

Elisia war gerührt und verwirrt zugleich. Dieser Junge weckte Gefühle in ihr, die sie für Gali nicht empfand. Isembards dankbarer Blick verursachte ihr Gänsehaut, und zum ersten Mal seit Lamberts Tod merkte sie, dass sie wieder auflebte. Sie wollte wissen, wer diese Geschwister waren, die so verloren wirkten.

»Ich glaube, das wäre eine Geschichte wert.« Sie lächelte. »Aber ich muss jetzt gehen. Ihr solltet euch so schnell wie möglich bei den Leuten des Bischofs melden.«

Isembard nickte. Er hätte gern noch länger mit Elisia geredet, doch sie kletterte bereits die Böschung zum Weg hinauf. Er folgte wenig später und gesellte sich zu Rotel und den Kindern von Joan und Leda. Es war nicht gut, wenn sie sich abseits hielten, und auch wenn sie einer ungewissen Zukunft entgegengingen, entfernten sie sich mit jedem Schritt in Richtung Barcelona weiter von Drogo.

Am Abend wurden Isembard und Rotel bei Servusdei und Jordi vorstellig, die ihre Namen und ihren Herkunftsort notierten. Der alte Mönch bemerkte die Unsicherheit in ihren Gesichtern.

»Ihr könnt für eine der Familien arbeiten. Die alten Geheimnisse sind nicht länger von Bedeutung. Betet nur, dass sie nicht eines Tages auf euch zurückfallen.«

An diesem Abend lud Joans Familie auf Elisias Vorschlag hin die Geschwister ein, sich zu ihnen ans Feuer zu setzen, denn sie hatten nichts zu essen dabei. Nach einem kargen Mahl aus Dörrspeck und Brot erzählten Isembard und Rotel, dass sie als Leibeigene in einem kleinen Kloster aufgewachsen und von dort geflohen seien, als der Abt Rotel an den Adligen Drogo von Borr verkauft hatte. Den toten Soldaten erwähnten sie nicht. Abgesehen von Gali, der gleichgültig tat, lauschten die Übrigen, in ihre eigenen Dramen versunken. Das war die düstere Realität in dem verfluchten Land, das sie betraten.

5

Via Augusta, auf dem Weg nach Barcelona

Nur wenige wagten sich auf die Straßen der Spanischen Mark: Boten, Grafen oder Bischöfe mit ihrem Geleit und der eine oder andere Händler mit Eskorte. Ganze Dörfer waren verwaist, und zwischen den Städten reiste man auf den Resten der alten Römerstraßen. Die Abgeschiedenheit und die ständigen Sarazeneneinfälle schufen finstere Legenden von verschollenen Reisenden, von Banden, die wie wilde Tiere hausten, und noch schlimmeren Gefahren. Je näher Frodois Geleitzug Barcelona kam, desto düsterer wurde die Stimmung. Viele Abschnitte der alten Römerstraße waren überwuchert oder hatten tiefe Schlaglöcher, weil die Pflastersteine herausgerissen worden waren, um sie für andere Bauten zu verwenden. Die Karren blieben im Schlamm stecken und mussten Umwege nehmen. Einige waren gar nicht mehr zu verwenden, doch der Zug hielt nicht an, denn in dieser Einöde fühlten sie sich angreifbar.

Sie kamen an niedergebrannten Dörfern und Klöstern vorbei, zerstört durch Überfälle oder noch schlimmere Bedrohungen, über die niemand zu reden wagte. Die fröhlichen Lieder wichen dem monotonen Singsang der Gebete. Auf einem Hügel sahen sie einen der Steintische, die in vorbiblischer Zeit von Riesen erbaut worden waren: zwei gewaltige Findlinge, die eine flache Steinplatte trugen. Darunter befanden sich Früchte und Reste von Blut – Zeugnisse der alten Kulte, die noch nicht verschwunden waren. Frodoi ließ die Opfergaben mit Weihwasser besprengen und verbrennen, wagte es aber nicht, die Stätte zerstören zu lassen. Im Grunde fürchtete auch er, uralte Mächte zu entfesseln, die an entlegenen Orten wie diesem überdauert hatten. Er gab Anweisung, dass von nun an Sicfred, der älteste Sohn von Joan und Leda, dem Zug mit dem Kreuz vorangehen sollte.

Am dritten Tag geschah etwas. Als die Nacht hereinbrach und Frodois Eskorte vorausritt, um einen Lagerplatz zu suchen, erschien plötzlich ein Mann auf einer Anhöhe. Er trug einen dicken Überwurf aus Fellen und beobachtete schweigend den Zug, auf einen knotigen Stock gestützt. Sie riefen ihn an, doch sein Gesicht blieb unter der Kapuze im Dunkeln. Dann kehrte die Gestalt um und verschwand. Rotel war beunruhigt; es war dieselbe Gestalt, die sie in den Wäldern beim Kloster gesehen hatte, aber das behielt sie für sich. Auch der Bischof erwähnte den Zwischenfall nicht, als er im Lager eine kurze Andacht hielt. Die stumme Gegenwart des Unbekannten erfüllte jedoch alle mit abergläubischer Angst, und am nächsten Tag kehrte eine der reicheren Familien, die Eigentum und Sklaven besaßen, nach Girona um.

Von nun an fühlten sie sich beobachtet. Die Landschaft mit ihren ausgedehnten Steineichenwäldern blieb unverändert, und doch schlug die Stimmung um. Es gab Streit, die Kleinsten weinten viel, und Frodois Ansprachen weckten nicht mehr die gleiche Zuversicht wie vorher.

Der vierte Tag war unfreundlich und regnerisch. Die Siedler errichteten ihr Nachtlager neben einigen Felshöhlen am Straßenrand. Bevor es dunkel wurde, beobachtete Isembard, wie Elisia allein in einem nahen Wäldchen verschwand. Am Abend machte sie sich oft auf die Suche nach Pilzen, Beeren und Früchten, um die Mahlzeiten zu bereichern, die sie mit Joans Familie teilten. Am Waldrand bemerkte sie seine Blicke, lächelte und verschwand dann zwischen den Bäumen.

Isembard schaute sich um. Rotel unterhielt sich mit Emma. Obwohl sie so lange in der Einsamkeit des Klosters gelebt hatte, hatte sie schnell Freundschaft mit dem gleichaltrigen Mädchen geschlossen, und die beiden marschierten meistens gemeinsam. Gali saß mit anderen Männern in einer der Höhlen; sie teilten einen Schlauch Wein und würfelten. Elisias Mann achtete sehr darauf, mit welchen Siedlern er Umgang pflegte; seit dem ersten Tag hatte er kein Wort mehr an ihn gerichtet. Elisia begleitete er nie, obwohl er wusste, dass es für seine Frau gefährlich war, in einen unbekannten Wald zu gehen.

Nach ihrer Begegnung am Bach hatte Isembard immer wieder die Nähe des Mädchens aus Carcassonne gesucht. Er beobachtete sie, wenn sie mit anderen Siedlern plauderte und lachte. Elisia ertappte ihn stets und lächelte ihm zu, doch auch Gali war das Interesse nicht entgangen, das sie füreinander hegten, und er rief sie jedes Mal unter irgendeinem Vorwand zu sich.

Im Bewusstsein, dass es nicht richtig war, folgte Isembard ihr heimlich und entdeckte sie auf einer kleinen Lichtung. Sie weinte. Ihr Großvater war vor Kurzem gestorben, das hatte er erfahren, aber während des täglichen Marsches gab sie sich stets gut gelaunt. Tief betroffen verließ er seine Deckung und ging zu ihr.

Elisia erschrak, als sie Schritte hörte, doch als sie ihn erkannte, lächelte sie traurig.

»Ich weiß nicht, was ich hier soll, Isembard«, sagte sie, als müsste sie ihr Herz erleichtern. »Ich habe mein bisheriges Leben hinter mir gelassen und frage mich, ob das richtig war.«

»Du hast Gali«, warf er ein.

Elisia nickte bekümmert. Sie wollte nicht über ihren Mann sprechen. Er war nicht mehr so nett zu ihr wie in der Herberge und brachte sie nicht mehr mit Komplimenten zum Erröten. Stattdessen erinnerte er sie ständig daran, dass sie ihm die Freiheit zu verdanken hatte. Er forderte sein Essen und nahm sie jede Nacht ungelenk in Besitz, doch die übrige Zeit zog er die Gesellschaft seiner Kumpane und deren sauren Wein vor. Sie hoffte darauf, dass sich in Barcelona alles änderte; sie würden eine Taverne eröffnen und Kinder bekommen.

»Warum bist du hergekommen, Isembard?«, fragte sie verlegen.

»Es ist gefährlich im Wald.« Er kam sich lächerlich vor. Das Lager war ganz in der Nähe.

Elisia bemerkte seine Verunsicherung und wischte sich die Tränen ab. Sie wollte nicht, dass er ging.

»Du könntest mir beim Beerensammeln helfen«, schlug sie vor.

Isembard willigte ein. Er war nervös. Noch nie war er mit einem Mädchen allein gewesen, von Rotel einmal abgesehen. Elisia erzählte ihm voller Sehnsucht von Carcassonne, und ins Gespräch vertieft gingen sie immer weiter in den Wald hinein. Allmählich wurde es dunkel. Er hörte ihr hingerissen zu, während er ihre sanften Gesichtszüge und ihre zurückhaltende Schönheit bewunderte, die im Gegensatz zu ihren von jahrelanger Arbeit schrundigen Händen stand. Die Vertrautheit dieses Moments verwirrte ihn.

Elisia erkannte deutlich, was mit Isembard los war, und errötete. Er war ganz anders als Gali und die lärmenden Männer, die in Oterios Herberge verkehrt hatten. Er sprach wenig und bedachte seine Antworten genau. Außerdem schien er nicht sehr viel Erfahrung im Umgang mit Frauen zu haben, aber er war der schönste Mann, den sie je gesehen hatte. Seine Gesichtszüge waren zart wie die seiner Schwester, aber unter der zerschlissenen Tunika, die er trug, ließ sich ein sehniger, von der harten Arbeit gestählter Körper erahnen. Er gefiel ihr. Mit Gali hatte sie die körperliche Liebe kennengelernt. Er nahm sie keuchend, ohne mit ihr zu reden oder ihr besondere Zärtlichkeit zu schenken. Sie fragte sich, ob es mit jedem Mann so war.

Als es heftig zu regnen begann, liefen sie lachend zu einem schmalen Felsspalt, den sie hinter einer Steineiche entdeckten. Er war so eng, dass sich ihre Körper berührten. Elisia nahm das Kopftuch ab, um es auszuwringen. Sie schüttelte ihre dunkle Mähne und war sich dabei der Blicke des jungen Mannes bewusst. Ihr Verhalten war eine Beleidigung für ihren Ehemann, aber sie rückte nicht von Isembard ab. Die Anziehung war stärker, und sie begriff, dass zwischen ihnen gerade etwas Tiefes, Inniges entstand.

Das verbotene Verlangen erwachte auch in Isembard, der tief den Duft von Elisias feuchtem Haar einsog. Ihren Körper so nah an seinem zu spüren, erregte ihn und brachte die langen Predigten der Mönche von Santa Afra über Wollust und Ehebruch zum Verstummen. Isembard hob eine Hand und strich ihr sanft übers Gesicht. Elisia schloss die Augen und vergaß zum ersten Mal Carcassonne.

»Ich gehöre meinem Mann«, flüsterte sie behutsam, unfähig, die Grenze zu überschreiten.

Isembard traute sich nicht, weiterzugehen, und Elisia schwankte zwischen Schuldgefühlen und Verlangen. Als sie Stimmen im Wald hörten, rückten sie erschrocken voneinander ab. Sie sahen das Licht einer Fackel zwischen den Bäumen und dann Rotels schlanke Gestalt, die mit Leichtigkeit ihren Spuren folgte. Sie war in Begleitung von Joan und dessen ältestem Sohn Sicfred.

Elisia, der das Herz immer noch bis zum Hals schlug, lächelte verlegen und bedeckte ihr Haar, während sie erleichtert feststellte, dass Gali nicht bei ihnen war.

»Ich war eine Leibeigene wie du, Isembard. Gali hat mir die Freiheit geschenkt.« Zwischen ihnen war etwas entstanden, beide spürten es, aber nur Elisia hatte den Mut, es ohne Umschweife auszusprechen. »Schon der Gedanke ist Sünde, Isembard.«

In einem verzweifelten Impuls, vielleicht aus Enttäuschung, küsste der junge Mann sie. Es war ein ungeschickter Kuss, aber Elisia schloss hingebungsvoll die Augen. Ihre Herzen schlugen schneller, als sie sich voneinander lösten.

»Meine Schwester und ich wurden nicht als Unfreie geboren«, gestand er aufgewühlt.

»Ich wusste, dass ihr eine gute Geschichte bereithaltet«, sagte das Mädchen, um dem Augenblick die Spannung zu nehmen.

Die Wahrheit war alles, was Isembard Elisia zu bieten hatte. Bevor sie zu den anderen gingen, die nach ihnen suchten, erzählte er ihr vom Geschlecht der Tenes und von den zwei Kindern, die auf ihrer Flucht eine Legende und das dunkle Land zurückgelassen hatten, dem sie sich nun näherten.

Am Ende des fünften Tages verkündete Hauptmann Oriol, dass es nur noch wenige Meilen bis Barcelona seien. Der Bischof ließ das Lager aufschlagen und schickte den Hauptmann mit einem seiner Männer in die Stadt voraus, damit sie für den folgenden Morgen seine Ankunft ankündigten und einen feierlichen Empfang vorbereiteten. Als Stellvertreter des Königs würde ihn Vizegraf Sunifred mit den Würdenträgern, dem Klerus und der ganzen Bevölkerung willkommen heißen. Er hoffte darauf, dass sich ihm ein Wald aus Olivenzweigen entgegenstreckte und sämtliche Glocken der Stadt läuteten.

»Diese Gegend gefällt mir nicht«, flüsterte Rotel, während sie sich umsah. »Wir werden beobachtet.«

Jordi, der junge Priester, der ganz in der Nähe stand, deutete auf die bewaldeten Berge im Osten.

»Das ist die Sierra de la Marina. Dahinter liegt das Meer. In den alten Zeiten war sie ein heiliger Ort; auf den Gipfeln findet man Steintische und Ruinen. Die Menschen aus der Stadt bringen dort immer noch Opfergaben dar und feiern in gewissen Nächten des Jahres heidnische Rituale.«

Frodoi, der neben ihm stand, runzelte die Stirn.

»Überall dort, wo ein alter Tempel steht, werden wir eine Kapelle errichten, und die Steine dieser Tische werden als Türstürze dienen!«

Die Umstehenden nickten, wenn auch nicht sehr überzeugt. Die Via Augusta verlief durch dichten Wald. Der kalte Abendwind rauschte unheimlich in den Bäumen. Es war ein schwer greifbares Gefühl, das Rotel erschaudern ließ. Isembard legte den Arm um sie.

»In diesem Wald ist etwas, Bruder«, sagte das Mädchen unruhig.

Nachdem sie das Lager aufgeschlagen hatten, wurden die Feuer entzündet. Um eines davon saßen Isembard und seine Schwester mit Elisia, Gali und Ledas Familie. Ihr Mann Joan wollte den neuen Freunden in dieser letzten Nacht unterwegs ihre Geschichte erzählen: »Wir waren Leibeigene des Grundherrn Sicarius von Elne in der Grafschaft Razès im Frankenreich. Meine Familie lebte seit drei Generationen in dem Dorf zu Füßen der Burg, die von Leda sogar noch länger. Ich war Schmied, wie mein Vater und mein Großvater; ich fertigte Werkzeuge und Waffen für den Herrn. Es ging uns gut. Wir haben nie erfahren, was die Ursache für den Zwist zwischen den Adelsfamilien war, aber in der Nacht vor der Weinlese kamen Reiter und brannten die Häuser und Weinberge nieder. Viele von uns fanden den Tod.« Er sah seine Frau bekümmert an. »Den Frauen wurde Gewalt angetan. Als die Überlebenden zur Burg kamen, fanden sie Sicarius, seine Vasallen und seine gesamte Familie ermordet vor. Die Angreifer vergifteten die Brunnen mit verdorbenem Fleisch und verschwanden im Morgengrauen. In einer einzigen Nacht wurde das Dorf vom Erdboden getilgt.«

So war das Leben in diesen finsteren Zeiten. Überall erzählte man sich solche Geschichten. Nach langem Schweigen fuhr Leda unter Tränen fort: »Niemand kam uns zu Hilfe, und es erschien auch kein anderer Adliger, um das Land für sich in Anspruch zu nehmen.« Sie sah ihren Mann an. »So sind die Mächtigen. Sie geben ihren Schwertern Namen und ihnen Blut zu trinken. Wir haben unseren Sohn Joan begraben und diesen toten Ort verlassen. Wir waren dazu verdammt, Hungers zu sterben oder uns als Sklaven zu verdingen, doch vorher sind wir Bischof Frodoi – Gott schütze ihn! – und seinem Geleitzug begegnet.«

Rotel und Isembard blickten sich an. Joan und Leda hatten ihnen aus Girona herausgeholfen, um sich an diesen bewaffneten Männern zu rächen, die so viel Verderben anrichteten.

»Wer etwas zu verlieren hat, würde sich niemals entscheiden, in die Grenzmark zu gehen«, sagte Joan nachdenklich.

Elisia schaute ängstlich zu Gali. Sie bereute ihren Entschluss. Die Tatsache, dass sie tagelang niemandem begegnet waren, und die Ruinen erzählten von ähnlichen Dramen. Immer wieder fanden sie menschliche Gebeine am Wegesrand, die niemand bestattet hatte.

»Es wird gut für uns ausgehen, Elisia«, raunte er ihr selbstsicher zu. »Wir sind viel besser dran als die anderen hier.«

»Dein Wort in Gottes Ohr. Aber du musstest selbst vor vielen Jahren von hier fliehen.«

Gali starrte ins Feuer. Niemand achtete auf sie, deshalb sprach er leise weiter.

»Meine Familie wurde für ihre Treue zum Grafen bestraft. Wir dienen dem, der uns bezahlt. Vergiss das nicht. Das gilt für alle hier.«

Elisia winkte ab. Seine Worte klangen herablassend, aber sie fühlte sich wohl unter den Siedlern und war nicht bereit, sie im Stich zu lassen. In den letzten Tagen hatte sie kaum mit ihrem Mann gesprochen. Er verbrachte immer mehr Zeit mit seinen Kumpanen und deren Wein und hatte bereits den Großteil von Oterios Münzen ausgegeben. Das machte ihr Angst.

»Ich habe nie gesagt, dass es einfach wird«, bemerkte eine sonore Stimme hinter ihnen.

Sie erhoben sich respektvoll, aber Bischof Frodoi winkte ab und setzte sich auf einen flachen Stein am Feuer. In den vergangenen Tagen hatte er sich sehr nahbar gegeben. Er wusste nicht, wie der Empfang in der Stadt ausfallen würde, und war auf treue Gefolgsleute angewiesen.

»Selbst der König fragt sich, warum ich das Bischofsamt in Barcelona angenommen habe, doch nur ihr werdet die Antwort erfahren.« Trotz seiner Jugend war er eine beeindruckende Persönlichkeit. Seine Gesten und die Art, wie er seinen Blick über die Anwesenden schweifen ließ, gaben ihnen das Gefühl, wichtig zu sein. »Ich weiß nicht, ob es eine Stadt im weiten Erdenrund gibt, die in den vergangenen sechzig Jahren mehr Angriffe und Belagerungen erdulden musste und die doch immer noch steht. Ich will wissen, warum! Das ist das Geheimnis, das mich dazu bewegte, das Amt anzunehmen. Warum diese Stadt dem Untergang trotzt, und ob Gott einen Plan für diesen verfluchten Ort hat!« Er breitete die Arme aus. »Ich werde Teil dieses Plans sein, und ich zähle auf euch!«

Nach einem langen Schweigen sah er zu Rotel. Ihre hellblauen Augen hatten etwas, das ihn beunruhigte. Die Geheimnisse dieses Mädchens unterschieden sich von denen der anderen Siedler.

»Ich weiß, dass es unter euch Menschen gibt, die mit dem Gesetz in Konflikt geraten sind, die auf der Flucht oder vielleicht nicht aus freien Stücken hier sind. Dennoch hoffe ich, dass ihr von nun an meine Familie seid. Wir werden in einem Land mit eigenen Sitten und Gesetzen leben. In Barcelona betet man sogar in einem anderen Ritus zu Gott als im restlichen Reich. Einige Dinge werden sich ändern, andere werden uns verändern. Wir müssen darauf vorbereitet sein und Geduld haben, damit dieses Land auch unsere Heimat wird.«

Das darauf folgende Schweigen wurde jäh durchbrochen, als Joans älteste Tochter Emma auf einmal aufsprang und ängstlich fragte: »Wo ist Ada?«

»Da drüben!«, sagte Gali und deutete zum Wald.

Das kleine Mädchen hatte den Moment der Unaufmerksamkeit genutzt und tapste nun zwischen den Bäumen umher. Im Wald herrschte tiefste Finsternis. Rotel grub ihre Fingernägel in den Arm ihres Bruders.

»Ada, komm zurück!«, schrie sie entsetzt und übertönte sogar deren Mutter. »Komm da raus!«

Die Kleine hob die Hand und winkte. Plötzlich schrie sie auf und verschwand. Irgendetwas zog sie in den dunklen Wald. Ihre entsetzten Schreie wurden immer leiser.

»Mein Gott!«

Sie rannten hinter dem Mädchen her, und Chaos brach aus. Der Wald war erfüllt von Schreckensrufen und unheimlichem Heulen. Schatten tauchten zwischen den Bäumen auf, aber es waren nicht die von Menschen. Isembard erstarrte. Eine furchtbare Kindheitserinnerung kehrte zurück. Die Dämonen, die damals die Burg von Tenes überfallen hatten, waren zurückgekehrt, um sie in die Hölle zu verschleppen. Der Feuerschein fiel auf ein entsetzliches Gerippe aus rostigen Nägeln, das eine riesige Axt schwang. Eine weitere Gestalt mit einem Wolfskopf und weit aufgerissenem Maul erschien. Die Menschen zerstreuten sich voller Panik im Wald, und eine blutige Jagd begann. Isembard und Rotel sahen, wie eine der Kreaturen ihre Pranken in den aufgeschlitzten Leib einer Frau schlug, die noch einmal nach Luft schnappte, bevor sie ihr Leben aushauchte.

Dann entdeckte die Bestie sie und kam heulend auf sie zugestürmt. Isembard reagierte instinktiv und schleuderte dem Angreifer einen Stein ins Gesicht, als dieser mit einer gewaltigen Keule nach Rotel ausholte. Die Waffe streifte den Kopf des Mädchens, das mit blutüberströmtem Gesicht davontaumelte. Aber der Angreifer brach zusammen und verlor seinen Helm – und Isembard konnte sein Gesicht sehen. Es war ein bärtiger Mann mit schmutzverkrusteter, schartiger Haut.

»Es ist ein Mensch«, stammelte der junge Mann ungläubig.

»Ja, aber auf sein tierisches Wesen reduziert.« Frodoi stand neben ihm und betrachtete das Wesen entsetzt. »Gott weiß, welche furchtbaren Dinge er erleiden musste, um so zu werden. Los, wir müssen uns in Sicherheit bringen!«

»Und meine Schwester? Ich kann sie nirgends sehen.«

Das Lager war ein einziges Durcheinander von flüchtenden Siedlern.

»Such sie, Isembard. Gott stehe dir bei«, murmelte der Bischof. Der Angriff ist im Augenblick größter Verletzlichkeit erfolgt, nachdem Hauptmann Oriol nach Barcelona aufgebrochen ist, dachte Frodoi verzweifelt. »Er stehe uns allen bei …«

Gali und Elisia hatten Zuflucht unter den Wurzeln einer umgestürzten Eiche gefunden und kauerten mit angehaltenem Atem in ihrem Versteck. Einer der Angreifer hielt inne und schnüffelte wie ein Tier. Sein Gesicht war hinter einer dämonischen, rot bemalten Holzmaske verborgen. Es dauerte eine Ewigkeit, bis er schließlich weiterging.

»Wer sind sie?«, wimmerte Elisia. »Wenn wir lebend hier rauskommen, kehren wir nach Carcassonne zurück!«

Gali hielt ihr den Mund zu, aber es war zu spät. Der Maskierte kehrte zurück und schleifte Elisia durch das Laub davon. Das Mädchen kreischte vor Angst und sah flehend zu Gali, der aber blieb tatenlos sitzen. In dem Moment, als die Bestie einen riesigen Hammer hob, sprang sie plötzlich jemand von hinten an und rammte ihr ein Messer in den Hals. Das Monster brach im Todeskampf zusammen – und da sahen sie Rotel, das Kleid voller Schlamm, das Gesicht blutverschmiert, am Kopf eine klaffende Wunde. Sie wollte etwas sagen, doch dann brach sie bewusstlos zusammen.

Von der Römerstraße her erklang ein Horn. Wie auf Kommando ließen die Angreifer von der Jagd ab und verschwanden im Wald. Mehrere Gruppen von Männern mit Kettenhemden, hölzernen Rundschilden und Ledergamaschen im fränkischen Stil setzten ihnen nach.

»Keine Angst, ihr steht unter dem Schutz Drogo von Borrs!«, riefen sie den Siedlern zu, die verängstigt umherrannten.

Elisia versuchte weinend, Rotel wiederzubeleben. Immer noch verängstigt, kam Gali dazu.

»Gott sei Dank geht es dir gut«, flüsterte er, um seine feige Reaktion zu überspielen.

»Was geht hier vor? Wir sind in der Hölle gelandet, Gali!«

Nicht weit entfernt rief Leda nach ihren Kindern. Elisia atmete tief durch, um ihre Panik zu bezähmen.

»Bleib du bei ihr, Gali! Ich muss ihnen helfen.«

Ohne auf den Protest ihres Mannes zu achten, lief Elisia zu Leda, aber im Grunde suchte sie nach Isembard. Als sie über einen aufgeschlitzten Leichnam stolperte, fürchtete sie, auch ihn so vorzufinden.

Gali wollte nicht länger schutzlos der Gefahr ausgesetzt sein und beschloss, das Mädchen zurückzulassen, als er plötzlich von fünf Soldaten mit Fackeln umringt wurde. Einer von ihnen trug ein schmutziges Wams mit einem aufgestickten goldenen Drachen. Gali erkannte Drogo von Borr wieder, den Adligen, der in Girona auf den Bischof gewartet hatte.

»Mein Herr, ich verdanke Euch mein Leben«, sagte er in dem unterwürfigen Ton, der dem Adel so gut gefiel. »Was hat uns da angegriffen?«

»Hier nennt man sie ‚die Horden', weil sie in Gruppen unterwegs sind. Normalerweise kommen sie der Stadt nicht so nahe.« Er sah Gali verächtlich an. »Vielleicht haben sie eure Weiber gerochen.« Er betrachtete die Leiche des Mannes mit der roten Maske und bemerkte den Schnitt in der Kehle. »Wer hat ihn getötet? Du?«

Gali wollte nicken, aber Drogo lächelte grimmig und stieß ihn unsanft beiseite.

»Du siehst nicht aus, als brächtest du das fertig.« Sein Blick fiel auf Rotel, die bewusstlos auf der Erde lag, und er grinste verschlagen. »War sie es?«

Gali sah eine Gelegenheit gekommen, sich gut mit dem Adligen zu stellen. Es war sehr unklug von den Geschwistern gewesen, ihre Geschichte preiszugeben.

»Ich glaube, dieses Mädchen gehört Euch, edler Drogo. Sie

heißt Rotel und hat sich dem Zug in Girona angeschlossen. Sie steht unter dem Schutz des Bischofs wie wir alle, aber ich werde nichts sagen, wenn Ihr sie mitnehmt. Gegen eine kleine Belohnung …«

Bevor er den Satz beenden konnte, spürte er eine Klinge an seinem Hals.

»Und ihr Bruder? Ist er auch hier? Er hat einen meiner Männer getötet!«

»Er wird auf der Suche nach ihr sein, mein Herr!«, winselte Gali verängstigt.

Drogo bemerkte seinen feigen Blick. Dieser Kerl würde alles tun, um sein Leben zu retten.

»Wie heißt du?«

»Gali, aus Carcassonne«, keuchte er voller Angst.

»Hör gut zu, Gali …« Er presste ihm die Schwertspitze gegen das Augenlid. »Ich werde sie mitnehmen, und du wirst den Mund halten. Zur Belohnung darfst du dein Augenlicht behalten. Ich habe viele Vertraute in Barcelona. Wenn du einen Fehler machst, ziehe ich dir bei lebendigem Leibe die Haut ab.«

»Ich werde alles tun, was Ihr von mir verlangt!«, beteuerte Gali, starr vor Angst.

Schweigend gingen sie zu den Siedlern, die sich um das Zelt des Bischofs drängten. Eines Tages würde man den Kindern Legenden über die Dämonen erzählen, die aus dem Wald gekommen waren, aber sie würden den Schrecken dieser Nacht niemals vergessen können.

6

Die Sonne stand über dem Horizont, als Frodoi das abgegriffene lateinische Messbuch zuschlug. Er fühlte sich schwach und erschöpft – es war die längste Nacht seines Lebens gewesen.

Als er die Siedler segnete, sah er die Angst in ihren Gesichtern. Sie waren immer noch im Wald, denn mehrere Familien suchten noch nach ihren Vermissten. Die kleine Ada war nicht die Einzige gewesen, die bei dem Angriff verschwunden war. Zwölf zerstückelte Leichen hatten sie entdeckt, und mehrere junge Frauen und zwei Mädchen waren nicht wiederaufgetaucht. Frodoi wollte sie nicht in ungeweihter Erde begraben, aber er wollte auch nicht mit einem Leichenzug in Barcelona einziehen. Sie würden die Toten mit Steinen bedecken, beschloss er, und sie in einigen Tagen holen.

Der Bischof sah zu Drogo hinüber. Dessen Erscheinen im rechten Moment machte ihn misstrauisch. Der Adlige stand inmitten eines Dutzends Soldaten, trotz seines herrschaftlichen Aussehens war sein Blick beunruhigend kalt. Er trug einen eisernen Reif auf seinem schwarzen Haar und einen gestickten Drachen auf dem Wams, denn er brüstete sich, eines dieser Wesen in einer Höhle im Montseny-Gebirge besiegt zu haben. Keiner hätte es gewagt, das anzuzweifeln; schließlich wusste man nicht genau, welche Geschöpfe in dem geheimnisvollen Gebirge hausten.

Nun hatte Drogo den neuen Bischof gerettet, und alle hatten es gesehen. Aber Frodoi war besorgt. Vielleicht wusste Jordi mehr über diesen Mann. Er beschloss, unter vier Augen mit dem jungen Priester und Servusdei zu sprechen.

»Ihr solltet ihm nicht trauen, Herr«, sagt Jordi düster.

»Diesen Ratschlag hast du mir bereits in Girona gegeben,

aber jetzt will ich mehr wissen«, flüsterte Frodoi. In Girona hatte er Drogo beleidigt, und nun verfluchte er sich für seine Dummheit.

»Er behauptet, der rechtmäßige Erbe Rorgonis von Borrs aus Cerdaña zu sein, der ein Gefolgsmann Bernhards von Septimanien war, aber jeder in Barcelona weiß, dass er ein Bastard ist, der als Kind von Rorgonis ins Kloster gesteckt wurde. Angeblich waren die Mönche sein Benehmen irgendwann so leid, dass sie ihn in Aachen als Sklaven auf eine Galeere verkauften.« Jordi senkte die Stimme. »Man erzählt sich, dass das Schiff vor der afrikanischen Küste unterging und man ihn für tot hielt, doch Jahre später kehrte er zurück … Und er war nicht allein. Es heißt, er sei in Begleitung eines kohlschwarzen Dämons gewesen.«

»Geschwätz«, bemerkte Servusdei abfällig.

Aber Frodoi war überrascht. Afrika war Terra incognita. Niemand wusste, welche finsteren Geheimnisse sich jenseits des glühenden Wüstensandes verbargen.

»Mag sein, Pater«, fuhr Jordi fort. »Jedenfalls tauchte er auf der Burg der Borrs auf. Sein Vater war inzwischen gestorben, und seine Halbbrüder gaben ihm Waffen und ein Pferd, um ihn loszuwerden. Er schloss sich dem Heer Wilhelms von Septimanien an, als dieser nach Barcelona zog, um Rache für seinen Vater Bernhard zu nehmen. Angeblich flüsterte er Wilhelms schwacher Seele dunkle Gedanken ein, bis diese kohlrabenschwarz geworden war. Bekanntlich endete die Sache in einem Blutbad.«

»Wurde er nicht mit Wilhelm und den übrigen aufständischen Adligen gefangen genommen?«

»Als der Abtrünnige im Jahr 850 vor den Toren Barcelonas hingerichtet wurde, hatte sich Drogo bereits mit einer Gruppe von Söldnern und altgedienten Soldaten davongemacht und verschanzte sich in Osona. Dort plünderte er Dörfer und auch Niederlassungen der Sarazenen, was zu schweren Spannungen im Gebiet von Saragossa und Lleida führte. Möglicherweise ist seine Unbesonnenheit die Ursache für den Angriff auf Barcelona im vergangenen Sommer gewesen.

Die Grafen Humfried von Gothien und Salomon von Urgell haben ihn nicht unter Kontrolle, und viele glauben, dass ihm nicht nur seine Söldner dienen, sondern auch diese schrecklichen Horden, von denen wir angegriffen wurden. Die Menschen sind sehr abergläubisch, Bischof. Es heißt, Drogo sei in Afrika vom christlichen Glauben abgefallen.«

»Du glaubst, er hat uns diese Wilden auf den Hals gehetzt und ist dann erschienen, um uns zu retten?«

»In Girona wollte er sich bei Euch einschmeicheln, doch Ihr habt ihn zurückgewiesen. Ohne Hauptmann Oriol waren wir in einer misslichen Lage, völlig schutzlos, und Drogos Eintreffen war eine Vorsehung des Himmels. Also ja, Herr Bischof, es wäre möglich.«

»Und jetzt stehe ich in seiner Schuld«, stellte Frodoi missmutig fest. »Was will er? Pfründe? Privilegien?«

»Er hat bereits Burgen und Dörfer unter seiner Kontrolle. Er sucht Euren Einfluss, um Zugang zum Adel zu erhalten, den man ihm seiner unehelichen Herkunft wegen verwehrt.« Da Frodoi die Wahrheit hören wollte, teilte Jordi ihm die Befürchtung eines Großteils der Barcelonesen und des Klerus mit: »Er will der Graf dieses Landes werden.«

»Jordi könnte recht haben«, murmelte Servusdei, nachdem er aufmerksam zugehört hatte. »Dieser Vorfall sollte uns zu denken geben. Ihr solltet Euch auf niemandes Seite stellen und nichts unternehmen, bis Ihr die Gegebenheiten in der Grafschaft besser kennt.«

»Ihr solltet außerdem wissen, dass der gotische Adel Drogo wegen seines Verhaltens den Zutritt zur Stadt verwehrt«, setzte Jordi hinzu. »Wenn Ihr mit ihm dort erscheint, werden sie Euch ihre Ablehnung spüren lassen.«

»Ich bin Franke«, erklärte Frodoi, der sich in einem Dilemma befand. »Mit ihm wäre ich in einer stärkeren Position, um meine Interessen durchzusetzen.«

»Das ist nicht der richtige Weg, junger Herr Bischof«, entgegnete der alte Servusdei, während er sich über den langen grauen Bart strich. Er sah in Frodoi immer noch den Kathedralschüler aus Reims, der den Festen und den Mädchen mehr zugetan war als dem Studium.

Schließlich ging Frodoi zu Drogo. Mit seinem blassen, halb hinter seinem langen Haar verborgenen Gesicht wirkte er verschlagen.

»Wer waren diese Menschen, die uns angegriffen haben? Ihr spracht von Horden.«

Drogo sah ihn zufrieden an.

»Die ständigen Sarazenenangriffe stürzen jene ins Elend, die sich nicht versklaven lassen wollen. Wenn sie nicht Hungers sterben, zerbrechen sie unter dem schweren Joch. Also schließen sie sich Banden oder Horden an und verkommen mehr und mehr, ohne dass ein Priester ihrer Seele Erleichterung verschaffte.« Wenn Drogo von Borr sprach, war ihm die jahrelange Ausbildung in dem dunklen Kloster anzumerken, in das sein Vater ihn verbannt hatte. »Sie und ihre Kinder sind wie tollwütige Hunde, sie hausen in Höhlen tief in den Wäldern und überfallen Dörfer, Klöster und Handelskarawanen. Ihr wollt nicht wissen, wovon sie sich ernähren, wenn sie nicht genug zu essen finden …«

Den Bischof schauderte. Drogos Version der Missstände in der Spanischen Mark unterschied sich von derjenigen Jordis, doch sie unterstrich den Eindruck, dass in dieser Grenzregion das Böse regierte.

»Graf Humfried von Gothien hat alle Männer mitgenommen, die eine Waffe halten konnten«, fuhr Drogo fort. »Zurück blieb eine unzureichende Garnison, die nur die Stadt Barcelona schützt, und Graf Salomon hat sich in Urgell verschanzt.« Er straffte sich stolz. »Nur ich schütze die Spanische

Mark, Herr Bischof. Man wird Euch anderes über mich erzählen, aber das ist die Wahrheit.«

»Euer Erscheinen war ein Wunder«, murmelte Frodoi höflich.

»Ich war auf dem Weg von Girona zu meiner Burg Tenes, als die Kundschafter mir mitteilten, dass die Horden Euch auf der Fährte seien. Auch wenn Ihr meinen Schutz zurückgewiesen habt, denke ich doch, dass Barcelona einen Bischof braucht. Deshalb werdet Ihr lebend ankommen. Wir werden Euch in die Stadt geleiten, denn wir haben noch viel miteinander zu bereden.«

Frodoi gefiel die versteckte Drohung in seinen Worten nicht, aber ohne nennenswerte Eskorte musste er vorsichtig sein und durfte sich nicht so verhalten, wie er es in Girona getan hatte.

»Es ist Zeit zum Aufbruch!«, verkündete er, während Servusdei ihm die Mitra abnahm.

Die Hochrufe klangen weniger begeistert als in den vergangenen Tagen. Elisia half Gali, das Bündel mit ihren Habseligkeiten zu schultern, sie befanden sich bei der Familie von Joan und Leda. Alle waren am Boden zerstört und blickten immer wieder zu dem dunklen Wald hinüber, in der Hoffnung, die kleine Ada würde doch noch auftauchen. Sie war noch nicht getauft! Falls sie tot war, würde ihre Familie ihren Leichnam nicht waschen und mit geweihtem Öl einreiben können, wie es Brauch war, und ihre Seele würde rastlos umherwandern. Auch von Isembard und Rotel hatten sie keine Nachricht.

»Sie können doch nicht einfach so verschwunden sein!«, sagte Elisia verzweifelt.

»Sie sind vor Drogo von Borr geflohen. Kann sein, dass sie gefangen wurden oder nicht mehr am Leben sind«, gab Gali zurück. »Vergiss sie.«

Elisia sank in sich zusammen, aber angesichts von Galis Kälte wurde ihr klar, dass ihre Gefühle sie verraten würden, wenn sie sich nicht beherrschte – sie hatte ihrem Mann die

Treue geschworen. Sie sprach ein stilles Gebet für die Tenes-Geschwister. Wenn diese tot waren, würden sie bis in alle Ewigkeit in dieser wüsten Landschaft nacheinander suchen.

Die milde Oktobersonne stand im Zenit, als Barcelonas Glocken erklangen, um den neuen Bischof zu empfangen. Drogo gab ihm mit seinen Soldaten feierliches Geleit, während er Frodoi Informationen über die Stellung der Familie Rairan und seine persönlichen Ambitionen zu entlocken versuchte. Sie folgten der Via Augusta, die ein Stück am Rio Besos entlangführte, und erreichten schließlich eine sanfte Anhöhe. Der Blick, der sich ihnen bot, ließ sie innehalten. Vor ihnen breitete sich eine weite Ebene mit einigen Hügeln, Wäldchen und Feldern aus. Von der alten Römerstraße, die weiter in Richtung Süden führte, zweigte eine andere ab, die Jordi Via Francisca nannte. Sie endete vor dem Haupttor von Barcelona und befand sich in einem schlechten Zustand. Die ummauerte Stadt lag auf einem flachen Hügel vor der Küste, flankiert von zwei Abflussgräben, die in einem von Lagunen durchzogenen Marschland am Meer endeten. Zwischen den Feldern sahen sie einige Siedlungen mit kleinen Lehmhäusern.

»Sie sieht aus wie eine Königskrone!«, rief Galderic, der kleine Sohn von Joan und Leda, und deutete auf die stolze Mauer, von der die Stadt umgeben war.

»So ist es«, sagte Jordi stolz. »Die Gekrönte Stadt.«

Trotz der Trauer kehrten die Lebensgeister zurück.

»Zweiundsiebzig Türme«, zählte Sicfred.

»Sechsundsiebzig«, korrigierte ihn seine Schwester Emma.

»Vor vielen Jahrhunderten«, erklärte Jordi und erhob die Stimme, »gründeten römische Legionäre Barcino, das spätere Barcelona entstand. Die Stadt besitzt vier Tore. Das Haupttor, das auf die Via Francisca führt, nennen wir Portal Vell, das Alte Tor. Gegenüber liegt das Portal Nou, das Neue Tor. Das Tor zum Meer heißt Portal Regomir, und das im Nordosten, mit den zwei Rundtürmen, ist das Portal Bisbal, das Bischofstor, so genannt, weil es der Kathedrale und dem Bischofssitz am nächsten liegt. Seht ihr die Arkaden, die aus dem Tor herausragen? Das sind die Reste des römischen Aquädukts, das frisches Wasser aus den Bergen brachte.«

»Aber es ist voller Unkraut und wirkt verfallen«, sagte Galderic.

»Es wird seit Jahren nicht mehr genutzt. Die Stadt besaß auch Bewässerungs- und Abwasserkanäle.«

Zu beiden Seiten der Straße waren alte Grabsteine und steinerne Stelen mit verwitterten Inschriften zu sehen, doch die allgemeine Aufmerksamkeit galt den Feldern und Siedlungen. Die Weinstöcke waren abgehackt, die Olivenbäume verbrannt, die Häuser stumme Ruinen. Zwei nackte, abgemagerte Kinder sahen sie entsetzt an und rannten dann zu ein paar Bäumen, um sich zu verstecken.

Unten am Meer standen einige Lehmhäuser rings um eine kleine, rechteckige Kirche mit einer trapezförmigen Apsis, die man auf dem Strand errichtet hatte.

»In diese Kirche gehen die Fischer, um Schutz zu erbeten. Ihr Name ist Santa María«, erklärte Jordi mit Tränen in den Augen. »Der Berg, der sich dort hinter der Stadt über dem Meer erhebt, wurde von den Römern Mons Iovis genannt. Es gab dort eine kleine Burg, aber heute ist der Turm verlassen. Und dort drüben liegt der Hafen, in dem manchmal Händler aus Byzanz oder den Ländern der Ungläubigen eintreffen.«

»Eine Stadt, die einen Hafen hat, kann keinen Hunger leiden«, bemerkte Frodoi.

»Von der alten Hafenanlage ist nur ein verlandetes Dock geblieben. Heute gibt es nur noch einfache Holzstege. Die Münzstätte ist seit Jahren geschlossen, und ohne Münzen gibt es keinen Handel.«

Servusdei stimmte ein Loblied an, und sie setzten ihren Weg fort. Frodoi fühlte sich plötzlich schwach, seine Kräfte verließen ihn. Er dachte an Moses, der gezweifelt und das Gelobte Land nicht erreicht hatte. Der Moment der Wahrheit stand nun bevor, und er war nur ein junger, stolzer, unerfahrener Adliger. Er klammerte sich fest an die Zügel.

»Geht es Euch gut?«, fragte Servusdei besorgt.

»Wir dürfen nicht stehen bleiben«, flüsterte Frodoi tonlos. »Verlass mich nicht, o Herr.«

Die Begeisterung schwand zunehmend bei den Siedlern. Schweigend erreichten sie den östlichen Wassergraben, der zwischen Schilf und Binsen an der Stadtmauer entlangführte. Er enthielt kaum Wasser und stank.

»Diesen Graben nennen wir Merdanzar. Ihr könnt euch denken, warum. Dort entsorgen die Leute ihre Fäkalien. Der Graben auf der anderen Seite der Stadt heißt Areny und mündet in einen kleinen See, den Cagalell. Die ganze Region ist ein Sumpfgebiet.«

Über eine kleine Holzbrücke – die steinerne Brücke war eingefallen – erreichten sie das von zwei Türmen flankierte Portal Vell. An einem der Türme baumelte das Gerippe eines Gehenkten.

Blass wandte sich Frodoi zu Drogo um. Er sah dessen triumphierenden Gesichtsausdruck und seine stolze Haltung gegenüber den stummen Torwächtern. Gleich würde Drogo an der Seite des derzeit höchsten Stellvertreters des Königs in die Stadt einziehen, deren Zutritt ihm verboten war. Es war ein entscheidender Moment für das weitere Schicksal Barcelonas.

»Ich danke Euch für Euer Geleit, aber es ist der Bischof, der hier in seine Stadt einzieht«, verkündete Frodoi mit lauter Stimme, damit er auf den Türmen gut zu hören war. Er wusste, dass Drogo ihm das nicht vergeben würde.

Drogos Gesicht verzerrte sich.

»Ihr seid ein fränkischer Adliger, wie ich. Ihr solltet Eure Möglichkeiten einzuschätzen wissen.«

»Ich werde Euch zu gegebener Zeit empfangen, Drogo von Borr«, gab der Bischof fest zurück.

»Ich glaube, Euch ist nicht bewusst, was Ihr da tut …«

»Ich werde nicht vergessen, dass Ihr uns gerettet habt, doch nur Gott wird mich begleiten.«

Drogos Gesicht hatte einen bläulichen Ton angenommen, Ausdruck seines mühsam beherrschten Zorns. Der Bischof sah sich in seinen Augen von einem Schwert durchbohrt. Noch bevor er Barcelona betreten hatte, hatte er sich bereits einen gefährlichen Feind gemacht.

»Auch ich werde Eure liebenswerte Geringschätzung nicht vergessen … zum zweiten Mal.«

Drogo spuckte aus und preschte mit seinen Männern in einer dichten Staubwolke in gestrecktem Galopp über die Via Francisca davon.

Als sie außer Sicht waren, atmete Frodoi erleichtert auf. Er fühlte sich schlecht, aber er hatte sich lange auf diesen Einzug vorbereitet und hoffte, dass die Stadt seinen Mut zu schätzen wusste. Servusdei und Jordi legten ihm das prächtige Bischofsgewand an, und er ergriff den Bischofsstab, ohne von seinem Pferd abzusteigen. Obwohl er einen starken Druck in der Brust spürte, ließ er dennoch das Zeichen zum Weitermarsch geben.

Servusdei schwenkte ein Weihrauchfass und stimmte mit seiner rauen, tiefen Stimme einen Siegespsalm an. Hinter dem Stadttor hatte sich eine Menschenmenge versammelt, die sich in den verwinkelten Gassen verlor. Von den schnurgeraden, gepflasterten Straßen der Römer war nichts übrig geblieben, es gab nur morastige Gässchen mit eingeschossigen Häusern aus Lehmkalk und wiederverwendeten Steinen. Niemand schwenkte Olivenzweige, und niemand stimmte in den Lobgesang ein, um die Ankunft des neuen Hirten zu feiern. Die Glocken läuteten, doch die Einwohner musterten die Eintreffenden schweigend. Den Siedlern sank der Mut.

Oriol trat an die Seite des Bischofs, er wusste noch nicht, was geschehen war. Frodoi richtete sich auf und versuchte Entschlossenheit auszustrahlen, die er nicht besaß. Er hob die Hand, um das Volk zu grüßen, obwohl ihm nur Feindseligkeit entgegenschlug. Beklommen sah er zu Jordi.

»Ihr seid Franke, Frodoi, und sie sind Goten, Nachfahren der edlen Söhne dieser Stadt, die Barcelona schon vor den Sarazenen besiedelten. Es gibt auch viele Hispanier. Sie sind dem Kaiser treu ergeben, doch sie hängen ihren Gebräuchen an und geben Euch das auch zu verstehen.«

Vielleicht war es ein Fehler gewesen, Drogo zurückzuweisen. Frodoi stieg vom Pferd. Schweigend kniete er nieder und nahm eine Handvoll Erde. Die Sonne machte ihm zu schaffen. Er schüttelte den Kopf und sagte in der Sprache der Goten, die er mit Jordi geübt hatte: »Mit der Zustimmung König Karls und des Erzbischofs von Narbonne stehe ich hier vor euch als einfacher Hirte im Namen des Herrn. Ihr habt schwer gelitten, aber ich bin von weit her gekommen, um zu bleiben und das gleiche Schicksal zu erleiden wie ihr. Es sind dunkle Zeiten, in denen der Himmel darüber entscheidet, ob Barcelona weiterhin existieren oder wie andere Städte untergehen wird. Ich bin hier, um ihren Namen in das Buch des Lebens zu schreiben.«

Hinter dem Bischof hielten die Siedler den Atem an. Sie hatten Angst, dass sie nach all der Mühsal wieder dorthin zurückkehren mussten, wo sie herkamen. Nach einer schier endlosen Stille trat ein etwa fünfjähriges Mädchen mit schwarzem Haar und grünen Katzenaugen aus der Menge hervor und streckte ihm die Hand entgegen. Mit Tränen in den Augen betrachtete Frodoi ihr engelsgleiches Gesicht.

»Ich heiße Argencia und bin die Tochter von Nantigis und Goda«, sagte sie freiheraus. »Herzlich willkommen, Herr Bischof.«

Frodoi ließ sich von der Kleinen aufhelfen. Er fühlte sich immer elender, Panik erfasste ihn. Die Barcelonesen jedoch bedachten die Geste des Mädchens mit leisem Applaus, der immer lauter wurde, um schließlich die Fremden mit lautem Jubel willkommen zu heißen. Das Mädchen lief zu seiner Mutter zurück, einer schönen, eleganten Frau, die bei den örtlichen Adligen stand. Frodoi verlor sich für einen Moment in ihrem Blick. Er war tief bewegt.

Ein älterer Mann mit weißem Haar, gekleidet im gotischen Stil und mit einem blanken Schwert bewaffnet, kam ihm mit mehreren Beamten und Wachen entgegen.

»Ich bin Sunifred, Vizegraf von Barcelona. Im Namen Graf Humfrieds und aller Bewohner dieser Stadt heiße ich Euch willkommen.«

Die Glocken läuteten noch immer, während Jordi und Servusdei den Bischof stützten und der Zug sich auf den Weg zum Bischofssitz und den Palästen machte, die sich rechter Hand zwischen dem Portal Vell und dem Bischofstor befanden. Mit tränenverschleiertem Blick bestaunte Frodoi eine alte Kirche mit kreuzförmigem Grundriss, die vor einem Friedhof stand, und dahinter den Grafenpalast, der geradezu an der Stadtmauer klebte. Rechts davon befand sich der stolze Bischofspalast, ein rechteckiges Gebäude mit vorgesetzten Türmen. Seine Fenster waren hoch und schmal wie die einer Festung. Es gab noch weitere bischöfliche Nebengebäude, etwa ein kleines Hospiz aus wiederverwendeten Steinen. Doch sein Augenmerk galt der Kathedrale Santa Cruz.

Seine Vorgänger im Bischofsamt, Joan und danach Adaulf, hatten eine Erweiterung der westgotischen Anlage geplant. Rings um den bescheidenen Kirchenbau waren die ersten Steinfundamente und die Basen der Säulen zu sehen, welche die drei Kirchenschiffe tragen sollten. Doch die hölzernen Gerüste waren zerbrochen, und über allem wucherte Unkraut. Die alte, einschiffige Kathedrale, die sich innerhalb des geplanten Neubaus befand und auch einmal als Moschee gedient hatte, schien kurz vor dem Einsturz zu stehen. Unter dem baufälligen Portal warteten mehrere Geistliche.

Hinter der Kathedrale befand sich ein kleines, sehr altes Baptisterium mit einem quadratischen Grundriss. Es lag gleich neben dem Bischofssaal, Machtzentrum des Bistums und Versammlungsort des Kapitels. Der heruntergekommene Zustand der Gebäude spiegelte die Situation der Stadt wider.

Jordi zeigte ihm die Münzstätte, die Kaserne der Stadtwache sowie einige Adelspaläste rings um die Kathedrale und seinen eigenen Palast, doch der Bischof hörte nicht zu. Auf dem Weg hatte er verfallene Häuser und überwucherte Grundstücke gesehen, ausgemergelte Männer und in Lumpen gehüllte Frauen. Die Kinder, die hinter dem Zug herliefen, sahen halb verhungert aus. Das Elend war überall.

»Die Stadt stirbt, Jordi«, murmelte er.

Sie gingen über die Baustelle und betraten die Kathedrale. Im Inneren war es dunkel. Ein paar verrostete Lampen unter den schiefen Bögen beleuchteten das schmucklose Kirchenschiff, in dem der Mörtel bröckelte. Hinter einem alten Hufeisenbogen lag die quadratische Apsis mit Resten einer Bemalung, die noch aus der Zeit vor den Sarazenen stammte. Frodoi ließ die beiden Priester zurück und trat allein vor den steinernen Altar, über dem ein rostiges Kreuz an einer Kette hing. Eine tiefe Mutlosigkeit überkam ihn. Seit er die Zerstörung rings um die Stadt gesehen hatte, quälte ihn die Angst vor dem Scheitern, davor, dass seine Eingebung nur eine List des Teufels gewesen war und Gott nicht an seiner Seite stand.

Kraftlos sank er auf einer Grabplatte vor dem Altar auf die Knie. Er fuhr mit den Fingern über die Inschrift und entfernte die Staubschicht, die darauf lag. Entsetzt las er den Namen, bevor er das Bewusstsein verlor:

Frodoino.

Auf dem Platz vor dem Bischofspalast lagen sich die Neuankömmlinge in den Armen – endlich waren sie in Sicherheit. Elisia wartete immer noch auf Isembard und Rotel, aber sie tauchten nicht auf. Als Gali sich ein Stück entfernte, übermannte sie die Trauer.

»Warum weinst du?«, fragte eine tiefe Stimme hinter ihr.

Elisia fuhr überrascht herum. Es war die Mutter des Mädchens, das sie ungefragt im Namen der Stadt willkommen geheißen hatte. Leuchtend grüne Augen musterten sie aufmerksam. Die Frau war von einer herrschaftlichen, geheimnisvollen Schönheit, obwohl sie die dreißig bereits überschritten hatte. In der Herberge hatte Elisia gelernt, das Alter der Gäste zu schätzen und zu erkennen, woher sie kamen. Diese Frau mit den weichen Zügen war eine Gotin. Ihre vornehm blasse Haut stand im Kontrast zu dem pechschwarzen, geflochtenen Haar, das grünsamtene Kleid unterstrich ihre Figur. Sie strahlte eine bewundernswerte Stärke und Autorität aus.

»Wir haben heute Nacht viele Menschenleben verloren. Es war entsetzlich.«

»Möge Gott sie in sein Reich aufnehmen. Aber du scheinst um jemand Bestimmten zu weinen. Ich sehe es in deinen Augen. Deinen Mann vielleicht? Nein, das ist der dort drüben, der sich gerade unterhält, nicht wahr?«

»Ja, das ist Gali«, antwortete Elisia traurig. »Wir sind aus Carcassonne gekommen.«

»Eine lange und gefährliche Reise. Ich heiße Goda. Ich werde für die Toten beten.«

In ihrer Rührung vergaß Elisia ihre Scheu vor der Adligen. Da ihr Mann nicht in der Nähe war, wollte sie Isembards Namen aussprechen, als wäre er ein Gebet.

»Ich heiße Elisia. Ich weine um zwei Geschwister, die sich uns in Girona angeschlossen haben und die ich sehr mochte, Isembard und Rotel von Tenes. Wenn Ihr betet, bittet Gott darum, dass er sie beschütze … Falls sie nicht gestorben sind.«

»Wie, sagtest du, hießen sie?«, unterbrach Goda sie aufgeregt.

»Isembard und Rotel«, wiederholte Elisia, verwirrt über die unerwartete Reaktion. »Rotel ist verschwunden, als wir angegriffen wurden, und ihr Bruder ging los, um sie zu suchen, aber keiner kam zurück.«

»Aus dem Hause Tenes?«, fragte die Dame verstört.

»So erzählte er mir einmal«, bestätigte Elisia. Plötzlich bereute sie ihre Offenheit. Isembard hatte es ihr anvertraut, als handele es sich um ein Geheimnis. »Was ist? Wisst Ihr etwas über sie?«

Goda wirkte sehr erregt, aber sie nickte nur. Sie wollte so schnell wie möglich gehen.

»Auch ich werde für sie beten, junge Elisia. Gott schütze sie.«

Goda wandte sich zum Gehen und zog ihre Tochter Argencia hinter sich her zu einem Palast gegenüber der Kathedrale.

»Worüber habt ihr gesprochen?«, fragte Gali argwöhnisch hinter ihrem Rücken. »Du bist ganz aufgelöst.«

»Diese Dame hat sich angeboten, für die zu beten, die es nicht bis hierher geschafft haben«, log sie. Es war besser, Isembard ihm gegenüber nicht mehr zu erwähnen. »Immerhin akzeptieren uns die Menschen hier in Barcelona.«

»Um das zu wissen, ist es noch zu früh, Elisia.«

Elisia hörte ihrem Mann gar nicht zu. Sie war immer noch verblüfft über Godas Reaktion. Wir sind an einem fremden Ort, sagte sie sich, ich muss vorsichtiger sein.

7

Der Vizegraf bot einigen Siedlern Unterkunft in den Schuppen rings um den gräflichen Palast und die alte Kathedrale, wo große Tonkrüge mit dem Getreide für den Winter vergraben waren. Andere kamen auf freien Grundstücken oder in Stallungen unter. Die Neuankömmlinge vertrauten darauf, dass der Bischof in einigen Tagen sein Versprechen wahr machte und ihnen Kirchenland zuwies. Am Nachmittag wurde bekannt, dass Frodoi sich von seinem Schwindelanfall erholt hatte. Die Glocken riefen zur feierlichen Vesper. Der gesamte Klerus von Barcelona strömte herbei, auch die Äbte der nahen Klöster Sant Pere de les Puelles und Sant Pau del Camp. Die Kirche füllte sich mit den Angehörigen der Patrizierfamilien, die anderen blieben draußen auf dem Platz stehen.

»Es ist Zeit, nach dieser Sache zu suchen, von der mein Großvater sprach«, raunte Gali Elisia zu.

»Jetzt?«

»Bevor die Vesper vorbei ist. Niemand wird es merken.«

Sie schlängelten sich durch die Menge der Gläubigen und verschwanden in einer Gasse, die von den Palästen wegführte.

»Gombau hat mir genau erklärt, wo das Haus steht.«

Sie gingen eine abschüssige Straße hinauf, deren altes Pflaster teilweise erhalten war. Am höchsten Punkt der Stadt befand sich ein antiker Tempel, der die Zeiten überdauert hatte. Sprachlos stand Elisia vor den zyklopischen Säulen.

»Sie sind dicker als der Stamm einer hundertjährigen Eiche! Wer konnte so etwas bauen?«

Auch Gali war beeindruckt.

»Mein Großvater erzählte mir, er werde *Miracle* genannt, *das Wunder*. Die Kirche behauptet, christliche Heilige hätten ihn mit der Hilfe Gottes errichtet. Das Haus, das wir suchen, ist ganz in der Nähe.«

Immer noch fasziniert, folgte Elisia Gali, der angestrengt versuchte, sich zu erinnern. Neben den Säulen befand sich ein kleiner Platz, der von heruntergekommenen Häusern umgeben war. Einige waren bereits verfallen. Ganz vorne stand ein trutziges Haus mit bröckelnder Fassade. Gali war erleichtert, als er sah, dass es verlassen war.

»Das ist das Haus meines Großvaters Gombau.«

Das Gebäude hatte zwei Stockwerke und einen Dachboden, der als Kornspeicher diente. Sie warfen einen Blick durch die zersplitterte Tür, von der nur vermoderte Bretter übrig waren. Nachdem sie sich vergewissert hatten, dass niemand in der Nähe war, gingen sie hinein. Tauben gurrten und flogen durch das löchrige Dach davon.

»Dieses Haus kann jeden Moment einstürzen«, sagte Elisia beunruhigt.

»Umso besser, wenn sich keiner darum kümmert.«

Sie betraten einen großen Raum, an dessen Ende sich ein rußgeschwärzter steinerner Kamin befand.

»Sieh nur.« Gali deutete auf eine geometrische Stuckverzierung an der Decke, die durch die Feuchtigkeit bröckelte. »Es ist genau so, wie Gombau es beschrieben hat.«

»Deine Familie war wohlhabend«, sagte Elisia beeindruckt.

»Ich habe mit meinen Eltern in einem Wohnturm in Vernet gelebt, in Conflent. Mein Großvater war die meiste Zeit in Barcelona. Er stand im Dienst Graf Sunifreds. Als Wilhelm von Septimanien die Stadt angriff, musste er fliehen. Heute hole ich mir zurück, was mir gehört.«

Vorsichtig erkundeten sie den Rest des Hauses. Die Räume waren unbewohnbar. Die Treppe in den ersten Stock war aus Stein, aber sie verzichteten darauf, sie zu betreten, als sie die rissigen Stufen sahen. Sie gelangten in die Küche, die in einen Garten hinausführte. Überall lagen Schutt und Mörtel.

»Hier muss es sein. Komm, hilf mir.«

Sie räumten eine Ecke frei, bis eine Falltür erschien.

»Das war der Weinkeller.«

Elisia, die Zunder und Feuerstein dabeihatte, improvisierte eine Fackel aus Ästen und Stroh, die sie vom Boden auflas. Der Keller war voller kaputter Fässer und verrosteter Werkzeuge, die nicht mehr zu gebrauchen waren.

»Bete, Elisia. Bete wie noch nie.«

Elisia atmete tief durch. Gali zählte ein paar Schritte ab und begann dann, mit seinem Messer den Lehmputz von der Wand zu kratzen. Es war das erste Mal, dass sie ihn körperlich arbeiten sah. Nach einer Ewigkeit war ein rostiger Topf zu sehen.

»O, mein Gott«, rief Elisia aus.

Sie hoben ihn gemeinsam heraus. In seinem Inneren klimperte es beeindruckend. Gali nahm den rostigen Deckel ab, griff hinein, und als er die Hand wieder hervorzog, war sie voller kleiner Silbermünzen mit der Prägung der Münzstätte von Barcelona. Er ließ die Geldstücke in Elisias Hand fallen, die mit Tränen in den Augen zu lachen begann. Keiner von beiden hatte jemals einen solchen Reichtum gesehen. Euphorisch küssten sie sich. Das Leben würde weitergehen.

»Mein Großvater war immer zuversichtlich, dass einer seiner Nachfahren zurückkehren würde. Gott hat uns dazu ausersehen. Wir können unsere Herberge eröffnen, wie wir es uns erträumt haben!«

»Ich weiß auch schon einen Namen!«, sagte Elisia voller Hoffnung und neu erwachter Zuversicht. Ein neues Leben erwartete sie. »Wir nennen sie *Herberge zum Miracle.*«

»Gefällt mir.«

»Sieh mal, da ist noch ein Pergament.«

Ein Schatten huschte über Galis Gesicht. Keiner von beiden konnte lesen. Buchstaben haben die wundersame Macht, Gedanken festzuhalten, ganz gleich, wie viel Zeit vergeht, hatte

Lambert gesagt, der immer wissbegierig gewesen war. Neugierig betrachtete Elisia die Zeilen aus verblasster Tinte, doch Gali riss ihr das Schriftstück aus den Händen und versteckte es unter seinem Hemd.

»Warum machst du das?«, fragte sie verwirrt.

»Es wird ein altes Dokument sein, das keine Bedeutung mehr hat.« Gali klimperte mit den Münzen. »Das ist es, worauf es ankommt, Elisia! Deshalb sind wir hier.«

Sie nickte und umarmte ihn fest. Gali hatte sie nicht belogen. Es war an der Zeit, schwärmerische Gefühle und heimliche Küsse zu vergessen, so unschuldig sie auch gewesen waren. Gali war ihr Mann, und sie würde lernen, mit ihm zu leben, wie so viele Frauen in Carcassonne, die von ihren Eltern verheiratet worden waren.

Sie sprach das Pergament nicht mehr an, und mit Gombaus Schatz unter den Umhängen verließen sie bei Dunkelheit das verfallene Haus und unterhielten sich angeregt über die vielversprechende Zukunft, die sie in Barcelona erwartete. Mit diesem Vermögen würde es leichter für sie sein, sich ein Zuhause zu schaffen.

In der Sierra de la Marina lehnte Isembard mit dem Rücken an einer Eiche. Es war erneut Nacht geworden, und er suchte immer noch nach Rotel. Als Drogo von Borr aufgetaucht war, hatte er das Schlimmste befürchtet – es war sicher kein Zufall, dass seine Schwester wie vom Erdboden verschluckt war. Er rieb sich das Gesicht, um sich wachzuhalten, so erschöpft war er. Als er an Elisia dachte, wurde er noch trauriger. Er hoffte, dass sie in Barcelona und in Sicherheit war.

Ziellos wanderte er umher, bis er einen Widerschein auf einem Hügel sah und vorsichtig näher ging. Ein Feuer brannte vor einem dieser rätselhaften Steintische, aber dieser war anders als die anderen, da die obere Steinplatte von sechs Findlingen getragen wurde. Um das Feuer saßen drei in Tierfelle gehüllte Männer und wärmten sich schweigend. Ihre Helme mit den spitzen Hörnern lagen neben ihnen auf dem Boden. Sie gehörten zu der Gruppe, die sie angegriffen hatte.

Rotel war nicht bei ihnen, und so zog sich Isembard zurück. Da fiel sein Blick auf das Feuer. In der Glut lag ein angenagtes, verkohltes menschliches Bein. Zwischen den Steinen entdeckte er eine blutbefleckte Tunika aus grauer Wolle – das Kleid der kleinen Ada. Entsetzt taumelte er zurück und wurde entdeckt. Die drei Männer sahen furchterregend aus. Einer von ihnen hatte eine gezackte Narbe von der leeren Augenhöhle bis zum Kinn.

Sie packten ihre Keulen und verfolgten ihn. Dem ersten Angriff konnte er noch ausweichen, doch dann stolperte er und rollte durch das dürre Laub. Die Männer umringten ihn. Isembard dachte, sie würden ihm jetzt jeden einzelnen Knochen zerschmettern, doch plötzlich brach ein unter einer Kapuze verborgener Schatten zwischen den Bäumen hervor und griff überraschend an.

Der Unbekannte schwang das Schwert mit großem Geschick und schlitzte dem ersten Gegner den Leib auf. Er wich einem Keulenhieb aus und streckte den zweiten Angreifer mit einem Stich in die Kehle nieder. Der Dritte versuchte mehrmals, ihn zu treffen, doch der Fremde sah jede seiner täppischen Bewegungen voraus. Als der Wilde nach einem Treffer am Bein in die Knie ging, machte er ihm mit einem Hieb ins Genick den Garaus. Das alles hatte sich in einem Augenblick abgespielt. Isembard lag noch immer am Boden und betrachtete wie betäubt die Szene.

»Du hast Glück gehabt, Isembard von Tenes.«

»Wer seid Ihr?«, fragte Isembard misstrauisch. »Woher wisst Ihr meinen Namen?«

»Jemand aus Barcelona sagte, du befändest dich unter den Siedlern.«

Der Krieger kam näher und nahm die Kapuze ab. Er war ein Mann um die fünfzig, mit scharfen Gesichtszügen, Bart und dichtem grauem Haar. Isembard riss die Augen auf.

»Mein Gott! Du siehst aus wie mein Vater.«

Der junge Mann wich zurück, während er den Fremden mit dem lächerlichen Küchenmesser aus dem Kloster bedrohte. Er wollte den Mann einschüchtern, aber der verdrehte ihm das Handgelenk, sodass er die Waffe fallen ließ.

»Zumindest hast du Mut, Isembard von Tenes. Ich weiß, dass du nach deiner Schwester Rotel suchst, aber du wirst sterben, wenn du allein hier herumirrst.«

»Sie saßen gerade beim Essen …«, sagte Isembard, immer noch entsetzt. »Mein Gott, es war die kleine Ada!«

Er schwor sich, Joan und Leda niemals davon zu erzählen, falls er sie eines Tages wiedersah.

»Ich habe während einer Belagerung auch Menschenfleisch gegessen«, gestand der Mann mit belegter Stimme. »Manchmal macht das den Unterschied zwischen Leben und Tod aus. Aber diese Leute sind völlig verkommen und unterscheiden nicht zwischen einem Lamm und einem Kind. So weit hat uns die Not gebracht. Mein Name ist Guisand von Barcelona, und ich habe nach dir gesucht, seit ich die Nachricht erhielt.«

»Sie haben Rotel verschleppt!«

»Sie schleppen keinen mit, nur einzelne Körperteile. Wenn du sie nicht gefunden hast, dann, weil sie sich in der Gewalt Drogo von Borrs befindet.«

Isembard brach zusammen und hieb verzweifelt auf den Boden ein. Seine schlimmsten Befürchtungen bestätigten sich.

»Dann helft mir! Ihr seid ein Krieger, und Ihr kanntet meinen Vater!«

»Das werde ich, wenn der Moment gekommen ist. Heute Nacht ist etwas Wichtiges geschehen, etwas, das alles verändern kann.«

»Was?«

»Ich habe dich gefunden, Isembard II. von Tenes. Wenn du Rotel retten willst, dann komm mit mir. Wenn du wie dieses arme Kind enden willst oder noch schlimmer … dann setze deine absurde Suche fort.«

»Warum habt Ihr nach mir gesucht?« Ein dumpfer Schmerz stieg aus dem Nebel seiner Erinnerung empor. »Mein Vater ist vor langer Zeit verschwunden, und ich bin mit meiner Schwester in einem Kloster aufgewachsen.«

»Heute bin ich ein Ausgestoßener in diesen Wäldern, aber früher war ich sein Vasall.«

Isembard betrachtete ihn erstaunt. Er kannte Guisand nicht, und ihm wurde klar, wie wenig er über seinen Vater wusste. Als er an ihn dachte, kam die Wut wieder hoch, weil dieser ihn und Rotel auf der Burg Tenes ihrem Schicksal überlassen hatte. Die tiefe Wunde war nie ganz verheilt.

»Wenn Ihr ihm gedient habt, müsst Ihr wissen, was damals geschehen ist«, murmelte er. »Ihr müsst wissen, warum er nicht zurückgekommen ist, um seine Burg und seine Familie zu verteidigen.«

»Folge mir, Isembard, und du wirst die Wahrheit erfahren.«

Verwirrt und verzweifelt, beruhigte er sich allmählich. Guisand machte ihn neugierig, und nur er bot ihm Schutz in dieser unheilvollen Nacht. Rotel war nicht mehr hier, und es würde nicht leicht sein, sie zu finden, das musste er sich eingestehen. Er hatte nichts zu verlieren, deshalb stimmte er zu. Sie verließen den Wald in Richtung Via Augusta. Barcelona lag zur Linken, aber sie gingen weiter nach Süden, bis sie schließlich auf einen zwischen Pinien und Gestrüpp verborgenen Pfad abbogen.

»Das ist der Turm von Benviure«, verkündete Guisand von Barcelona. »In der Nähe haben Mönche ihre Zellen in die Erde gegraben. Du bist im Llobregat, an der letzten Grenze. Es ist eine gute Nacht, um Geschichten zu erzählen, junger Isembard, aber wir erwarten noch ein paar alte Freunde.« Er legte ihm die Hand auf die Schulter und setzte feierlich hinzu: »Noch eine Sache: Denk immer daran, dass du dein Leben einer Frau zu verdanken hast, Goda von Barcelona. Von ihr erhielt ich die Nachricht.«

Isembard bekam eine Gänsehaut. Von den Siedlern wusste nur Elisia von seiner adligen Abstammung, und das bedeutete, dass sie schon Kontakte mit den Bewohnern von Barcelona knüpfen konnte. Ohne es zu wissen, hatte sie ihn erneut gerettet. Er wünschte sich in den Felsunterstand im Regen zurück, um sie ein weiteres Mal zu küssen.

8

Der Bischof betrachtete die Grabplatte, über der er am Morgen zusammengebrochen war. Es stand gar kein Name darauf, denn das Grab war leer. Gott hatte seinen Glauben auf die Probe gestellt. Am Abend sollte er zu dem Festbankett gehen, das Vizegraf Sunifred und die örtlichen Würdenträger zu seinen Ehren im gräflichen Palast gaben. Vorher aber wollte er sich in Begleitung von Hauptmann Oriol sowie Jordi und Servusdei diskret in der Stadt umsehen.

Sie wanderten durch die verwinkelten Gassen der Stadt bis zu den vier Stadttoren.

»Ist Barcelona gut geschützt, Oriol?«

»Seit den Angriffen des vergangenen Sommers haben wir nur noch drei Dutzend Stadtwachen, aber die Mauern und die Zugangstore sind in einem guten Zustand.«

»Der erste Graf, Berà, ließ die Mauer errichten und verstärkte sie mit antiken Quadersteinen und Überresten von Grabplatten und Sarkophagen«, erklärte Jordi.

Durch schmutzige, stille Gassen gingen sie ins Herz der Stadt. Einige Straßen waren völlig verlassen, es roch nach Zwiebeln und gekochtem Kohl. Barcelona war eine ländliche Stadt mit Nutzgärten und Feldern zwischen verfallenen Häusern, denn außerhalb der Stadtmauer war nichts von langer Dauer. Im Zentrum besuchten sie eine dem heiligen Jakobus geweihte Kapelle sowie die alte Kirche Justo y Pastor. Ein Geistlicher in zerlumptem Habit öffnete ihnen die Kirche, die zu Zeiten der Westgoten Bischofssitz gewesen war. Es war eine kleine Kirche mit Hufeisenbögen über massiven Säulen, geschmückt mit Lampen im orientalischen Stil.

»Lasst Euch nicht von dem heruntergekommenen Zustand täuschen«, sagte Jordi. »Am Ruß könnt Ihr sehen, dass es das bestbesuchte Gotteshaus der Stadt ist, denn hier wird die Messe nach mozarabischem Ritus gefeiert.«

Frodoi schwieg. Dies war nicht der Moment, um dieses schwierige Thema anzugehen. Sie gingen hinaus und besichtigten römische Bäderanlagen und das berühmte Miracle.

»Hier befanden sich das Forum und der Augustustempel.«

Zwischen den Lehmziegelhäusern, die auf alten, vermoderten Quadern standen, war eine solche Pracht nur schwer vorstellbar. Nachdenklich kehrten sie zum Bischofssitz zurück. Viele Städte hatten einen ähnlichen Niedergang erlebt.

»Wie viele Familien leben in Barcelona? Wir sind kaum jemandem begegnet.«

»Nach den jüngsten Angriffen werden es nicht mehr als fünfzehnhundert Seelen sein«, sagte Oriol. »Und es werden noch weniger werden, denn bei der Belagerung wurde ein Teil der Weizen- und Traubenernte vernichtet.«

Die Lage war noch schlimmer, als Frodoi sich vorgestellt hatte, und in seiner Blauäugigkeit hatte er weitere hundert hungrige Mäuler in die Stadt mitgebracht.

»Lasst Euch nicht entmutigen«, sagte Servusdei, der das Mienenspiel des Bischofs stets genau beobachtete. »Gott ist mit Euch.«

Bei Einbruch der Dunkelheit legte Frodoi einen seidenbestickten Umhang und ein Goldkreuz an, um sich der örtlichen Bürgerschaft zu präsentieren. Der Saal des gräflichen Palasts war nicht mit dem in Reims zu vergleichen, aber an den Wänden hingen einige mottenzerfressene Gobelins, und der Fußboden war mit arabischen Teppichen bedeckt. Die Lampen brachten die Silberbecher zum Funkeln, die Vizegraf Sunifred für das Bankett hatte polieren lassen.

Der Bischof, dessen Macht mit derjenigen des Grafen gleichzusetzen war, nahm neben dessen leerem, metallbeschlagenem Holzthron Platz, und der Vizegraf stellte ihm die adligen Paare und Würdenträger vor, die, angetan mit ihren besten Festtagskleidern, der Reihe nach vortraten, um ihm ihre Ehrerbietung zu erweisen. Schließlich spürte Frodoi, wie sein Herz schneller zu schlagen begann. Die Mutter von Argencia, dem Mädchen, das ihm bei seiner Ankunft in Barcelona die erste Willkommensgeste entgegengebracht hatte, kam auf ihn zu. Sie trug ein Kleid aus schwarzer Seide und schritt elegant am Arm eines glatzköpfigen alten Mannes mit gelblicher Haut einher.

»Nantigis von Coserans«, flüsterte ihm der Vizegraf ins Ohr. »Grundbesitz in der Grafschaft und Ratsmitglied der Stadt. Er wird von seiner Frau Goda begleitet.«

Als er die Willkommensworte entgegennahm, hatte sich Frodoi bereits in den smaragdgrün funkelnden Katzenaugen dieser Frau verloren. Goda war von einer erhabenen Schönheit. Ihr Aussehen und Auftreten lösten ein seltsames Gefühl in ihm aus. Sie umgab etwas Geheimnisvolles.

»Bischof«, machte sich Nantigis mit mürrischer Miene bemerkbar. Ihm missfiel, wie der Geistliche seine schöne Frau musterte. »Meine Familie beliefert das Bistum und seine Pfarreien mit bestem Wein.«

»Ich hoffe, das bleibt auch so, Nantigis von Coserans«, antwortete Frodoi zerstreut und zwang sich, den Blick von Goda zu wenden.

»Wenn Ihr ein Darlehen für den Bau der neuen Kathedrale brauchen solltet, können wir ins Gespräch kommen.«

Goda schien über das Verhalten ihres greisen Mannes verstimmt zu sein. Sie entschuldigte sich höflich und zog Nantigis zu der langen Tafel, die sich unter einer Fülle von Speisen bog. Frodoi bewunderte ihr tailliertes, mit Perlen besticktes Kleid.

»Reißt Euch zusammen, Bischof. Dieser ebenso einflussreiche wie eifersüchtige alte Franke hat sich die beste Partie der Stadt geschnappt. Provoziert ihn nicht.«

»Ich weiß nicht, wovon Ihr sprecht, Vizegraf.«

Sunifred lächelte.

»Ich bin sechzig Jahre alt und lebe seit meiner Geburt in dieser Stadt. Ich kenne keinen Mann, der nicht für Goda, ihre Mutter oder ihre Großmutter entbrannt wäre. Sie hatten alle diese Augen … Goda gehört der ältesten Familie Barcelonas an. Ihre Vorfahren gehen womöglich bis auf die Römer oder die Laietani zurück, die vor langer Zeit in dieser Gegend lebten. Manche glauben, sie bewahrten die Seele der Stadt, und diese werde mit ihnen untergehen.«

»Warum ist sie mit diesem Mann verheiratet?«

»Sie war zuvor mit einem Ritter verheiratet, den Wilhelm von Septimanien wegen seiner Treue zum fränkischen Grafen Sunifred hinrichten ließ. Der alte Nantigis war schon seit den Zeiten Bernhards von Septimanien in der Stadt und damit beauftragt, die Steuern von den Händlern einzutreiben. Er bot Goda Schutz an, wenn sie ihn im Gegenzug heiratete. Sie haben eine Tochter, Argencia.«

»Das ist die Kleine, die mich heute Morgen willkommen hieß.«

»Goda ist sehr besonders, das werdet Ihr noch merken. Ich glaube den Geschichten nicht, die man sich über ihre Familie erzählt, die Leute in Barcelona hingegen schon. Wir alle schätzen und achten sie. Bringt sie nicht durch Eure jugendliche Glut in Gefahr.«

Frodoi setzte sich zu Tisch, und die Diener trugen die Speisen auf. Das Hauptgericht bestand aus gebratener Ente, aber der Bischof interessierte sich mehr für den Seefisch, den es in Reims selten gab, und kostete verwundert die geräucherten und gebackenen Köstlichkeiten.

Neben ihm saß der Vizegraf und erzählte ihm die Geschichte der Grafschaft. Gegenüber klagten der Archidiakon der Kathedrale und mehrere Kanoniker vehement über den Mangel an Priestern, Kelchen und Kirchenschmuck außerhalb der Stadt. Manche Grundherren errichteten Kirchen auf ihrem Land und in ihren Dörfern, ernannten eigene Priester und zogen sogar den Zehnten ein, als sei es ein Geschäft wie jedes andere.

Frodoi stellte beunruhigt fest, dass die Bischofskurie kaum funktionierte. Vakanzen und Zwistigkeiten häuften sich; außerdem waren die bischöflichen Schatullen leer, und da die Münzstätte geschlossen war, erhielt das Bistum auch nicht den dritten Anteil an der Münze, der ihm zustand. Das Bistum verfügte über Hunderte Sklaven und Diener, doch der Ernteausfall würde zu Hunger führen. Nicht zu sprechen davon, dass durch die Ankunft der Siedler nun noch mehr Mäuler zu stopfen waren – eine schlechte Idee nach Meinung vieler. Das beklagten sie, während sie genüsslich an Entenbeinen knabberten oder den Mund voller Nüsse hatten.

Frodoi war zunehmend bedrückt.

»Und was gedenkt Ihr für unsere Heimat zu tun, Bischof?«, fragte Goda vom anderen Ende des Tisches aus.

Plötzlich verstummten alle. Sie sah ihn aufmerksam an.

»Was würdet Ihr denn tun, Goda?«

Mit dieser Frage hatte sie nicht gerechnet. Ihr Gesicht spannte sich an. Eine Frau sprach nicht öffentlich über Regierungsfragen, schon gar nicht mit einem hohen kirchlichen Würdenträger.

»Was weiß schon eine Frau?«, bemerkte Nantigis mit schwerer Zunge und entlockte den Anwesenden das eine oder andere verächtliche Lachen.

»Mein Herr, lasst Eure Frau reden«, beharrte Frodoi.

Goda runzelte die Stirn. Der Bischof wollte tatsächlich hören, was sie zu sagen hatte! Deshalb sprach sie offen und freiheraus.

»Die Spanische Mark wird nur bestehen können, wenn die Grafenwürde durch Erbe an die Nachkommen des jeweiligen Grafen übergeht, ohne dass der König ein Mitspracherecht hat.«

Die Antwort machte die Anwesenden sprachlos, insbesondere die Franken.

»Die Verteilung der Pfründe ist Sache des Königs«, entgegnete Frodoi alarmiert. »Dieser Gedanke grenzt an Verrat.«

»Karl der Große überließ seinem Zweig der Familie den Thron, weil er davon ausging, dass sie seine Reformen für mehr Frieden und Wohlstand durchsetzen würden. Hätten seine Enkel nicht aus Habgier diesen Weg verlassen, wäre die Spanische Mark kein düsterer, verlassener Ort, und es gäbe nicht so viele Konflikte in den Territorien des Reichs.«

»Wie sähe Barcelona aus, wenn es eine erbliche Grafenlinie gäbe?«, fragte der Bischof in das angespannte Schweigen hinein.

Der schmucke Frodoi stellte sie auf die Probe. Noch heute Nacht kann ich im Verlies seines Palastes enden, dachte Goda, aber seine Augen baten sie, weiterzusprechen. Sie kannte diesen Blick bei Männern gut und fürchtete sich nicht.

»Das weiß nur Gott, Herr Bischof, aber wenn ein Graf die Mark erhalten wollte, würde er das Land neu besiedeln und mit seinem Heer schützen. Viele Grafschaften in anderen Regionen werden von Adelsfamilien regiert, die der König als Erben anerkennt, und so gedeihen sie. Barcelona hingegen wird von Grafen aus unterschiedlichen Familien regiert.«

»Sei endlich still, Frau!«, entfuhr es Nantigis.

Alle begannen gleichzeitig zu reden, und die Kluft zwischen den gotischen und den fränkischen Adligen wurde offenkundig. Frodoi und Goda sahen sich an. Der Bischof spürte etwas in sich brodeln und mit Macht in seine Brust drängen. Er war ohne klares Ziel hierhergekommen, doch diese schöne Frau hatte ihm die Herkulesaufgabe vor Augen geführt, die Gott für ihn vorgesehen hatte. Es war wie eine Vision: Nur so war die Spanische Mark zu retten.

Goda bemerkte, wie sich der Gesichtsausdruck des Bischofs veränderte, und lächelte. Frodoi wollte die tiefen Geheimnisse ergründen, die ihre Katzenaugen zu verbergen schienen. Er wollte sie kennenlernen, und als sie nun lächelte, erfüllte es ihn mit Glück.

Im Turm von Benviure verschlang der junge Isembard trotz seiner Erschöpfung und seiner Sorge um Rotel gierig einen Kanten Brot und ein Stück Käse, die ihm die Einsiedler reichten. Stunden später erschienen zwei weitere Ritter, die mit Guisand von Barcelona befreundet waren: Inveria von Roussillon und Nilo von Montclús – wie Guisand nicht mehr die Jüngsten, aber in guter Form. Alle drei waren verbannte Adlige, die in den Wäldern hausten, wo sie einer vergangenen Zeit nachhingen, die nicht mehr wiederkommen würde.

»Magst du Geschichten, Isembard?«, fragte Guisand, während er das Feuer schürte. »Dieses Land ist voller Geschichten von unglücklichen Sarazenenmädchen, Drachen und mächtigen Zauberern. Von Siedlern, die kamen, um die brachliegende Erde zu bestellen, und kein gutes Ende nahmen. Doch zuerst berichte uns deine Geschichte.«

Isembard erzählte ihnen alles, von den »Kindern der Erde« bis zu dem Überfall im Wald, bei dem Rotel verschwunden war.

»Diese Horden gehorchen Drogo, aber ich nehme an, dass du das bereits vermutet hast. Zum Glück ist dieser junge Bischof, Frodoi, nicht auf ihn hereingefallen und hat ihm den Zutritt zu Barcelona verwehrt. Er scheint ein kluger Mann zu sein.«

»Drogo kontrolliert Tenes, die Burg deines Vaters«, erklärte der alte Inveria düster. »Er hat Frodoi gerettet und deine Schwester mitgenommen … Das alles kann kein Zufall sein. Er verfügt über Hunderte von Söldnern und außerdem über diese Teufel, die in den Höhlen hier in der Gegend hausen. Rotel ist jetzt eine seiner Sklavinnen. Du kannst nur noch Rache üben, mein Sohn.«

»Warum habt ihr mich hierhergebracht?«, fragte Isembard, verärgert angesichts dieser harten Worte.

»Um dir unsere Geschichte zu erzählen. Die Geschichte deines Vaters und der Ritter der Spanischen Mark.«

»In Santa Afra erzählte man sich, dass sieben Ritter dem König schworen, die Spanische Mark zu verteidigen, doch sie wurden zusammen mit ihren Truppen vernichtet. Mir ist nie zu Ohren gekommen, dass mein Vater einer von ihnen war.«

»Nach jahrelangen Unruhen schworen im Jahr 834 sieben gotische Adlige Kaiser Ludwig dem Frommen, die Grenze des Reichs in der Spanischen Mark zu verteidigen. Obwohl sie dem jeweiligen Grafen Gehorsam schuldeten, begriff Ludwig, welche Gefahr das Emirat von Córdoba darstellte, und gewährte ihnen Lehnsland, um Truppen und Burgen entlang der Grenze zu unterhalten. Dieser Turm wurde von ihren Mitteln erbaut; es gibt noch weitere davon im Llobregat, am Cardener und am Segre, die allerdings heute verfallen sind. Auch sorgten sie dafür, dass das brachliegende Land in Barcelona, Osona und Urgell wieder besiedelt wurde.

Im Jahr 844 schloss sich Graf Sunifred von Urgell aus der Familie der Belloniden, der nach der Hinrichtung des aufständischen Bernhards von Septimanien dessen Nachfolge angetreten hatte, der Sache an. Über zehn Jahre gelang es den Sarazenen nicht, die Grenze zu überschreiten. Alle vertrauten darauf, dass der König nach Sunifred einen seiner älteren Söhne – Wilfried und Miro – zum Grafen ernennen würde, um die Bemühungen um Befriedung fortzuführen, doch dann erschien der schreckliche Wilhelm von Septimanien, um seinen Vater zu rächen, und ließ Sunifred vor den Augen von ganz Barcelona hinrichten.«

»Ich dachte immer, die Ritter der Mark wären nur eine Heldenlegende.«

»Eine Legende mit traurigem Ausgang, Isembard. Dein Vater war einer dieser sieben Ritter; er verschwand bei dem Versuch, Sunifreds Gemahlin Ermesenda und ihre sieben Kinder zu retten.«

»Was ist damals geschehen?« Isembards Frage weckte schmerzliche Erinnerungen. Guisand nickte traurig.

»Das weiß keiner. Es gelang deinem Vater, sie aus der Stadt zu bringen, als Wilhelm von Septimanien Barcelona einnahm und Sunifred hinrichten ließ, doch dann verliert sich die Spur. Vielleicht sind sie in den Wäldern gestorben. Von der Gräfin und ihren Kindern hörte man nie wieder etwas. Zwei Jahre lang zog Wilhelm auf der Suche nach Widersachern brandschatzend durch die Mark, bis Aleran von Troyes ihn schließlich schlug. Es waren furchtbare, blutige Zeiten, von denen die Grafschaft sich nie erholt hat. Im Jahr 852 kam es zu einem erneuten Angriff der Sarazenen. Aleran fiel im Kampf, und zurück blieb ein verwüstetes Land. Wir Überlebenden haben nie aufgegeben, Sunifreds Nachkommen zu finden, die uns die Hoffnung auf eine Zukunft für die Spanische Mark zurückgeben könnten.«

»Ich erinnere mich, dass mein Vater nicht kam, um uns zu schützen, als die Burg Tenes angegriffen wurde, und ich erinnere mich an die Angst …«, sagte Isembard bitter. »Die Truppen Wilhelms von Septimanien eroberten die Burg im Jahr 849 und töteten alle. Meine Mutter …« Seine Stimme versagte, und seine Augen füllten sich mit Tränen. So viele Jahre hatte er gegen diese schrecklichen Bilder angekämpft, die nun mit Macht zurückkehrten. »Dann kamen diese Horden, töteten die Soldaten, die noch Widerstand leisteten, und zogen plündernd durch die Burg. Nur meine Schwester und ich entkamen durch den alten Brunnenschacht.«

»Hast du noch Erinnerungen an deinen Vater? Er sprach immer mit Stolz von dir.«

»Ich war erst sieben Jahre alt. Er verbrachte den Winter bei uns – stets bewaffnet. Er hatte in tausend Schlachten gekämpft und versprochen, mich den Umgang mit dem Schwert zu lehren, aber er hat sein Versprechen nicht gehalten. Meine Mutter und er sprachen kaum miteinander; heute glaube ich, dass Rotel der Grund war.«

»Dein Vater war ein großer Kämpfer mit einem edlen Herzen. Vergiss das nie, Isembard, auch wenn er seinen Schwur über die Familie gestellt hat«, erklärte Guisand mitfühlend. »Ich war ein Gefolgsmann deines Vaters, Inveria und Nilo dienten anderen Rittern. Nach der Hinrichtung Graf Sunifreds wurden wir von einem der sieben, Darvard von Berga, verraten, der unter dem Einfluss Drogo von Borrs stand. In den zwei Jahren des Terrors, die darauf folgten, wurden die übrigen Ritter der Mark und ihre Gefolgsleute gefangen und hingerichtet. Danach löschten sie ihre Familien aus, wie es auch deiner widerfuhr, und zerstörten oder besetzten ihre Burgen. Viele Männer fanden ein grausames Ende.«

»Mit der Ernennung des jungen Bischofs aus dem Frankenland scheint Drogos Ehrgeiz wieder erwacht zu sein.« Wie zuvor Guisand stocherte nun Inveria mit ernster Miene in der Glut. »In den letzten Jahren hat er seinen Machtbereich ausgeweitet und seine Truppen verstärkt, aber in diesem Land gibt es einen Dämon, den finstersten Dämon, den du dir vorstellen kannst, Isembard. Wir haben ihn durch die Gegend ziehen sehen und glauben, dass er sich mit ihm verbündet hat.«

»Was hat Drogo vor? In Santa Afra hieß es, er sei früher Priester gewesen.«

»An ihm ist wenig Heiliges. Seit Jahren will er die Nachfolge der derzeitigen Grafen Humfried von Gothien und Salomon von Urgell antreten, um Markgraf zu werden.«

Isembard dachte an das Bein der kleinen Ada, und ihm drehte sich der Magen um.

»Jemand, der schutzlosen Menschen den Tod bringt, sollte nicht regieren.«

»Du beginnst zu verstehen«, sagte Guisand. »Kein König würde ihm ohne Weiteres einen Grafentitel verleihen. Aber Drogo ist Franke, und er hat sämtliche Rivalen aus dem Weg geschafft.«

Nilo ergriff das Wort.

»Obwohl die Situation in der Mark immer schwieriger wird, wird König Karl keine Truppen entsenden, denn das würde seine Position gegenüber seinem Bruder Ludwig dem Deutschen und seinen Neffen schwächen, die im übrigen Reich herrschen. Die Spanische Mark muss sich aus eigener Kraft verteidigen, und Drogo ist der Einzige, der noch dazu in der Lage wäre. Deshalb hält er seinen Anspruch auf die Grafenwürde für rechtmäßig; das ist seine Strategie. Er hoffte, dass Bischof Frodoi als Franke ihm dabei helfen würde, den Thron der Stadt zu erringen. Jetzt wird er gekränkt sein und einen Rachefeldzug anzetteln, um den Bischof zu zwingen, sich seinem Willen zu beugen.«

»Und ihr habt vor, ihn aufzuhalten?«

Guisand, Inveria und Nilo sahen sich an.

»Wir sind Verstoßene, ohne Land und ohne Zuhause. Unsere Familien wurden ermordet, seit elf Jahren hausen wir in den Wäldern und suchen erfolglos nach den Belloniden. Unsere Zeit ist vorüber, doch heute Nacht ist uns klar geworden, weshalb Gott uns noch nicht zu sich berufen hat.« Guisands Augen waren feucht vor Rührung. »Mag sein, dass der neue Bischof unserer Sache nicht dient, doch mit ihm ist eine Hoffnung gekommen, die wir verloren glaubten: du, junger Isembard.«

Inveria von Roussillon legte dem Jungen die Hand auf die Schulter.

»Du magst keine Waffen, keine Ausbildung und kein Land haben, aber du bist Isembard II. von Tenes, der einzige überlebende Nachkomme der Ritter der Mark. Du siehst deinem Vater so ähnlich, dass der gotische Adel es nicht leugnen kann. Nur dir wird es gelingen, die Vasallen der Sieben Ritter wieder zu vereinigen, die in alle Winde zerstreut überlebt haben. Auch Graf Salomon von Urgell, ein Verwandter Sunifreds, wird dich als Erben des Hauses Tenes anerkennen. Er hat deinen Vater sehr geschätzt. Eines Tages werden wir die Belloniden finden, und du wirst das Heer als Isembard II. von Tenes anführen, so wie dein Vater uns geführt hat!«

»Ich verstehe nur etwas vom Weinbau und trage eine Kutte, die mir die Mönche von Santa Afra gaben.«

»Du hast etwas, das wir dir nicht geben können: dein Blut«, sagte Guisand. »Wir werden dich in der Kriegskunst unterweisen, alles andere liegt in Gottes Hand.«

»So werden das Leben und der Tod deines Vaters nicht vergebens gewesen sein«, schloss Inveria.

Isembard fühlte sich überrumpelt. Vor einigen Wochen noch hätten ihn diese Ritter nicht einmal eines Blickes gewürdigt. Er hatte seine Herkunft verdrängt und hasste die Erinnerung an die Tenes. Er wollte nur Rotel finden. Dann dachte er an Frodoi, den jungen Bischof, der vor unüberwindlichen Schwierigkeiten stand, und an Elisia, deren Zukunft ungewiss war. Beide hatten Mut und ein Ziel, das sie mit Gottes Hilfe erreichen wollten. Er hingegen war immer nur auf der Flucht gewesen, zuerst von Tenes und nun aus Santa Afra. Er musste sein Leben in die Hand nehmen, und vielleicht war dies sein Weg.

»Du kannst die Lage noch nicht einschätzen, das verstehen wir«, erklärte Guisand, als er ihn so nachdenklich sah. »Fürs Erste denke nur über einen Grund nach, um heute Nacht hierzubleiben, und klammere dich fest daran. Alles Übrige wirst du mit der Zeit herausfinden.«

»Ich will meine Schwester wiederhaben, aber dafür muss ich wissen, wie man kämpft.«

Guisand sah seine Gefährten an.

»Sobald es dir gelingt, mich im Kampf zu besiegen, ziehen wir zur Burg Tenes, um sie zu befreien. Wenn sie zu Drogos Harem gehört, wird sie lange dort sein. In der Zwischenzeit wirst du als Verfemter in dieser verlassenen Gegend leben. Du wirst diese armen alten Männer beobachten und von ihnen lernen, während wir weitere Kämpfer zusammenrufen, um die verschollenen Belloniden zu suchen und Drogos Ehrgeiz Einhalt zu gebieten.«

»Dann wird es zu spät sein!«, rief Isembard verzweifelt.

»Unterschätze Rotel nicht«, sagte Nilo. »Sie kann selbst auf sich aufpassen.«

Seine Worte weckten Isembards Neugier, und ein alter Verdacht kam in ihm hoch.

»Ich weiß, dass sie unehelich ist. Mein Vater hat sie als Baby mitgebracht, und das hat ihm meine Mutter nie verziehen. Was muss ich noch wissen?«

Nach einem betretenen Schweigen begann Guisand zu sprechen.

»Dieses wüste Land birgt viele Geheimnisse. Es ist nicht nur von wilden Tieren und schrecklichen Horden bewohnt, sondern auch von anderen, geheimnisvollen Wesen; darunter gewisse Frauen, die sich aus der Welt zurückgezogen haben, um ihrem uralten Glauben zu frönen. Sie kennen die Eigenschaften der Pflanzen, und manchmal haben sie Macht über Tiere. Irgendwann wurde dein Vater von Sarazenen verwundet und blieb allein in einem Wald in der Nähe von Berga zurück. Da wir seine Leiche nicht fanden, gaben wir ihn verloren, doch nach einer Weile kehrte er genesen und mit größerer Tatkraft als je zuvor zurück. Er war verändert, ganz so, als hätte er mehr gefunden als Heilung für seine Wunden … Du verstehst. Danach verschwand er immer wieder für Wochen, und eines Tages kehrte er mit Rotel auf dem Arm zurück. Er hat uns nie eine Erklärung gegeben, aber nicht alle diese Frauen sind bucklige alte Vetteln.«

»Andere munkelten, er habe ein Stelldichein mit einer Lamie gehabt. Das sind weibliche Naturgeister, die nach wie vor in den Wäldern leben, auch wenn die Priester es noch so sehr bestreiten«, setzte Inveria mit einer gewissen Furcht hinzu.

Isembard schwieg. Das würde Rotels besondere Beziehung zur Natur und ihren ungezähmten, zuweilen grausamen und zerstörerischen Geist erklären. Wie dem auch war, es würde sie nicht vor Drogos Wollust bewahren.

»Glaub mir, mein Junge, wenn deine Schwester in den Wäldern geboren wurde, ist sie nicht so wehrlos, wie du befürchtest«, versicherte Guisand.

»Und wenn sie tatsächlich die Tochter einer Lamie ist – einer *Dona d'aigua*, einer Wasserfrau –, sollten sich andere vor ihr fürchten«, beteuerte Inveria mit einem nervösen Lächeln.

9

Der vorzügliche Wein von Nantigis, den Vizegraf Sunifred ausschenken ließ, hob die Stimmung der Festgesellschaft. Als die Musik aufspielte, begannen die Gäste zu tanzen.

Frodoi, an den nun nicht länger Bitten herangetragen wurden, unterhielt sich mit den Adligen, um herauszufinden, von wem er Unterstützung zu erwarten hatte. Im Geiste errichtete er bereits die neue Kathedrale, obwohl die Diözese drängendere Probleme hatte. Immer wieder hielt er Ausschau nach Goda. Nantigis war inzwischen betrunken und begann zu krakeelen, er torkelte, und man geleitete ihn zu einem Stuhl. Als hätte sie auf diesen Moment gewartet, begab sich Goda zur Tür, wechselte einen Blick mit dem Bischof und schlüpfte aus dem Saal. Frodoi ging davon aus, dass es sich um eine diskrete Aufforderung handelte. Goda war die Ehefrau eines einflussreichen Adligen, er konnte in Schwierigkeiten geraten, aber er wollte sie unbedingt kennenlernen – und nun bot sich eine Möglichkeit. Er schüttelte den Archidiakon ab und verließ unauffällig den Saal.

Er ging die Treppe hinunter und folgte der geheimnisvollen Frau in die dunkle Nacht, ohne zu ahnen, wohin sie ihn führte. Schließlich sah er, wie sie die alte westgotische Kirche mit dem kreuzförmigen Grundriss betrat. Frodoi zögerte. Es konnte eine Falle der Goten sein. Andererseits hatte er während des Festbanketts keinerlei Feindseligkeit von Seiten Godas bemerkt.

Neugierig ging er weiter und folgte ihr in die Kirche, aber Goda war nicht da. Eine einzige Öllampe beleuchtete den Tabernakel, der an Ketten im Altarraum hing. Er bekam es mit der Angst zu tun und wollte schon umkehren, doch dann entdeckte er am Ende des Querschiffs eine Öffnung, durch die Licht nach außen drang. Vorsichtig stieg er in eine kleine

Krypta mit mächtigen marmorierten Säulen und geschwärzten Hufeisenbögen hinab. Am Boden und an den Wänden befanden sich zahlreiche Grabplatten und steinerne Sarkophage. Goda stand mit dem Rücken zu ihm.

»Meine Großmutter beteuerte, hier habe sich die Tafel König Salomos befunden, bevor diese nach Toledo gebracht wurde. Niemand erinnert sich noch daran.«

Ein Bischof und eine verheiratete Adlige allein in einem Raum, das war nicht angemessen, doch er fühlte sich stark zu ihr hingezogen.

»Angeblich ist deine Familie älter als das antike Barcino«, bemerkte Frodoi fasziniert.

Sie deutete auf die Krypta und sagte andächtig: »Viele meiner Vorfahren liegen hier begraben. Ich komme oft hierher, wenn ich mich verloren fühle.«

»Und so fühlst du dich heute Abend, Goda?«, fragte er, während ihn ein beunruhigendes Gefühl erfasste.

Als sie sich zu ihm umwandte, war Frodoi wie geblendet von ihrer Schönheit, aber Goda wirkte traurig.

»Weshalb bist du gekommen, Bischof? Was suchst du so fern deiner Heimat?«

»Gott hat mich hierhergesandt. Hier ist meine Heimat.«

Goda erschauderte. Sie wollte wissen, ob er die Wahrheit sagte oder ob er ihr aus demselben Grund gefolgt war wie so viele Männer vor ihm: um sie zu verführen. Der Franke schien jedoch etwas in ihr zu suchen, das über ihre Schönheit hinausging. Sie hoffte so sehr, dass er nicht so war wie die anderen Männer. Sein Äußeres gefiel ihr; sein kluges Gesicht, seine dunklen, lebhaften Augen, sein lockiges Haar.

»Das haben schon andere Franken vor dir gesagt, aber noch nie hat mich ein Kirchenmann um meine Meinung gebeten«, erklärte Goda.

Sie roch nach Rosenöl. Frodoi überlief es heiß und kalt, als sie so nah vor ihm stand.

»Vielleicht glaubst du ja wirklich, dass du dem Ruf Gottes folgst«, setzte sie hinzu.

»Wem sonst, wenn nicht ihm?«

Frodoi hatte in jungen Jahren viele Frauen verführt, doch nun, da er Bischof war, sollte er über der Schwäche des Fleisches stehen. Goda jedoch zog ihn in ihren Bann.

»Deshalb habe ich dich in die Krypta geführt.« Sie blickte ihm tief in die Augen. »Ich wollte wissen, was du davon hältst …«

Frodoi sah überrascht zu den Gräbern. Die Krypta strahlte eine besondere, geheimnisvolle Energie aus. Er fühlte sich beobachtet. Goda ging um ihn herum, als nähme sie ihn genau in Augenschein.

»Als du mir beim Bankett zugehört hast, hat sich etwas in dir verändert. Darf ich erfahren, was?«

»Ich hatte das Amt nur angenommen, um meine Rivalen zu verärgern«, gestand Frodoi. »Ich dachte, wenn ich neues Leben in diese Diözese bringe, würde mich Hinkmar von Reims mit Würden überschütten, und ich wäre derjenige, der als Letzter lacht. Als ich mich dann kundig machte, fand ich es spannend, dass Barcelona so viele Angriffe und Aufstände überstanden hat, und fragte mich, ob ich etwas für diese Stadt tun könnte. Heute habe ich eine sterbende Stadt gesehen. Ich bin ein praktisch veranlagter Mensch, und dank deiner Worte beim Bankett ist mir klar geworden, dass es nicht mit ein paar Siedlern, einer Kathedrale und einem einheitlichen römischen Ritus getan ist.«

»Erzähl weiter, Bischof«, bat Goda interessiert. Ihr entging Frodois Begehren nicht, aber da war noch mehr.

»Du weißt sicherlich, dass nicht König Karl die Geschicke des Reichs lenkt, sondern eine Reihe von Adelsgeschlechtern, die sich die Territorien aufteilen, wie die Wilhelmiden bei Hof oder die Bosoniden in der Provence. Sie kontrollieren die Straßen, Brücken und Pässe. Sie stellen die Armeen, und auch wenn sie dem König die Treue schwören, dienen sie letztlich nur sich selbst. Am wichtigsten sind die Blutsbande. Sie treffen ihre Entscheidungen gemeinsam und stets zum Wohle der Familie; so bewahren sie ihre Herrschaftsbereiche und vergrößern sie ständig.«

»Hier ist das nicht so.«

»Das hast du mir deutlich gemacht.« Er lächelte ihr zu. »Die Spanische Mark braucht ein erbliches Grafengeschlecht!«

Godas Herz klopfte ihr bis zum Hals. Dieser neue Bischof besaß Charisma, und sie begann zu ahnen, dass mit ihm womöglich eine echte Chance bestand, die Stadt zu retten.

»Der derzeitige Anwärter auf die Nachfolge Graf Humfrieds heißt Drogo von Borr.«

»Er glaubt, dass man den König durch Stärke überzeugt. Aber der Hof funktioniert anders.« Frodoi lächelte hintersinnig. »Ich bin ein schlechter Hirte und ein noch schlechterer Theologe, aber Hinkmar hat mich nicht hierhergesandt, um mich zu bestrafen und den Gegnern meiner Familie einen Gefallen zu tun. Heute Abend ist mir klar geworden, dass er mich hierher bestellt hat, weil er mir zutraut, dieses Land von seinem Fluch zu erlösen.«

Sie standen sich nun unmittelbar gegenüber. Goda spürte, wie sie nach so vielen Jahren auflebte – auch in körperlicher Hinsicht. In Frodois feurigem Blick erkannte sie die Stärke eines Kriegers und die List eines byzantinischen Händlers.

»Ich schlage dir ein Bündnis vor, Bischof. Ich werde dir helfen. Ganz Barcelona wird hinter dir stehen.«

»Lass mir Zeit, um Ansehen in der Kurie und bei Hof zu gewinnen«, antwortete Frodoi, ohne zu zögern. »Welche Familie besitzt genügend Unterstützung im gotischen Adel?«

»Die Belloniden. Aber Sunifred wurde vor dreizehn Jahren hingerichtet, und keiner weiß, was aus seinen Söhnen geworden ist.«

»Ich kenne die Familie vom Hörensagen«, erklärte der Bischof. »Die Nachfahren Bellos von Carcassonne. Falls sie tot sind, muss man auf weitere Verwandte zurückgreifen, etwa Salomon von Urgell.«

Beide spürten das Verlangen hinter den Worten, und beiden war es verboten – aber keiner trat einen Schritt zurück.

»Ich bin nicht allein, Frodoi. Andere denken genauso wie ich. Bei deiner Ankunft ist ein Wunder geschehen. In deinem Gefolge befand sich Isembard II. von Tenes! Sein Vater war ein Ritter der Mark, wie mein erster Mann.« Sie sprach mit Begeisterung, es sprudelte nur so aus ihr heraus. »Das kann kein Zufall sein! Die Mächte der Welt blicken wieder auf dieses vergessene Land!«

»Du sprichst von Gott«, sagte Frodoi argwöhnisch.

»Du bist der, den meine Vorfahren erwarteten«, antwortete Goda. »Du hast uns die Hoffnung zurückgebracht!«

Frodoi hatte weitere Fragen, doch das Feuer in Godas Blick ließ ihn alles vergessen. Keiner von beiden wich zurück. Er konnte sich nicht länger beherrschen, beugte sich vor, um sie zu küssen, doch sie wandte sich erschrocken ab. Seit elf Jahren lebte Goda in einer eintönigen Ehe mit dem inzwischen impotenten Nantigis, und plötzlich weckte Frodoi Empfindungen in ihr, die sie für immer erloschen geglaubt hatte. Aber sie kannte ihn doch kaum, und er war Bischof.

»Mein Mann wird meine Abwesenheit bemerkt haben«, sagte sie verwirrt. »Ich muss zurück.«

Frodoi konnte nicht fassen, was er gerade versucht hatte.

»Ich muss dich wiedersehen, Goda.« Er war sich der Sündhaftigkeit seines Verlangens bewusst, aber er hatte noch nie dergleichen empfunden. Es war die Stärke, die sie ausstrahlte, ihre geheimnisvolle Aura.

»Wir haben einen Pakt vor meinen Ahnen geschlossen«, sagte Goda. »Sie halten dich für würdig, und ich auch. Du und deine Siedler, ihr seid willkommen. Wir sehen uns bald.«

Mit einem letzten verschwörerischen Blick bat sie ihn, es gut sein zu lassen, und ging. Frodoi blieb noch einen Moment in der Krypta, um sich zu sammeln. Was für eine merkwürdige Begegnung war es gewesen, die ihn jegliche Kontrolle verlieren ließ. Goda hatte ihn irgendwie verhext. Er würde den niedrigsten Mann aus dem Volk auf den Thron der Grafschaft bringen, nur um noch einmal die Leidenschaft in ihren Augen zu sehen. Und ihm wurde klar, dass dieses Gefühl seine größte Schwäche sein würde.

10

Als Rotel zu sich kam, hatte sie Schmerzen. Die Welt um sie herum war in Bewegung. Sie befand sich in einem hölzernen Käfig auf einem von zwei Maultieren gezogenen Karren. Neben ihr kauerten drei junge Frauen und zwei kleine Mädchen, allesamt Siedlerinnen. Ihre Tränen waren versiegt, und als Rotel schrie, flehten sie die Leidensgenossin an, still zu sein. Ein Mann kam und brachte sie mit Stockhieben zum Schweigen.

»Wohin bringen sie uns?«

Die anderen zuckten mit den Schultern. Sie rumpelten über einen steinigen Weg durch eine trostlose Landschaft.

»Wer sind sie?«

»Sie haben erwähnt, dass ihr Herr Drogo von Borr sei.«

Diese Nachricht war niederschmetternd.

Am späten Nachmittag erreichten sie einen kleinen Weiler, der an einem kahlen Hang klebte. Zwei Bauern mit wettergegerbter Haut verhandelten mit den Soldaten. Sie bezahlten fünf Schafe und ein Milchlamm für eine der Frauen und die beiden Mädchen. Rotel sagte nichts; ihr würde es nicht besser ergehen.

Als es Abend wurde, hielten sie an einem Steineichenhain an. Stunden später erschienen drei Reiter, die Umhänge und Turbane trugen. Während die anderen beiden Frauen beteten, verfluchte Rotel die Menschheit für ihre Grausamkeit. Die Neuankömmlinge feilschten mit den Häschern, und kurz darauf wurden die beiden jungen Frauen aus dem Käfig geholt. Rotel blieb allein zurück. Der Kaufpreis wurde in sarazenischen Goldmünzen entrichtet. Einer der beiden Käufer, der einen schwarzen Turban trug, musterte sie interessiert. Als er näher kam, kauerte sich Rotel in eine Ecke.

»Wie heißt du?«, fragte er mit fremdartigem Akzent.

Er war ein gut aussehender Mann um die zwanzig mit einem gepflegten, pechschwarzen Bart.

»Die nicht, Malik!«, knurrte einer der Soldaten und stieß ihn beiseite.

Der letzte Blick, den der Sarazene Rotel zuwarf, erschien ihr wie ein Versprechen, das er nicht würde halten können. Der Karren rumpelte weiter. Es begann zu regnen, und Rotel, die völlig durchgefroren war, weinte. Im Wald heulten die Wölfe; doch die wilden Tiere waren ihr immer noch lieber als Drogo. Schließlich sank sie in einen unruhigen Schlaf, und als die Männer sie wach schüttelten, standen sie vor einer dunklen Masse, schwarz wie die Nacht. Ein tiefer Schmerz durchzuckte sie. Sie erkannte den Ort wieder; sie hatte oft von ihm geträumt. Hoch oben auf einem schroffen Felsen thronte eine Festung mit einem zentralen Gebäude und einem einzeln stehenden Turm. Es war die Burg Tenes, der Stammsitz ihrer Familie. Ihr zerfallenes Aussehen ließ Schlimmes erahnen.

»Willkommen auf dem Sitz deines Herrn Drogo.«

Rotel klammerte sich an die Käfigstäbe, doch die Männer zerrten sie vom Karren. Den steilen Pfad zum Gipfel mussten sie zu Fuß zurücklegen. Sie banden ihr einen Strick um die Taille und hielten sie fest, damit sie nicht abstürzen konnte. Die einzigen Erinnerungen, die sie an diese Festung hatte, waren die Stille und der feindselige Blick einer Frau, die sie nicht als Mutter empfand.

Durch das Tor betraten sie den Waffenhof. Sie sah Speere mit Harpunenspitzen, Äxte, Holzschilde und Stapel von Schwertern, die in Wolldecken geschlagen waren. In großen Krügen lagerte Getreide für den Winter.

Das Hauptgebäude war ein quadratischer Turm, in dessen Erdgeschoss es nach Schweiß und Rost roch. Die Soldaten, die sich dort drängten, starrten sie an wie ausgehungerte Tiere. Während man sie schweigend nach oben in den Rittersaal brachte, kamen weitere bruchstückhafte Erinnerungen an diese finstere Burg in ihr hoch.

Von den Deckenbalken hingen eiserne Kerzenleuchter. Die Wände waren mit Bärenfellen und Hirschgeweihen geschmückt. Auf einem zerschlissenen Teppich saßen vier Mädchen. Sie waren mit Schmuck behängt und trugen lediglich dünne Gewänder aus leichter Gaze. Noch nie hatte Rotel einen solchen Luxus gesehen oder einen angenehmeren Duft gerochen als den ihres Parfüms. Auf einem Podest stand der Thron, verziert mit einem grob geschnitzten Drachen. Dort saß Drogo und sah sie durch seine langen Haare hindurch an. Zwischen den hübschen Sklavinnen wirkte der blasse Adlige wie ein unheilvoller Schatten.

Drogo erhob sich und kam auf Rotel zu. Schamlos betastete er ihr Gesicht, ihr blondes Haar und die sanfte Rundung ihrer jugendlichen Brüste unter der geflickten Tunika.

»Du bist das schönste Mädchen, das ich je gesehen habe. Du wärst die Lieblingsfrau in meinem Harem, aber ich habe ein anderes Schicksal für dich vorgesehen. Als wir damals in der Nähe von Santa Afra jagten, sah dich jemand aus meinem Gefolge im Weinberg, und ich wusste gleich, dass du eine besondere Gabe besitzt, die nicht verschwendet werden darf. Vielleicht war es ein Fingerzeig des Schicksals, der uns bei der Hirschjagd dorthin führte …«, setzte er kryptisch hinzu. »Als wir das zweite Mal kamen, hast du die Probe bestanden.«

Rotel fröstelte. Dieses Schicksal, von dem Drogo sprach, hatte sie nach Tenes zurückgeführt, in ihr früheres Zuhause, auch wenn der Adlige das nicht zu wissen schien. Gott oder sein Gegenspieler, der Teufel, hatten in ihrem unergründlichen ewigen Kampf die Familie Tenes dem Vergessen entrissen.

Es überlief sie eiskalt, und ihr Atem flog. Da war noch jemand im Raum, hinter ihr. Sie spürte ein Kribbeln am Hals, und die Sklavinnen schrien auf. Instinktiv blieb sie ganz still stehen. Ein fast handtellergroßer, giftiger Tausendfüßer krabbelte über ihre Schulter und krallte sich an ihrer Tunika fest. Die Mädchen kreischten erneut und versteckten sich hinter dem Thron. Entsetzt sah Rotel zu Boden. Vor ihr richtete sich eine riesige schwarze Schlange auf, wie sie noch nie eine gesehen hatte.

»Sie stammt nicht aus dieser Gegend. Es ist eine Kobra«, flüsterte eine raue Stimme hinter ihr, mit einem Akzent, den sie nicht kannte. »Wenn du eine Bewegung machst, um den Tausendfüßer abzuschütteln, wird sie dich angreifen, aber sie ist nicht giftig. Wenn du versuchst, sie zu fangen, wird der Tausendfüßer dich beißen.«

Rotel zwang sich zur Ruhe und beugte sich langsam vor, den Blick fest auf die Schlange gerichtet. Der Tausendfüßer bewegte sich; sie spürte seine Widerhaken auf der Haut. Als sie beinahe in der Hocke war, übernahm ihr Instinkt die Kontrolle, und in dem Moment, als die Schlange den Kopf zurücklegte, packte Rotel sie mit einem schnellen Griff. Sie spürte einen Stich am Hals und schüttelte sich, sodass der Tausendfüßer zu Boden fiel und über die Fliesen davoneilte. Wütend warf sie die Schlange nach ihm.

Ihr Hals schwoll an und schmerzte heftig. Als sie sich umdrehte, erblickte sie einen dunkelhäutigen Mann mit funkelnden Augen und beängstigendem Äußeren. Er hatte Narben und Tätowierungen im Gesicht und war bis zum Hals in einen weiteren Fellumhang gehüllt, der sich fast unmerklich bewegte. Er war der Schatten, den sie im Wald gesehen und der sie verfolgt hatte.

»Der Tausendfüßer hat vorher schon eine Ratte gebissen. Es schmerzt, aber er hatte fast kein Gift mehr. Es war klug, mir nicht zu glauben. Die Kobra hätte dich getötet.«

»Es war eine Probe?«, keuchte sie verblüfft. »Wie die Viper im Wald?«

Rotel fühlte sich immer elender. Die Schwellung schnürte ihr die Kehle zu.

»Ich habe dich für ihn gekauft, Sklavin«, sagte Drogo beeindruckt. »Für die Dienste, die er mir in all diesen Jahren bei meinen Gegnern geleistet hat.«

»Was für ein Zauberer bist du?«, fragte Rotel, immer noch erschrocken über das soeben Erlebte.

»Onyx ist ein Bestiar«, fuhr der Adlige fort, nachdem er den Mädchen bedeutet hatte zu schweigen. »Ein uralter Beruf, den es schon bei den Römern gab. Von klein auf lassen sie sich stechen, bis ihr Körper immun ist, und sie lernen, jedes giftige Tier zu beherrschen. Sie sind ebenso diskrete wie tödliche Mörder.«

Der Mann trat zu ihr. Rotel zuckte zurück, ließ aber zu, dass er den Biss mit einer schwarzen, übel riechenden Paste einrieb. Die Haut begann heftig zu brennen.

»So ist es nicht ganz, Mädchen mit dem Goldhaar«, sagte Onyx mit seinem fremdartigen Akzent. »Es ist schwierig geworden, jemanden zu finden, dessen Instinkte ihm die Geheimnisse der Natur offenbaren. Dein Instinkt ist intakt. Ich wusste es sofort, als ich dich sah, Rotel. Seit Jahren schon suche ich einen Schüler.«

»Ich will nur nach Barcelona zu meinem Bruder.«

»Das stimmt nicht. Du liebst deinen Bruder, doch die Stadt macht dir Angst. Du fühlst dich nicht wohl unter Menschen und verabscheust die Vorstellung, zu heiraten und ans Haus gefesselt zu sein. Ich biete dir einen anderen Weg. Ich kann alle deine Fragen beantworten.«

Trotz der starken Schmerzen weckte der Vorschlag ihre Neugier. Sie sah den Mann aufmerksam an. Er war von unbestimmbarem Alter, aber von kräftiger Statur. Seine schwarzen Augen durchdrangen sie, und sie nahm eine furchtbare Kraft darin wahr. Rotel hatte das Gefühl, mit ihm verbunden zu sein, als gehöre sie demselben Stamm an, etwas, das ihr unmöglich erschien.

»Ich verstehe nicht.«

»Du verstehst genau, so wie du auch wusstest, dass eine Kobra giftig sein kann. Du besitzt die Gabe, ihre Reaktion vorherzusehen. Ich weiß, dass du in den Wäldern und der Wildnis zu Hause bist. Ich habe dich beobachtet. Als Drogo sich nach dir erkundigte, erzählte ihm Abt Sixtus eine alte Geschichte: Nicht einmal die Wölfe hätten dir ein Leid getan, als du als Kind nach Santa Afra kamst. Ich bin seit Jahren auf der Suche nach dir, Rotel. Ich war es schon, bevor du geboren wurdest.«

Onyx ging in die dunkle Ecke, wo die Kobra den Tausendfüßer verschlang, und fing sie ein. Als er zurückkam, öffnete er den Fellumhang. Er war voller Ledersäckchen, deren Inhalt sich bewegte. Seine schwarzen Arme waren mit Narben, Bisswunden und Stichen übersät. Rotel betrachtete die Mädchen, die nichts weiter waren als Spielzeuge der Wollust ihres Herrn.

»Ich wurde als Sklave geboren, Rotel«, fuhr Onyx fort, als er das Unglück in ihren blauen Augen sah. »Heute bin ich frei. Ich biete dir nicht nur die Freiheit, sondern auch die Macht, sie zu verteidigen.«

»Indem ich Bestiar werde?«

»Es ist die Möglichkeit, die tiefste und dunkelste Seite deiner selbst kennenzulernen. Wenn du das schmerzhafte Training überlebst, wirst du Herrin über Leben und Tod sein.«

»Aber du dienst Drogo.«

»Ich bin vor langer Zeit diese Allianz eingegangen, die mich schließlich zu dir geführt hat. Die Natur folgt manchmal unbegreiflichen Regeln; es sollte so sein. Hinter deinen sanften Gesichtszügen verbirgt sich eine dunkle Seite. Du hast bereits mindestens zwei Menschenleben auf dem Gewissen.«

Rotel senkte den Kopf. Die Mönche und ihr Bruder hatten immer behauptet, dass sie niemals Angst empfinde. Das stimmte nicht. Sie hatte Angst gehabt, als Drogos Mann sie gefesselt hatte, später dann im überlaufenen Girona und als sie in dem Käfig zu sich gekommen war. Die Angst kam, sobald sie anderen ausgeliefert war.

»Ich werde frei sein?«, fragte sie.

»Du wirst die wahre Freiheit entdecken, Rotel. Die Freiheit, die entsteht, wenn dich weder Liebe noch Hass, noch die Angst vor dem Tod fesseln. Doch vorher wirst du viel leiden müssen.« Er deutete auf seine vernarbten Arme. »Die Schöpfung fordert einen hohen Preis für ihre Geheimnisse. Komm mit mir.«

Rotel wandte sich zu Drogo um. Bei aller Furcht gab Onyx ihr die Möglichkeit, dem boshaften Adligen zu entkommen. Sie war nur eine fünfzehnjährige Unfreie, aber eine seltsame Macht zwang sie, zu sprechen.

»Lieber Schlangen, als eingesperrt hier zu leben ...« Sie zögerte einen Moment, dann setzte sie hinzu: »... und nur auf eine Gelegenheit zu warten, um durch den Brunnenschacht zu entkommen.«

Drogo straffte sich und sah sie neugierig an.

»Woher weißt du, dass es einen Brunnen gibt?«

»Mein Name ist Rotel von Tenes. Ich bin die Tochter Isembards von Tenes, dem diese Burg gehört.« Es war, als lege ihr jemand die Worte in den Mund. Drogos Verwirrung ließ sie noch mutiger werden. »Eines Tages wird mein Bruder Isembard mich rächen und unseren Familiensitz zurückerobern!«

Drogo sah sie entgeistert an. Er erinnerte sich kaum noch an das untergegangene Adelsgeschlecht, dessen Burg er in Besitz genommen hatte. Er hatte sie alle für tot gehalten. Aufmerksam betrachtete er das Gesicht des Mädchens. Jetzt sah er es! Rotel sagte die Wahrheit. Verflucht sollte er sein für seine Blindheit! Wenn er das gewusst hätte, hätte er die beiden ohne zu zögern in Santa Afra getötet. Er hob die Axt, um ihr den Kopf abzuschlagen. Onyx ging dazwischen, und seine teuflische Miene gebot dem Adligen Einhalt.

»Sie kommt mit mir, Drogo!«, zischte er in einem Ton, der einem Schauder über den Rücken jagte. »Jede Handlung bringt die dunklen Mächte des Schicksals in Bewegung, das weißt du.

Die Ankunft eines neuen Bischofs, das Wiederauftauchen eines Adelsgeschlechts, das für immer verschwunden schien … Etwas ändert sich, etwas Neues beginnt … Du solltest aufmerksam sein, um es zu deinem Vorteil zu nutzen.«

»Jetzt weiß ich, woher sie ihre Gabe hat! Sie trägt das Stigma ihrer Mutter!«

»Wer war sie?«, fragte Rotel. Hatte sie es nicht immer geahnt, dass die Frau, die sie aufzog, nicht ihre leibliche Mutter gewesen war?

»Das tut nichts mehr zur Sache«, versicherte Onyx. »Von heute an wirst du keine Verwandten, keinen Namen und kein Zuhause mehr haben. Die Welt wird nur von dir erfahren, wenn du es willst.« Er wandte sich dem erschrockenen Drogo zu und sagte drohend: »Bis heute habe ich dir geholfen … Entfessle nicht meinen Zorn, oder du wirst es bereuen.«

»Ich werde deinen Bruder Isembard finden und ihm bei lebendigem Leibe die Haut abziehen!«, brüllte Drogo außer sich, während er zu dem alten Thron zurückwich.

Rotel duckte sich angesichts des glühenden Zorns des Adligen. Aber sie spürte auch seine Furcht. Onyx' Drohung war nicht ohne Eindruck auf ihn geblieben. Jahrelang hatte Drogo sich unbesiegbar gefühlt, doch er selbst hatte das Schicksal herausgefordert, und jetzt war irgendwo da draußen ein Sohn Isembards von Tenes. Viele gotische Ritter würden genauso erschüttert sein wie er, wenn sie von seiner Existenz erfuhren.

Onyx verließ schweigend den Raum. Die Schmerzen an Rotels Hals ließen ein wenig nach. Sie betrachtete die halb nackten, wehrlosen Mädchen. Ihre Schönheit war ihr einziger Schutz, und die war vergänglich. Abt Sixtus und Drogo hatten ihre Welt zerstört und sie von ihrem geliebten Bruder getrennt, der ihre einzige Verbindung zu den Menschen gewesen war. Ihr Wunsch nach Rache war so gewaltig, dass es ihr selbst Angst machte.

Zögernd ging sie hinter Onyx her. Die Soldaten wichen ängstlich vor dem Bestiar zurück. Sie folgte ihm, und keiner wagte es auch nur, ihr zuzulächeln. Mit ihm fühlte sie sich stark. Eines Tages würden sie auch vor ihr zurückweichen.

Ihre Angst verschwand. Sie war entschlossen, dem Meister zu folgen und der letzte Bestiar zu werden.

11

Es hatte eine Woche hindurch geregnet, und Barcelona war ein einziger Morast. Frodoi wich mühsam den Pfützen auf dem Platz aus und betrat den gräflichen Palast. Im Thronsaal warteten der Vizegraf und seine Ministerialen sowie einige Vikare und Steuerbeamte, allesamt Franken. Auch die Ratsherren der Stadt waren anwesend. Seit der Ankunft des Bischofs und seiner Siedler waren bereits mehr als zwei Wochen vergangen, die Zeit der Lippenbekenntnisse und leeren Versprechungen war vorbei. Alle warteten auf erste Entscheidungen.

Frodoi spürte einen Druck im Magen. Die letzten Tage hatte er mit Servusdei, den Kanonikern und den Schreibern des Bistums im Archiv im Keller seines Palastes verbracht und in dem Durcheinander, das dort herrschte, nach den Besitzurkunden des Bistums gesucht. Schließlich hatte er seinen Fehler erkannt. Ein Großteil des kirchlichen Landbesitzes lag brach oder war von den Sarazenen verwüstet. Von den Olivenbäumen, Weinstöcken und Obstbäumen war nur eine Handvoll verkohlter Stümpfe übrig, die Brunnen auf den Feldern waren vergiftet oder zugeschüttet und die Mühlen zerstört. In den Listen der Leibeigenen und Unfreien waren die meisten als tot oder verschollen vermerkt. Ohne Münzstätte und Handel reichten die Abgaben der Gläubigen gerade aus, um die laufenden Kosten des Bistums zu decken. An den Bau einer neuen Kathedrale war nicht zu denken.

Auch die seelsorgerische Lage war ernüchternd. In vielen Pfarrsprengeln fehlte der Priester, manchmal wurde kurzerhand ein Dorfbewohner dazu ernannt, zuweilen ein Analphabet mit Frau und Kindern. Die Messen waren ein Gemisch aus sinnlosen, wenn nicht gar blasphemischen Gesten und Worten. Wenn kein Wein zur Hand war, wurde Milch gesegnet oder Gemüse zur Kommunion ausgeteilt. In manchen entlegenen Tälern waren die Menschen sogar zu ihren heidnischen Riten zurückgekehrt, nachdem sie jahrzehntelang nicht mehr das Wort Gottes vernommen hatten. Grundherren unterhielten ihre eigenen Kirchen, in denen ein Verwandter als Priester fungierte, und zogen ohne Erlaubnis des Bistums den Zehnten ein.

Servusdei war entsetzt. Die Lage zeigte sich noch schlimmer, als man ihnen in Narbonne gesagt hatte. Außerdem stand der Winter vor der Tür. Sobald der erste Frost kam, ließ sich auf dem wenigen brauchbaren Land keine Saat mehr ausbringen.

Frodoi konnte den Siedlern so gut wie nichts bieten. Mit seinen Versprechungen hatte er sie wie Moses ins Gelobte Land gelockt. Für eine Handvoll öder, karger Erde erlitten sie Not und Verluste. Er stand an einem Scheideweg, und die Stadt verlangte von ihm eine Entscheidung darüber, ob er sie zurückschickte oder ihrem Schicksal überließ.

»Was habt Ihr erwartet, Herr Bischof?«

Am Kopfende des Tisches sitzend, warf ihm der Vizegraf einen abschätzigen Blick zu. Er wusste Frodois Beharrlichkeit zu schätzen, aber für ihn war der neue Bischof nur ein weiterer Franke, der sich für einen Heilsbringer hielt.

»Ich habe ihnen eine Zukunft versprochen, Sunifred!«

»Dann verkleinert die Parzellen und teilt sie unter ihnen auf!«, murrte Nantigis. Er war das einflussreichste Ratsmitglied und schien nicht willens, den Bischof zu unterstützen, solange dieser keine Bereitschaft zeigte, ihnen gewisse Privilegien zuzugestehen.

Frodoi sah ihn ungnädig an und dachte an dessen Frau, die er in den letzten Tagen nicht gesehen hatte. Angeblich ließ ihr Mann sie nicht aus dem Palast, aber wenn er an das Feuer in ihren grünen Augen dachte, wusste er, dass die Leute irrten. Nantigis hatte nur so viel Kontrolle über sie, wie sie zuließ. Goda war jedoch eine kluge Frau und wusste den Schein zu wahren. Frodoi riss sich zusammen und widmete sich der entscheidenden Frage.

»Man braucht eine Hufe, um eine Familie zu ernähren«, betonte er. »Das Bistum besitzt nicht genug Land für alle.«

»Das gemeine Volk leidet immer Hunger, aber die Leute finden sich mit ihrer Not ab.«

»Sie sind freie Bauern, keine Leibeigenen! Wie sollen sie Wurzeln schlagen, wenn sie nichts besitzen?«

»Wurzeln schlagen?« Der Alte lachte verächtlich. »Ihr redet wie meine Frau! Verspielt nicht Eure Karriere für einen Haufen zerlumpter Gestalten. Greift mit harter Hand durch, um alles aus Eurem Land herauszupressen, und errichtet Eure Kathedrale. Deshalb seid Ihr hier.«

»Vielleicht hat Nantigis recht«, sagte Vizegraf Sunifred. Er wollte den Bischof nicht vor den Kopf stoßen, aber er wollte ihm auch keine Hoffnungen machen. »Eure eigentliche Aufgabe ist es, Euch um das Seelenheil der Menschen zu kümmern. Wer gehen will, soll es tun.«

Niemand wollte unnütz seine Zeit vertrödeln, und da der Bischof nichts mehr sagte, beschlossen sie, das Treffen zu beenden. Die Siedler hatten in Barcelona nichts verloren. Bevor Nantigis hinausging, wandte er sich noch einmal an Frodoi.

»Ihr seid jung und aufgeweckt. Waltet Eures Amtes und lasst die Leute in Ruhe, dann werdet Ihr irgendwann Erzbischof in Narbonne oder noch näher am Hof.«

Frodoi kochte vor Wut. Dieser gebeugte Mann hatte dank seiner Position im Rat und der Freundschaft mit Graf Humfried großen Einfluss. Die Bauern beackerten ihr Land, um den Zehnten aufzubringen, und wenn ihnen das aus irgendeinem Grund nicht gelang, verloren sie alles. Um ihre Schulden zu begleichen, mussten sie sich verkaufen, und es waren die angesehenen Bürger, Nantigis allen voran, die den Preis festsetzten. Durch Machtmissbrauch hatte der Alte Landbesitz und ein Vermögen angehäuft, das er in neue Darlehen investierte.

Er wartete, bis sie an der Tür waren, um ihnen den Vorschlag zu unterbreiten, den er in der Nacht mit Servusdei ersonnen hatte. Er würde nicht bei der ersten Schwierigkeit aufgeben.

»Man muss den Siedlern das Recht der Landnahme zugestehen!«

Die Ratsherren blieben wie angewurzelt stehen. Frodoi, der sich des Eindrucks, den dieser Vorschlag machte, bewusst war, fuhr fort: »Nach gotischem Gesetz hat der König das Recht, den Bauern brachliegendes Kronland zuzugestehen. Wenn sie es urbar machen und dreißig Jahre lang bestellen, gehört es ihnen. Ich schlage vor, dass sie Ödland roden und sich ihr eigenes Land verdienen.«

»Dieses Recht steht der Kirche nicht zu, Herr Bischof«, bemerkte Sunifred.

Frodoi verdrehte die Augen. Auch daran hatte er gedacht.

»In Abwesenheit des Grafen hat der Vizegraf die Befugnis, im Namen des Königs seine Zustimmung zu geben. Auch besitzlose Barcelonesen könnten sich darauf berufen und aufs Land ziehen. In einigen Jahren werden die Kornspeicher der Stadt wieder gefüllt sein, und wir können höhere Steuern erheben.«

»Dieser junge Bursche hat den Verstand verloren!«, stieß Nantigis verärgert aus.

Sunifred sah den Bischof überrascht an. Der Geistliche war jünger als sie alle und besaß die Beharrlichkeit, die sie selbst nach so vielen erlittenen Rückschlägen verloren hatten. Frodoi wollte mehr, als nur eine Kathedrale bauen. Einen so gewagten Vorschlag hatte der Vizegraf nicht erwartet. Er dachte einen Moment nach. Vielleicht war das eine Chance für die Stadtbewohner, die bei der letzten Belagerung alles verloren hatten.

»Graf Humfried müsste seine Zustimmung geben.«

»Ich weiß, aber der Winter steht vor der Tür, und das Korn muss vor dem ersten Frost gesät werden.« Er würde nicht zulassen, dass der Vorschlag in ermüdenden Diskussionen zerredet wurde. »Humfried ist beim König in Aquitanien. Er wird seine Zustimmung geben!«

»Der Graf hat sich in letzter Zeit verändert«, bemerkte Sunifred. Die ständigen Konflikte zwischen König Karl und seinen Angehörigen führten zu Spannungen auch innerhalb des Adels. Bündnisse entstanden und zerbrachen in atemberaubendem Tempo. Humfried war bei Hof nicht mehr so gut angesehen wie zuvor. »Womöglich sieht er es als Akt des Ungehorsams an …«

»Ich bin der Bischof von Barcelona!«, rief Frodoi herrisch. Ungehorsam gegenüber einem Vertreter der Kirche war ebenso gefährlich. »Humfrieds Macht kommt vom König, meine von Gott. Ich habe bereits an Hinkmar von Reims geschrieben, den Ratgeber des Königs. Er wird alle Schwierigkeiten aus dem Weg räumen.«

Sunifred nickte in das Schweigen hinein. Er bewunderte das selbstbewusste Auftreten des jungen Bischofs. Frodoi würde sich die Verdienste zuschreiben, doch nach dem Sarazeneneinfall im letzten Sommer versank die Stadt in trübem Morast. Während der nun folgenden hitzigen Diskussion kamen die Spannungen zwischen den Ratsherren zum Vorschein. Die Goten begriffen den Vorschlag als Aufbruch, die Franken hingegen sahen darin eine Beschneidung der Besitzungen des Frankenreiches. Der Vizegraf wandte sich an den Bischof, um ihm seinen einzigen Zweifel darzulegen.

»Und wer soll die Siedler im Falle eines Angriffs verteidigen? Hauptmann Oriol und seine Handvoll Männer?«

Darauf wusste auch Frodoi keine Antwort. Außerhalb der Gekrönten Stadt waren die Bauern in Gefahr, und er konnte nicht für ihre Sicherheit sorgen.

»Gott wird sie schützen.«

»Ihr seid bereits auf dem Weg hierher überfallen worden«, beharrte der Vizegraf. »Und Ihr wisst noch nicht, wie groß die Gefahr außerhalb der Mauern ist.«

Der Bischof wollte auch in dieser Frage Standfestigkeit zeigen. Es waren harte Zeiten, aber sie mussten diesen gefährlichen Schritt gehen, wollte er den Pakt mit Goda erfüllen.

»Sie werden lieber dieses Risiko eingehen, als ihre Familien im nächsten Winter verhungern zu sehen.«

Isembard folgte Guisand, Nilo und Inveria durch die verlassene Landschaft entlang des Flusses Llobregat. Vor ihnen türmte sich das Gebirgsmassiv des Montserrat auf, das mit seinen gewaltigen Zinnen die Landschaft überragte.

»Es heißt, dieses Gebirge sei von Riesen geschaffen worden«, erklärte Guisand. »Es scheint nicht von dieser Welt, und außer ein paar Hirten und einigen Einsiedlern lebt niemand dort.«

»Es wirkt unheimlich«, flüsterte Nilo ängstlich.

»Es stimmt nicht, dass sonst niemand dort lebt. Zwischen seinen Zinnen liegen Geheimnisse verborgen …«, bemerkte der abergläubische Inveria.

Sie folgten dem Fluss über einen Pfad in Richtung Urgell, wo sie den jungen Isembard mit Graf Salomon bekannt machen wollten. Ihnen hatten sich ohne große Begeisterung die beiden Söhne eines weiteren Vasallen der Ritter der Mark angeschlossen, deren Vater, Gontario von Betia, in Isembard eine neue Hoffnung sah, der aber selbst zu alt war, um die Waffen aus der Truhe hervorzuholen.

Isembard ritt auf einem Pferd, das ihm ein Bauer gegen das Versprechen geborgt hatte, das Tier entweder zurückzubringen oder seinen Gegenwert zu bezahlen, sobald er zu Besitz gekommen wäre. Seine Beine schmerzten, aber mittlerweile gelang es ihm sogar im Trab, das Gleichgewicht zu halten. Sie kamen durch verwüstete Ebenen, vorbei an Festungen, die von den Sarazenen oder Drogo von Borr zerstört worden waren.

Die Männer unterwiesen ihn auch im Gebrauch der Waffen, und schließlich gelang es ihm, seine aufgewühlten Gefühle in den Griff zu bekommen und der Wahrheit ins Auge zu blicken: Rotel war derzeit unerreichbar für ihn, selbst mit der Hilfe dieser alten Ritter.

Dennoch ermutigte Guisand ihn jeden Abend, sich vorzustellen, wie er sie retten würde. Seiner Meinung nach musste ein Krieger den Grund lebendig halten, dessentwegen er in die Schlacht zog, sei dieser Grund ein hehrer oder ein verachtenswerter. Rotel konnte auf sich selbst achtgeben, und eines Tages würde Isembard in der Lage sein, sie zurückzuholen. In der Zwischenzeit gab ihm Gott Gelegenheit, die Lebensaufgabe seines Vaters fortzuführen und dieses darbende Land zu retten. Einige wenige sahen in ihm ihren zukünftigen Anführer, doch für die meisten war er nur der Leibeigene eines Klosters. Guisand von Barcelona jedenfalls verlor nicht den Glauben in ihn.

»Wir reiten zuerst am Turm des alten Adaleu von Llobregat vorbei«, erklärte Guisand nach einem kargen Mittagessen aus Stockfisch und Brot. »Er war einer von uns. Er bewachte eine hölzerne Brücke über den Llobregat und erhob im Auftrag des Grafen den Brückenzoll. Er gründete ein Dorf mit zehn Familien und einer Handvoll bewaffneter Vasallen, doch seit Jahren ist er allein und lässt nichts von sich hören.«

Der Weg zum Turm war verschwunden, und mit einem unguten Gefühl ritten sie weiter. Ein Stück voraus kreiste ein Schwarm Geier am Himmel. Auch von einer Brücke war nichts zu sehen, als sie das Flussufer erreichten. Der Turm war eingestürzt, aus dem Schutt ragten verkohlte Balken. Auch das Dorf lag totenstill da.

»Das gefällt mir nicht«, sagte Inveria. »Der Angriff ist noch nicht lange her.«

Die Steinhäuser schienen unversehrt, doch die Wände bröckelten. Aus der kleinen Kapelle drang der Geruch des Todes.

Als sie hineingingen, bot sich ihnen ein entsetzlicher Anblick. Von den Dachbalken baumelte ein Dutzend verwesender Leichen. Sie bewegten sich in der staubigen Luft, umschwirrt von Wolken aus Fliegen. Die Ritter bekreuzigten sich entsetzt – der Gestank verschlug einem den Atem.

»Waren das die Sarazenen?«, fragte Isembard.

»Nein. Seht Euch das an«, erwiderte Guisand. »Das ist seine Handschrift ...«

In den Altar waren die groben Umrisse eines Drachen eingekerbt.

»Drogo von Borr!«

Isembard stürzte hinaus und übergab sich. Die anderen folgten ihm niedergeschlagen.

»Das ist eine Warnung. Drogo weiß, dass wir unterwegs sind. Vielleicht weiß er auch, dass wir den Erben des Hauses Tenes gefunden haben, und fordert uns heraus.«

»Wie hat er davon erfahren?«, fragte Isembard. Offenbar verbreitete sich sein Geheimnis in der Mark.

»Er hat Augen und Ohren überall. Wir sind an einigen Burgen vorbeigekommen.«

»Gontarios Söhne sind verschwunden!«, stellte Nilo fest.

Die beiden hatten das Weite gesucht, während sie in der Kapelle gewesen waren. Isembard sah seine Befürchtungen bestätigt: Die drei alten Ritter klammerten sich an die Vergangenheit und verschlossen die Augen vor der Realität. Für den gotischen Adel war Isembard nicht der Nachfolger seines Vaters. Seine Familie war nur noch eine Legende.

»Wir müssen weiter nach Urgell«, murmelte Guisand leise, aber bestimmt.

»Nein.«

Die drei Kämpen horchten auf. Isembard konnte nicht gut mit der Waffe umgehen, aber er kannte die alten Sagen und Legenden, die sich die Mönche erzählt hatten. Seine Sicht auf die Dinge war eine andere: In einem Kloster aufgewachsen, wusste er, dass der blanke Stahl manchmal nicht ausreichte, um zu siegen.

»Die Mönche in Santa Afra sagten immer, dass die Menschen Legenden mehr Glauben schenken als der Realität, weil in den Legenden übernatürliche Kräfte vorkommen, und das bewegt sie. Die Ritter der Mark sind verschwunden. Niemand wird uns folgen, wenn wir nicht unsere eigene Legende schaffen. Die Leute müssen glauben, dass Gott auf unserer Seite ist!«

»Worauf willst du hinaus, Junge?«

»Ich habe Rotel seit Tagen nicht erwähnt, weil ich begriffen habe, dass Drogo zu gefährlich ist. Niemand setzt sein Leben und sein Hab und Gut für eine alte Hoffnung aufs Spiel. Wir müssen von vorne beginnen, so wie es damals auch mein Vater und die anderen getan haben.«

»Wir sind nur zu viert, Isembard«, erklärte Inveria niedergeschlagen.

»Dann lasst uns Mitstreiter suchen, die auch nichts zu verlieren haben.« Isembards Augen blitzten. »Aber nicht, um gegen Drogo zu kämpfen, sondern um die Siedler zu beschützen, die uns im Gegenzug mit Lebensmitteln versorgen werden. Wenn wir erfolgreich sind, wird es sich in der ganzen Mark herumsprechen. Eine Legende wird geboren, und immer mehr Männer werden sich uns anschließen.«

Die drei alten Kämpen waren aufgewühlt. Isembards Worte hallten in ihren Seelen wider.

»Das wird Drogo nicht zulassen. Er wird nach dir suchen, Junge. Du bist eine Bedrohung für ihn.«

»Ihr kennt diese Gegend gut. Wir werden verhindern, dass er uns erwischt.«

Jetzt glaubten die drei alten Männer, nach vielen Jahren endlich zu neuem Leben zu erwachen.

»Du bist genauso Furcht einflößend wie dein Vater, Isembard«, sagte Guisand.

»Es ist möglich, dass wir gemeinsam in den Tod gehen, aber wir werden es ehrenvoll tun«, schloss Inveria.

Berührt von der Szene, die sie gerade erlebt hatten, und in der festen Überzeugung, dass der alte Schwur, dieses Land zu beschützen, sich erneuert hatte, kehrten sie zu den Steineichenwäldern zurück.

12

Der Morgen war grau und windig. Die Siedler und auch einige Barcelonesen, die zu neuen Gefilden aufbrechen wollten, versammelten sich in der alten Kathedrale. Der Bischof wartete in vollem Ornat vor dem Portal, sodass das Gotteshaus leer war und sie den blanken Boden und die neuen Gerüste an den Mauern und Säulen bewundern konnten – Frodoi wollte demonstrieren, dass mit seiner Ankunft eine neue Zeitrechnung begann. Er hatte die in der Stadt verbliebenen Baumeister einbestellt, um mit ihnen die Wachstäfelchen zu überarbeiten, auf denen die Modelle der neuen Bischofskirche festgehalten waren. Die meisten Handwerker waren nach Narbonne und in andere, sicherere Städte zurückgekehrt, aber er vertraute darauf, dass sich sein Vorhaben herumsprach und andere kommen würden, sobald die Arbeiten begannen.

Die Messe zelebrierte der Bischof selbst, assistiert von mehreren Kanonikern. Nach dem Segen begleitete er den Zug bis zum Portal Vell, wo die Karren mit Werkzeugen, Lebensmitteln und Saatgut bereitstanden. Das Bistum hatte insgesamt fünfzig Sesterzen Saatgut zur Verfügung gestellt, zusätzlich zu dem, was jede Familie auf eigene Kosten angeschafft hatte. Sie sollten so viel Land erhalten, wie sie dauerhaft bestellen konnten, und das ermutigte auch die Bauern von Barcelona, die im Sommer alles verloren hatten.

Frodoi hatte sich noch nicht an die feuchtkalte Luft gewöhnt und wollte den dicken Messumhang nicht ablegen, was der Verabschiedung zudem mehr Feierlichkeit verlieh. Mit Bischofsstab und Mitra ging er in Begleitung mehrerer Kanoniker und Diakone hinter den Kreuzträgern her, denn er hatte beschlossen, als Zeichen seiner Ehrerbietung mit den Siedlern ein Stück des Weges zu Fuß zu gehen.

Der junge Bischof schenkte den verzweifelten Menschen wieder Zuversicht. Mit jeder Predigt kämpfte er gegen die Ängste der Gläubigen an, die alle Hoffnung in ihn setzten. Obwohl das Gerücht ging, dass Graf Humfried nichts von der Landnahme wisse und die Entscheidung annullieren könnte, vertrauten sie ihrem Bischof, weil sie sonst nichts hatten, woran sie sich klammern konnten. Die Alternative war zu verhungern, und so sprachen sie sich gegenseitig Mut zu.

Es waren Tage intensiver Arbeit für die Schreiber gewesen. Jedes Familienoberhaupt wurde mit mehreren Zeugen vorstellig, die seine Ehrbarkeit und seine christlichen Sitten beglaubigten.

Auch der Vizegraf, der Vogt und weitere gräfliche Offizielle waren anwesend. Hauptmann Oriol und seine Männer sollten die Siedler zu den fünf Gebieten in der Nähe des Montseny begleiten, wo sie sich unweit der bischöflichen Besitzungen in Riells und Breda ansiedeln würden. Die Erde war fruchtbar, und wenn sie sich beeilten, konnten sie die Saat noch vor dem ersten Frost in den Boden bringen.

Sunifred wirkte ernst, doch Frodoi sah darüber hinweg. Er wollte sich noch von einigen Siedlern persönlich verabschieden. Schließlich entdeckte er Joan und Leda mit ihren Kindern und eilte zu ihnen. Respektvoll küssten sie seinen Ring.

»Hast du das Dokument, Joan? Auch wenn du nicht lesen kannst, verwahre es so sorgfältig, als wäre es ein wertvoller Schatz. Deine Familie wird dieses Land über Generationen besitzen.« Bei den Goten war es Brauch, Verkäufe und Schenkungen schriftlich zu beurkunden.

Frodoi sprach weiter: »Ich bete für eure Tochter Ada, die bei den Engeln vor Gottes Angesicht ist. Und denk daran, Joan: An Sant Feliu lieferst du zwei Schinken, zwei Kapaune und ein Milchlamm oder den Gegenwert in Getreide. Du bist verpflichtet, die ersten Früchte des Feldes an die Kirche zu geben, denn sie gehören Gott. Das mag sich viel anhören, aber dieser Boden ist fruchtbar.«

Der Vizegraf hatte nicht eingewilligt, die Neusiedler von Abgaben zu befreien; eine derartige Einbuße hätte der Graf nicht gutgeheißen. Doch wenn die Erde großzügig war, würden diese Familie ihren Anteil entrichten können.

»So wird es geschehen«, versprach Joan, ohne sich seine Besorgnis anmerken zu lassen.

»Herr Bischof, stimmt es, dass es dort, wo wir hingehen, Drachen gibt?«

Joan gab seinem Sohn einen Klaps, weil er unaufgefordert dazwischengeredet hatte. Frodoi beugte sich zu dem aufgeregten Jungen hinunter und fuhr ihm durchs Haar. Galderic hatte die Geschichten gehört, die tief in der Spanischen Mark verwurzelt waren. Nicht einmal Frodoi wusste, ob sie stimmten oder nicht. Auch aus England wurde von Drachen berichtet, die Klöster dem Erdboden gleichmachten, andere behaupteten allerdings, es seien die Nordmänner, die diese Zerstörung anrichteten.

»Glaub nicht alles, was man sich erzählt, mein Junge.« Er holte ein kleines silbernes Kreuz hervor. »Nimm das, Galderic. Kein Drache wird es wagen, dir etwas anzutun, wenn du es trägst.«

»Das ist ein zu kostbares Geschenk, mein Herr«, sagte Leda betreten. Ihr Sohn hatte soeben den wertvollsten Gegenstand erhalten, den sie jemals besessen hatten.

Doch Frodoi segnete sie und ging dann weiter. Er war unruhig. Seit Karl der Große die Spanische Mark erobert hatte, hatten schon viele Unternehmungen wie diese ein böses Ende genommen.

Auch Elisia und Gali waren da. Der Bischof rief nach ihnen, immer noch überrascht von der Wendung, die deren Leben genommen hatte. Gali hatte geltend gemacht, der Erbe eines großen Anwesens in der Nähe des Miracle zu sein. Die Alten wussten um die Geschichte des Hauses und hatten auch Gombau gekannt, einen Gefolgsmann Graf Sunifreds, der geflohen war, als Wilhelm von Septimanien die Stadt einnahm. Sie wussten zudem, dass er Familie in Vernet hatte. Es gab keine Besitzurkunde, doch da niemand einen Zeugen anbrachte, der das Gegenteil behauptete, übereignete ihm der Vizegraf das Haus. Auf Anraten von Servusdei, der Elisia ins Herz geschlossen hatte, wurde in der Besitzurkunde ein Zehntel des Anwesens als Brautgeld auf ihren Namen eingetragen, wie es gotischem Recht entsprach. Das bedeutete, dass Gali nichts ohne ihre Zustimmung unternehmen konnte. Aber das Erstaunlichste war, dass sie über so viel Geld – in Barcelona geprägte Silbermünzen – für die Renovierung des Hauses verfügten, mit der bereits begonnen worden war. Ohne dass sie davon erfuhren, hatte Frodoi die Untersuchungen des Vizegrafen und des Stadtvogts stoppen lassen, die der Herkunft des Vermögens auf den Grund gehen wollten. Es war Zeit, nach vorne zu schauen.

»Meine zahlungskräftigsten Siedler«, bemerkte er scharfzüngig.

»Herr Bischof«, grüßte Gali überheblich. Er trug eine kurze, scharlachrote Tunika und ein breites Grinsen im Gesicht.

»Wann eröffnet die Herberge zum Miracle ihre Pforten?«

Gali sah Elisia an, deren Augen vor Begeisterung funkelten.

»Der Gastraum und die Küche sind demnächst fertig, aber mit dem oberen Stockwerk wird es noch eine Weile dauern«, erklärte sie. »Außerdem müssen das Dach ausgebessert, der Garten gerodet und ein Pferdestall gebaut werden, und …«

Frodoi bat um eine Verschnaufpause. Das Mädchen war nicht zu bremsen.

»Du bist ein Segen für diese Stadt.«

Elisia errötete und senkte den Blick. Mit ihren siebzehn Jahren hatte sie sich gut eingelebt. Sie war nicht nur umgänglich und fleißig, sondern zahlte auch gut; viele Baumeister und Zimmerleute sahen dem Winter nun gelassener entgegen. Aus

Dankbarkeit hatten sie und ihr Mann dem Bistum eine größere Summe gestiftet, die Frodoi bereits für das Armenhospital und den Bau neuer Gerüste in der Kathedrale verwendet hatte.

Als Frodoi ging, lief Gali ihm hinterher, während Elisia sich mit Leda unterhielt.

»Herr, ich muss Euch etwas sagen.«

»Jetzt nicht, Gali.« Frodoi mochte den Kerl nicht. Sie waren etwa gleichaltrig, doch sein falsches Lächeln und so manches Gerücht unter den Siedlern weckten das Misstrauen des Geistlichen.

»Ich habe eine Nachricht von Drogo von Borr für Euch.«

Frodoi runzelte die Stirn. Es gefiel ihm nicht, dass einer seiner Siedler Umgang mit dem Adligen hatte.

»Sprich«, flüsterte er angespannt.

Gali versicherte sich, dass niemand zuhörte.

»Gestern erschien er mit einem seiner Männer namens Calort auf der Baustelle. Drogo möchte wissen, ob Ihr es Euch überlegt habt und ihn gegen die Goten unterstützt. Wenn Ihr das Land besiedeln wollt, wärt Ihr auf seinen Schutz angewiesen, sagte er. Es hörte sich wie eine Drohung an.«

»Weshalb ist er zu dir gekommen?«

Gali wandte den Blick ab. Frodoi vermutete, dass er log.

»Es ist noch zu früh, um zu wissen, wem wir vertrauen können«, setzte Frodoi hinzu. »Kann ich dir vertrauen, Gali? Warum wolltest du nicht vor deiner Frau sprechen?«

»Haltet sie da raus.« Er stockte, als er merkte, dass sein Ton einem Bischof gegenüber unangemessen war, und senkte den Kopf. »Ich bitte Euch, edler Herr«, setzte er unterwürfig hinzu.

Einzig die Schwäche, die Frodoi für Elisia empfand, hielt ihn davon ab, Gali zum Verhör in den Palast bringen zu lassen. Er beschloss, diese Gedanken beiseitezuschieben, und bestieg nun sein Pferd. Um einen größeren Eindruck bei den Zuschauern zu hinterlassen, befahl er Servusdei, Psalm 113 anzustimmen, in dem es um den Auszug der Israeliten aus Ägypten ging. Unter Beifall und Abschiedstränen passierten sie das Stadttor. Das Leben auf dem Land war sehr hart. Viele würden nie wieder zurückkehren.

Frodoi begleitete den Zug zwei Meilen weit, dann verabschiedete er sich und ritt im gestreckten Galopp nach Barcelona zurück. Beschämt gestand er sich ein, dass sich hinter seinem feierlichen Auftritt noch eine andere, schlichtere Absicht verbarg. Er ritt an den Bögen des Aquädukts vorbei, durchquerte den Merdanzar-Graben und dann den schmalen Streifen Land vor dem Regomir-Portal, der die Stadt von der Küste trennte, um schließlich auf den Pfad durch die Sümpfe einzubiegen. Am anderen Ende der Stadt befanden sich der Cagalell-See und davor der Mons Iovis. Frodoi kannte dieses Gebiet im Südwesten der Stadt nicht, denn es war zumeist feucht und ungesund. Einige Parzellen waren ausgetrocknet und dienten während des Sommers als Ackerland. Er kam an einem elenden Dorf mit Lehmziegelhäusern vorbei. Die Kinder rannten nackt hinter dem Pferd her, während ihre abgemagerten Mütter sie ängstlich zurückriefen. In einer Pfütze traten die Männer Lehm mit Stroh, aus dem sie die Ziegel herstellten, um die Häuser wiederaufzubauen, die beim letzten Sarazenenangriff zerstört worden waren. Als sie ihn sahen, sanken sie auf die Knie. Der Bischof segnete sie und ritt dann auf einem gewundenen Weg auf den Berggipfel am Meer. An den Hängen besaß Nantigis Weinberge, die zu den wenigen gehörten, die bei der Belagerung verschont geblieben waren.

Auf dem Berg stand ein trutziger, quadratischer Turm aus Stein und Kalkmörtel, den man in der Stadt nur »die Burg« nannte. Von hier oben bot sich ein beeindruckender Blick auf die Küste. Es herrschte eine friedliche Stimmung. Zu Füßen des Berges lag zwischen antiken Ruinen und Holzstegen der kleine Hafen; im Nordosten, gleich am Strand, die Kirche der

Fischer und ihre Häuser; und noch weiter hinten das Dorf Badalona.

Er band das Pferd an einem Feigenbaum an und ging zum Rand des Bergplateaus, wo eine Gestalt aufs Meer hinaussah. Ihr Umhang wehte im Wind. Das Bild verursachte dem Bischof eine Gänsehaut.

»Du bist gekommen«, sagte die Frau.

Frodoi hatte wochenlang von ihr geträumt.

»Ich habe deine Nachricht erhalten. Du wusstest, dass ich kommen würde, Goda.«

»Du hast den Siedlern und vielen Barcelonesen neue Hoffnung gegeben.«

»Bete, dass Gott sie beschützt.«

Als Goda sich umwandte, sah Frodoi die Freudentränen in ihren Augen – nun glaubte sie an ihn. Er, der junge, überhebliche Franke, konnte es schaffen, Probleme zu lösen, an denen frühere Grafen und Bischöfe gescheitert waren. Der Bischof trat näher, getrieben von unbändigem Verlangen. In dieser Umgebung fiel es ihm nicht schwer, seine Gelübde zu vergessen. Er sog ihren Duft ein. Goda blickte mit einem seltsam verklärten Gesichtsausdruck aufs Meer hinaus.

»Du hast die Stadt und mich gerettet.«

Frodoi war zutiefst bewegt, als er die Dankbarkeit in ihren grünen Augen sah. Obwohl gerade erst dreißig, schien diese Frau ein uraltes Wissen in ihrer Seele zu bewahren – das Wissen von Generationen von Frauen, die in Barcelona gelebt hatten.

»Ich denke, es ist der richtige Weg. Wir müssen damit anfangen, die Erde zu bestellen.«

Als Frodoi ihre Hand berührte, wandte sie sich anmutig zu ihm um. Sie waren allein, und sie waren sich der Gefahr bewusst, wenn sie dort weitermachten, wo sie in der Krypta aufgehört hatten. Wenn Nantigis sie entdeckte, wären sie nach gotischem Recht seine Sklaven. Oder man würde den Bischof erhängt an einem Turm der Stadtmauer von Barcelona finden.

Beide hatten bereits früher heimlich ihre Gelübde gebrochen, doch das zwischen ihnen war anders. Zu dem verbotenen Begehren kam etwas Größeres, die Verbindung eines ungewissen Schicksals, das sie miteinander teilen wollten.

In einen langen Blick versunken, schwanden ihre Bedenken dahin, und sie küssten sich. Nur das Meer war Zeuge, wie zwei ferne Sterne zueinanderfanden, als sei dies ihr Schicksal. Goda, die vorsichtiger war, führte ihn ins Innere des alten, verlassenen Turms. Sie hatte Kerzen aufgestellt und saubere Tücher auf dem Boden ausgebreitet. Frodoi spürte, wie ihn die Leidenschaft übermannte. Achtlos ließ er die Mitra fallen, und Goda sträubte sich nicht, als er sie mit brennender Begierde entkleidete.

Sie hätte niemals gedacht, dass sie eine solche Lust verspüren könnte. Ihren ersten Mann, den ihre Eltern für sie ausgesucht hatten, hatte sie aufrichtig geliebt. Ihren zweiten Mann verachtete sie, aber ihr blieb nichts anderes übrig, als ihn zu ertragen, um am Leben zu bleiben. Nun war es zum ersten Mal sie, die eine Wahl traf, und das erregte sie noch mehr. In dem jungen Bischof fand sie sich selbst wieder. Sie waren voller Leben, bereit, alles zu riskieren, um ein Ziel zu erreichen. Und um sich zu berühren.

Goda ließ sich von dem Feuer leiten, das sie so lange unterdrückt hatte. Sie wollte ihn in sich spüren, seine starke Energie in sich aufnehmen. Während Frodoi ihren Hals liebkoste, der unter dem dunklen Haar verborgen war, streichelte sie seine Locken und seinen Rücken.

Unter Küssen zogen sie sich vollständig aus, ungeduldig, die Haut des anderen zu spüren. Als sie sich berührten, durchfuhr sie das Verlangen wie ein Blitz, doch sie überstürzten nichts – sie wollten mit allen Sinnen kosten. Frodoi bewunderte diesen schlanken Körper, der sich unter seinen Händen bog, und erkundete ihn mit seinen Lippen, bis sie zu stöhnen begann. Die Sünde, die sie begingen, wog schwer, aber sie konnten sich nicht länger beherrschen.

Godas Haut war von einer unbeschreiblichen Empfindsamkeit. Als sie es nicht mehr aushielt, setzte sie sich auf ihn und erforschte nun ihrerseits seinen männlichen, von Schweißperlen bedeckten Körper. Trotz seiner Begierde ließ sie sich Zeit. Neben der körperlichen Lust genoss sie das Gefühl, eine Frau zu sein.

Frodoi rollte sich auf sie und nahm sie in einem Ausbruch unbändiger Leidenschaft. Goda gab sich seinen kraftvollen Stößen hin und lud ihn keuchend ein, ihre Brüste zu umfassen. Dann setzte sie sich erneut rittlings auf Frodoi und nahm ihn wieder in sich auf, um mit ihm gemeinsam zur Ekstase zu gelangen, die mit unerwarteter Heftigkeit kam. Erschöpft ließen sie sich zu Boden sinken. Keiner von beiden hatte jemals so etwas empfunden.

Nachdem sie wieder zu Atem gekommen waren, setzte Frodoi sich auf, um sie zu betrachten. Wie geheimnisvoll Goda war! In ihrer Nacktheit erinnerte sie ihn an eine jener alten Götterstatuen, wie sie die Erde manchmal in einer Ruine freigab. Aber sie war noch viel mehr. In den letzten Tagen hatte er Erkundigungen über sie eingezogen. Einige Kanoniker hatten argwöhnisch berichtet, dass Goda gewisse merkwürdige Praktiken durchführe, doch alle sagten übereinstimmend, dass sie eine einflussreiche Frau war und die Hochachtung der ganzen Stadt besaß.

Sie blieben den Nachmittag zusammen und sprachen über die Vergangenheit Barcelonas, die verlorenen Schätze und was aus der Stadt werden könnte, wenn man die Sümpfe trockenlegte und den Hafen erweiterte. Vielleicht ist Goda wirklich die Seele Barcelonas, dachte Frodoi. Die Leidenschaft hatte sie hierhergeführt, doch nun keimten neue Gefühle auf. Sie würde nicht nur seine Geliebte, sie würde auch seine Vertraute sein.

Gegen die Kälte in ihren Umhang gehüllt, sahen sie zu, wie die frühe Novembernacht auf das Meer herabsank. Sie mussten in die Stadt zurück, bevor die Tore geschlossen wurden. Ihre heimliche Liebe würde vielleicht ihr Verderben sein, aber keiner von beiden konnte zurück.

Während sie sich anzogen, teilte Frodoi eine weitere Sorge mit Goda.

»Drogo hat Kontakt zu mir aufgenommen. Im Gegenzug für meine Unterstützung will er die Siedler beschützen.«

»Du begehst einen Fehler, wenn du darauf eingehst.« Goda verzog das Gesicht. »Wer hat dir die Nachricht überbracht?«

»Ein Siedler, Gali aus Carcassonne.«

»Der Mann der jungen Elisia«, erinnerte sie sich, an seinen Hals geschmiegt. »Es gefällt mir nicht, dass dieser Mann im Auftrag Drogos handelt. Elisia ist etwas ganz Besonderes, Frodoi. Das habe ich gleich gemerkt, als ich sie bei eurer Ankunft weinend in der Menge stehen sah. Und mit ihrer Herberge trägt sie dazu bei, dass die Stadt aus ihrer Agonie erwacht. Es ist nur ein Gefühl, aber wir sollten auf sie achtgeben; Barcelona braucht sie genauso wie eine gute Herberge.«

Weit weg von Barcelona erwachte Rotel in tiefster Dunkelheit. Völlig durchgefroren lag sie auf dem blanken Lehmboden, nur mit ihrem schmutzigen Hemd bedeckt. Das Letzte, woran sie sich erinnerte, war der bittere Trank, den Onyx ihr aufgezwungen hatte. Sie hörte ein unheimliches Klappern in der Nähe, sah aber nichts.

Plötzlich beleuchtete sie ein Licht von oben. Rotel zuckte erschrocken zurück. Es war eine Fackel. Als sie die steinernen Wände ringsum sah, wusste sie, dass sie in einem Felsloch in der tiefen Höhle gefangen war, wo sie seit einigen Tagen mit dem schweigsamen Onyx hauste. Bislang hatte der Bestiar sie völlig ignoriert; sie musste sich sogar selbst ihr Essen besorgen, indem sie Beeren im nahen Wald sammelte. Aber jedes Mal, wenn sie über eine Flucht nachdachte, war Onyx zur Stelle.

Sie wusste nicht, wie er sie in das Felsloch geschafft hatte und warum. Am Boden regte sich etwas. Rotel schrie entsetzt auf. Sie war von Schlangen und Skorpionen umgeben, die sich nervös verteidigten. Oben am Rand des Schachts stand Onyx und blickte kalt auf sie herab. Die Schlangen züngelten an ihrem Knöchel. Eine zischte, andere krochen auf sie zu. Rotel zog die Beine an. Sie begann vor Panik zu weinen.

»Meister!«

»Versuche, bis zum Morgen zu überleben.«

Das ebenholzschwarze Gesicht verschwand, und Rotel bemerkte, wie sich zwei kleine, spitze Zähne in ihre Hand bohrten. Als die Gliedmaßen durch das Gift taub wurden, packte sie das Grauen. Niemals hätte sie gedacht, dass sie eine solche Angst empfinden könnte.

13

Es war schon dunkel, als eine von Godas Dienerinnen Elisia die Nachricht überbrachte. Obwohl sie erschöpft war von dem regen Treiben, das die Umbauarbeiten in Gombaus Haus mit sich brachten, wusste sie, dass sie die Einladung einer Adligen nicht ausschlagen durfte. Außerdem war sie neugierig. Sie kannte die vornehme Dame seit ihrer Ankunft, sie hatten sich ein paarmal gegrüßt, mehr aber nicht. Goda war freundlich, aber distanziert; sie gehörte einer anderen Welt an.

»Du darfst dem Adel nicht über den Weg trauen, Elisia«, sagte Gali. »Sie beuten das einfache Volk nur aus.«

»Du brauchst keine Angst zu haben«, erwiderte sie bestimmt. »Womöglich sind wir jetzt reicher als sie. Ich habe viele von ihnen in Oterios Herberge kennengelernt und weiß, wie man mit ihnen umgeht.«

Gali sah sie wütend an. Er war derjenige, der in einer Tunika aus feinem Tuch und einem neu erworbenen Umhang durch die Straßen spazierte. Er war der Eigentümer dieses Vermögens. Er konnte ihr verbieten, dorthin zu gehen, aber auch er hatte Pläne für diesen Abend, und wenn seine Frau beschäftigt war, umso besser.

Elisia ging die abschüssige Straße zu den Palästen hinunter und kam auch an der alten Kathedrale vorbei, die bereits von den Fundamenten der neuen Kathedrale umgeben war. Man hatte Gerüste und Flaschenzüge errichtet, um die Steinquader nach oben zu schaffen. Mit Frodois Ankunft war neues Leben in die Stadt eingezogen. Aber die Barcelonesen interessieren sich auch für die zukünftige Herberge, dachte sie stolz. Vor allem viele Ältere kamen zu dem Platz am Miracle, um das Werk des jungen, aufstrebenden Paars aus Carcassonne zu begutachten, erkundigten sich, ob sie bald Kinder bekämen, und stellten Mutmaßungen über zukünftige Eheschließungen an.

Es würde alles gut gehen, da war Elisia zuversichtlich. Wenn du das sehen könntest, Großvater, dachte sie oft. Ihre einzige Sorge war Gali. Er hatte sich verändert, seit sie das Vermögen besaßen, und das gefiel ihr nicht. Sein überhebliches Auftreten und sein Kommen und Gehen ohne jede Erklärung beunruhigten sie. Sie versuchte, nicht an die Gerüchte zu denken, die ihr in Oterios Herberge über ihn zu Ohren gekommen waren. Gali mochte dünkelhaft sein, aber auf seine Weise liebte er sie, und sie hatten große Pläne. Alles war so geschehen, wie er es versprochen hatte.

Goda lebte mit ihrem Mann Nantigis und der einzigen Tochter Argencia in einem Palast gegenüber der im Bau befindlichen Kathedrale. In den Mauern fanden sich mehrere wiederverwendete Grabplatten und sogar der Torso einer riesigen Statue. Zwei Diener öffneten ihr schweigend, und sie trat durch das Portal.

»Die Herrin erwartet dich im Garten.«

Im Innenhof hörte man einen betrunkenen Mann im ersten Stock krakeelen, aber sie tat, als merke sie nichts. Diskret führte man sie in einen Garten, der an einen Kreuzgang erinnerte. Das trockene Weinlaub knisterte unter ihren Füßen. Sie kam an Obstbäumen und einem Beet mit Heilkräutern vorbei, an Marmorstelen, beschädigten Statuen und den Überresten gewaltiger Säulen, die an jene des Miracle erinnerten. Hier ruhte die Vergangenheit der Stadt.

Weiter hinten sah sie den Eingang zu einer steinernen Grotte. Licht drang heraus, und neugierig trat sie ein. Es handelte sich um das Gewölbe eines antiken Tempels, erbaut aus gewaltigen, von den Jahrhunderten zerfressenen Steinquadern. Die Stimmung war bedrückend. Goda stand leise singend mit dem Rücken zu ihr vor einer Nische mit mehreren weiblichen Terrakottafiguren mit spitzer Haartracht. Elisia sah Krüge mit

Wein, Honig und Salz. Ich werde Zeugin eines heidnischen Rituals, dachte sie überrascht.

»Elisia von Carcassonne, tritt näher und grüße die Große Mutter.«

»Was ist das für ein Ort? Seid Ihr keine Christin?«

»Doch, aber ich bin auch, was meine Vorfahren waren. Und du?«

Sie reichte Elisia eine mit Spiralmuster verzierte Schale und füllte diese mit duftendem Öl.

»Meine Familie besaß eine Kapelle am Mons Iovis«, sagte sie, in das Ritual vertieft. »Mit Säulen aus grünem Marmor und hübschen Bögen, goldenen Kelchen und einem großen Kreuz aus Silber. Der Priester, den mein Großvater ernannte, erzählte meinen Geschwistern und mir Geschichten aus der Bibel. Ich war überrascht, dass es darin keine schützenden Hausgötter und keine Große Mutter, Spenderin der Fruchtbarkeit, gab. Wenn Gott im Himmel wohnte, wer kümmerte sich dann um die Erde?«

»Gehört sie nicht mehr Eurer Familie?«, fragte Elisia verwirrt.

»Es ist niemand mehr da. Wilhelm von Septimanien ermordete sie alle.« Trauer verschleierte Godas Blick. »Die Franken hatten eine abergläubische Angst. Auch mein erster Mann starb im Kampf, ohne mir Kinder zu schenken. Bevor meine Mutter hingerichtet wurde, bat sie mich, dafür zu sorgen, dass unser Blut nicht ausstarb, und verheiratete mich mit einem schrecklichen Mann – falls man diesen tattrigen alten Säufer, den du gerade herumschreien gehört hast, einen Mann nennen kann. Ich wollte sterben … bis ich Argencia bekam. In ihren Augen sehe ich alle wieder.«

»Seid Ihr eine Zauberin?«, fragte Elisia beunruhigt, während sie sich in dem Gewölbe umsah.

Goda fuhr mit ihrem Gesang fort und goss Öl über eine Statue. Elisia war pragmatisch, hatte immer nur gearbeitet, doch nun versank sie ganz in diesem Augenblick. Goda strahlte eine hoheitliche Würde aus, und sie schien mit derselben Hingabe bei der Sache zu sein wie der alte Mönch Servusdei. Sie wirkte wie eine Priesterin aus einer alten heidnischen Sage, wie man sie nach wie vor erzählte. Als sie fertig war, wurde es ganz still. Das Öl rann in eine Schale, aus der Goda es in eine Glasampulle füllte.

»Du bist mit guten Absichten nach Barcelona gekommen, Elisia. Die Beschützer der Stadt wissen das und wollen dich segnen. Nimm dieses Öl und bewahre es gut auf.«

»Aber die Kirche verbietet das!«

»Meine Familie hat es immer so gemacht, und die Stadt steht noch. Die Römer erbauten sie nicht zufällig hier. Solange ich lebe, werden wir die Kraft dieses Ortes ehren.«

»Fürchtet Ihr nicht Frodois Strafe?«

»Der Bischof ist auch nur ein Mann«, sagte sie mit funkelnden Augen.

Elisia war fasziniert von der Adligen. Goda war erwachsen und schön, eine starke Persönlichkeit. Das Mädchen fasste Vertrauen und stellte eine Frage, die es ständig beschäftigte.

»Am Tag unserer Ankunft habe ich Euch von einem Geschwisterpaar erzählt …«

»Isembard und Rotel aus dem Hause Tenes. Du hast um sie geweint.« Goda sah auf, als sie Elisias Sorge bemerkte. »Er lebt und sie vielleicht auch, aber sie befindet sich in Drogos Gewalt.«

»Wo ist Isembard jetzt?« Elisia versuchte sich nichts anmerken zu lassen, doch Goda sah, was sie bewegte, und legte ihr die Hand auf die Schulter.

»Dieser junge Mann ist Teil einer alten Legende, die nicht sterben soll«, erklärte sie verschwörerisch. »Es geht ihm gut. Er befindet sich in der Obhut einiger Männer, die vor vielen Jahren Vasallen seines Vaters und der Ritter der Mark waren. Männer, die in Ungnade gefallen sind, genau wie ich, und sich weigern, zu vergessen.« Ihre Verbitterung war nicht zu übersehen. Isembards Erscheinen rührte an eine für sie unheilvolle Vergangenheit. »Er übt sich im Gebrauch der Waffen, während sie dem letzten Geheimnis der Mark auf der Spur sind: Was wurde aus den Söhnen Graf Sunifreds, die gemeinsam mit seinem Vater, Isembard von Tenes, verschwanden?«

Elisia schwieg, Goda klang nicht sehr zuversichtlich.

»Nur Gott weiß, was aus ihm wird. Also schütze dein Herz.«

Das Mädchen war zwischen Freude und Kummer hin- und hergerissen und wollte das Gewölbe so schnell wie möglich verlassen.

»Weshalb habt Ihr mich rufen lassen?«

»Ich wollte dich kennenlernen.« In den Augen der Adligen lag ein seltsamer Glanz. »Ihr habt Münzen in dem Haus am Miracle gefunden, nicht wahr?«

Leugnen hatte keinen Sinn. Gali brüstete sich überall mit seinem plötzlichen Reichtum.

»Das Haus gehörte dem Großvater meines Mannes, deshalb wusste er von ihrer Existenz. Ich habe ihn an dem Tag geheiratet, als wir nach Barcelona aufbrachen, um ein neues Leben zu beginnen.«

»Wie habt ihr euch kennengelernt?« Goda wollte herausfinden, ob Elisia etwas über Galis Beziehung zu Drogo von Borr wusste. Das war der eigentliche Grund, weshalb sie das Mädchen zu sich gebeten hatte.

Stattdessen begann Elisia von ihrem Großvater und Oterios Herberge zu erzählen, wo sie glücklich gewesen war. Sie berichtete ausführlich von ihrem Leben dort, von ihren Ängsten und Freuden. Über Gali jedoch sprach sie nicht viel. Godas Interesse ermunterte sie, ihr ihr Herz auszuschütten, und so gestand sie ihr die unerwarteten Gefühle, die in ihr erwacht waren, als sie Isembard von Tenes kennenlernte. Goda vergaß, was sie eigentlich hören wollte, und lauschte Elisias jugendlicher Schwärmerei. Unverhofft entstand zwischen ihnen eine Freundschaft über Standesgrenzen hinweg.

Als sie Schritte hörten, zerbrach die Magie des Moments. Ein Diener betrat das Gewölbe und erschauderte, als er das Heiligtum seiner Herrin sah. Goda blickte ihn ungnädig an, denn ihm war der Zutritt untersagt.

»Herrin, der Bischof hatte recht«, berichtete der Mann mit einem Seitenblick auf Elisia. »Gali ist wieder zu den Schänken am Stadttor gegangen, wo sich Drogos Spitzel treffen.«

Elisia fiel beinahe die Ampulle mit dem Öl aus der Hand. Sie starrte Goda an, als hätte diese sie verraten.

»Ihr folgt meinem Mann?«

»Drogo hat sich seiner bedient, um an den Bischof heranzukommen«, erklärte Goda. »Mag sein, dass euch die Siedler jetzt gleichgültig sind, aber die Zukunft Barcelonas steht auf dem Spiel, Elisia. Ich will wissen, wer Freund ist und wer Feind.«

Der Boden unter Elisias Füßen gab nach. Es stimmte, was Gali gesagt hatte: Die Adligen benutzten sie nur. Aber zu wissen, dass er in einer Schänke war, machte ihr Angst. Das waren die Gerüchte, die sie vor der Hochzeit nicht hatte hören wollen.

Goda beobachtete, wie Elisia blass wurde.

»Felix, hol die anderen und geht mit ihr. Holt Gali da raus, bevor es zu spät ist.«

Gali betrat die schmuddelige Schänke neben dem Regomir-Tor und ging über eine hölzerne Stiege in einen alten Keller mit Ziegelboden hinunter. Der Gestank von ranzigem Fett und Körperausdünstungen war widerlich. Als Baldia ihn sah, öffnete sie die schmutzige Bluse noch ein wenig weiter und kam, ihres Geschäfts sicher, auf ihn zu.

»Später«, raunzte er und schob sie beiseite.

Die Frau murrte und zeigte dabei ihre gelblichen Zähne. Ihr Haar war strohig, und sie roch nach Männerschweiß. Sie war jünger als er, doch das Leben hatte seine Spuren hinterlassen. Gali bevorzugte sie, weil ihre Verwahrlosung ihm ein Gefühl von Überlegenheit verlieh. Ganz anders als an der Seite seiner schönen Frau, die jetzt gerade in einem Adelshaus zu Tisch saß. Elisia war auch hier in Barcelona beliebter als er, und das erschien ihm unerträglich. Aber er brauchte sie in der Küche der Herberge. Deshalb hatte er sie vor einigen Monaten in Oterios Schänke ausgewählt.

Gali wusste, wohin er gehen musste, um zu vergessen. Kaum in Barcelona angekommen, begann er die schäbigsten Kneipen zu besuchen und lernte schon bald Calort kennen, einen abstoßenden Kerl, der Informationen an Drogo von Borr weitergab. Elisias Mann erzählte ihm von der Begegnung im Wald, und sie schlossen Freundschaft. Er kannte Menschen seines Schlages; um sein Vertrauen zu gewinnen, willigte er ein, dem Bischof eine Nachricht zu überbringen, wenn Calort ihm im Gegenzug die besten Kaschemmen am Regomir-Tor zeigte.

Mit seinem Vermögen kam er sich wichtig vor, und erfreut stellte er fest, dass ihm in ganz Barcelona niemand im Würfelspiel gewachsen war. So hatte er bereits seine schöne Frau gewonnen, und in der neuen Stadt würde er sein Vermögen damit vermehren. Wenn die Herberge gut lief, war er irgendwann ein gemachter Mann. Dann konnte er Elisia verstoßen, die Ehe annullieren lassen und ein adliges Mädchen aus der Grafschaft heiraten.

»Der feine Herr aus Carcassonne!«, rief jemand aus dem Halbdunkel.

Ohne auf das Gelächter zu achten, ging Gali zu einem Mann im schmutzigen schwarzen Wams, der mit anderen zusammensaß. Begierig sah er auf den Lederbecher und die Würfel auf dem Tisch.

»Willst du spielen?« Calort lachte abfällig, als er seine innere Unruhe bemerkte. »Hat deine schöne Frau einen besonderen Wunsch?«

Die Provokation erzielte den gewünschten Effekt. Gali ließ einen schweren Geldbeutel auf den Tisch fallen.

»Erwähne sie nicht!«

Die anderen grölten.

»Hat sich der Bischof noch nicht zu Drogos Vorschlag geäußert?«

»Der Bischof ist nur sich selbst treu. Ich glaube nicht, dass er darauf eingeht.« Gali grinste herausfordernd und klopfte auf den Beutel. »Traust du dich, gegen mich anzutreten?«

Er war in Spiellaune, und Calort befahl den anderen aufzustehen, damit Gali sich ihm gegenüber hinsetzen konnte.

»Also gut, spielen wir«, schlug Calort vor. »*Iactus tres*? Mit drei Würfeln.«

»Frei gewürfelt. Ich mag eure Becher nicht, das wisst ihr ja.«

Gali bestellte Wein und trank ihn in einem Zug aus. Dann nahm er die Würfel. Sie waren aus Knochen, abgegriffen und schmutzig. Wie immer vor dem Spielen spürte er das bekannte Kribbeln und einen Druck in der Brust – ein so übermächtiges Gefühl, dass er nicht damit aufhören konnte.

Er schnupperte an den Würfeln und hauchte darauf. Mit jahrelang trainierten Bewegungen umschloss er sie mit seiner Faust und warf sie dreimal. Alle merkten sich die höchste Punktzahl: vierzehn. Calort stapelte umständlich sein Geld zu einem Turm, um Gali auf die Folter zu spannen. Dann würfelte er und erreichte elf Punkte.

»Das Glück ist dir auch heute Nacht hold, Gali. Du lädst uns doch auf einen Schluck ein, oder?«

Gali winkte dem Wirt und deutete auf das Fass. Die Würfelpartie mit Drogos Gefolgsmann ging weiter. Neugierig versammelten sich andere Gäste um den Tisch, auf dem sich vor Gali die Münzen häuften. Als eine Münze von seinem Stapel auf den Boden rollte, riss ihn das Klimpern aus seiner angespannten Konzentration. Er sagte nichts, als einer der Gäste sie einsteckte.

»Ich glaube, das genügt, mein Freund«, fand Calort, der nun nicht mehr lächelte.

Gali war euphorisch; es war der beste Abend, an den er sich erinnern konnte. Er hatte Elisia und den Neid vergessen, der ihn zerfraß.

»Willst du nicht ein bisschen was zurückgewinnen?«

»Ich habe für heute genug verloren.«

Gali stand auf und sagte verächtlich in die Runde: »Barcelona ist ein Nest von Bettlern! Traut sich keiner, ernsthaft zu spielen?« Er wandte sich an Calort. »Du stehst in den Diensten des mächtigsten Manns der Mark, mit Sicherheit hast du irgendwo ein kleines Vermögen versteckt.«

Alle hielten den Atem an, da brach Calort in schallendes Gelächter aus.

»Du hast Schneid, Gali von Carcassonne, hierherzukommen und uns zu beleidigen.«

Gali bemerkte die Drohung in seinem stechenden Blick, aber er hielt stand. Auf ein Zeichen von Calort warf der Wirt diesem ein schweres Ledersäckchen zu, das zwischen den Anwesenden hindurch durch die Luft pfiff. Gali schluckte und begann seine Großsprecherei zu bereuen, aber es war zu spät. Er konnte nur eine ähnlich hohe Summe setzen. Er öffnete sein Hemd und legte Beutel voller Silbermünzen auf den Tisch, bis sie einen kleinen Berg formten – alles, was noch aus Gombaus Topf übrig war. Wenn er gewann, wäre er einer der reichsten Männer der Stadt und bräuchte die Herberge und seine schöne Frau mit den abgearbeiteten Händen nicht mehr.

Die Anwesenden scharten sich gespannt um sie. Noch nie hatten sie so viel Geld auf einem Haufen gesehen. Sie klopften Gali auf den Rücken, der begierig die Würfel anstarrte. Baldia stand hinter ihm und versprach ihm eine unvergessliche Nacht. Er forderte Stille, nahm die Würfel und würfelte nach seinem kleinen Ritual dreimal hintereinander. Mit jagendem Herzen behielt er den dritten Wurf: Die Würfel zeigten siebzehn Augen.

Die Schänke johlte. Das Ergebnis war sehr hoch, Calort würde gut daran tun, sich in seine Niederlage zu fügen.

»Deine Glückssträhne scheint anzuhalten, Gali von Carcassonne«, sagte dieser gereizt. »Das sollten wir feiern, bevor ich mich ruiniere. Wirt!«

Es ging hoch her, während die hölzernen Krüge gefüllt wurden. Zwei Männer gerieten in Streit, und der eine rempelte Gali an. Dieser gab ihm einen Stoß und konzentrierte sich dann nervös wieder auf den Tisch.

»Lass uns die Sache zu Ende bringen. Würfelst du jetzt oder nicht?«

»Ist ja gut, ist ja gut«, entschuldigte sich Calort träge. »Wir sind Wilde von der Grenze, trag es uns nicht nach.«

Als Calort die Würfel nahm, deutete Gali auf seine Hand.

»Das sind nicht dieselben!«

Die Würfel rollten merkwürdig unrund über den Tisch und zeigten dann allesamt eine Sechs: achtzehn. In der Schänke wurde es still. Calort atmete tief durch.

»Ich brauche nicht noch mal zu würfeln, findest du nicht?«

Gali sprang mit geballten Fäusten auf, das Herz schlug ihm bis zum Hals.

»Du hast die Würfel ausgetauscht! Da ist Blei drin! Ich hab's gleich gesehen.«

Murren wurde laut, Gali wurde herumgeschubst. Als er wieder auf den Tisch sah, lagen dort die alten Würfel. Sie waren geschickt gewesen. Das gesamte Geld lag bereits vor Calort.

»Du beschuldigst mich, ein Betrüger zu sein, Gali?«

»Du sollst verflucht sein, Calort! Du hast alles genau geplant. Das Handgemenge ...«

»Weißt du, was wir hier mit Schuften wie dir machen?«

Mehrere Männer packten Gali, legten ihm einen Strick um den Hals und warfen ihn über den stärksten Dachbalken.

»Erbarmen!«, bettelte Gali, als er die Mordlust in ihren Augen bemerkte.

Die Männer zogen an dem Strick, und Gali begann zu röcheln. Erst als sie wieder losließen, konnte er sprechen.

»Ich habe verloren. Entschuldige!«, winselte er. »Es gehört alles dir.«

Auf ein Zeichen von Calort zogen die Männer erneut an dem Strick. Gali wurde ein Stück in die Luft gehoben und strampelte verzweifelt, während er den Strick zu fassen versuchte. Erst als er kurz vor dem Ersticken war und mit bläulich angelaufenem Gesicht nach Luft schnappte, ließen sie los. Calort packte ihn und gab ihm eine schallende Ohrfeige.

»Keiner beleidigt uns ungestraft«, zischte er. »Merkt euch das und hängt ihn endlich auf!«

Die Schurken fanden in Galis Hemd einen weiteren kleinen Beutel mit Münzen und noch etwas: ein altes Pergament. Calort nahm es neugierig und ging zu einem abtrünnigen Priester, der sich nun in den Schänken herumtrieb. Nicht einmal Gali selbst wusste, was in dem Papier stand. Es konnte die Besitzurkunde für Gombaus Haus sein oder etwas ganz anderes. Er hatte sie verwahrt, weil er hoffte, jemand Vertrauenswürdigen zu finden, der sie ihm vorlesen und erklären konnte. Der Priester erbleichte und flüsterte Calort den Inhalt zu. Das Grinsen des Mannes ließ Gali vermuten, was in dem Schriftstück stand. Unsägliche Angst ergriff ihn. Er war ein Narr gewesen, das Schreiben aufzuheben.

Ängstlich sah er zu Calort, während er wartete, dass dieser sein unaussprechlichstes Geheimnis offenbarte.

»Wie du schon sagtest, Gali, gehört alles mir. Deshalb nehme ich auch dieses interessante Dokument an mich und lasse dich am Leben. Es wird meinen Herrn Drogo von Borr gewiss freuen, von nun an einen treuen Diener zu haben. Wir wollen alles erfahren, was in deiner Herberge so erzählt wird.« Er wedelte mit dem abgegriffenen Pergament. »Andernfalls kommt das hier ans Licht.«

Gali nickte. Zum ersten Mal fehlten ihm die Worte. Seine ganze Überheblichkeit schwand angesichts dieses alten Dokuments dahin, das nun in den Händen des gefährlichen Calort war.

»Verpasst diesem Abschaum eine Tracht Prügel und werft ihn raus!«

Unter den gleichmütigen Blicken der Torwachen landete Gali in einer schmutzigen Gasse. Sein Hals schmerzte, und er hatte durch die Schläge zwei Zähne verloren. Als er einige Fackeln näher kommen sah, krümmte er sich verängstigt zusammen in dem Glauben, man wolle ihn erneut verprügeln.

»Mein Gott! Gali!«

Elisia kniete nieder. Sie hatte einige von Godas Dienern dabei. Als sie seinen Zustand bemerkte, umarmte sie ihn.

»Das Glück war mir hold«, flüsterte er beschämt. »Doch dann habe ich alles verspielt.«

Es war wie ein Messerstich ins Herz, der vielleicht nicht mehr zu heilen war. Ihr Großvater hätte Elisia geraten, ihn dort liegen zu lassen, aber sie hockte sich neben ihn auf die Erde und bettete seinen Kopf in ihren Schoß. Er war ihr Mann, vor Gott und den Menschen.

»Was bleibt uns noch?«, fragte sie nur.

»Nichts«, flüsterte er, während er an das Pergament dachte, das er besser verbrannt hätte.

Elisia konnte nicht weitersprechen. Gerade brach alles zusammen, was sie sich gemeinsam aufgebaut hatten.

14

Im Niemandsland bei Osona, unweit von Montseny

Joan hielt sich den schmerzenden Rücken. Die Sonne ging unter, und er begutachtete die ausgehobene Furche, die sich in der Ferne verlor. Er sah seine Frau Leda mit der kleinen Auria auf dem Rücken und seine älteren Kinder Sicfred und Emma mit den Hacken, die er angefertigt hatte, als er noch Schmied war. Der kleine Galderic nahm die Steine, die er tragen konnte, und stapelte sie auf einen Haufen; daraus würden sie ihr Haus bauen. Aber vorher mussten sie ein möglichst großes Stück Land bestellen. Jede einzelne Handbreit davon würde in dreißig Jahren ihnen gehören. Die Erde war noch nicht bereit für die Aussaat des Getreides, aber dennoch hoffte er, im nächsten Sommer eine kleine Ernte einfahren zu können. Es war ein Anfang.

In der Ferne sah er andere den Boden pflügen, Joan und Leda hatten sich mit neun weiteren Familien hier niedergelassen. Sie wollten einander helfen, um so viel Land wie möglich zu gewinnen. La Esquerda nannten die Hirten, die ihnen Milch und Käse brachten, die Gegend. Sie lag auf einer schmalen Felszunge in einer Flusskehre des Rio Ter. Vor undenklichen Zeiten hatte es dort eine Siedlung gegeben, von der nur noch Mauerreste und Einkerbungen im Fels übrig waren. Die Erde war fruchtbar, es gab Wälder mit Eichen, Ahornen und Kastanien. Sie hatten auch von Dorngestrüpp überwucherte Kirsch-, Apfel- und Nussbäume entdeckt, die sie wieder nutzbar machen konnten. Es war ein guter Ort, um sich niederzulassen.

Die kleine Gemeinschaft hatte mit Steinen den Verlauf der einzigen Straße zwischen den geplanten Häusern und einem kleinen Dorfplatz markiert, wo sie mit Gottes Hilfe eine Kirche errichten würden. Und am Ufer des Ter wollten sie eine Mühle bauen – aber noch waren sie weit davon entfernt. Sie rodeten tagsüber das Brachland, und wenn es Nacht wurde, suchten sie Zuflucht in den nahe gelegenen Höhlen.

In den eisigen Nächten saßen sie gemeinsam ums Feuer und träumten von dem zukünftigen Dorf La Esquerda und der Kirche, die sie reich ausstatten würden. Sie versprachen, aus Dankbarkeit für die Chance, die sich ihnen geboten hatte, einen kostbaren Goldkelch zu stiften.

Der Schrei eines Kindes riss Joan aus seinen Gedanken, und er sah Galderic über das Feld rennen. Er spielt mit Emma Fangen, dachte er verärgert. Im Dezember waren die Tage kurz, bald würde es schneien; sie mussten das Tageslicht zur Arbeit nutzen und nicht zum Spielen.

Dann brachen die Horden zwischen den Eichen hervor, und Panik erfasste ihn.

Im Dämmerlicht wirkten die Waffen aus Knochen und rostigem Eisen noch furchterregender. Die Angreifer kamen mit riesigen Schritten auf sie zu, einer schwang große Holzkugeln, die er nach Galderic schleuderte. Der Junge schrie auf und stürzte ins Gestrüpp.

Leda rannte zu ihrem Sohn, ohne einen Gedanken daran zu verschwenden, dass sie womöglich in ihren Tod lief. Sicfred und Emma flohen mit Auria zu dem Felsvorsprung über dem Fluss. Joan packte die Hacke und lief hinter seiner Frau her. Es gab keine andere Möglichkeit.

Leda schrie und warf mit Steinen nach den Angreifern, doch in kurzer Zeit waren sie umzingelt. Joan stellte sich mit erhobener Hacke vor seine Frau. Ein Mann mit einer Maske aus einem Wildschweinschädel hob eine gewaltige Axt und trennte ihm mit einem Hieb den Arm von der Schulter. Joan stürzte laut brüllend zu Boden, Leda fiel in sein Geschrei ein. Als sie sich zu ihm herunterbeugte, näherte sich ein Reiter.

»Erbarmen!«, flehte Leda.

»Frodoi trägt die Schuld!«, brüllte der Mann auf dem Pferd unbarmherzig.

Leda wandte sich zu ihm um. Ihr Blick war von Tränen verschwommen, aber sie erkannte das düstere Gesicht unter der dichten Mähne.

»Drogo von Borr.«

Die Horden machten Jagd auf die Siedler, während Joan vor Schmerzen schreiend verblutete.

»Ich will, dass jemand aus dem Dorf dem Bischof diese Präsente überbringt, damit er begreift, wer der Herr über dieses Land ist.«

An seinem Sattel baumelten bläulich verfärbte, blutige Hände und Arme. Er spießte auch Joans Arm, aus dem noch Blut tropfte, auf einen Haken. Da warf Galderic einen Stein nach ihm, und der Adlige wandte sich mit wutentbranntem Gesicht um.

»Hackt dem Kleinen die Hände ab! Die werden noch größeren Eindruck auf den Bischof machen.«

»Nein, nicht Galderic!«, flehte seine Mutter.

Während die Männer das Kind zu einem Fels führten, rief der Junge verzweifelt nach seinen Eltern. Joan versuchte sich zu ihm zu schleppen, aber irgendjemand trat ihm gegen den Armstumpf, und er wurde vor Schmerz bewusstlos. Der Mann mit dem Wildschweinschädel hob die Axt. Leda war kurz davor den Verstand zu verlieren, und ihr Sohn Galderic schloss die Augen.

»Ein silbernes Kreuz!«, knurrte der grausame Henker.

Er ließ die Axt sinken, um dem Jungen Frodois Kreuz zu entreißen, doch Galderic wehrte sich, und es gab ein Gerangel. Plötzlich war ein scharfes Zischen zu hören, und der Wilde sackte über dem Kind zusammen. Ein Pfeil hatte seinen Hals durchbohrt. Im nächsten Moment brachen zwei weitere Angreifer, von Pfeilen getroffen, zusammen. Sechs Reiter preschten im Galopp über den steinigen Pfad heran.

Drogo fluchte leise.

»Die Gespenster der Mark sind zurück. Isembard …«

Die Horden heulten wild. Sie waren mehr als zwanzig gegen sechs.

Isembard ritt hinter Guisand, Inveria und Nilo her. Bei ihnen waren ein weiterer ehemaliger Vasall der Ritter der Mark sowie ein Eremit namens Pau aus Benviure, der trotz seiner fast siebzig Jahre noch immer geschickt die Keule schwang. Durch ihn fühlten sich die Kämpen als Teil einer heiligen Mission.

Der junge Tenes beherrschte sein Pferd noch nicht und sprang ungeschickt ab. Er hatte furchtbare Angst, aber er umklammerte den Griff des alten Schwertes so, wie man es ihm beigebracht hatte. Einer der Wilden mit einem Totenschädel auf dem Kopf stürzte auf ihn zu. Isembard spürte, wie ein Kribbeln durch seinen Körper lief. Er wusste, dass er dem Gegner einen Schwerthieb versetzen musste, bevor der ihn erreicht hatte. Das hier war kein Training; wenn er überstürzt handelte, würde der Schwertstreich ins Leere gehen; zögerte er, würde ihm der andere mit seiner rostigen Axt den Schädel spalten.

Er empfahl sich seinem Vater, um die Waffe nicht fallen zu lassen, und atmete tief durch. Er war ein Tenes, und dieser Schwerthieb war der Anfang einer neuen Geschichte – oder das Ende.

Als der Angreifer ihn fast erreicht hatte, dachte er, dass er mit diesem Schwert Rotel hätte verteidigen können. Sie konnte er nicht mehr schützen, aber die Siedler sehr wohl. Das Schwert traf seinen Gegner in die Seite und bohrte sich in dessen Leib, um auf der anderen Seite wieder herauszukommen. Als der Angreifer mit hervorquellenden Eingeweiden zu Boden sank, lag er bereits in den letzten Zügen. Zum ersten Mal hatte Isembard einen Menschen getötet.

Es war ein sonderbares Gefühl, in seinen Ohren rauschte das Blut, aber schon stürzte ein weiterer Wilder mit einer hölzernen Keule heran. Dieser Kerl mit dem stachelbewehrten Helm vollführte immer dieselbe Bewegung, von oben nach unten. Er wirkte genauso verängstigt wie Isembard selbst; keiner hatte ihm offenbar erklärt, wie man richtig kämpfte. In diesem Moment verstand der junge Tenes, was Guisand ihm immer sagte: Der Gegner zeigte einem, wie man ihn besiegen konnte. Als er die Gelegenheit dazu hatte, stieß Isembard ihm das Schwert in die Brust.

Der Kampflärm ließ nach. Die Ritter hatten ein Blutbad angerichtet, und die dezimierte Horde suchte ihr Heil in der Flucht. Ein Stück entfernt entdeckten sie Drogo von Borr. Sie forderten ihn heraus, aber er galoppierte mit seiner Truppe davon und verschwand fluchend im Wald.

Als sie sich sammelten, hatte nur Inveria eine Schnittwunde am Bein. Pau, der Eremit, ging zu dem armen Joan.

»Wir müssen die Wunde ausbrennen, sonst wirst du das bisschen Blut verlieren, das noch in dir ist.«

»In den Höhlen sind Feuerstellen«, sagte Leda, die neben ihrem Mann kniete.

Während die Siedler ihn eilig davontrugen, erkannte Leda den jüngsten ihrer Retter wieder.

»Isembard! Bist du es?«

»Es tut mir so leid, Leda«, sagte er niedergeschlagen. Er dachte daran, wie ihre Tochter Ada geendet war, aber er schwieg, wie er es sich geschworen hatte. Noch mehr Leid könnte die Frau nicht ertragen. »Wir haben erfahren, dass sie die Siedler angreifen. In zwei der neuen Siedlungen lebt niemand mehr. Hier ist zumindest …«

Er wusste nicht, was er noch sagen sollte. Leda umarmte ihn heftig, ohne ihre Tränen zurückhalten zu können. Die Welt ließ ihre ganze Wut an ihnen aus, und Gott schien sich nicht darum zu scheren. Dennoch hatte sie Grund genug, den Rittern zu danken, die erschöpft zu ihnen traten.

»Dank Euch haben meine Kinder überlebt.«

Der Unterschlupf war eine natürliche Felsspalte über dem Ter, an deren Wand grobe Zeichnungen zu erkennen waren, die Jagdszenen darstellten. Sie hatten die Höhle ausgewählt, weil offenbar bereits andere Menschen vor ihnen dort gelebt hatten – und in der Hoffnung, dass dieses ihnen Glück bringen würde. Der Eremit presste die rot glühende Schneide seiner Axt auf Joans verstümmelte Schulter, und ein langer Schrei hallte durch das Tal. Nach und nach kehrten alle Siedler zurück und blickten entsetzt über das mit monströsen Toten übersäte Feld.

»Es wäre ein Wunder, wenn er überlebt«, sagte Pau, während er die Brandwunde mit einer Salbe bestrich, die nach Fenchel roch.

»Ega könnte ihn heilen«, schlug Guisand vor.

»Das ist richtig. Diese Frau kennt sich bestens mit Verletzungen aus«, murmelte Inveria, der mit einem Faden aus Darm die Schnittwunde an seinem Bein nähte.

Pau warf einen raschen Blick zu Isembard, der stumm Joans eingefallenes Gesicht betrachtete. Er runzelte die Stirn und sah wieder zu dem hässlichen Stumpf.

»Mir gefallen die Hexereien der Frauen aus dem Wald nicht, aber es stimmt, Ega könnte ihn heilen.« Er wandte sich an Leda. »Sorg dafür, dass er am Leben bleibt, bis ich zurückkomme.«

Als die ganze Gemeinschaft versammelt war, sprach Guisand zu den verängstigten Menschen.

»Hört mir gut zu! Erzählt den Hirten, jedem Mönch, Krämer oder Maultiertreiber, der hier vorbeikommt, was in diesem Dorf geschehen ist. Sagt allen, dass Isembard II. von Tenes und die verbannten Ritter euch vor den Dämonen der Mark gerettet haben.«

Leda ging zu Isembard und küsste seine Hände. Diese Geste beeindruckte nicht nur den Jungen, sondern alle Anwesenden. Erneut dachte er an Rotel – sie waren in den Weinbergen eines

Klosters aufgewachsen und hätten ebenso gut hier in La Esquerda wehrlos den Horden gegenüberstehen können. Doch Gott hatte ein anderes Schicksal für sie vorgesehen, eines, das er noch nicht richtig zu deuten wusste. Er betrachtete seine blutbefleckten Hände und begriff, dass dies sein Weg war und dass er eines Tages seine Schwester finden würde.

»Weißt du etwas von Elisia aus Carcassonne?«, fragte er Leda leise.

»Sie ist in Barcelona geblieben. Sie und Gali bauen ein Haus zu einer Herberge um. Sie ist in Sicherheit, Isembard. Sie hat viel um euch geweint.« Nachdem Isembard sich nachdenklich zurückgezogen hatte, wandte sie sich an Guisand. »Drogo sagte, ihr wärt Gespenster.«

»Das stimmt«, bestätigte der alte Kämpe. »Wir sind die Gespenster der alten Ritter der Mark. Wir werden diesen animalischen Horden die Köpfe abschlagen und sie an jeder Wegkreuzung aufstellen. Dann wissen alle, dass wir von den Toten zurückgekehrt sind, damit die Mark lebt.«

15

Gali hatte alles verspielt, dabei mussten er und Elisia doch noch so viele Schulden begleichen. Zur Beschämung des Paares sprach sich die Geschichte auch noch schnell herum. Da Elisia sehr beliebt war und dank der Fürsprache des Bischofs wurden die Außenstände vor dem gräflichen Gericht bis zum *Dies Sanctorum Innocentium* gestundet, dem Tag der unschuldigen Kinder am 28. Dezember. Wenn sie es nicht schafften, wenigstens einen Teil ihrer Schulden bis zu diesem Tag zu begleichen, würden sie nach gotischem Recht zu Sklaven ihrer Gläubiger. Elisia hatte schon bald keine Tränen mehr. Sie wäre gerne nach Carcassonne zurückgekehrt, aber wenn sie irgendwann weggehen wollte, musste sie verhindern, dass sie in Knechtschaft geriet.

Sie war fest entschlossen, die Taverne zu eröffnen, denn nur mit deren Einnahmen konnten sie den Zimmermännern und Baumeistern ihren Lohn zahlen. Ohne mit Gali zu sprechen, begann sie also den Schankraum zu putzen und herzurichten. Ihr Mann war nur noch ein Schatten des charmanten Mannes, der sie mit Komplimenten und seinem Lächeln für sich eingenommen hatte. Schließlich half Gali missmutig mit, und seine Hände wurden schwielig von der harten Arbeit. Das obere Stockwerk blieb unverändert, aber das Erdgeschoss konnte man nutzen. Sie schafften den Schutt weg, der vom Ausbessern der Wände dort lag, und setzten eine Tür ein, die sie in einem verfallenen Haus gefunden hatten. Anschließend zimmerten sie aus Holzresten grobe Tische und Bänke zusammen, die nicht zum Verweilen einluden. Aber sie konnten sich keinen Schreiner leisten, der ihnen bessere machte.

Am Vorabend des Sankt-Luzia-Festes betrachtete Elisia das Ergebnis und seufzte verzweifelt. Es war eine schäbige

Taverne, die sie niemals betreten hätte, aber mehr konnten sie nicht tun. Schweigend legte sie den Umhang um, der noch nach Oterios Schänke roch. Ihr Mann sah sie skeptisch an.

»Was hast du vor, Elisia? Glaubst du wirklich, hier kommt jemand rein?« Nach langem Schweigen, als er den enttäuschten Blick seiner Frau nicht länger ertragen konnte, fuhr er sie an: »Willst du nicht mit mir sprechen? Ich bin dein Mann!«

»Ich dachte, du liebst mich, Gali. Jetzt weiß ich nicht mehr, wer du bist.«

»Ich liebe dich! Ich habe einen Fehler gemacht, aber ich bin da.« Er zeigte ihr seine schwieligen Hände. Mehr denn je brauchte er sie, um zu überleben.

Elisias Wut hatte sich mittlerweile in abgrundtiefe Resignation verwandelt. Gali hatte ihr jegliche Freude geraubt. Er hatte ihr seine dunklen Seiten gezeigt, und sie bezweifelte, dass er irgendwann ein guter Vater sein könnte. Aber sie hatten nur einander. Und dieses Haus. Sie sehnte sich nach ihrem geschäftigen Leben in Oterios Küche zurück.

»Ich brauche jemanden an meiner Seite, dem ich vertrauen kann«, sagte sie mit tränennassen Augen.

Gali kam auf sie zu. Diesmal wandte sich Elisia nicht ab. Sie hatte nicht die Kraft dazu.

»Wir könnten fliehen«, schlug er vor.

»Sie würden uns schnappen, noch bevor wir die Via Augusta erreichen, und uns hinrichten. Diese Taverne ist ein heruntergekommener Schuppen, aber sie ist unsere letzte Chance. Wir haben Zeit bis nach Weihnachten, um einen Teil der Schulden zu bezahlen. Das sind nur noch zwei Wochen!« Ihr versagte vor Angst die Stimme.

»Gut. Tu, was du für richtig hältst.«

Elisia überhörte die Unverschämtheit. Sie hatte noch die Ampulle mit Öl, die Goda ihr gegeben hatte und die sie beschützen sollte. Beinahe hätte sie sie fortgeworfen, schließlich hatte sie nicht viel geholfen. Sie gab ein paar Tropfen in die

Ecken des Schankraums und der Küche. Vielleicht konnte sie das leere Glasfläschchen gegen etwas eintauschen. Dann ging sie zur Tür. Es war ein nasskalter Tag.

»Wohin gehst du?«

Elisia zeigte eine Handvoll Münzen, die sie aufbewahrt hatte.

»Die habe ich für heute aufgespart. Bete, so viel du kannst.«

Am 13. Dezember – am Luzia-Tag – eröffnete die bescheidene Taverne zum Miracle im Herzen Barcelonas. Zum Glück hatte Elisia, bevor sie ruiniert wurden, Käse geräuchert und mit Kräutern verfeinert, die Fässer waren mit Dunkelbier gefüllt, wie Lambert es gemocht hatte. Vom letzten Geld kaufte sie frische Butter, Rauchfleisch, Zwiebeln und Gemüse. Ohne Unterlass hatten sie gearbeitet, damit alles fertig wurde. Die beiden bemühten sich, in dieser schwierigen Situation zusammenzuhalten.

Doch niemand trat über die ausgetretene Schwelle des Miracle.

Als es Abend wurde, saß Elisia in Tränen aufgelöst vor der Tür. Für nichts und wieder nichts hatte sie Brennholz verschwendet, um das Lokal zu heizen. Das in Schweineschmalz geschmorte Fleisch würde verderben.

Gali ging schweigend zwischen den Bänken umher. Er verfluchte sich selbst dafür, dass sie in diese Lage geraten waren, und dachte darüber nach, ohne Elisia zu fliehen. Die verächtlichen Blicke der Nachbarn waren ihm unerträglich. Aber Drogo hatte ihn in der Hand, außerdem würde sein Geld nicht weit reichen. Wieder in die Schänken zu gehen, traute er sich nicht.

Sie legten sich schweigend schlafen, und der nächste Tag verlief genauso. Gegen Mittag des vierten Tages, als Elisia die Tränen und die Fragen ausgegangen waren, auf die es ohnehin keine Antwort gab, erschien Hauptmann Oriol von Frodois

Leibwache. Er schien vor allem gekommen zu sein, um die junge Wirtin zu sehen. Er setzte sich in eine Ecke, und sie servierte ihm das beste Schmorfleisch, das sie zubereiten konnte. Der Mann aß schweigend. Elisia beobachtete ihn erwartungsvoll aus der Küche, aber etwas an seinem Gesichtsausdruck gefiel ihr nicht. Beim Bier verzog er das Gesicht und ließ den halben Krug stehen. Als er fertig war, zahlte er höflich und ging.

Elisia ließ sich verzweifelt auf einen Hackklotz sinken. In Oterios Herberge war kein Tag vergangen, ohne dass sie die Runde zwischen den Gästen gemacht hatte, um ihr Lob entgegenzunehmen. Das Schmorfleisch und das Bier waren eines Königs würdig.

Nachdem sie eine Weile nervös auf und ab gegangen war, warf sie sich den Umhang über.

»Du gehst?«, fragte Gali, während er das restliche Bier austrank, bevor es womöglich die Gläubiger mitnahmen.

»Warum kommt niemand?«, haderte sie.

»Es sind schlechte Zeiten.«

»In die Taverne geht man, um zu feiern oder zu weinen, hat Oterio immer gesagt. Und das ist überall so.«

»Oterios Herberge gibt es seit hundert Jahren. Seit die Christen Carcassonne eroberten.«

»Wir bieten hier auch die besten Speisen. Was ist hier anders?«

Gali leerte den Krug, ohne zu antworten. Mit einem merkwürdigen Gefühl verließ Elisia die Taverne und überquerte den Platz. Es war ein sonniger, aber kalter Tag. Der Wind trug den Gestank der schmutzigen Straßen davon, und man roch die Stadt.

Was ist hier anders? fragte sie sich erneut.

Sie schloss die Augen und schnupperte. Es fehlten die Gerüche, die um die Mittagszeit durch die Vorstadt von Carcassonne zogen. Der Duft von rahmigem Käse und ausgelassener

Butter. Elisia begann durch die Straßen zu laufen. Sie schaute in heruntergekommene Tavernen und schreckte vor dem Gestank des miesen Fraßes zurück, den man den Gästen vorsetzte. Schließlich kam sie zu den bischöflichen Gebäuden. In der Luft lag der Geruch von Linsen und Kichererbsen mit Lorbeer. Auf der Straße bissen zwei Kinder in ein tropfendes Stück Roggenbrot. Neugierig trat sie näher und betrachtete das Brot.

»Olivenöl? Mögt ihr nicht lieber Butter?«

Die beiden zuckten mit den Schultern. Sie wussten nicht, wovon sie sprach. Eines der beiden hatte ein Trinkhorn dabei. Es war warmer Wein, kein Bier, wie sie es als Kind bekommen hatte. Da begriff sie.

»Ja!«, rief sie mit neuem Elan.

Aufgeregt lief sie zu Godas Palast. Überrascht sagten die Diener ihrer Herrin Bescheid, die fröhlich und strahlend wie immer erschien.

»Es wurde auch Zeit, dass du mich um Hilfe bittest, stolze Fränkin! Was brauchst du?«

»Fünf Silbermünzen und Trinkschalen aus Holz oder Ton. Es tut mir leid, ich habe mich zu sehr geschämt«, entschuldigte sie sich, und es war die Wahrheit. »Ich werde dir alles zurückgeben.«

»Das weiß ich. Ich brauche nur in deine honigfarbenen Augen zu schauen. Meine Diener werden so viel Geschirr in deine Taverne bringen, wie sie können.«

Nervös ging Elisia zum Portal Vell. Es waren nur noch einige wenige Händler dort, die gerade ihre Stände abbauten. Sie ging an Körben mit Gemüse, Knoblauch und Zwiebeln vorbei. An Schnüren baumelten frische und getrocknete Kräuter. Am Fleischstand nahm sie eine Schnur schwarzer Blutwurst und schnupperte daran. Sie war nicht so wie die, die sie kannte. In Barcelona aß man anders als in Carcassonne.

Sie nahm so viel mit, wie sie kaufen konnte. Ein Sklave musste sie begleiten.

»Mach Feuer im Garten, Gali!«, rief sie, als sie in die Taverne kam.

Benommen vom Bier hob ihr Mann den Kopf von der Tischplatte.

»Was willst du mit dem ganzen Gemüse? Und mit dieser Wurst? Reicht das nicht, was du gekocht hast?«

»Schau dir diesen Krug an! Das ist Olivenöl! Ich habe Lorbeer, Thymian und Knoblauch, viel Knoblauch!« Sie umarmte ihren Mann und küsste ihn zum ersten Mal seit Wochen auf den Mund. »Heute geben wir der Stadt zu essen! Ich werde im Freien kochen, bis allen das Wasser im Mund zusammenläuft! Du sorgst dafür, dass Wein da ist. Begreifst du nicht? Wir sind am Mittelmeer!«

Am Abend lag ein Duft in der Luft, der den Einheimischen vertraut, aber zugleich der Küche des Adels würdig schien. Gali war zum Bischofspalast gegangen und hatte gegen das Versprechen, in ein paar Tagen zu bezahlen, ein Fass jungen, spritzigen *vinum novum* und ein weiteres mit gereiftem *vinum veterem* erhalten. Er ließ außerdem zwei kleine Fässer Sauerwein anschreiben, der aus dem Überschuss der Ernte gekeltert und wesentlich billiger war. Auf allen Tischen standen Körbe mit Brot und Schälchen mit goldgelbem Öl. Bald erschienen die ersten Neugierigen, und es wurden immer mehr. Schnell sprach sich herum, dass der Preis für diese Köstlichkeiten niedrig war. Sogar die Wache kam nach dem Wachwechsel vorbei und legte ihre Waffen in eine Ecke. Die Nacht und der Wein entlockten den Gästen alte Lieder und Anekdoten.

Elisia schmerzte inzwischen der Rücken. Sie servierte das Schmorfleisch und spülte Godas Teller, die Gali in der Küche stapelte. Entweder das, oder in einer fremden Stadt Hungers sterben. Sie schufteten, bis der riesige Topf leer war. Es blieb nicht einmal etwas für sie selbst übrig. Die Wachsoldaten riefen nach Elisia, um ihr Beifall zu spenden. Zum ersten Mal fühlte sich das Mädchen zu Hause, und eine Träne rollte ihr vor aller Augen übers Gesicht.

Erst nach Mitternacht löschten sie das Feuer im Garten. Die Taverne hatte sich geleert, und Gali, der genauso erschöpft war wie sie, überreichte ihr die Kasse mit den Einnahmen.

»Bewahr du sie auf, Frau«, sagte er, um ihr Vertrauen zurückzugewinnen. Vielleicht hatten sie noch eine Chance.

Elisia zog sich der Magen zusammen. Gali breitete versöhnlich die Arme aus.

»Ich werde der Mann sein, den du dir gewünscht hast. Das Familienoberhaupt an der Spitze unserer Taverne«, setzte er in jenem selbstgewissen Ton hinzu, der sie nach Barcelona gebracht hatte.

Elisia zögerte. Vielleicht konnte Gali sich ändern. Er hatte die Voraussetzungen, um eine Taverne zu führen, und ihre Liebe würde dafür sorgen, dass er alte Gewohnheiten ablegte. An diese Vorstellung hängte sie ihre ganze Hoffnung. Schließlich umarmte sie ihn lachend, und die tagelange Anspannung löste sich in ein paar Tränen.

Beim Fegen unterhielten sie sich über neue Rezepte. Als Gali die Fensterläden schloss, bemerkte er in der Dunkelheit eine Gestalt, die von der anderen Seite des Platzes zu ihm herüberwinkte. Es war Calort, der hinterhältig grinste. Gali schlug den Fensterladen zu und versuchte die Besorgnis aus seiner Miene zu vertreiben. Als er sich umdrehte, saß Elisia auf einem Tisch und lächelte verführerisch.

»Es ist kein Essen für uns übrig geblieben, aber wir werden trotzdem feiern.« Sie wollte die Versöhnung auf besondere Weise besiegeln. Alles hinter sich lassen, auch die Erinnerung an Isembard und seine warmen Lippen. »Findest du nicht, Liebster?«

Als Rotel aufwachte, war sie schweißgebadet. Ihr Gesicht war geschwollen, die Lippen aufgesprungen, und sie konnte ein Auge nicht öffnen.

Sie hatte immer noch Fieber, aber sie war aus einem höllischen Delirium zurückgekehrt, in dem sie durch endlose Höhlen voller riesenhafter Tiere geflohen war. Ihr gesamter Körper schmerzte. Ihre zarte Haut war entzündet und voller Quaddeln und Pusteln, die nie wieder verschwinden würden. Aber sie lebte, während die meisten an dem Gift oder vor lauter Panik gestorben wären. Etwas hatte sich verändert. Sie verspürte keine Angst mehr – und keine anderen Gefühle.

»Wer von der anderen Seite zurückkehrt, lässt einen Teil seiner Seele zurück. Willkommen.«

Onyx saß neben ihr am Lagerfeuer. Sie befanden sich immer noch in der Höhle.

»Du sollst verflucht sein.«

»Das ist unsere Natur, Rotel. Der Fluch. Wir sind nicht von dieser Erde. Du hast die Schwelle zur Dunkelheit überschritten. Ich sehe es an dem Eis in deinen Augen. Du bist bereit für die Unterweisung. Die Welt wird vor dem letzten Bestiar schaudern.«

Zweiter Teil

Der verwaiste Thron

Das Jahr 864

Im Herbst des Jahres 861, als sich Barcelona noch von dem Angriff der Sarazenen erholte, beschloss König Karl der Kahle, der sich mit seinem Neffen Lothar II. entzweit hatte, weil dieser sich von seiner Frau Theutberga aus dem Haus der Bosoniden scheiden lassen wollte, das Gebiet Karls der Provence anzugreifen, eines Bruders Lothars II., dessen schwache Gesundheit ein baldiges Ende vermuten ließ. Mit diesem Schachzug wollte er den Provenzalen in seine Schranken weisen, der sowohl auf Lothars Erbe hoffte als auch darauf, seinen Einflussbereich zu erweitern.

Unter dem Vorwand, Waffenhilfe gegen die Normanneneinfälle beidseits der Rhone leisten zu wollen, zog der König in die Provence, doch Graf Girard von Roussillon, der starke Mann hinter Karl der Provence, durchschaute den Plan und zwang das Heer Karls des Kahlen zum Rückzug. Die Begehrlichkeiten des Königs weckten die Empörung der südlichen Provinzen, die schon genug unter den Normannen zu leiden hatten. Auch Humfried von Gothien, Graf von Barcelona, Girona, Ampurias, Roussillon und Narbonne, war unter den Adligen, die gegen den König aufbegehrten.

Im Jahr 862 entzog König Karl Humfried sämtliche Titel, nachdem sich seine eigenen Söhne mit seinem Neffen Pippin II. gegen ihn erhoben hatten. Doch Septimanien kam nicht zur Ruhe. Humfried verlor Ampurias an die Brüder Sunyer II. und Delà sowie Girona an Otger; die übrigen Grafschaften, darunter auch Barcelona, blieben unter seiner Herrschaft.

Erneut geriet das Machtgefüge in der Spanischen Mark ins Wanken. Salomon von Urgell schloss einen Friedensvertrag mit den Sarazenen, um zu verhindern, dass sich Humfried mit ihnen verbündete, wie es zuvor bereits Wilhelm von Septimanien getan hat. Doch der aufsässige Graf gab nicht klein bei und eroberte im Jahr 863 Toulouse, Pallars und Ribagorza.

Aber Humfried lag nicht nur im Streit mit dem König; auch die Normannen griffen sein Gebiet vom Mittelmeer her an. Er leistete Widerstand, bis er 864 geschlagen wurde und nach Toulouse fliehen musste.

In Barcelona entstand ein Machtvakuum. Humfried war zwar längst offiziell entmachtet, doch in diesem Jahr verlor er endgültig die Kontrolle über die Grafschaft, und seine Unterstützer zerstreuten sich in alle Winde. Alte Machtansprüche flammten auf. Es war ein Schlüsselmoment für die Spanische Mark, und alle wussten es.

16

Toulouse, im Dezember

Graf Humfried wälzte sich unruhig im Bett hin und her und schlug schließlich die Augen auf. Neben ihm lag eine nackte Sklavin. Ihre Augen waren verdreht, ihr ganzer Körper zuckte. Panisch ließ sich Humfried aus dem Bett fallen und riss die Felldecke mit sich. Im Kerzenlicht sah er, wie sich das Mädchen in Krämpfen wand. An ihrem Oberschenkel war Blut zu sehen. Ihr Gesicht war schmerzverzerrt, aus ihrem geöffneten Mund kam ein unverständliches Gurgeln.

Eine Schlange glitt vom Bett auf den Fußboden. Humfried hätte beinahe vor Schreck aufgeschrien. Vergeblich suchte er zwischen den am Boden verstreuten Kleidungsstücken nach seinem Schwert. Als er nach dem Tier trat, spürte er einen Biss am Knöchel. Er trampelte auf der Schlange herum, bis ihr Kopf nur noch eine breiige Masse war, während der Schwanz weiterzuckte.

»Der zweite Biss ist niemals tödlich, Graf«, sagte eine Stimme.

Es lief Humfried kalt den nackten Rücken hinunter. In der Dunkelheit stand eine verhüllte Gestalt. Ihre reglose Gegenwart erschreckte ihn noch mehr als die Schlange. Als sie ins Licht trat, fühlte sich Humfried an die Legenden von alten Einsiedlern erinnert, die Gott in Gestalt einer Frau in Versuchung führte. Vor ihm stand die schönste Frau, die er je gesehen hatte, doch ihre hellblauen Augen waren wie aus Eis. Als er sich auf sie stürzte, wich sie seinem Angriff mit Leichtigkeit aus. Er spürte, wie von dem Biss an seinem Knöchel ein Feuer aufstieg und sich in seinem Körper ausbreitete, während das Bein taub wurde.

»Wer bist du?«

»Was immer Ihr wollt. Ein Dämon, der Schatten Eurer Verbrechen, der Tod …«

Die verhüllte Frau brachte ihn mit einem Tritt gegen das Knie zu Fall und setzte sich rittlings auf ihn. Obwohl Humfried bereits auf die vierzig zuging, war sein Körper nach einem Leben auf dem Schlachtfeld stark und kräftig. Sie schlug die Kapuze zurück, und langes blondes Haar floss über ihren groben Pelzumhang. Mit einem seltsamen Lächeln rekelte sie sich auf ihm. In Humfrieds Angst mischte sich Erregung. Er spürte ihre Hitze an seinem Geschlecht und betete, dass das alles nur ein Albtraum war, doch dafür schmerzte die Bisswunde zu heftig. Sein Herz raste und verteilte das Gift in seinem Körper. Ihm brach der kalte Schweiß aus.

»Gebt mir Eure Hände, damit ich Euch fesseln kann«, flüsterte die Frau, ohne in ihren Bewegungen innezuhalten. Schamesröte stieg ihm in die Wangen.

»Was für ein dämonisches Wesen bist du? Schickt dich der König?«

Sie hielt inne, und der Graf schrie auf, als er einen gelben Skorpion auf seiner Brust entdeckte.

»Euer Körper wird nicht noch mehr Gift aushalten. Streckt langsam die Hände aus.«

Humfried ließ sich widerstandslos fesseln. Ihm war schwindlig, und er war einer jungen Frau ausgeliefert, die sich keuchend an ihm rieb. Er fühlte sich erniedrigt, und er hatte Angst. Die Frau packte den Skorpion am Schwanz und steckte ihn mit einer selbstverständlichen Bewegung unter ihren Umhang. Dann bewegte sie sich weiter auf ihm, bis sie mit geschlossenen Augen erzitterte und dann reglos verharrte. Ihre Haut glänzte.

»Man hat mir nicht gesagt, wie stattlich Ihr seid, Graf.«

Humfried konnte nicht klar denken. Er schloss die Augen.

»Ich bin hier, um Euch eine Botschaft zu überbringen. Eure Zeit ist abgelaufen. Es kommt eine neue Ordnung. Ich fordere

Euch auf, alle ehrgeizigen Pläne aufzugeben und nach Italien zu fliehen.«

»Wer hat es auf meine Grafschaften abgesehen?«

»Ich könnte Euch töten, aber das war nicht mein Auftrag. Eure Gemahlin Berta ist in einem Kloster und damit in Sicherheit, und Ihr habt keine Söhne, für die Ihr kämpfen könntet. Nehmt die paar Männer, die Euch geblieben sind, und überquert die Alpen, damit die Welt Euch vergisst.«

Die Frau löste sich von ihm und ging zur Tür. Bevor sie hinausging, warf sie eine kleine Tonampulle auf das Bett. Die Sklavin lag noch immer zuckend und schweißüberströmt da.

»Das ist ein Gegengift. Euch wird es vom Fieber befreien, sie wird es retten. Ihr habt die Wahl.«

Der Graf stürzte zum Bett und trank die Flüssigkeit aus, ohne an die sterbende Sklavin zu denken.

»Meine Soldaten werden dich nicht entkommen lassen!«

Als die Frau die Tür öffnete, war Schreien und Klagen aus unterschiedlichen Teilen der kleinen Festung zu hören, in die Humfried sich geflüchtet hatte.

»Bevor Ihr aufbrecht, lasst die Festung niederbrennen … Sie ist voller Schrecken.«

»Warte! Wer bist du? Wer schickt dich?«

»Meine Name ist Rotel von Tenes. Sollten sich unsere Wege noch einmal kreuzen, werde ich nicht so freundlich zu Euch sein.«

Im Waffenhof traf sie auf Onyx, ihren Meister. Er hielt ein Blasrohr, auf dem Boden wanden sich mehrere Soldaten in Zuckungen. Die einsetzende Morgendämmerung färbte die Dunkelheit tiefblau. Die beiden in Kapuzen gehüllten Gestalten betrachteten den Schattenriss des kleinen, aus Bohlen und grobem Stein erbauten Forts am Ende der Stadt.

»Hast du ihn getötet?«

»Nein, Meister. Ich habe ihn vernichtet. Er wird seine Frau verlassen und nie wiederkommen.«

»Hast du ihm Italien vorgeschlagen?«

Die junge Frau nickte. Entsetzliches Geschrei zerriss die Stille. Onyx ging ungerührt zu dem halb geöffneten Tor. Rotel sah noch einmal zu den Soldaten. Wenn sie starben, dann aufgrund von Schwäche und Kälte, doch wenn sie überlebten, würden sie diese Nacht als die schrecklichste ihres Lebens in Erinnerung behalten. In den vergangenen Jahren hatte sie entdeckt, dass der Schrecken, den ihr Meister verbreitete, schlimmer war als ein Wald aus Lanzen. Sein Tod kam still und unerbittlich.

Sie hatte kein Mitleid mit ihnen. Alles in ihr war dunkel und kalt. Die Zeit davor erschien ihr wie ein diffuser Traum. Sie hatte das Gesicht ihres Vaters vergessen und konnte sich kaum der freundlichen Mönche von Santa Afra entsinnen. Nur die Erinnerung an Isembard war nach wie vor lebendig. Wenn es ihr gelang, auch diese zu löschen, wäre sie endlich der letzte Bestiar.

Mit unbewegter Miene folgte sie ihrem Meister. Sie spürte die Bewegungen ihrer giftigen Waffen, die sich in den Lederbeuteln wanden, die sie unter ihrem Umhang verbarg. Darunter war sie wie ein Soldat gekleidet. Ihre mädchenhaften Rundungen zeichneten sich unter dem dunkel gegerbten Lederwams ab, aber sie war kein Kind mehr. Bei Onyx hatte sie alles verloren, aber eines hatte sie gewonnen: Sie kannte keine Angst.

17

Turm von Benviure, Barcelona
12. Februar 865, am Tag der heiligen Eulalia

Bischof Frodoi betrat den Festungsturm mit bangem Herzen. Fackeln beleuchteten mehr als hundert menschliche Schädel, die zwischen den Steinen lagen. Ein Tempel des Todes, Zeugnis einer uralten Rache. Jeder einzelne erzählte eine Geschichte von Leid, Grausamkeit und Tod. Ihn fröstelte, und er bekreuzigte sich betroffen.

»Sie waren arme, unglückliche Menschen«, murmelte er. »Die Not hat sie zu Bestien gemacht.«

»Es waren Horden. Ihr Leben bestand darin, Dörfer zu zerstören und zu morden«, sagte Guisand hinter ihm. »Wenn La Esquerda und andere neu gegründete Dörfer noch existieren, dann deswegen.«

»Soll ich Euch dazu beglückwünschen?«, gab der Bischof scharf zurück. »Ich gebe zu, dass es eine heldenhafte Tat war, die die Menschen in den Tälern von Osona aufatmen ließ. Man spricht von Isembard II. von Tenes als dem neuen Verteidiger der Spanischen Mark, aber ihr seid nur ein versprengter Haufen verfemter Krieger, die verzweifelt versuchen, einen alten Schwur einzulösen. Im Grunde hat sich nichts verändert. Drogo hält weiterhin stand.«

»Er erhält Lebensmittel aus den Dörfern und Klöstern rund um Berga und hat seine Söldner, aber das wisst Ihr natürlich. Weshalb seid Ihr gekommen, Frodoi?«

Auf Vermittlung von Goda hatte es bereits mehrere heimliche Treffen im Kloster Santa Maria del Pi außerhalb von Barcelona gegeben. Die Grafschaft und die gesamte Spanische Mark standen an einem Scheidepunkt, doch Guisand und seinen Männern fehlte der Überblick, den der Bischof dank der Nachrichten hatte, die ihn vom Hof und aus anderen Bistümern erreichten. In den letzten drei Jahren hatte er die Erkenntnis gewonnen, dass die Grenzregion völlig auf sich gestellt war. Er hatte gelernt, sich zwischen verfeindeten Parteien von Goten und Franken zu bewegen, doch obwohl die Stadt einen Aufschwung erlebte und die Mauern der neuen Kathedrale genauso wuchsen wie sein Verhandlungsgeschick, waren die Gefahren keinesfalls gebannt.

»Habt Ihr Euch nie gefragt, warum er Euch in all diesen Jahren nie vernichtet hat?«

»Jeden Tag, Bischof«, antwortete Guisand.

Frodoi sah den alten Kämpen an, der in Begleitung von Inveria, Nilo und des jungen Isembard war. Der Sohn des Hauses Tenes war inzwischen zweiundzwanzig und hatte das Auftreten eines Kriegers. Die Ritter hatten ihn gut geschult.

Rings um den Turm kampierten fünfzig bewaffnete Männer, dreißig davon beritten. Sie alle waren ehemalige Gefolgsleute der Ritter der Mark, Angehörige des niederen Adels oder Grundherren, die zu den Waffen gegriffen hatten, um sich von Drogos Joch zu befreien.

Gemeinsam hatten sie durch Hinterhalte und unerwartete Überfälle die Bedrohung durch die Horden verringert, doch Frodoi sah über den Berg von Schädeln hinaus. Nach der Absetzung Graf Humfrieds im Jahr 862 war Sunyer II. zum neuen Grafen ernannt worden, doch die Unruhen in ganz Gothien hinderten ihn daran, sein Herrschaftsgebiet in Besitz zu nehmen. Er kam nie in Barcelona an, und der gräfliche Thron blieb vakant. Daraufhin änderte Drogo seine Strategie und überließ die Horden ihrem Schicksal.

Nachdem Frodoi die letzte Nachricht aus Narbonne erhalten hatte, war er nach Benviure geritten. Der Moment, vor dem sich der Bischof so gefürchtet hatte, war gekommen.

»Der Aufstand ist zu Ende. Humfried ist nach Italien geflohen, nachdem er, so erzählt man sich, von einem Dämon in Gestalt einer jungen Frau mit blondem Haar angegriffen wurde.« Er sah zu Isembard, der blass geworden war. »In Toulouse glaubt man, dass es ein Fieberdelirium war, nachdem er in seinem Schlafgemach von einer Schlange gebissen wurde. Aber wir wissen, dass mehr dahintersteckt.«

»Glaubt Ihr wirklich, dass es meine Schwester Rotel war?«, fragte Isembard unbehaglich.

»Sie wurde mit dem schwarzen Bestiar aus Drogos Gefolge gesehen.«

»Einem Bestiar?«

»Es sind keine Legenden. Servusdei versichert, dass diese finsteren Mörder schon in den alten Chroniken auftauchen. Einige fränkische Adlige diesseits der Pyrenäen, die Drogo hätten gefährlich werden können, sind auf grausame Weise gestorben. Es tut mir leid, Isembard, glaub mir, aber Rotels Seele ist verloren.«

Der junge Mann senkte den Kopf; die Worte des Bischofs taten ihm weh. Durch einen Spitzel auf der Burg Tenes wusste er, dass Drogo seine Schwester einem unheimlichen Afrikaner übergeben hatte. Er war davon ausgegangen, sie aus einem Harem oder einem schmutzigen Bordell retten zu müssen, doch Rotel hatte einen anderen Weg eingeschlagen und brauchte seine Hilfe nicht. Seine Schwester diente nun Drogo, ihre Ziele waren den seinen entgegengesetzt. Er fürchtete sich davor, ihr zu begegnen und festzustellen, dass nichts mehr von der tiefen Vertrautheit da war, die sie miteinander verbunden hatte.

»Weshalb wollte Drogo von Borr Humfried loswerden?«, fragte er, um von dem heiklen Thema abzulenken. »Der König hatte ihm seine Titel bereits aberkannt.«

»Humfried war in Gothien geblieben, weil er auf Vergebung hoffte. Die Lage im Königreich ist unbeständig. Drogo hat begriffen, dass er niemals Graf wird, indem er wehrlose Bauern abschlachtet und sich mit umherirrenden Rittern herumschlägt, die angreifen und sich dann wieder zurückziehen. Ich glaube, Humfried aus dem Land zu vertreiben ist Teil seines Plans, die Grafenwürde zu erringen.«

»Was, denkt Ihr, wird er als Nächstes tun?«, fragte Nilo düster.

Die Situation war verfahren, und wie alle bewunderte er den jungen Bischof für seinen Scharfsinn.

»Er wird versuchen, Barcelona in seine Gewalt zu bekommen. Die Beamten, die Graf Humfried die Treue hielten, sind weggegangen, als sie von seiner Flucht nach Italien erfuhren, und der Aufenthaltsort von Vizegraf Sunifred ist unbekannt. Keiner seiner Männer weiß, wo er ist. Bei der Reichsversammlung im Frühjahr wird der König den neuen Grafen ernennen. Sunyer II. kommt nicht länger infrage, nachdem es ihm nicht gelungen ist, den Aufstand niederzuschlagen. Das derzeitige Machtvakuum ist die Chance für Drogo. Die Bewachung der Stadt leisten derzeit nur Oriol, seine Männer und die Soldaten des Stadtvogts. Wenn es Drogo gelingt, bis zur Reichsversammlung die Regierung Barcelonas zu übernehmen, wird ihn König Karl der Kahle zum Dank dafür, dass er in dieser Zeit die Ordnung aufrechterhalten hat, im Amt bestätigen. Es gab ähnliche Fälle in anderen Teilen des Reiches: Zuerst reißt man die Macht an sich und verhandelt dann über die Bestätigung durch den König.«

»Und das wollt Ihr verhindern, nehme ich an«, bemerkte Guisand beeindruckt.

Drogo war noch immer tief gekränkt. Wenn er Barcelona einnahm, würde er die Gelegenheit nutzen, um sich am gotischen Adel und ihm, Frodoi, zu rächen, so wie er auch den Siedlern gegenüber keine Gnade gezeigt hatte. Er würde die Stadt ins Chaos stürzen. Doch der Bischof war nicht hier, um seine Angst zu zeigen, sondern um die Ritter um Hilfe zu bitten.

»In Barcelona wimmelt es von Drogos Spitzeln. Oriol könnte die Verteidigung organisieren, wenn er auf Eure Unterstützung und Eure Waffen zählen kann. Das Problem ist, sie in die Stadt zu schaffen, ohne dass Drogo etwas davon mitbekommt. Beim kleinsten Hinweis wird er angreifen.«

»Wir müssen es tun, sonst ist alles, was wir erreicht haben, vergeblich gewesen«, sagte Isembard nach langem Schweigen. Die Auseinandersetzung im Umland hatte Barcelona erreicht.

Die alten Kämpen sahen sich an. Es stimmte. Trotz des Aufstands Graf Humfrieds erlebte die Stadt einen Aufschwung. Rings um den Cagalell-See hatten die Bauern neue Weinstöcke und Obstbäume gepflanzt und Olivenhaine angelegt. Der wenn auch brüchige Friede zog Händler an und brachte Schiffe in den alten Hafen. Der Bischof hatte die Münzstätte wieder geöffnet, und wann immer Silber aus Narbonne eintraf, wurden neue Münzen geprägt. Mit den Einnahmen aus der Münze und den Steuerabgaben hatte er die Arbeiten an der Kathedrale wieder aufgenommen, die der Stolz der Mark sein sollte. Doch schon bald würde das alles erneut ins Wanken geraten.

»Es gibt jemanden in Barcelona, der uns helfen könnte«, sagte Frodoi. »Sie ist mit den Siedlern gekommen. Ich spreche von Elisia von Carcassonne.«

Isembards Herz machte einen Satz, denn er hatte sie in diesen ganzen Jahren nie vergessen. Er war nicht mehr in der Stadt gewesen, wo es von Drogos Leuten nur so wimmelte, aber er fragte jeden Mönch und jeden Bauern nach ihr, der von dort zurückkam. Elisia besaß inzwischen eine gut gehende Taverne.

»Werdet Ihr sie in Gefahr bringen, Bischof?«, fragte er bange.

»Sie ist unser stärkster Trumpf. Eine adlige Dame, Goda von Barcelona, wird versuchen, sie zu überzeugen. Sie geht jeden Tag vor die Tore der Stadt, um für die Taverne einzukaufen. Die Torwachen kennen sie und durchsuchen sie nie.«

Isembard war aufgebracht. Er erinnerte sich daran, wie Rotel verkauft worden war, und dachte an die tragische Geschichte von Joan und Leda. Adlige und Mächtige benutzten das gemeine Volk nach Gutdünken für ihre Interessen. Auch er fühlte sich manchmal wie eine Marionette Guisands und seiner alten Träume.

»Lasst mich mit ihr reden«, bat er.

Die Übrigen sahen ihn überrascht an.

»Wenn dich Drogos Männer entdecken, kommst du nicht lebend da raus, Isembard.«

»Elisia hat ein Recht darauf, zu erfahren, weshalb sie alles aufs Spiel setzen sollte, was sie mit ihrer Hände Arbeit erreicht hat!«, gab er scharf zurück. Und er ging noch weiter: »Sie war eine Unfreie, genau wie ich, aber das sind wir nicht mehr. Auch unsere Seelen gelten etwas vor Gott.«

Frodoi betrachtete ihn plötzlich mit anderen Augen. Er hatte nicht einen Gedanken daran verschwendet, dass Elisia die Bedeutung dessen erfassen könnte, was da geschah. Dennoch nickte er.

»Das stimmt, junger Isembard von Tenes.« Er zog die Augenbraue hoch. Er wurde ein immer besserer Beobachter. »Ich sehe, du empfindest eine besondere Zuneigung für Elisia. Die Taverne zum Miracle ist beliebt in Barcelona, du solltest also vorsichtig sein. Wenn Drogo erfährt, dass sie in die Sache verwickelt ist, wird sie teuer dafür bezahlen.«

Beklommen ging Isembard davon. Hinter seinem Ansinnen steckte ein viel einfacherer Wunsch: Er wollte Elisia wiedersehen.

Frodoi schaute ihm hinterher und warf Guisand einen anerkennenden Blick zu. Trotz der schwierigen Bedingungen, unter denen sie lebten, hatte sich Isembard unter seiner Führung zu einem geschickten Krieger entwickelt, der nichts mehr mit dem Unfreien gemein hatte, der in Girona zu ihnen gestoßen war. Er hatte sich den Respekt der alten Ritter erworben, die ihn inzwischen an ihren Entscheidungen teilhaben ließen. Die Legende von der Rückkehr der Tenes verbreitete sich in den Tälern, doch nun war der Moment der Wahrheit gekommen.

Elisia wischte sich mit dem Ärmel den Schweiß vom Gesicht und beugte sich über den Topf. Dann wedelte sie mit der Hand den Dampf weg und schnupperte. Zufrieden sah sie den Jungen an.

»Galderic, nimm den Lappen und hilf mir, den Topf vom Feuer zu ziehen. Vorsichtig …«

Sie hievten den schweren Kessel auf den Boden. Galderic blickte begierig auf den dicken braunen Eintopf und die Fleischstücke darin. Sie lächelte, während sie die Rosmarinzweige herausfischte.

»Es bleibt bestimmt was für uns übrig, aber du musst dich noch ein bisschen gedulden.«

Gali kam in die Küche und roch den Eintopf. Er hatte den ganzen Tag noch nichts gegessen und war schlecht gelaunt. Drei Jahre waren seit der Eröffnung der Taverne zum Miracle vergangen. Sie hatten sich die Finger wund gearbeitet und nicht einen einzigen Tag geschlossen, bis alle Schulden beglichen waren und man sie wieder achtete. Ihn, vor allem aber seine hartnäckige Frau, die mittlerweile nicht mehr so unbedarft war. Es war eine harte Zeit gewesen.

»Die Gäste warten«, sagte Gali knapp.

Elisia nickte, und Galderic brachte den Stapel mit den Holzschüsseln.

»Siehst du die Kerbe?«, sagte sie. »Bis dahin füllst du auf. Wer mehr will, soll dafür bezahlen.«

Galderic begann konzentriert zu schöpfen. Der Sohn von Joan und Leda hatte sich als gelehrig erwiesen und strengte sich an, um sein tägliches Brot zu verdienen. Seit zwei Jahren war er bei ihnen in der Taverne und litt immer noch unter Albträumen, in denen die Horden seinem Vater den Arm abhackten. Frodois silbernes Kreuz trug er nach wie vor als Glücksbringer bei sich. Der Schmied hatte überlebt und bestellte trotz des fehlenden Arms gemeinsam mit seiner Frau und seinen älteren Kindern Sicfred und Emma das Feld. Doch das Land warf noch nicht genug ab, deshalb hatten ihn seine Eltern zum Arbeiten in die Taverne geschickt. Mittlerweile war Galderic elf Jahre alt; er war eine große Hilfe in der Taverne und lernte rasch.

Elisia vermisste ihr Leben in Carcassonne immer noch, die Spaziergänge am Ufer der Aude und den Anblick der stolzen Zitadelle mit ihren Türmen und steinernen Palästen. Sie hatte ihre Rezepte dem Geschmack der Barcelonesen angepasst, und das Miracle lockte zahlungskräftige Kundschaft an, doch das Haus war nach wie vor in einem schlechten Zustand. Wenn alles so weiterlief wie bisher, konnten sie in ein paar Jahren umbauen, damit sie Gäste unterbringen und weitere Bedienstete einstellen konnten. Bis es so weit war, betete sie, dass ihnen das altersschwache Dach nicht auf den Kopf fiel.

Nach Oterios Vorbild hielt sie die Taverne sauber und lüftete regelmäßig durch. Abends ermunterte sie die Gäste, Geschichten zu erzählen oder am Feuer zu singen. Glücksspiel und die Anwesenheit von Freudenmädchen hingegen gestattete sie nicht, obwohl Gali sie zu überzeugen versuchte, indem er die saftigen Provisionen erwähnte, die sie damit verdienen könnten. Er gab ihr die Schuld daran, dass es mit dem Geschäft so langsam voranging. Der Bruch, der nach dem Verlust ihres Vermögens zwischen ihnen entstanden war, hatte sich nicht kitten lassen, aber sie vertrugen sich. Gali war es bald leid, ihr zur Hand zu gehen, und beschäftigte sich als Gombaus Erbe und Eigentümer des Hauses vor allem damit, das eine oder andere Geschäft einzufädeln, von Tisch zu Tisch zu gehen oder mit einem Krug in der Hand vor sich hin zu dösen.

Elisia hatte längst erkannt, dass es dumm von ihr gewesen war, ihm auf den Leim zu gehen, aber er war und blieb ihr Ehemann. Ihre Beziehung plätscherte ohne Höhen und Tiefen dahin, oft schlich sich Gali nachts heimlich aus dem Haus. Es kränkte sie, tat ihr aber nicht weh, ihre Gefühle waren erkaltet. Sie erhoffte sich nichts weiter von ihm, als dass er ihr bei einem der wenigen Male, die sie im Bett zueinanderfanden, ein Kind schenkte. Und sie hatte stets ein wachsames Auge auf die Einnahmen der Taverne.

Galderic stand in der Küchentür, die Schüsseln in der Hand.

»Was ist los? Das Essen wird kalt!«

»Er ist gekommen …«, sagte der Junge beeindruckt. »Er ist hier, Elisia.«

Neugierig trat sie näher. Am Tisch gleich neben der Tür saß ein Mann und brach Stücke von einer Scheibe Brot ab. Obwohl er sein Gesicht verbarg, spürte Elisia ein Kribbeln im Bauch.

»Ich bringe ihm das Essen, Galderic. Mach weiter.«

Elisia ging lächelnd durch das Lokal, während die Gäste den Eintopf lobten. Ihr Ruf hatte sich in mehreren Grafschaften herumgesprochen, und niemand kam nach Barcelona, ohne in der Taverne zum Miracle vorbeizuschauen. Als sie fast bei ihm war, zögerte sie. Sie wusste, wenn sie einen falschen Schritt machte, würde sie in einen bodenlosen Strudel stürzen. Mit klopfendem Herzen stellte sie die Schüssel auf den Tisch.

»Elisia …«, sagte der Mann.

Sie sah ein Schwert an der Wand lehnen. Er war nicht mehr der Junge mit der alten Mönchskutte und dem unsicheren Blick. Das Kribbeln verstärkte sich.

»Isembard …«

»Ich freue mich, dich zu sehen. Es sind einige Jahre vergangen.«

Elisia kam es vor, als ob die Zeit stehen bliebe. Sie musterte seine kräftige Gestalt und versank in seinen tiefblauen Augen. Seine Gesichtszüge waren härter geworden, männlicher, und ein feiner Bart zierte sein Kinn, doch da war immer noch derselbe eindringliche Blick.

Jeder wusste, dass der junge Tenes am Leben war. Am Feuer der Taverne erzählte man sich, wie er Seite an Seite mit den alten Rittern kämpfte, um die Siedler zu beschützen. Unendlich oft hatte Elisia von dieser Wiederbegegnung geträumt – ohne vorherzusehen, welchen Aufruhr das in ihr auslösen würde und dass die körperliche Anziehung immer noch so groß war. Auch sie war kein junges Mädchen mehr.

»Hier erzählt man viel von dem edlen Isembard II. von Tenes«, sagte sie und versuchte, ihre Unsicherheit zu überspielen. »Ich habe mich gefreut, als ich hörte, dass du nicht gestorben bist ... Ich dachte, ich würde dich nie wiedersehen.«

Isembard fühlte sich wieder wie der schüchterne Junge von damals, der es gewagt hatte, sie zu küssen. Er fand nicht die richtigen Worte und verlor sich in ihren zarten, ein wenig blassen Gesichtszügen. Sie war eine Frau geworden. Er lächelte bewegt.

»Du bist wunderschön, Elisia. So oft habe ich mir gewünscht, dich wiederzusehen, aber ...«

»Gott hatte andere Pläne. Auch für mich ist es nicht einfach gewesen.«

Sie sahen sich an und empfanden das Gleiche, auch wenn ihrer beider Leben sich verändert hatte.

»Galderic wird nicht müde zu erzählen, wie du sie vor diesen Bestien gerettet hast«, sagte sie unvermittelt und deutete auf das schartige Schwert. »Hast du etwas von deiner Schwester gehört?«

Trauer legte sich über Isembards Gesicht.

»Rotel lebt, aber du machst dir keine Vorstellung, wie. Sicher hast du die Gerüchte über zwei Dämonen gehört, die in den Wäldern hausen. Die Rede ist von einem jungen Mädchen mit hellblondem Haar ...«

Elisia schlug erschrocken die Hand vor den Mund. Im Miracle bekam man alles mit, wahre Begebenheiten und Fantastisches. Manchmal war es schwer, zwischen beidem zu unterscheiden. Isembard sah sie verzagt an. Gern hätten sie noch weitergeredet, aber sie erregten bereits Aufmerksamkeit. Gali saß am anderen Ende der Taverne mit zwei Männern und zechte, die drei drehten sich neugierig zu ihnen um.

»Es gibt viel zu erzählen, Elisia«, sagte Isembard angespannt. »Ich hoffe, wir werden bald Gelegenheit dazu haben. Aber heute bin ich gekommen, um dich zu warnen.«

Elisia hätte lieber weitere Schmeicheleien gehört, doch als sie Isembards ernsten Blick sah, bekam sie Angst. Eine Warnung bedeutete Gefahr.

»Das hier ist jetzt meine Welt, Isembard.«

Er ergriff ihre Hand, eine gewagte Geste, die verriet, wie sehr er sich verändert hatte. Er strahlte Entschlossenheit aus. Als er ihre Narben und Brandwunden streichelte, lief ihr ein Schauder über den Rücken.

»Gali wird es merken«, sagte sie und zog die Hand schnell zurück. »Was willst du von mir?«

»Du weißt sicher, dass der Vizegraf verschwunden ist.«

»In der Stadt wird über nichts anderes geredet. Seine Abwesenheit macht sich bemerkbar. Vorgestern hat ein Schiff aus Byzanz seine Ladung nicht gelöscht, und ich stehe ohne Gewürze da. Wenn wir Bischof Frodoi nicht hätten, würde alles im Chaos versinken.«

Isembards lodernder Blick beunruhigte sie. Er senkte die Stimme, um zu verhindern, dass sie belauscht wurden.

»Elisia, seit Jahren kämpfe ich für das Leben der Siedler, die meine Schwester und mich damals beschützt haben. Viele sind gestorben, ihre Dörfer niedergebrannt, aber einige bestehen noch.« Er sah sie ernst an. »Drogo will die Stadt einnehmen.«

Die junge Frau riss entsetzt die Augen auf. Der Großteil ihrer Gäste waren Goten; es wurde viel über Drogos Grausamkeit und seine blutigen Überfälle geredet. Elisia bekam es mit der Angst zu tun, aber sie blieb unbeirrt.

»Er ist dein Feind, nicht meiner.«

»Und wenn du den kleinen Galderic fragst?«

Elisia zuckte zusammen, als ob sie eine Ohrfeige erhalten hätte.

»Ganz gleich, wer an der Macht ist, ich werde immer von Sonnenaufgang bis Sonnenuntergang schuften müssen!«

Isembard ergriff erneut ihre Hand. Sie stellte sich so, dass sie den Schankraum im Rücken hatte und mit ihrem Leib diese Geste vor den Blicken der anderen verdeckte.

»Hör mir zu, Elisia. Ich habe von Bischof Frodoi erfahren, dass eine Adlige namens Goda dir vorschlagen will, uns bei einer sehr gefährlichen Sache zu helfen.« Er sah sie bedauernd an. »Sie rechnen nicht damit, dass du dich weigerst. Aber ich bin hergekommen, um dir zu sagen, dass du nicht einwilligen musst.« Er zögerte einen Moment, bevor er weitersprach. Er handelte hinter dem Rücken Guisands und des Bischofs, aber er musste es tun. Das war er Elisia schuldig. »Zu wissen, dass es dir in der Stadt gut geht, hat mir in den vergangenen Jahren durch schwere Zeiten geholfen. Mir ist bewusst, dass uns nur die Erinnerung bleibt, aber ich will nicht, dass dir etwas Schlechtes widerfährt. Du hast viel zu verlieren; wenn du uns nicht helfen willst, dann lass es sein. Wir werden schon eine andere Lösung finden; ich werde bei den anderen für dich sprechen.«

Elisia traten Tränen in die Augen, sie war es nicht gewohnt, von jemandem beschützt zu werden. Stets war sie es, die Stärke zeigen musste; auch Gali lebte von ihrer Arbeit, und ihr war mittlerweile klar, warum er sie zur Frau genommen hatte. Sanft zog sie die Hand zurück. So gern hätte sie ihm gesagt, dass es nicht stimmte, dass ihnen nur die Erinnerung blieb. Was sie in diesem Augenblick für Isembard empfand, war pure Liebe. Unerfüllte Liebe.

»Goda schätzt mich. Wir sind seit Jahren befreundet, ich vertraue ihr. Was wird passieren, wenn Drogo die Stadt einnimmt?«

»Dieser Mann hat Horden gegen die Bauern geschickt.« Isembard ließ den Blick durch die volle Taverne schweifen. »Er will sich an allen rächen, die ihm jahrelang die Macht verwehrt haben, und Graf werden.«

An den Tischen saßen Angehörige des niederen Adels, Handwerker und der eine oder andere Händler; Goten, die seit Jahren auf Drogo schimpften. Ich stecke bereits in der Sache drin, dachte Elisia bedrückt. Nach dem schwierigen Anfang und der jahrelangen Arbeit bis zur Erschöpfung würde ihre Taverne leer bleiben. Eine heftige Wut übermannte sie, und sie beschloss, nicht zuzulassen, dass irgendjemand das Miracle zugrunde richtete. Sie hatte furchtbare Angst, doch als sie sprach, klang sie entschlossen.

»Ich werde nicht auf Goda warten. Was brauchst du, Isembard?«

Er schauderte, als er das kalte Funkeln und den Mut in Elisias Augen sah.

»Vor dem Portal Nou gibt es eine Kirche, Santa Maria del Pi. Dort leben drei Mönche.«

»Ich kenne sie. Sie beliefern mich mit Kräutern und Eiern von ihrem Hühnerhof.« Die Taverne zum Miracle unterhielt inzwischen einige Familien und auch das kleine Kloster.

»Du sollst etwas von dort mitbringen und verstecken. Hauptmann Oriol wird kommen und es holen.«

»Oriol? Der ist einer meiner Stammgäste!«

Der Hauptmann der bischöflichen Garde war dreißig Jahre alt und immer noch unverheiratet. Elisia hatte bemerkt, dass er etwas für sie empfand, aber er bedrängte sie nicht. Sie freute sich über seine Blicke, die ihr trotz der fettigen Schürze das Gefühl gaben, eine schöne Frau zu sein, aber mehr erwartete sie nicht.

Niemand hörte ihnen zu, Elisia bemerkte jedoch, dass Gali mit finsterer Miene aufgestanden war.

»Geh jetzt, Isembard!«, bat sie ihn und war kurz versucht, seine Hand zu streicheln. »Du wirst von mir hören.«

Sie drehte sich um und begann mit den Gästen an den Tischen in der Mitte zu scherzen. Sie forderte zwei alte Männer auf, mit ihr zu tanzen – das tat sie öfter, wenn ihr danach war.

Während die Tanzenden den Weg versperrten, machte sich Isembard unauffällig aus dem Staub.

Gali sah wütend zu Elisia hinüber, wie sie mit den zahnlosen Tattergreisen lachte. Er war sicher, dass es sich bei dem Fremden um Isembard gehandelt hatte, und es schien ihm, als hätten er und seine Frau sich kurz bei den Händen gehalten. Obwohl sie sich so gelöst gab, bemerkte er die Anspannung in Elisias Gesicht. Auch er kannte die Geschichten, die man sich erzählte. Wenn der Zögling der alten Ritter nach so langer Zeit hier auftauchte, musste das einen Grund haben. Aber Isembard hatte einen Fehler begangen. Sein Aufenthalt in Barcelona würde Drogo sicherlich interessieren. Gali grinste verschlagen und setzte sich wieder. Es war besser, diskret zu sein und herauszufinden, was sie planten. Vielleicht würde er so das Dokument zurückbekommen, das Calort ihm abgenommen hatte; dann wäre er wieder frei und könnte diese widerwärtige Stadt verlassen.

Am Abend fand in Barcelona eine Prozession zu Ehren der heiligen Eulalia statt. Die jugendliche Märtyrerin aus römischer Zeit wurde von den Einwohnern Barcelonas besonders verehrt, weil sie der Legende nach aus der Stadt stammen sollte, auch wenn Servusdei versicherte, dass man im fernen Mérida dasselbe behauptete.

Die feierliche Messe in der alten Kathedrale zog sich über den gesamten Nachmittag. In der neuen Kirche, die darum herum gebaut wurde, würden noch mehr Gläubige Platz finden. Die Außenmauern standen bereits; gerade wurden die Kapitelle gesetzt, auf denen die marmornen Gurtbögen des Gewölbes und der halbrunden Apsis ruhen würden. Frodoi hatte die besten Baumeister aus Toledo und Pamplona kommen lassen. Es würde eine einzigartige Kathedrale werden – falls Drogo die Pläne nicht durchkreuzte.

Als die Messe zu Ehren der Märtyrerin zu Ende war, begann

die traditionelle Prozession zu einer kleinen Kapelle auf dem sogenannten Campo de Santa Eulalia, unweit der Kirche Santa Maria, gleich am Strand. Wie schon in den vergangenen Jahren klagte Servusdei über die heidnischen Wurzeln dieser Prozession. Neben dem heiligen Vinzenz war Eulalia die am meisten verehrte Heilige der Christenheit, aber er war davon überzeugt, dass die Goten mehr in ihr sahen. Die weiße Taube, die laut dem Hymnus des Prudentius im Augenblick ihres Todes aus ihrem Mund aufgestiegen sein sollte, besaß eine tellurische, verborgene Bedeutung. Die Taube war der heilige Vogel der Venus, »die Gabe der Liebenden«. Er wusste, dass die Menschen in Barcelona heimlich für die Fruchtbarkeit ihrer Felder, Tiere und Frauen beteten.

Frodoi hatte nicht vor, sich in diese Bräuche einzumischen. Die Welt war ein Mysterium, und wie die meisten fürchtete er, dass die Macht der alten Gottheiten und anderer mythischer Wesen im Lichte Gottes nicht vollständig verschwunden war. Außerdem war er dabei, das Vertrauen der Goten zu gewinnen. Der Kampf gegen den mozarabischen Ritus in der Grafschaft stand ganz hintenan.

Bei Einbruch der Dunkelheit zog die Prozession mit brennenden Kerzen durch das Portal Vell. Frodoi hatte dafür gesorgt, dass ein Kreuzträger und vier Diakone mit Weihrauchfässern vorangingen. Hinter dem Klerus folgten die Gläubigen. Goda und die anderen vornehmen Damen hatten ihre Gesichter mit weißen Schleiern verhüllt. Es war ein beeindruckender Anblick. Ihre Lippen bewegten sich, aber sie sangen weder den Hymnus auf die Heilige noch christliche Gebete. In den grünen Augen seiner Geliebten sah er einen Glauben, der tiefer und älter war als der seine.

Die Adlige hatte den Bischof davon überzeugt, dass die Prozession genau dreimal die gesamte Stadt mit ihren Vorstädten und der kleinen Fischerkirche umrundete. Die heilige Eulalia würde einen unsichtbaren Schutzschild über die Stadt legen, der Barcelona vor Feinden und den bösen Mächten beschützte, die Krankheiten brachten. Insgeheim hatten beide beschlossen, dass das Volk auch dafür betete, Barcelona vor Drogo und seinen blutigen Absichten zu bewahren.

Was Servusdei an diesem alten Brauch am meisten missfiel, waren die Hirten, die am Ende des Zuges einen Ochsen, ein Schwein und ein Lamm mitführten. Frodoi hatte sich gegen die heidnische Opferpraxis ausgesprochen, aber sobald er sich in seinen Bischofspalast zurückzog, würden an abgelegenen Orten die Feuer entfacht werden. Man würde die Tiere als Blutopfer darbringen und bei Speis und Trank feiern und tanzen.

An der Kapelle der heiligen Eulalia wurde eine weiße Taube freigelassen, die unter Jubelrufen und Gebeten in den Nachthimmel flog. Frodois Blick begegnete dem von Goda, die gerade mit Elisia sprach. Zwischen den beiden Frauen war eine ungewöhnliche Freundschaft gewachsen, die sich über jegliche Standesunterschiede hinwegsetzte. Elisia sah durch ihren Schleier zum Bischof herüber und kehrte dann in die Stadt zurück. Frodoi konnte sich denken, worüber die beiden gesprochen hatten.

Er lächelte Goda verstohlen zu. Die Allianz, die Barcelonas Zukunft sichern sollte, hatte sie unerwartet tief miteinander verbunden. Aus der anfänglichen körperlichen Anziehung war mehr entstanden. Sie liebten sich, etwas, das beide nicht erwartet hatten. In der Öffentlichkeit wahrten sie die Form, doch ihre heimlichen Treffen in dem Turm am Mons Iovis waren voller Leidenschaft. Nur Hauptmann Oriol und einige von Godas Dienerinnen waren in das riskante Spiel eingeweiht und sorgten dafür, dass nichts herauskam.

In seiner Eifersucht auf den altersschwachen Nantigis schlug Frodoi ihr manchmal vor, ihre Ehe annullieren zu lassen, was Goda rundheraus ablehnte. Sie wusste den alten Trunkenbold zu nehmen, der ihr ein sorgenfreies Leben ermöglichte, und

Frodoi musste seine Position an der Spitze der Kirche behaupten, die so wichtig für Barcelona war. Sie waren ein Liebespaar, aber sie durften es nicht riskieren, dass man sie des Ehebruchs bezichtigte; schließlich hatten sie eine Mission zu erfüllen, eine Mission, die von Gott geleitet war.

Dank Goda besaß Frodoi die Unterstützung der meisten gotischen Familien in der Stadt und erhielt Informationen über die Vorgänge im Land. So war es ihm möglich, einen gewissen Wohlstand für die Bewohner Barcelonas zu schaffen und sein größtes Projekt weiterzuverfolgen: die neue Kathedrale.

Goda senkte kaum merklich den Kopf unter dem Schleier. Die Umsetzung des Plans hatte begonnen, und sie vertrauten auf Elisia. Drogo würde Barcelona nicht einnehmen.

18

Drei Tage wartete Elisia ab, bis sie ihren Handkarren nahm und zu dem kleinen Kloster Santa Maria del Pi ging, das vor dem Portal Nou unweit der Stadtmauer lag. Sie grüßte die Torwachen freundlich und überspielte ihre Nervosität, indem sie ein altes Lied ihres Großvaters Lambert summte. Der Putz bröckelte von den Mauern der von Zypressen umgebenen Kirche, das Dach war eingesunken, aber sie stand seit ewigen Zeiten.

Elisia wollte nicht von ihren Gewohnheiten abweichen und trat durch das schmale Portal mit den hohen Bögen, um in dem dunklen Gotteshaus vor der Statue der Himmelskönigin zu beten. Sie fürchtete, entdeckt zu werden, wenn sie die Waffen in die Stadt schmuggelte, denn so lautete der Auftrag, den Goda ihr gegeben hatte. Sie fragte die Muttergottes, warum nichts in der Spanischen Mark von Dauer war: warum die Häuser in den Vorstädten verfielen, bevor die Lehmziegel getrocknet waren, und warum so viele Felder verdorrten, noch bevor sie die ersten Früchte trugen.

In den wenigen Jahren, die sie in Barcelona lebte, waren Dutzende Kinder gestorben, schwangere Frauen hatten die Entbindung nicht überlebt. Es hatte Unglücksfälle beim Bau der Kathedrale gegeben, und eine Seuche entvölkerte eine komplette Häuserzeile in der Nähe des Portal Bisbal. Ganze Familien hatten in den umliegenden Dörfern Selbstmord begangen, um nicht elend zu verhungern. Gott schien zu zürnen. Und er begnügte sich nicht damit, ihnen Krankheit und Not zu schicken. Er säte Machtgier in die Herzen der Adligen, die, nachdem sie gemordet und vergewaltigt hatten, für ihr Seelenheil großzügig an die Kirche stifteten.

Genau wie Goda sah Elisia die Möglichkeiten, die das Land,

der Hafen und die Menschen boten, aber ohne Frieden konnten sie nur mehr schlecht als recht überleben.

Sie sprach mit den freundlichen Mönchen und belud ihren Karren mit Eiern und einer Holzkiste mit drei Kaninchen. Alles war genau wie sonst. Verwirrt wollte sie sich schon auf den Rückweg machen, als einer der Brüder ihr bedeutete, ihm zu einem Verschlag hinter einer der Mönchszellen zu folgen. Sie stellte den Karren ab und betrat den dunklen Schuppen.

In dem Raum war jemand. Hinter einem Stapel Brennholz lehnte Isembard an der Wand und schliff sein Schwert mit einem Wetzstein.

»Du hast Mut, Wirtsfrau«, sagte er warm. »Aber das weiß ich schon seit Girona.«

»Ich erinnere mich noch gut an eure Gesichter.« Elisia lachte. »Ihr habt beinahe darum gebettelt, festgenommen zu werden!«

Sie versuchte, ihre Nervosität zu überspielen, beteiligte sie sich doch gerade an einer gefährlichen Verschwörung. Aber sie bewies Entschlossenheit und schob den Karren in den düsteren Schuppen.

Isembard holte mehrere Schwerter und Dolche aus einer Ecke; sie waren fest verschnürt, damit sie nicht klirrten. Vorsichtig versteckten sie das Bündel unter den Waren. Isembard sah Elisia unentwegt an. Er hatte vorgeschlagen, die Übergabe zu übernehmen, damit er sie wiedersehen konnte.

»Es gibt noch drei weitere Bündel, die du in ein paar Tagen abholen sollst. Einer der Mönche wird dir helfen.«

»Wirst du nicht mehr da sein?«

Isembard senkte den Kopf.

»Während Oriol die Stadt verteidigt, mache ich mich mit meinen Meistern und weiteren Männern auf den Weg, um Drogos Versteck auf der Burg Tenes auszuheben.«

»Die Burg deines Vaters. Wenn es dir gelingt, wirst du dann der neue Herr von Tenes sein?«

Stolz und unsicher zugleich zuckte er mit den Schultern. Er war sich seiner Herkunft noch nicht vollständig bewusst.

»Meine Lehrmeister glauben, dass es ein Symbol wäre, um weitere Mitstreiter zu gewinnen und Drogo Einhalt zu gebieten. Ich hätte mein Ansehen zurück und könnte Pferde und Waffen kaufen, aber nur der König hat das Recht, mich zum Ritter zu schlagen und die Linie meines Vaters wiedereinzusetzen.«

»Du schaffst das«, sagte Elisia zuversichtlich, wenngleich mit einer gewissen Traurigkeit. Sie wusste, was das bedeutete. »Ich werde den edlen Isembard II. von Tenes zum Freund haben! Weißt du, in Carcassonne habe ich viele Adlige kennengelernt … konnten die Finger nie bei sich behalten!«

Da sprach er ergriffen von altem Ansehen, und sie antwortete mit Tavernengeschichten. Sie lachten, und Elisia deutete Tanzschritte an wie eine vornehme Hofdame. Fernab von fremden Blicken gingen sie innig und unbefangen miteinander um.

»Erinnerst du dich noch an die kleine Ada?«, fragte Elisia in Erinnerung an ihre Reise.

»Ich denke jede Nacht an sie. Sie ist den Märtyrertod gestorben«, sagte er, ohne Elisia zu verraten, wie viel er über das tragische Ende des kleinen Mädchens wusste.

»Es werden noch viel mehr Menschen sterben.«

Elisias Lächeln erlosch. Isembard beugte sich zu ihr und strich ihr eine dunkle Haarsträhne aus dem Gesicht. Die junge Frau schloss die Augen.

»Ich werde dafür sorgen, dass Barcelona irgendwann in Frieden leben kann. Ich verspreche es dir.«

Elisia wich der Nähe nicht aus. Isembard würde wieder weggehen – sie empfand jetzt schon eine schmerzliche Leere.

»Ich habe mich in Gali getäuscht.« Sie wollte ihm ihr Herz öffnen, so wie er es getan hatte, als er ihr von seiner Herkunft erzählte. »Ich weiß nicht, ob ich ihn je geliebt habe … Und falls ja, dann ist er nicht der Mann, für den ich ihn hielt. Wir mögen uns nicht einmal, aber die Taverne ist im Haus seines Großvaters.« Sie berührte sein Gesicht. »Ich möchte nicht, dass du noch einmal in die Taverne kommst, wenn er da ist. Ich traue ihm nicht. Ich glaube, er wusste von Anfang an, dass ... dass wir uns zueinander hingezogen fühlen.«

»Hat er etwas gesagt, nachdem ich gegangen war?« Isembard nahm ihre Hände.

»Nein, und genau das macht mich stutzig. Ich weiß, dass er dich gesehen hat. Er passt jetzt genau auf, was ich mache.« Sie blickte traurig zur Tür. »Deshalb darf ich nicht zu lange bleiben, sonst wird er misstrauisch.«

Isembard umarmte sie fest, und ohne zu zögern, begannen sie sich zärtlich zu küssen. Diese Küsse waren anders als beim ersten Mal. Isembard war inzwischen mit anderen Frauen zusammen gewesen, und von seiner früheren Schüchternheit war nichts mehr zu spüren. Von Leidenschaft überwältigt, liebkosten sie sich mit grenzenloser Sehnsucht – hatten sie doch beide seit Jahren von diesem Moment geträumt. Plötzlich hörten sie die Schritte der Mönche vor der Tür. Dies war nicht der beste Ort, aber sie konnten nicht voneinander lassen.

Sie streichelten einander, küssten sich und erzählten dem anderen ihre Erlebnisse in der neuen Heimat. Es war kein Land, in dem Milch und Honig flossen, wie Frodoi versprochen hatte. Der Bischof war ein Mann des Wortes und wusste es zu führen wie ein fahrender Händler. Sie mussten lachen, bis sich ihre Blicke erneut begegneten und beide stumm in diesem Augenblick verweilen wollten.

»Zu wissen, dass du deine Taverne eröffnen konntest, hat mich ein wenig über die Trauer um Rotel hinweggetröstet«, erklärte Isembard schließlich.

»Es war eine harte Zeit, aber das ist jetzt Vergangenheit«, sagte sie stolz. »Jetzt würde ich gerne Mutter werden«, gestand sie. »Und ich hoffe, dass du deine Schwester eines Tages wiederfindest.«

Isembard schob einen düsteren Gedanken beiseite: Wenn sie Drogo belagerten, würde er Rotel begegnen. Nach einem langen, leidenschaftlichen Kuss, der ein Kribbeln auf ihren Lippen hinterließ, lächelte er Elisia ganz sonderbar an.

»Weshalb schaust du mich so an?«, fragte sie neugierig.

»Meine Meister sagen, ich soll mir einen Schutzpatron erwählen – Christus, den heiligen Georg oder einen anderen Heiligen, dem ich mich vor der Schlacht anvertrauen kann. Und außerdem eine Dame, an die ich denken kann, wenn die Angst oder der Schmerz der Wunden übermächtig werden. Und das wirst du sein, Elisia.«

»Ist das gut oder schlecht für mich?«, fragte sie unbeeindruckt.

Isembard lachte.

»Es ist schlecht … Für mich, denn es verpflichtet mich, dich mit meinem Leben zu verteidigen.«

Elisia betrachtete seine Gesichtszüge und seinen von jahrelangen Waffenübungen gestählten Körper, den sie durch die Tunika hindurch streichelte. In seinen Armen spürte sie eine Erregung, die sie bei Gali nie empfunden hatte.

»Ich kann gut auf mich selbst aufpassen. Es reicht mir schon, wenn ich nicht wieder drei Jahre warten muss, bis ich etwas von dir höre.«

Draußen vor dem Schuppen räusperte sich ein Mönch; sie mussten aufbrechen. Elisia schloss die Augen und ließ es geschehen, dass der junge Mann ihr einen letzten brennenden Kuss voller Verlangen gab. Sie würde diesen Augenblick auf ewig im Gedächtnis bewahren. Isembard mochte sie lieben, aber es war seine Bestimmung, seine legendäre Herkunft zurückzugewinnen, und ihre, die Taverne weiterzuführen. Doch jetzt, in diesem Schuppen, waren sie nur ein Mann und eine freie Frau. Wenn Gali sich mitten in der Nacht aus dem Ehebett davonschlich, würde sie an Isembards Lippen und an seine Hände denken, die über ihren Körper wanderten. Sie war einundzwanzig Jahre alt, und sie war nicht tot.

Der Mönch klopfte an die Tür. Elisia löste sich von Isembard, während jede Faser ihres Körpers danach schrie zu bleiben, und nahm den Karren.

»Ich werde die Waffen im Obergeschoss des Hauses aufbewahren. Dorthin kommt niemand; Gali schon gar nicht, denn da wartet eine Menge Arbeit«, sagte sie bitter. »Gott schütze dich, Isembard II. von Tenes. Gott schütze uns alle.«

Die Sonne schien ihr ins Gesicht, und sie lächelte, noch erhitzt von der Begegnung. Sie hatte Angst um ihn, aber sie fühlte sich wie neugeboren.

Gali beobachtete sie aus einer dunklen Gasse, als sie durch das Portal Nou kam. Er hatte auf sie gewartet. Seine Frau war später dran als sonst und schien sich sehr mit dem Handkarren abzumühen, obwohl er gar nicht so hoch beladen war. Vielleicht schmuggelt sie etwas, überlegte er. Aber vor allem fielen ihm ihr Lächeln und ihre geröteten Wangen auf. Er hatte diesen Gesichtsausdruck schon häufiger bei Frauen gesehen, und unbändige Wut ergriff ihn. Seine Frau verheimlichte ihm etwas, aber er brauchte sie, um ein angenehmes Leben zu führen. Er würde hinter ihr Geheimnis kommen und ihr eine Lektion erteilen, damit sie nicht vergaß, wo ihr Platz war.

Drogo lag in einem Kreis aus Kerzen auf dem Boden des Rittersaals der Festung Tenes. Er war nackt, seine Haut war mit weißem Lehm und einer stark riechenden Salbe bedeckt. Der restliche Raum lag im Dunkeln. Das Kribbeln am ganzen Körper war die erste Wirkung der Salbe, und er betete in einer Sprache, die vor langer Zeit in einem entlegenen Gebiet im afrikanischen Dschungel gesprochen wurde, wo er haarsträubende Dinge erlebt und Geheimnisse erfahren hatte, von denen man nicht erzählen konnte, ohne den Verstand zu verlieren.

Der Moment war gekommen, sich das zu nehmen, was ihm zustand. Er wollte die Macht, und er wollte, dass sein Vater für seine Geringschätzung in der Hölle schmorte.

Hinter sich hörte er den Schrei eines Kindes und nahm das Seufzen einer reinen Seele wahr, die auf der Suche nach Erlösung durch den Raum irrte. Er kniete mit ausgebreiteten Armen und fuhr mit der entsetzlichen Beschwörung fort. Aus der Dunkelheit löste sich ein in Felle gehüllter Mann, der einen zur Schale umfunktionierten Schädel hielt. Onyx sang leise vor sich hin, während er einen Finger in das noch warme Blut in der Schale tauchte und Drogos Stirn und Wangen damit bestrich. Das Blut rann über den weißen Ton herab. Dann machte er mit dem restlichen Körper weiter.

Drogo, dessen Sinne verwirrt waren, sah Schatten rings um den Lichterkranz schweben, die nach seinem Lebenshauch dürsteten. Onyx hielt ihm eine furchterregende Holzmaske mit aufgesetzten Muscheln und Samenkörnern entgegen. Von der Innenseite tropfte eine grünliche Flüssigkeit, deren Geruch sich im Raum ausbreitete und unbändige Furcht in ihm auslöste.

»Empfange die Vision.«

»Nein! Nein!«, schrie Drogo entsetzt.

Onyx hielt ihn fest, damit seine Panik nicht das alte Ritual störte. Die Finsternis umschloss sie, begierig, sie zu verschlingen, wenn sie den Pakt brachen.

»Empfange die Vision und zeige den Göttern, wonach du suchst.«

Mit einer schnellen Bewegung presste er ihm die Maske aufs Gesicht. Drogo stieß einen Schrei aus, der erstarb, als ihm die Substanz in Mund und Nase drang. Er begann heftig zu zucken, bis er schließlich zusammengekrümmt und mit verdrehten Augen am Boden liegen blieb.

Er schwebte aus dem Kreis und sah seine Soldaten im unteren Stockwerk der Festung leise murmeln. Er flog über Berge und Täler, vorbei an Dörfern, in denen Kinder weinten und alte Frauen sich ängstlich zusammenkauerten. In der Gekrönten Stadt schwebte er über den schmutzigen Gassen, brachte die Flamme über dem Tabernakel der Kathedrale zum Flackern und sah, wie sich die Mönche bekreuzigten. Schließlich erreichte er den verwaisten Thron im gräflichen Palast. Er schwebte darum herum und sah jedes Detail, das Holz, die rostigen Ziernägel. Der alte Stuhl flüsterte einen Namen. Ein Diener, der dort stand, hörte ein Knarren in der Stille und stürzte entsetzt aus dem Raum.

Stunden später erwachte Drogo zitternd auf dem Fliesenboden der Burg Tenes. Er war allein in der Dunkelheit. Er war in Barcelona gewesen, vor dem Thron des Grafenpalasts, wie er ihn von seinem Aufenthalt zu Zeiten Wilhelms von Septimanien in Erinnerung hatte. Er hatte ihn in einer Deutlichkeit gesehen, wie es gewöhnliche Erinnerungen nicht vermochten. Der junge Adlige, dem er damals diente, war unvorsichtig gewesen, und die dunkle Macht hatte ihn zum Scheitern verurteilt.

Diesmal würde es anders sein. Der Thron wartete auf ihn. Er sah die Lage in Barcelona und die Absichten seiner Gegner ganz klar vor sich. Seine Pläne gingen viel weiter, als sich der Bischof und seine Verbündeten vorstellen konnten. Der Moment war gekommen, die alten Ritter und ihre jungen Zögling zu zermalmen. Die alten Götter ließen ihm diese Ehre zuteilwerden; er hatte vor vielen Jahren mit seiner Seele dafür bezahlt.

»Die Zeit ist gekommen«, flüsterte er mit ausgetrockneter Kehle in die Dunkelheit. »Alle sollen sterben.«

19

Die Männer ritten schweigend durch den dichten Wald. Es regnete heftig, und die Hufe der Pferde versanken im Schlamm. Ihr Ziel war der schroffe Fels, auf dem sich die Burg Tenes erhob.

Guisand ritt neben Isembard. Gemeinsam führten sie eine Schar von dreißig Reitern an, die besten Kämpfer, die sie finden konnten. Der Rest ihrer kleinen Streitmacht war heimlich nach Barcelona gezogen, angeführt von Armanni von Ampurias, einem weiteren der alten Mitstreiter, die sich nun wieder vereint hatten. Die Spitzel meldeten, dass Drogos Marsch auf Barcelona unmittelbar bevorstand; Hauptmann Oriol würde ihnen die Waffen aushändigen, die in der Taverne zum Miracle versteckt waren, und gemeinsam mit den treuen Stadtwachen würden sie die Stadt gegen die Söldner des fränkischen Adligen verteidigen. Aber dieses Blutvergießen ließ sich verhindern, wenn sie vorher die Burg Tenes einnahmen und Drogo festsetzten, denn dann würden sich seine Soldaten in Barcelona kampflos ergeben.

»Ich befürchte, heute Nacht verraten die Sterne nichts über unser Schicksal«, murmelte Inveria.

»Sie sind auch jetzt da oben am Firmament. Wir werden sie sehen, wenn das hier vorbei ist.«

»Dein Wort in Gottes Ohr, Nilo, alter Freund.«

Sie hatten Dutzende Male besprochen, wie sie in die Burg gelangen sollten, und den Zugang ausgekundschaftet. Die Späher bestätigten, dass der Geheimgang im Brunnenschacht, durch den Isembard und Rotel vor fünfzehn Jahren entkommen waren, immer noch offen war. Drogos Soldaten waren ihnen an Anzahl dreifach überlegen, und die Burg, die hoch oben auf dem Fels thronte, schien ohne weitere Unterstützung uneinnehmbar. Die einzige Möglichkeit war, sie zu überrumpeln. Der junge Tenes beschrieb ihnen die Burganlage. Die Soldaten würden sich im Hauptgebäude aufhalten; die Schwierigkeit würde sein, in den Rittersaal vorzudringen, wo Drogo sich mit seinen besten Männern verschanzen würde. In dem anderen Turm befand sich vermutlich sein Harem. Viele der Ritter leckten sich die Lippen bei der Vorstellung, dass sie in dieser düsteren Festung ein Paradies vorfinden würden.

Isembard war besorgt. Tenes wurde nicht von wilden Horden verteidigt, sondern von erfahrenen Söldnern, und den Gerüchten zufolge konnte sich auch Rotel bei diesem Unhold befinden. Nach drei Jahren harter Ausbildung und schwieriger Prüfungen hielten seine Lehrmeister ihn für bereit, doch er hatte ein ungutes Gefühl. Viele würden den nächsten Morgen nicht erleben. Noch hatte er sich keinen Schutzpatron erwählt; er dachte an Elisia und ihre weichen Lippen, ihre hoffnungslose Liebe.

Die Späher teilten ihnen mit, dass der Weg frei war. Als sie den Waldrand erreichten, verstummten sie. Die Burg Tenes war ein finsterer, heruntergekommener Adlerhorst, Isembard erschauderte. Obwohl auf den Zinnen Fackeln brannten, lag eine düstere, unheimliche Stimmung über dem Ort, so als würde er nicht nur von Soldaten bewacht.

»Hier sind böse Geister am Werk«, raunte der abergläubische Inveria.

»Wir haben in Benviure die heilige Kommunion empfangen«, fuhr ihm Guisand ins Wort. Es war nicht gut, Ängste zu schüren. »Gott ist mit uns.«

»Merkwürdig, dass im Wald keine Horden waren.«

»Niemand weiß, dass wir hier sind.«

Sie ließen die Pferde mit einem Dutzend bewaffneter Diener auf einer Lichtung zurück. Zehn Männer sollten durch den Tunnel in die Burg eindringen und den anderen, die sich, geschützt von ihren Rundschilden, anschlichen, das Tor öffnen. Isembard und seine Lehrmeister kletterten in eine dornenbewachsene Schlucht hinunter; nachdem sie den Zugang freigeschlagen hatten, verschwanden sie in einem engen, in den Fels gehauenen Gang, in dem das Wasser stand. Sie mussten immer wieder eingestürztes Gestein beiseiteräumen und über Geröll klettern. Große Risse deuteten darauf hin, dass der Tunnel schon bald für immer verschüttet sein würde.

Während Isembard durch den steil ansteigenden Tunnel im scharfkantigen Gestein kroch, fragte er sich, wie er und Rotel als Kinder dort hinuntergekommen waren. In beklemmende Erinnerungen versunken, kletterte er als Erster aus dem Brunnen, erschöpft von der Anstrengung und dem schweren Kettenhemd. Abgesehen von dem Lichtschein eines Feuers, über dem zwei Hasen brieten, war es dunkel im Burghof. Plötzlich stürzte sich ein bärtiger Krieger mit einer Doppelaxt auf ihn. Isembard parierte den Angriff mit seinem Schwert und durchbohrte den Mann, bevor er erneut zum Schlag ausholen konnte. Der Angreifer, ein älterer Mann, stieß einen gellenden Schrei aus, bevor er zusammenbrach. Aus dem Hauptturm stürzten fünf Söldner, aber schon waren Guisand und drei weitere Ritter bei ihm. Es war ein ausgeglichener Kampf, doch als immer mehr Männer aus dem Brunnen stiegen, zogen sich die Verteidiger zurück. Nilo und Inveria öffneten das Burgtor, und die Übrigen stürmten mit Siegesgeheul herein. Die Verteidiger verschanzten sich im Hauptturm, aber es gelang ihnen nicht, die Tür zu verrammeln. Von drinnen waren laute Rufe und Waffenklirren zu hören. Sie formierten sich neu.

»Sie sind alle hier bei Drogo!«, rief Guisand. »Das ist unsere Chance!«

Isembard bemerkte eine verhüllte Gestalt am anderen Ende des Burghofs. Unter der Kapuze konnte er ihr Gesicht nicht erkennen, aber er ahnte, wer sie war.

»Rotel?«, rief er, doch die Gestalt verschwand.

»Wo willst du hin, Isembard?«, rief Guisand vom Turmeingang.

»Ich komme gleich. Ich glaube, ich habe meine Schwester gesehen.«

Während die Ritter im Hauptturm verschwanden, lief Isembard über den Burghof, aber von Rotel keine Spur. Er kam zu dem Turm, in dem sich angeblich die Sklavinnen befanden. Wenn sie die Burg eingenommen hätten, würden seine Kampfgefährten sie wie Drogos restlichen Besitz unter sich aufteilen. Er hatte lediglich ein Anrecht auf die Burg, das hatten sie ihm klargemacht. Bei dem Gedanken, dass seine Schwester dort drinnen sein könnte, packte ihn Wut. Wenn es ihm gelang, die Frauen zu befreien, und sie sich außerhalb des Gebäudes versteckten, würde man ihnen in dieser Nacht keine Gewalt antun. Er würde die Männer anderweitig entlohnen. Ohne lange zu überlegen, steckte er die Schwertspitze in den Türspalt, und das alte Schloss sprang auf. Drinnen war es dunkel; er nahm einen brennenden Holzscheit aus dem Feuer.

Zu Zeiten seines Vaters war der Turm eine kleine Eremitage mit einer unterirdischen Kapelle gewesen. Er sah Möbel und Wandteppiche und spürte die Kälte, seine Gamaschen hinterließen Spuren im dicken Staub. Hier schien seit Langem niemand mehr zu wohnen. Isembard stieg ekelerregender Gestank nach verwesendem Fleisch in die Nase. Vorsichtig ging er die Treppe ins Untergeschoss hinunter. Von der alten Kapelle war nichts mehr zu erkennen; stattdessen sah er einen Toten an der Wand lehnen. Er hob den Holzscheit, der kurz vor dem Erlöschen war, und wich entsetzt zurück. Die Haut des Mannes war violett verfärbt, und er hatte eitrige Einstichwunden an Wange und Hals. Seine vornehme Kleidung und seine fränkischen Gesichtszüge ließen erahnen, um wen es sich handelte.

»Sunifred!«

Dort saß der Mann, der auf Bitten Humfrieds vom König zum Vizegrafen von Barcelona ernannt worden war und den alle auf der Flucht geglaubt hatten. Frodois schlimmste Befürchtungen bestätigten sich.

Seine Schwester war ihm nicht gefolgt. Sie hatte sich nur gezeigt, um ihn von den anderen wegzulocken. Eine tiefe Angst ergriff ihn. Wenn es eine Falle gewesen war, war sie nicht hier, sondern im Hauptgebäude.

Guisand und die anderen drangen ohne große Gegenwehr in den Rittersaal vor, wo Drogos geschnitzter Drachenthron stand. Er war leer. Die Söldner hatten über eine Leiter den Zinnenkranz erklommen und verteidigten die Luke.

»Wir können nur nacheinander hochklettern«, sagte Nilo. »Oder den Turm in Brand setzen.«

»Die Sache gefällt mir nicht«, sagte Inveria argwöhnisch.

»Es sind fast nur alte Männer, manche sogar verkrüppelt. Und wo ist Drogo?«

»Die Späher sagten, dass er die Burg nicht verlassen hat«, erklärte Guisand.

»Es könnte eine Falle sein. Es war alles zu einfach …«

Das stimmte. Die drei Ritter begannen am Erfolg des Überfalls zu zweifeln. Sie waren gerade einmal auf ein halbes Dutzend Soldaten getroffen, die sofort die Flucht ergriffen hatten, als hätten sie Befehl gehabt, sie dorthin zu locken. Plötzlich schlossen Drogos Männer die Deckenluke, und im Saal wurde es still.

»Raus hier!«, brüllte Guisand, aber seine Männer verteilten sich im Raum, um alles zu plündern, was es dort an Wertsachen gab.

Ein Schatten erschien in der Tür, durch die sie gekommen waren. Es war der Dämon mit der schwarzen Haut, von dem man sich in den langen Winternächten im Turm von Benviure erzählte. Da war er, ein Mensch aus Fleisch und Blut wie sie, doch sein kaltes Lächeln verhieß Unheil.

»Fahrt zur Hölle, Ritter«, zischte er mit seinem fremdartigen Akzent.

Neben der Tür baumelte ein dünnes Seil, das sie bislang

nicht bemerkt hatten. Der Schatten zog daran, und die Tür schlug zu. Sie saßen in der Falle. Von den schmiedeeisernen Leuchtern fielen Dutzende Ampullen, aus denen ein feines, weißes Pulver aufstieg, als sie am Boden zerschellten. Sie begannen zu husten. Ein furchtbares Brennen erschwerte das Atmen, und mit jedem Atemzug drang mehr Gift in die Lungen ein. Die schmalen Fensterluken und die Schießscharten waren mit Brettern verschlossen. Nach Jahren in der Wildnis identifizierte Guisand den widerlichen Geruch als Schierling und Oleanderpollen. Er wusste, dass sie in eine tödliche Benommenheit fallen und sterben würden.

In der allgemeinen Panik wurde noch mehr Staub aufgewirbelt. Mit getrübtem Blick begann Guisand, mit dem Schwert auf die Tür einzuschlagen, um sie zu befreien, doch sie war von außen verriegelt. Schwächer und schwächer werdend, kam ihm ein furchtbarer Gedanke: Während sie in diesem Saal festsaßen, wurde woanders die Schlacht entschieden. Drogo war nicht in Tenes.

»Barcelona!«, rief er, bevor er einen erneuten Hustenanfall bekam.

20

Elisias Wangen glühten, aber sie hielt den Schlägen stand. Es war schon spät am Abend, als Drogo überraschend mit zwanzig Männern und einigen Soldaten, die sein Bestechungsgeld angenommen hatten, in der Taverne erschien. Er lächelte kalt unter den strähnigen Haaren hervor, die ihm ins Gesicht hingen, und ohrfeigte sie, bis sie zu Boden ging, während die entsetzten Gäste die Flucht ergriffen.

Gali stand in einer Ecke und betete, dass seiner Frau nichts geschah, doch dann wurde er unsanft gegen die Wand geschleudert. Er hatte das Haus so lange durchsucht, bis er die Waffen fand. Als er Calort davon erzählte, hatte ihm dieser versichert, dass ihnen nichts geschehen würde. Doch nun bekam er Zweifel daran und verfluchte Elisia leise.

Drogo schleifte Elisia an den Haaren zu einem der Tische. Auch Galderic wurde aus der Küche gezerrt. Der Junge weinte und wehrte sich, als er den grausamen Adligen erblickte, der ihm damals die Hände abhacken wollte. Er trug dasselbe Wams mit dem Drachen, das mittlerweile noch schmutziger und fleckiger war. Drogo zog ein Messer und drückte es Galderic an den Hals.

»Beantworte mir eine ganz einfache Frage, Wirtin. Woher stammen die Waffen, die du für Isembard verstecken solltest? Du hast das doch nicht aus freien Stücken gemacht, stimmt's?«

In ihrer Panik bekam Elisia keinen Ton heraus. Gali nickte und sprach für sie.

»Sie haben ihr gedroht, Herr!«, winselte er. »Habt Erbarmen!«

»Gut, ich will dir glauben. Beginnen wir von vorn: Entweder du sagst mir, wo du sie versteckst, oder ich schneide dem Jungen die Kehle durch …« Er klopfte Galderic auf die Schulter. »Und dann werden dich meine Männer einer nach dem anderen vergewaltigen. Du brauchst nicht zur Tür zu sehen. Deine Retter werden nicht kommen. Sie liegen tot in der Burg Tenes. Ironie des Schicksals.«

Elisia sank der Mut. Auch ihr Leben war in Gefahr – Isembard hatte sie gewarnt. Aber sie hatte helfen wollen und vergessen, dass sie eine einfache Tavernenwirtin war ohne Schwert und ohne Burg, in die sie sich flüchten konnte. Es war ein schrecklicher Fehler gewesen, sich in diese Machtkämpfe einzumischen.

»Sie sind oben«, räumte Gali ein. Bislang hatte er zu den Einzelheiten geschwiegen, aber jetzt rückte er mit der Wahrheit heraus. Sie würden alle sterben, wenn Drogo noch wütender wurde.

Elisia spürte Wut in sich aufsteigen. Er hatte die Waffen entdeckt und sie verraten. Doch wie dem auch sein mochte, in diesem kritischen Moment waren sie auf sich gestellt. Ihr Verhalten würde zwischen Leben und Tod entscheiden.

Sie stiegen über die alte Treppe nach oben. Zwischen abgeblätterten Mauern und Schutt stocherte Drogo in einem Haufen Mandeln und entdeckte die Bündel.

»Wem solltest du die geben?«, wollte er wissen.

»Das hat man mir nicht gesagt.«

Er ohrfeigte sie erneut mit aller Kraft. Es machte ihm Spaß.

»Es stimmt!«, rief Gali und duckte sich vor Angst. »Sie wurde gezwungen ... Jetzt gehören sie Euch, wir haben unsere Schuldigkeit getan. Habt Erbarmen.«

Drogo musterte ihn abfällig.

»Was bist du für ein Versager? Lässt zu, dass deine Frau hinter deinem Rücken handelt!« Er lachte schrill. »Ich finde, du solltest ihr eine Lektion erteilen.«

Mit einer brüsken Bewegung zerriss er Elisias Tunika. Beschämt versuchte sie ihre Blöße zu bedecken, während die Söldner johlten und pfiffen. Die unermüdliche Arbeit hatte ihr einen straffen Körper beschert, und sie litt keinen Hunger. Ihre Rundungen und ihre vollen Brüste zogen die Hände des einen oder anderen von Drogos Männern an. Doch der gebot ihnen barsch Einhalt.

»Zeig uns, dass du ein Mann bist, Gali!«, befahl er, und seine Spießgesellen stießen ihn zu Elisia.

Drogo stellte zufrieden fest, dass Gali sich dem perversen Spiel nicht widersetzte. Elisia begann zu weinen, während er die Hosen herunterließ.

»Los!«, grölte Calort hinter seinem Herrn. »Baldia und die anderen Huren haben keine Klagen über dich! Aber wenn du nicht kannst, übernehme ich das. Das gefällt ihr sicherlich besser!«

Gali nahm sie mit ungeschickten Bewegungen, während die Männer johlten und klatschten. Andere begrabschten die Brüste der jungen Frau, bis sie vor Schmerzen aufschrie. Machtlos spürte Elisia, wie ihre Seele zerbrach.

»Zerstört die Taverne!«, brüllte Drogo. »In meiner Stadt ist kein Platz für Verräter.«

Während Elisia von ihrem eigenen Mann vergewaltigt wurde, hörte sie, wie die Männer unter lautem Gelächter mit ihren Äxten Tische und Stühle zerschlugen. Sie weinte, während sie versuchte, Gali von sich zu stoßen, der unnötig brutal über sie herfiel. Er war so erregt wie noch nie. Er gehorchte nicht nur, um sein Leben zu retten; sein Gesicht verriet die Freude an der Demütigung. Seine Frau hatte ihn hintergangen. Er liebte sie nicht, aber sie gehörte ihm, und er musste ihr zeigen, wer hier das Sagen hatte. Mit abstoßend verzerrtem Gesicht ergoss er sich in sie und stand dann wortlos auf. Der Krach im Erdgeschoss war ohrenbetäubend; das ganze Haus bebte. Am Boden zerstört, bedeckte Elisia sich mit der zerrissenen Tunika und kauerte sich in einer Ecke zusammen.

Gali versuchte, mit Drogo zu sprechen, doch der Adlige hatte es eilig zu gehen.

»Ihr seid Ratten, wie das ganze gemeine Volk! Aber ich verschone euer Leben, weil ihr mir die Waffen der Aufrührer übergeben habt.« Er packte Elisia am Genick und zwang sie aufzustehen. »Fordere mich nicht noch einmal heraus, oder ich mache mir einen Umhang aus deiner zarten Haut!«

Elisia sank in sich zusammen und rang nach Luft. Drogo machte keine leeren Drohungen. Sie hatte es in seinem irren Blick gesehen.

Als sie gegangen waren, kam Gali zu ihr, doch Elisia stieß ihn brüsk zurück.

»Du sollst verflucht sein.«

»Nach dem, was du getan hast, solltest du ein wenig Dankbarkeit zeigen«, sagte er scharf. »Das alles hier gehört mir, vergiss das nicht. Wenn Drogo erst einmal Graf ist, wird er sich erkenntlich zeigen. Hintergehst du mich noch einmal, wird es schlimmer enden, das versichere ich dir. Und jetzt weine um deinen Freund Isembard.«

Elisia sank auf die Mandeln und überließ sich ihren Tränen. So elend hatte sie sich noch nie gefühlt. Ihr ganzer Körper schmerzte, sie war zutiefst gedemütigt worden – und alle ihre Träume waren zunichtegemacht. In Tenes hatte sich eine Tragödie abgespielt, und von ihrer Taverne war nichts mehr übrig. Sie hatte sich schon mehr als einmal aus dem Morast gezogen, doch jetzt fehlte ihr die Kraft, um weiterzumachen. Sie wollte bei ihrem Großvater Lambert sein, an einem ruhigen, friedlichen Ort.

Drogo ging am Miracle vorbei, den Hang hinunter, der sich durch den Regen in einen gefährlichen Morast verwandelt hatte. Er fühlte sich unbesiegbar. Seine Spitzel hatten ihm von den Absichten der Ritter berichtet, Tenes anzugreifen, und als Gali ihm von den Waffen erzählte, hatte er nicht mehr länger gewartet. Die Garnison der Stadt, die es nicht mit einer Übermacht von fünfzig Söldnern aufnehmen konnte, hatte sich schnell ergeben. Ohne die Waffen hatten sich Armannis Männer in Kellern und Gärten verkrochen, um im Morgengrauen die Stadt zu verlassen, sobald die Tore geöffnet wurden. Er hatte Barcelona im Handstreich genommen und würde sich später um ihre Verfolgung kümmern. Zuerst wollte er sich einige gotische Adlige vornehmen, die ihn jahrelang verachtet hatten, weil er ein Gefolgsmann Wilhelms von Septimanien gewesen war.

Der Platz vor den Palästen war von großen Fackeln erleuchtet, die im Regen knisterten. Seine Männer hatten die entsprechenden Goten aus ihren Häusern geholt. Es waren neun Oberhäupter einflussreicher Familien, die nun dort im Schlamm knieten.

Wenig später traf auch Bischof Frodoi ein. Er war fassungslos, welche Wendung die Ereignisse genommen hatten. Empört herrschte er die Söldner an, die keine Regung zeigten. Drogo frohlockte, als er sah, wie aufgebracht er war. Der Bischof wurde von seinem Hauptmann Oriol und dessen Männern Duravit, Italo, Nicolás und Egil geschützt. Drogo vermutete, dass Frodoi hinter der Verschwörung steckte, die verhindern wollte, dass er Barcelona einnahm, aber wenn er Hand an die Kirche legte, würde man ihn exkommunizieren. Der König und die mächtigen Bischöfe des Frankenreichs würden nicht eher ruhen, bis sie seinen verwesenden Kopf in einer Kiste liegen sahen.

Nein, er würde nicht den gleichen Fehler machen wie Wilhelm von Septimanien. Deshalb hatte er Elisias Leben verschont, auch wenn er sie hart für ihren Wagemut bestraft hatte. Jetzt musste er sich die störrischsten gotischen Adligen vom Hals schaffen. Bei der nächsten Reichsversammlung würde er sich vor dem König rechtfertigen, indem er sie beschuldigte, Anhänger des aufständischen Humfried von Gothien gewesen zu sein. Er hatte diesen Schritt von langer Hand geplant.

Drogo ging an der Reihe der knienden Adligen entlang und blieb vor Nantigis stehen, dem einzigen Franken unter den

Festgenommenen. Bei ihm stand die schöne Goda, die angesichts dessen, was sie sah, erbleicht war. Er deutete eine hochmütige Verbeugung an, und sie spuckte vor ihm aus.

»Ich, Drogo von Borr, treuer Vasall König Karls des Kahlen, bin gekommen, um die Grafschaft Barcelona zu schützen, bis ein neuer Graf ernannt wird! Die Stadt hat nichts zu befürchten, wenn sie mir bis dahin die Treue hält. Doch es ist nicht möglich, Frieden zu wahren, wenn es Verräter gibt, die sich gegen mich verschwören. Bis zur Reichsversammlung im Frühling werde ich das Amt des Vizegrafen übernehmen. Wer sich dagegen auflehnt, begeht Verrat am König.«

Frodoi trat vor.

»Ich bin der Einzige hier mit königlicher Machtbefugnis. Du kannst dich nicht ohne Zustimmung des Königs zum Vizegrafen aufschwingen, Drogo! Kehre in deine Burg zurück, und ich lasse die Sache auf sich beruhen.«

»Von heute an schützt niemand mehr die Grenze, Bischof. Wenn ich mich zurückziehe, werden schon bald die Heere der Walis von Saragossa und Lleida erscheinen. Die Banu Qasi werden keine bessere Gelegenheit finden, die Region für den Halbmond zurückzugewinnen.«

Der Bischof schwieg. Ein möglicher Sarazenenangriff war keine leere Drohung. Und Drogos triumphierender Ton ließ einen furchtbaren Ausgang in Tenes erahnen. Frodoi war beschämt. Sein Gegner hatte gute Spitzel und die Stadt mit List genommen, ohne einen einzigen Blutstropfen zu vergießen. Nun hieß es, die Waffen ruhen zu lassen und zu verhandeln.

Nantigis nutzte die Gelegenheit, um das Wort zu ergreifen.

»Ich weiß nicht, was man dir erzählt hat, aber ich habe nichts mit der Sache zu tun. Ich bin Franke wie du!«

»Du hast überall die Finger mit drin, alter Mann«, schleuderte ihm Drogo entgegen.

»Ich weiß nicht, ob es klug von dir ist, mich so zu behandeln. Mein Geld könnte dir in Zukunft nützlich sein.«

»Das stimmt. Es wird mir dabei helfen, den König für mich zu gewinnen.«

In Drogos Hand blitzte ein Dolch auf, und ohne zu zögern, schnitt er dem Mann die Kehle durch. Goda und die anderen gefangenen Adligen schrien entsetzt auf. Nantigis schnappte nach Luft, während das Blut auf die Hose seines Henkers spritzte.

»Ich werde mich persönlich bei dir bedanken, wenn wir uns in der Hölle treffen.«

Auf ein Zeichen von ihm töteten die Söldner auch die übrigen acht Adligen. Der Schlamm mischte sich mit dem Blut dieser Männer, die über Generationen die Geschicke der Stadt gelenkt hatten. Goda sank kraftlos in den Morast. Sie kannte sie alle seit Kindertagen. Über Jahrzehnte hatten sie Freud und Leid geteilt. Sie waren eine Gemeinschaft gotischer Adliger, die sich den fränkischen Sitten widersetzten und, wenngleich immer schwächer, ihrer Vergangenheit die Treue hielten. Mit ihnen würde auch sie sterben.

Als Drogo auf Goda zuging, stellte sich Frodoi vor sie.

»Nein! Töte sie nicht. Ich flehe dich an!«

»Ich sehe, der Hochmut ist aus Eurem Gesicht gewichen, Bischof.« Er begann zu lachen. »Ihr riskiert es für eine Frau, Euch meinen Zorn zuzuziehen … Habt Ihr eine Sünde zu beichten?«

Frodoi mochte seine Mitra verlieren und bei den übrigen Bischöfen des Frankenreichs in Ungnade fallen, aber er würde es nicht ertragen, Goda tot im Schlamm liegen zu sehen. Ihm blieb nichts anderes übrig, als klein beizugeben.

»Du weißt, dass du ohne meine Unterstützung niemals Graf werden wirst«, sagte er fest. »Ich besitze das königliche Siegel. Mein Bischofsstuhl ist dem gräflichen Thron gleichgestellt, vor Gott ist er sogar höher.«

Von Nahem konnte er Drogos Augen unter den Haaren hervorblitzen sehen, und er erkannte teuflischen Machthunger in ihnen. Aus Liebe zu Goda würde er ihm seine Seele verkaufen.

»Wenn es keine weiteren Toten mehr gibt, werde ich mich deiner Herrschaft nicht entgegenstellen. Wir reisen zusammen zur Reichsversammlung, und dann soll der König gemäß karolingischem Recht entscheiden.«

Drogo wirkte nachdenklich. Dieser Vorschlag klang vielversprechend, aber bei dem listigen Frodoi wusste man nie. Der Bischof wollte seinem Vorschlag Nachdruck verleihen: »Ich schwöre beim heiligen Kreuz! Da der rechtmäßige Vizegraf Sunifred verschwunden ist, erhältst du morgen in Anwesenheit der Stadtoberen und der gesamten Geistlichkeit meinen Segen, bis der König eine Entscheidung getroffen hat.«

»Und Zugang zur Münzstätte«, setzte Drogo angespannt lächelnd hinzu.

Goda sah den Bischof tieftraurig an. Auch wenn sie verstand, dass er dieses Opfer auf sich nahm, um sie zu retten, war es ein furchtbarer Schlag für die Stadt.

»Gut. Dem Recht gemäß steht ein Drittel der Einnahmen allerdings dem Bistum zu.«

»Das freut mich zu hören«, triumphierte Drogo. »Aber angeblich ist Goda die Seele der Stadt, auch wenn ich nur eine schöne Frau sehe, die nicht eher Ruhe geben wird, bis man die Franken vom Grafenthron verdrängt hat …«

»Ich sagte ‚keine weiteren Toten'«, betonte Frodoi und umklammerte sein Kruzifix. »Ich hörte, du hättest vor Jahren die Priesterweihe empfangen … Wo ist deine christliche Barmherzigkeit, Drogo?«

»Es wird niemand mehr sterben«, lenkte der andere ein. »Ich verlange lediglich, dass Goda von Barcelona mir vor allen Anwesenden ihr gesamtes Hab und Gut überschreibt, auch den zehnten Teil an Nantigis' Mitgift, und Barcelona für immer verlässt.«

»Du bist das Böse!«, schleuderte ihm Goda entgegen. Sie saß mit Tränen in den Augen neben ihrem toten Ehemann.

»Damit dein Zorn nicht mit dir durchgeht, wird deine Tochter Argencia, Nantigis' Erbin, als Geisel bei mir bleiben, wie es im Adel üblich ist. Ich werde sie erziehen, und es soll ihr an nichts mangeln ... Solange brauche ich mir keine Gedanken um dich zu machen. Beim geringsten Verdacht wirst du ihren zarten, geschändeten Körper an der Stadtmauer baumeln sehen.«

Goda wollte auf Drogo losgehen, doch Frodoi hielt sie zurück. Die Frau trommelte verzweifelt gegen die Brust des Bischofs, bis sie sich schließlich weinend abwendete.

»Vertrau mir«, flüsterte Frodoi ihr zu.

»Du bist nur ein Mensch, und Gott hat uns verlassen«, schrie sie ihre Not heraus.

»Öffnet das Portal Vell, sie soll jetzt die Stadt verlassen!«, befahl Drogo.

Selbst seine Soldaten murrten leise. Es war eine kalte, regnerische Nacht; draußen vor den Toren lauerten Tausende Gefahren auf eine alleinstehende Frau. Eine Dienerin von Goda brachte einen schwarzen Schleier, Decken und einen Umhang. Drogo warf sie mit einer Ohrfeige in den Schlamm.

»Ich sagte, ihren gesamten Besitz ...«

»Nimm alles und ersticke daran!«, schrie die Adlige herausfordernd, während sie den Schleier aufhob, den die Dienerin ihr gebracht hatte. »Ich bin nun Witwe, habe ich nicht das Recht, um meinen Mann zu weinen?«

Schweigend schloss sie Nantigis' Augen. Er war mit einem Ausdruck des Grauens gestorben. Als Franke hätte er sich Drogo sofort angeschlossen, wenn es ihm einen Vorteil eingebracht hätte. Sie hatte ihn verachtet und würde nicht um ihn trauern, aber so zu sterben hatte er nicht verdient. Drogo hatte Nantigis ihretwegen getötet, um ihre Macht zu untergraben und sie zu ruinieren. Von den Fenstern der Paläste aus beobachtete der Adel entsetzt die schreckliche Szene. Goda von Barcelona war verbannt und zu einem Leben im Elend verdammt; vielleicht würde sie in kurzer Zeit verhungert sein, aber sie stand stolz und aufrecht, das Gesicht mit dem Schleier bedeckt.

Sie sah ein letztes Mal traurig zu Frodoi und ging dann schweigend davon, das Kleid mit Schlamm verschmiert, vor Kälte zitternd. Der Anblick der Witwe ergriff die Anwesenden und jeden, der sich auf die Straße wagte. Zwei Wachen gingen, um das Tor zu öffnen. Oriol, Italo und Duravit folgten ihnen, um einen letzten Verrat zu verhindern, und Goda verschwand in der Dunkelheit jenseits des Merdanzar-Grabens.

In dieser unheilvollen Nacht verlor Barcelona seine Seele.

Als Isembard versuchte, aus dem kleinen Turm zu fliehen, wurde er mit einem Pfeilhagel vom Zinnenkranz des Hauptturms empfangen. Aus dessen Inneren drangen Schreie und Röcheln, die davon kündeten, was dort geschah. Dann war das Splittern von Holz zu hören, und einige der Ritter kamen hustend aus dem Turm getaumelt und tasteten sich blind an den Mauern entlang. Er sah, wie Inveria auf die Knie sank und sich übergab, dann brach er zusammen. Hinter ihm folgte Nilo, stolperte über den Bewusstlosen und stürzte zu Boden.

Mit ihrem Todeskampf ließ der Pfeilhagel nach, und Isembard stockte das Herz. Zwei seiner Lehrmeister waren vor seinen Augen gestorben. Trotz der Strenge während der Ausbildung und der harten Lektionen, denen sie ihn unterzogen, hatten die beiden ihm den früh verlorenen Vater ersetzt. Er sah ihre letzten Zuckungen und rief ihnen etwas zu, damit sie in ihren letzten Atemzügen wussten, dass er am Leben war. Ob sie ihn gehört hatten, würde er nie erfahren. Die Bogenschützen legten erneut an, als Guisand aus dem Turm gestürzt kam und es bis zum Burgtor schaffte. Er übergab sich, aber es gelang ihm, die Festung zu verlassen, während das Gemetzel weiterging.

Isembard lenkte die Aufmerksamkeit der Bogenschützen auf sich. Als der Pfeilhagel nachließ, entkam auch er. Wie Guisand flüchtete er sich unter den Torbogen und lief dann über den steilen Pfad. Guisand ging voraus; er konnte sich kaum auf den Beinen halten. Immer wieder rutschte er aus und stand auf, bis er von einem Pfeil getroffen wurde.

»Isembard …«, flüsterte er mit gebrochener Stimme, zwischen den Felsen liegend.

»Wir müssen hier weg!«

Isembard legte sich seinen Arm über die Schulter, und sie gingen weiter. Im Schutz der Dunkelheit erreichten sie den Wald. Guisand rang nach Luft.

»Ich muss mich ausruhen.«

»Wir müssen weiter! Sie werden uns verfolgen.«

»Bitte … Lass mich hier unter einem Baum zurück. Ich will nicht auf der Flucht sterben.«

Isembard weinte vor Wut und Schmerz. In einem einzigen Augenblick hatte er alles verloren. Er lehnte Guisand gegen eine Eiche. Der Pfeil in seiner Seite würde die Wirkung des Gifts, das er eingeatmet hatte, nur beschleunigen. Seine Augen waren blutunterlaufen, und er zitterte. Er lag im Sterben.

»Hör zu! Noch ist nicht alles verloren … Denk an das, was wir dir erzählt haben. Vielleicht konnte dein Vater Graf Sunifreds Gemahlin Ermesenda und ihre Kinder irgendwo in der Mark verstecken. Finde sie, und unser Tod wird nicht sinnlos gewesen sein.«

»Aber ihr habt jahrelang erfolglos nach ihnen gesucht.«

»Das stimmt, aber etwas hat sich verändert: Nach Humfrieds Aufstand wird Ampurias von Dela und Sunyer II. regiert.« Er rang nach Luft; das Sprechen fiel ihm schwer. »Auch sie sind Belloniden, und der König hat sie noch nicht abgesetzt. Das bedeutet, dass er das Haus der Belloniden respektiert. Nun muss man nur noch Sunifreds Familienzweig finden, der ehemals Barcelona regierte!«

»Ich bin nur ein Ausgestoßener, ohne Familie und ohne Besitz.«

»Du bist Isembard II. von Tenes.« Guisand spuckte Blut. Er stirbt, doch der Glaube an mich, Isembard, ist ungebrochen, dachte der junge Mann bewegt. »Wir haben dir alles beigebracht, was wir konnten, mein Junge. Du bist ein großartiger Krieger. Finde sie und unterweise sie im Gebrauch der Waffen. Ich weiß, dass Gott für Wilfried und seine Brüder einen Platz in der Geschichte vorgesehen hat.«

Isembard hörte Schritte hinter sich und fuhr herum.

»Dies ist nicht länger dein Weg, Isembard II. von Tenes«, sagte ein Mann in einem Fellumhang. »Drogo will, dass niemand aus der Burg entkommt.«

Isembard schrak zusammen. Er sah, wie sich der Umhang bewegte, als ob er ein Eigenleben führte. Das war der dunkle Teufel, von dem in der ganzen Mark gesprochen wurde. Der Mann, der Rotel in seiner Gewalt hatte.

»Du hast meine Schwester … Ich habe sie auf der Burg gesehen!«

»Am Anfang hat sie oft von dir gesprochen. Jetzt nicht mehr …«

Guisand von Barcelona wollte noch einen Fluch ausstoßen, doch dann tat er seinen letzten Atemzug. Isembard spürte, wie ein Teil von ihm mit dem alten Ritter starb. Er zog sein Schwert, aber bevor er angreifen konnte, spürte er einen stechenden Schmerz an der Schulter. Es war ein kleiner Holzpflock; sein Arm wurde taub. Als er sich umdrehte, sah er seine Schwester, ein Blasrohr in der Hand. Sie trug den alten Fellumhang, mit dem sie aus Santa Afra geflohen war, doch nun bewegte er sich wie der des Mannes mit der schwarzen Haut. Trotz der Dunkelheit erkannte er Rotels blondes Haar unter der Kapuze. Als sie die Kapuze abnahm, sah sie schöner und kälter aus als je zuvor.

»Rotel! Was hast du getan?«

Das Schwert glitt ihm aus den gelähmten Fingern. Es war Onyx, der das Wort ergriff: »Das ist die letzte Prüfung, um die Vergangenheit hinter dir zu lassen, Rotel. Wenn du sie bestehst, wirst du ein Bestiar sein!«

»Schwester!«, schrie Isembard entsetzt.

Er sah, dass sie zögerte. Ein furchtbarer Kampf spielte sich in ihrem Inneren ab.

»Du bist in jener Nacht nicht zurückgekommen«, sagte sie. Ihre Stimme verriet keine Regung.

»Ich konnte dich nicht finden!«, antwortete Isembard, und der Schmerz übermannte ihn. Sein Arm hing gefühllos herab. »Rotel! Komm mit mir!«

»Deine Freunde sind durch das Gift gestorben, das ich angerührt habe! Wirst du mir das verzeihen können?«

»Du stehst unter dem Einfluss dieses Mannes.«

»Ich habe vor langer Zeit beschlossen, Onyx zu folgen, meinem Meister. Ich bin eine freie Frau. Was hast du mir zu bieten? In ein Kloster zurückzukehren, um für ein Stückchen Brot zu schuften? Mich zu verheiraten, um ein Bündnis zu schmieden? Deine Schwester ist in jener Nacht gestorben.«

»Sie ist mein Geschöpf«, sagte Onyx stolz. »Ich habe sie von einem Dasein als Tochter, Schwester und Mutter befreit. Sie kann auf tausend Arten töten und sich wie eine ihrer Schlangen davonschleichen, vor allem aber ist sie frei: frei von Ängsten, Zuneigung und Gewissensbissen. Das ist das Wesen des Bestiars.«

Rotel strahlte eine unvergleichliche Stärke und Schönheit aus, die gleichzeitig Angst machte. Sie ist nicht mehr das Mädchen, mit dem ich aufgewachsen bin, dachte Isembard. Doch etwas war geblieben: ihre ungezähmte Seele.

»Ihr seid nichts weiter als Drogos Werkzeuge!«

»Mag sein … Oder er ist unser Werkzeug«, flüsterte seine Schwester eisig.

»Tu es, Rotel, und vollende, was du gelernt hast«, drängte Onyx.

»Ja, Meister«, sagte sie ungerührt, während sie das Blasrohr anlegte.

»Der zweite Pfeil wird dich töten«, erklärte Onyx leidenschaftslos.

Eine unendliche Trauer erfasste Isembard. Ihr gemeinsames Leben zog an ihm vorüber. Sie waren glücklich gewesen, als das Kloster die einzige Welt war, die sie kannten. Ein Band hatte sie vereint, stärker als das Blut; sie waren die Kinder der Erde. Schließlich lächelte er schwach.

»Wenigstens weiß ich, dass es dir gut geht, Schwester. Ich werde mit meinen Lehrmeistern vor Gottes Angesicht stehen, und wir werden genauso stolz sein wie im Leben.«

»Los!«, drängte Onyx. »Mach schon!«

Rotel bewegte das Blasrohr – und der Pfeil bohrte sich in den Hals ihres Meisters.

»Was hast du getan, du verfluchtes Ding?«

»Geh, Bruder«, sagte sie und schoss einen zweiten Pfeil auf den Bestiar ab.

»Komm mit mir!«

Isembard ging auf sie zu, doch Rotel wich zurück. Er konnte sehen, dass ihre Arme voller Stiche und Bisswunden waren, und dachte an den Schrecken, den Schmerz und den Ekel, die sie in diesen Jahren durchgemacht haben musste. Rotel trat zu Onyx, der im Schlamm kniete.

»Ich muss bei meinem Meister bleiben«, sagte sie düster.

Auf dem Weg näherte sich ein Dutzend von Drogos Soldaten. Im letzten Augenblick zeigte Rotel Isembard ein scheues Lächeln, so schön und sanft wie früher. Bevor er ging, nahm er mit dem unverletzten Arm das Schwert Guisands von Barcelona an sich. Als die Dunkelheit des Waldes ihn verschluckte, rief sie ihm hinterher: »Ich will nur, dass du lebst, Isembard! Dafür habe ich alles geopfert.«

21

Rotel deutete willkürlich in irgendeine Richtung, und Drogos Soldaten rannten los. Sie fühlte sich so leer, dass sie es bedauerte, nicht mehr weinen zu können. Onyx ließ sich aufhelfen, und sie gingen über einen schmalen Pfad davon. Beide wussten, wie stark dieses Gift war, eine Paste aus Schwarzem Bilsenkraut und tierischem Gift. Jeder andere wäre binnen kürzester Zeit unter schlimmen Schmerzen gestorben, aber bei Onyx würde es Stunden dauern, vielleicht Tage.

»Ich empfinde keine Schuld, Meister«, sagte Rotel leise.

»Das ist Teil deiner Ausbildung«, antwortete Onyx ohne jede Spur von Zorn oder Bedauern. Rotel war erstaunt. »Ich kann mich an keine Geschichte erinnern, in der ein Bestiar an Altersschwäche stirbt. Es war mein Schicksal, und es wird auch deines sein.«

»Der Tod mag es nicht, wenn man mit ihm spielt.«

Onyx verzog das Gesicht zu einer Grimasse, die seine spezielle Art zu lächeln sein mochte. Diesen Satz hatte er immer gesagt, wenn er in der Höhle seine schrecklichste Waffe hervorholte, eine Kobra von der Größe eines Kindes.

Rotels geschärfte Sinne verrieten ihr, dass sie nicht allein waren.

»Kommt und helft dem Meister!«, rief sie in den dunklen Wald hinein.

Eine Schar grauenhafter Gestalten mit knochenbesetzten, nagelgespickten Helmen brach aus dem Dickicht hervor und trug Onyx davon. Das Mädchen mit dem goldenen Haar und der eisigen Schönheit ging voran wie die Königin der Wilden. Es waren die wenigen der Horden, die nach den zahlreichen todbringenden Angriffen übrig geblieben waren, die ihr Bruder Isembard und seine Ritter in den vergangenen Jahren gegen sie geführt hatten. Vom Kampf entstellt und von furchterregendem Äußeren, sahen diese Männer sie ehrfürchtig und angsterfüllt an. Sie wirkte wie ein zartes Mädchen, doch sie hatten ihre Schreie aus der nahen Höhle gehört, in der Onyx sie auf ihr finsteres Schicksal vorbereitet hatte.

Rotel kannte auch das andere Gesicht der Horden. Sie war dabei gewesen, als sie Frauen vergewaltigten, die sie gefangen hatten, und sie hatte mit ihnen Körperteile von Kindern gegessen, wenn die Jagd nicht gut ausgefallen war. Der Bestiar sorgte dafür, dass sie das alles sah, darüber urteilte und tiefe Abscheu empfand. Dann ging er mit ihr nach Perpignan, und Rotel sah das Elend in den Vorstädten, wo niemand älter als dreißig wurde. In der Stadt herrschten Hunger und Krankheit, ohne dass Adel und Klerus das geringste Mitgefühl zeigten. Überall war das Wimmern der bis auf die Knochen abgemagerten Kinder zu hören. Die Schreie eines vergewaltigten Mädchens klangen im Wald genauso angsterfüllt wie hinter den Mauern eines Adelspalastes. Diese zerlumpten Gestalten waren nicht verkommener als andere; sie waren nur verzweifelt.

Onyx zwang sie, diese Schrecken anzusehen, denn ihre Ausbildung zum Bestiar bestand nicht nur im Umgang mit gefährlichen Tieren. Sie ging viel tiefer.

»So ist die Welt, Rotel«, sagte er angesichts von Tod und Zerstörung. »Das ist die Wirklichkeit.«

Das Mädchen und die Männer, die Onyx stützten, erreichten durch eine schmale Schlucht das Lager. Ein wackliges Gerüst ermöglichte den Zugang zu den Höhlen in einer Felswand. Dort hauste die Gruppe. Der Anführer, Anuso, ein ehemaliger Zimmermann aus Besalú, den man wegen Diebstahls verurteilt hatte, näherte sich mit grimmigem Blick. Er war kräftig, hatte rötliches, krauses Haar und trug ein zerschlissenes Bärenfell, an dessen Gürtel seine alten Werkzeuge baumelten.

»Der Bestiar stirbt, Anuso«, erklärte Rotel.

Anuso schwieg. Er schwankte zwischen Angst und Erleichterung. Weitere Gestalten kamen das Gerüst hinabgeklettert. Fast sechzig Clanmitglieder hausten zusammengepfercht auf diesem Fels, Männer, Frauen und Kinder. Hier trugen sie keine unförmigen Helme und behängten sich nicht mit Menschenknochen. Hier liebten sie sich und beweinten ihre Toten.

Sie brachten Onyx in seine Höhle, die ein wenig abseits der anderen lag. Ganz tief in ihrem Inneren befand sich die mit Knochen übersäte Felsspalte, in der Rotel ihre Initiation überstanden hatte. Es schauderte sie immer noch, wenn sie sich diesem Ort näherte. Stundenlang hatte sie dort still und verängstigt in der Dunkelheit gekauert, bis sie glaubte, die Lichter der Toten zu sehen, die man dort vergessen hatte. Sie wusste nicht mehr, wie oft sie meinte zu sterben; sie erinnerte sich nur an das Brennen des Gifts, das Fieber und die Visionen. Die Mönche in Santa Afra hatten sich geirrt: Sie konnte sehr wohl Angst empfinden, mehr, als ein Mensch ertragen konnte.

Rotel untersuchte die Einstiche an Onyx' Hals und Schulter. Sie saugte die Wunden aus und spuckte das schwärzliche Blut aus. Er ließ sie gewähren und sah sie mit seinen furchtbaren Augen an.

»Auch ich habe meinen Meister getötet.«

»Du hast mir nie von deiner Vergangenheit erzählt.«

»Die existiert nicht. Das weißt du.«

»Du kennst Geschichten von alten Bestiaren. Ich will anderen deine Geschichte erzählen können. Erzähl mir nicht die Wahrheit; nur die Legende, die überdauern soll.«

Onyx nickte, und in seinem Blick war so etwas wie Zuneigung zu erkennen. Sie hatte ihm nicht die Erlaubnis gegeben, eine gefährliche Mörderin aus ihr zu machen, eine Ausgestoßene mit grausamen Fähigkeiten. Auch er war nicht gefragt worden, bevor man ihn unendlichem Leid unterzogen hatte. Es stimmte nicht, dass die Vergangenheit nicht existierte. Er erinnerte sich an jeden einzelnen Biss, dem man ihn von klein auf ausgesetzt hatte, an jede Infektion und die Schreie, als man ihm die abgestorbenen Zehen abgeschnitten hatte.

»Wie viele Zehen hast du verloren, Rotel?«

»Zwei am linken Fuß.« Sie hob die Hand. »Den kleinen Finger und den halben Ringfinger.«

»Das ist nicht viel für eine Meisterin, aber du hast die Prüfung bestanden.«

»Aber ich konnte meinen Bruder nicht töten.«

»Ich weiß. Die Aufgabe war, dich von meinem Einfluss zu befreien. Ich wurde als *Zandsch*, als schwarzer Sklave, unter der grausamen Herrschaft der Abbasiden in Bagdad geboren. Meine Mutter war eine der Frauen, die im Stehen gebaren und die Nabelschnur mit den Zähnen durchbissen, während sie in den Salzsümpfen von Basra schufteten, einer glutheißen, unfruchtbaren Gegend. Wir wurden von irgendeiner Brust genährt, einer Schwester, einer anderen Mutter, einer Großmutter … Niemanden kümmerte es; ich hatte nicht einmal einen Namen. Meine lebhaftesten Erinnerungen sind der Durst in der sengenden Wüstensonne und die Peitschenhiebe, die tiefe Wunden schlugen, während wir das Salz abtrugen, um die Erde fruchtbar zu machen. Die Wachen waren Soldaten des Kalifen von Bagdad, die ihre Verbitterung darüber, in dieser Hölle gelandet zu sein, in Brutalität ertränkten. Sie prügelten und misshandelten uns. Wir waren Tausende und sie nur ein paar Dutzend, aber wir wussten nicht, dass es etwas jenseits des Horizonts gab. Wir beherrschten nur ein paar Wörter, und wir liefen nackt umher. Wir verrichteten unsere Notdurft, während wir weitergruben; alles, was wir konnten, war arbeiten und uns vor der Peitsche ducken.«

Onyx' Augen blieben trocken, doch seine Seele weinte.

»Wie bist du zum Bestiar geworden?«

»Ich war sieben Jahre alt, als ich eine Kobra fing, bevor sie eine der Wachen in den Fuß biss. Ich bereue es heute noch. Dieser Mann hatte es verdient, im Wüstensand zu sterben, aber ich hatte Durst und er einen Wasserschlauch. Die Schlange kam zwischen den Steinen hervor, ich stand ganz in der Nähe. Ich bemerkte eine Bewegung und packte sie unterhalb des Kopfes. Der erschrockene Wächter schlug mich und ging dann mit dem Wasserschlauch davon. Ich suchte vergeblich nach der Kobra, damit sie mich biss; ich wollte nicht länger leiden.«

»Der Vorfall blieb nicht unbemerkt.«

Onyx fiel das Atmen schwer. Er trank ein wenig saure Milch und erzählte weiter.

»Tage später zwang mich eine der Wachen, eine schwarz geschuppte Schlange zu fangen, die mir ein abstoßender alter Mann zuwarf. Es gelang mir erneut, und der Alte kaufte mich. Tagtäglich starben Dutzende Sklaven, die in einer Grube verscharrt wurden. Niemand an diesem grausamen Ort stellte Fragen. Mädchen verschwanden in großer Zahl. So lernte ich meinen Meister und diese merkwürdige Welt kennen, die von allen Göttern verlassen ist, und sie war größer, als man sich vorstellen konnte. Wegen meiner Hautfarbe nannte er mich Onyx. Ich war Muslim und ich war Christ, aber ich habe auch Götter verehrt, an deren Namen sich keiner erinnert. In Ägypten habe ich Gräber gesehen, so hoch wie Berge, und Städte, die vom Urwald verschlungen wurden. Und ich habe viele Frauen geliebt, von Indien bis zur kalten Insel Britannien.«

»Und du hast getötet.«

»So viele, dass ich mich nicht an alle erinnern kann. Ich habe meinen Meister wegen einer Frau getötet, die einem Familienclan angehörte, den wir auslöschen sollten. Trotzdem konnte ich sie nicht retten. Du hast mich wegen deines Bruders getötet.« Er sah Rotel mit einem sonderbaren Gesichtsausdruck an. »Du hast gut daran getan, den zweiten Pfeil auf mich abzuschießen, denn sonst hätte ich dich getötet. Aber nun weißt du, wie du sterben wirst. Liebe und Hass sind die ärgsten Feinde für einen Bestiar.«

»In Afrika hast du Drogo kennengelernt.«

»Er kam als Sklave an einen verbotenen Ort tief im Urwald.« Seine Augenlider begannen zu flattern. »Er wurde von Priestern gekauft, über die nicht einmal ich zu sprechen wage, und wurde zum Zeugen von Riten, die zu sehen kein Mensch ohne den Schutz der Götter vorbereitet ist.« Seine Zunge war angeschwollen, und er war kaum noch zu verstehen. »Er konnte sich befreien, und ich wanderte mit ihm an die Küste. Das Einzige, was ihn aufrecht hielt, war der Wunsch, nach Hause zurückzukehren, um sich an seinem Vater zu rächen. Ich bin ihm nach Europa gefolgt. Ich hatte keinen Grund dazu; ein Bestiar kennt keine Gründe, er folgt seinem Schicksal. Vielleicht musste ich dir begegnen, Rotel, damit du meinem Leben ein Ende setzt.«

Er wollte keine Fragen mehr beantworten, das Fieber stieg weiter. Onyx murmelte unverständliche Worte und kämpfte gegen Schrecken, die nur er sehen konnte.

Das Gift, das sonst innerhalb von Stunden tötete, brauchte drei Tage, um den Bestiar zu besiegen. Rotel errichtete eigenhändig einen Scheiterhaufen, die Übrigen beobachteten sie aus der Ferne. Sie war hellhäutig und blond, schlank und anmutig, so ganz anders als Onyx – aber genauso unheilvoll und tödlich.

Drei Tage nach der Tragödie von Tenes erreichte Isembard den Turm von Benviure. Mit zerschundenen Händen und Füßen schleppte er sich vorwärts. Er war sehr krank, die Einsiedler betrachteten es als Wunder, dass er noch lebte. Nicht einmal die Diener waren aus dem Wald zurückgekehrt.

In einer der Klausen, die die Einsiedler in den harten Lehmboden gegraben hatten, rang der junge Mann tagelang mit dem Tod, doch allmählich zeigten die Heilmittel der Mönche Wirkung, und er konnte erzählen, was vorgefallen war. Verschreckt berichteten ihm die Mönche, was inzwischen geschehen war. Drogo beherrschte Barcelona, und obwohl er seinen Gegnern Immunität versprochen hatte, verfolgte er sie außerhalb der Stadt. Die Überlebenden hatten sich in ihre Türme und Burgen zurückgezogen und auf das Schlimmste vorbereitet. Sie verfluchten den Tag, an dem sie beschlossen hatten, Isembard II. von Tenes und seinen Waffenmeistern zu folgen.

»Und Armanni von Ampurias?«

Pau, der alte Mönch, der vor Jahren mit ihnen gezogen war, um La Esquerda zu verteidigen, zuckte mit den Schultern. Das Alter hatte ihn gezwungen, die Waffen niederzulegen, aber er wachte nach wie vor über ihr Seelenheil und half ihnen im Verborgenen. Isembard tat ihm leid; der Junge schien keinen Platz in der Welt zu haben.

»Kann sein, dass Armanni noch lebt, aber vielleicht erfahren wir es nie. Die Mark ist ein guter Ort, um sich zu verstecken. Jetzt musst du erst einmal daran denken, deinen eigenen Kopf zu retten; Drogo wird bereits wissen, dass du entkommen bist, und hinter dir her sein. Er wird den Erben des Hauses Tenes nicht mit dem Leben davonkommen lassen. Wenn du den Habit nimmst und bei uns bleibst, bist du in Sicherheit. Die andere Möglichkeit wäre, in den Wäldern zu leben.«

»Warum konnten Armanni und Oriol das nicht verhindern?«, fragte Isembard. Pau besuchte regelmäßig die Mönche von Santa Maria del Pi und war auf dem Laufenden.

»Drogo ist heimlich nach Barcelona gekommen und hat die Waffen entdeckt, die ihr eingeschmuggelt hattet. Irgendjemand hat die Tavernenwirtin verraten, und wie man hört, hat Drogo sie grausam bestraft.« Als der alte Mann den Schmerz in Isembards Gesicht sah, tat er ihm leid. »Er hat ihr Leben verschont, aber er hat die Taverne zerstören lassen. Auch für dieses Mädchen ist der Traum vorbei.«

Zwei Tage später trafen zwei Eremiten mit einer Bahre ein, auf der sie den bereits verwesenden Leichnam von Guisand trugen. Man hatte ihnen erlaubt, ihn aus dem Wald von Tenes mitzunehmen, um ihm ein christliches Begräbnis zuteilwerden zu lassen. Bei Einbruch der Dunkelheit zogen sie in einer

Fackelprozession um den Turm, während sie einen mozarabischen Trauergesang anstimmten.

Sie betteten den Leichnam in ein schmales Grab, das sie im Boden der Kapelle ausgehoben hatten.

Isembard wollte Guisand sein Schwert mit ins Grab geben, doch Pau bat ihn, es zu behalten. Für den gotischen Ritter war der junge Mann das Symbol einer neuen Zeit gewesen, und auch wenn sie gescheitert waren, hätte er nicht gewollt, dass sein Schwert in einem Grab verrostete.

Sie feierten eine Messe für die Seele des Ritters und verschlossen sein Grab mit einer Steinplatte. In der Nacht stieg Isembard auf den Turm von Benviure und blickte nach Norden. Er dachte an Rotel; vielleicht war auch ihr Lehrmeister gestorben.

Viele Meilen voneinander entfernt durchlebten die Geschwister die gleiche Ungewissheit, jeder auf seiner Seite der dunklen Mauer, die Gott in seinem unergründlichen Willen zwischen ihnen errichtet hatte.

22

Der Geruch des Todes ließ Frodoi erstarren. Er stand auf einem der halbrunden Türme am Portal Bisbal. Sowohl über der Haupteinfahrt für die Wagen als auch über den beiden Seiteneingängen hatte Drogo von Borr zur Abschreckung die Köpfe der ermordeten gotischen Adligen aufhängen lassen, um jeden Gedanken an Aufstand in der Stadt im Keim zu ersticken. Es war eine gespenstische Szene.

Barcelona hielt den Atem an angesichts der Brutalität des Mannes, der sich Vizegraf nennen ließ und den Thron im gräflichen Palast für sich beanspruchte. Weder der Stadtvogt noch die Ratsherren begehrten auf, als die Häuser der Wohlhabenden geplündert wurden und das Chaos ausbrach. Wer konnte, bewaffnete seine Diener, und wie bei anderen Gelegenheiten zuvor wurden aus den anfänglichen Scharmützeln heftige Auseinandersetzungen. Drogo war ein unerbittlicher Despot. Sein Versprechen hielt er nicht; er hatte eine alte Ehrenschuld einzulösen aus der Zeit, als man ihm den Zutritt zur Stadt verwehrt hatte. Barcelona versank in Blut, und er verschanzte sich hinter dem Vorwand, die Opfer seien Aufständische, die sich seiner Autorität widersetzten.

Frodoi ging es jedes Mal sehr zu Herzen, wenn er von neuen Übergriffen erfuhr, aber er handelte vorsichtig. Er war der Bischof von Barcelona, gegenwärtig die einzige legitime Autorität. Er versuchte zu vermitteln, doch Drogos Söldner hatten die Macht in der Stadt übernommen. Um Drogo zu beschwichtigen, hatte er es hingenommen, dass dieser die Münzstätte plünderte und sich im gräflichen Palast einrichtete, wo er die kleine Argencia gefangen hielt. Er fürchtete um Godas Tochter und schickte seine Wache regelmäßig dort vorbei, um sich zu vergewissern, dass sie unter würdigen Bedingungen festgehalten wurde. Er erfuhr, dass sich zwei junge Sklavinnen in ihrem Kellerverlies um sie kümmerten, aber man berichtete ihm auch, dass die Kleine nicht aufhörte zu weinen und alle ihr Los bedauerten.

Um seine Seele reinzuwaschen und angesichts der zunehmenden Spannungen einen besseren Stand zu haben, hatte Drogo ein Pfund Silber für die Errichtung der neuen Kathedrale gestiftet. Baulärm hallte auf dem Platz wider. Maultiertreiber brachten Steine von zerfallenen Gebäuden und Ziegelsteine, die am Cagalell-See gebrannt wurden. Auf halbrunden Holzgerüsten wurden die Bögen gefertigt, die später das Gewölbe tragen sollten – die drei Kirchenschiffe, deren mittleres doppelt so breit war wie die anderen, waren bereits zu erkennen. Die unermüdlichen Arbeiten hielten die Stadt in Gang.

Die Gerichtsbarkeit hingegen war zum Erliegen gekommen, und der Markt nahezu vollständig verschwunden. Als der Hunger schlimmer wurde, musste Drogo die Kornspeicher am gräflichen Palast beschlagnahmen, um das Volk zu ernähren, das kurz vor einer Revolte stand. Nicht wenige gotische Familien waren nach Urgell und Girona geflüchtet, hatten ihre Felder aufgegeben und ihre Leibeigenen zurückgelassen. Vor dem Rat gab Drogo ihnen die Schuld und beteuerte, dass sich alles ändern werde, sobald der König ihn zum Grafen ernannte. Barcelona roch nach Not und Mutlosigkeit.

An diesem 3. März, dem Tag des heiligen Celoni, war Frodoi in einer schlichten Kutte von Servusdei und ohne seine Garde unterwegs, um frische Luft zu schnappen und ein wenig zur Ruhe zu kommen, aber er wollte auch erfahren, wie es Goda erging – wohl wissend, dass er überwacht wurde. Er schaffte es nicht mehr, seine Sehnsucht nach ihr zu unterdrücken, schon zu lange hatten sie sich nicht mehr gesehen. Einige Frauen aus der Stadt, darunter auch Elisia, versorgten sie mit Essen und Kleidung, aber wenn Frodoi sich nach ihr erkundigte, runzelten sie die Stirn und schüttelten nur den Kopf.

Als er die Stadtmauer hinter sich ließ, wurde er ruhiger. Der Frühling stand bevor, und die Mandelbäume blühten. Sklaven reinigten die Gräben, welche die umliegenden Felder mit Wasser aus dem Marschland an der Küste und aus dem Cagalell-See versorgten. Er stattete dem Abt von Sant Pere de les Puelles einen Besuch ab, und erst, als er sicher war, dass ihm niemand folgte, ging er, unter der Kutte verborgen, zum Mons Iovis. Im alten Hafen lagen nur die Boote einiger armer Fischer, deren Kinder ihm nackt und ausgehungert entgegengelaufen kamen. An diesem Tag konnte der Geistliche ihnen nichts geben.

Beunruhigt und voller Furcht, was ihn in dem kleinen Turm erwarten mochte, begann er den steilen Aufstieg. Als er eintrat, erschrak er. Goda trug noch immer das gleiche, inzwischen vor Schmutz starrende Kleid, in dem sie die Stadt verlassen hatte, und den Schleier. Sie sah verhärmt aus und hatte dunkle Ringe unter den Augen. Die Verbannung und die Sorge um ihre Tochter Argencia zehrten an ihr. Sie war abgemagert, auf dem Boden stand unangetastetes Essen. Auch die Decken und die saubere Kleidung, die man ihr gebracht hatte, waren unberührt.

»Was willst du hier, Bischof?«, fragte sie ohne jede Spur von Stolz. »Mir geht es gut, falls das deine Sorge ist. Ich brauche keinen Palast, keine Diener und keine Juwelen.«

Mit gesenktem Kopf ließ sie seine Umarmung über sich ergehen. Ihre bleiche Haut roch nicht länger nach Rosen, sondern nach Not und Resignation. Frodoi war erschüttert von ihrer abgrundtiefen Schwermut.

»Barcelona steht vor dem Untergang«, bekannte er niedergeschlagen. »Jetzt verstehe ich, weshalb Vizegraf Sunifred und der gotische Adel Drogo den Zutritt zur Stadt verwehrt haben … Aber ich werde eine Lösung finden, und du bekommst deine Tochter zurück.«

»Wie geht es ihr? Die Frauen sagen, sie sei gut versorgt, aber ich kann nicht bei ihr sein.«

»Drogo wird es nicht wagen, ihr etwas anzutun. Weder die Stadt noch ich würden ihm das je vergeben.«

Goda presste die Lippen aufeinander, um die Tränen zurückzuhalten, und löste sich von Frodoi.

»Nichts ist gekommen, wie wir es erhofft hatten«, sagte der Bischof bedrückt.

»Wir wurden verraten, und damit meine ich nicht Gali, diesen Feigling.«

»Ich weiß nicht, wer das sein sollte! Meine Garde ist mir treu ergeben.«

Sie schwieg. Frodoi wusste nicht, was er noch sagen sollte, Goda verschloss sich in ihrem Kummer. Er versuchte sie noch einmal zu umarmen, doch sie entzog sich ihm, ging hinaus und blickte über das glitzernde Meer.

»Warum gehst du nicht nach Ampurias?«, fragte er hinter ihr. »Ich weiß, dass Graf Sunyer II. und sein Bruder Dela alte Freunde von dir sind. Hauptmann Oriol kann dich begleiten.«

Goda betrachtete abwesend die Küste und die Fischer in ihren Booten.

»Glaubst du, ich würde die Stadt und meine Tochter zurücklassen?«

»Du bist eine Verbannte. Du bist allein und in Gefahr. Wenn der Winter kommt …«

Goda seufzte wehmütig. Hier hatten sie sich leidenschaftlich geliebt und gemeinsam eine verheißungsvolle Zukunft geplant. Ja, sie hatten gesündigt, aber sie waren glücklich gewesen und hatten sich lebendig gefühlt. Nun war sie eine Verstoßene, und er musste allein weiterkämpfen – er brauchte ihre Ermutigung. Das war alles, was Goda ihm geben konnte. Sie richtete sich auf und sah ihn mit derselben Stärke an wie früher.

»Du darfst nicht aufgeben, Frodoi. Barcelona braucht dich. Außerdem hast du es mir versprochen.«

Frodoi nickte niedergeschlagen. Tief in ihrem Inneren war Goda immer noch eine stolze Frau.

»Du bist alles, woran ich denke«, sagte er und fasste ihre Hände. »Daran, wie ich dich befreien kann, und dass du zurückkommst.«

Nach langem Schweigen deutete Goda auf die Fischer.

»Durch die Verbannung hat sich meine Sicht auf die Dinge verändert. Ich habe niemals an das Volk gedacht. Ich glaubte immer, Gott habe die einfachen Menschen geschaffen, damit sie uns dienen. Jetzt sehe ich, wie sie tagtäglich für ihre Liebsten kämpfen. Vielleicht reichen unsere Verschwörungen nicht aus, um Barcelona zu retten …«

»Wie meinst du das?«

Sie schüttelte den Kopf. Es war nur ein Gefühl, aber etwas in ihr veränderte sich.

»Stimmt es, dass Guisand und seine Männer tot sind?«, wollte sie wissen.

»Der Abt von Sant Pere hat mit Pau gesprochen, einem der Einsiedler aus Benviure. Niemand ist zurückgekehrt. Aber das würde er auch behaupten, wenn jemand überlebt hätte, um ihn zu schützen.«

»Auch Isembard?«, rief eine Stimme hinter ihnen.

Elisia kam mit Tränen in den Augen auf sie zu. Sie hatte die beiden dabei überrascht, wie sie sich an den Händen hielten, und obwohl sie von ihrer Liebe wusste, verwirrte es sie, den Bischof hier bei ihr zu finden. Frodoi sah sie mitleidig an, während Elisia auf eine Antwort wartete.

»Isembard lebt, aber er weiß, dass Drogo seinen Kopf will. Wenn er klug ist, beginnt er fernab der Mark ein neues Leben. Bete für ihn, Elisia.«

Frodoi erinnerte sich daran, wie der junge Ritter darauf bestanden hatte, mit ihr zu sprechen. Elisias Trauer verriet ihm, dass da mehr war als eine alte Freundschaft zwischen Siedlern. Es stand ihm nicht zu, darüber zu urteilen, aber sie tat ihm leid.

Seit Drogo die Taverne zum Miracle zerstört hatte, war Elisia nur noch ein Schatten ihrer selbst. Sie wirkte verloren, der Glanz in ihren Augen war erloschen, und ihr offenes Lächeln war verschwunden. Gali hingegen machte sich mit Drogos Männern gemein und leerte mit ihnen den Weinkeller der Taverne. Die Fässer waren das Einzige, was sie verschont hatten. Die Schließung der Taverne stürzte die Familien, die sie mit Waren beliefert hatten, ins Elend, und auch die Klöster in Barcelona spürten die Folgen.

»Beten wir für ihn, Elisia. Das ist das Einzige, was wir augenblicklich tun können.«

»Frodoi«, fiel Goda ihm ins Wort. »Es gibt noch eine letzte Hoffnung, aber es hängt an dir. Überzeuge den König, Drogo seines Amtes zu entheben.«

»Das wird sehr schwierig«, gab er zu bedenken. »Es gingen Dutzende Schreiben auf den Weg, in denen sein Wirken in der Stadt in den höchsten Tönen gelobt wird. Ich selbst habe einige davon an Hinkmar von Reims und den Erzbischof von Narbonne verfasst.«

»Du bist der Bischof, Frodoi. Ich kenne dich und weiß, dass du es schaffen kannst«, sagte Goda mit plötzlicher Wärme in der Stimme. Sie war sicher, dass ihr Vorschlag auf fruchtbaren Boden fiel. »Deine Klugheit ist unsere einzige Hoffnung.«

Frodoi sah sie voller Zuneigung an. Er hätte ihr gerne noch ein liebevolles Wort geschenkt, aber Elisia war dabei, und so schwieg er und ging. Trotz seiner privilegierten Position fühlte er sich genauso einsam und verlassen wie die beiden Frauen.

»Es tut mir leid, Goda«, sagte die Wirtin betreten. »Ich hätte nicht kommen sollen.«

Goda hakte sich bei ihr unter, und sie spazierten über das Plateau rings um den Turm.

»Alles wird immer noch schlimmer!«, klagte Elisia.

Wochenlang war sie wütend auf Goda gewesen und hatte ihr die Schuld an ihrem Unglück gegeben. Die Wahrheit war allerdings, dass sie freiwillig zugestimmt hatte, die Waffen zu schmuggeln, und dass sie beide teuer für ihren Wagemut bezahlen mussten.

»Was ist los? Wieder Gali?«

Elisia begann zu weinen.

»Meine Blutung ist ausgeblieben, und mir ist übel!«, sagte sie verzweifelt. »Ich glaube, es war an diesem unseligen Abend …«

Erschüttert nahm Goda ihre Freundin in den Arm. Sie wusste, was in der Taverne geschehen war, als Drogo und seine Männer dort gewesen waren, und verfluchte sie.

»Bist du sicher?« Als Elisia schwieg, nickte Goda verständnisvoll. »Es gibt eine jüdische Hebamme, die deine Vermutung bestätigen kann. Ihr Haus liegt in der Nähe des Portal Bisbal.«

»Was soll ich jetzt tun? Ich habe nichts. Wir leben von dem, was noch in der Taverne ist. Was soll aus uns werden? Und aus Galderic? Und wie soll ich das Kind ernähren, wenn es geboren ist?«

Erschöpft von so vielen Fragen, brach Elisia schluchzend zusammen. Goda drückte sie schweigend an sich.

»Du darfst niemals aufgeben, Elisia, du nicht!«, sagte sie schließlich mit einer Entschlossenheit, die sie verloren geglaubt hatte. Sie weinte ebenfalls. »Du bist wieder aufgestanden, als Gali das Geld verspielte, und du wirst es wieder tun. Du hast dein eigenes Auskommen, anders als ich. Du hast die Kraft dazu.«

»Ich würde so gerne von hier fortgehen …« Elisia seufzte. »Wenn ich ihn noch einmal sehen könnte …«

Goda strich ihr sanft über den Arm. Sie war die Einzige, die von der Begegnung mit Isembard in dem Schuppen in Santa Maria del Pi wusste. Elisias Tränen waren die Tränen der ganzen Stadt, die Tränen Argencias und auch die von Frodoi. In ihr regte sich etwas. Sie hatte das Gefühl, als riefen Tausende Stimmen aus der Ferne nach ihr. Sie war Goda von Barcelona, stolze Erbin des ältesten Blutes in diesem Land; sie würde sich nicht tatenlos der Verzweiflung ergeben.

»Komm, setzen wir uns, Elisia«, sagte sie, von einer inneren Stimme geleitet. »Damals im Tempel in meinem Garten hast du mir von deinem Leben in Carcassonne erzählt. Erzähl es mir noch einmal.«

»Ich habe immer nur geschuftet, seit ich denken kann, wie schon meine Eltern und Großeltern vor mir. Das ist unser Leben. Dafür hat Gott das gemeine Volk geschaffen.« Sie lächelte grimmig. »Ist es nicht das, was die Kirche predigt?«

Goda nickte nachdenklich und ließ sie sprechen. Ihre Freundin mochte traurig sein, aber sie war stark wie eine Eiche. Goda hingegen jammerte vor sich hin, weil ihr Stolz sie auffraß. Sie hatte adliges Blut, aber sie war schwach. Woher nahm das einfache Volk nur die Kraft, so viel Not und Ausbeutung zu ertragen? Vielleicht fand sie durch die Verbannung zu neuer Stärke, statt länger vor sich hin zu leiden. Ihre Stadt hatte überdauert, weil sie sich Veränderungen angepasst hatte, und das sollte sie auch tun.

23

Für den 20. März, den Tag des heiligen Benet, war ein feierlicher Gottesdienst in der Kathedrale geplant, aber auch in der Kirche Justo y Pastor wurde eine Messe gefeiert. Kurz nach Mittag kam der Hispanier Tirs mit seinem Wagen in die Stadt. Tirs war ein alter Priester, der ursprünglich aus Córdoba stammte, der angesehenste Vertreter des mozarabischen Ritus in Barcelona und ein Albtraum für Frodoi. Als enger Freund Guisands war er unverzüglich zu der Einsiedelei in Benviure gereist, nachdem er eine Botschaft von dort erhalten hatte. Trotz des Widerspruchs der Einsiedler willigte er ein, Isembard unter der Wagenplane versteckt nach Barcelona zu bringen. Jeder in der Stadt achtete Tirs, auch die Stadtwache, und so wurde seine Ladung auch diesmal nicht durchsucht. Der junge Tenes versteckte sich bis zum Abend in der Kirche Justo y Pastor.

Isembard vermisste seine Lehrmeister und fühlte sich verloren. Nach bald vier Jahren war alles zunichte, wofür er gekämpft hatte. Er war wieder der Unfreie, der gemeinsam mit seiner Schwester mittellos aus Santa Afra geflohen war.

Die Scham des Scheiterns nagte an ihm, als er sah, wie die Stadt in einem Sumpf aus Hass versank. Guisand von Barcelona hatte ihm aufgetragen, nach den Belloniden zu suchen, aber die waren seit sechzehn Jahren wie vom Erdboden verschluckt – wahrscheinlich waren sie tot. Solange Drogo hinter ihm her war, sah er sich nicht in der Lage, die Bitte des alten Ritters zu erfüllen, und so hatte er beschlossen, die Spanische Mark zu verlassen. In seiner Verzweiflung war er auf den Gedanken verfallen, dass Elisia mit ihm fliehen könnte. Ihm war nur ihre Liebe geblieben, und nur deshalb war er das Risiko eingegangen, in die Stadt zu kommen.

Im stillen Dämmerlicht der Kirche kam er ein wenig zur Ruhe und beobachtete Tirs aus einem dunklen Winkel heraus. Der fast Sechzigjährige besaß großen Einfluss in religiösen Fragen. Er reiste durch die Grafschaft, um den Priestern Mut zuzusprechen und sie in der Liturgie ihrer Vorfahren zu unterweisen. Diese seelsorgerische Tätigkeit war Frodoi ein Dorn im Auge, und so hatte er ihn in den Kerker des Bischofspalasts werfen lassen, angesichts der Empörung in der Stadt jedoch nach einigen Stunden wieder freigelassen. Die meisten Gläubigen respektierten den fränkischen Bischof, hielten aber an den alten Riten fest.

Isembard hatte diesen seit Jahrzehnten schwelenden Konflikt nur am Rande mitverfolgt. Die Mönche in Santa Afra waren Franken gewesen, und die hispanische Liturgie lernte er bei den Einsiedlern in Benviure kennen.

Guisand hatte die Sache pragmatisch gesehen und behauptet, der Vorwurf, der mozarabische Messritus enthalte häretische Elemente, sei ein Schachzug der fränkischen Kirche, um sich beim Papst einzuschmeicheln. Die Grafschaften der Spanischen Mark und etliche andere christliche Königreiche auf der Iberischen Halbinsel folgten der Tradition des Bistums Toledo, das im islamischen Herrschaftsgebiet lag.

Als es Zeit für die Abendmesse war, füllte sich die nur schwach beleuchtete Kirche mit Gläubigen. Ein Chor aus neun Geistlichen nahm im Altarraum Platz, und Tirs zog mit seinen Diakonen und weiteren Priestern in das Gotteshaus ein. Isembard ließ sich von dem lebendigen Ritus verführen, der – anders als die römische Messe – die versammelten Gläubigen in die arabisch anmutenden Gesänge und Wechselgebete einbezog. Die Messe war ein aktiver Dialog mit Gott mittels einfacher Antworten, mit denen jedes Gebet endete. Anders als in der römischen Messordnung wurde der Friedenssegen vor der Gabenbereitung erteilt. Tirs brach das geweihte Brot in neun Stücke, welche die Mysterien Christi darstellten, während der

Abt in Santa Afra es in zwei Stücke gebrochen hatte. Auf dem Altar lagen zwei dicke, reich verzierte Messbücher, denn die Lesungen wechselten jeden Tag gemäß dem Lauf des liturgischen Jahres. Gegenwärtig befanden sie sich in der Fastenzeit, und es wurden mehrere Passagen aus den Büchern Mose gelesen. Tirs wandte sich an die Gläubigen und ermahnte sie, der Despotie des Vizegrafen Drogo zu widerstehen, der mit Duldung des fränkischen Bischofs Frodoi die Stadt ausblute. Gott wolle, dass Barcelona weitere achthundert Jahre überdauere, doch das hänge von seinen Einwohnern und deren Seelen ab.

Inzwischen war es Nacht geworden, und nach den Stunden des Friedens und der Andacht in dem dämmrigen Raum war Isembard jetzt ruhiger, als er die kleine Kirche verließ. Die Worte des Priesters hatten ihn bewegt. Ihm war bewusst, dass sie an ihn gerichtet gewesen waren, aber er fühlte sich verloren und sah keinen anderen Ausweg als wegzugehen.

Er sprang über die Lehmmauer in den Garten der Taverne zum Miracle mit seinen Obstbäumen und Gemüsebeeten. Im fahlen Mondlicht konnte er am anderen Ende den zerstörten Hühnerhof und einen leeren Schweinekoben ausmachen.

Im Haus herrschte bedrückende Stille. Als er jemanden aus der Küche kommen sah, duckte er sich hinter den Brunnen. Es war Galderic, der traurig und lustlos herumliegendes Feuerholz aufsammelte. Er war größer und reifer geworden. Isembard hätte ihn gerne umarmt. Während seine Aufmerksamkeit auf den Jungen gerichtet war, bemerkte er nicht, dass Gali ihn aus der Dunkelheit beobachtete. Als der Junge wieder im Haus verschwand, ging er zu ihm.

»Ich war mir sicher, dass du kommen würdest. Drogo weiß, dass du nicht tot bist«, sagte er mit kaum verhohlenem Zorn. »Was willst du von ihr, Isembard? Hast du nicht schon genug Schaden angerichtet?«

»Du bist ein Spitzel Drogos«, entgegnete Isembard, ohne aus dem Schatten des Brunnens zu treten.

»Ich könnte gehen und seinen Männern Bescheid sagen …«

»Ich würde dich umbringen, bevor du auch nur einen Schritt getan hast.«

Gali stockte der Atem. Isembards Stimme bebte vor Wut – eine Schwäche, die er nutzen konnte.

»Du willst meine Frau, ich sehe es in deinen Augen. Aber sie gehört hierher. Was hast du ihr zu bieten? Ein Leben auf der Flucht? Der Widersacher des künftigen Grafen von Barcelona und eine Ehebrecherin!«, rief er verächtlich. »Elisia ist in einer Taverne aufgewachsen, sie kennt keinen Hunger und kein Leben ohne Dach über dem Kopf. Sie weiß, wie man sich durchschlägt, und zusammen werden wir aus dieser Sache rauskommen.«

Isembards Entschlossenheit geriet ins Wanken.

Gali sprach weiter: »Lass sie in Ruhe, und du wirst ihr ein gutes Leben schenken. Sie wird Kinder bekommen, die ihr Lächeln haben; sie werden nicht barfuß laufen und keine Not leiden. Sie werden sich nicht für ihren Vater schämen müssen, und die Welt wird heller sein. Du bringst ihr nur Dunkelheit.«

Isembard wollte, dass Gali endlich schwieg, und als er ins Haus ging, folgte er ihm nicht. Es stimmte ja, er hatte Elisia nichts zu bieten als Not und Ungewissheit. Keine Liebe hielt das für immer aus. Er und seine Schwester hatten für die Taten ihres Vaters leiden müssen; er würde es nicht genauso machen. Niedergeschlagen ging er zur Mauer.

Als Gali aus dem Garten zurückkam, war er leichenblass.

»Was hast du?«, fragte Elisia.

»Nichts. Ich dachte, ich hätte etwas gehört, aber es war nur der Wind.«

Seine Frau musterte ihn misstrauisch. Als Gali gleich darauf die Taverne verließ, lief Elisia in den Garten und spähte in die Dunkelheit. Es kam ihr vor, als verschwände ein Schatten hinter der Mauer. Als sie zum Brunnen kam, konnte sie seinen Geruch noch deutlich wahrnehmen. Sie erinnerte sich genau an diesen Duft nach Leder und Metall, als Isembard sie im Schuppen des Klosters umarmt hatte, und ihr Herz hüpfte vor Freude.

»Isembard!«

Sie lief zur Mauer, doch da war niemand. Vielleicht hatte sie sich getäuscht. Nein, sie spürte, dass er dort gewesen war und dass er lebte, und das genügte ihr, um nach langen Tagen der Niedergeschlagenheit neue Kraft zu schöpfen. Sie konnte sich das Gespräch vorstellen, das ihr Mann und er geführt hatten. Isembard musste fliehen, er wurde verfolgt. Er würde nicht länger den Weg des Adels gehen. Er war wie sie, vielleicht war er deshalb zurückgekehrt. Plötzlich wurde ihr klar: Sie wollte mit ihm gehen, alles hinter sich lassen und Gali vergessen. Sie rannte aus der verwüsteten Taverne und spähte über den Platz, aber da war nur schwarze Stille. Dann erschienen Drogos Söldner, gefolgt von Gali. Sie warfen ihr verächtliche Blicke zu und schwärmten aus, um den Flüchtigen in den dunklen Gassen zu suchen. Ihr Mann hatte ihn verraten. Isembard muss fortgehen, um sein Leben zu retten, dachte sie verzweifelt.

»Ich weiß, dass du eines Tages zurückkehren wirst, Liebster«, flüsterte sie.

Er war irgendwo da draußen. Sie fürchtete, dass sie ihn erwischten, aber dann rief sie sich ins Gedächtnis, dass er ein großartiger Kämpfer war, der das Leben in den Wäldern kannte. Also beschloss sie, zuversichtlich zu sein, und ging lächelnd ins Haus zurück. Mit neuem Mut umarmte sie Galderic und betete für ihren Liebsten.

Isembard wusste, dass Gali Drogos Männer alarmieren würde, und verließ eilig den Platz, ohne die junge Frau mit den sehnsüchtigen Augen zu bemerken, die in der Dunkelheit nach ihm Ausschau hielt. Alles hätte anders kommen können, doch ihre Seelen berührten sich, auch ohne sich zu begegnen, und das Rad der Zeit drehte sich weiter, einem ungewissen Schicksal entgegen.

Er kam an den mächtigen Säulen des Miracle vorbei, die eindrucksvoll von einer Stadt unvorstellbarer Größe erzählten. Blind vor Schmerz und Zorn ging er zu den bischöflichen Gebäuden und den Palästen hinunter. Er war es leid, sich zu verstecken, verborgen in den Wäldern zu leben. Seine Lehrmeister waren im Kampf gefallen, und er würde genauso enden, wenn Alarm geschlagen wurde und Drogos Söldner durch Barcelona streiften, um nach ihm zu suchen. Er fürchtete sich nicht vor dem Tod. Aber bevor er fiel, wollte er dem Mann ins Gesicht spucken, der seine Welt zerstört hatte: Drogo von Borr.

Mit zusammengebissenen Zähnen erreichte er den gräflichen Palast. Das Tor war verschlossen, und so begann er, Steine gegen die Fenster zu werfen.

»Drogo von Borr! Ich bezichtige dich des Hochverrats!«, schrie er. Seine Stimme hallte durch die Stille der Nacht. »Komm raus und erzähl die Wahrheit darüber, was du in Tenes verbirgst! Gesteh dein Verbrechen vor der ganzen Stadt!«

Plötzlich erschienen vier in Umhänge gehüllte Gestalten, und noch bevor er sein Schwert ziehen konnte, schlugen sie ihn mit einer Keule nieder. Während er das Bewusstsein verlor, wurde Isembard unerwartet leicht ums Herz.

Als er wieder zu sich kam, war er in einer dunklen Zelle mit einem Metallring um den Hals an die Wand gefesselt. Er war gefangen.

Eine Zeit lang schrie er und versuchte verzweifelt, sich zu befreien – vergebens. Irgendwann ließ Isembard sich erschöpft zu Boden sinken. Jemand schaute durch die Türklappe, aber es war nicht Drogo.

»Ich freue mich, dass du dich beruhigt hast, Isembard. Du bist hier, damit du nicht stirbst. Drogos Männer suchen jede

Handbreit der Stadt nach dir ab. Es war ein Glück, dass du in der Nähe des Bischofspalastes warst und Oriol dein Gebrüll gehört hat.«

»Ihr seid nicht besser als Drogo, Bischof!«, wütete er. So hatte es auch Tirs dargestellt. »Ich weiß, dass Ihr ihn jetzt unterstützt.«

Frodoi überhörte die Beleidigung.

»Ich habe Hochachtung vor dir, junger Tenes. Du hast Mut, aber du begreifst die heikle Lage noch nicht. Ein Aufstand würde Barcelona zerreißen und die geschlagene Stadt den Sarazenen zu Füßen legen.«

Servusdei kam mit ernster Miene herein und bot ihm Wein aus einem Schlauch an.

»Wir haben gemeinsam einen Plan geschmiedet, um das alles zu verhindern, aber wir sind gescheitert, Isembard«, fuhr der Bischof eindringlich fort. »Die alten Ritter und viele gotische Adlige sind tot, Goda von Barcelona wurde verbannt und ihre Tochter als Geisel genommen. Alles scheint verloren, und ich bedaure das genauso wie du. Aber wenn wir nicht wollen, dass all dieses Leid umsonst gewesen ist, müssen wir einen neuen Weg finden. Ich habe die Finsternis in Drogos Blick gesehen und weiß, dass Gott auf unserer Seite steht, aber du musst erkennen, dass es diesmal nicht das Schwert ist, das diesem Irrsinn Einhalt gebieten wird.«

»In Tenes habe ich Gottes Gegenwart nicht gespürt«, entgegnete der junge Mann verbittert.

»Lästere nicht Gott, Isembard! Du bist verzweifelt, aber damals in Benviure habe ich deinen starken Willen gesehen, und ich bin sicher, er ist immer noch in dir. Du musst dich erholen und mit uns gemeinsam weiterkämpfen.«

Isembard sah auf. Dieser brennende Glaube erinnerte ihn an Guisand.

»Was wollt Ihr von mir?«, fragte er ruhiger.

»Vor dem gräflichen Palast hast du Drogo eines Verbrechens

bezichtigt, das du in Tenes gesehen hast. Ich muss wissen, was es war.«

»Ein Toter … Ich fürchte, es handelte sich um Vizegraf Sunifred.«

Unter Frodois und Servusdeis entsetzten Blicken berichtete er, was in jener furchtbaren Nacht geschehen war.

»Das ist die Lösung, Servusdei!«, rief der Bischof, als hätte er endlich die ersehnte Erleuchtung. »Wir müssen Drogo vor das königliche Tribunal bringen und ihm das Handwerk legen.«

»Wenn Ihr Euch an Eure Zeit an der Kanonikerschule in Reims erinnert, solltet Ihr wissen, dass die Richter das Urteil sprechen, nicht der Kläger«, gab der Mönch scharfzüngig zurück. »Man braucht Zeugen, Beweise …«

»Ich habe Euch nicht gebeten, gute Argumente zu finden. Ich will diesen Prozess gewinnen, noch bevor wir Barcelona verlassen«, erwiderte Frodoi, ohne auf die bissige Bemerkung des alten Mönchs einzugehen. »Ihr seid der größte Experte für Kirchenrecht im ganzen Land, wenn nicht gar im gesamten christlichen Erdkreis. Achthundert Jahre Kirche sind eine lange Zeit. Findet etwas, womit wir das Blatt wenden können!«

Servusdei sah ihn ungnädig an. Trüge Frodoi nicht den Bischofsring, er hätte ihn geohrfeigt wie damals an der Kanonikerschule, aber Frodoi würde nicht lockerlassen.

»Wir gehen ins bischöfliche Archiv«, gab der Mönch schließlich nach. »Es gibt viel zu tun. Allerdings werden wir diesen jungen Ritter brauchen, wenn es so weit ist.«

Der Bischof lächelte listig.

»Mach es dir bequem, Isembard von Tenes, und komm wieder zu Verstand. Du wirst bald auf eine weite Reise gehen.«

24

Als Rotel Onyx' Leichnam verbrannte, merkte sie, dass sie beobachtet wurde – von Drogos Söldnern. Auch im nahen Lager herrschte Unruhe. Drogo hatte Barcelona eingenommen; um sein Ansehen wiederherzustellen und seinen Namen reinzuwaschen, wollte er sich nun seiner dunklen Vergangenheit entledigen und unbequeme Verbündete aus dem Weg schaffen.

Sie beschloss, in der Höhle zu bleiben, sich vorzubereiten und abzuwarten, dabei musste sie eingeschlafen sein – sie wurde davon wach, dass ihr jemand den Mund zuhielt. Rotel wehrte sich heftig, aber die Angreifer hielten sie fest an Armen und Beinen gepackt. Im Fackelschein zählte sie vier Männer. Sie wusste, dass die Kerle sie vergewaltigen würden, bevor sie sie töteten, das würde ihr die Zeit geben, die sie brauchte. Sie wand sich, um sich zu befreien, während die Männer sie grob anfassten und gierig die Felle wegzogen, unter denen sie lag.

Sie schloss die Augen, wie sie es von Onyx gelernt hatte, und konzentrierte sich auf ihre eingezwängten Arme und Beine. Die Männer rissen ihr die Kleider vom Leib und johlten, als sie ihren begehrenswerten Körper sahen. Einer warf sich auf sie, sein Gestank verursachte ihr Brechreiz. Offenbar hielten sie das Mädchen jetzt für wehrlos, denn sie lockerten ihre Griffe. Da rammte Rotel plötzlich in einer schnellen Handbewegung dem Angreifer ihre Fingernägel in die Augen. Sie hatte sie spitz zugefeilt und mit einem starken Gift aus Schierling, Schwarzem Bilsenkraut und Krötenfett bestrichen.

Der geblendete Mann schrie auf.

»Das brennt! Das brennt!«

Rotel zerkratzte einem weiteren Mann neben sich den Arm, und er wich instinktiv zurück. Dann griff sie nach einem Dolch in einer Felsritze und rammte ihn einem Dritten in den Hals.

Das alles war in Sekundenbruchteilen geschehen. Der vierte Mann, der den Eingang bewachte, war entsetzt.

»Du Teufelin!«

Nackt und blutverschmiert setzte sie sich zwischen den beiden stöhnenden Männern auf. Der eine hielt sich den Kopf, der andere schwitzte stark, sein Arm hing schlaff herunter. In ihrer Panik hatten sie der schlanken Frau mit dem eisigen Blick nichts entgegenzusetzen. In Reichweite stand ein Ledersack; sie löste die Schnur, mit der er verschlossen war, und packte den Kopf der angriffsbereiten Viper, wie sie es Hunderte Male gemacht hatte, wenn auch nicht immer mit Erfolg.

»Warum?«, fragte sie.

»Drogo wird bald zur Reichsversammlung reisen. Man wird ihn zum Grafen ernennen, und die Horden würden seinen Ruf beim fränkischen Adel beflecken«, schleuderte ihr der einzig unverletzte Mann entgegen. »Und auch du wirst bald nur noch eine Legende sein.«

»Ihr seid es, die verschwinden werden, ihr verdammten Schufte!«

Sie schleuderte die Schlange auf den geblendeten Anführer, und das Tier biss ihn in den Oberschenkel. Dieses weitere Gift in seinem Körper war sein Todesurteil. Die anderen schleiften ihn davon, weg von der Höhle und ihrer todbringenden Bewohnerin. Aus ihren Erzählungen darüber, was sich in jener Nacht zugetragen hatte, würde die Sage von einer dämonischen Kreatur entstehen, die in Höhlen hauste.

Rotel legte die Schlange in den Sack zurück, während sie entferntes Lärmen und Schreie voller Todesangst hörte. Der Überfall hatte nicht nur ihr gegolten. Niedergeschlagen zog sie sich an, dann nahm sie den Umhang mit ihren Waffen und der entsetzlichen Kobra ihres Meisters, die in dieser Weltgegend unbekannt war. Sie hatte sich an die Bewegungen, das Fauchen und Zischen der Tiere gewöhnt, doch bei einigen musste man besonders vorsichtig sein.

Die Schlucht war erfüllt von Rauch und dem Geruch nach verbranntem menschlichen Fleisch. Sie schlich zum Lager und betrachtete die Verwüstung – die Angreifer hatten die Unterstände und das Gerüst in Brand gesetzt. Frauen, Kinder und Alte stürzten auf der Flucht vor den Flammen in die Tiefe. Wer den Sturz überlebte, wurde erbarmungslos von den Söldnern erschlagen. Die meisten Männer im kampffähigen Alter lagen bereits tot im Gras.

Zorn packte sie. Sie hatte wenig Kontakt zu diesen Leuten gehabt, aber sie hatte die Kinder spielen sehen, wie sie und ihr Bruder es früher getan hatten. Lautlos schlich sie sich an einen Söldner heran, der damit beschäftigt war, Köpfe abzuschlagen, und schnitt ihm die Kehle durch. Sie bewegte sich wie ein tödlicher Schatten durchs Unterholz – schnell und lautlos. Die Soldaten erkannten nicht, woher die tödlichen Angriffe kamen. Rotel verschoss mit dem Blasrohr das schrecklichste Gift, das sie in ihrem Beutel bei sich trug, und angesichts des düsteren Todes entschlossen sich die Männer zum Rückzug. Sie hatten ihren Auftrag erfüllt und trieben nur noch ihr Spiel mit diesen zerlumpten Gestalten, die ihnen jahrelang bei Plünderungen die Beute streitig gemacht hatten. Eine Handvoll Überlebender irrte benommen zwischen den Leichen umher. Als sie Rotel sahen, liefen sie davon, weil sie nicht wussten, ob die Bestiarin auch sie angriff. Das Mädchen blieb allein bei den Toten zurück.

Als regengrau der Morgen dämmerte, zeigte sich das ganze Ausmaß der Zerstörung. Sie zählte mehr als vierzig Tote, nicht eingerechnet jene, die in den Hütten verbrannt waren. Auch Anuso, der Anführer der Horden, war gefallen. Nur ein Dutzend Menschen hatte überlebt und traute sich nun wieder hervor: drei jüngere Männer, ein paar Frauen mit ihren Kindern und ein alter Mann.

»Ihr solltet von hier verschwinden.«

Damit missachtete sie einen von Onyx' Grundsätzen: Ein Bestiar war ein Einzelgänger, der sich nicht um andere scherte.

Aber sie musste ihnen diesen Rat geben, bevor sie schweigend davonging.

Am Nachmittag merkte sie, dass sie ihr folgten. Sie hätte sie abschütteln können, tat es aber nicht. Ihre Schwäche verfluchend, nahm sie die ungewollte Verantwortung auf sich. Dabei wusste sie nicht einmal, wohin sie die Leute führen sollte. Schließlich fiel ihre Wahl auf die Grafschaft Girona. Dort konnten sie sich zumindest verstecken. Sie würde sie bis dorthin bringen und sie dann zurücklassen.

Sie kamen Rotel nicht näher, sondern trotteten nur hinter ihr her und sahen ihr zu, wenn sie Fallen stellte, um Mäuse zu fangen, mit denen sie ihre Waffen füttern konnte. Die Anwesenheit dieser schutzbedürftigen Menschen rührte sie mehr, als sie sich eingestehen mochte. Ihre Seele war keine gefühllose Brache, sie wollte, dass diese Menschen in Sicherheit waren. Onyx würde sie dafür verfluchen, aber sie konnte sie nicht ihrem Schicksal überlassen. Auch sie und Isembard hätten so enden können. Einem Großteil des einfachen Volkes ließ das Leben keine Wahl.

Sie führte die Gruppe zum Kloster Santa Afra. Jahrelang hatte sie sich an Abt Sixtus rächen wollen, doch ihr war klar geworden, dass der Mönch nur das Werkzeug höherer Mächte gewesen war, die wollten, dass sie ihrem Meister begegnete. Die Mönche hatten das Kloster um weitere Zellen und steinerne Hütten erweitert. Bei dem Gedanken an Abt Adaldus und Bruder Remigius erfasste sie eine gewisse Wehmut. Vielleicht konnte sie die Mönche davon überzeugen, dass die Gruppe dortbleiben durfte, aber sie glaubte eher, dass ihr Weg noch nicht zu Ende war.

Sie dachte nach, und im Moment der größten Verzweiflung überkam sie eine ferne Erinnerung. Statt weiter zum Kloster zu gehen, schlug sie den Weg zu einem Ort ein, wo für sie ein Schicksal begonnen hatte, das sich von dem anderer Frauen unterschied: den Höhlen von Seriñá. Es war fast dunkel, als sie endlich dort ankam, und eine intensive Regung erfasste sie. In einer der Höhlen war ein Widerschein zu sehen.

Ihre Gedanken reisten zurück in eine andere Zeit, als sie dreizehn Jahre alt gewesen war und weinend durch einen schrecklichen Schneesturm irrte.

Sie hatte keine Stimme mehr, so oft hatte sie nach ihrem Bruder und den Mönchen gerufen. Zitternd vor Kälte erreichte sie schließlich einige Höhlen, in denen sie früher schon hin und wieder Licht gesehen hatte. In dieser Nacht lagen sie im Dunkeln, aber erschöpft und verängstigt, wie sie war, kauerte sie sich in die am nächsten gelegene. Draußen heulten die Wölfe.

Als sie schon fast eingeschlafen war, bemerkte sie eine Gestalt im Eingang. Es war eine Frau, die in einen dicken Fellumhang gehüllt war und sie schweigend ansah. Rotel hatte keine Angst; die Unbekannte erschien ihr wie das schönste Geschöpf, das sie je gesehen hatte. Die Frau deckte sie mit ihrem Umhang zu, bot ihr Haselnüsse, Walnüsse und ein bitter schmeckendes Kraut an und gab ihr ein wenig schweren, süßen Wein aus einem Schlauch zu trinken. Schweigend sammelte sie ein paar Äste zusammen und entfachte ein Feuer.

»Wer bist du?«, wagte das Mädchen zu fragen, nachdem es neuen Mut gefasst hatte. »Ein Engel?«

»Jemand, der sich vor einiger Zeit verirrt hat, so wie du. Woher kommst du?«

»Ich lebe mit meinem Bruder Isembard im Kloster Santa Afra. Mein Name ist Rotel.«

Die Augen der fremden Frau blitzten kurz auf. Mit einem Ausdruck tiefer Traurigkeit streckte sie ihre Hand nach der Wange des Mädchens aus, zog sie jedoch im letzten Moment wieder zurück.

»Du bist weit weg von zu Hause«, sagte sie bewegt.

»Ich komme aus dem Dorf und habe mich im Schneesturm verlaufen. Lebst du in dieser Höhle?«

Die Dame deutete auf einen Felsvorsprung, auf dem eine Tonfigur mit spitzer Haartracht und einem Kind in den Armen stand.

»Ich bin nur gekommen, um der Großen Mutter Opfer darzubringen. Du hast Glück gehabt, mein Kind.«

»Ist das die Muttergottes?«

»Es ist die Große Mutter«, antwortete die Frau stolz. »Wenn deine Muttergottes eine Muttergöttin ist, kann das sein.«

»Also ist das hier eine Kapelle?«

»So etwas Ähnliches … Aber älter. Hier haben schon immer Menschen gebetet. In diesen Höhlen liegen viele Menschen im Schutz der Mutter begraben.«

»Ich habe keine Mutter«, sagte Rotel traurig. »Aber ich habe einen Bruder.«

Die Frau sah sie mit unergründlicher Wehmut an.

»Doch, du hast eine Mutter. Sie ist hier. Wenn du dich einsam fühlst, sprich mit ihr. Sie wacht über ihre Geschöpfe. Aber du musst ihr im Gegenzug etwas mitbringen: einen Blumenkranz, ein wenig Getreide, Honig …«

»Du bist eine Zauberin!«, rief Rotel und wich zurück. »Die Mönche sagen, dass es noch Menschen gibt, die an diese Dinge glauben. Ich werde verdammt sein, wenn ich auf dich höre.«

Die Frau lächelte.

»Denk daran, dass die Große Mutter dich gerettet hat. Du solltest ihr dankbar sein. Behalte den Umhang; er soll dich heute Nacht und in vielen weiteren Nächten wärmen. Morgen kannst du die Statue mitnehmen, aber erwähne mich nicht und achte darauf, dass die Mönche sie nicht zu Gesicht bekommen.«

Die Frau bettete das Mädchen in ihren Schoß und streichelte es, bis es eingeschlafen war. Als Rotel wach wurde, war es schon hell. Sie hörte die besorgte Stimme ihres Bruders, der im verschneiten Wald nach ihr rief. Noch immer lag sie unter dem Umhang, aber seine Besitzerin war verschwunden.

Bevor sie Isembard antwortete, versteckte sie die Terrakottastatue in der Höhle. Im Frühling würde sie wiederkommen, um sie zu holen.

Überwältigt von ihren Erinnerungen, hüllte sich Isembards Schwester ganz fest in den Umhang, in den nun die Beutel mit ihren todbringenden Begleitern eingenäht waren, und näherte sich dem Eingang der erleuchteten Höhle. In ihrem Inneren saß eine ältere Frau allein an einem kleinen Feuer. Rotel hatte genug Zeit in den Wäldern verbracht, um zu wissen, dass dort nicht nur Tiere lebten.

»Man erzählt sich schreckliche Dinge über dich, Rotel ... Aber du bist zurückgekehrt. Komm näher.«

Rotel bekam eine Gänsehaut, als sie die Stimme wiedererkannte. Aus jener Nacht im Schnee hatte sie die Frau als strahlend schön in Erinnerung; nun war ihr Haar schlohweiß und ihr Rücken gebeugt.

»Wer bist du?«, fragte Rotel, während sie in ihrem tiefen Blick versank.

»Manche nennen mich eine Fee oder *dona d'aigua*, eine Wassernixe; für die Abergläubischeren bin ich eine verlorene Seele, und die Mönche werden dir sagen, dass ich eine Anhängerin der Göttin Diana sei.« Sie zuckte belustigt mit den Achseln. »Weise Frauen, die nicht mehr unter uns weilen, haben mich gelehrt, dass die Flüsse mit den Bergen sprechen, die Quellen mit den Bäumen und die Vögel mit dem Wind ... Wenn du mir einen Namen geben willst, nenn mich Ega. Komm, setz dich.«

Auch Onyx hatte über die Natur gesprochen, als ob sie ein lebendiges Wesen wäre. Sie vertraten dasselbe Prinzip, doch während von Ega Licht ausging, hatte Onyx Dunkelheit verbreitet. Das machte Rotel neugierig.

»Ich bin nicht mehr das Mädchen, das du in jener Nacht gefunden hast.«

»Du bist Rotel von Tenes, und ich weiß, dass dein Bruder gegen die kämpft, die dir gefolgt sind, damit die Mark nicht länger ein finsterer Ort ist. Warum bist du hergekommen?«

»Es waren noch viel mehr, aber Drogo von Borr, ihr eigener Herr, hat Befehl gegeben, sie zu töten«, sagte Rotel düster. »Ich weiß nicht, warum ich zugelassen habe, dass sie mir folgen.«

»Du wolltest sie nicht sterben sehen«, schloss Ega. Ihre tiefblauen Augen leuchteten. »Du bist anders als dein Meister. In dir ist noch Licht. Was wünschst du dir für sie? Weshalb hast du sie hierhergeführt?«

»Ich habe sie nur aus diesem verfluchten Land weggebracht«, sagte sie ohne Regung. »Vielleicht haben sie hier eine Chance.«

»Glaubst du, die hiesigen Bauern werden sie akzeptieren? In der ganzen Mark ist bekannt, was diese Leute jahrzehntelang getan haben. Es wird Generationen brauchen, bis es in Vergessenheit gerät.«

»Dann werden sie sterben«, entgegnete Rotel wütend.

»Ihre Seelen sind verdorben … Aber du könntest sie führen«, sagte die Frau vorsichtig. »Du könntest die Übriggebliebenen vereinen, damit sie den Pfad der Zerstörung verlassen.«

»Du kennst mich nicht.« Rotel hob den Sack hoch, in dem die Kobra zappelte.

»Der Bestiar war ein fremder Sohn des Leids und der Angst. Du hast durch deinen Bruder erfahren, was Liebe ist. Du bist hierher, zu deinen Wurzeln, zurückgekehrt, weil du die Orientierung verloren hast. Die Große Mutter will, dass du diese Menschen zu ihren friedfertigen Anfängen zurückführst.«

»Sie verhalten sich wie wilde Tiere und haben vergessen, dass man anders leben kann.«

»Aber in ihrem tiefsten Inneren wollen sie das nicht für ihre Kinder«, entgegnete Ega und hielt dem eisigen Blick des Mädchens stand. Sie sah etwas in ihm. »Einige werden nicht darauf eingehen, aber andere schon. Sie kennen und fürchten dich, weil du Onyx' Schülerin bist, die vielleicht letzte Bestiarin der

Welt und die Einzige, die imstande ist, Bündnisse zwischen versprengten und verfeindeten Sippen zu schmieden. Es gibt unbewohnte Gegenden, in denen sie sich niederlassen könnten.«

Rotel fühlte sich merkwürdig. Egas Worte breiteten sich in ihr aus wie ein Gift, dem sie nichts entgegenzusetzen hatte.

»Du verlangst etwas von mir, das Adlige und Bischöfe nicht vermocht haben.«

»Du bist die einzige Person, die ihre Wälder betreten kann, ohne an einen Baum genagelt zu werden, und vor der sie genug Angst haben, um sie anzuhören.« Ega dachte einen Moment nach. »Im Gegenzug will ich dir alles beibringen, was ich über die sichtbare und die unsichtbare Welt weiß. Du hattest einen Lehrmeister des Todes, nun wirst du eine Lehrmeisterin des Lebens haben.«

Rotel merkte, dass sie keine Luft mehr bekam, und stürzte aus der Höhle. Ega seufzte. Sie hätte ihr gerne die Geschichte von der jungen Frau erzählt, die vor ihrem grausamen Ehemann in die Wälder geflohen war und Jahre später einen schönen Ritter mit rotblondem Haar gesund pflegte, den sie schwer verletzt fand. Nach einiger Zeit hatte sie ihm als Frucht ihrer Liebe ein Mädchen geschenkt, das er mit auf seine Burg nahm …

Doch dann beschloss Ega, dass es nichts nutzte, an die Vergangenheit zu rühren. Sie hatte es auch in jener Nacht des Schneesturms nicht gekonnt, als Rotel Zuflucht in der Höhle der Großen Mutter fand, nachdem Ega jahrelang nach ihr gesucht hatte. Seit damals wusste sie, dass dieses Mädchen die Gabe geerbt hatte.

Rotel blieb unschlüssig in der Dunkelheit stehen. Etwas an Ega zog sie in ihren Bann. Es gab eine Verbindung zwischen ihnen, die sie nicht leugnen konnte. Sie war eine dieser Frauen, die in der Einsamkeit der Wälder lebten und eine enge Verbindung zur Natur und vorchristlichen Glaubensriten pflegten.

Rotel wollte diese Geheimnisse ergründen, und genau das schlug die alte Frau ihr vor – wenn sie im Gegenzug versuchte, die Anführer der Horden zu überzeugen, die sie durch Onyx kennengelernt hatte.

Verwirrt zog sie sich in eine höher gelegene Höhle zurück und tastete sich in absoluter Schwärze an den Felswänden entlang. Sie suchte sich einen trockenen Platz und setzte sich still hin. Bruchstücke des Gesprächs mit Ega gingen ihr durch den Kopf. Sie war eine Auftragsmörderin, keine Anführerin für zerlumpte Gestalten, die sich gegenseitig abschlachteten.

Rotel verlor das Zeitgefühl. Ringsum herrschte nur Stille und Einsamkeit. Nach einiger Zeit veränderte sich etwas, und sie glaubte Lichter in der Dunkelheit zu erkennen. Sie saß ganz ruhig, die Augen weit aufgerissen. Hinter ihr war jemand. Sie konnte beinahe den kalten Hauch des Bestiars spüren, und ihre Nackenhaare richteten sich auf.

»Meister, du bist da«, sagte sie mit trockener Kehle.

»Ja. Du findest mich immer am finstersten Ort.«

»Du hast gehört, was die Frau gesagt hat.«

»Ja.«

»Warum beschäftigt mich das so?«

»Es macht dir Angst.«

»Ich habe keine Angst. Ich empfinde nichts.«

»An dem Tag, an dem das so ist, wirst du bei mir in der Hölle sein.«

»Ega interessiert mich nicht. Warum bittet sie mich?«

»Sie ist mächtig, aber sie selbst könnte es nicht, weil sie nur das Licht kennt, und das genügt nicht.«

»Ich bin ein Bestiar.«

»Ja, das bist du. Du kennst die Dunkelheit, aber kannst du auch das Licht kennenlernen?«

Die Erscheinung verschwand. Es war kalt, und wie benommen verließ Rotel die finstere Höhle. Sie musste schlafen; auf sie wartete eine Aufgabe, die unmöglich zu schaffen war.

25

Servais, Nordfrankreich,
24. April 865

Karl der Kahle, König des Westfränkischen Reichs, berief jedes Frühjahr eine Reichsversammlung ein, zu dem die Ministerialen, Grafen, Herzöge und Markgrafen des Landes sowie die einflussreichsten Bischöfe und Äbte anreisten. Die innere Instabilität und die Angriffe der Normannen zwangen den König, ständig unterwegs zu sein; deshalb fand die Versammlung jedes Jahr in einer anderen Stadt statt. Bei diesen Hoftagen schmiedete er neue Bündnisse mit dem Adel, um weitere Truppen für das königliche Heer zu gewinnen, vergab Lehen und schloss Verträge mit der Kirche.

Servais lag an der Grenze zu Lotharingien, unweit von Reims. Es war eine waldreiche Gegend, im Frühling von einem satten Grün, hervorragend geeignet für die Jagd, und selbst der ungeschickteste Adlige kehrte nicht ohne Wild von seinen Ausflügen zurück. Das hob die Stimmung und wirkte sich vorteilhaft auf die Verhandlungen aus. Vor der Stadtmauer befand sich ein großes Zeltlager, und auf einem Feld waren Tribünen für die Turniere errichtet worden. Neben der Beschäftigung mit Regierungsfragen blieb genügend Zeit für Vergnügungen, Festbankette und das Schmieden von Allianzen.

Nach der unrühmlichen Flucht Humfrieds von Gothien brauchte ein Teil der Territorien im Süden des Landes, von der Rhone bis zur Spanischen Mark, neue Grafen. Die Region befand sich in einer schweren Krise. Felder lagen brach, weil es niemanden gab, der sie bestellte, Hunger und Seuchen hatten die Dörfer entvölkert.

Mehrere Adlige machten sich diesen Anspruch streitig, darunter auch der bei Hof wenig bekannte Drogo von Borr, von dem man sich Großes bei der Einnahme Toulouses erzählte. Angeblich war es dem unehelichen Sohn Rorgonis' von Borr gelungen, den aufrührerischen Humfried nach Italien zu vertreiben, auch wenn die meisten diesen Gerüchten keinen Glauben schenkten und Drogo selbst es rundheraus verneinte. Der Adlige trat seinem früheren geistlichen Stand entsprechend mit Tonsur auf, auch wenn er keinen Habit trug, um unter Beweis zu stellen, dass er ein guter Christ war. Er beanspruchte Barcelona und das Roussillon für sich. Der König schien trotz Drogos illegitimer Abstammung nicht abgeneigt zu sein, solange er die Tribute zahlte, die der letzte Graf schuldig geblieben war, und Truppen für sein Heer entsandte.

Die Versammlung, die wie immer mehrere Tage dauern würde, fand in der kleinen Kirche von Servais statt. Zu beiden Seiten des Mittelschiffs hatten die Adligen gemäß ihrem Range und ihrem Einfluss Platz genommen, davor die Bischöfe und Äbte. Der König und seine Berater Theoderich und Erzbischof Hinkmar von Reims saßen im Altarraum. Das Kreuz auf dem Altar und das Ewige Licht über dem Tabernakel mahnten, dass der strenge Blick Gottes auf ihnen ruhte. Es war dunkel und wegen der versammelten Menge stickig.

Die Federn der Schreiber kratzten schnell über das Pergament, auf dem die getroffenen Beschlüsse niedergeschrieben wurden. Alles musste schriftlich festgehalten werden: Landschenkungen, Privilegien und die Befreiung von Abgaben, mit denen der König seine Vasallen im Gegenzug für ihre Treue und militärische Unterstützung an sich band. Die Verteilung von Kronland an den Adel blutete das Königreich aus, doch nur so konnte Karl weiterhin die goldene Krone tragen, die im Schein der Lampen funkelte.

Drogo saß lächelnd in der letzten Reihe, weit weg von der Geringschätzung des alten Adels. Nachdem frühere Feldzüge das Vermögen und die Truppen der mächtigsten Familien aufgezehrt hatten, musste der König sich nun den kleinen Edelleuten zuwenden. Ein sagenumwobener Stammbaum nutzte nicht viel, wenn er nichts mehr zur Geschichte beitrug.

Die Urkunde, in der Drogo von Borr die Grafschaften Barcelona und Roussillon zugestanden wurden, war bereits aufgesetzt. Die Nachrichten aus der Spanischen Mark waren stets konfus, und Karl wusste um die Liste der Grafen, die sich in der Vergangenheit gegen die Krone erhoben hatten. Durch die entlegene Lage und das geringe Interesse des Hofes war die Region nahezu sich selbst überlassen gewesen, doch Rorgonis' von Borrs unehelicher Sohn hatte das Gebiet nach der Flucht des Vizegrafen Sunifred unter Kontrolle gebracht. Zudem hatte er vier Pfund Silber sowie andere Kostbarkeiten als Gaben der Stadt mitgebracht, um die Gunst des Königs zu gewinnen. Drogo mochte durchaus Zweifel wecken, doch durch seine Verdienste und seine Treue zur Krone hatte er sich für die Grafenwürde empfohlen.

Gerade als der Schreiber das Dokument übergab, damit die Ernennung feierlich verlesen werde, öffnete sich das Kirchenportal und es erschien ein Geistlicher mit Mitra und Bischofsstab. Sein schwarzes Gewand war schmutzig von der langen Reise. Als er vor den Altar trat, beleuchteten die Lampen seinen Wochen alten Bart.

»Frodoi, Bischof von Barcelona!«, rief Hinkmar von Reims überrascht.

Er wusste, dass Frodoi seit Tagen in der Nähe von Servais weilte, aber bislang war er nicht bei der Versammlung erschienen. Sein Auftritt war dazu angetan, Eindruck auf den König und den Adel des Landes zu machen. Hinkmar lächelte über die Kühnheit seines Schülers.

Die Anwesenden sahen ihn verblüfft an, während er dem Herrscher seinen Respekt erwies.

»Ihr kommt spät«, sagte der König verärgert. »Ich hätte gerne Euren Rat gehört, denn die Ernennung in Barcelona betrifft auch Euch.«

»Verzeiht einem armen Geistlichen. Es war nicht leicht, nach Servais zu kommen. Aber ich habe den weiten Weg aus einem einzigen Grund auf mich genommen.«

Alle Anwesenden lauschten aufmerksam. Frodoi hatte Jordi vorausgeschickt und wusste genau, an welchem Punkt der Versammlung sie angelangt waren. Er wandte sich mit großer Geste um und deutete auf Drogo.

»Zwar habe ich in mehreren Schreiben mein Einverständnis erklärt, dass Drogo für einige Monate das Amt des Vizegrafen von Barcelona übernehme, doch eine gewisse Information, die ich erst später erhielt, beweist zweifelsohne, dass Drogo von Borr keinesfalls Graf der Gekrönten Stadt werden darf, denn er hat in einem blutigen Streich die Herrschaft an sich gerissen, die Vizegraf Sunifred als rechtmäßiger Stellvertreter des Königs innehatte.«

»Das ist nicht wahr!«, schrie der so Angesprochene und sprang auf. »Es sind nur Verräter gestorben!«

»Könnt Ihr das vor Gott schwören?«, entgegnete Frodoi herausfordernd.

Gemurmel wurde laut. Im Zeltlager würde über nichts anderes gesprochen werden.

»Ruhe!«, befahl der König. »Ihr wartet, bis die Reihe an Euch ist, Drogo von Borr.«

»Das sind schwere Anschuldigungen, Bischof Frodoi«, bemerkte Hinkmar interessiert. Er kannte Frodoi gut und wusste, dass dieser etwas im Schilde führte. »Habt Ihr Beweise dafür?«

»Ja. Meine Beschuldigung entspricht der Wahrheit«, beteuerte dieser mit einem für sein Alter unangemessenen Selbstbewusstsein.

Frodoi war einer der jüngsten Prälaten, und seine Kühnheit

verschlug allen den Atem. Wenn er seine Behauptung nicht belegen konnte, war das sein Ende in der Kurie des Königreichs.

»Das ist eine infame Lüge!«, wetterte Drogo und kam durch den Mittelgang der Kirche nach vorn. »Ich bin nach Barcelona gezogen, um einen Aufstand des Goten Guisand niederzuschlagen, der bereits Waffen in die Stadt gebracht hatte. Ich habe sie versteckt in einer Taverne gefunden!«

Die Versammlung tuschelte. In der Spanischen Mark roch es nach Fäulnis und Verrat.

»Ich bin der Bischof von Barcelona, und ich spreche im Namen Gottes, wenn ich sage, dass dies nicht wahr ist!«

Drogo lachte verächtlich.

»Hier spricht ein Bischof, der sich der Unzucht mit einer verheirateten Adligen namens Goda schuldig gemacht hat!«

Frodoi erbleichte. Jemand hatte Drogo sein größtes Geheimnis hinterbracht, was bedeutete, dass seine Spitzel näher an ihm dran waren, als er gedacht hatte. Die Bischöfe schrien empört auf, als sie das Wort Unzucht hörten, obwohl in ihren Zelten Sklavinnen und Konkubinen auf sie warteten. Am Kirchenportal warf Servusdei Jordi einen besorgten Blick zu, doch Frodoi fasste sich wieder und tat, als fühlte er sich nicht betroffen. Hinkmar sah ihn ernst an.

»Stimmt das, Frodoi?«

»Ich bin ein Mann der Kirche, der treu an seinen Gelübden festhält, Herr Erzbischof. Er soll Beweise bringen!« Frodoi sah Drogo herausfordernd an. »Leider kann Godas Gemahl, Nantigis von Coserans, nichts dazu sagen, denn dieser Mann hat ihn mit seinen eigenen Händen getötet.«

Drogo griff unbewusst nach seinem Schwert, doch während der Versammlung waren alle unbewaffnet. Hinkmar deutete auf Frodoi.

»Zwei gottesfürchtige Männer sollen diese schweren Anschuldigungen in einem Gerichtsverfahren untersuchen.«

»Ich werde meine Behauptungen vor einem kirchlichen Tribunal beweisen«, sagte Frodoi.

Die kirchlichen Würdenträger und königlichen Berater besprachen sich. Der Bischof von Barcelona hatte diese Situation heraufbeschworen, damit sie nicht lange nachdenken konnten. Der Beschluss fiel einstimmig aus: Da Frodoi Bischof war und auch Drogo vor langer Zeit die Priesterweihe erhalten hatte, war es Sache der Kirche, in der Angelegenheit zu entscheiden.

»Drogo von Borr«, fragte Erzbischof Hinkmar, »was sagt Ihr dazu?«

Drogo sah auf die nicht unterzeichnete Ernennungsurkunde und bebte vor Zorn.

»Ich bin einverstanden, aber meine Geistlichen werden bei der Wahl der Richter anwesend sein.«

»So soll es geschehen«, erklärte der Erzbischof und königliche Ratgeber mit der Zustimmung des Königs. »Die Ernennung des Grafen von Barcelona wird verschoben, bis ein siebenköpfiges Kirchentribunal die Frage geklärt hat. Die Verhandlung findet in zwei Tagen statt.«

Der König erhob sich. Er war verstimmt. Dieser unerwartete Zwischenfall brachte seine Pläne durcheinander. Verärgert deutete er auf Frodoi und Drogo.

»Einer von euch beiden wird am Ende dieser Versammlung gedemütigt und seiner Ehren enthoben sein.«

Frodoi verbeugte sich, und Drogo stürzte fluchend aus der Kirche.

Während Frodoi bei der Versammlung war, hatten Hauptmann Oriols Männer am Rand des Feldlagers ein kleines Zelt für den Bischof errichtet. Nun schüttelte Frodoi einige neugierige Adlige ab, die mehr über die Angelegenheit erfahren wollten, und trat mit dem Hauptmann und seinen beiden Geistlichen ein. Servusdei war bleich.

»Zwei Tage«, sagte Frodoi nervös. Hier brauchte er keine

Stärke vorzutäuschen. »Wird es dir gelingen, dass Drogo nichts von unserem Plan erfährt, Oriol?«

Nicht weit entfernt lagen die Ländereien der Rairans, Frodois Familie.

»Eure Mutter hat sie in ihrer Burg in Autreville untergebracht. Aber ich habe Angst um Euch, Herr Bischof. Drogo ist wütend. Womöglich wartet er nicht bis zur Verhandlung, um Euch zum Schweigen zu bringen.«

»Wie hat er das mit Goda herausgefunden? Halte die Augen offen, Oriol. Es ist ein Verräter unter uns!«, sagte der Bischof wütend. Mit diesem Rückschlag hatte er nicht gerechnet, doch nun war es zu spät. »Aber das sollte uns jetzt nicht weiter beschäftigen, nicht wahr, Servusdei?«

»In dieser Sache müsst Ihr Euch vor Gott verantworten«, erwiderte der alte Mönch. Obwohl er von der Affäre seines Bischofs wusste und sie nicht guthieß, befolgte er sein Gelübde des Gehorsams.

Frodoi atmete tief durch, um sich wieder zu fassen. Er war nicht weit von zu Hause und wollte seine Familie in die Arme schließen, doch zunächst würde er versuchen, das Blatt zu wenden. Gemeinsam mit Servusdei hatte er alles genau geplant. Als Erstes sollte ein kirchliches Tribunal einberufen werden – und das hatte er jetzt erreicht.

»Sie dürfen nicht gesehen werden!« Er fasste Oriol bei den Schultern. »Niemand betrinkt sich oder treibt sich in den Freudenhäusern von Servais herum. Ein Fehler, und wir werden scheitern. Lass Jordi und Servusdei nicht aus den Augen.« Er sah sie düster an. »Bleibt immer zusammen und nehmt eine Wache mit.«

»Wir sind nur vier Soldaten gegen die dreißig Mann, die Drogo hier im Lager hat!«, klagte Oriol. »Wie soll ich da auch Euch schützen?«

»Dein Auftrag ist es, die anderen zu schützen. Gott beschützt mich. Und jetzt geht, ich habe etwas zu erledigen.«

Oriol verdrehte schweigend die Augen. Die Geistlichen sahen sich an. Frodoi hatte offenbar den Verstand verloren – er war allein und Drogo auf Gedeih und Verderb ausgeliefert.

Als Frodoi gegen Abend das Zelt mit einem kleinen Bündel in der Hand verließ, hatte es zu regnen begonnen. Ringsum sah er Sklaven und Diener das Abendessen für ihre Herren vorbereiten. Der Rauch der offenen Feuer trug den Geruch von gebratenem Fleisch heran. Sein Magen revoltierte. Er brauchte Ruhe, aber zuerst musste er jemanden treffen. Seine Lebensversicherung.

Karl der Kahle hatte sich in einem Festungsturm am Stadteingang einquartiert. Er wurde von der fünfzigköpfigen königlichen Leibgarde in ihren auffälligen weißen Umhängen sowie einer Abteilung der *Scara* bewacht, der die besten Soldaten des Landes angehörten.

»Ihr könnt vor der Verhandlung nicht mit dem König sprechen«, beschied ihm ein Hauptmann, als er den Bischof erkannte.

»Ich bin gekommen, um Königin Irmentrud zu sehen. Ich habe ein Geschenk für sie.«

Einer der Soldaten ging in den Turm. Wenig später kam er zurück und führte Frodoi über eine enge Treppe in ein Gemach. Der Bischof von Barcelona wähnte sich im Paradies. Der Raum war mit Wandteppichen und Fellen ausgekleidet. Im Kamin flackerte ein Feuer, und es duftete nach Zimt, einem kostbaren Gewürz, das man auf dem armseligen Markt seiner Stadt nicht finden würde. Die Königin kniete vor einem farbig bemalten Kreuz mit einer zornig aussehenden Christusfigur und betete.

Irmentrud von Orléans hatte zwei Schwächen, wie Frodoi von seiner Mutter wusste: Religion und Stickarbeiten. Er verbeugte sich und zeigte ihr dann die schönste bestickte Altardecke seines Bischofssitzes. Die Königin lobte die Arbeit in den höchsten Tönen, und Frodoi bemerkte, sie sei es würdig, dass sie, die Königin, davor bete, und sie legten sie gemeinsam auf. Die Begegnung hatte gut begonnen.

Die Tochter Graf Odos von Orléans war vierzig Jahre alt und seit zwanzig Jahren mit Karl verheiratet, dem sie neun Kinder geschenkt hatte. Sie war als Adlige dazu erzogen worden, Bündnisse zwischen bedeutenden Familien zu schließen, und sie war sich ihrer Rolle als Mutter von Königen und Stifterin mehrerer Klöster bewusst. Frodois Familie hatte die Erweiterung der Abtei Notre-Dame de Chelles unterstützt, wo Irmentrud sich aufhielt, wenn ihr Mann auf einem Feldzug war. Deshalb hatte die Königin eine gute Meinung von den Rairans.

»Meine Hofdamen sprechen nur über Euch, Frodoi. Niemand kann sich erklären, wie Ihr unbemerkt so weit reisen konntet.«

»Verzeiht mein Aussehen. Es war eine beschwerliche Reise. Ortskundige Hirten führten uns über alte Pfade, durch schroffen Fels und dichte Wälder. Gott hat mir Kraft gegeben, um vor dem König die Wahrheit zu sagen.«

»Als Bischof solltet Ihr Euch nur um Gottes Angelegenheiten kümmern«, riet sie ihm behutsam. Sie hatte genug von Schmeichlern und Jammerern.

»Der Herr hat mir in einer Vision ein Barcelona mit mächtigen Kirchtürmen und großen Palästen gezeigt, bewohnt von Adligen, Händlern und Handwerkern, die in einem Hafen voller Schiffe aus allen Weltgegenden Handel treiben. Eine Stadt, die mit Gottes Segen auch die nächsten tausend Jahre überdauern wird.«

»Eine wunderbare Vision, zweifellos von Engeln eingegeben.«

»Das glaube ich auch. Manchmal allerdings fällt ein dunkler Schatten darauf. Dann sehe ich zerstörte Mauern und ausgebleichte Knochen. Deshalb bin ich hier.«

Frodoi sprach gut, doch die Königin war nicht so leicht zu beeindrucken.

»Gott wird durch die Richter zu Euch sprechen, nicht durch mich, Bischof.«

»Das weiß ich, meine Königin.«

»Was wollt Ihr dann?«

»Ich wollte Euch lediglich meine Ehre erweisen, vor allem meiner Mutter wegen, die ich seit Jahren nicht gesehen habe. Sie schätzt Euch sehr und betet oft für Euch.«

Irmentrud freute sich. Nur wenige kamen zu ihr, ohne sie darum zu bitten, in ihrer Sache beim König Fürsprache zu halten.

»Ihr könnt die Gelegenheit nutzen, um sie zu besuchen.«

»Ich glaube nicht, dass ich am Leben bleibe, nachdem ich Drogo derart beleidigt habe. Nicht einmal dann, wenn ich vor Gott Recht bekäme. Ich bitte Euch lediglich, für mein Bistum zu beten und dafür, dass der König die Spanische Mark nicht vergisst.« Frodoi verbeugte sich und wandte sich zum Gehen. »Ihr habt Klöster gegründet und Euch der Kirche gegenüber stets großzügig gezeigt, deshalb ist Euch ein Platz im Himmel sicher.«

Er war bereits an der Tür, als Irmentrud ihn zurückrief. Frodoi schloss die Augen.

»Bischof, ich werde keinen Einfluss auf das Verfahren nehmen. Aber ich garantiere Euch, dass Ihr das Urteil hören werdet, um die Ehre oder das Unglück entgegenzunehmen, das Euch zusteht. Bis dahin steht Ihr unter Schutz.«

»Ich erfülle nur Gottes Willen und vertraue fest auf ihn.«

»Ich überlasse Euch meine Wache. Aber führt das Schicksal nicht in Versuchung.«

Als Frodoi den Turm verließ, trat ihm schweigend ein Dutzend Soldaten zur Seite. Auf dem Rückweg zum Zelt lächelte er: Zwei Tage, mehr brauchte er nicht.

Isembard betrachtete den Raum, in dem sich die fast fünfzig Mann drängten, die Frodoi heimlich nach Servais mitgebracht hatte. Es waren Bauern aus dem Dorf La Esquerda, einige Goten aus dem niederen Adel und Handwerker aus Barcelona. Nachdenklich machte er sich daran, die Blasen an seinen Füßen mit Flachsfasern aufzustechen. Die Reise war eine Tortur gewesen. Frodoi hatte sie mit Geld finanziert, das eigentlich für den Bau der neuen Kathedrale bestimmt gewesen war. An Essen und warmen Decken hatte es ihnen nicht gemangelt, aber wenige Stunden vor ihrer Ankunft hatte man sie in einem alten Wehrturm seiner Familie eingeschlossen. Sie wussten, dass es nach Servais am anderen Ende des Landes ging, aber den Grund behielt der Bischof für sich.

Wie die anderen staunte auch Isembard über die Beharrlichkeit des Bischofs. Dieser wollte Drogo mit einer List das Handwerk legen, aber er selbst hatte eigene Pläne. Er würde den Adligen bei der ersten Gelegenheit töten, um den Mord an seinen Lehrmeistern zu rächen. Deshalb hatte er bereitwillig zugestimmt, nach Servais mitzukommen. Dort musste er sich nur noch ein Schwert beschaffen und ins Feldlager gelangen. Der König würde keine Gnade walten lassen, doch das kümmerte ihn nicht. Er war nur der ehemalige Leibeigene eines Klosters.

Als Oriol den Raum betrat, wurde es still.

»Es ist so weit. Jordi und Servusdei werden euch nun erklären, weshalb der Bischof euch mitgenommen hat. Wir haben zwei Tage, damit alles wie erwartet ausgeht.«

»Außer bei den Messen hat er kaum mit uns gesprochen!«, rief ein Bauer aufgebracht.

»Gehorsam, mein Freund! Du bist großzügig entlohnt worden.«

»Ich glaube nicht, dass er Drogo mit frommen Worten aufhalten kann«, sagte Isembard zu dem Hauptmann. »Ich werde ihn töten, sobald ich hier rauskomme.«

Oriol setzte sich zu dem jungen Mann.

»Guisand hat einen Krieger aus dir gemacht und stets versichert, dass du wie dein Vater das Zeug zum Anführer hast.

Aber wir sind hier nicht in der Einöde der Grafschaft Barcelona, sondern an einem weitaus gefährlicheren Ort. Frodoi hat dich mitgenommen, um dir zu zeigen, wie der Adel wirklich kämpft. Hier wird dein Aufstieg beginnen, wenn du imstande bist, zu verstehen.«

Oriol mochte Isembard. Der Junge hatte Mut, aber er musste noch viel lernen.

»Ich werde Tenes nicht zurückbekommen, und die Aussage eines flüchtigen Leibeigenen gilt nicht viel«, sagte Isembard bedauernd. »Nur das Schwert kann diese Sache richten.«

»Du kannst mit der Waffe umgehen, aber du musst lernen, abzuwägen. Du stehst unter Frodois Obhut, und wenn du etwas Unüberlegtes unternimmst, wird der Zorn des Königs auf ihn fallen, denn Karl duldet keine Auseinandersetzungen während der Reichsversammlung. Und wie sollen diese Männer ohne den Bischof nach Hause kommen?« Als er sah, dass Isembard zu zweifeln begann, lächelte er freundlich. »Ich will dir etwas zeigen.«

Oriol kehrte mit dem in ein Tuch eingeschlagenen Schwert Guisands von Barcelona zurück.

»In zwei Tagen, wenn das Tribunal vorbei ist, gebe ich es dir zurück. Bis dahin folgst du den Anweisungen des Bischofs. Wasch dich und stutze deinen stinkenden Bart. Du hast Guisand gut gekannt. Nur ein einziges Mal handelte er voreilig, als er mit einer Handvoll Männer die Burg Tenes einnehmen wollte, und fand den Tod. Vertraue Frodoi. Er ist ein Krieger wie wir, doch seine Waffen sind das Wort und sein eigenwilliger Verstand.«

26

Das überraschend eingeleitete Verfahren weckte große Erwartungen unter den Teilnehmern der Reichsversammlung von Servais. Das aus sieben Richtern unter dem Vorsitz Hinkmars bestehende Tribunal war sorgfältig ausgewählt worden. Servusdei war als Vertreter Frodois anwesend, Drogo hatte gegen eine großzügige Schenkung den Benediktinermönch Berengar für sich gewonnen.

Hinkmar zelebrierte in der dunklen Kirche die Messe und sprach mit Leidenschaft über den Zorn Gottes und die Strafen, die Verleumder und Verräter erwarteten. Zum Schluss betete das Tribunal vor dem Kreuz und nahm dann seine Plätze ein. Der König und die Königin saßen auf der Evangelienseite und verfolgten das Geschehen aufmerksam. Auf einem Kissen zu ihren Füßen lagen die königlichen Insignien: Zepter, Krone und Schwert, die Symbole der karolingischen Monarchie. Drogo trug nach vielen Jahren wieder ein Priestergewand, Frodoi eine schlichte schwarze Tunika. Beide schworen auf die mit Edelsteinintarsien verzierte Bibel Karls des Kahlen, das Urteil anzunehmen.

Ein Kanoniker verlas die Formalitäten sowie die Einlassungen beider Parteien. Frodoi beschuldigte Drogo, die Grafschaft Barcelona ohne Erlaubnis des fränkischen Königs an sich gerissen zu haben, und Drogo bezichtigte diesen der Unzucht, was seine Enthebung aus allen kirchlichen Ämtern sowie die Exkommunizierung zur Folge hätte.

Frodoi zeigte keine Regung, als Berengar ausführlich darlegte, welche bedeutende Rolle Drogo im Kampf gegen den aufständischen Humfried von Gothien eingenommen habe, um dann anstößige Details seiner beschämenden Beziehung zu Goda von Barcelona, der Witwe Nantigis' von Coserans, auszubreiten. Hinkmar musste seine Autorität geltend machen und drohte, die Kirche räumen zu lassen, wenn keine Ruhe einkehrte. Im Anschluss gab Frodoi, um Gelassenheit bemüht, Servusdei ein Zeichen, sein Plädoyer zu halten.

»Mitglieder des Kirchentribunals«, begann der alte Mönch, »da es keine überzeugenden Beweise für die Anschuldigungen gegen Bischof Frodoi gibt, berufe ich mich in aller Bescheidenheit und vor Gott, dem Allmächtigen, auf die Beschlüsse, welche die Heilige Mutter Kirche auf dem von Papst Silvester einberufenen Konzil im 4. Jahrhundert getroffen hat.«

Der Mönch überreichte dem Tribunal eine Abschrift. Erneut entstand Unruhe in der Kirche, während die Kirchenrechtsexperten sich miteinander berieten, um herauszufinden, auf welches Konzil er sich bezog. Auf ihren Gesichtern zeichnete sich Ratlosigkeit ab. Berengar sah Servusdei herausfordernd an.

»Dieses Konzil ist sehr alt. Sind die Beschlüsse noch gültig?«

»Sie waren die Grundlage für die Verurteilung Papst Marzellus', wie von der Synode von Sinuessa berichtet wird. Wenn Ihr wollt, schlagt in den Rechtsbüchern nach, Bruder Berengar. Sollte einer der Richter ihre Gültigkeit in Zweifel ziehen, möge er das Konzil benennen, welches die Beschlüsse für nichtig erklärte. Andernfalls sind sie seit Jahrhunderten Wille der Kirche.«

Hinkmar erhob sich.

»Laut jenes Konzils bedarf es für die Verurteilung eines Bischofs der Aussage von zweiundsiebzig Zeugen. Für die Verurteilung eines Priesters sind vierundvierzig Zeugen vonnöten.«

Servusdei nickte mit einem Lächeln. Er erinnerte sich an Frodois triumphierende Miene, als er ihm die alten Abschriften aus dem bischöflichen Archiv gezeigt hatte.

»Hier sind die Zeugen, die Frodoi gegen den Priester Drogo aufbietet.«

Die Türen öffneten sich, und zum Erstaunen der Menge kamen dreiundvierzig freie Männer aus Barcelona und den Tälern der Grafschaft den Mittelgang entlang. Der König musste die Stimme erheben, um die Versammlung zur Ordnung zu rufen. Die Königin sah verblüfft zu dem Bischof, dem sie ihren Schutz gewährt hatte. Von ihren Soldaten wusste sie, dass man mindestens dreimal versucht hatte, Frodois Zelt zu überfallen.

Servusdei überreichte den Schreibern und Richtern eine Auflistung ihrer Besitztitel, Güter und Häuser.

»Es fehlt einer!«, rief ein Schreiber.

Servusdei erhob die Stimme, damit der brillante Plan, den Frodoi ersonnen hatte, seine volle Wirkung entfaltete: »Isembard II., legitimer Sohn Isembards von Tenes. Wie zuvor sein ehrenwerter Vater hat er Eure Untertanen mit seinem Blut verteidigt.«

Und so kehrte der junge Bischof, den man nach Barcelona entsandt hatte, um ihn kaltzustellen, mit Nachdruck in die Machtsphären des Fränkischen Königreichs zurück.

Zum Erstaunen aller kam nun ein junger Mann in Soldatenkleidung den Mittelgang entlang – Isembard war überwältigt von der Feierlichkeit des Moments. Bald ertönten die ersten Beifallsrufe. Sein Aussehen und sein blondes Haar waren unverwechselbar für die älteren Adligen und auch den König, der seinen Vater gekannt hatte. Sie brauchten kein Dokument, um in dem stattlichen Isembard den Vertreter des erloschen geglaubten Geschlechts der Tenes zu erkennen. Eine Legende kehrte aus der Dunkelheit der Vergangenheit zurück.

»Ruhe!«, rief Hinkmar, der aufgesprungen war. »Drogo von Borr, könnt Ihr zweiundsiebzig Männer beibringen, die gegen den Bischof aussagen?«

Der Angesprochene wusste, dass das Tribunal seine Söldner niemals als Zeugen zulassen würde. Außerdem sahen die vornehmen Teilnehmer der Versammlung in ihm den undurchsichtigen Bastard Rorgonis' von Borrs.

Berengar hob hilflos die Hände. Drogo war in Frodois hinterhältige Falle gegangen.

»Ich brauche Zeit, um sie herzuholen!«, rief er.

»Die Versammlung kann nicht so lange warten«, beschied ihm der König.

Frustriert stürzte sich Drogo auf Frodoi, wurde jedoch von der königlichen Garde zurückgehalten.

»Verflucht sollst du sein, Bischof!«

Die folgenden Stunden verbrachten sie damit, die von Jordi und Servusdei protokollierten Zeugenaussagen anzuhören. Diese zeichneten ein lückenloses Bild von Drogos zahlreichen Verbrechen in der fernen Grafschaft und schilderten die Lage in der Stadt, die den Plünderungen und Übergriffen seiner Söldner ausgeliefert war. Doch der Schlüssel war Isembard. Er schwor auf die Bibel, dass er in Drogo von Borrs Festung die Leiche Sunifreds von Barcelona gesehen habe, und behauptete, der Beschuldigte habe den Vizegrafen ermordet, um sich der Stadt zu bemächtigen, die nun ohne rechtmäßige Regierung dastand. Isembard war der Sohn eines hoch geachteten Ritters; keiner zweifelte an seiner Aussage.

Drogo rief dazwischen, vor ihnen stehe der entlaufene Leibeigene eines Klosters, doch niemand schenkte ihm Beachtung. Der junge Mann war das Ebenbild seines Vaters, und mehrere Adlige drohten Drogo mit dem Tod, wenn er den Erben des Hauses Tenes noch einmal beleidige. Frodoi lächelte zufrieden. Mit dieser Reaktion hatte er gerechnet. Im allgemeinen Tumult war der Zeuge kaum zu verstehen, aber die Richter hatten es eilig, zu einem Ende zu kommen. Das Urteil stand zweifelsfrei fest. Drogo war nicht würdig, den König in einer Grafschaft zu repräsentieren.

»Die Sache ist noch nicht ausgestanden, Frodoi«, zischte Drogo, der von der königlichen Garde umringt war. Dann wandte er sich an Isembard. »Und ich werde nicht allein fallen. Verflucht seist du!«

Das Schicksal des Verräters blieb vorerst offen. Der König wollte zunächst die Frage der Ernennungen lösen, deshalb setzte er die Versammlung am Nachmittag fort. Frodoi und seine Leute standen erwartungsvoll auf dem Kirchplatz, als die Glocken zu läuten begannen. Als Erster kam ein stattlicher junger Mann in einer eleganten Rüstung heraus, etwas jünger als Frodoi, umringt von einem Gefolge aus Geistlichen und bewaffneten Männern. Er hob eine Urkunde hoch, und ein Page neben ihm rief mit stolzer Stimme: »Bernhard, Sohn Bernhards von Poitiers, Graf der Auvergne, mütterlicherseits aus dem Hause des Edlen Rorgon de Maine, ab dem heutigen Tage Markgraf von Gothien und Graf von Narbonne, Béziers, Maguelone, Agde, Nîmes, Roussillon und Barcelona. Lang lebe Bernhard von Gothien!«

Auf dem Platz wurden Hochrufe laut. Frodoi sah skeptisch zu dem neuen Herrn aus der mächtigen Familie der fränkischen Rorgoniden, der nun über ein riesiges Gebiet im Süden des Reichs gebot, das von der Rhone bis zur Spanischen Mark reichte. Es war ihm gelungen, Drogo kaltzustellen, aber der neue Graf war eine Unbekannte, über die er unverzüglich möglichst viel in Erfahrung bringen musste.

»War das von Anfang an Euer Plan?«

Der Bischof wandte sich zu Isembard um und sah, dass dieser Guisands Schwert umgegürtet hatte. Neben ihm stand Oriol und wirkte gelassen. Frodoi entspannte sich.

»Schwerter wären nutzlos gewesen«, erklärte er. »Drogo war so mächtig, dass ihn nur eine Verurteilung durch den König vernichten konnte, Isembard. Der Schlüssel warst du. Nicht nur, weil du den Leichnam von Vizegraf Sunifred entdeckt hast, sondern weil du Isembard II. von Tenes bist. Als du hereinkamst, glaubten alle diese Adligen, ein Gespenst zu sehen, den Geist eines Helden. Aber ich habe dich nicht nur deswegen mitgenommen. Guisand, Inveria und Nilo haben dir alles über die Waffenkunst beigebracht, aber sie waren verfemt und in Ungnade gefallen. Du sollst es weiter schaffen. Das ist es, was sie wollten, und ich weiß, dass sie uns vom Himmel aus segnen werden.« Er legte ihm die Hände auf die Schultern. Es war an der Zeit, neue Bündnisse zu schmieden. »Wenn du mir von nun an treu zur Seite stehen willst, werde ich auf der Versammlung erwirken, dass der König dich zum Ritter ernennt. Ich werde für dein Pferd und die Waffen aufkommen. Du wirst ein Ritter ohne Land sein, aber wenn du dem König im Gedenken an deinen Vater die Treue schwörst, wirst du seine Achtung genießen.«

Isembard spürte, wie sich der dunkle Schleier lüftete, der auf seiner Seele lag. Er war überrascht. Frodoi bot ihm an, die Würde des Hauses Tenes zurückzugewinnen. Er nickte, denn genau das wollte er, aber bevor er etwas sagen konnte, erschien hinter ihm der mächtige Hinkmar von Reims.

»Nun weiß ich, warum ich dich ausgewählt habe, junger Bischof«, sagte er mit Blick auf Frodoi.

Hinkmar war mit seinem Gefolge unterwegs. Frodoi küsste seinen Ring und ließ sich von Hinkmar aus der lärmenden Menschenmenge zu dem Friedhof hinter der Kirche von Servais führen. Dort konnte der Erzbischof frei sprechen.

»Es war sehr geschickt von dir, dich auf die gefälschten Beschlüsse Papst Silvesters zu berufen. War das deine Idee oder die von Servusdei?«

»Herr …« Hinkmar gegenüber waren Ausflüchte nicht angebracht.

»Ich weiß, dass sie gefälscht sind, genau wie die Behauptung, dass es für die Verurteilung eines Bischofs zweiundsiebzig Zeugen braucht, auch wenn es das Konzil von Sinuessa wirklich gab. Die Schriften sind voller gefälschter Beschlüsse und Dekrete.«

»Weshalb habt Ihr nichts gesagt? Man hätte mich exkommuniziert.«

»Ich weiß nicht, ob Drogo tatsächlich unrechtmäßig die Macht an sich gerissen hat oder ob du übertrieben hast, aber er hat eine schwarze Seele, und in der Spanischen Mark herrscht schon genug Dunkelheit. Jetzt wirst du Bernhard im Auge behalten müssen. Dieser junge Mann ist nicht wie sein Vater; er ist hochfahrend und machtgierig.«

»Wie konnte er ein so großes Gebiet an sich reißen?«

»Seine Familie hat dem König das Doppelte an Abgaben und Truppen versprochen. Noch weiß keiner, wie er regieren wird, aber in diesem Jahr endet der Waffenstillstand, den der Graf von Urgell nach Humfrieds Aufstand mit dem Emirat von Córdoba geschlossen hat. Bernhard muss eine Verlängerung aushandeln, sonst könnte sein Leichtsinn einen Krieg auslösen. Sein Ehrgeiz und sein Hang zur Sinnesfreude sind seine Schwächen. Letzteres gibt es ja des Öfteren in Barcelona.«

»Erzbischof, ich ...« Frodoi fand keine Worte, die ihn entschuldigten.

»Auch ich war einmal jung. Ich brauche keine zweiundsiebzig Zeugen, deine Augen verraten alles.« Hinkmar sah ihn streng an. »Du hast den Sieg über Drogo davongetragen, aber du hast auch deine Schwäche offenbart. Du sollst über deine Herde wachen, Frodoi. Vergiss diese Frau, oder du wirst es schwer haben, dich im Bischofsamt zu halten.«

Frodoi senkte den Blick, während es ihm das Herz zerriss.

»Viele Kirchenmänner haben Geliebte«, gab er kühn zurück.

»Willst du einen Disput mit mir führen?« Hinkmars Augen blitzten zornig. »Nimm dir eine Leibeigene oder eine Sklavin, wenn das Gebet dein jugendliches Feuer nicht bezähmen kann, aber niemals eine Adlige!«

Frodoi war am Boden zerstört. Er konnte jedes Hindernis überwinden, aber nicht den mächtigen Hinkmar von Reims.

»Ich liebe sie, Erzbischof. Ich komme nicht dagegen an.«

»Verdammt noch mal, Frodoi! Du bist ebenso intelligent wie dumm. Du bist nicht mehr der junge, von aller Welt vergessene Bischof! Heute haben wir einen Triumph der Kirche erlebt – deinen Triumph! –, und Barcelona hat eine neue Chance erhalten. Wenn du nicht entsagst, werden deine Feinde dich gnadenlos vernichten!«

»Ich habe es für die Stadt und für sie getan, um ihre Tochter aus Drogos Fängen zu befreien.«

»Nun, das ist dir gelungen, und du hast Ansehen in der Kurie gewonnen. Das willst du doch, oder nicht? Aber alles hat seinen Preis. Du hast wichtige Aufgaben als Oberhaupt der Kirche von Barcelona zu erfüllen und zudem einen eigensinnigen Grafen, der kontrolliert werden muss.« Als er den Widerspruch in Frodois Augen sah, wurde er unduldsam. »Halte dich von dieser Frau fern, oder ich werde höchstpersönlich dafür sorgen, dass sie exkommuniziert wird!«

Frodoi sank der Mut, Hinkmar machte keine leeren Drohungen. Er war der engste Ratgeber des Königs, und er vertraute ihm, aber der Erzbischof verlangte ein hartes Opfer von ihm.

Hinkmar sah seinen Kummer und fasste ihn an der Schulter.

»Ich möchte nur, dass du einen klaren Kopf bewahrst, jetzt, da dein Bistum dich so nötig braucht. Die Rorgoniden sind machtgierig, und du kannst gewiss sein, dass sich dunkle Wolken zusammenbrauen.«

27

Frodoi kaufte mehrere Schafe, um am Abend ein Festmahl für die Männer zu geben, die mit ihm nach Servais gekommen waren, um zu seinen Gunsten auszusagen. Am nächsten Tag sollte eine feierliche Messe unter Mitwirkung von über dreißig Bischöfen stattfinden, und die Söhne mehrerer Adliger würden zum Ritter erhoben werden, darunter – dank Frodois überschwänglichen Lobeshymnen – auch Isembard. Zwei Tage später, nach dem traditionellen Turnier, endete die Versammlung, und sie würden mit dem Gefolge des neuen Grafen Bernhard von Gothien nach Barcelona zurückkehren. Wochenlang hatte er sich die Dankbarkeit in Godas Augen vorgestellt, wenn er ihr ihre Tochter wiederbrachte. Nun erschien ihm der Gedanke niederschmetternd.

Wegen seiner Position war der Bischof zum Festbankett des Königs geladen. Er nahm Isembard II. von Tenes mit, den alle kennenlernen wollten.

Sie befanden sich unter einem großen Zeltdach, das den gesamten Vorplatz der Kirche überspannte. Frodoi trat vor die Königin, um ihr für ihre Protektion zu danken. Irmentrud war immer noch irritiert, aber Frodoi vermied es, das Tribunal anzusprechen; es war besser, nicht noch mehr Staub aufzuwirbeln. Er begrüßte seine Verwandten und fühlte sich für einige Stunden wieder zu Hause.

Als sich das Bankett dem Ende neigte, begab er sich zu Bernhard von Gothien, der den ganzen Abend ungehemmt mit den Töchtern einiger Adliger geflirtet hatte. Manche von ihnen waren verheiratet, und ihre Männer mussten an sich halten, damit der Abend nicht in einer Tragödie endete.

Die Rolle des Rorgoniden im Kampf gegen Humfried war Gegenstand hitziger Debatten, aber Bernhard verfügte über zahlreiche Truppen, und der König brauchte Soldaten. Seine Ernennung war ein strategischer Schachzug Karls des Kahlen, und niemand, der bei klarem Verstand war, würde es wagen, sie öffentlich anzuzweifeln. An diesem Abend war Bernhard von Gothien der begehrteste Junggeselle des Reichs. Er war zwar seit seiner Kindheit versprochen, aber es ließ sich über alles reden, und so manche Familie wollte die Gelegenheit nutzen, auch wenn in dieser Nacht ein Mädchen aus gutem Hause aufgrund bedeutungsloser Versprechungen seine Jungfräulichkeit verlieren sollte.

Der junge Bernhard musterte Frodoi neugierig und leerte sein Weinglas.

»Ihr habt mir zwei weitere Grafschaften verschafft, dafür danke ich Euch.«

»Ein Königreich darf nicht auf Lügen aufgebaut sein, Herr Graf. Es war Gottes Wille.«

Bernhard von Gothien lachte und klopfte ihm auf die Schulter, doch sein Blick galt den beiden Mädchen, die ein wenig abseits darauf warteten, dass die Reihe an ihnen war. Frodoi wäre gerne zu seinen Leuten zurückgekehrt, doch der Graf hielt ihn nach wie vor an der Schulter fest, wahrscheinlich, um nicht zu schwanken.

»Der König hat Drogos Leben in meine Hände gelegt. Ich hatte vorhin ein interessantes Gespräch mit ihm. Von Franke zu Franke«, setzte er lächelnd hinzu. »Wie viele Türme hat die Stadtmauer von Barcelona?«

»Sechsundsiebzig«, antwortete Frodoi überrascht.

»Genügt das, um alle zu hängen, die dem Frankenreich nicht treu ergeben sind?«

Der Bischof erschrak.

»Habt Ihr Euch nicht gefragt, weshalb König Karl einen Rorgoniden für die Provinz Gothien ernannt hat?«, fuhr Bernhard eitel fort. »Drogo hat ein abscheuliches Verbrechen begangen, keine Frage, aber das große Problem in dieser Region sind die Goten und ihre Feindseligkeit gegenüber jeder Regierung. Hier liegt der Ursprung für die Unordnung, die ich beseitigen werde.«

»Die Bewohner Barcelonas versuchen nur, in dieser finsteren Grenzregion zu überleben«, gab der Bischof fest zurück. Er war das Gegengewicht zur gräflichen Macht.

»Ihr lebt seit vielen Jahren dort und seid diesen Leuten eng verbunden«, sagte Bernhard abschätzig. »Ihr vergesst die schwerwiegenden Probleme im übrigen Land, die Normanneneinfälle und die Machenschaften der Verwandten des Königs in den Nachbarländern. Gothien ist durch den Verrat Humfrieds schon zu lange in Aufruhr; es ist an der Zeit, dass die Menschen die Macht der Krone zu spüren bekommen … oder von ihr zermalmt werden.«

»Mein Herr, Ihr kennt die Gefahren der Spanischen Mark noch nicht.«

Bernhard überhörte seinen Einwurf.

»Drogo hat mich in Anwesenheit des Königs um Gnade gebeten und im Gegenzug Treue, Burgen, Tribute und Soldaten versprochen.« Er senkte die Stimme. »Werden die Goten genauso unterwürfig und großzügig sein?«

Frodoi wurde wütend. Der neue Graf von Barcelona war einige Jahre jünger als er, der Sohn einer aufstrebenden Familie, der bislang weder Demütigungen noch Niederlagen kennengelernt hatte. Er zischte: »Drogo wurde von der Kirche verurteilt. Fürchtet Ihr Gott nicht?«

»Er wird seine Strafe erhalten – wie alle, die sich jahrelang der Macht der Franken widersetzt haben. Drogo selbst hat mir einige Namen genannt.« Der Wein machte seine Zunge schwer. »Mit dem beschlagnahmten Besitz werde ich mich beim König für die Übereignung Gothiens erkenntlich zeigen und die Streitmacht der Rorgoniden vergrößern.«

Frodoi beschlich das Gefühl, versagt zu haben. Das also war Bernhards einziges Interesse: seine Untertanen auszubeuten, um die Macht seiner Familie auszubauen. Die Spanische Mark war in der Tat ein verfluchtes, vergessenes Land. Erneut ließ der König die Mark im Stich, indem er Macht gegen Geld und Soldaten eintauschte. Mit Sicherheit hatte Drogo auch Goda und den einen oder anderen Ratsherrn erwähnt.

»Seid Ihr nicht mit dem Vorgehen Eures neuen Grafen einverstanden, Frodoi?«

»Mein Auftrag ist es, für das Seelenheil der Menschen zu sorgen.« Bernhard war betrunken und angriffslustig. Frodoi hasste ihn schon jetzt. Aber er blieb vorsichtig. »Barcelona ist nur eine kleine, ländliche Stadt, umgeben von brach liegenden Feldern. Was sie braucht, sind Tatkraft und Hoffnung, keine leeren Truhen und Tote, die von den Türmen baumeln.«

Bernhard quittierte die Bemerkung mit einem eisigen Lächeln.

»Ich kenne meinen Auftrag, Herr Bischof!« Er umarmte ihn vor den Anwesenden und flüsterte ihm leise ins Ohr: »Sagt, Bischof, stimmt es, dass Ihr eine Liebschaft mit dieser Adligen, Goda von Barcelona, unterhaltet?« Als er merkte, wie Frodoi zusammenzuckte, lachte er auf. »Ich habe bereits Erkundigungen einziehen lassen.« Sein Lächeln erstarb, und er beugte sich erneut vor, um ihm eine Warnung zuzuraunen: »Ihr tätet gut daran, Euch fürderhin vor allem um das Seelenheil zu kümmern. Wenn Ihr Euch mir in den Weg stellt und die Türme nicht ausreichen sollten, werde ich einen weiteren für Euch, Eure ehebrecherische Geliebte und ihre Tochter errichten lassen.«

Damit ließ Bernhard Frodoi stehen und ging zu den Mädchen hinüber, die daraufhin glockenhell zu lachen begannen. Der Bischof verbarg das Gesicht in den Händen, damit niemand seine Verzweiflung sah. Der kluge Hinkmar hatte recht gehabt. Adel und Bischöfe kannten nun seinen wunden Punkt: Goda. Bernhard würde nicht zögern, dieses Wissen zu nutzen, um ihn zu beugen. Er war wütend. Einen Vertreter der Kirche derart zu bedrohen bewies, wie töricht der neue Graf von Barcelona war. Der König hatte mit seiner Ernennung einen Fehler gemacht, den er bereuen würde, aber seine Geliebte, deren Tochter und viele weitere waren in echter Gefahr. Er musste sie vor dem mächtigen Bernhard von Gothien schützen.

Bestürzt über die Situation, sah er Isembard bei Karl dem Kahlen stehen. Es gesellten sich mehrere Mitglieder der Familie der Bosoniden aus der Provence und Burgund dazu. Die Bosoniden waren von ältestem fränkischen Adel, Verwandte der umstrittenen Königin Theutberga, von der König Lothar II. sich scheiden lassen wollte. Der junge Tenes war mutig und hochherzig, aber er war in einem abgelegenen Kloster aufgewachsen und von weltfernen alten Rittern ausgebildet worden. Er war nicht darauf vorbereitet, den Schakalen am Hof die Stirn zu bieten, und gerade jetzt hatte er es mit den gefährlichsten von ihnen zu tun. Dennoch beschloss Frodoi, noch ein wenig abzuwarten, um es nicht so aussehen zu lassen, als wollte er ihm zu Hilfe eilen, und ihn dadurch zu demütigen.

Isembard hatte sich von Frodoi getrennt, nachdem dieser dem König seine Aufwartung gemacht hatte. Karl wollte erfahren, was nach dem Tod von Isembards Vaters geschehen war. Jahrelang war über die Ereignisse spekuliert worden, doch zu Zeiten Wilhelms von Septimanien kursierten nur finstere Legenden. Nun trat Bovin von Vienne, Graf der Ardennen, mit seinen Kindern Boso und Richildis hinzu.

Isembard verbeugte sich höflich vor dem Adligen. Als er vor Richildis stand, war er befangen von deren Schönheit – noch nie hatte er eine so elegante Frau gesehen. Sie war zwanzig Jahre alt und trug als Unverheiratete das lange blonde Haar offen und mit eingeflochtenen Blumen geschmückt. Das rote Kleid aus byzantinischer Seide betonte ihre schlanke Gestalt. Auch König Karl konnte seine Augen nicht von ihr wenden.

Ihre Haut schien noch nie die Sonne gesehen zu haben und verströmte einen zarten Duft.

»Das ist Amber«, sagte sie leise, sich ihrer Wirkung bewusst.

»Richildis ist die köstlichste Rose im ganzen Land, Isembard!«, rief der König weinselig.

Alle lachten, mit Ausnahme von Königin Irmentrud, die sich mit ihren Hofdamen ein wenig abseits hielt. Ihr dunkles, weites Kleid konnte kaum verbergen, dass sie neun Kindern das Leben geschenkt hatte, und auch die dunklen Augenringe, verursacht durch die Sorgen, die ihr Mann ihr bereitete, waren nicht zu übersehen.

»Nach Meinung der Gelehrten ist der Geruchssinn am wenigsten trügerisch«, hauchte Richildis. »Der Duft verrät, was eine Dame verschweigt.«

Karl verging vor Verlangen, doch sie wandte sich ab, um die Königin zu grüßen. Trotz ihrer zur Schau gestellten Zurückhaltung strahlte sie Überheblichkeit aus. Richildis gefiel es, die Männer mit ihrer Verführungskraft zu beherrschen. Während sie sich mit Irmentruds Hofdamen unterhielt, wandte sich der König Bovin zu.

»Ich verstehe nicht, warum Ihr sie noch nicht verheiratet habt.«

»Sie ist wie ein weißes Einhorn, mein König«, erklärte Boso, Richildis' Bruder, stolz. »Sie ist dem Helden bestimmt, der sie sich verdient.«

Der König griff die anmaßende Bemerkung auf und deutete auf Isembard.

»Wie wäre es mit dem fränkischen Einhorn und dem blonden Goten?«

Isembard wurde nervös. Er kannte sich in höfischen Dingen nicht aus, aber er bemerkte den Unmut des Königs. Dessen Worte verrieten es.

»Eine Dame wie sie verdient alle Ehren«, wagte er zu sagen.

Richildis verfolgte das Gespräch verstohlen. Mit einem strahlenden Lächeln trat sie näher und musterte Isembard aufmerksam. Was sie sah, schien ihr nicht zu missfallen.

»Mein König«, begann Bovin vorsichtig, »vergebt meinem großmäuligen Sohn. Er ist stolz auf seine Schwester, das ist alles. Die Verlobung meiner Tochter Richildis ist bislang aus dem einen oder anderen Grund gescheitert. Dennoch glaube ich aufrichtig, dass dieser junge Herr, der nicht einmal Ritter ist, sich nach einer Gemahlin umsehen sollte, die seinem Stand entspricht.«

»Ich nehme die Entschuldigung an. Dennoch denke ich, dass eine Verbindung mit den Bosoniden für diesen jungen Mann eine gerechte Entlohnung für die Dienste wäre, die sein Vater dem Königreich geleistet hat. Außerdem würde sie den Fortbestand seiner Linie sichern. Man wird ihm die Burg Tenes und seine Ländereien zurückgeben.« Er sah Isembard wohlgefällig an. »Ihr braucht ein Pferd für den Kampf und Untertanen, die sich dem Heer anschließen. Das wird der Beginn Eures Aufstiegs bei Hof sein.«

Alle schwiegen. Der König hatte seinen Spaß daran, dem Adel die Flügel zu stutzen, nur Richildis schien erfreut. Karl war seit ihrem vierzehnten Lebensjahr verrückt nach ihr. Die Vorstellung, sie könnte im Bett eines anderen Adligen landen, weckte seine Eifersucht, und wenn er getrunken hatte, setzte er alles daran, sie mit dem Unwürdigsten der Anwesenden zu verkuppeln, um sich überlegen zu fühlen. An diesem Abend traf es Isembard von Tenes, einen angehenden Ritter ohne Pferd und mit dem Schwert eines Toten.

Dennoch erregte Isembard Richildis' Interesse. Mit seinem männlichen Gesicht, seinen kräftigen Händen und den breiten Schultern war er der attraktivste Bewerber, den man ihr bislang vorgestellt hatte. Doch zu wissen, dass er in den Weinbergen eines Klosters gearbeitet hatte, erschien ihr entwürdigend.

Boso gefiel der bewundernde Blick seiner Schwester nicht.

»Isembard II. von Tenes wurde mit großem Pomp vorgestellt, doch es bleibt abzuwarten, ob er ein ebenso guter Krieger ist wie sein Vater.«

»Das bin ich nicht, mein König«, räumte Isembard ein, der sich bereits in der Falle wähnte.

»Nun, angeblich war dein Vater ebenso bescheiden wie sein Schwert todbringend«, fuhr Boso fort. »Du kannst unter Beweis stellen, ob diese alten Haudegen dir etwas Anständiges beigebracht haben. Kreuzen wir unsere Waffen beim Turnier in zwei Tagen, und du widmest den Kampf meiner Schwester Richildis!«

Mehrere Adlige, die mit gespitzten Ohren herumstanden, kamen neugierig näher. Boso war bekannt für seine Geschicklichkeit bei Turnieren. Obwohl die Unterhaltung mit einem Lächeln geführt wurde, war die Stimmung angespannt.

»Mein Herr, ich bin nicht hergekommen, um mich im Kampf zu messen«, beteuerte Isembard.

Richildis war überrascht. Noch nie hatte sich jemand geweigert, zu ihren Ehren zu kämpfen, und Boso hatte sie alle gnadenlos vernichtet. Es war unterhaltsam und mehrte den Ruhm der Bosoniden.

»Würdet Ihr das nicht für mich tun, Isembard?«, fragte sie, und ihre grauen Augen funkelten.

»Mir scheint, Ihr habt bereits genügend Verehrer.«

»Ich fürchte, er hat nicht viel von der Verwegenheit der Tenes«, sagte der Bruder, um ihn zu provozieren. »Mir ist zu Ohren gekommen, dass Eure Schwester in der Wildnis lebt und eine Art Zauberin sei …«

»Ich bitte Euch, mäßigt Eure Worte«, verlangte Isembard, ohne jedoch die Beherrschung zu verlieren. Er wollte nur weg.

»Endlich merkt man ein wenig Feuer in Euren Adern! Es ist sicher nur ein Gerücht, das Drogos Männer verbreitet haben, und völlig unbegründet.« Boso lächelte herablassend. »Ein wenig Mut würde die Verleumdungen verstummen lassen.«

Rotels Erwähnung traf ihn schwer. Erleichtert sah er Frodoi auf sich zukommen.

»Der Held des Tages beehrt uns mit seiner Gegenwart!«, bemerkte Boso spöttisch.

»Es hat sich lediglich der Wille Gottes offenbart, Boso«, sagte Frodoi unbewegt. Er hatte von klein auf mit Menschen wie dem jungen Adligen zu tun gehabt. »Ich bedaure sehr, dass ich Isembard mitnehmen muss, aber er soll mich zum Lager begleiten.«

»Dann hoffen wir, dass Ihr unterwegs nicht in Gefahr geratet. Nicht einmal für meine schöne Schwester Richildis ist er bereit, sein altes Schwert zu ziehen.«

»Isembard nahm noch nie an einem Turnier teil, aber in den letzten drei Jahren kämpfte er gegen mehr Feinde als Ihr in Eurem ganzen Leben.«

Boso war getroffen. Der Bischof hatte die schärfere Zunge. Richildis sah Isembard beeindruckt an; er war irgendwie anders als die anderen.

»Lasst uns gehen, Herr Bischof«, bat Isembard. »Mein König …«

Nach zwei Schritten war erneut Bosos Stimme zu vernehmen: »König Karl, ich finde nicht, dass Ihr diesen Goten zum Ritter erheben solltet. Er und seine Schwester besudeln das Ansehen ihres Vaters.«

Frodoi blieb stehen und drehte sich wutentbrannt um.

»Majestät, ernennt Isembard am Morgen zum Ritter, und er wird beim Turnier gegen Boso antreten.«

Isembard sah Frodoi überrascht an, doch dann begriff er, warum dieser die Entscheidung für ihn getroffen hatte. So war das Spiel bei Hof. Beim Schlagabtausch auf einem friedlichen Acker konnte man mehr Ehre und Ansehen einheimsen, als wenn man ein Leben lang unter schwierigen Bedingungen für das Königreich kämpfte. Boso wollte ihn dazu verdammen, ein einsamer Ausgestoßener in der Mark zu bleiben. Er musste sich entscheiden, und er tat es.

»Meine Herrin, es wird mir eine Ehre sein, für Euch zu kämpfen«, sagte er zu Richildis.

König und Adel nickten zustimmend. Boso erhob sein Glas. Alle lächelten, außer Richildis, denn die erkannte, dass Isembard gelogen hatte. Er würde nicht kämpfen, um sie zu beeindrucken, sondern nur für seine Ehre und die seiner Schwester. Zu wissen, dass er ihr nicht ins Netz gegangen war, machte sie verrückt. Mit Niederlagen hatte sie nie gut umgehen können.

Auf dem gesamten Rückweg sprach Frodoi kein Wort. Er musste Isembard schützen, aber er wusste nicht, wie er gegen Bernhard ankommen sollte, den jungen Adligen, dem durch ein unheilvolles Machtspiel ganz Gothien zugefallen war.

28

Am Morgen lag dichter Nebel über der Landschaft. Rotel ging zu Fuß, weil kein Reittier die Nähe der Tiere ertrug, die sie unter ihrem Umhang verbarg. Ega ritt auf einem nervösen Maultier hinter ihr her, gefolgt von der kleinen Gruppe, die eingewilligt hatte, sie zu begleiten. Sie fürchteten sich bei dem Gedanken, in die Nähe anderer Clans zu kommen.

»Hier ist es«, sagte Rotel, als sie einen dichten Wald erreichten, so groß, dass der Blick ihn nicht umfassen konnte.

»Ich weiß. Ich habe den Wald nie betreten, aber einmal brachten sie mir einen Verwundeten ... Er sah furchtbar aus, sein Gesicht war völlig zerstört. Er war ihr Anführer. Ich tat für ihn, was ich konnte, und sie verschwanden wieder.«

»Das war Walber.« Rotel sah sie eindringlich an. »Es heißt, es gebe noch mehr Frauen wie dich, Ega.«

»Am Montserrat, im Montseny, dem Canigou ... Wenn du bei mir bleibst, wirst du sie kennenlernen und eine von uns werden. Dieses Land birgt noch viele Geheimnisse.«

Sie banden das Maultier an und betraten den Wald, der düster und geheimnisvoll wirkte. Es war ein uralter Ort mit knorrigen Eichen, der Boden dicht mit Moos bewachsen. Stille umfing sie. Ega war unruhig; sie war eine geachtete und in gewisser Weise auch gefürchtete Frau – die Bauern schrieben ihr alte, überlieferte Kräfte zu –, aber noch nie war sie in diesem Wald südlich von Berga gewesen.

»Hier beginnt ihr Reich«, flüsterte Rotel.

Ein Toter, der mit Stricken an einen Baum gefesselt war, warnte sie davor, tiefer in den Wald zu gehen. Die Leiche war grausam zugerichtet, die Rippen stachen wie gespenstische Flügel aus Knochen und verwesendem Fleisch aus dem geöffneten Rücken hervor. Vielleicht einer von Drogos Söldnern.

»Das ist ein Blutadler. Walber rühmt sich seiner nordischen Vorfahren und hält an dieser grausamen Folter fest. Das Opfer hat noch gelebt, als man ihm die Rippen brach.«

Das zerstörte Gesicht des Toten war zu einer schmerzerfüllten Grimasse verzerrt. Ega wurde bleich; sie besaß eine besondere Empfindsamkeit und konnte die Schreie hören, die der Mann ausgestoßen hatte, als er starb.

»Kann sein, dass wir nicht lebend hier rauskommen«, flüsterte Rotel düster.

Sie gingen eine ganze Weile zwischen den Bäumen hindurch, ohne auf einen Pfad zu stoßen. Das Gelände war uneben, mit Schluchten und Felswänden, die sie überwinden mussten. Unterwegs sahen sie von wilden Tieren angefressene Leichen und verstreute Waffen. Die Überreste eines Angriffs.

»Geht es dir gut?«, fragte Rotel, als sie das bleiche Gesicht der alten Frau bemerkte. Ega hatte ihre ganze Kraft verloren, als ob der Wald sie aussaugte.

»Es ist das Leid, von dem dieser Wald erfüllt ist. Die Toten finden keine Ruhe und kommen …«

»Nicht nur die Toten.«

Auf einer Anhöhe erschienen dunkle Schatten. Im Nebel waren nur ihre bedrohlichen Umrisse zu erkennen, spitze Hörner und Wolfsköpfe. Rotel duckte sich wie ein Raubtier vor dem Angriff. Sie nahm das Blasrohr vom Rücken und legte eine schwärzlich verfärbte Spitze ein. Als sich ein mit Widerhaken versehener Speer genau vor Egas Füßen in die Erde bohrte, verschwand das Mädchen ins Unterholz.

»Bringt uns zu Walber, und ihr werdet nicht sterben!«, rief Rotel aus ihrem Versteck.

Einer der Wilden brüllte laut auf, als er bemerkte, dass eine der schwärzlichen Spitzen in seinem Bein steckte.

»Worauf wartet ihr verflixten Kerle?«

Ein zweiter Pfeil traf einen weiteren Mann, und unter den Gestalten machte sich Angst breit, als sie erahnten, wer sie da angriff. In ihren furchterregenden Maskierungen kamen sie auf die Gruppe zu. Rotel erschien hinter ihnen, und Ega erschrak, als sie bemerkte, dass das Mädchen gegen das Verlangen ankämpfte, weiter anzugreifen. Die Horden hätten sie töten können, aber sie hatten Achtung vor Onyx' gefährlicher Schülerin.

»Ihr werdet leben, wenn ihr uns zu eurem Anführer bringt«, wiederholte Rotel.

Schweigend führten die Maskierten sie ins undurchdringliche Herz des Waldes.

»Glaubst du, sie bringen uns zu ihm?«, fragte Ega.

»Ja, aus einem einfachen Grund: Walber ist unendlich gefährlicher.«

Sie gingen über steile Pfade, an Bäumen vorbei, die noch nie eine Axt gesehen hatten. Die Siedlung lag erhöht auf einer Lichtung. Vielleicht an die hundert Menschen mochten dort gelebt haben, doch nun waren viele Hütten nur noch ein Haufen verkohlter Stämme. Davor erwartete sie Walber. Ein Hüne mit grauem Haar und gewaltigen Armen, das Gesicht von abstoßenden Narben durchzogen.

»Onyx' Schülerin will sterben«, sagte er hämisch. »Schickt dich Drogo her?«

»So empfängst du die Frau, die dir das Leben gerettet hat?«, warf Ega ein.

»Du bist die Zauberin, die mich geheilt hat, als man mir das antat.« Er deutete auf sein verstümmeltes Gesicht. »Du kannst gehen. Aber die anderen nicht.«

»Diese Leute, die mich begleiten, gehörten zu Anusos Sippe. Drogo hat sie niedergemetzelt.«

»Aber du lebst, Rotel von Tenes.«

»Sie ist ihnen entkommen«, flüsterte der alte Mann aus der Gruppe.

»Uns haben sie vor zwei Monaten überfallen. In der Nacht«, sagte Walber. »Es waren über fünfzig Söldner. Nur drei Dutzend von uns sind entkommen.«

»Wir wollen alle Überlebenden versammeln und versuchen, den Untergang abzuwenden«, erklärte Rotel. »Wenn wir viele sind, können wir im Tausch gegen Land Frieden aushandeln.«

»Und das machst du? Die Schwester unseres ärgsten Feindes Isembard?«, erwiderte Walber heftig.

Um ihn herum versammelte sich das, was von Walbers blutrünstiger Sippe übrig war: eine Handvoll Männer, Frauen und Kinder. Walber sah sie drohend an. Sie waren zutiefst verängstigt und sehnten sich nach Veränderung, aber sie fürchteten auch seine Grausamkeit. Jahrelang hatte er sie unterdrückt, hatte sich ihre Frauen und Töchter genommen. Das beste Essen, das sie erbeuteten, war für ihn bestimmt, er besaß verborgene Schätze und dachte gar nicht daran, das alles gegen eine Feldhacke einzutauschen.

»Hier bestimme ich, wie wir leben!«

Er zog die Axt aus dem Gürtel und ging entschlossen auf Rotel zu. Sie hatte ihn beobachtet und jeden seiner Gedanken gelesen, während ihre Hände unter dem Umhang nach den Waffen tasteten. Nun wich sie der Axt aus und warf zwei Vipern auf den Boden. Walber machte einen Schritt vor, um sie totzutreten. Die eine erwischte er, aber die andere biss ihn in den Knöchel. Darauf hatte Rotel gewartet. Sie trat zurück und ließ einen ihrer Lederbeutel fallen. Die Kobra schlängelte heraus, richtete sich vor dem zuckenden Walber auf und schlug ihre Zähne in sein Bein. Entsetzt betrachtete der Mann die Einstiche, die schnell anschwollen, als das Schlangengift zu wirken begann.

Alle fürchteten sich vor der schrecklichen Schlange, die Rotel nun wieder einfing. Walber wich humpelnd zurück.

»Du hättest sie niemals gehen lassen, Walber. Deshalb ist deine Zeit nun zu Ende.«

Ein Mann spannte seinen Bogen. Rotel sah ihn kalt an. Auf diese Entfernung würde der Pfeil ihr Herz durchbohren. Doch dann fiel der Blick des Mannes auf seine schutzlose Gruppe. Er zögerte und ließ die Waffe sinken, ohne weiter auf die Schreie seines Anführers zu achten. Walbers baldiger Tod gab ihnen eine neue Hoffnung.

»Kommt mit uns«, sagte Ega versöhnlich.

Rotel schwieg und verschwand im Wald. Sie hatte ihnen die Möglichkeit gegeben zu entscheiden. Mehr würde sie nicht tun. Walber war auf die Knie gesunken; er spürte, wie sein Körper allmählich erstarrte. Er flehte um Hilfe, aber niemand kam, um ihm beizustehen. Zu viel Gewalt und Missbrauch.

Rotel erschrak, als ihr bewusst wurde, dass ihr fast vierzig Personen folgten. Sie konnte sie in die Irre leiten … Aber sie tat es nicht.

29

Nach einer regenreichen Woche brach in Servais ein sonniger Tag an. Die Diener des Königs hatten die ganze Nacht gearbeitet, um auf einem Feld vor den Toren der Stadt die Tribünen zu errichten, von denen aus das erlauchte Publikum den Kämpfen beiwohnen würde. Nach der feierlichen Messe nahmen Prälaten und Adlige samt ihrem Gefolge ihre Plätze ein. Die Damen trugen ihre schönsten Gewänder, deren Säume Dienerinnen hochhoben, damit sie nicht mit Schlamm beschmutzt wurden. Es war der Anlass, bei dem die großen Adelsfamilien ihre Macht zur Schau stellten. Das Auftreten und die Ausrüstung wurden genauso interessiert kommentiert wie die Kämpfe selbst.

Karl der Kahle hatte neun Turnierrichter ernannt, um zu verhindern, dass es zu ernsthaften Verletzungen kam. Aus diesem Grund waren auch die Schwerter stumpf und die Lanzen vorn abgerundet. Er brauchte seine Vasallen im Kampf gegen die Normannen.

Auch die Barcelonesen wollten nicht fehlen, um ihren Helden Isembard anzufeuern, der am Ende der Messe nach den Söhnen anerkannter Adelsfamilien in einer schlichten Zeremonie zum Ritter ernannt worden war. Sie standen bei den Einwohnern von Servais, der niederen Geistlichkeit und den Dienern am Rand des Feldes.

Oriol geleitete Frodoi zu seinem Platz zwischen den Mitgliedern des Klerus.

»Was gedenkt Ihr wegen Bernhards Drohung zu unternehmen? Viele Menschen sind in Gefahr.«

Der Bischof runzelte die Stirn. Er musste der Ankunft des neuen Grafen von Barcelona zuvorkommen.

»Gleich nach dem Turnier schicke ich zwei deiner Männer voraus.«

Oriol ließ Frodoi an seinem Platz zurück und ging missmutig davon. Er hasste die Spiele der adligen Herren mit ihren Spielzeugschwertern und ihrem Prunk. Diese ganze Veranstaltung diente den Franken nur dazu, Isembard zu demütigen und sich in ihrer Überlegenheit zu suhlen.

Der junge Tenes stand zwischen den übrigen Turnierteilnehmern und wendete die Waffe, die einer der Schiedsrichter ihm überreicht hatte. Er kannte die Regeln. Er durfte seinen Kontrahenten nur entwaffnen und niederwerfen oder aber sich ergeben. Schläge mit den Fäusten, Würgen oder Knochenbrechen waren verboten; der König hatte angeordnet, dass dem Täter dasselbe widerfahren sollte.

Die Richter führten alle Teilnehmer zur Kampfbahn in der Mitte des Feldes, und mit einer Fanfare wurde das Turnier eröffnet. Isembard würde am späten Vormittag im unberittenen Kampf gegen Boso antreten. Bis es so weit war, bewunderte er die Turnierritter mit ihren vergoldeten Kettenhemden, den polierten Helmen und den ziselierten Schwertern. Zuerst wurde zu Pferde gekämpft. Die Ritter bewiesen ihre Geschicklichkeit, indem sie vom Pferd sprangen, angriffen und dann wieder aufsaßen, eine klassische Kampftaktik der fränkischen Reiter. Andere Duelle erinnerten eher an einen Tanz statt an einen Kampf; dennoch mussten mehrere Ritter von ihren Dienern davongetragen werden. Isembard erkannte einige von Guisands Techniken wieder, aber er sah auch andere, raffiniertere, die er sich einzuprägen versuchte.

Einer der Schiedsrichter kam auf ihn zu.

»Ihr seid an der Reihe.«

Boso stand bereits auf der Bahn und nahm mit erhobenen Armen den Jubel von den Rängen entgegen. Isembard trat bescheiden auf, aber die Männer aus Barcelona brachen in Hochrufe aus. Nachdem sie den König gegrüßt hatten, begannen sie sich zu belauern.

Boso war flink und wich Isembards Angriffen routiniert

aus, beide maßen die Geschicklichkeit des Gegners. Der Graf begleitete seine Hiebe mit einem Stöhnen, das der Begegnung Dramatik verlieh, und wenn ihm ein Treffer gelang, forderte er seine Anhänger zu Beifall auf. Doch das Lächeln verging ihm, als er feststellte, dass es ihm nicht gelang, Isembard zu entwaffnen, der jahrelang um sein Leben gekämpft hatte und nun sein Können unter Beweis stellte. Boso beschloss, den Kampf zu unterbrechen, um die Waffe zu wechseln.

Hauptmann Oriol trat zu Isembard. Er war nervös.

»Du bist nicht wie er«, flüsterte er ihm zu. »Lass dich besiegen und lass uns so schnell wie möglich von hier verschwinden.«

»Was ist los?«, fragte der junge Tenes besorgt.

»Der Bischof ist sehr beunruhigt. Der neue Graf von Barcelona will den Goten eine Lektion erteilen, auch wenn es ihm wahrscheinlich vor allem darum geht, ihren Besitz zu konfiszieren, um sich beim König für seine Ernennung erkenntlich zu zeigen. Nach Drogos Plünderungen erträgt die Stadt keine weitere Ausbeutung mehr; es wäre ihr endgültiger Untergang. Ich soll zwei meiner Männer vorausschicken, aber dann steht Frodoi schutzlos da. Ich will, dass du dich mit einem weiteren Mann auf den Weg machst. Du hast dem Bischof, der dir zum Ritterschlag verholfen hat, die Treue geschworen; nun ist der Moment gekommen, dein Versprechen einzulösen.«

»Das werde ich.« Isembard empfand die gleiche Abscheu wie damals, als Drogo Rotel in Santa Afra nachgestellt hatte.

Oriol zögerte, doch schließlich setzte er hinzu: »Es gibt jemanden, um den sich Frodoi besonders sorgt. Ich spreche von Goda von Barcelona.«

»Also stimmt Drogos Behauptung?«

»Wir brauchen einen starken Bischof, Isembard. Sorge dafür, dass sie und ihre Tochter Argencia in Sicherheit sind.«

Isembard sagte nichts und kehrte mit pochendem Herzen auf die Bahn zurück. Boso hatte einen Rundschild gewählt. Er schwenkte nun ein längeres Schwert als zuvor und vollführte anmutige Paraden, was die jungen Damen zu Begeisterungsrufen hinriss.

»Ich dachte schon, du hättest das Weite gesucht, Isembard von Tenes!«, rief er spöttisch. »Bereit für den richtigen Kampf?«

»Lass uns die Sache zu Ende bringen, Boso. Wir vergnügen uns ein andermal, jetzt muss ich dringend aufbrechen.«

Der Graf machte sich grinsend bereit. Isembard stellte sich vor, vor ihm stünde Drogo in jener Nacht, als seine Lehrmeister in Tenes starben. Er stieß einen aggressiven Schrei aus, der alle Anwesenden überraschte, und stürzte sich mit unerwarteter Wut auf seinen Gegner, wenig elegant für ein Turnier. Nach mehreren brutalen Schlägen zersplitterte Bosos Schild in tausend Stücke. Der Bosonide wich schockiert zurück, doch Isembard setzte sofort nach und ließ ihm keine Zeit für einen eleganten Schwertstreich. Man hatte ihm beigebracht, ein Feld voller Toter zu hinterlassen, während Boso ausgiebigen Tafelfreuden und Bettgeschichten frönte. Die Jubelrufe verstummten. Boso verlor die Waffe und erhielt einen so heftigen Schlag ins Gesicht, dass ihm das Blut aus der Nase strömte. Benommen ging er zu Boden. Isembard holte mit dem Schwert aus, als wollte er ihm einen Hieb auf den Kopf verpassen, doch dann rammte er die Klinge tief ins Gras, verneigte sich vor dem fassungslosen König und ging durch die schweigende Menge davon.

Boso hielt noch immer die Hände vors Gesicht, als Isembard zu dem beeindruckten Oriol trat.

»Es gilt keine Zeit zu verlieren«, sagte er nur.

Frodoi kam auf sie zugeeilt.

»Das ist keine Art, bei einem Turnier zu kämpfen!«

»Das weiß er, Herr Bischof«, erklärte Oriol. »Er wird vorausreiten.«

»Ich begleite ihn, wenn Ihr gestattet«, erbot sich Egil, einer von Oriols Männern.

Der Hauptmann stimmte zu. Egil war der erfahrenste seiner Soldaten und den gotischen Adligen gut bekannt. Frodoi überlegte kurz und überreichte ihm dann einen Beutel.

»Mit diesem Geld könnt ihr die Pferde wechseln und euch ein paar Tage Vorsprung verschaffen. Ich will, dass die Goten vorbereitet sind und so viel von ihrem Besitz beiseiteschaffen, wie sie nur können. Wer Barcelona verlässt, soll nach Aragón gehen oder Zuflucht beim Wali von Lleida erbitten. Ich werde entsprechende Schreiben entsenden.«

Das Publikum hatte sich wieder gefasst und begann nach Isembard zu rufen. Vor allem die Gegner der Bosoniden forderten, dass er auf die Kampfbahn zurückkehrte, doch der junge Tenes wandte sich in Begleitung von Egil Richtung Feldlager, um die Pferde und die Waffen zu holen. Da trat ihm Bosos schöne Schwester Richildis in den Weg. Ihr kleines Gefolge entfernte sich diskret. Isembard hatte sie unter den übrigen Edeldamen gesehen, mit ihrem grünen Samtkleid und dem silbernen Gürtel stach sie aus der Menge heraus. Ihre vom Laufen geröteten Wangen betonten ihre Schönheit noch. Isembard bat Egil, schon einmal vorauszugehen.

»Ich bin beeindruckt«, sagte sie, und es klang aufrichtig. »Ich würde Euch gerne näher kennenlernen, Isembard von Tenes.«

»Entschuldigt mein Verhalten Eurem Bruder gegenüber, aber ich muss unverzüglich weg.«

Richildis bemerkte seine Distanziertheit nicht und trat näher. Er faszinierte sie.

»Ich glaube, neulich abends ist ein falsches Bild von mir entstanden. Mein Bruder springt mit jedem meiner möglichen Bewerber so um. Ich bitte Euch um Verzeihung. Ich weiß jetzt, dass Ihr anders seid als die anderen Ritter, die man bei Hof sieht, nicht nur, weil Ihr der Erste seid, der ihn bei einem Turnier besiegt. Wollt Ihr nicht Eure Huldigung entgegennehmen?«

»Andere Angelegenheiten verlangen nach mir.«

Richildis bemerkte die Dringlichkeit in Isembards blauen Augen und lächelte neugierig.

»Eine Dame in Bedrängnis vielleicht?«

Isembard antwortete nicht. In Richildis kam ein unbekanntes Gefühl hoch: Eifersucht. Mit einer verführerischen Geste reichte sie ihm ein parfümiertes Tüchlein, und als sie es ihm aushändigte, berührte sie leicht seine Finger.

»Es soll Euch die Reise versüßen. Wir sehen uns wieder, Isembard von Tenes.«

Der junge Mann schaute ihr nach, als sie mit anmutigen Schritten zur Tribüne zurückging. Richildis war betörend. Trotz ihres jugendlichen Alters kannte sie die Männer gut.

»Wir müssen los!«, rief ihm Egil aus dem Feldlager zu.

Der Zauber verflog.

»Gott helfe uns, dass wir Barcelona erreichen.«

»Alles wird laufen wie geplant«, raunte der Soldat. »Du wirst sehen.«

Als es Nacht wurde, ging Goda unruhig in dem alten Turm auf dem Mons Iovis auf und ab. Zur Untätigkeit verdammt, dachte sie voller Verzweiflung an Argencia. Sie würde nicht aufgeben. Sie würde weder nach Ampurias gehen noch sonst wohin. Sie musste ihre Tochter zurückbekommen. Goda betrachtete ihr schmutziges, zerschlissenes Kleid und verfluchte Drogo. Schon bald würde er als Graf zurückkehren und sich nicht länger mit ihrer Verbannung zufriedengeben. Sie musste einen Weg finden, ihre Ehre wiederherzustellen und Argencia zurückzubekommen. Und dafür brauchte sie Geld.

Sie würde die Menschen mit deren Habgier besiegen, beschloss sie, auch wenn sie noch nicht wusste, wie. Sie hatte weder Schwert noch Diener, aber sie erinnerte sich daran, dass man sie die Seele Barcelonas genannt hatte. In der Hoffnung auf eine Antwort opferte sie jeden Abend der Großen Mutter. Sie musste Argencia nach den Regeln ihres Volkes erziehen, ihr alles über das Gedächtnis Barcelonas erzählen, von Familien, Ereignissen und Geheimnissen, die nicht in Vergessenheit geraten durften.

Die Zeit arbeitete gegen sie. Im Winter würde das Leben in dem baufälligen Turm unerträglich werden. Sie zwang sich zum Essen und nagte an einem der beiden Lammrippchen, die Elisia ihr gebracht hatte.

»Da fehlt Salz«, murmelte sie angewidert. »Diese Franken …«

Sie warf die Rippchen in den Korb zurück und trat nach draußen. Die Einsamkeit übermannte sie, und so ging sie den Berg hinunter zu dem bescheidenen Fischerdorf am Hafen. Die Fischer arbeiteten auch als Träger, wenn hin und wieder Barkassen oder die Dromonen aus Byzanz anlegten.

Die Familien, die rings um ein Feuer saßen, erhoben sich zur Begrüßung und schwiegen respektvoll. Sie war die adlige Dame, die oben im Turm lebte. Die Kinder hatten Angst vor ihr; sie hielten sie für eine Hexe, die Blut trank. Die Erwachsenen grüßten sie, aber sie befürchteten, Probleme mit den Behörden der Grafschaft zu bekommen, wenn sie Verbindungen zu der Verbannten unterhielten.

»Guten Abend«, sagte sie. »Ich möchte nur ein bisschen Salz.«

»Ja, Herrin.« Eine alte Frau reichte ihr ein Tuch. »Wir benutzen es, um Fisch zu pökeln, ihn haltbar zu machen. Während der Winterstürme können wir manchmal nicht aufs Meer hinausfahren.«

Goda hatte schon häufiger beobachtet, wie sie Meerwasser in Keramikschalen gossen, die sie vor die Häuser stellten, damit das Wasser verdunstete und das Salz zurückblieb.

»Ihr solltet es in der Stadt verkaufen. Es ist kostbar und wird gut bezahlt.«

»Wir machen es nur für uns«, wandte einer der Männer schüchtern ein.

»Wenn ihr größere Becken anlegt, könntet ihr mehr ernten.«

Die kleine Gruppe schwieg erneut.

»Gott zürnt und straft uns immer wieder aufs Neue«, bekannte eine ältere Frau und schaute ihr offen in die Augen. Sie schien lange darauf gewartet zu haben, einer Adligen sagen zu können, was sie dachte, ohne dafür aufgehängt zu werden. »Unsere Kleidung besteht aus Lumpen, und unsere Boote sind leck. An dem Tag, an dem sie untergehen, werden wir sterben. Die Salzherstellung ist mühsam, und die feinen Herren würden es uns wegnehmen, wenn sie feststellen, dass es etwas wert ist.«

Die Frau sah Goda vorwurfsvoll an, und diese ging zurück in den Turm, ohne etwas zu erwidern. Sie war aus politischen Gründen hier und weil sie zu stolz gewesen war, aber für diese Menschen war dies der Alltag. Ihre Welt war ein furchtbarer, gefährlicher Ort, an dem Abenteuer schlecht ausgingen. Entmutigt hätte sie sich gerne in die Krypta der alten Kreuzkirche geflüchtet, um sich der Erinnerung an ihre Ahnen hinzugeben und mit ihnen zu hadern. Sie begann zu begreifen, dass sie in Wirklichkeit nie versucht hatten, das wahre Barcelona zu retten, sondern lediglich ein Idealbild der großen gotischen Familie.

Ein nackter Junge betrat den Turm. Er ist etwas älter als Argencia, dachte Goda, und er wirkt verängstigt.

»Meine Mutter Maria schickt euch diese Sardine als Entschuldigung.«

»Wie heißt du?«

»Ermemir.«

»Das ist für dich, Ermemir.«

Sie gab ihm die beiden Lammrippchen. Der Junge riss die Augen auf, legte den übel riechenden Fisch hin und machte sich mit seiner Beute davon. Goda rümpfte die Nase angesichts des Gestanks, der sich im Turm ausbreitete. In ihrem Palast in Barcelona wäre die Sardine direkt auf dem Tisch der Sklaven gelandet. Sie untersuchte sie angewidert. Der Fisch war vergammelt, weil er nicht ordentlich eingesalzen war.

Da schoss ihr eine Erinnerung durch den Kopf, und von plötzlicher Erregung erfasst, sprang sie auf. Sie schürte das Feuer, um ein wenig mehr Licht zu haben, und zeichnete mit dem Finger die Küstenlinie in den Sand. Dann markierte sie Barcelona, den Fluss Llobregat, der weiter südlich verlief, und seinen Zufluss, den Cardener. Sie erinnerte sich an einen alten Plan auf einem fast unleserlichen Pergament, der zusammen mit anderen Familienschätzen nach dem Angriff Wilhelms von Septimanien verloren gegangen war. Das Herz klopfte ihr bis zum Hals. Sie lief erneut ins Fischerdorf hinunter.

»Habt ihr einen Karren?«, fragte sie ohne große Umschweife.

»Ja, wir haben einen, mit dem wir den Fisch in die Stadt bringen.«

»Morgen vor Tagesanbruch kommen die mit mir, die dazu bereit sind«, verkündete sie und sah durch das Schweigen hindurch die neugierigen Blicke.

»Wo wollt Ihr denn hin?«, fragte einer der Männer spöttisch.

»Zu einem verlassenen Ort in der Nähe der Grenze. Vielleicht wird es gefährlich.«

»Warum sollten wir Euch da begleiten?«

»Falls wir zurückkehren, werdet weder ihr noch eure Kinder und Kindeskinder jemals wieder Hunger leiden.«

Die alte Maria, Ermemirs Großmutter, fasste ihren Sohn am Arm, damit er gut zuhörte. Sie hatte etwas in den Augen der verfemten Adligen gesehen. Ein Geheimnis. Goda strahlte Überzeugung aus. Es hieß, sie sei die Seele Barcelonas, und anders als ihre adligen Freunde bot sie ihnen eine Chance. Sie durften sie nicht vergeuden, so riskant es auch sein mochte. An Entkräftung zu sterben war schlimmer.

30

»Goda war nicht in ihrem Turm«, sagte Galderic, als er in die zerstörte Küche der Taverne zum Miracle kam. Das Bündel mit dem Essen war unberührt.

Elisia richtete sich auf und wischte sich leise fluchend mit dem Ärmel den Schweiß von der Stirn. Sie hatte versucht, ihren besten Kessel auszubeulen, jedoch festgestellt, dass auch er hinüber war. Sie seufzte und wandte sich dem Jungen zu.

»Sie wird in der Kirche am Strand sein. Hast du nicht gewartet?«

»Eine alte Frau hat mir gesagt, dass sie mit einigen Fischern aufgebrochen sei und sie nicht wisse, ob und wann sie zurückkomme. Es kam mir so vor, als wollte die Frau nicht mehr sagen.«

Elisia war beunruhigt. Wortlos ging sie durch den Schankraum auf den Platz hinaus. In der Taverne war alles noch so, wie Drogos Männer es hinterlassen hatten. Mit gesenktem Kopf ging sie zwischen den zersplitterten Möbeln hindurch, denn zu sehen, wie diese Kerle ihre ganze Arbeit zunichtegemacht hatten, machte sie unendlich traurig. Das wenige, das heil geblieben war – ein paar Krüge und irdene Teller –, hatte sie zusammen mit dem Feuerholz verkauft und den Erlös im Küchenboden vergraben. Sie kochte jetzt in den Häusern von Adligen und anderen Barcelonesen, die sie schätzten, in der Hoffnung, genug Geld zusammenzubringen, um irgendwann mit einem Händler nach Carcassonne zurückkehren zu können. Sie war bereit, auf die Freiheit zu verzichten, wenn Oterio sie wieder in seiner Herberge aufnahm.

Von Isembard hatte sie nichts mehr gehört. Hauptmann Oriol hatte ihr zu verstehen gegeben, dass er in Sicherheit war, ihre Fragen jedoch nicht beantwortet. Gali trieb sich in den Schänken am Stadttor herum und würfelte mit Drogos Männern, um sich durchzuschlagen. Er war ihr Mann, aber sie verachtete ihn. Wenn er im Miracle auftauchte, erinnerte er sie daran, dass das Haus nach wie vor ihm gehörte. Elisia wollte weg und ihn verlassen, befürchtete aber, dass es ihr niemals gelingen würde.

Als sie die Stadt durch das Regomir-Tor verließ, erfasste sie ein sonderbares Gefühl. Es war mehr los als sonst. Wohlhabende Familien verließen Barcelona mit schwer beladenen Wagen, gefolgt von ihrer Dienerschaft. Einige verabschiedeten sich von ihr, als erwarteten sie nicht, sie wiederzusehen. Niemand nannte ihr den Grund, aber sie sah die Beunruhigung in ihren Augen.

Keuchend erreichte sie den Turm auf dem Mon Iovis. Man sah ihr die Schwangerschaft noch nicht an, aber bei Anstrengung wurde sie schnell müde. Das Feuer war erloschen, der Wind, der durch die Eingangstür wehte, hatte die Asche verteilt. Elisia ging zum Hafen hinunter, aber sie fand die Frau nicht, von der Galderic gesprochen hatte. Merkwürdig, dachte sie. Goda wäre niemals gegangen, ohne sich von ihr zu verabschieden.

Besorgt kehrte sie in die Taverne zurück. Am Stadttor begegnete sie dem *Saig*, der sich mit den Wachen unterhielt. Der Beamte kam mit ernster Miene auf Elisia zu.

»Weißt du, wo Goda von Barcelona ist?«

»Habt Ihr sie auch nicht gesehen? Was ist los?«

Der Beamte schätzte Elisia sehr und bedauerte, was im Miracle geschehen war, deshalb ließ er sich dazu herab, mit ihr zu sprechen.

»Ich dürfte es dir eigentlich nicht sagen, aber falls du sie siehst, sag ihr, dass eine Brieftaube aus Servais eingetroffen ist. Frodoi bittet sie, unverzüglich nach Ampurias zu gehen. Er hat zwei Männer geschickt, die bereits auf dem Weg hierher sind.«

Der *Saig* runzelte die Stirn. »Offenbar hat der neue Graf eine falsche Vorstellung von den Goten und will sie mit Gewalt daran erinnern, wer das Sagen hat. Ich befürchte, es werden noch mehr Menschen wie du in den Ruin gestürzt.«

»Warum? Was ist bei der Reichsversammlung geschehen?«, fragte sie mit bangem Herzen.

»Es gibt Neuigkeiten. Drogo wurde zum Aufrührer erklärt, und der König hat einen Franken aus dem Norden zum Markgrafen von Gothien ernannt. Ich fürchte, sie wollen uns für Humfrieds Aufstand büßen lassen. Aber es ist nicht alles schlecht für die Goten. Isembard II. von Tenes wurde zum Ritter erhoben. Das ist der junge Mann, den Guisand von Barcelona bei sich hatte.«

»Ich kenne ihn«, flüsterte Elisia. »War er auch bei der Versammlung?«

»Das ist anzunehmen. Aber man muss seine Rückkehr abwarten.«

Ihre Augen wurden feucht. Sie war wie betäubt von den Neuigkeiten. Endlich wusste sie etwas von Isembard, auch wenn er nun ein Adliger war und sie ein Abgrund trennte. Ihre Hoffnung, falls es je eine gab, hatte sich zerschlagen. Aber eine Frage beschäftigte sie dennoch.

»Wenn Drogo von Borr zum Verräter erklärt wurde, wer ist dann der neue Graf von Barcelona?«

»Bernhard von Gothien, Graf der Auvergne, der Sohn Bernhards von Poitiers.«

Elisias Augen leuchteten auf.

»Von Poitiers?«

»Sein Vater ist der dortige Graf«, sagte der *Saig*, den das Interesse der Wirtin erstaunte.

Zum ersten Mal seit vielen Wochen erschien ein Lächeln auf Elisias Gesicht. Es war ein Hoffnungsschimmer.

»Wann werden sie eintreffen?«

»In etwa zwanzig Tagen.«

Sie ließ den Beamten einfach stehen und lief zur Taverne zurück. Zu Galderics Verblüffung schob sie ein paar Holzbretter zur Seite, holte ein Ledersäckchen mit einer Handvoll Münzen hervor und hielt es dem Jungen mit strahlenden Augen hin.

»Milch! Galderic, ich will die frischeste Ziegenmilch, die du kriegen kannst! Wenn du das schaffst, musst du vielleicht nicht nach La Esquerda zurück.«

Die Rückreise nach Barcelona würde Isembard niemals vergessen. Der Gedanke, Elisia wiederzusehen, hatte ihn die endlosen Stunden im Sattel ertragen lassen. Sie waren mit sechs Pferden unterwegs, und nach zwei Wochen hatten Egil und er Cerdaña erreicht, das von Graf Salomon von Urgell regiert wurde. In Estana und El Querforadat wurden sie von seinen Soldaten aufgehalten. Egil zeigte den Passierschein mit dem Siegel Bischof Frodois vor. Sie seien unterwegs, um die Ernennung des Markgrafen von Gothien in Barcelona zu verkünden, erklärten sie, und die Männer tauschten zwei der Pferde gegen frische, an die Höhe gewöhnte Tiere ein. Ohne weitere Rast erreichten sie das schroffe Gebirgsmassiv der Sierra del Cadí. Der Schnee, der im Winter gefallen war, hatte sich an den Hängen aufgetürmt, und obwohl der Frühling vor der Tür stand, war es klirrend kalt. Dies war der beschwerlichste Abschnitt ihrer Reise.

Ein Hirte führte sie über den Cortal del Roig nach Boscalt, und nach zweitägigem mühsamem Marsch über einen alten Pfad, der in Serpentinen an tiefen Schluchten entlangführte, erreichten sie das Tal des Lavansa. Es hatte den ganzen Tag geregnet, und sie hofften, am Abend den kleinen Ort Fórnols zu erreichen, um in der Nacht ein Dach über dem Kopf zu haben, auch wenn sie dafür eines der Pferde in Zahlung geben mussten. Doch dann begegneten ihnen einige Mönche mit einem Karren voller verwesender Leichen. Im Dorf war eine Seuche ausgebrochen, die Mönche sammelten die Opfer ein und begruben sie auf einem abgelegenen Hügel.

Also beschlossen sie, Fórnols zu umgehen und an einem geschützten Platz in der Nähe des Flusses ihr Lager aufzuschlagen. Sie waren erschöpft, aber nur noch wenige Tagesreisen von ihrem Ziel entfernt.

Während die Pferde tranken, wusch sich Isembard im Fluss. Der Amberduft, der Richildis' Tuch entströmte, weckte Erinnerungen an die vornehme Dame. Er liebte Elisia aus tiefster Seele, doch das feine Tuch machte ihm seine neue Position bewusst. Jetzt konnte er das Ansehen seiner Familie wiederherstellen. Nach Drogos Fall würde er mit Frodois Hilfe die Burg Tenes zurückerlangen, und zwar nicht mit Gewalt, sondern als rechtmäßiger Erbe. In diesem Moment schwor er sich, Elisia nicht aufzugeben, auch wenn es seine Pflicht gebot, eine Adlige zur Frau zu nehmen, und die Wirtin verheiratet war. Die gotische Rechtsprechung in solchen Fällen war eindeutig: Beide Ehebrecher wurden dazu verurteilt, Sklaven des Ehemanns zu sein. Aber irgendwie würden sie einen Weg finden. Vielleicht konnte Frodoi die Ehe annullieren. Und der Schmerz wegen Rotels Verlust würde nachlassen. Diese neue Aussicht erfüllte ihn mit Glück, nachdem es so lange dunkel um ihn herum gewesen war.

In seine Gedanken versunken, sah er den Schatten auf der Wasseroberfläche nicht – jemand stand hinter ihm. Bevor er reagieren konnte, spürte Isembard einen Stich in der Rippengegend. Der heftige Schmerz ließ ihn herumfahren. Egil stieß ihm erneut den Dolch zwischen die Schulterblätter und warf ihn dann ins Gras, das sich blutrot färbte.

»Tut mir leid, Junge. Weder du noch ich werden Barcelona erreichen«, sagte er, während er ihm Guisands Schwert abnahm. »Drogo fordert Rache, bevor er stirbt.«

»Warum?«, keuchte Isembard, von dem heftigen Schmerz benommen. »Du hast Oriol stets treu gedient.«

»Ich bin schon lange Drogos Spitzel; so hat er erfahren, dass ihr vorhattet, Tenes einzunehmen, und auch, dass der Bischof eine ehebrecherische Liebschaft zu Goda von Barcelona unterhält.« Er sprach ohne Stolz und wirkte völlig gleichgültig. Zur Rechtfertigung schwenkte er einen schweren Geldbeutel. »Drogo zahlt gut, mehr, als Frodoi glaubt. Genug, um ein neues Leben an einem glücklicheren Ort zu beginnen. Gott sei deiner Seele gnädig.«

Isembard wurde kalt, während er verblutete. Mit dem Blut schwanden die Wärme und das Leben aus ihm. Er sah die unscharfen Umrisse von Egil, der mit den Pferden davonritt. In seiner Not presste er Richildis' Tuch auf die Wunde, um die Blutung aufzuhalten, und schrie vor Schmerz. Kraftlos sank er zu Boden und starrte in den nachtblauen Himmel. Er dachte an Elisia und bewegte stumm die Lippen. Wie dumm von ihm, zu glauben, Gott würde seine sündigen Absichten gutheißen.

Plötzlich kam es ihm vor, als beuge sich ein Ritter mit Helm und karmesinrotem Umhang über ihn. Es war Guisand von Barcelona, der ihn vorwurfsvoll ansah. Isembard hatte nicht gehalten, was er dem alten Ritter einst versprach. In unendlichem Schmerz überließ er sich der Dunkelheit.

Rotel krümmte sich, als sie plötzlich ein Gefühl von Kälte und Schwäche überkam, und musste sich gegen einen Baum lehnen. Sie war mit Ega und den Horden auf einem kaum sichtbaren Pfad zu einer Siedlung in der Nähe der Burg Taradell im Norden des Montseny-Gebirges unterwegs. Unterhalb der Festung gab es eine verlassene Höhle, in der eine mindestens fünfzigköpfige Sippe unterkommen konnte.

»Was hast du?«, fragte Ega besorgt.

Nachdem sie tief Luft geschöpft hatte, konnte Rotel wieder sprechen.

»Mein Bruder Isembard. Ihm ist etwas zugestoßen.«

Die Gruppe blieb überrascht stehen. Ega ergriff ihre Hände. Rotel starrte in das dichte Unterholz, als hoffte sie auf ein Zeichen, um sich auf die Suche nach ihm zu machen. Eine Träne rollte ihr übers Gesicht, selten wie ein Diamant. In ihrem tiefsten Inneren war sie immer noch Schwester, und die litt.

»Der Tod ist unser Begleiter, mein Kind.«

»Es ist nicht der Tod, der mir Angst macht. Ich weiß, dass Isembard ihn genauso annimmt wie ich. Es ist das Scheitern. Seine Seele weint um etwas, das er nicht zu Ende bringen konnte.«

»Dann kann es sein, dass du irgendwann seiner umherirrenden Seele begegnest«, sagte die alte Frau düster. »Die Toten finden nicht immer ihren Weg, wenn sie sich an die Erde klammern. In dieser verlassenen Gegend wimmelt es von ihnen.«

Plötzlich wurden sie von wild aussehenden Horden umzingelt. Rotel, in ihrem Unglück versunken, zeigte keine Regung. Ein Mann mit einem gehörnten Helm und Knochenschmuck auf der Brust kam auf sie zu.

»Die Gerüchte stimmen«, sagte er unter einer dämonischen Maske hervor. »Onyx' Schülerin und eine Zauberin haben die Überlebenden von Anusos und Walbers Gruppe vereint. Ihr müsst wissen, dass wir Drogos Männer zurückschlagen konnten.«

Er packte eine doppelschneidige Axt und ließ sie zum Entsetzen der Neuankömmlinge über den Köpfen der Frauen kreisen. Dann schleuderte er die Waffe gegen einen Baum, wo sie im Stamm stecken blieb.

»Jemand, der so tollkühn und wagemutig ist, soll nicht sterben!«, dröhnte er mit ausgebreiteten Armen. »Coslas Sippe empfängt euch als Freunde. Kommt in unser Lager und ruht euch aus. Dort werden wir Zeit haben zu erfahren, warum ihr diese Leute gerettet habt.«

Alle atmeten erleichtert auf. Zusammen mit Cosla und seinen Leuten waren sie eine kleine Armee und konnten mit dem

Grafen Friedensverhandlungen führen. Doch Rotel dachte immer noch voller Angst an ihren Bruder.

»Wo bist du, Isembard?«, flüsterte sie zu den dunklen Wolken hinauf, die ein Gewitter ankündigten. »Wo soll ich dich finden?«

Egil ritt durch eine dunkle Schlucht in Richtung Westen. Das Unwetter schien sein Verbrechen in die Welt zu brüllen, und er zuckte erschrocken zusammen, als es donnerte. Aber es war geschehen, und nun erwartete ihn ein langer Weg über Urgell, Pallars und Ribagorza, bis er den fränkischen Machtbereich der Mark verließ, wo ihn Frodois Einfluss nicht mehr erreichen konnte.

Wie zuvor sein Vater und seine Brüder hatte er in der bischöflichen Garde gedient, nur um zu sehen, wie sie einer nach dem anderen bei Sarazenenangriffen gestorben waren. Er fühlte sich nicht als Verräter, sondern wie einer, der vom Leben zurückhaben wollte, was man ihm genommen hatte. Frodoi war mit jugendlichem Schwung in die Mark gekommen, er hatte Land verteilt, und Dutzende Familien lebten von dem Bau der neuen Kathedrale, doch Barcelona war nach wie vor das vergessene Bollwerk des Königsreichs.

Die Spanische Mark blutete aus, um ein gleichgültiges Land zu schützen. Mehr als sechzig Jahre waren vergangen, ohne dass sich etwas geändert hatte. Der einzige Kampf, der sich lohnte, war der für sich selbst, deshalb war er auf Drogos Angebot eingegangen. Er schätzte Isembard, doch der junge Mann war geblendet von den vergeblichen Hoffnungen, die Guisand, Oriol und Goda von Barcelona in ihm geweckt hatten. In diesem Jahr endete der Waffenstillstand mit den Sarazenen. Vier Jahre Frieden, die nur dazu gedient hatten, dass der Feind sich neu bewaffnete, während sie selbst schwächer waren denn je. Der König und sein Adel hatten andere Interessen.

Wenn die Grenze am Llobregat fiel, würden die Sarazenen bis zu den Pyrenäen vordringen. Karl der Große würde sich im Grab umdrehen, doch bis dahin wäre Egil weit genug entfernt. Mit dem kleinen Vermögen, das an seinem Gürtel baumelte, wollte er sich in den Dienst eines aragonesischen Adligen stellen. Niemand würde ein gutes Schwert zurückweisen.

Plötzlich schwirrte ein schwarzer Pfeil durch die Nacht und bohrte sich in seine Brust. Das Pferd bäumte sich auf, Egil verlor die Zügel und stürzte in den Schlamm. Das Blut strömte aus seinem Körper, und sein Blick verschwamm. Er sah den Beutel und die Münzen auf dem Boden verteilt liegen.

Mehrere Schatten sprangen von den Felsen und kamen näher. Egil versuchte aufzustehen, sein Herz raste vor Angst. Es war nicht das erste Mal, dass er verwundet wurde, aber als er Blut hustete, wusste er, dass es ihn diesmal böse erwischt hatte.

»Es ist nicht klug, unterwegs zu sein während eines Unwetters, das deinen Verfolgern Deckung gewährt«, sagte ein maskierter Mann, der sich bückte, um die Münzen aufzusammeln. »Du hast vier kräftige Pferde dabei, die wir gut gebrauchen können, und dazu ein kleines Vermögen.«

Es waren Sarazenen, eine nicht sonderlich große Räuberbande, die in der Gegend ihr Unwesen trieb. Es gelang Egil, sein Schwert zu ziehen, doch seine Schläge trafen ins Leere. Keuchend sank er auf die Knie. Als er die Spitze eines Krummsäbels im Genick spürte, gab er seinen Widerstand auf, noch immer verlor er zu viel Blut. Der Anführer der Bande sagte gleichmütig: »Du bist ein erfahrener Soldat und erkennst, wann das Ende gekommen ist. Ich weiß nicht, ob du ein ehrenhaftes Leben geführt hast oder ob du ein armseliger Schuft bist, aber nun bleibt dir nur noch, zu deinem Gott zu beten, dass er dir deine Sünden vergibt und jemanden vorbeischickt, der dich begräbt.«

»Mach schon«, sagte Egil, das Gewicht des Säbels im Nacken. Jeder Soldat zog es vor, schnell zu sterben.

Es war eine Ironie des Schicksals, dass er genauso von dieser Welt schied wie Isembard. So war die Spanische Mark: ein Ort, wo Geschichten einfach so endeten. Die Schneide des Säbels drang unterhalb seines Schädels ein, und aller Groll und alle Träume verschwanden für immer. Die wilden Tiere würden seinen Leichnam auf den Hochebenen Cerdañas verstreuen, und er würde für immer vergessen sein.

Kurz vor Einbruch der Dunkelheit erreichten die Mönche aus Fórnols das Flussufer, wo zwei Hirten den reglosen Körper eines jungen, blonden Kriegers entdeckt hatten. Sie prüften nicht, ob sein Herz noch schlug. Es regnete, und sie wollten nach Hause. Einer der Brüder deutete auf den dunklen Umhang.

»Ist das nicht einer der beiden Reiter, die gegen Mittag am Dorf vorbeikamen?«

»Ich fürchte, der andere hat seinen Weg allein fortgesetzt. Möge Gott ihn für sein Verbrechen strafen.«

Schweigend hoben sie ihn auf den Wagen, auf dem bereits die fahlgrauen Leichen einer Frau und dreier Kinder lagen, und kehrten mühsam auf dem Weg um, der sich durch das Unwetter in einen Morast verwandelt hatte. Sie murmelten Gebete, um sich vor dem Unheil zu schützen, das von den Toten ausging.

»Die Räder versinken durch das Gewicht im Schlamm. Wir sollten ihn hierlassen und morgen abholen.«

»Erbarmen, Bruder, Erbarmen …«

Erschöpft von der Anstrengung erreichten sie die felsige Anhöhe, auf der das kleine Kloster stand. Die schwarze Erde war voller Steinhügel. Vier weitere Mönche, die Gräber aushoben und sich schmutzige Tücher vor Nase und Mund gebunden hatten, sahen unwillig zu der neuen Fuhre.

»Der Abt will nicht, dass sie über Nacht unbeerdigt bleiben. Die wilden Tiere würden sie zerreißen und das kranke Fleisch in andere Täler schleppen«, sagte einer von ihnen.

»Ist ja gut«, murrte ein Jüngerer, der es leid war, den ganzen Tag das Gleiche zu hören.

Der Regen wurde stärker, Blitze zuckten am Himmel. Gott zürnte. Achtlos luden sie den Wagen auf einen Haufen schmutziger Leichen ab. Sie würden sie nach der Komplet bestatten.

»Schaut euch mal dieses Tuch an!«, rief einer der Mönche.

Der Tote vom Flussufer lag gekrümmt über den anderen. Er war mit Schlamm bedeckt, aber auf seinem Oberkörper war ein Tüchlein aus feinem, reich besticktem Stoff zu erkennen. Es war blutdurchtränkt.

»Ob das Seide ist?«, fragte ein älterer Mönch neugierig.

Der Jüngere beugte sich vor, um den Stoff näher in Augenschein zu nehmen.

»Die Ecke, die nicht befleckt ist, riecht himmlisch.«

»Du weißt also, wie der Himmel riecht, Bruder Carpio?«

»Nein, aber ich hoffe mal, dass er so riecht.«

Als er es an sich nahm, trat Blut hervor, und der Körper bewegte sich.

»Mein Gott! Leg es wieder hin. Dieser Mann lebt!«

Der junge Mönch betrachtete das Tuch. Erst als sein Mitbruder erneut schrie, drückte er es wieder auf die Wunde. Carpio legte sein Ohr auf Isembards Brust.

»Schnell, kommt alle her, wir müssen ihn ins Haus bringen!«

Sie trugen ihn in seinem eigenen Umhang zu dem kleinen Kloster von Fórnols, das aus einer steinernen Kapelle und einem Wohnhaus mit zwei Räumen bestand. Ein alter Mönch trat erstaunt vor die Tür, als er sie kommen sah. Er berührte die kalte Stirn des verwundeten Mannes, dann legte er die Hand an seinen Hals.

»Wir glauben, dass er lebt, Bruder Bonifatius.«

»Er ringt mit dem Tod«, erklärte dieser. »Er hat noch etwas zu erledigen.«

31

Die Fischer Albaric, Leotar und Donadeus wie auch ihre Söhne folgten Goda durch das Schilf am Ufer des Flusses Cardener. Die drei Brüder waren noch keine dreißig, ihre Söhne zwischen zwölf und fünfzehn. Sie trugen Knüppel und eine Hacke bei sich, dennoch hatten sie große Angst. Noch nie waren sie so weit weg vom Meer gewesen. Die verlassenen Gegenden im Landesinneren kannten sie nur aus dunklen Legenden von Dämonen, Drachen und blutrünstigen Sarazenen. Wilde Tiere konnten sie vertreiben, aber wenn sie auf bewaffnete Männer trafen, würde man nie wieder von ihnen hören.

Die alte Maria, die Mutter der drei, hatte sie davon überzeugt, Goda zu begleiten, doch sie betrachteten die Dame weiterhin mit Misstrauen. Nach ihrem Dafürhalten dachte der Adel nur an sich selbst und schloss und brach Bündnisse nach Belieben, um sich an die Macht zu klammern. Sie verstanden nicht, was ihre Mutter in dieser Frau sah, aber die letzten Jahre waren furchtbar für sie gewesen, und auch die Zukunft sah nicht rosig aus. Die Sarazenen hatten fast alle ihre Boote und ihre besten, von den Großvätern ererbten Netze verbrannt. Sie fingen nur wenig, und aus der Stadt kamen Leute, die Muscheln von den Felsen sammelten und ihnen auch noch die wenigen Meeresfrüchte nahmen. Einer der Fischer war ertrunken.

Weil zu viele Mäuler zu stopfen waren, hatten sie sich von Marias Hoffnung anstecken lassen, doch als sie in einer alten Mühle am Llobregat auf geschwärzte Knochen stießen, verließ sie der Mut. Am vergangenen Abend war Marti, ein weiterer Fischer, der sich ihnen im letzten Moment angeschlossen hatte, nach Barcelona zurückgekehrt.

Goda ging voran und unterhielt sich mit Leotars jüngstem Sohn Ermemir. Der Zwölfjährige war fasziniert von ihr, seit er ihr die Sardine zum Turm auf dem Mons Iovis gebracht hatte.

Albaric, der jüngste der Fischer, verzog missmutig das Gesicht.

»Das ist absurd! Diese Frau ist schuld, wenn man uns alle umbringt.«

»Oder noch Schlimmeres«, flüsterte Donadeus.

»Sie sagte, wir würden mehrere Tage brauchen«, setzte Leotar hinzu, während er zu Ermemir hinübersah, der vertrauensvoll neben Goda herging.

»Wir sollten abhauen wie Marti. Wir sind schon zu weit gegangen.«

»Wenn wir nachts gehen, sind wir in vier Tagen wieder am Hafen«, erklärte Albaric.

»Und was ist mit ihr?«, fragte Leotar.

»Sie wird genauso zurückfinden, wie sie hergekommen ist. Was geht es uns an?«

»Diese Frau ist nicht irgendeine Adlige«, sagte Donadeus vorsichtig. »Sie hat mächtige Freunde, und ich habe gehört, dass sie den alten Glauben praktiziert. Sie könnte Rache nehmen.«

»Hast du die Blasen an ihren Füßen gesehen? Sie ist wie jede andere!«

Goda plauderte weiter mit Ermemir, aber sie ahnte, was da hinter ihr geflüstert wurde. Auch sie war besorgt. Sie hatte zwar als Kind die Karte gesehen und erinnerte sich an die eine oder andere Geschichte, aber sie konnte sich täuschen. Das, was sie suchte, befand sich vielleicht dort, vielleicht aber auch ganz woanders. Sie gab sich distanziert, um ihre Unsicherheit zu überspielen.

»Wann sind wir da?«, fragte Ermemir erneut.

»Das werden wir sehen, weil dort nichts wächst«, antwortete Goda geduldig.

»Also ist das Land verflucht?«

»Im Gegenteil. Es ist ein Geschenk Gottes an die Menschen und Tiere, deshalb hat er den Pflanzen verboten, dort zu wachsen. So hat es mir meine Großmutter erzählt.«

»Meine sagt, Ihr sprecht unter einer Kirche mit Euren Toten.«

Goda lächelte traurig. Flussaufwärts stand eine große Weide, deren Zweige das Wasser des Cardener streiften. Die Weide war der Baum des Todes, weil er in die Unterwelt deutete.

»Die Toten haben zu mir gesprochen, als sie noch lebten, Ermemir. Ich versuche nur, nicht zu vergessen, was sie mir sagten.«

»Im Dorf erzählt man sich, Ihr wäret eine Hexe … Aber ich vertraue Euch.«

»Warum?«

Der Junge zuckte mit den Schultern.

»Das Meer macht mir Angst, und ich glaube, Ihr führt uns zu einem Sarazenenschatz.«

Goda lächelte erneut. Der Junge hatte den anstrengenden Marsch klaglos ertragen und himmelte sie förmlich an. Sie hoffte von Herzen, ihn seiner Mutter heil und gesund zurückbringen zu können.

»Ein Schatz, ja, aber viel älter, Ermemir.« Sie fuhr ihm über das struppige Haar. »Weil du mir vertraust, werde ich ihn dir schenken, vorausgesetzt, dass du ihn mit deinen Lieben teilst.«

Der Junge nickte entschieden und schritt mit frischer Kraft aus. Hinter ihnen folgten die Fischer, die sie argwöhnisch beäugten, während die ältesten Söhne den nach Fisch stinkenden Karren zogen.

»Also, was machen wir, Albaric? Sie hier zurücklassen? Wenn sie zurückkehrt …«

»Das wird sie nicht.«

»Bitte denk noch mal darüber nach«, bat Leotar ängstlich.

Albaric ging voraus. Er wollte nicht länger diskutieren. Dieses Unternehmen war so absurd wie die Ängste seiner Brüder. Er war der Erste der drei Brüder gewesen, der sich wieder aufs Meer gewagt hatte, nachdem ihr Vater vor Jahren ertrunken war. Er hatte einen guten Fang gemacht, und seine Mutter und seine Brüder bekamen an jenem Abend etwas zu essen. Seitdem war das Boot seine Welt, und er für die Seinen das Familienoberhaupt. Er dachte an die Knochen in der Mühle; da zog er es vor, auf See zu sterben.

Als das Licht schwand, hielt Goda an einer Flussbiegung an. Sie war blass und hatte dunkle Ringe unter den Augen. Ihren Berechnungen nach hätten sie schon am Ziel sein müssen, aber sie wagte es nicht, das zuzugeben. Etwas in Albarics Augen beunruhigte sie.

»Wir haben den ganzen Tag niemanden gesehen. Wir könnten Feuer machen.«

Ihre Kleider waren durchnässt, ein wenig Wärme würde ihnen guttun, und so zogen die Kinder fröhlich los, um Holz zu sammeln. Die drei Fischer sahen sich an. Albaric nickte stumm und packte einen faustgroßen Flusskiesel.

Goda war damit beschäftigt, mit einem Feuerstein eine Handvoll Zunder zu entzünden. Albaric schlich sich von hinten an, den Stein in der gesenkten Hand. Das Rauschen des Flusses übertönte seine Schritte. Gerade als er die Hand erhob, hörten sie einen Schrei.

»Ich hab's gefunden«, rief Ermemir von ferne.

Seine Brüder folgten dicht hinter ihm, um zu verhindern, dass er ins Wasser fiel.

»Herrin!«, jubelte er. »Da drüben ist es! Ich hab's gesehen!«

Albaric versteckte den Stein genau in dem Moment, als Goda sich umdrehte. Ihre Augen blitzten, als sie den Mann hinter sich stehen sah, aber da kam der vor Aufregung keuchende Ermemir herbeigelaufen.

»Was hast du gesehen?«

»Den Ort, wo nichts wächst. Ein Berg!«

Aufgeregt beugte sich Goda herunter, um dem Jungen in die Augen zu blicken.

»Wie sieht er aus?«

»Hoch und schroff. Grau. Da ist überall Wald, aber dort oben wächst kein bisschen Gras!«

»Es stimmt, Herrin«, bestätigte einer der älteren Jungen. »Es ist nicht weit vom Fluss. Er ist über eine Meile lang und völlig kahl.«

Goda richtete sich auf. Albaric ließ unauffällig den Stein fallen.

Zum ersten Mal lächelte Goda, und es kam ihnen vor, als gäbe es keine schönere Frau auf der Welt.

»Wir sind am Ziel!«, verkündete sie.

Eine gute halbe Meile vom Fluss entfernt verließen sie den Pfad und gingen durch einen dichten Steineichenwald. Der Fuß des Berges war in Dunkelheit gehüllt. Der Ort wirkte wie aus einer anderen Welt, und abergläubische Angst erfasste die Fischer. Goda wühlte in der Erde und brach ein Stück heraus. Zur Verblüffung aller leckte sie an dem Stein.

»Es ist Salz! Ein Berg aus Salz!«

Die Jungen taten es ihr nach und brachen in Jubel aus. Nicht einmal tausend Karren konnten diesen Schatz abtransportieren. Goda kletterte ein Stückchen höher. Dort waren Spuren früherer Salzgewinnung zu erkennen. Als sie ein Kind gewesen war, hatte die Großmutter ihr von dem Berg und den schwierigen Wegen erzählt, auf denen die Maultiertreiber das Salz in die Grafschaften der Mark und über die Pyrenäen brachten. Es war ein blühender Handel gewesen, doch die Salzmine lag unmittelbar an der wechselvollen Grenze, manchmal auf Sarazenengebiet, und wurde schließlich aufgegeben. Es gab Hinweise auf Hirten, die dort Salzlecksteine für das Vieh holten, weil sie den Geschmack der Milch und des Fleischs verbesserten. Sie befanden sich an der Grenze zwischen al-Andalus und den drei

Grafschaften der Mark: Urgell, dem *pagus* von Berga, der zu Cerdaña gehörte, und der alten Grafschaft Osona, die nun de facto zu Barcelona gehörte.

»Wem gehört das alles?«, fragte Albaric von unten.

»Das Land gehört dem König«, sagte Goda, den Blick zum Horizont gerichtet. »Aber es braucht euch nicht zu kümmern, wem das Salz gehört; wichtig ist, dass sich in den letzten Jahren niemand um die Mine gekümmert hat. Wir werden dafür sorgen, dass wir die Rechte bekommen, auch wenn ihr Abgaben zahlen und einen Teil an den Grafen abliefern müsst.«

»Ihr hattet nie vor, nur einen einzigen Karren mit Salz zu holen«, sagte Donadeus bewundernd.

»Ich habe nicht mein und euer Leben riskiert, um ein bisschen Fisch einzupökeln.« Sie betrachtete den begeisterten Ermemir. »Dieser Berg wird denjenigen Wohlstand und Größe bringen, die seinen Schatz heben und bewahren. Schon aus weniger sind mächtige Familien hervorgegangen.«

»Und Ihr? Was ist mit Euch, Herrin?«, fragte Ermemir unschuldig. »Ihr seid doch schon adlig.«

Goda wirkte jetzt wie eine Königin, die zu ihren Untertanen spricht.

»Ich werde meine Tochter Argencia freikaufen und zu mir holen«, sagte sie fest. »Wir beladen den Karren und kehren nach Barcelona zurück. Wir werden das Salz in euren Hütten verstecken und weitere heimliche Fahrten unternehmen. Wenn jemand etwas davon mitbekommt, sagt ihr, ein Sarazenenschiff sei auf Grund gelaufen und ihr hättet die Ladung gerettet, bevor das Schiff unterging. Von den Einnahmen kaufen wir Karren, Ochsen und Maultiere für die nächste Fahrt. Wir müssen um jeden Preis verhindern, dass man uns das Salz streitig macht, zumindest eine Zeit lang.«

»Eure Worte machen Mut, Herrin, aber wir sind hier fernab von allem. Selbst wenn das gesamte Dorf mitkäme, könnte uns eine Handvoll Krieger vertreiben.«

»Nicht, wenn wir sie gut bezahlen. Wenn wir den Salzhandel in Gang bekommen, kann sich alles ändern. Dort vorn auf dem Hügel steht die verlassene Burg von Cardona. Dort könnten sich mehrere Familien ansiedeln, um im Gegenzug diesen Abschnitt der Grenze zu verteidigen. Meine Großmutter erzählte mir, dass es Straßen nach Barcelona und Girona, Urgell, Aragón und Pamplona gibt. Die wichtigste jedoch verläuft durch die Sierra del Cadí und führt über die Pyrenäen bis nach Toulouse und Narbonne. Wir werden sie instand setzen.«

»Dafür braucht es viele Leute.«

»Das ist keine Aufgabe für euch, sondern für eure Kinder und Kindeskinder.«

Goda hatte sich von einem Impuls leiten lassen. Sie wusste genau, dass ein paar Fischer diesen Schatz nicht halten konnten, solange sie nicht über bewaffnete Männer verfügten, aber sie behielt ihre Zweifel für sich.

»Fürs Erste sollten wir unsere ganze Kraft darauf richten, die erste Fuhre Salz nach Barcelona zu schaffen.«

Sie küsste Ermemir aufs Haar und dachte an ihre Tochter Argencia. Mit dem Erlös aus diesem Handel würde sie ihre Ehre wiederherstellen und ihr kleines Mädchen zurückbekommen. Niemand konnte der Macht des Geldes widerstehen. Voller Hoffnung verschwand sie in der Dunkelheit, um einen Blumenkranz für die Große Mutter und die Schutzgeister zu flechten, die über den Salzberg wachten. Auch diese mussten gnädig gestimmt werden, aber sie wollte nicht die Ängste der abergläubischen Fischer wecken und die bereits jetzt kursierenden Gerüchte befeuern, sie stehe mit den alten Gottheiten im Bunde.

32

Zwei Tage lang untersuchten die Fischer den grauen Salzberg, der sich so gewaltig vor ihnen auftürmte. Goda begutachtete die Terrassen, die gegraben worden waren, um an die reinsten Vorkommen zu gelangen. Sie fanden verrottete Gerüste und unbrauchbare Flaschenzüge und transportierten von dort große Salzbrocken ab. Sie sahen sich auch auf der kleinen Burg von Cardona um, die auf einer Anhöhe lag, von der aus man weit über die Ebene blickte. Die Mauern waren zerfallen, aber es war nach wie vor ein strategisch wichtiger Ort an der Grenze. Jeder Graf musste ein Interesse an einer Wiederbesiedlung dieser Bastion haben, deren Bewohner den Salzberg abbauten und das Umland verteidigten.

Schließlich brachen die Adelige und die Fischer mit neuem Mut nach Barcelona auf, obwohl ihnen bewusst war, wie schwierig es werden würde, mit dem schwer beladenen Karren am Ufer des Cardener voranzukommen. Die alten Wege waren überwuchert; an einigen Stellen mussten sie den Karren entladen, die Last zu Fuß schleppen und ein Stückchen weiter wieder aufladen, aber die Männer waren an harte Arbeit gewöhnt. Sie teilten Godas Zuversicht und schmiedeten Pläne für die Zukunft.

Albaric gab nur widerwillig sein Boot für solche Hirngespinste auf, aber Leotar und Donadeus glaubten fest daran, dass sich ihr elendes Leben nun ändern würde. Goda schwieg dazu. Sie träumte von einer Gründungsurkunde, von einer neuen Burg und einer wohlhabenden Familie, die die Jahrhunderte überdauern würde. Zunächst aber mussten sie diese wenigen Salzbrocken nach Barcelona bringen. Sie wünschte sich Frodoi an ihre Seite; niemand würde so gut begreifen wie er, was sie da in Händen hielten.

Ein scharfer Pfiff riss Goda aus ihren Träumen. Vor ihnen erhob sich eine Staubwolke, und sie sahen sieben verwegen aussehende Reiter auf sich zukommen. Einige der Kinder versuchten sich zu verstecken, doch das Sirren der Pfeile hielt sie davon ab. Die Fremden trugen nietenbesetzte Lederwämser und schwarze Turbane – Sarazenen auf einem ihrer Ausfälle. Sie bedeckte den Kopf mit ihrem Umhang und trat zu den verängstigten Fischern neben den Wagen.

»Der Hirte, der sie gesehen hat, hatte recht. Sie stinken nach verfaultem Fisch«, flüsterte einer der Sarazenen auf Arabisch.

Der Anführer galoppierte ganz nah an die Fischer heran, um sie zu erschrecken. Goda betrachtete ihn. Er war ein kräftiger Mann mit einem dunklen, durchdringenden Blick. Der Sarazene untersuchte die Ladung und grinste boshaft.

»Christen, besitzt ihr einen Passierschein des Wali von Lleida für den Salzhandel?«

Als die Fischer nicht antworteten, zog der Reiter den Säbel.

»Euer Schweigen ist Antwort genug.«

Er holte bereits zum Streich gegen Donadeus aus, als Goda vortrat.

»Diese Gegend gehört nicht dem Emirat«, improvisierte sie. Sie glaubte nicht, dass ein Plünderer Verträge und Friedensabkommen kannte. »Sie gehört König Karl dem Kahlen.«

»Eine Frau hat den Mut zu antworten?«, entgegnete der Reiter belustigt.

Mit der Säbelspitze zog er ihren Umhang weg und betrachtete Goda erstaunt. Die übrigen Reiter grinsten, als sie die Schönheit der Christin bemerkten.

»Deine Haut ist nicht von Wind und Sonne gegerbt wie bei denen da. Bist du ihre Gefangene?«

»Nein.«

»Wie heißt du?«

»Goda von Barcelona.«

Der Sarazene runzelte die Stirn. Der Name kam ihm bekannt vor.

»Mit Sicherheit wird man ein großzügiges Lösegeld für dich zahlen.«

»Ich wurde verbannt«, erwiderte sie stolz, obwohl sie große Angst hatte. »Andernfalls hättet ihr es jetzt mit meiner Leibwache zu tun.«

Die Sarazenen begannen zu lachen.

»Tatsächlich hätte uns der Gestank, den ihr verbreitet, beinahe in die Flucht geschlagen. Wie dem auch sei: Ich nehme an, ihr wisst, dass der Waffenstillstand mit König Karl dieses Jahr endet. Der Graf von Urgell hat noch kein Interesse bekundet, ihn zu verlängern, also brechen wir keine Vereinbarungen, wenn wir euch mitnehmen.«

»Lasst die Jungen hier, edler Herr«, flehte Donadeus mit dünner Stimme.

»Für die zahlen die Sklavenhändler am meisten!« Er setzte ihm die Säbelspitze an den Hals. »Du hingegen lohnst es nicht, dass ich dich am Leben lasse.«

Goda war entsetzt. Ermemir weinte, und die Übrigen waren starr vor Angst. Es war eine gefährliche Reise gewesen – und nun nahm sie offenbar ein böses Ende.

»Ich bin eine enge Vertraute von Frodoi, dem Bischof von Barcelona«, sagte sie rasch, um das Schlimmste zu verhindern. »Verschont unser Leben, und er wird ein hohes Lösegeld zahlen!«

»Und wo ist dieser Hirte der Ungläubigen?«

»Er wird bald mit dem neuen Grafen von Barcelona eintreffen. Wenn er erfährt, was uns widerfahren ist, wird er sich an den Wali von Lleida wenden.« Sie sah dem Sarazenen in die Augen. »Wenn mir etwas zustößt, wird er dafür sorgen, dass die mächtigen Herrscher der Banu Qasi Jagd auf euch machen.«

Der Mann lachte erneut, aber die Drohung hatte ihn stärker beeindruckt, als er zugeben wollte. Verträge und Verhandlungen zwischen christlichen Adligen und einflussreichen Sarazenen waren gar nicht selten; es wurden sogar Ehen geschlossen, um Bündnisse zu bekräftigen.

»So sehr schätzt dich der Bischof, dass er sich mit dem Neffen des Wali von Lleida anlegen würde?« Zufrieden beobachtete er die Reaktion der Frau. Er würde ihre Bitte bedenken, denn die christlichen Potentaten hatten großen Einfluss. »Mein Name ist Abd-al-Malik, und fürs Erste nehmen wir euch mit.« Er steckte den Säbel ein und schenkte Goda ein charmantes Lächeln. »Bis wir den Sklavenmarkt in Tarragona erreichen, kannst du mir hoffentlich erklären, wieso eine schöne Adlige mit einem Karren voll Salz in dieser einsamen Gegend unterwegs ist. Dort werde ich dann entscheiden, ob ich euch verkaufe oder eine Nachricht an euren Bischof schicke.«

In dem kleinen Kloster von Fórnols betete der greise Mönch Bonifatius für den schwer verletzten jungen Krieger, der auf dem Tisch im Refektorium lag. Sie hatten ihn für tot gehalten und beinahe begraben. Bonifatius hatte die Wunden mit Wein ausgewaschen, mit Tiersehnen genäht und mit einer Masse aus feuchter Erde, Distelsaft, zerstoßenem Weihrauch und Mutterkorn bestrichen. Die Stichwunde am Rücken war dank des Kettenhemds nur oberflächlich, doch die Verletzung an der Seite ging tief. Dass er das kostbare Tuch auf die Wunde gepresst hatte, hatte dem Jungen das Leben gerettet, aber er hatte viel Blut verloren. Sein Leben lag in Gottes Hand.

»Ich sehe, Ihr habt Euch große Mühe gegeben, Bruder Bonifatius«, sagte der Abt und trat neben ihn.

Der greise Mönch richtete sich stöhnend auf und strich dem jungen Mann über das helle Haar.

»Dieses Blond ist nicht sehr häufig in dieser Gegend, aber ich erinnere mich an jemanden, der solches Haar hatte, vor langer Zeit. Isembard von Tenes. Angeblich schloss sich sein Sohn dem alten Guisand von Barcelona an, um gemeinsam mit ihm und anderen die Siedler des Bischofs von Barcelona zu schützen. Es klang wie eine Geschichte, der man keinen großen Glauben schenken sollte, aber was, wenn er es wirklich ist?«

»Guisand und seine Männer starben in der Festung Tenes. Wenn Isembards Sohn bei ihnen war, wird er das gleiche Schicksal erlitten haben.«

»Vielleicht hat er überlebt. Die Wege des Herrn sind unergründlich.«

Der Abt trat näher. Keiner der Mönche wusste mehr über die Heilkunst als das, was sie von ihren Müttern gelernt hatten. Die jüdischen Ärzte waren weit weg in Girona, und das Kloster verfügte auch nicht über die Mittel, um sie zu bezahlen. Bonifatius hatte dem Verletzten bereits die Sterbesakramente gespendet. Als der Abt den jungen Mann berührte, bewegte dieser sich, ohne indes die Augen zu öffnen.

»Elisia …«, stöhnte er leise.

»Was hat er gesagt?«, fragte Bonifatius überrascht.

»Ich weiß nicht. Schien ein Frauenname zu sein.«

Sie sahen seine Pupillen unter den Lidern hin und her irren.

»Guisand … Ich konnte die Gräfin nicht suchen … Wilfried. Nein …«

Die Mönche schauten sich an.

»Hat er Wilfried gesagt?«

»Ich denke, ja.« Der Abt blickte sich um, um sich zu vergewissern, dass sie allein im Refektorium waren. »Es könnte ein Zufall sein. Es gibt viele mit diesem Namen.«

»Ja, aber nur ein junger, blonder Mann könnte im Delirium gleichzeitig einen Guisand, eine Gräfin und einen Wilfried erwähnen. Ob er etwas weiß?«

»Wenn er tatsächlich Isembard II. von Tenes ist, könnte es ein Fingerzeig Gottes sein!«

Der betagte Mönch sah zum Altar. Sie hatten die trapezförmige Apsis verputzt und waren gerade dabei, sie mit einer groben Darstellung der Auferweckung des Lazarus auszumalen. Niemand von ihnen hatte Ahnung von Malerei, aber die Mönche waren des Lesens nicht kundig und sollten die Novizen, die sich für ein Leben im Kloster entschieden, anhand der Bilder unterweisen. Jahrelang hatte Bonifatius dafür gebetet, dass das kleine Kloster den vielen blutigen Plünderungen standhielt. Nur ein dauerhafter Frieden würde es ihnen ermöglichen, das Licht des Evangeliums in den Tälern zu verbreiten.

Als er sich wieder dem Verwundeten zuwandte, hatte er das Gefühl, an etwas teilzuhaben, das größer war als er. Er musste ihn retten, das verstand er jetzt. Nach Jahren des Schweigens hatte dieser Unbekannte einen Namen ausgesprochen, der für sie gleichbedeutend war mit der verlorenen Hoffnung.

33

Goda führte die Reihe der Gefangenen an, die mit einem langen Strick aneinandergefesselt waren. Zu ihrem Erstaunen war Malik, der Anführer der Sarazenen, ein kultivierter Mann, der die Volkssprache der Spanischen Mark gut beherrschte. Als Neffe des Wali von Lleida las er Arabisch und ein wenig Latein; er erklärte der Dame sogar, dass einige mit ihm befreundete Geistliche aus Lleida und Saragossa bei der Suche nach den Gebeinen des heiligen Vinzenz in Valencia im Jahre 858 dabei gewesen seien. Malik war in eine Verschwörung verwickelt gewesen, über die er nichts Genaueres erzählte, und hatte beschlossen, aus Lleida zu fliehen. Er und seine Männer, berichtete er, hätten die anschließenden Verfolgungen in der Mark und in der Gegend um Saragossa nur knapp überlebt.

»Ein Verbannter wie ich«, bemerkte Goda ironisch.

Die anderen sahen sie erschrocken an, weil sie derart herablassend mit ihrem Häscher sprach, doch der schaute eher bewundernd als beleidigt.

»Das erinnert mich an etwas, das mir ein Händler über dich erzählte, Goda.«

»Was sagen die Ungläubigen über deine Gefangene?«, fragte sie überheblich.

»Dass du aus einer alten Familie stammst und die gesamte Geschichte Barcelonas kennst.«

»Eine beinahe tausendjährige Stadt birgt zu viele Geheimnisse, als dass man alle kennen könnte.«

»Sag mir, wie erinnert man sich in deiner Stadt an die muslimische Herrschaft?«

Goda dachte lange über die Antwort nach. Ihre Großmutter hatte ihr mit gemischten Gefühlen von jenen Zeiten erzählt. Die neuen Herren aus dem Süden fanden eine Stadt mit mächtigen Mauern vor – deren einstiger Glanz jedoch erloschen war.

»Deinen Vorfahren war bewusst, dass im Norden nach dem Verschwinden der Merowinger ein großes Imperium entstand.«

»Diese verdammten Christenkönige!«

»Barcelona lag in unmittelbarer Grenznähe und konnte leicht wieder verloren gehen; deswegen siedelten sich in den achtzig Jahren muslimischer Herrschaft nur wenige Sarazenen dort an. Die meisten waren Beamte des Wali oder Soldaten. Aus der Kathedrale wurde eine Moschee, und einige westgotische Paläste wurden erneuert. Für prächtige Bauwerke wie in anderen Städten des Südens blieb nicht genug Zeit.«

»Du hast nicht geantwortet.«

»Die Sarazenen respektierten die Bewohner und ihren Glauben. Es herrschte Frieden, doch damals wie heute hatten die Menschen in Barcelona das Gefühl, dass ihr Land und ihr Leben in fremden Händen lagen. Deine Herrscher waren ihnen wohlgesinnt, aber Barcelona war nicht ihr Zuhause, genauso wenig wie die Franken die Stadt als Heimat betrachten.«

»Das heißt, ihr wollt euer eigenes Reich errichten.«

»Wir wollen nur friedlich unser Land bestellen; Mühlen und Schmieden bauen, Handel zu Land und zur See betreiben …«

»Unter anderem mit Salz.«

»Mit allem, was wir zu bieten haben. Wir wollen uns aus dem Staub erheben, ohne länger Spielball der Interessen von Adligen und Königen zu sein, die Tausende von Meilen entfernt sind.«

Der Sarazene lachte und tätschelte den Hals seines Pferdes. Einer seiner Späher kehrte im Galopp zurück.

»Malik, es nähert sich eine bewaffnete Gruppe.«

»Runter vom Weg!«

Es war ein Hinterhalt. An die achtzig furchterregende Gestalten kamen aus allen Himmelsrichtungen. Die Fischer schrien vor Entsetzen; die Geschichten über diese Kreaturen, die im Landesinneren ihr Unwesen trieben, waren nicht übertrieben gewesen. Malik zog seinen Säbel.

»Horden!«, rief er. »Wie konnten sich so viele von ihnen zusammenrotten?«

Sie sahen einen Mann mit gehörntem Helm, der nicht weit von ihnen sein Pferd anhielt.

»Legt die Waffen nieder!«, forderte er. »Sind das Christen, die ihr bei euch habt?«

»Ist dir ihr Fleisch lieber?«, rief Malik abschätzig. Er kannte die grausamen Gewohnheiten dieser Menschen.

»Ein Hirte hat uns gewarnt, dass Sarazenen in der Gegend sind. Steigt ab und legt die Waffen nieder!«

Im Unterholz tauchte ein Dutzend Jungen mit Steinschleudern auf.

»Einverstanden, lass uns sprechen«, sagte Malik. Dann senkte er die Stimme und wandte sich an seine Männer. »Seid auf der Hut. Wir müssen fliehen.«

»Ich kenne dich!«, rief eine Frauenstimme.

Malik wandte sich überrascht um. Dort stand ein junges Mädchen und schlug die Kapuze ihres Umhangs zurück. Als er den blonden Zopf sah, fühlte er sich um Jahre zurückversetzt – damals hatte er dieses Gesicht durch die Gitterstäbe eines Käfigs betrachtet. Sie war die Sklavin, die für Drogo bestimmt gewesen war. Sie hatte sich verändert, wirkte schöner und entschlossener, aber ihre hellen Augen waren noch immer wie aus Eis. In ihre Felle gehüllt, erinnerte sie an eine finstere Sagengestalt, von der man sich in dieser Gegend erzählte.

Rotel kam näher und betrachtete ihn eingehend. Er war der stattliche Sarazene, der die Frauen gekauft hatte, die mit ihr auf dem Karren gewesen waren, nachdem man sie gefangen hatte. Sie empfand etwas, das sie nicht benennen konnte.

»Du warst damals an mir interessiert«, sagte sie kalt, doch in ihrem Inneren rührte sich etwas, und sie verfluchte sich für diese Schwäche. »Nun könnte ich dich zu meinem Sklaven machen.«

Malik konnte den Blick nicht von ihr wenden. Ihre Schönheit ist ebenso zart wie gefährlich, dachte er. Sie war ein ganz besonderes Geschöpf, das ihn verstörte und anzog zugleich.

»Dann könnte ich keine schönere Herrin haben«, forderte er sie heraus. »Mein Name ist Malik.«

Rotel erinnerte sich, dass einer ihrer Häscher diesen Namen erwähnt hatte. In ihrer tiefsten Seele konnte sie Onyx vor Wut mit den Zähnen knirschen hören, weil ihr Panzer immer mehr bröckelte. Sie war wütend auf sich selbst, aber als sie sich abwenden wollte, weckte etwas ihre Aufmerksamkeit. Sie deutete auf das Schwert, das am Sattel eines der Sarazenen hing.

»Woher habt ihr das?«

Goda, die die ganze Zeit geschwiegen hatte, beeindruckt von diesem Mädchen, dem die wilden Horden gehorchten, bemerkte die Waffe ebenfalls und erschrak.

»Das ist Guisands Schwert!«, rief sie.

»Nein!«, entgegnete das Mädchen. »Es gehört meinem Bruder Isembard.«

»Du bist Rotel von Tenes?«, fragte die Adlige überrascht.

»Los, antworte!«, fuhr Rotel Malik feindselig an.

Die Wut in ihrem Blick verhieß Ärger, deshalb zog der Sarazene es vor, die Wahrheit zu sagen.

»Fast zwei Tagesreisen von hier in Richtung Norden sind wir auf einen Mann getroffen.«

»Sieh mich an, Malik! Schau dir mein Gesicht an und meine Haare«, verlangte Rotel. Ihre Hand nestelte unter dem Fellumhang herum, und der Mann erschrak. »Sah er mir ähnlich?«

»Nein. Er war etwa fünfzig Jahre alt und hatte graues Haar«, sagte er verwirrt.

Goda konnte sich nicht länger zurückhalten und trat hinzu.

»Und du? Wer bist du?«, schnauzte Rotel, wütend über die Unterbrechung.

»Das muss Goda von Barcelona sein«, sagte Ega und humpelte, auf ihren Stock gestützt, näher. »Ihre Gesichtszüge verraten das alte Blut ihrer Familie.« Sie sah die Adlige freundlich an. »Mein Name ist Ega. Ich habe deine Mutter gekannt, aber das ist lange her.«

»Mein Gott, Ega! Sie hat mir vor Jahren von dir erzählt und wie es kam, dass du als junges Mädchen Barcelona verlassen musstest.« Goda war beeindruckt von der alten Frau, die eine lebende Legende war. Ega war eine Frau aus dem Wald, auf eine Art und Weise mit der Erde verbunden, die dem Rest der Menschen verborgen blieb. Sie verehrte die Große Mutter, wie sie selbst, und sie war eine Heilerin. Es war eine andere Facette desselben Kampfes, um die Spanische Mark zu retten. »Was hast du bei diesen Teufeln verloren?«

»Das ist eine lange Geschichte, aber unter diesen verrosteten Helmen stecken Bauern, Schmiede, Zimmerleute und Soldaten, die in die Wälder flohen, um zu überleben. Nun haben sie sich zusammengetan, um sich gegen Drogo von Borr zu verteidigen, und sind auf der Suche nach einer neuen Chance.«

»Rotel«, fuhr Malik fort, der nun endlich den Namen des Mädchens kannte. »Der Mann, dem wir das Schwert abnahmen, schien auf der Flucht zu sein. Wir trafen ihn in der Nähe von Fórnols mit drei Wechselpferden … zu viele für einen Mann allein. Es tut mir leid, dass du ihn nicht mehr fragen kannst.«

»Ich muss wissen, was mit Isembard passiert ist!«, rief Rotel und sah Ega an.

»Was sagt dir dein Herz?«, fragte die Frau bedrückt.

»Ich weiß es nicht! Da ist etwas … Ich fühle große Schwäche, aber ich glaube nicht, dass er tot ist.«

»Ich könnte dich im Tausch gegen die Freiheit meiner Männer hinführen«, schlug Malik zur Verblüffung seiner Truppe vor. Er war immer noch in Rotels Augen versunken, wollte mehr über dieses rätselhafte, bezaubernde blonde Mädchen erfahren, selbst wenn er sich damit in Gefahr brachte. »Wir würden gegen Morgen dort sein, und du hast mein Wort, dass ich dir nichts antun werde.«

Rotel sah ihn von oben herab an, und Malik bewunderte sie noch mehr. Er hatte sich keine Frau vorstellen können, die nicht schwach war, aber hier stand eine vor ihm.

»Hat dieser Sarazene dich respektvoll behandelt?«, fragte Rotel Goda.

Goda staunte. Nach so vielen finsteren Gerüchten hatte sie sich das Mädchen nicht so vorgestellt. Sie war keine Teufelsdienerin, sondern eine völlig freie, angstlose junge Frau.

»Ich glaube, er ist ein Ehrenmann, Rotel.« Trotz der Spannungen bemerkte sie die gegenseitige Anziehung zwischen den beiden. Vielleicht würde die Liebe sie erlösen. Sie deutete auf die Fischer. »Erlaubt uns, nach Barcelona zurückzukehren. Viele Familien sind auf dieses Salz angewiesen.«

»Du warst am Salzberg!«, rief Ega erstaunt, als sie die Ladung sah, und betrachtete die zerlumpten Fischer.

Goda, deren Aufmerksamkeit immer noch Rotel galt, kam eine Idee.

»Du sagst, die Horden suchen eine neue Chance. Sie sollen uns zum Hafen von Barcelona begleiten! Schutz gegen Lebensmittel und Waren. Wie früher.«

Bis zu diesem Moment hatte Ega nicht gewusst, wie sie die Gewaltbereitschaft der Horden im Zaum halten sollten, doch Godas Vorschlag konnte der verzweifelten Situation eine andere Richtung geben. Sie wandte sich Cosla zu, der die Begegnung aufmerksam verfolgte, während er überlegte, wie er einen Vorteil daraus ziehen könnte.

»Ihr geleitet sie nach Barcelona und bekommt dafür die Hälfte des Salzes.«

»Ein Drittel des Salzes und ein Fass eingesalzenen Fisch für die Rückreise«, hielt Goda dagegen. Das Herz schlug ihr bis zum Hals. »Wir werden noch viele weitere Transporte unternehmen. Das wird jedes Mal die Bezahlung sein, wenn ihr bereit seid, den Weg zu sichern.«

»Da nehmen wir doch besser das ganze Salz!«, erklärte Cosla, der nicht gewohnt war zu verhandeln, schon gar nicht mit einer Frau. Er wollte nicht als Schwächling dastehen.

»Nur zu!«, sagte Goda. Mit Ega in der Nähe fühlte sie sich mutig. »Nehmt das Salz und tötet uns!« Sie deutete auf die ausgehungerten Jungen im Unterholz. »Sollen sie doch an Salzsteinen lecken, statt Fisch zu essen. So sorgt ihr also für sie?«

»Wir sind Fischer«, wagte sich Leotar schließlich vor. »Wir können für euch fischen, wenn ihr uns beschützt. Und wir würden euch Käse geben, Gemüse, Getreide …«

Cosla trat mit Ega und einigen hoffnungsvoll schauenden Alten beiseite. Nach einem kurzen Wortwechsel willigte der Anführer der Horden, wenn auch zähneknirschend, ein. Goda hätte heulen können vor Freude. Sie waren einverstanden! Das Wiedersehen mit ihrer Tochter Argencia rückte in greifbare Nähe. Sie hatte einen Weg gefunden, ihren Plan in die Tat umzusetzen. Nach Jahrzehnten würde es in Barcelona wieder so etwas wie Handel geben. Es war ein Anfang. Frodoi würde stolz auf sie sein.

Rotel hielt das Warten nicht länger aus. Malik hob sie auf sein Pferd, das sich unter dem Umhang des Mädchens aufbäumte und kaum noch zu bändigen war. Ega saß bei einem weiteren Sarazenen auf. Wenn Isembard verwundet war, brauchte er sie. Rotel warf einen vernichtenden Blick in die Runde, und Maliks Begleiter ritten widerspruchslos davon. Als sie sich an den Sarazenen schmiegte, merkte sie, wie ihr das Herz bis zum Hals klopfte. Aber sie sagte nichts, um sich ihren merkwürdigen Zustand nicht anmerken zu lassen.

34

Im Vansatal hatte sich herumgesprochen, dass man einen Krieger gefunden und beinahe lebendig begraben hatte. Geschichten wie diese hörte man häufiger. Rotel, Malik, Ega und der zweite Sarazene fanden das Kloster problemlos.

Die Mönche gruselte es, als sie die sonderbaren Frauen vor der Klosterpforte stehen sahen. Die Jüngere behauptete, die Schwester des Todkranken zu sein; ihre Gesichtszüge verrieten die Verwandtschaft. Sie hängte ihren Umhang an den niedrigen Zweig einer Eiche, und gezwungen von Rotels kalten blauen Augen ließen sie die Fremde ein. Malik machte sich bereit, zu seinen Männern nach Lleida zurückzukehren, doch da war etwas zwischen ihm und Rotel, und er wagte es, ihr ein Wiedersehen vorzuschlagen. Sie schwieg, weigerte sich aber auch nicht.

Ega untersuchte den Schwerverletzten mit ernster Miene. Zusätzlich zu der Behandlung mit Weihrauch und Distelsaft machte sie Umschläge mit Eiklar und Fenchel, bevor sie die Wunde fest verband. Diese Behandlung würde sie mehrere Tage lang wiederholen.

»Er wird durchkommen«, sagte Bruder Bonifatius hoffnungsvoll, während er versuchte, seinen abergläubischen Argwohn gegen die Frau aus den Wäldern abzulegen. Er konnte viel von ihr lernen.

Rotel befeuchtete Isembards Stirn und küsste ihn auf die brennend heißen Lippen. Sie hatte ihn rasiert und betrachtete nun lange sein Gesicht. Sie waren die Kinder der Erde, denen die Wölfe nichts anhaben konnten. Nun waren sie wieder zusammen, die Haut und die Seele voller Narben.

Isembard schien die Lebenskraft seiner Schwester förmlich aufzusaugen. Nach sieben Tagen erwachte er. Jede Träne, die das Mädchens vergoss, jede Umarmung lichtete die Dunkelheit, die ihn umfing, und Isembard spürte, dass sie wieder bei ihm war. Durch seinen kritischen Zustand war sie ins Licht zurückgekehrt. Der Tod von Guisand, Inveria und Nilo hatte eine tiefe Wunde geschlagen, aber sie waren Geschwister, und die Verbindung zwischen ihnen existierte immer noch. Isembard erklärte ihnen, was bei der Reichsversammlung vorgefallen war, und berichtete, in welcher Gefahr die Goten in Barcelona, insbesondere Goda, schwebten.

Der Abt war über die Ereignisse auf dem Laufenden.

»Wir wissen, dass Markgraf Bernhard von Gothien die Pyrenäen überquert hat. Mittlerweile wird er Girona erreicht haben. Es kann sogar sein, dass er bereits in Barcelona eingetroffen ist.«

Isembard wollte sich aufrichten, aber er war noch zu schwach, und Rotel half ihm, sich wieder hinzulegen. Sie kann gnadenlos, aber auch fürsorglich sein, dachte er staunend.

»Ich gehe nach Barcelona. Dein Bischof, Goda und der Adel interessieren mich nicht. Worum es mir geht, ist ein Land, in dem die Horden in Frieden leben können.«

Er nickte beeindruckt. Rotel bat nicht um Erlaubnis, sondern sagte laut und deutlich, was sie vorhatte.

»Finde Elisia. Ich muss wissen, ob es ihr gut geht. Drogo hat ihre Taverne zerstört. Die Taverne war ihr Leben; es kann sein, dass sie Not leidet.«

»Weißt du noch, wie sie uns in Girona gerettet hat, Isembard? Du solltest sie nicht unterschätzen. Sie kann selbst auf sich aufpassen. Aber ich werde bei ihr vorbeigehen … wenn du mir versprichst, dich auszuruhen.«

Rotel verließ das Kloster noch am selben Tag. Der Abt und Bruder Bonifatius warteten nicht länger damit, Isembard zu befragen.

»Im Fieberwahn hast du von einer Gräfin, Guisand und einem weiteren Mann namens Wilfried gesprochen …«

Isembard musste nichts verbergen, außerdem hatten ihm diese Mönche das Leben gerettet. Also beantwortete er ihre Fragen.

»Guisand von Barcelona war der Ritter, der mich im Gebrauch der Waffen unterrichtete. Zu Zeiten der Ritter der Mark war er ein Vasall meines Vaters. Bevor er starb, nahm er mir das Versprechen ab, die Ehefrau und die Söhne Graf Sunifreds von Urgell zu suchen. Mein Vater hatte ihnen beim Angriff Wilhelms von Septimanien zur Flucht verholfen; seither hat man nichts mehr von ihnen gehört. Ich sollte sie auffordern, als Vertreter der Belloniden und damit legitime Anwärter auf die Grafschaften der Spanischen Mark zurückzukehren.«

Die Mönche sahen sich mit einem seltsamen Glanz in den Augen an.

»Dann stimmt es also«, murmelte Bonifatius bewegt. »Ich dachte, ich würde ihn nie zu Gesicht bekommen.«

»Isembard«, begann der Abt bedeutungsschwer, »wir glauben, dass Gott dich nach Fórnols geführt hat, um etwas zu Ende zu bringen, das vor langer Zeit begonnen wurde. Du bist aus dem Tod zurückgekehrt, um dieses Versprechen einzulösen.« Seine Stimme zitterte. »Und wir können dir helfen.«

Als Goda und die Fischer die Gekrönte Stadt erblickten, umarmte sie Ermemir und weinte vor Erleichterung, während die anderen Gott priesen. Etwa ein Drittel des Salzes mussten sie Cosla abtreten, aber sie lebten und schlossen ein Schutzabkommen für weitere Transporte im Austausch gegen Pökelfisch, Korn, getrocknetes Gemüse, Decken und Leinenstoff für Tuniken und Hemden, jeweils im Verhältnis zur transportierten Ware.

Sie deckten den Karren zu und warteten, bis es dunkel wurde, um zum Hafen zu gehen, wo die Frauen, die bereits das Schlimmste befürchteten, ihre Männer und Söhne unter Tränen empfingen. Alle sahen Goda bewundernd an – noch lange würden sie abends an den Feuern von dem Abenteuer sprechen.

Goda ging zum Turm und sank auf ihr Lager, als hätte die andauernde Anspannung ihr jede Kraft geraubt. Gern wäre sie in die Stadt gegangen, um Argencia zu umarmen und der Großen Mutter eine Opfergabe zu bringen, weil sie ihnen die Frucht ihrer Eingeweide, das kostbare Salz, dargeboten hatte. Ihr kam in den Sinn, was ihre Mutter über Ega erzählt hatte. Diese war vor langer Zeit aus Barcelona geflohen, nachdem ihr Mann sie grausam misshandelt hatte. Doch sie starb nicht, wie alle erwartet hatten, sondern wurde zu einer dieser geheimnisvollen Frauen, die der Welt entsagten und in engem Kontakt mit der Natur und ihren Geheimnissen in den Wäldern lebten – ebenso geachtet wie gefürchtet.

Goda war noch nie so weit von der Stadt weggewesen wie auf dieser Reise, und sie hatte den Herzschlag dieser lebendigen Erde gespürt. Die Große Mutter war freigiebig, wenn man sie respektierte. Das Salz war eine Chance für alle, auch für die Horden, wenn es ihr gelang, den Handel zu legalisieren.

Am nächsten Tag würde sie Ermemir losschicken, um herauszufinden, ob es ihrer Tochter im gräflichen Palast gut ging.

Am Morgen riefen sie die Fischer zu einem geheimen Treffen in einer der Hütten. Das Salz war gut untergebracht. Um ihre unheimlichen Beschützer zufriedenzustellen, die in ihrem Versteck in den Sümpfen am Meer warteten, mussten sie mehr Netze knüpfen, die Boote ausbessern und das eine oder andere neue bauen.

»Wir können nicht so lange warten«, sagte Goda, noch müde. »Wir müssen das Salz vertrauenswürdigen Fischern und Metzgern im Austausch gegen ihre Ware anbieten.«

Sie hielten genügend zurück, und in nur drei Tagen tauschten sie den Rest ein. Es war Salz von bester Qualität, gut genug, um auch Fleisch zu pökeln. Goda verlangte die Hälfte der Einnahmen für sich, drei Silbermünzen, die sie zwischen den

Quadern des Turms versteckte. Bald konnte sie Argencia wieder in die Arme schließen.

Bei Neumond wollten erneut zehn Männer und ein Dutzend Jugendliche mit vier Karren, Satteltaschen und Decken aufbrechen, um so viel Salz heranzuschaffen wie möglich. Diesmal sollte sie nicht mitkommen, und Goda willigte erleichtert ein. Nach einem Leben mit allen Bequemlichkeiten und umsorgt von Dienern, hatte die Anstrengung ihr zugesetzt. Auch den Frauen war es lieber, wenn ihre Ehemänner und Söhne nicht mit der schönen Adligen unterwegs waren. Außerdem lag es ihr ohnehin mehr, die Verhandlungen mit potenziellen Käufern in der Stadt zu übernehmen.

Am nächsten Tag führte Goda die Frauen zu der alten Kirche Santa María, gleich unten am Meer. Wie schon ihre Vorfahren brachte sie der Großen Mutter heimlich Opfergaben dar und betete in der Öffentlichkeit wie eine Christin. Mit dem Meeresrauschen im Hintergrund nahmen sie an der Messe teil, und Goda legte einen Kranz aus Blüten und Kräutern im Altarraum nieder, wie es schon ihre Großmutter getan hatte. Als sie schließlich allein zurückblieben, um vor dem alten Madonnenbildnis zu beten, sprach sie ernst und bestimmt zu ihnen.

»Es wird nicht einfach werden, aber wenn alles läuft, wie es soll, können wir in ein paar Jahren den Hafen erweitern. Das Salz muss nach Ampurias, ins Roussillon und nach Narbonne transportiert werden, und auch zu den Sarazenen, falls der neue Graf den Friedensvertrag verlängert. Aber entscheidend ist, dass ihr Streit untereinander vermeidet. Tut es für eure Kinder. Wir werden immer mehr Leute brauchen; wir müssen eine Gemeinschaft sein und uns dem Schutz der heiligen Jungfrau anvertrauen.«

Alle Frauen nickten, auch wenn ihnen die Tragweite des Unternehmens nicht bewusst war. Wenn sie friedlich Salz abbauten, würden sie damit das Recht an der verlassenen Mine erwerben, das nach einiger Zeit auch vor Gericht gegenüber den habgierigen Grafen der Mark anerkannt werden würde. Unter ihnen konnte der zukünftige Herr über das Salzbergwerk, die Burg von Cardona und ihre Umgebung sein. Sie dachte an ihre Tochter, die einmal den Mann heiraten sollte, der an der Spitze des Unternehmens stand. Das war ihr Ziel.

Plötzlich begannen die Glocken der Stadt zu läuten, und der alte Priester kam aufgeregt hereingestürzt.

»Der neue Graf und Herr der Spanischen Mark, Bernhard von Gothien, zieht in die Stadt ein!«

»Und Drogo von Borr?«, fragte Goda überrascht.

»Ein Tribunal hat ihn des Mordes am Vizegrafen schuldig gesprochen.«

»Frodoi!«, rief sie überwältigt.

Der Priester wirkte besorgt. Sie kannten sich schon ewig, und er hatte Angst.

»Angeblich kommt Bernhard nicht nur, um seine Grafschaft in Besitz zu nehmen. Öffentlich versichert er, dass er nach dem Chaos, das Drogo gebracht hat, den Frieden in der Stadt wiederherstellen will, aber man munkelt, dass er vorhat, die Goten zu vernichten und ihren Besitz zu konfiszieren. Wir haben das schon einmal erlebt, Goda. Der Bischof hat einen Boten gesandt, der berichtet, dass Drogo dich gegenüber dem neuen Herrn der Rebellion gegen die Krone bezichtigt hat. Andere sind bereits geflohen, und das solltest du auch tun, Goda. Du bist die Seele Barcelonas.«

Goda ließ die entsetzten Frauen zurück und ging weinend zurück zum Mons Iovis. Ihr Traum zerrann ihr zwischen den Fingern wie der feine Sand, auf dem sie ging. Aber sie würde nicht weglaufen. Sie vertraute auf Frodoi und seine Macht gegenüber dem Grafen; er würde bis zum Ende seine schützende Hand über sie halten.

35

Glockengeläut verkündete die Ankunft des neuen Grafen von Barcelona. Bernhard von Gothien und Bischof Frodoi warteten mit einem Gefolge aus Soldaten, Beamten und Dienern vor dem Portal Vell darauf, dass sich die Tore mit einem dumpfen Knarren öffneten. Auf den Türmen wehten Banner, und von den Zinnen hingen rot-goldene Fahnen.

Bernhard gab den Trommlern ein Zeichen und ritt dann, von seinen Anhängern wie ein Held bejubelt, auf seinem Schlachtross in die Stadt. Die Barcelonesen, die sich vom Stadttor bis zum gräflichen Palast drängten, stimmten erwartungsvoll und zugleich voller Ungewissheit in den Jubel ein.

Dem neuen Markgrafen war sein Missfallen über den heruntergekommenen Zustand der Stadt anzumerken. Auf Anordnung des Stadtvogts waren Abfälle und Unkraut von den Straßen entfernt worden. Es wurden so viele Ratten wie möglich erlegt und Espartogras verbrannt, um die Insekten zu vertreiben. Dennoch war die Vernachlässigung nicht zu übersehen; zahlreiche Häuser waren verfallen oder eingestürzt, die Straßen voller Schlamm.

Frodoi folgte Bernhard auf einem Schimmel, in seinen Seidenumhang gehüllt. Er wusste bereits, dass Isembard und Egil die Stadt nicht erreicht hatten, aber er hoffte, dass seine warnende Nachricht angekommen war. Er verabscheute den neuen Grafen von Barcelona, mit dem er während der gesamten Reise erbitterte Auseinandersetzungen gehabt hatte. Dieser habgierige junge Mann würde nicht lange warten, um unter dem Vorwand, Frieden und Ordnung zu schaffen, seine Truhen zu füllen. Außerdem brachte ihre Feindschaft Goda noch weiter in Gefahr, und er hoffte, dass sie inzwischen weit weg war, nachdem sie seine Nachricht erhalten hatte. Der Gedanke an sie erfüllte ihn mit tiefem Kummer. Gleich nach dem festlichen Empfang musste er einen Weg finden, damit Argencia unter seinen Schutz gestellt wurde und nicht unter den des launischen Grafen.

Elisia stand, in ihren alten Umhang gehüllt, in der Menge, ein Bündel in den Händen, und beobachtete den Grafen. Er schien nicht viel älter zu sein als sie, ein stattlicher Mann, der nicht von harter Arbeit gezeichnet war. Sie bemerkte seine angewiderte Miene, als er das zerlumpte Volk betrachtete, und hoffte, dass ein bisschen Barmherzigkeit in ihm war. Ihr Herz klopfte heftig, und ihr Bauch revoltierte vor Anspannung. Die Schwangerschaft war ihr noch immer nicht anzusehen.

»Was hast du da, Elisia?«, fragte eine Stimme hinter ihr.

»Gali«, flüsterte sie verärgert. Er war seit Tagen nicht mehr im Miracle gewesen, doch nun senkte sich eine dunkle Wolke auf ihre Seele. »Nichts.«

»Ich kenne dich, du führst doch was im Schilde. Sag es mir, und ich verrate dir, was man mir über dich erzählt hat …«

Er wollte ihr das Bündel entreißen, aber Elisia wehrte sich wütend.

»Schau dich an! Der Schweiß wie vieler Huren klebt an dir? Du bist widerlich!«

Gali erhob die Hand gegen sie, doch mehrere Umstehende sahen ihn drohend an. Elisia war überall beliebt, also riss sich ihr Mann zusammen, um nicht noch mehr Probleme zu bekommen.

»Es ist unsere letzte Hoffnung, aus diesem Elend herauszukommen, in das du uns gestürzt hast«, setzte sie hinzu. »Auch für dich.«

Der Zug näherte sich, und die Menge geriet in Bewegung. Elisia atmete tief durch. Der Zwischenfall mit Gali hatte sie noch ängstlicher gemacht, und sie wäre am liebsten davongelaufen. Als sie den hochmütigen Bernhard geringschätzig in die Menge lächeln sah, nahm sie ihren ganzen Mut zusammen, trat einen Schritt vor und stellte sich ihm in den Weg. Nun gab es kein Zurück mehr.

Ein Soldat der Garde prügelte heftig mit einem Stock auf sie ein. Demütig und stumm nahm sie die Schläge hin, während sie dem Grafen ihr Geschenk hinhielt. Weniger aus Neugier, sondern weil sie eine junge Frau war, gebot Bernhard dem Soldaten Einhalt, nahm den Stock und schob damit die Kapuze von Elisias Kopf. Der Anblick gefiel ihm, und auf seinem Gesicht erschien ein lüsternes Grinsen.

»Was hast du mir zu bieten, Weib?«

»Willkommen in Barcelona, hoher Herr«, sagte sie, ohne ihn anzusehen. Sie hatte furchtbare Angst. Mit zitternden Händen knüpfte sie das Bündel auf und präsentierte einen schneeweißen, zylindrisch geformten Käse. Ein zarter Duft zog dem Grafen in die Nase, während entlang der Straße und auf dem Platz Totenstille herrschte. Frodoi sah entsetzt zu, wie Elisia diese Riesendummheit beging.

Bernhard befahl einem seiner Diener, den Käse zu kosten. Er traute diesen Goten nicht.

»Wie heißt du?«

»Elisia aus Carcassonne.«

»Gütiger Himmel, Herr Graf!«, rief in diesem Moment der Diener mit verzücktem Blick. »Das ist ein echter Chabichou! Der beste, den ich je gegessen habe!«

Bernhard war erstaunt. Sein Diener probierte noch ein Stückchen, bevor er ihm den Käse reichte. Der Graf kostete mit geschlossenen Augen, und ganz Barcelona hielt den Atem an, ohne zu verstehen, was dort vor sich ging. Das Lächeln des Grafen wurde immer breiter, und mit weichen Knien atmete Elisia auf. Zum ersten Mal sah sie dem Grafen ins Gesicht.

»Er reift seit neunzehn Tagen – seit ich erfahren habe, dass uns jemand aus Poitiers besucht.« Als sie Bernhards Interesse bemerkte, traute sie sich weiterzusprechen. »Mein Großvater war Koch in einer Herberge in Carcassonne. Er bekam das

Rezept für diesen Käse von einem Händler aus dem Poitou. Ich habe ihn aus der besten Ziegenmilch gemacht, die ich bekommen konnte, damit Ihr Euch wie zu Hause fühlt.«

»Und das hast du in Carcassonne gelernt? Ich war schon einmal dort. In welcher Herberge hat dein Großvater gearbeitet?«

»Bei Oterio. Ich habe auch dort bedient; dort habe ich alles gelernt.«

»Jetzt verstehe ich! Ich hätte niemals geglaubt, eine solche Köstlichkeit an diesem Ort vorzufinden!«

»Diese Frau hat bis vor Kurzem eine Taverne in Barcelona geführt«, erklärte ihm Frodoi. Er begann Elisias riskantes Unternehmen zu verstehen und war gerührt. Er musste ihr helfen. »Bedauerlicherweise hat Drogo das Lokal in seiner Rachsucht gegen die Stadt verwüstet.«

Bernhard hatte den Chabichou nahezu aufgegessen und wischte sich die Hände an seinem Umhang ab. Dann lenkte er sein Pferd zu Drogo, der gefesselt zwischen seinen Soldaten stand, und riss ihm wortlos eine schwere Goldkette vom Hals. Er nahm ihm auch die Ringe ab, die er an den Fingern trug. Das alles ließ er in Elisias zitternde Hände fallen.

»Du kannst die Taverne wieder eröffnen, schönes Mädchen mit den sanften Augen«, sagte er, der Experte in Liebesdingen. »Wenn Gott dir eine solche Begabung in der Küche gegeben hat, soll dich niemand daran hindern, sie auszuüben. Du wirst während unseres Aufenthalts für mich und meine Männer kochen.« Nach diesen Worten war allen klar, dass die Frau unter seinem Schutz stand. »Viel Erfolg, Elisia aus Carcassonne!«

Der Zug bewegte sich weiter in Richtung Kathedrale. Elisia trat beiseite, sank auf die Knie, den Schatz in ihrem Schoß, und begann vor Glück und Aufregung zu weinen. Einige Frauen taten es ihr nach. Viele Familien hatten davon gelebt, dass sie die Taverne belieferten oder dort arbeiteten, vielleicht würde auch für sie jetzt alles gut werden. Die junge Frau hatte Mut bewiesen. An diesen Moment würde man sich noch lange erinnern.

Die Männer sahen zu Gali hinüber. Sie kannten ihn und gaben ihm durch Blicke zu verstehen, dass dieses Gold nur einem einzigen Zweck diente.

»Das letzte Wort ist noch nicht gesprochen, Frau«, zischte er, während er davonging. »Jetzt weiß ich, was du vor mir verbirgst.«

Nach dem feierlichen Hochamt in der alten Kathedrale, an dem neben dem Grafen und seinem Gefolge auch der Adel und der Klerus der Stadt teilnahmen, öffnete der Archidiakon eine mit Ketten verschlossene Truhe und nahm drei Dokumente heraus. Das erste, stark vergilbte Pergament hatte Kaiser Karl der Große vor langer Zeit nach Barcelona gesandt; die anderen beiden aus der Zeit Ludwigs des Frommen und Karls des Kahlen bestätigten die Rechte der Barcelonesen und legten einige kleinere Änderungen fest. Kurie und Adel atmeten erleichtert auf, als sie feststellten, dass der König kein neues aufgesetzt hatte.

Servusdei fiel die Aufgabe zu, die in Latein verfassten Schriftstücke zu verlesen. In ihnen erinnerten die Herrscher die Stadt Barcelona daran, dass sie sich aus freien Stücken in die schützenden Hände der Franken begeben habe, um dem grausamen Joch der Sarazenen zu entfliehen, weshalb der König sich verpflichte, sie in ihren Belangen zu unterstützen. Die Stadt sei den Franken zur Treue verpflichtet und stehe im Gegenzug unter deren Schutz. Als die Einheit des Glaubens beschworen wurde, warf Frodoi einen finsteren Blick zu Tirs, dem Priester aus Córdoba, der bei den übrigen Geistlichen saß.

Die Barcelonesen seien der Armee unter dem Befehl des Grafen unterstellt und verpflichtet, Gesandte des Königs freundlich aufzunehmen. Die dadurch verursachten Kosten würden nach fränkischem Recht entgolten. Als Servusdei die Zugeständnisse in Rechtsdingen verlas, sahen alle zum neuen Grafen. Bernhard war während der gesamten Messe guter Dinge gewesen, aber nun schaute er missmutig drein. Doch dies war der Wille der karolingischen Könige, und diesen hatte er zumindest nach außen hin zu respektieren. Die Goten durften weiterhin ihrer eigenen Rechtsprechung folgen, ausgenommen Fälle von Mord, Vergewaltigung oder Brandstiftung, dem schlimmsten Schrecken für eine Stadt, deren Häuser zumeist Dächer aus Holz oder Stroh hatten. In allen übrigen Angelegenheiten galt das gotische Recht, das im Jahr 653 beim Konzil von Toledo beschlossen worden war. Bernhard schwor, die Entscheidungen der gewählten Richter und des Rats zu respektieren.

Mit Begeisterung wurde aufgenommen, dass auch weiterhin von der Erhebung der *paschualia*, einer Abgabe auf Weideland, der *thelonia*, der Marktsteuer, sowie weiteren Abgaben abgesehen wurde, unter denen andere Regionen des Königreichs ächzten. Der König wollte damit der unsicheren Lage der Stadt an der äußersten Grenze Rechnung tragen.

Servusdei verlas die Bestimmungen zum Weiderecht und zu den Rechten, das Wasser des Flusses zu nutzen sowie Brennholz in den Wäldern zu sammeln. Wurde Land gerodet, so mussten die königlichen Stellen für die Kosten aufkommen. Wer Männer beibrachte, um das so gewonnene Land zu bestellen, sollte einen Teil des Ertrags erhalten. Auf diese Weise wurde der niedere Adel zufriedengestellt. Zum Schluss erinnerte das Dokument alle Bewohner Barcelonas daran, dass sie sich dem Grafen gegen den Erhalt von Pfründen, Ländereien oder Ämtern als Vasallen unterstellen konnten.

Frodoi trat zu Bernhard von Gothien und legte ihm die Hände auf, während Weihrauch emporstieg und der Chor sang. Dann setzte er ihm feierlich die silberne Krone auf. Barcelona hatte einen neuen Grafen, und nach einem langanhaltenden Beifall bildete sich eine Schlange angesehener Bürger, die ihm ihren Respekt zollten.

Was Frodoi beim Verlassen der Kathedrale sah, gefiel ihm allerdings ganz und gar nicht. Bernhards Soldaten standen bei Drogos Söldnern und unterhielten sich, als ob sie Kameraden wären. Wie sich bereits in Servais angedeutet hatte, hatte der Graf keinesfalls vor, den Aufrührer zu bestrafen. Er würde ihm lediglich den Großteil seines Besitzes und der Ländereien wegnehmen, damit er keine Bedrohung mehr für ihn darstellte. Es war eine gefährliche Allianz, die man hinter Frodois Rücken geschmiedet hatte. Er war in einer schwierigen Lage, aber fürs Erste musste er Argencia in die Kathedrale bringen, damit sie auf kirchlichem Grund war. Nach der offiziellen Vereidigung hatte Bernhard die Herrschaft über die Stadt und konnte Recht sprechen. Das war der Moment, in dem er beginnen konnte, seine Truhen zu füllen.

Vor dem gräflichen Palast wurde er von den Soldaten des Grafen umringt. Oriol und seine Männer, die dicht hinter ihm folgten, zogen ihre Waffen, doch Bernhards Hauptmann entspannte die Situation.

»Herr Bischof, der Graf wünscht, dass Ihr bis zum Abend in Eurem Palast bleibt. Es geht um eine heikle Angelegenheit.«

Frodoi biss wütend die Zähne zusammen. Er trug die Mitra und wollte nicht klein beigeben, aber zahlreiche Passanten waren stehen geblieben und beobachteten sie beunruhigt, deshalb entschloss er sich, in seinen Palast zurückzukehren. Ob Goda sich noch in Barcelona aufhielt, wusste er nicht. In ohnmächtiger Wut stieß er den Bischofsstab auf den Boden. Er ahnte, dass dieses geheime Treffen nichts Gutes zu verheißen hatte.

Seinen Wachen und sämtlichen Dienern trug er auf, herauszufinden, was außerhalb des Palasts passierte. Gegen Abend kehrte Jordi zurück.

»Herr Bischof, ich habe das Gespräch einiger Soldaten hinter der Kathedrale belauscht. Der neue Graf will Goda verhaften lassen, weil sie angeblich die Goten aufgewiegelt habe. Anscheinend ist sie noch hier. Sie lebt in dem Turm auf dem Mons Iovis.«

»Bernhard von Gothien will Euch demütigen«, schloss Servusdei mit bleichem Gesicht. »Wenn Ihr Euch für sie einsetzt, bestätigt Ihr Drogos Bezichtigung der Unzucht, und man wird Euch exkommunizieren.«

36

Bei Einbruch der Dunkelheit stand eine Gruppe von zwölf Männern mit gezückten Schwertern auf dem Gipfel des Mons Iovis. Der Befehl des Grafen war klar und deutlich: Sie sollten die verbannte Gotin in den finstersten Kerker des gräflichen Palasts bringen.

Die Silhouette der Frau zeichnete sich vor einem gewaltigen Feuer ab, dessen Widerschein sie schon von Weitem gesehen hatten. Abergläubische Furcht erfüllte die Franken; in den wenigen Stunden, die sie in Barcelona weilten, waren ihnen schon einige Gerüchte über die vorchristlichen Kulte zu Ohren gekommen, die von den ältesten Familien nach wie vor praktiziert wurden. Dieses Feuer auf dem Gipfel hoch über dem Meer ließ an einen abscheulichen heidnischen Ritus denken.

Der Hauptmann wollte mit tapferem Beispiel vorangehen und näherte sich der Gestalt. Bernhard verlangte noch an diesem Abend nach einem Sündenbock, und der Mann wusste genau, was passieren würde, wenn sein Herr nicht seinen Willen bekam.

Die Frau bewegte sich nicht, und der Soldat wunderte sich über ihre schlanke, zierliche Gestalt. Man hatte ihm gesagt, dass Goda bereits über dreißig war. Als er sie am Arm fasste, wurde er von irgendetwas gebissen und zog instinktiv die Hand zurück. Entsetzt bemerkte er zwei Einstiche neben dem Daumen, aus denen Blut austrat. Dann sah er die Schlange im Ärmel der Frau.

Unter dem Schleier blickte ihm ein jugendliches Gesicht von engelsgleicher Schönheit entgegen, doch die Miene war finster.

»Meine kleine Freundin hat noch Hunger«, zischte Rotel und warf ihm die Schlange entgegen.

Der Mann schrie entsetzt auf und taumelte rückwärts. Die bestürzten Soldaten, die ihn begleiteten, wurden plötzlich von Dämonen angegriffen, die mit Keulen und verrosteten Helmen aus der Dunkelheit auftauchten. Rotel lächelte. Onyx hatte immer gesagt, dass sie keine Helden seien, die bis auf den Tod kämpften. Man musste den Kopf angreifen und die Angst als Waffe einsetzen.

Rotel war während der Krönungsfeierlichkeiten des Grafen nach Barcelona gekommen, um Goda zu treffen. Am späten Nachmittag hatten einige befreundete Barcelonesen die Adelige aufgesucht, um sie zu warnen und ihr zu sagen, dass Bernhard angeordnet hatte, den Bischof nicht aus seinem Palast zu lassen. Das hieß, dass das Verhältnis zwischen beiden schlecht war.

Goda war sich ihrer schwierigen Lage bewusst: Ohne Frodoi war sie allein und wehrlos. Dennoch traf sie die riskanteste Entscheidung ihres Lebens – sie beschloss zur Bestürzung aller, nicht zu fliehen. Ihr blieb nur eines übrig: zu Bernhard zu gehen, um von Angesicht zu Angesicht um Argencia zu verhandeln und um Frieden zu bitten. Im Gegenzug hatte sie etwas Wertvolles zu bieten: Salz.

Als es dunkel wurde, machte Goda sich zurecht und zog ein indigoblaues Kleid aus feinem Tuch an. Rotel bewunderte ihren Mut. Wie diese Nacht enden würde, wusste sie nicht, es war ein Unternehmen mit ungewissem Ausgang. Aber sie versicherte Goda, dass sie niemanden mit Gewalt von hier fortbringen würde. Wenn es ihr Wunsch war, sollte sie als Goda von Barcelona mit dem Grafen reden können und nicht als in Ketten gelegte Gefangene, gedemütigt von einem Trupp Soldaten.

»Bringt sie nicht um!«, rief eine Frauenstimme vom Eingang des Turms den Horden zu.

Der Hauptmann, der mit dem Tod rang, vermutete, dass dies die Frau war, die er gefangen nehmen sollte.

»Wenn wir nicht zurückkehren, werden andere kommen«, warnte er sie mit schmerzverzerrtem Gesicht.

»Ich werde zu Graf Bernhard gehen – ohne Fesseln.«

Aus ihren Augen sprach Entschlossenheit. Nach allem, was sie gehört hatte, blieb ihr keine andere Möglichkeit, sich zu retten und Argencia zurückzubekommen, als mit dem habgierigen Markgrafen von Gothien zu verhandeln.

»Wenn ihr keinen Widerstand leistet, könnt ihr im Morgengrauen in die Stadt zurück«, sagte sie zu den Soldaten. Dann ging sie schweigend davon.

Rotel trat zu dem Hauptmann und warf ihm einen unbarmherzigen Blick zu.

»Kann sein, dass du überlebst, vielleicht auch nicht. Ich empfehle dir, dich nicht zu bewegen. Wenn du dich an meinen Rat hältst, gelangt das Gift vielleicht nicht bis zum Herzen.«

»Ihr seid Teufel!«

»Nicht alle.« Rotel deutete auf die Horden, die gerade die Soldaten fesselten. »Sie sind nur Menschen.«

Dann folgte sie Goda.

Als mitten in der Nacht zwei von Bernhards Wachen kamen, um Frodoi zu holen, befürchtete der Bischof das Schlimmste, aber zu seiner Überraschung sah er Goda vor dem gräflichen Palast stehen. Man hatte ihr die Stadttore geöffnet, und nun stand sie dort hocherhobenen Hauptes und sah ihrem Schicksal entgegen.

Der Platz lag still da, lediglich bewacht von Soldaten mit Fackeln. Bernhard trat in einer schlichten braunen Tunika nach draußen, er war sichtlich betrunken. Als er die Frau, die er im Kerker wähnte, dort stehen sah, verschlug es ihm für einen Moment die Sprache. Er wandte sich dem Bischof zu, um ihn zur Rede zu stellen.

Goda sah hilfesuchend zu Frodoi, dem der Mut sank. Die Warnung Hinkmars von Reims hatte sich in seinen Kopf eingebrannt.

»Ihr seid also die Seele der Stadt …«, begann Bernhard, umgeben von seinen Soldaten.

»Willkommen in meiner Heimat, Graf Bernhard von Gothien.«

»Es heißt auch, Euer Volk sei ein Feind der Franken.«

»Wenn Ihr Barcelona und seine Bewohner besser kennenlernt, werdet Ihr feststellen, dass viele aus dem Norden kommen, andere kamen vom Süden oder übers Meer. Hier leben Franken, Goten, Hispanier, Mudejaren und Juden. Alle haben ihren Platz. Doch eines ist gewiss: Wir sind keine Sklaven des Königs.«

Bernhard ergriff eine Fackel und kam auf sie zu.

»So habe ich mir Euch nicht vorgestellt«, murmelte er beeindruckt.

Goda sah den Grafen wachsam an. Sie durfte jetzt keinen Fehler machen, hinter den dicken Palastmauern befand sich ihre Tochter. Sie zog einen kleinen Lederbeutel hervor. Darin waren Silbermünzen, ihre eigenen und diejenigen, die ihr die Fischer gegeben hatten, um ihr zu helfen. Es war nicht viel, aber sie wollte, dass der neue Graf ihr Klimpern hörte.

»Mein Kopf wird verrotten, wenn Ihr ihn abschlagen lasst, das Geld nicht. Dieses Land birgt größeren Reichtum, als es den Anschein hat. Einige Tagesreisen von hier gibt es einen Salzberg, der Euch reiche Steuern einbringen könnte. Es gibt schier endloses Land für Weinberge und Olivenhaine, Weiden, Flüsse und das Meer, über das Schiffe aus Byzanz kommen. Drogos Seele ist zerfressen von Hass wegen alter Angelegenheiten, Ihr aber seid jung und mächtig. Begegnet Barcelona mit Respekt, und die Stadt wird es Euch reich vergelten, das verspreche ich Euch.«

Bernhard kam noch näher und sog ihren Duft ein. Vom Alkohol benebelt, starrte er sie schamlos an. Goda war von einer geheimnisvollen Schönheit, sie war ziemlich dünn und hatte dunkle Augenringe, doch unter dem engen Kleid war ihre begehrenswerte Figur zu erahnen. Er umkreiste sie wie ein hungriges Raubtier, seine wasserblauen Augen verrieten sein Verlangen. Frodoi knirschte mit den Zähnen.

»Ich nehme an, das alles im Tausch gegen Eure Tochter Argencia. Sie sieht Euch sehr ähnlich. Sie wird eine wunderschöne Frau werden, der Traum jedes Mannes. Ich kann mir ihre Freude vorstellen, wenn sie Euch in ihre kleine Zelle im Keller des Palasts kommen sieht.«

Goda verlor die Fassung. Es zerriss sie, wenn sie an die lange Gefangenschaft dachte, die Argencia hatte erleiden müssen. Sie vergaß ihren Stolz, fiel vor Bernhard auf die Knie und ergriff seine Hand.

»Ich flehe Euch an. Sie ist alles, was von meiner Familie geblieben ist.«

Bernhard leckte sich die Lippen, als er die vornehme Frau so unterwürfig sah. Abschätzig tätschelte er ihre zarte Hand, dann sah er zu Frodoi und setzte ein grausames Lächeln auf. Dies war sein Moment.

»Vielleicht solltet Ihr mich in den Palast begleiten, um die Einzelheiten unseres Abkommens zu besprechen, werte Goda. Ich bin bereit, über alles nachzudenken, aber vielleicht wäre es gut, wenn wir uns in dieser Nacht noch ein wenig besser kennenlernen. Findet Ihr nicht, Herr Bischof? Ihr kennt sie zweifellos gut, also sagt mir: Wird es eine erfreuliche Begegnung sein?«

Goda wandte sich mit flehendem Blick zu Frodoi. Der Preis, den Bernhard forderte, war ebenso offensichtlich wie das Dilemma, in dem sich der Bischof befand. Der Graf nötigte Frodoi, zwischen Verstand und Gefühl zu entscheiden. Mehrere Beamte hörten zu, die als Zeugen die Unzucht bestätigen konnten, die Drogo ihm unterstellt hatte. Der Bischof konnte fast nicht atmen vor Anspannung. Seine Position in der Kirche und seine Macht in Barcelona waren in Gefahr. Und auch seine Seele, falls man ihn exkommunizierte. Er öffnete den

Mund, um etwas zu sagen, aber er brachte kein Wort heraus. Er konnte es nicht.

»Die Vereinbarungen sind gut, Herr Graf«, sagte er schließlich mit versagender Stimme. »Ihr tut gut daran, ihrem Wort zu vertrauen.«

Godas Blick gefror angesichts des Todesstoßes, den Frodoi ihrem Herzen soeben versetzt hatte. Als Bernhard ihr vom Boden aufhalf, verzog sie angewidert das Gesicht, sein Atem stank nach Wein. Der Graf packte sie ungeniert um die Taille, um ihren angeblichen Geliebten zu provozieren. Goda aber dachte jetzt nur noch an Argencia und stellte sich vor, wie sie ihre Tochter in die Arme schloss. Sie würde es schaffen, egal wie.

»Gehen wir hinein, meine Liebe«, sagte Bernhard lüstern, ohne sie loszulassen. Triumphierend drehte er sich noch einmal zum Bischof um. »Wir werden uns sicherlich einig werden, und es wird eine unvergessliche Nacht.«

Goda sah flehend zu Frodoi, während Bernhard sie in den Palast zerrte. Wenn er jetzt nichts unternahm, würden ihre Liebe und ihre Verbindung an seiner Feigheit zerbrechen. Doch der Bischof schwieg, die Hände zu Fäusten geballt.

Frodoi fühlte sich außerstande, in seinen Palast zurückzukehren, und betrat die Kathedrale. Er ging an den neuen Arkaden entlang, die noch eingerüstet waren, und herrschte die beiden Priester, die die Messkelche und anderes kostbares Inventar bewachten, unwirsch an, sie sollten verschwinden. Außer sich vor Wut, schlug er mit den bloßen Händen auf das schwere eiserne Kreuz ein, das an Ketten über dem Altar hing und jetzt heftig hin und her baumelte. Sich nicht einzumischen war richtig gewesen, durch sein Schweigen würde Goda Argencia zurückbekommen, und vielleicht gelang es ihr auch, im Tausch gegen höhere Abgaben die Abneigung des Grafen gegen die Goten zu besänftigen. Aber er fühlte sich wie ein erbärmlicher Feigling.

Bernhard ließ die Fenster in Richtung des Bischofspalasts offen stehen. Frodoi hörte Godas Schreie durch die Stille hallen, während er mit den Fäusten auf den Steinboden einschlug. Er wusste nicht, ob es Schmerzensschreie oder Schreie der Lust waren; für ihn jedenfalls bedeuteten sie den Verlust dessen, was er am meisten liebte. Blut und Tränen tropften auf die Steinfliesen.

Elisia schlief neben Galderic in der Küche, als sie plötzlich hochfuhr, weil sie ein Geräusch aus dem Gastraum gehört hatte.

Sie erhob sich leise, trat in den dunklen Schankraum und erschrak. Eine Gestalt stand vor dem erloschenen Kamin. Im fahlen Mondlicht, das durch die Fenster fiel, erkannte sie den Eindringling.

»Mein Gott! Rotel!«, rief sie überrascht. Vorsichtig trat sie näher und betrachtete das junge Mädchen. »Ich dachte, ich würde dich nie wiedersehen. Man erzählt sich Dinge über dich, die …«

»Die Wahrheit würdest du noch viel schlimmer finden.«

Ihre Stimme klang nicht feindselig, und doch schauderte es Elisia.

»Was machst du hier?«, fragte sie vorsichtig. »Weißt du etwas von deinem Bruder?«

»Er hat mich geschickt. Er wäre beinahe gestorben, aber seine Stunde war noch nicht gekommen.«

Elisia merkte, wie ihre Knie weich wurden, und sie setzte sich auf einen der alten Baumstümpfe, die als Hocker dienten. Es fiel ihr schwer zu glauben, dass diese junge Frau, die da vor ihr stand, dasselbe Mädchen war, dem sie vor Zeiten zur Flucht aus Girona verholfen hatte.

»Du hast dich sehr verändert, Rotel.«

Isembards Schwester erzählte, was im Kloster in Fórnols geschehen war, was ihr Bruder ihr berichtet hatte. Als Rotel

Elisias Tränen sah, empfand sie Mitleid, unterdrückte es jedoch gleich.

»Ich wollte nur wissen, ob es dir gut geht. Ich habe Gerüchte gehört. Es heißt, der neue Graf habe dir Gold gegeben, um die Taverne wieder zu eröffnen.« Sie zuckte mit den Schultern und traf dann eine Entscheidung. »Ich kann dich zu meinem Bruder bringen, wenn du willst.«

Sie sprach, als stünden hundert bewaffnete Männer vor der Tür, um sie zu schützen, was natürlich nicht der Fall war. Und doch hatte Elisia das Gefühl, dass sie bei ihr in Sicherheit sein würde. Ihr Herz begann heftig zu klopfen, und eine Welle der Sehnsucht durchlief sie.

»Ich erwarte ein Kind von Gali«, gestand sie traurig.

»Das ist keine große Leistung, Elisia«, gab Rotel ungerührt zurück. »Ein guter Vater zu sein, darauf kommt es an.« Sie berührte Elisias Bauch. Noch war nichts zu erkennen. »Im Moment könnte jeder dieser gute Vater sein. Mein Bruder liebt dich. Ich habe es so deutlich in seinen Augen gesehen, wie ich in deinen die Liebe zu ihm sehe.«

Elisia gingen ihre Worte nahe. Sie hatte das Gold, um die Taverne wieder zu eröffnen, aber wie viel lieber würde sie mit Rotel zu ihrem Geliebten gehen, Gali vergessen und ein neues Leben beginnen! Eine ungeahnte Freude durchfuhr sie. Sie wollte Rotel umarmen, doch die stand bereits am Fenster.

»Ich höre mich noch ein wenig in der Stadt um. Wenn der Graf ein Auge auf dich geworfen hat, müssen wir vorsichtig sein. Warte bis zum Morgengrauen und verlasse dann die Stadt, als ob du Besorgungen machen würdest. Ich warte an der Via Francisca auf dich. Ab dort wirst du aufhören zu existieren.«

Bevor Elisia etwas antworten konnte, sprang Rotel aus dem Fenster und verschwand in der Nacht; sie mochte es nicht, in geschlossenen Räumen zu sein, und sie wollte nicht gesehen werden. Elisia war hin- und hergerissen. Sie hatte Angst. Ihr war bewusst, wie viele Menschen von ihr abhängig waren, und sie ahnte, dass der Graf toben würde. Dennoch würde sie den Schritt wagen; sie wollte frei sein wie Rotel und gemeinsam mit Isembard ihr Kind und alle weiteren Kinder großziehen, die sie ihm schenken konnte. Sie sehnte sich danach, endlich geliebt zu werden und zu lieben – auch wenn sie von Gott und den Menschen dafür verdammt werden würde.

Vor sich hin summend, begann sie ein Bündel mit ihren Kleidern zu packen. Das Gold wollte sie bei Galderic lassen, damit er es dem Grafen zurückgab. Sie war keine Diebin.

»Du willst weggehen?«

Die Stimme ließ sie erstarren. Sie drehte sich um und verbarg das Bündel.

»Gali …« Ihre Stimme versagte. »Was willst du hier? Ich räume nur auf …«

»Du willst dich aus dem Staub machen!« Ihr Mann grinste boshaft. Er war betrunken. »Willst du mir mein Kind wegnehmen?«

»Woher weißt du …?«, fragte sie erschrocken.

»Du warst bei der jüdischen Hebamme. In dieser kleinen Stadt bleiben Geheimnisse nicht lange geheim.« Er lachte. »Dachtest du wirklich, ich würde es nicht erfahren? Du bleibst hier! Jetzt, da der Graf hinter uns steht, wird dieses Haus Wohlstand in die Grafschaft bringen!«

»Hinter uns steht?«, entgegnete sie wütend. »Hast du irgendwann hinter mir gestanden? Doch nur, wenn es dir von Nutzen war!«

Gali kam näher.

»Das wird sich ändern, Elisia.« Er versuchte sie zu umarmen, doch sie entzog sich angeekelt. »Du wirst mein Kind zur Welt bringen, und wir werden wohlhabende Wirtsleute sein. Bestimmt können wir noch mehr aus Bernhard von Gothien rausschlagen. Mach noch mehr von diesem Käse aus Poitiers …«

»Du kannst ja kaum noch stehen! Verflucht sei der Tag, an dem ich eingewilligt habe, dich zu heiraten!«

Gali ohrfeigte sie, bis sie zu Boden ging. Dann zog er sie an den Haaren in einen kleinen Verschlag unter der Treppe, wo er sie einsperrte. Als Galderic, aufgeschreckt von Elisias Schreien, in den Schankraum gestürzt kam, packte Gali ihn am Hals und würgte ihn, bis der Junge keuchend nach Luft rang.

»Wenn du nicht endlich den Mund hältst, Elisia, bringe ich ihn um und werfe ihn in den Brunnen! Du bleibst da drin, bis du zur Vernunft kommst. Ich kann mir schon vorstellen, zu wem du wolltest. Vergiss es! Hier ist deine Welt. Dafür habe ich dich beim Würfeln gegen den alten Oterio gewonnen.«

Elisia gab es auf, gegen die Tür des Verschlags zu hämmern, und kauerte sich weinend in eine Ecke. Jedes Wort von Gali war ein Stich ins Herz gewesen. Warum hatte Gott ihr das Glück gezeigt, wenn er es ihr gleich darauf wieder nahm? Nichts in ihrem Leben war sicher. Rotel würde am nächsten Morgen weggehen und Isembard sagen, dass seine Geliebte es vorgezogen hatte zu bleiben. Der dünne Faden der Hoffnung, der sie noch miteinander verbunden hatte, war zerrissen. Ritter Isembard von Tenes würde das Mädchen aus dem Volk vergessen, sie gehörte nun mal nicht seiner Gesellschaftsschicht an. So war die Ordnung der Dinge, und sie hatte gesündigt, als sie versucht hatte, sich darüber hinwegzusetzen.

Zu Tode betrübt legte sie sich hin. Nie wieder wollte sie aufstehen.

37

Am Johannistag sah Isembard erstaunt, wie sich vier Reiter dem Kloster von Fórnols näherten. Er nahm seine ganze Kraft zusammen, um sie zu empfangen.

Vor zwei Tagen war Rotel mit Ega aufgebrochen und hatte ihn mit gebrochenem Herzen zurückgelassen. Er wusste nun, dass Elisia zu einem vereinbarten Treffpunkt kommen wollte, jedoch nicht erschienen war. Sie erwartete ein Kind von Gali, und offensichtlich schätzte der neue Graf ihre Kochkünste. Eine zu verheißungsvolle Zukunft, dachte Isembard, um sie für einen Ritter ohne Land aufzugeben, den Bernhard von Gothien mit Sicherheit hasste, weil er auf Frodois Seite stand. Rotel hatte in der Stadt von der gegenseitigen Abneigung zwischen dem Grafen und dem Bischof erfahren und ihm davon berichtet.

Auch wenn man ihn bei der Reichsversammlung zum Ritter ernannt hatte, war er nur ein Ausgestoßener, der ein Versprechen einlösen musste.

Drei der Reiter trugen wollene Umhänge, Helme und Rundschilde. Die Freude des jungen Tenes war groß, als er sie erkannte und den beunruhigten Mönchen erklärte, wer sie waren.

»Das ist Oriol, der Hauptmann der Bischofsgarde Frodois von Barcelona. Die anderen sind Armanni von Ampurias, Garleu von Conflent und Maior von Tarrasa. Sie waren Waffengefährten von Guisand, die aus Barcelona entkommen konnten, als Drogo die Stadt einnahm.« Ihm fiel eine Last von der Seele. »Gott sei Dank!«

»Wir hielten dich für tot, mein Junge!«, rief Oriol.

»Wie habt ihr mich gefunden?«

»Es wird viel geredet über das Wunder des wiedererweckten

Ritters! Außerdem habe ich erfahren, dass Rotel Elisia aufgesucht hat.«

»Geht es ihr gut?«

»Sie hat die Taverne wieder eröffnet, aber sie ist nicht mehr dieselbe«, sagte Oriol betrübt. Er hatte versucht, aus Elisia herauszubekommen, was geschehen war, doch sie wollte nicht darüber sprechen.

Die übrigen Reiter saßen ab und umarmten Isembard herzlich. Die Wunden waren verheilt, aber er war immer noch geschwächt.

Es war ein strahlend schöner Tag, und die Mönche bereiteten sich auf das Johannisfest vor. Sie schichteten Feuerholz hinter der Klostermauer auf und sammelten Kräuter, die bereits verblüht waren, weil sie glaubten, dass ihre Heilkraft dann am größten sei. Schon vor drei Tagen hatte man Feuer auf den umliegenden Hügeln brennen sehen, doch sie würden ihres an diesem Abend entzünden, um der Sonne zu helfen, wenn die Tage nun wieder kürzer wurden.

In dem kleinen Refektorium sprachen der Hauptmann und die drei Ritter herzhaft dem Käse mit Rosinen und dem Brot zu, welche die Mönche ihnen hinstellten, bevor sie sich zurückzogen. Oriol unterrichtete Isembard über die Ereignisse in Barcelona. Dieser nickte, und sein Herz weinte. Nach dem, was sie ihm erzählten, schien das Glück Elisia hold zu sein. Er erfuhr, dass der Graf Goda vergeben hatte und sie mit Argencia in ihren Palast zurückgekehrt war. Man munkelte, sie habe Bernhard von Gothien verführt, ohne den geringsten Respekt vor dem Andenken an ihren Ehemann zu zeigen.

Isembard hätte diesen Männern ohne zu zögern sein Leben anvertraut. Nach langem Schweigen enthüllte er ihnen das größte Geheimnis der Spanischen Mark.

»Diese Mönche wissen, wo sich die Nachfahren Graf Sunifreds versteckt halten. Sie haben die ganze Zeit Stillschweigen bewahrt.«

Die vier sprangen angesichts dieser unerwarteten Neuigkeit überrascht auf.

»Stimmt das, junger Isembard?«, fragte Armanni aufgeregt.

»Die Mönche haben mir erzählt, dass vor einigen Jahren ein Diener kam, der um Heilmittel für ein Mädchen bat. Schließlich eröffnete er ihnen, dass es sich um eine der Töchter Gräfin Ermesendas handelte. Sie verstecken sich zwei Tagesritte von hier in einem kleinen Kloster, das von der Kirche nicht anerkannt wird. Dort verehrt eine Handvoll Benediktinermönche die heilige Madonna von Ripoll. Bei ihnen leben die Belloniden und einige Männer von Sunifreds alter Leibgarde.«

»Sie sind nicht tot!«, flüsterte Garleu mit Tränen in den Augen und ließ sich auf einen Schemel sinken. »Doch bei Hof sind sie vergessen.«

»Vielleicht nicht«, wandte Oriol ein, der nervös auf und ab ging. »Bei der Reichsversammlung von Servais bestätigte Karl der Kahle die Belloniden Delà und Sunyer II. als Grafen von Ampurias, anstatt Bernhard von Gothien auch diese Titel zuzusprechen.«

»Der König fürchtet, dass das Haus Poitiers zu viel Macht im Süden des Landes anhäuft«, schloss Maior.

»Guisand wird sich im Grab umdrehen vor Ungeduld«, sagte Oriol nach einer Weile. »Aber wir müssen diskret vorgehen. Wenn Bernhard von Gothien davon erfährt, wird er nicht zögern, sie endgültig aus dem Weg zu räumen.«

Der Abt betrat das Refektorium. Er machte keinen Hehl daraus, dass er sie belauscht hatte.

»Wir werden für euch beten. Aber seid vorsichtig. Dies ist die einsamste Gegend der ganzen Mark. Eine Tagesreise von dem kleinen Kloster entfernt liegt die verlassene Stadt Ausa, ehemals Bischofssitz der Westgoten und auch noch unter der Herrschaft der Sarazenen. Im Jahr 826 wurde sie von fränkischen Truppen zerstört, als sich der Gotenführer Aisó und seine arabischen Verbündeten gegen König Ludwig den Frommen erhoben. Dieses ganze Gebiet im Herzen von Osona ist eine riesige Einöde voller Ruinen und umherirrender Geister.«

Die Männer traten vor das Bildnis des gekreuzigten Christus, das an der Stirnseite der kleinen Klosterkapelle hing, um seinen Schutz zu erbitten. Die Nachfahren Bellos von Carcassonne konnten die ungewisse Zukunft der Spanischen Mark wenden.

Während die Mönche das Feuer vorbereiteten, das in der Johannisnacht das Tal erleuchten sollte, holte Isembard seine Rüstung hervor. Die Hoffnung, die letzte Bitte Guisands von Barcelona erfüllen zu können, verlieh ihm neue Kräfte und bot ihm ein Ziel, auf das er sein ganzes Streben richten konnte, um der inneren Leere zu entfliehen. Er wollte keinen Augenblick länger warten, um nach Ripoll aufzubrechen.

Auf ihrem Weg am Südrand der Sierra del Cadí entlang sahen sie nur einige wenige Hirten, die rasch ihre Schafe zusammentrieben und sich in irgendeine Schlucht zurückzogen. Die Pfade waren verschwunden, und sie kamen nur mühsam voran; lediglich die Berggipfel und einige Pässe dienten ihnen als Anhaltspunkte für die Wegbeschreibung der Mönche. Als sie die Ebene erreichten, verdüsterte sich die Stimmung der Ritter.

Bald stießen sie auf die Ruinen einer Ölmühle. Die Mühlsteine unter dem Schutt waren in gutem Zustand, man erkannte noch die in den Putz geritzten Strichlisten, und sie fanden einige intakte Amphoren. Unter einem Dorngestrüpp lugte der Teil eines Schädels hervor. Die Mark war ein riesiger Friedhof voller unbestatteter Toter, die unter Gestrüpp und Geröll lagen.

Als sie einen Weg mit Wagenspuren entdeckten, wussten sie, dass es nicht mehr weit war. Mitten auf einer grünen Wiese mit einigen alten Eichen stand neben einem baufälligen Wehrturm eine kleine Kirche. Ringsum hatte man eine doppelt mannshohe Mauer aus Feldsteinen errichtet. Das eisenbeschlagene Holztor war geschlossen.

»Sie beobachten uns«, sagte Oriol in die angespannte Stille hinein.

Als ein Pfeil Maior an der Schulter traf, verschanzten sie sich hinter den Bäumen. Plötzlich erschien hinter ihnen eine Gruppe Männer in Mönchskutten und stürzte sich mit Gebrüll auf sie. Auch Maior, den Pfeil noch in der Schulter, zog sein Schwert, um sich zu verteidigen.

Isembard spürte ein Reißen in der frisch verheilten Wunde, aber ihm war klar, dass die Mönche – falls die Angreifer solche waren – keine Gefahr für sie darstellten. Sie konnten kämpfen, ihnen fehlte jedoch die jugendliche Kraft, sie waren gut und gern sechzig Jahre alt. Als sie den fünf Kriegern gegenüberstanden, von denen drei alte Haudegen waren, liefen einige mit schreckerfüllten Mienen zum Klostertor zurück, das sich geöffnet hatte, um ihnen Zuflucht zu gewähren.

»Habt ihr gesehen?«, sagte Garleu verwundert. »Sie haben uns erkannt! Einer von ihnen war Agbert, ein Mitglied von Sunifreds Leibgarde. Mein Gott, sie sind hier!«

Isembard lief zum Tor und warf sich gegen das dicke Holz, bevor es wieder geschlossen wurde.

»Keine Toten«, befahl er den Rittern, als sie hineingingen.

Auf dem Platz vor dem Turm trafen sie zum zweiten Mal auf die Alten, die, bewaffnet mit Sarazenensäbeln, entschlossen auf sie losgingen, um zwei etwa zwanzigjährige junge Männer zu schützen. Niemand achtete auf Isembards Bitte, mit dem Kampf aufzuhören. Ihre Gegner waren sich ihrer Unterlegenheit bewusst und trauten dem Frieden nicht. Sie verwundeten einen der falschen Mönche und drängten die anderen zur Klostermauer zurück.

»Genug!«, rief eine Frauenstimme vom Turm. »Genug jetzt, meine Söhne!«

Die beiden jungen Männer, die vor Anstrengung keuchten, spuckten vor ihnen aus, bevor sie die Säbel fallen ließen. Ihre Verteidiger stellten sich schützend um sie herum. Auch sie rangen nach Atem.

»Nicht schlecht«, sagte Hauptmann Oriol zu den jungen Männern, während er die Waffen mit dem Fuß wegschob. »Aber euch fehlt die Erfahrung.«

Auch die Mönche legten ihre Waffen nieder, und einer brach vor Erschöpfung zusammen.

»Wir haben Euch enttäuscht, Herrin«, murmelte er beschämt.

»In Eurem Alter würde ich gerne noch so kämpfen können, alter Agbert«, sagte Armanni, und sein Mitgefühl erstaunte die Mönche.

Im Zugang zum Wehrturm, der sich hoch über dem Boden befand, stand eine Frau in einem abgetragenen schwarzen Kleid und beobachtete die Szene. Sie hatte bereits die fünfzig überschritten, ihr Haar war grau und ihr Gesicht vom Leid gezeichnet. Ihre Haltung indes war stolz, und auf dem Haupt trug sie ein silbernes Diadem. Armanni, Garleu und Maior beugten bewegt das Knie.

»Es stimmt! Ihr seid Ermesenda, die Gemahlin Sunifreds von Urgell und Gräfin von Barcelona.«

»Und Ihr müsst die Söhne Miro und Wilfried sein …« Armanni verneigte sich vor den beiden jungen Männern. »Meine Ehrerbietung.«

»Wer seid Ihr?«, fragte Ermesenda aufgewühlt. Als ihr Blick auf Isembard fiel, riss sie die Augen auf, als sähe sie ein Gespenst aus der Vergangenheit. »Mein Gott!«

»Ich bin Isembard II. von Tenes.«

Ihm schlug sein Herz bis zum Hals, als hätte der Höchste diese Begegnung von Anbeginn an vorherbestimmt. Oriol trat vor, den Helm unter dem Arm.

»Mein Name ist Oriol aus Barcelona, Hauptmann der Leibgarde Bischof Frodois.«

»Was macht Ihr hier, Isembard?«, fragte Ermesenda, immer noch verwirrt.

»Ritter Guisand von Barcelona hat jahrelang nach Euch gesucht, Herrin. Kurz vor seinem Tod trug er mir auf, seine Mission fortzuführen. Heute habe ich das Versprechen eingelöst, das ich ihm damals gab.«

»Wir sind eine kleine Glaubensgemeinschaft irgendwo im Nichts«, sagte die Frau. Sie hatte zu weinen begonnen und konnte den Blick nicht von Isembard abwenden.

»Nein, Herrin, Ihr seid Flüchtlinge«, widersprach Armanni. »Diese Männer in Mönchskutten waren Eure Leibgarde. Es ist an der Zeit, dass die Belloniden die Spanische Mark zurückgewinnen.«

»Das ist ein trügerischer Traum! Der König ernennt weiterhin fränkische Markgrafen, um dieses vom Schicksal gestrafte Land zu kontrollieren.«

»Bei der letzten Reichsversammlung wurden Eure Neffen Delà und Sunyer im Amt bestätigt«, erklärte Oriol. »Es ist an der Zeit zurückzukehren, Herrin, und die Würden zu beanspruchen, die Euren Söhnen als Enkeln des heldenhaften Bello von Carcassonne zustehen.«

Ermesenda war tief bewegt. Einer der Mönche brachte eine Leiter und half ihr herunter.

»Es sind fast zwei Jahrzehnte vergangen! Meine Söhne waren noch klein, als wir uns hier versteckten.«

Isembard verbeugte sich, während er seine nächsten Worte abwog. Schließlich begann er zu sprechen: »Das Blut vergisst nicht. Im Gedenken an meinen Vater hält Euch das Haus Tenes die Treue, so wie viele andere in Urgell, Girona und Barcelona, die auf das Wunder Eurer Rückkehr hoffen.«

Ermesenda versuchte zu lächeln, aber es blieb bei einer schwachen Andeutung.

»Kommt mit mir, junger Isembard«, sagte sie.

Sie führte die Männer zu der kleinen Kirche. Der Ort

strahlte Ruhe aus, und es roch nach Thymian. Die Gräfin deutete auf eine Steinplatte auf der Evangelienseite und wischte mit den Händen den Staub weg, damit er die Inschrift lesen konnte: ISEMBARD VON TENES.

»Dein Vater ruht in geweihter Erde. Er wurde verwundet, als er uns aus der Stadt brachte, aber er lebte noch lange genug, um uns hierherzubringen und die Befestigung des Klosters zu planen. Ich habe im Namen deiner Mutter um ihn geweint. Später erfuhr ich von der Tragödie auf der Burg Tenes.« Tränen rollten ihr übers Gesicht. Sie versteckte die Liebe nicht länger, die sie für den Ritter gehegt hatte. »Er hat seine eigene Familie für meine geopfert.«

Isembard spürte, wie tiefer Groll seine Seele erfasste. Er dachte an seine verlassene Mutter, an die beiden wehrlosen Kinder, die ohne jede Hilfe durch die Wildnis fliehen mussten. Der einzige Weg, seinen Vater freizusprechen und ihm verzeihen zu können, war, dem ganzen Leid einen Sinn zu geben.

»Gräfin, Ihr dürft Euch nicht weiter verstecken, oder es war alles vergebens«, brachte er mit brüchiger Stimme heraus.

»Damals lebten wir in Carcassonne und Ceret, in Vallespir, aber wir hielten uns öfter in diesem kleinen, unbekannten Kloster in Ripoll auf, wo wir uns dann während der furchtbarsten Jahre verbargen.« Ob das Grab meines Vaters etwas damit zu tun hat? ging Isembard durch den Kopf. »Meine Söhne wurden bei meinen Verwandten aus Carcassonne im Lesen und in höfischen Gebräuchen unterrichtet. Sie kennen die Geschichte ihrer Familie und der Spanischen Mark, doch ihre Fähigkeiten an der Waffe sind unvollkommen.«

Armanni trat respektvoll hinzu.

»Lasst uns ihre ritterliche Ausbildung vollenden. Nur so können sie die Gunst des Königs erringen.«

»Das wollen wir, Mutter!«, rief Wilfried, der Ältere, der aufmerksam zugehört hatte.

Er war eine ebenso stolze Erscheinung wie Ermesenda und trug einen kurz geschorenen dunklen Bart. Miro, der Jüngere, zögerte, stimmte aber schließlich ebenfalls zu.

»Ich nehme an, die Mönche in Fórnols haben Euch von diesem Kloster erzählt«, fuhr die Gräfin fort. »Als meine Tochter Sesenanda krank wurde, schickte ich einen meiner Männer zum dortigen Kloster, um ein Mittel gegen das Fieber zu holen.« Sie deutete auf ein weiteres Grab. »So haben sie von uns erfahren.«

»Ihr hattet sieben Kinder«, bemerkte Garleu. »Wo sind die anderen?«

»Sie sind im Turm und sieden Öl. Sie hätten Euch einen unangenehmen Empfang bereitet, hättet ihr versucht, hineinzukommen.«

Den gesamten Nachmittag besprach sich Gräfin Ermesenda mit ihren Kindern. Außer der siebzehnjährigen Ermesinda, die erst nach dem Tod des Grafen geboren war und Isembard verdächtig ähnlich sah, waren alle bereits erwachsen und sich bewusst, dass endlich die Chance gekommen war, von der sie so lange geträumt hatten. Sie waren Goten und kannten die Situation in der Mark, die Gleichgültigkeit des Königs und die Untätigkeit der letzten fränkischen Grafen.

Am Abend empfing die Bellonidenfamilie die Ritter im Turm. Die Beratung dauerte nicht lange, und im letzten Abendlicht beugten Isembard von Tenes und die alten Gefährten Armanni von Ampurias, Garleu von Conflent und Maior von Tarrasa mit gezückten Schwertern das Knie. Das bescheidene Kloster Santa María de Ripoll zählte nur drei Mönche; vor diesen und Hauptmann Oriol als Zeugen schworen sie, Sunifreds Söhne zu beschützen, die zukünftigen Grafen der Mark, so es Gottes Plan war.

Isembard trat in den Klosterhof hinaus. Endlich das Schicksal seines Vaters zu kennen war ihm sehr nahegegangen. Er betrachtete die länger werdenden Schatten und dachte an

Guisand, Inveria und Nilo. Sie hatten bis an ihr Ende an ihn geglaubt. Isembard kamen die Tränen. Dank ihm, dem geflohenen und in einem kleinen Kloster in Girona vergessenen Sohn der Erde, konnten die Ritter der Mark und ihre Gefolgsmänner in Frieden ruhen.

Dies hier war sein Platz – ohne Elisia, aber dafür mit Rotel, die aus der Dunkelheit zurückgekehrt war und vor einem neuen Leben stand. Frodoi, dem er Treue schuldete, und auch Guisand und Goda von Barcelona hätten es so gewollt. Das entlegene Kloster in Ripoll, fernab der Welt und ihres Elends, sollte fortan sein Zuhause sein, um diesem Land eine neue, wahre Hoffnung zu geben, einen Herrscher, der zur Legende würde, weil er ihren Bewohnern eine Zukunft bot.

Sie hatten eine lange Zeit der Unterweisung vor sich, um einen neuen Anführer zu formen. Und sie würden es im Verborgenen tun, bis der richtige Moment gekommen war.

38

Nach der Rückkehr des Bischofs von der jährlichen Reichsversammlung waren die Arbeiten an der Kathedrale wieder aufgenommen worden. An diesem Morgen befand er sich in der Bauhütte vor dem neuen Portal, für das er aber heute kein Auge hatte. Er achtete nicht auf die Erläuterungen der Baumeister und sah auch nicht nach draußen, um den Männern zuzuschauen, die Tragekörbe mit Ziegelsteinen zu den Gerüsten hinaufzogen. Mit abwesendem Blick betrachtete er Servusdei, der mit den Männern darüber diskutierte, wo im Kirchenschiff die schmalen Fenster angebracht werden sollten, damit das schwache Licht von oben zur Andacht anhielt. Die Gläubigen sollten Gott fürchten und sich in der Dunkelheit verbergen, um sich seiner heiligen Gegenwart zu nähern.

Frodoi wollte, dass das Mittelschiff wesentlich höher wurde, mit einem gemauerten Gewölbe statt eines hölzernen Dachstuhls. Er wollte außerdem, dass die Quader der Fenster- und Portalbögen abwechselnd aus schwarzem und weißem Marmor bestanden, wie in den großen Kathedralen des Königreichs und der Pfalzkapelle in Aachen. An diesem Tag jedoch beharrte er nicht wie sonst auf seinen Vorstellungen.

Niedergeschlagen trat er auf den Platz hinaus und blickte zu Godas herrschaftlichem Anwesen hinüber. Seit der Nacht, die sie bei Bernhard von Gothien im gräflichen Palast verbracht hatte, hatte sie das Haus nicht mehr verlassen. Frodoi konnte diese Nacht nicht vergessen. Er war wach geblieben, bis er sie aus dem Palast kommen sah, und war hinter ihr hergelaufen. Goda hatte den Hausschlüssel in der Hand und trug Argencia auf dem Arm. Schweigend hatte sie dem Bischof den Rücken gekehrt und war in ihrem Haus verschwunden, wo nur noch einige wenige Bedienstete lebten, die nicht wussten, wohin sie hätten gehen können. Frodoi hatte seinen Versuch, sie zu sehen, aufgeben müssen, als auf sein Klopfen hin mehrere Soldaten auf ihn aufmerksam geworden waren.

Zwei Tage später hatten die Mönche im Spital ein vierzehnjähriges Mädchen aufgenommen, das der Graf in seiner Zügellosigkeit geschlagen und vergewaltigt hatte. Zwei Soldaten sorgten dafür, dass die Angelegenheit nicht an die Öffentlichkeit drang. Als Frodoi begriff, was seiner Geliebten widerfahren sein mochte, wäre er am liebsten gestorben.

Aber Goda war mit Argencia zurückgekehrt, und die Fischer konnten wieder zum Salzberg aufbrechen. Sie war eine starke Frau, und nach einigen Tagen trat sie mit der stolzen Haltung einer freien Adligen auf die Straße. Frodoi war erleichtert, allerdings wusste er auch, dass ihre Liebe zu ihm ein Ende gefunden hatte. Es ist besser so, zwang er sich zu denken. Er war der Bischof von Barcelona und hatte über der fleischlichen Liebe zu stehen. Dennoch fiel es ihm schwer, Goda und die Träume zu vergessen, die sie miteinander geteilt hatten.

Er machte Anstalten, erneut an ihre Tür zu klopfen, doch eine Hand hielt ihn zurück.

»Nein«, sagte Servusdei streng und deutete auf den Platz, der von Bernhards Männern überwacht wurde. Der Graf würde nicht zögern, ihn bei Hinkmar anzuklagen – sie waren Rivalen und belauerten sich gegenseitig, immer auf einen Fehler des anderen wartend. Er wandte sich ab. Als er zu Godas Palast hinaufschaute, sah er sie hinter einem Fenster stehen. Sie bewegte stumm die Lippen. Das hatte sie manchmal zum Spaß während der Messen gemacht, um ihn abzulenken. Er verstand sie.

»Halte dein Versprechen, Bischof«, sagte Goda lautlos.

Frodoi bemerkte die Kälte in ihrem Blick. Ihre Liebe würde er vielleicht nicht wiedergewinnen, doch die Verbindung, die sie seit jenem Tag in der alten Krypta einte, bestand weiter. Das zu wissen gab ihm Kraft. Nun weniger niedergeschlagen, betrat er seinen Palast, bereit, das Versprechen zu erfüllen, das er Goda gegeben hatte, und wohl wissend, dass es nicht leicht sein würde.

Mehrere Handwerker hatten inzwischen die Innenwände der Taverne zum Miracle verputzt und die Treppe neu aufgemauert, dank Drogos Gold wurde aus der ursprünglich bescheidenen Schänke eine geräumige Herberge wie die von Oterio in Carcassonne. Elisia, ernst und mit tiefen Augenringen, überwachte das Setzen eines jeden Steins, während im Garten Tische und Bänke aus Eichenholz gezimmert wurden. Die Arbeiten gingen flott voran.

Jeden Tag begab sie sich nun bei Sonnenuntergang in die Küche des gräflichen Palasts, wo sie die besten Speisen zubereitete, die sie kannte, und die Anzüglichkeiten von Bernhards Männern über sich ergehen ließ. An manchen dieser Abende erschien auch Drogo. Bernhard hatte im eigenen Interesse beschlossen, ihn zu begnadigen. Drei Pfund Silber für den König und ein weiteres für den Erzbischof von Reims – das genügte, um Urteile aus der Vergangenheit vergessen zu machen. Der Adlige, der versucht hatte, die Herrschaft über Barcelona an sich zu reißen, behielt eine Handvoll Männer und die Burg Tenes, da Isembard nicht vor dem Grafen erschienen war, um sich als Vasall anzudienen und die Burg zurückzufordern. Drogo war bereitwillig auf den Handel eingegangen und hatte Bernhard die Treue geschworen. Er war zwar nicht Herr über Barcelona, aber er gehörte zum engsten Kreis des Markgrafen von ganz Gothien, und das war viel mehr, als sein verfluchter Vater von seinem unehelichen Sohn erwartet hatte.

Bei diesen fröhlichen Gelagen äußerten Bernhards Gäste immer wieder den Wunsch, die schöne Elisia möge nackt für sie tanzen, so wie es die Sklavinnen taten, die sie des Öfteren mitbrachten. Doch der Markgraf von Gothien weigerte sich, weil er selbst eine Schwäche für sie hatte. Vor allem aber wollte er verhindern, dass sie vor lauter Scham die Freude am Kochen verlor. In der Stadt hieß es, dies sei das einzig Gute, was der Graf seit seiner Ankunft in der Stadt getan habe.

Eines Abends forderte der Graf Gali auf, an seiner Tafel Platz zu nehmen, weil er der Ehemann der berühmten Köchin war. Bei dieser Gelegenheit erinnerte ihn Drogo von Borr an das alte Dokument, das sein Spitzel Calort immer noch aufbewahrte, und machte ihm deutlich, dass Gali nach wie vor in seiner Schuld stand. Er wollte wissen, was in der Taverne über Bernhard geredet wurde. Gali, der bis zu diesem Moment vor Selbstsicherheit und Stolz nur so gestrotzt hatte, erbleichte und nickte stumm.

Mit der Zeit wurde den Menschen in Barcelona klar, dass der neue Graf keine Reformen in Angriff nehmen würde. Weder wollte er die Sümpfe austrocknen, um neues Ackerland zu gewinnen, noch würde er das brach liegende Land neu besiedeln oder die Mühlen und Wege instand setzen. Er vergnügte sich auf sadistische Art mit ihren Frauen, betrank sich und erhob Steuern, um neue Feldzüge zu unternehmen oder nützliche Allianzen mit den Rorgoniden jenseits der Pyrenäen zu schmieden.

Die Spanische Mark und ihre entlegenste Stadt verharrten weiterhin in Dunkelheit und Ungewissheit, während Sarazenen und machthungrige Adlige mit begierigen Augen die Ereignisse verfolgten, um sich wie Falken auf dieses von Gott verlassene Land zu stürzen.

Dritter Teil

Blutsbande

Das Jahr 869

Mit der Zeit wurde der Machthunger König Karls des Kahlen immer größer. Ständig im Kampf gegen die Normannen und der andauernden Revolten in seinem Land müde, richtete er den Blick auf die Herrschaftsgebiete seiner Neffen.

Auch der frühe Tod seines Sohnes Karl, genannt das Kind, im Jahr 866 und der Rückzug seiner Gemahlin Irmentrud, die der Verlust tief getroffen hatte, in ein Kloster konnten seine Kriegslust nicht besänftigen.

Am 8. August starb sein Neffe Lothar II., König von Lotharingien, jenes fränkischen Mittelreichs, das 855 nach dem Tod seines Vaters Lothar I. im Vertrag von Prüm an ihn gefallen war, und die Geschichte änderte erneut ihren Lauf. Mit dem Tod Lothars II. endete die jahrelange Auseinandersetzung unter den Karolingern, die in dessen Scheidungsbestrebungen von Theutberga aus der Familie der Bosoniden begründet war. Doch nun bahnte sich ein noch größerer Konflikt an.

Lothar II. hatte keine ehelichen Nachkommen. Sein Herrschaftsgebiet ging an seinen Bruder Ludwig II. von Italien, der sich jedoch im Kampf mit den Sarazenen befand, die die italienischen Küsten bedrohten. König Karl der Kahle nutzte diese Situation aus, um Lotharingien gegen den ehernen Widerstand seines Bruders Ludwigs des Deutschen, seiner Neffen und eines Großteils der Bischöfe an sich zu reißen.

Es stand ein furchtbarer Krieg bevor, der weit über die Inanspruchnahme Lotharingiens hinausging. Der Herrscher, dem es gelungen war, die größte Macht im Karolingerreich anzuhäufen, hoffte darauf, Ludwig von Italien auch die Kaiserkrone zu entreißen. Sie zu besitzen war nur von symbolischem Wert, verlieh ihrem Träger jedoch einen heiligen Charakter.

Barcelona und die übrigen Grafschaften Bernhards von Gothien blieben in der Hand von Vizegrafen und fränkischen Beamten zurück, während der Markgraf König Karl bei seinem Streben nach Größe und der Befriedung der Normannen zur Seite stand. Die Spanische Mark war ihrem Schicksal überlassen. Nachrichten von Machtmissbrauch und anderen Missständen erreichten den Hof, blieben jedoch aufgrund der schwierigen Gesamtlage und der persönlichen Ambitionen von König und Adel unbeachtet.

In der Schlangengrube am Hof Karls des Kahlen war niemand, der sich darum kümmerte, was an der äußersten Grenze des Landes vor sich ging.

39

Festung von Gordes, Provence, Ende August

Die Reiter ließen das Dorf hinter sich und wandten sich dem Serpentinenpfad entlang der Felsflanke zu, auf der sich die Festung erhob. Es war ein beeindruckendes Bauwerk mit dicken Mauern und trutzigen Türmen, über denen das blau-goldene Banner der Bosoniden wehte, die ein großes Gebiet im Südosten des Fränkischen Reichs beherrschten. Die Männer ritten in den schlammigen Waffenhof, wo Dutzende Soldaten, Diener und Dorfbewohner ein und aus gingen. Die diesige Luft roch nach Kohle, und aus der Schmiede war Hämmern zu hören.

Ein Mann im Mönchsgewand erschien auf der hölzernen Galerie des Hauptgebäudes und winkte ihnen zu. Die Reiter saßen ab, und Knechte führten die Pferde davon.

»Ihr werdet erwartet, Bernhard von Gothien«, rief der Mann.

»Das schlechte Wetter hat uns aufgehalten«, gab der Markgraf missmutig zurück.

Bernhard ließ sich von einer vielleicht dreizehnjährigen Magd den Schlamm von den Gamaschen wischen. Sie war hübsch, mit rotblonden Locken und blauen Augen. Nach langen Tagen unterwegs war ihm nach anderen Diensten zumute, und er ergriff ihre Hand.

»Komm heute Nacht in meine Gemächer.«

Das Mädchen lief verängstigt in die Küche. Den Rest des Tages würde sie bittere Tränen vergießen, während ihre Mutter ihr erklärte, dass es ihr Leben lang so gehen würde, bis ihre Hüften zu breit würden und ihre Brüste erschlafften.

Bernhard betrat den Rittersaal, der von einem verrosteten eisernen Thron beherrscht wurde. Obwohl nur spärliches Licht durch die schmalen Fenster fiel, konnte er sehen, dass an den dicken steinernen Wänden Geweihe, Bärenfelle und die Felle anderer, ihm unbekannter Tiere aus Afrika hingen. An der Tafel erwartete ihn ein Dutzend Adlige, Alte und Junge, angetan mit ihren prächtigsten Kleidern, bei denen die Farbe Blau dominierte.

Bernhard, der Sohn Bernhards von Poitiers und mütterlicherseits ein Enkel Rorgons I. von Maine, trat den Versammelten hochmütig gegenüber. Sie waren Angehörige der Bosoniden, einer Familie dunklen Ursprungs, die zu Zeiten Karls des Großen durch kluge Allianzen den Aufstieg geschafft hatte. Nach dem Tod Hugberts, ältester Sohn Bosos des Alten und Abt von Saint-Maurice im Wallis, stand nun der zögerliche Bovin von Vienne der Familie vor, doch es war Theutberga, die Witwe des kürzlich verstorbenen Lothars II. und eine Schwester Hugberts und Bovins, die die Geschicke der Familie lenkte.

Theutberga war um die fünfzig, wirkte aber älter, nachdem sie seit ihrer Hochzeit im Jahr 855 so viel Leid und Schmach durchlebt hatte. Bernhard kannte die Geschichte. Die Annullierung der Ehe war ein Politikum gewesen, das alle Karolingerherrscher des Fränkischen Reiches beschäftigt hatte. Lothar hatte zwar erreicht, dass eine Bischofssynode nach nicht wenigen Zugeständnissen der Aufhebung der Ehe zustimmte, damit der König seine Mätresse Waldrada heiraten konnte, doch der Papst widerrief die Entscheidung. Lothar machte sich auf den Weg nach Rom, während die gedemütigte Theutberga an den lotharingischen Hof flüchtete. Als Lothar mit der Exkommunizierung gedroht wurde, überzeugten ihn seine Oheime Ludwig der Deutsche und Karl der Kahle, zu seiner rechtmäßigen Gemahlin zurückzukehren, was Theutberga jedoch ablehnte. Das Königreich wankte, und es kursierten Gedichte und Lieder über die gescheiterte Verbindung, in denen die Königin und ihr Bruder, Abt Hugbert, gar des Inzests bezichtigt wurden.

Nach vielen Gebeten und einem verdächtig plötzlich auftretenden Fieber war Lothar II. Anfang August dieses Jahres in Piacenza gestorben. Aus dem Blick der soeben verwitweten Theutberga sprach Genugtuung; endlich war ihr Leidensweg vorbei. Sie hatte inzwischen gute Beziehungen zu König Karl und dessen Ratgebern geknüpft – es war an der Zeit, dass die Bosoniden diese Situation nutzten, um an die Spitze des Reichs zu gelangen. Auch die Kinder Bovins von Vienne waren zugegen, Richard, Boso und die schöne Richildis, außerdem weitere Familienmitglieder, Grundbesitzer und Burgherren aus der Provence und Burgund. Wie die meisten fränkischen Adelsfamilien entschieden sie stets gemeinsam über die Geschicke ihres Hauses.

Bernhard begrüßte die Anwesenden und nahm am Kopfende des Tisches Platz. Ein Diener brachte ihm Wein in einem silbernen Pokal, und der Markgraf von Gothien lobte den guten Tropfen. Aber er hatte nur Augen für Richildis. Sie trug ein mit Hermelin besetztes Kleid aus hellblauer Seide, über das ihr langes, offenes Haar fiel. Mit ihren vierundzwanzig Jahren war sie zu voller Schönheit erblüht; seit Bernhard die Einladung zu diesem geheimen Treffen der Bosoniden erhalten hatte, hatte er darauf gehofft, dass Bovin sie ihm zur Gemahlin geben würde, um die Familien zu vereinen.

Richildis' Bruder Boso blieb das heftige Begehren des Markgrafen nicht verborgen.

»Bezähmt Euer Verlangen, Bernhard. Meine Schwester ist nicht für Euch bestimmt.«

Bernhard war beleidigt, doch Richildis schenkte ihm ein strahlendes Lächeln.

»Wartet Ihr noch immer auf diesen Isembard von Tenes?«, fragte er bissig. »Er hat sich davongemacht, genau wie sein Vater.«

»Seid nicht gekränkt, junger Bernhard«, wies Theutberga ihn zurecht. »Ihr seid wegen etwas Wichtigerem hier als einer Verlobung.«

»Weshalb also bin ich hier?«

Angesichts von Bovins Schweigen ergriff erneut seine Schwester Theutberga das Wort.

»Ich brauche nicht zu betonen, dass diese Zusammenkunft vertraulich ist. Sollte irgendetwas nach außen dringen, wird Euch der ganze Zorn unseres Hauses treffen. Doch so, wie ich Euch kenne, werdet Ihr unser Angebot nicht zurückweisen.«

Sie waren sich bei zahlreichen Reichsversammlungen und Feierlichkeiten am Hof König Karls begegnet. Die Bosoniden hatten ihre Informanten und kannten seine Ambitionen und seine verborgenen Geheimnisse. Der ehrgeizige Bernhard, der darauf aus war, die Macht der Rorgoniden zu mehren, konnte ein nützlicher Verbündeter sein.

»Wir bieten Euch die Gelegenheit, als Stammherr einer neuen Dynastie König von Gothien zu werden, statt wie bisher als Markgraf König Karl dem Kahlen untergeben zu sein …«

Bernhard richtete sich überrascht auf. Alle großen Adelsfamilien des zerfallenden Fränkischen Reichs hegten die Hoffnung auf die Herrscherwürde, doch die Karolinger ahndeten jede Verweigerung der Gefolgschaft als Hochverrat. Kein Bündnis hatte bislang zum Erfolg geführt. Bernhard war aufgeregt; noch nie hatte ein Rorgonide die Aussicht gehabt, so hoch hinauszukommen.

»Ihr habt mein Ehrenwort. Ich schwöre bei Gott, Stillschweigen zu wahren.«

Theutberga, die wusste, welchen Eindruck ihre Worte auf Bernhard machten, deutete auf eine Karte aus Kalbsleder, die sie auf dem Tisch ausgebreitet hatte. Darauf waren in unterschiedlichen Farben die Herrschaftsgebiete des Reichs eingezeichnet – von der Spanischen Mark bis nach Ostfranken – und kleine Holzfigürchen verteilt.

Die Bosoniden lachten, und Bernhard fragte sich, ob man sich einen Scherz mit ihm erlaubte.

»Das Ziel liegt noch in weiter Ferne, aber es ist an der Zeit, die ersten Schritte zu tun, und wir brauchen Eure Unterstützung, um in den inneren Kreis König Karls vorzustoßen. Von dort werden wir unsere Macht bis nach Burgund, Aquitanien und Neustrien ausdehnen …«

»Die Karolinger werden niemals auf ihre Kronen verzichten«, gab der Markgraf zu bedenken.

»Der Tag wird kommen, an dem die gesamte Welt ein Flickenteppich aus kleinen Königreichen und unabhängigen Ländern ist«, erwiderte Theutberga kühl. »Die Familien, die jetzt ihre Macht vergrößern, werden in den Geschichtsbüchern erscheinen. Deshalb müssen wir dem König wie treue Hunde folgen, um ihn dann langsam zu zerstückeln.«

»Ich dachte, Ihr wäret befreundet, edle Dame.«

»Er und ich werden bald nur mehr bleiche Knochen sein. Das hier ist größer als wir. Karl gehört den fränkischen Wilhelmiden an und verteidigt seine Linie über alles. Er würde mich ohne zu zögern zermalmen und dann an meinem Grab weinen«, sagte sie mit der Erhabenheit einer Matriarchin. »Du musst noch viel lernen, junger Bernhard aus dem Haus Poitiers, wenn du deine eigene Dynastie in Gothien begründen willst.«

Theutberga rührte an Bernhards Ehrgeiz, der sich bereits seinen Vorfahren überlegen sah.

»Ich verfüge über Tausende freie Männer im wehrfähigen Alter!«

Nach einem kurzen Moment der Stille brachen die Bosoniden in höhnisches Gelächter aus. Bernhard sah sie irritiert an.

»Immer mit der Ruhe, Markgraf«, sagte Richard herablassend. »Hebt Euch das Schwert für später auf. Fürs Erste sind umsichtige, aber entscheidende Schritte gefragt.«

»Meiner Meinung nach sollten wir zunächst noch einmal alles in Ruhe überdenken«, wandte Bovin ein, der vorsichtiger war als sein Sohn. »Gott wacht mit strengem Blick über uns.«

»Überlasst Gott den Pfaffen, Vater«, entgegnete Boso respektlos.

Nach betretenem Schweigen ergriff erneut Theutberga das Wort.

»Fürs Erste benötigen wir einen diskreten Dienst von Euch, Bernhard. Wir wissen, dass einer Eurer Vasallen die Machtpläne Graf Humfrieds zunichtegemacht hat.«

»Drogo von Borr. Er wurde wegen Mordes am Vizegrafen verurteilt, aber er hat sich bei mir und König Karl freigekauft. Er hält mir in der Spanischen Mark die Waffentreue und sorgt dafür, dass die Goten keine Abgaben unterschlagen.«

»Wir kennen die Ereignisse«, fuhr Theutberga gleichgültig fort. »Wir wollen wissen, ob es stimmt, was man sich über ihn erzählt. Angeblich hat er sich dunkler Gestalten bedient, um Humfried widerstandslos aus der Gegend zu vertreiben.«

Bernhard lief es kalt den Rücken hinunter. Drogo hatte ihm vor vier Jahren davon erzählt.

»Das waren Bestiare«, erklärte er. »Der Meister ist tot, und seine Schülerin zieht mit einer Hexe umher, wie mir zu Ohren gekommen ist. Ich habe sie nie gesehen. Sie steht nicht mehr in den Diensten Drogo von Borrs.«

Nach einem langen Schweigen sagte Boso mit eisiger Miene: »Ihr habt eine beschwerliche Reise hinter Euch. Vielleicht seid Ihr Euch deswegen nicht der Tragweite dessen bewusst, was wir Euch anbieten. Ihr seid nicht hier, um Euer Unvermögen unter Beweis zu stellen, Bernhard, sondern um den Gipfel der Macht anzustreben. Dieser Drogo schuldet Euch Treue und Gehorsam. Lasst Eure Macht spielen, damit er diese Bestiarin herbeischafft, oder bestraft ihn!«

Die Bosoniden würden keine Schwäche dulden, doch Bernhard war misstrauisch.

»Zuerst will ich wissen, was Ihr mit der Auftragsmörderin eines unbedeutenden Adligen aus der Spanischen Mark wollt!«

»Wir brauchen jemanden, den man nicht mit unseren Familien in Verbindung bringt, einen verschwiegenen Schatten, der keinen Verdacht erregt oder in den Schänken plaudert. Es sind zu viele, die von jedem weiteren Schritt der Bosoniden abhängen.«

Bernhard straffte sich. Er durfte sich diese Gelegenheit nicht entgehen lassen. In seinem Kopf hallten noch Theutbergas Worte wider – König von Gothien hatte sie ihn genannt. Er schlug mit der Faust auf den Tisch.

»Ich soll also meine Treue zu Eurer Familie unter Beweis stellen? Ich bin kein Untertan der Bosoniden!«

»Es ist ein Treuebeweis, ja, aber zugleich ein Bündnis unter Adligen«, präzisierte Boso. »Auch Bernard Plantevelue, Markgraf von Toulouse und Graf von Autun und der Auvergne, hat sich uns angeschlossen.«

»Der Bruder Wilhelms von Septimanien, der vor zwanzig Jahren so große Verwüstung in der Spanischen Mark angerichtet hat«, erinnerte sich der Markgraf, während er in Gedanken überschlug, wie viel Macht und Land dieses Bündnis auf sich vereinte. Er musste bei diesem Unternehmen dabei sein. »Nun, Ihr sollt diese Bestiarin haben! Aber ich werde an allen Entscheidungen beteiligt.«

Die Bosoniden lächelten. Es war so leicht, die Ambitionen eines jungen, törichten Adligen zu wecken.

»Als Nächstes solltest du deine Position als Markgraf strategisch nutzen und Vorteile daraus ziehen«, riet ihm Theutberga, die um seine Unerfahrenheit in Machtdingen wusste. »Du musst auch die übrigen Grafschaften der Spanischen Mark an dich bringen. Sie sind die letzte Bastion vor dem Emirat von Córdoba. Wenn du die gesamte Grenze kontrollierst, ist König Karl auf dich angewiesen und du kannst weitere Ämter herausschlagen.«

»Die Grafenwürde wird durch den König verliehen. Wenn ich Graf Salomon die Gebiete Urgell und Cerdaña wegnehme oder Graf Otger Girona, werde ich in Ungnade fallen.«

»Wir sprechen hier nicht von kriegerischen Auseinandersetzungen zwischen Grafen«, sagte Theutberga mit einer Herablassung, die Bernhard vor den lächelnden Bosoniden demütigte. »König Karl weiß die Verdienste um die Verteidigung des Landes zu belohnen, wenn dieses in Gefahr ist. Es darf nicht den Anschein erwecken, als hättest du sie dir unrechtmäßig angeeignet. Du musst listiger sein als die anderen, sonst wirst du niemals die Königskrone tragen!«

Richildis begleitete die Vorschläge ihrer Tante mit bittenden Blicken, die Bernhards Männlichkeit herausforderten. So erreicht man wahre Macht, dachte er.

Das Gift der bosonidischen Machtgier begann langsam in seine Seele zu sickern.

»Wenn unsere Familien sich verbünden, werden wir es bis ganz nach oben zum König schaffen«, fuhr Boso mit stolzgeschwellter Brust fort. »Dann erst kommt der nächste Schritt: die Rebellion.«

Der Markgraf lehnte sich zurück, das Glas in der Hand. Er blickte zu Richildis und prostete ihr zu. Das war sein Einsatz. Auch die Rorgoniden wissen ihre Karten auszuspielen, dachte er.

»Nun, bislang hat nur die rorgonidische Seite etwas zu der Sache beigetragen. Ich verlange eine Geste von Euch.« Er lächelte. »Und zwar die Hand von Richildis.«

Eine Hochzeit würde ihm mehr einbringen als alles, was ihm die Herren der Provence versprachen. Boso verzog unwillig das Gesicht.

»Ihr verlangt viel, Markgraf. Noch habt Ihr nicht unter Beweis gestellt, dass Ihr in der Lage seid, Euren Auftrag zu erfüllen. Bringt fürs Erste diese Bestiarin bei; sie ist für alles Weitere unverzichtbar.«

»Das ist meine Bedingung!«, sagte Bernhard herrisch und versuchte, unnachgiebig zu wirken.

Boso wollte etwas entgegnen, doch Richildis hielt ihn zurück und erhob ihr Glas.

»Auf das Bündnis zwischen unseren Familien. Wir werden über Euren Vorschlag nachdenken, edler Herr.«

Bernhard entspannte sich; der Sieg erschien ihm bereits gewiss.

In dieser Nacht öffnete sich die Tür zu Bernhards Schlafgemach, und Richildis trat schweigend ein. Der Markgraf stieß die Tochter der Köchin von sich und starrte die Erscheinung ungläubig an. Stand er unter dem Einfluss eines Zaubers? Richildis trug eine hauchzarte Tunika, unter der sich ihr nackter Körper abzeichnete. Sie war noch begehrenswerter, als er sie sich vorgestellt hatte. Ihre Brüste wippten beim Gehen, und der zarte Amberduft, der sie umgab, verleitete dazu, ihre zarte, reine Haut zu berühren.

Richildis würdigte das weinende Mädchen, das nackt am Boden kauerte, keines Blickes. Es hatte tiefe Bissspuren an den Brüsten, Blut lief die Schenkel hinunter. Als das Mädchen die Herrin sah, entkam es in den Korridor und lief davon.

Richildis legte sich zu Bernhard, dem das Herz bis zum Halse schlug.

»Schlag mich!«, sagte sie herausfordernd.

»Wie meint Ihr?«

»Traust du dich nur bei armen Dienstmägden?« Sie kannte die Gerüchte über die sadistischen Neigungen des Markgrafen. »Oder bist du ein richtiger Kerl?«

Das konnte Bernhard nicht auf sich sitzen lassen und gab ihr eine Ohrfeige. Seine Erregung stieg ins Unerträgliche. Er holte erneut aus, doch Richildis hielt seine Hand fest und legte sie auf ihre Brust. Dann tastete sie nach dem erigierten Glied des Grafen. Als Bernhard stöhnte, packte sie fest zu, um ihm Schmerzen zuzufügen.

»Verschaffe mir ein Königreich, und du wirst bekommen, was du begehrst«, hauchte sie.

Bevor er reagieren konnte, stand Richildis auf und verließ das Zimmer. Bernhard schnappte nach Luft. Es war kein Traum gewesen. Seine Hand roch noch nach dem Amberduft ihrer Brüste. Er würde den Bosoniden folgen, bis er diese Frau besaß.

Das Bündnis war besiegelt, obwohl niemand von Ehe gesprochen hatte.

40

Frodoi saß auf dem Marmorthron der bischöflichen Palastaula. Der beeindruckende, von Säulen getragene Raum neben dem westgotischen Baptisterium war in den vergangenen Jahren von denselben Baumeistern erneuert worden, die auch seine Kathedrale errichteten.

Gelangweilt von den endlosen Ausführungen des Archidiakons, betrachtete er die Marmorierung der Wände, die zwei Künstler aus Rom restauriert hatten. Die kräftigen Farben leuchteten im Schein der grünen Glaslampen, die von den Gurtbögen herabhingen. Diese wurden von zwei Reihen marmorner Säulen gestützt, auf denen die hölzerne Decke ruhte. Es war ein schöner und dank der hohen, schmalen Fenster lichterfüllter Raum. Ein Raum, eines Bischofs würdig. Ein Raum für einen Mann, dessen Herz eine Einöde ist und der sich nur noch an seinen silbernen Bischofsstab klammert, dachte er oft.

»Die Hälfte der Geistlichen der Stadt verweigert sich dem römischen Ritus und folgt Tirs!«, erklärte der Archidiakon aufgebracht. Nur Servusdei hörte aufmerksam zu, das übrige Kapitel war genauso gelangweilt wie Frodoi. »Sie erheben den Zehnten und spenden ohne Erlaubnis des Bistums die Sakramente!«

»Ich werde Tirs zur Vernunft bringen«, sagte der Bischof. »Ich will ihn nicht wieder einsperren.«

»Das wird nicht ausreichen. Ein Geistlicher namens Baio hat vor, ohne Erlaubnis des Erzbistums in Narbonne das westgotische Bistum Tarrasa wiederzubeleben, und verwaltet auf eigene Faust Orte und Pfarreien.«

»Ihr solltet Klage beim König erheben, Frodoi!«, drängte Servusdei.

»Darauf wird er genauso wenig reagieren wie auf die Beschwerden der Bürgerschaft«, entgegnete dieser lustlos. »Ich werde ihm das Problem bei der nächsten Reichsversammlung persönlich schildern.«

Hauptmann Oriol brachte ihm ein Schreiben, dessen Siegel eine Lerche zeigte: Es war von Goda. Frodoi wollte es unbedingt sofort lesen. Er entschuldigte sich und ließ die Kanoniker ihre Klagen über den mozarabischen Kult Servusdei vortragen, der sich damit sowieso besser auskannte.

Nachdenklich ging er den Korridor entlang, der die Aula mit seinem Palast verband, und betrat durch einen Portikus mit wunderschönen, gedrehten Säulen die neue Kathedrale. Inzwischen waren die Gurtbögen fertiggestellt, auf denen die Gewölbe ruhten, und gerade wurden über hölzernen Gerüsten die Wölbungen geschlossen. Häufig allerdings stockten die Arbeiten wegen Geldmangels, aufgrund von Unfällen oder weil die Mittel unter der strengen Kontrolle Servusdeis für andere Dinge verwendet wurden. Für den Mönch bestand die Kirche nicht nur aus Steinen; er war der Einzige, der die Obsession des Bischofs für seine neue Kathedrale zügelte.

Noch fehlten die halbrunde Apsis des Altarraums, in den man durch einen Hufeisenbogen gelangen würde, sowie die Innenausstattung nach dem Vorbild der Kathedrale von Reims.

In letzter Zeit hatte Frodoi neue Gemeinden gegründet, er hatte das Domkapitel neu geordnet und fungierte als Richter des Kirchentribunals. Er stürzte sich mit Hingabe und Beharrlichkeit in sein Amt, um seinen Kummer und seine Scham zu betäuben. Mit seinen inzwischen dreiunddreißig Jahren hatte er an Charisma und Urteilsvermögen hinzugewonnen, wie Servusdei ihm gelegentlich bestätigte, auch wenn er mit Lob sparsam umging.

In Abwesenheit Bernhards von Gothien, der sich lieber in seinen Gebieten jenseits der Pyrenäen aufhielt, hatte Frodoi größeren Einfluss. Auch den neuen Vizegrafen Astorius hatte er im Griff, einen raffgierigen Franken aus dem Umfeld des Markgrafen, dessen größter Eifer dem Eintreiben von Steuern galt.

Zum Teil war es dem Bischof zu verdanken, dass Barcelona seit fast acht Jahren auskömmlich und in Frieden lebte, was sich an wohlbestellten Feldern und einer größeren Anzahl von Häusern bemerkbar machte. Jenseits der Stadtmauer allerdings war das Land weiterhin nahezu unbewohnt und die Grenze wegen der Gleichgültigkeit des Grafen ungeschützt. Sie lebten in Ruhe, aber auch immer in dem Gefühl, dass jederzeit alles wieder zusammenbrechen konnte, wie schon so oft in den vergangenen sechzig Jahren.

Oriol erwartete Frodoi mit einem gesattelten Pferd. Eskortiert von Duravit, Italo und Nicolás, verließ er die Stadt durch das Regomir-Tor und ritt an der Küste entlang zum Hafen. Wenn der Bischof vorüberkam, fielen Bauern und Unfreie auf die Knie. Er sorgte für seine Diözese, und sie wussten das.

Frodois Herz schlug schneller, als er Goda zwischen langen Reihen von Körben mit Salz auf einer Mole im neuen Hafen stehen sah. Sie diskutierte gerade mit zwei Händlern. Frodoi empfand Wehmut und Bewunderung; sie war nicht länger die vornehme Dame, die resigniert an der Seite des greisen Nantigis ausharrte, sondern verhielt sich wie ein gewiefter Händler aus Byzanz oder Córdoba.

Die Stauer beluden eine Galeere, die mit Stoffen und Gewürzen an Bord gekommen war. Das Geschäft mit dem Salz hatte einen bescheidenen Handel geschaffen; ganze Familien in der Stadt hatten die Hacken beiseitegestellt, um wieder das Handwerk ihrer Väter und Großväter zu ergreifen.

Nach jener unheilvollen Nacht in Bernhards Palast war es Goda von Barcelona gelungen, wieder Teil des örtlichen Adels zu werden. Sie besaß ein Vermögen in Getreide- und Ölkrügen sowie Silbermünzen, aber sie war nach wie vor Witwe und schlug Anträge aus den einflussreichsten Familien aus.

Sie lebte dafür, den Salzhandel in ihrer Stadt voranzubringen, und sie lebte für ihre Tochter Argencia, die inzwischen vierzehn war und die geheimnisvolle Schönheit ihrer Mutter geerbt hatte.

Aufgrund der Position, die sowohl Goda als auch Frodoi in Barcelona innehatten, begegneten sie sich häufig bei religiösen Anlässen, Banketten und Feiern. Sie gingen förmlich miteinander um, doch sie wich ihm aus. Nur einmal hatten sie sich auf ihre Bitte hin in der alten Krypta getroffen. Kurz zuvor war Hauptmann Oriol aus einem entlegenen Kloster namens Santa María de Ripoll eingetroffen. Frodoi wollte ihr mitteilen, dass sie die Belloniden gefunden hatten.

Goda war unnahbar gewesen. Nachdem er seine Hoffnung auf ihre Liebe aufgegeben hatte, ließ sie ihn auf die Gräber der Ahnen schwören, dass ihre Trennung nichts an ihren Plänen änderte, einen Goten zum Grafen von Barcelona und den übrigen Grafschaften der Spanischen Mark zu machen. Es hatte kein inniges Lächeln und keine Zärtlichkeiten gegeben, nur ernste Gesichter und schmerzliche Blicke. Mit der Zeit ließen die Vorwürfe und der Groll nach, und es blieben nur Wehmut und ein gemeinsamer Traum, den sie heimlich bewahrten. Zwischen ihnen war alles zu Ende.

In der Stadt wurde gemunkelt, eine leidenschaftliche Liebesnacht mit dem Grafen habe sie gerettet, aber Goda verlor nie ein Wort darüber. Nur Elisia erzählte sie ohne eine Träne, dass ihre Diener sie entkleiden und ihre Wunden versorgen mussten. Betrunken und außer sich vor Verlangen, hatte Bernhard sie brutal genommen, auch auf unaussprechliche Weise. In seiner Lust hatte er sie gebissen und geschlagen, und beim letzten Mal musste sie als Zeichen völliger Unterwerfung vor ihm niederknien, bevor er ihr den Schlüssel zu ihrem Palast und ihre Tochter übergeben hatte.

Frodoi traute sich nicht, sie danach zu fragen. Er musste nicht wissen, was geschehen war, um Bernhard zu hassen – fast so sehr wie sich selbst. Seine privilegierte Stellung konnte nicht die Leere ausfüllen, die er empfand, und sie konnte auch nicht die Mauer aus Eis zwischen ihm und Goda einreißen.

Aber wie sie ausgemacht hatten, blieb ihre Allianz für Barcelona bestehen. Frodoi handelte mit den Beamten der Grafschaften Barcelona und Urgell, in deren Grenzgebiet der Salzberg lag, die Höhe der Salzsteuer aus. Dank des Einflusses des Bischofs und gewisser Zugeständnisse dafür, dass die Transporte ihre Ländereien passieren durften, gestatteten die Grundherren den Abbau des Salzstocks von Cardona durch Goda und einige Familien aus dem Hafen. Das weiße Gold wurde über die alten Salzstraßen, von denen einige noch aus der Römerzeit stammten, bis über die Pyrenäen und über die Flüsse Cardener und Llobregat zum Hafen gebracht, wo es in noch fernere Länder verschifft wurde.

Für den Abbau des Salzes waren Albaric, seine Brüder und weitere Familien zuständig, die bereits dort lebten. Goda kümmerte sich um Ermemir, den Jungen, der bei der ersten Reise den Salzberg entdeckt hatte. Er war inzwischen ein aufgeweckter Bursche von sechzehn Jahren, und er ging auch nicht mehr nackt, sondern trug Hemd und Wams aus gutem Tuch.

Das alles hatten sie den fleißigen Fischern und auch den von Ega und Rotel zusammengeführten Horden zu verdanken. Goda dachte an die zukünftigen Generationen und bezahlte nicht länger mit gesalzenem Fisch, sondern schickte Saatgut, Werkzeug und Gerätschaften. Während die einen Wache hielten und die Salzstraßen schützten, rodeten die anderen brach liegendes Land. Die Zeit bestialischer Grausamkeit, in der sie aus Verzweiflung sogar Menschenfleisch gegessen hatten, würde bald nur noch ein dunkles Geheimnis sein. Keine Dorfgemeinschaft wollte die Horden aufnehmen, doch dank Frodois Einfluss gestattete man ihnen, sich in einem aufgegebenen Dorf neben der Kapelle Santa María de Sorba, unweit des Salzstocks, niederzulassen. Der nächste Schritt war, die strategisch wichtige Burg von Cardona wiederaufzubauen und mit den Jahren das Gemeinderecht zu erhalten.

Goda wandte sich um und wechselte einen Blick mit dem Bischof. Sie ging nun auf die vierzig zu und war immer noch eine Schönheit, auch wenn ihre Haut von der Sonne gebräunt war und sich die ersten Fältchen und silbernen Strähnen im Haar zeigten. Sie beendete die Verhandlungen und ging zu Frodoi. Eine Ewigkeit lang sahen sie sich schweigend an. Diese Momente waren die schlimmsten. Frodoi fühlte sich todelend, aber auch er hatte seinen Stolz.

»Stimmt das, was du mir geschrieben hast, Goda?«, fragte er vorsichtig.

»Ich fürchte ja, Bischof.« Schon lange nannte sie ihn nicht mehr beim Namen. »Meine Leute haben auf der Salzstraße Truppen gesehen. An die hundert Söldner sind über die Pyrenäen gekommen, und alles deutet darauf hin, dass sie auf dem Weg zur Burg Tenes sind.«

»Drogo!«, murmelte der Bischof. »Warum jetzt?«

»Drogo ist nur noch ein Schatten seiner selbst. Hinter dieser Sache steckt der Markgraf.«

»Ich fürchte, sie haben unser Geheimnis entdeckt.«

Die beiden sahen sich düster an. Vier Jahre waren vergangen, seit Oriol ihnen mitgeteilt hatte, dass sie Gräfin Ermesenda und ihre Kinder gefunden hatten. Diesen Umstand zu verbergen war schwierig, aber sehr wichtig gewesen, denn Bernhard von Gothien würde ein Wiedererstarken der Belloniden, denen die Sympathie der Goten galt, nicht zulassen. Nachdem der Markgraf die Spanische Mark nur ausgebeutet und dann im Stich gelassen hatte, war auch Frodoi davon überzeugt, dass man Sunifreds Nachfahren erneut zur Macht verhelfen sollte.

Goda und er hatten den jungen Belloniden durch Oriol alles Notwendige schicken lassen, um sie auf ihre Aufgabe vorzubereiten: Waffen, Kettenhemden und Helme, aber auch Spindeln, Mess- und Gebetbücher. Wie üblich, wurde die Zukunft der

Familie gemeinsam geplant: Die älteren Söhne Wilfried, Miro und Radulf wurden von Isembard von Tenes in der Kriegskunst unterrichtet, während sich die anderen beiden, Sunifred und Riculf, unter Jordis Anleitung der Religion zuwandten, um sich eine Position in der Kirche zu verschaffen. Die Töchter Ermesinda und die jüngere Sesenanda erlernten von ihrer Mutter das Sticken; man würde sie mit Angehörigen anderer Adelsfamilien vermählen, um die Position der Belloniden in der Spanischen Mark zu stärken.

Wann sich die älteren Söhne des verstorbenen Grafen Sunifred am fränkischen Hof vorstellen sollten, stand noch nicht fest, doch Frodoi und Goda ahnten, dass dieser Zeitpunkt bald kommen würde.

»Vielleicht hat der Tod Lothars II. etwas an der Gesamtlage geändert«, erklärte er. Jedes Mal, wenn er Bernhard bei den Reichsversammlungen begegnete, stellte er fest, dass dessen Einfluss und Machthunger noch weiter gewachsen waren. »Bernhard scheint sich nicht länger mit den Gebieten zufriedenzugeben, die ihm vor vier Jahren in Servais zugesprochen wurden. Er will mehr Macht. Möglicherweise hat er einen einflussreichen, erfahrenen Fürsprecher.«

»Wir müssen herausfinden, was er vorhat«, sagte Goda und wich seinem Blick aus.

»Deine Leute sollen die Augen offen halten, Goda. Ich werde Hinkmar von Reims schreiben, um herauszufinden, welche neuen Bündnisse nach Lothars Tod geschmiedet werden. Es stehen Veränderungen bevor, und vielleicht ist das die Gelegenheit, auf die wir und die Belloniden gewartet haben.«

Goda ging durch den Hafen davon, und Frodoi sah ihr lange nach. Wenn er sich unbeobachtet wähnte, war ihm sein Kummer anzusehen. Die Zeit hatte der Liebe nichts anhaben können, die er für sie empfand. Er nahm einen kleinen Salzstein und ging zu seinen wartenden Begleitern zurück.

41

Am 14. September, dem Tag des heiligen Cebrián, saß Rotel von Tenes in Joans und Ledas Haus in La Esquerda und stillte ihre Tochter Sansa. Sie war nun dreiundzwanzig Jahre alt. Bei der Erinnerung daran, wie ihr Bruder und sie dank Elisias List aus Girona entkommen waren, begann sie leise ein Lied zu summen, das aus ihren Erinnerungen aufstieg. Neben ihr saßen Ega und Leda und betrachteten hingerissen das Kind.

In den letzten vier Jahren hatte sich vieles geändert. Rotel war mit Ega umhergezogen, der geheimnisvollen Frau aus den Wäldern, die keinem Herrn diente. Sie hatte gelernt, die Eigenschaften der Pflanzen zu unterscheiden und Heiltränke herzustellen. Aber die alte Ega war nicht nur eine Heilerin, ihre Verbindung zur Erde ging tiefer. Sie weihte Rotel in den antiken Dianakult ein. In manchen Nächten gingen sie zu den uralten Steintischen oder auf den Berg Montserrat, wo sie sich in abgelegenen Höhlen oder kleinen Hütten mit anderen Frauen trafen, um die sich Legenden rankten, die von den Einsiedlern genährt wurden. Bei ihren Opferfeiern baten sie um Fruchtbarkeit für die Felder und das Vieh, aber sie verfluchten auch ihre Feinde und erflehten ewige Verdammnis für jene, die sie als Gefahr ansahen.

Ega war das genaue Gegenteil von Onyx, dessen Erscheinungen Rotel nun keine Angst mehr einjagten. Das war zum Teil auch Maliks Verdienst. Nachdem sie ihren Bruder gesund gepflegt hatte, hatten sie sich wiedergetroffen. Der Sarazene war ihrem Zauber verfallen und zum Unterschlupf von Coslas Horden gekommen, um sie zu sehen. Die Dankbarkeit, die sie empfand, weil er sie zu Isembard geführt hatte, war ein Lichtblick, und Licht war das, was sie in diesem Moment am meisten brauchte. Noch in derselben Nacht war sie ohne Scheu zu dem überraschten Malik unter die Decke geschlüpft.

Daran gewöhnt, ständig den Tod vor Augen zu haben, gab sich Rotel mit einer Leidenschaft hin, aus der eine schöpferische Lebenskraft sprach, die das genaue Gegenteil der Jahre voller Dunkelheit und Zerstörung war. Sie liebte Malik stets, als ob es das letzte Mal wäre, und er war in ihrem Feuer gefangen. Wiesen und glasklare Seen wurden Zeugen reiner, lebendiger, lustvoller Begegnungen, und schließlich wurde aus Leidenschaft Liebe. Malik begriff, dass Rotel eine freie Seele war. Es war ihre Natur; er durfte nicht versuchen, sie zu ändern, oder er würde sie verlieren. Sie blieb in den Wäldern, und er kam zu ihr, um sie zu lieben, ohne sie einzuschränken oder ihr Vorwürfe zu machen.

Die Zeit verging. Es war eine harte Zeit, wie das in der Spanischen Mark eben so war, aber auch eine glückliche Zeit. Ihre Beziehung festigte sich, und Rotel beschloss, das letzte Gesetz eines Bestiars zu brechen. Sie wollte ein Kind mit Malik und schüttete Egas Tränke weg. Die Vergangenheit lag hinter ihr, und im Februar brachte Rotel Sansa zur Welt. Das kleine Mädchen hatte ihre blauen Augen und das schwarze Haar des Sarazenen, doch ihre Gesichtszüge erinnerten sie an ihren Bruder Isembard, den sie nun häufig sah.

Rotel und Ega waren Nomadinnen und besuchten oft den Ort Santa María de Sorba in der Nähe des Salzbergs. Die einst so gefürchteten Horden sicherten die Salzstraßen, bestellten ihre Parzellen und Gemeindeland, um den Tribut für das Land entrichten zu können, oder hüteten die Herden. Es wurden Kinder geboren, die sie nicht im Wald aussetzten oder zerstückelten, weil sie sie jetzt ernähren konnten. Es gab eine Zukunft für sie.

In diesem Herbst waren Rotel und ihre Lehrmeisterin in La Esquerda, wo Frodois Siedler Nahrungsmittel gegen Salben und Heilkräuter aus den Wäldern eintauschten. Die junge

Mutter hatte gelernt, in Gesellschaft anderer zu sein, und blieb bei Joans und Ledas Familie in deren strohgedecktem Haus aus Naturstein. Die älteste Tochter Emma war nach Barcelona gegangen, um wie Galderic in Elisias Taverne zu arbeiten, und hatte dort geheiratet. Die Übrigen waren alle noch da. Die Siedlung bestand aus einer Handvoll verstreuter Hütten und vielleicht zwanzig Steinhäusern, die entlang einer grob gepflasterten Straße standen, die an einer freien Fläche endete. Dort wuchsen die Mauern der neuen Kapelle empor, die aus einem Acker einen Dorfplatz machen würde, wie die Leute in La Esquerda voller Hoffnung sagten.

Als ein Sonnenstrahl auf einen bestimmten Stein in der Mauer fiel, hörte Rotel auf zu singen. Leda und Ega sahen sich verständnisvoll an, während sie wehmütig an ihre Jugend zurückdachten.

»Geh nur. Wir bleiben hier bei der Kleinen. Man sieht es dir genau an!«

Rotel trat vor die Tür und grüßte die Männer des Dorfs. Joan war mit seinem Sohn Sicfred draußen und hobelte einen Dachsparren glatt. Sie wollten das Dach der Kapelle San Miguel fertigstellen, ein frommer Akt, der sie vor dem Bösen bewahren würde. Sie hofften, dass man ihnen bald einen richtigen Priester schickte, um den verheirateten Schäfer zu ersetzen, einen neunfachen Vater, der in seiner Jugend Laienmönch gewesen war und aus der Erinnerung die Messe hielt.

Rotel ging zum Ufer des Flusses Ter hinunter, der um La Esquerda herumfloss. An einer einsamen Flussbiegung legte sie die Tunika ab und stieg nackt ins kalte Wasser. Wenn ein Hirte sie sah, würde er erzählen, dass es am Fluss sagenhafte Wassernixen gebe, doch das scherte sie nicht. Es existierten schon so einige Geschichten über sie, die man sich abends am Feuer erzählte, die meisten davon aus ihrer dunklen Vergangenheit.

Als sie ein Plätschern hörte, drehte sie sich um. Das Wasser schlug Wellen, ein Paar Hände umfasste ihre Taille und tauchte sie unter. Malik umschlingend, kam sie wieder an die Oberfläche.

»Liebster …«

»Meine Schöne … Wie geht es meiner Tochter mit den himmelblauen Augen?«

»Komm nachher mit ins Dorf und du wirst sie sehen. Leda lädt dich zum Lammbraten ein.«

Die Dorfbewohner betrachteten Malik immer noch mit Misstrauen, aber seit der Geburt seiner Tochter benahm er sich freundlich und war nicht länger eine Bedrohung für sie.

Die beiden Liebenden erklommen das Ufer. Sie hatten sich mehrere Wochen nicht gesehen und versteckten sich nackt im Schilf, um voller Leidenschaft ineinander zu versinken – nichts anderes zählte mehr in diesem Augenblick. Als sie bereits lichterloh brannten, nahm Malik sie mit tiefen, kraftvollen Stößen. Rotel hielt ihn lustvoll umklammert, und sie verloren sich in Küssen, Blicken und Stöhnen. Sie waren einander vertraut, keiner von beiden blieb auf dem Weg zur Ekstase zurück. Im intensivsten Moment warf Malik den Kopf zurück, die Hände auf ihren Brüsten.

Rotel hielt die Augen geschlossen, am Rand jener intensiven Hingabe, die er ihr jedes Mal schenkte. Sie spürte, wie er sich in ihr bewegte, und stöhnte vor Lust. Doch plötzlich bemerkte sie ein seltsames Zucken, die Hände auf ihren Brüsten erschlafften. Sie spürte etwas Warmes auf ihrer Haut, und als sie die Augen öffnete, sah sie in Maliks schmerzverzerrtes Gesicht. Ein Pfeil durchbohrte seinen Hals, ihr Geliebter schien etwas sagen zu wollen, doch stattdessen hörte sie nur ein grauenhaftes gurgelndes Geräusch, während sein Blut auf sie hinabrann. Mit einem Schrei umarmte sie ihn und drehte ihn zur Seite.

»Malik!«

Er lag im Sterben, sah sie flehend an und hob eine Hand, streichelte ihre Wange und blieb dann reglos liegen, den gebrochenen Blick in den tiefblauen Himmel gerichtet. Rotel sah sich voller Angst um, konnte aber niemanden entdecken. Sie holte ihre Tunika und streifte sie zitternd über, Tränen rollten über ihre Wangen. Sie sah Malik an. Warum musste alles so enden? Da bemerkte sie eine Rauchsäule über den Felsen an der Flussbiegung, dort, wo La Esquerda lag, und es zerriss ihr ein weiteres Mal das Herz.

»Sansa!«

Unfähig, einen klaren Gedanken zu fassen, und jede Vorsicht außer Acht lassend, rannte sie den Pfad hinauf. Das Dorf brannte lichterloh, die Siedler flohen in Richtung Steineichenwald. Joan trug seine schluchzende Frau auf den Armen, ihr Gesicht war blutüberströmt.

»Sie haben uns überfallen! Mindestens dreißig. Es ging alles ganz schnell.«

»Sansa!«, schrie Rotel und stieß Joan beiseite.

Flammen schlugen aus dem Haus, aber sie stürzte hinein. Ega und die Kleine fand sie nicht. Sie lief durch das brennende Dorf und rief nach ihrer Lehrmeisterin. Da sah sie einen reglosen Körper auf dem Weg liegen, der aus dem Dorf hinausführte. Sie trat näher. Ega war blutüberströmt; Pferdehufe hatten sie zermalmt. Sie hielt noch die Decke der Kleinen in den Händen. Wimmernd fiel Rotel neben ihr auf die Knie, aber Sansa war nicht da. In ihrem Schmerz, der so heftig war wie noch nie ein Schmerz zuvor in ihrem ganzen Leben, biss sie in den Stoff.

Drei Reiter kamen heran und hielten neben ihr. Rotel hob ihr tränenüberströmtes Gesicht, blind vor Zorn. Die Männer waren vermummt, doch sie erkannte diese grauen Augen, in denen nichts als Düsternis zu herrschen schien.

»Drogo! Verflucht sollst du sein!« Wütend packte sie einen Feldstein.

»Wenn du diesen Stein wirfst, wirst du deine Tochter niemals wiedersehen.«

»Was hast du getan!«, schrie sie voller Hass.

»Hast du vergessen, wer dein Herr ist?«

»Onyx stand in deinen Diensten, ich nicht!«

»Nein, er war frei«, entgegnete Drogo. Wie es ihn freute, sie so verzweifelt zu sehen! »Andernfalls hätte er mich ohne zu zögern getötet. Dich hingegen habe ich für einen Kelch gekauft, erinnerst du dich? Ich brauche deine Dienste, falls du willst, dass ich dir die Kleine zurückgebe.«

»Wo ist sie?«, fragte Rotel ruhig. Sie riss sich zusammen. Das Leben ihrer Tochter stand auf dem Spiel.

»Eine Amme wird sich um sie kümmern. Wenn du dich weigerst, töte ich alle Dorfbewohner und schneide deinem Balg eigenhändig die Kehle durch.«

»Warum hast du Malik getötet? Er hatte nichts damit zu tun!« Als sie Drogos unbarmherzigen Blick sah, verstand sie. »Du wusstest, dass er ein Banu Qasi war! Ist dir klar, was jetzt passieren kann?«

»Für mich bist du nur eine Sklavin, ein Werkzeug. Du begreifst nichts, und du sollst nicht denken, sondern gehorchen!« Er deutete auf Egas geschundenen Körper. »Das hätte nicht passieren müssen, aber sie ist mit dem Kind weggelaufen. Begrabe sie. Und sag keinem, wer euch überfallen hat, oder deine Tochter wird dafür bezahlen. Ich warte auf der Burg Tenes auf dich. Und bring deine … deine Waffen mit.«

Mit geballten Fäusten sah Rotel zu, wie die Männer davonritten. Nur wegen Sansa stürzte sie sich nicht in den Fluss.

La Esquerda war nach acht Jahren harter Arbeit zerstört; Mutlosigkeit machte sich unter den Bewohnern breit. Außer Ega und Malik war niemand gestorben, aber es gab zahlreiche Verletzte. Einige schlugen vor, das Dorf aufzugeben, auch wenn es an sich ein guter Ort war und sie den Grund und Boden durch ihre Arbeit erworben hatten.

»So ist es immer in der Mark«, murmelte einer. »Bis niemand mehr am Leben ist.«

Während die Brände gelöscht wurden, half Rotel wie betäubt, die Verletzten mit Egas Salben zu behandeln. Es war eine Nacht des Jammerns und Klagens. Niedergeschlagen begruben sie die alte Frau, ohne zu wissen, wer sie in Zukunft behandeln sollte. Rotel weinte wie eine Tochter um sie, aber sie spürte auch den Hass wie Feuer in sich brennen.

Als sie gefragt wurde, was sie mit einem der Angreifer gesprochen habe, schwieg sie und erregte damit das Misstrauen der Dörfler. Maliks Männer, die in der Nähe ihr Lager aufgeschlagen hatten, nahmen seine Leiche mit, ohne weitere Erklärungen anzuhören. Ihr Anführer war tot, und die Christin, die ihn verhext hatte, unverletzt. Die Brücke zwischen beiden Seiten war abgebrochen. Für Rotel steckte hinter dem Verbrechen eine weitere, noch perfidere Absicht. Malik war der Neffe des Wali von Lleida gewesen, seine Ermordung ein Affront. Ein einziger Pfeil hatte die gesamte Spanische Mark destabilisiert, und Drogos Reaktion bewies, dass Absicht dahintersteckte.

Sie hätte gerne Isembard gewarnt, aber sie wusste nicht, wo sie ihn finden konnte. Normalerweise sahen sie sich an Weihnachten in La Esquerda, aber seit Sansas Geburt besuchte er sie häufiger. Er war voller Tatendrang und Zuversicht, auch wenn er darauf verzichtet hatte, die Burg Tenes zurückzuverlangen, die nach wie vor in Drogos Händen war. Sie vermutete, dass ihr Bruder eine geheime Mission zu erledigen hatte, vielleicht sogar im Auftrag des Bischofs von Barcelona – dann wäre sie von großer Bedeutung für dieses Land. Isembard hatte sie gebeten, sein Schweigen zu respektieren, und sie hatte ihn nicht weiter bedrängt. Jetzt bereute sie es.

Rotel konnte keinen Moment länger in La Esquerda bleiben und brach lange vor dem Morgengrauen auf. Je eher sie reagierte, desto schneller konnte sie ihre Tochter wieder in die Arme schließen. Oder Drogo das Herz herausreißen, falls er sie hinterging. Sie verschwand im Wald und ging bis zu einer

Schlucht. Dort schob sie ein paar Büsche zur Seite, entzündete mit Zunder und Feuerstein eine Fackel und betrat dann eine geräumige Höhle. Sie dachte an Malik und Ega. Alles war vorbei, nur Sansa verband sie noch mit der Welt des Lichts.

In der Höhle verwahrte sie ihren Fellumhang, ihre Lederkleidung und die Säckchen, die allerdings waren seit Jahren leer. Am Ende der Höhle hatte sie eine Bretterwand errichtet, sie warf die Fackel auf die andere Seite und kletterte darüber. Es dauerte nicht lange, bis Rotel die Kobra fand. Sie kam zwischen den Felsen hervor und richtete sich vor ihr auf.

»Alte Freundin, ich brauche dich.«

Sie fütterte die Schlange alle paar Wochen mit Kaninchen und Ratten – sie war die einzige Waffe, die sie nicht freigelassen hatte. Onyx hatte sie aus den heißen Wüsten Afrikas mitgebracht.

Die Kobra bewegte den Kopf im gleichen Takt wie die Frau.

In der Stille bemerkte Rotel etwas hinter sich. Onyx war nie aus ihren Gedanken verschwunden, er war zu mächtig, wartete nur ab.

»Ich will nicht sein wie du!« Sie ließ ihren Tränen freien Lauf.

»Und deshalb leidest du. Wegen eines toten Mannes und einer verschwundenen Tochter. Du bist schwächer denn je und wirst weiterhin leiden wie die gesamte Menschheit, bis zu deinem Tod.«

»Es sind reine Gefühle«, entgegnete sie, nun schon weniger überzeugt.

»Ega wollte etwas aus dir machen, das du nicht bist. Dies hier ist deine wahre Natur. Du musst noch viel Dunkles durchstehen, aber du wirst weiter kommen als ich.«

»Du lügst!«, schrie sie, und das Echo hallte in der düsteren Höhle wider.

Weil sie sich zu hastig bewegt hatte, ging die Schlange zum Angriff über. Rotel packte sie. Sie war der letzte Bestiar. Langsam hob sie die Kobra vor ihr Gesicht. Wenn sie in die Dunkelheit zurückkehrte, würde sie auf ewig dort bleiben.

Sie schrie ihre Verzweiflung in die Stille der Nacht hinaus, die Schlange wand sich wütend in ihren Händen. Rotel holte den Umhang und steckte sie in einen der Beutel. Die übrigen würde sie mit Skorpionen, Spinnen und Vipern bestücken. Sie würde Gift herstellen und ihre Pfeile hineintauchen. Das alte Wissen war noch da. Sie löschte die Fackel und blieb reglos am Höhlenausgang stehen. Sie war verdammt. Sie hatte es immer gewusst, aber Ega hatte sie mit ihrer Zuversicht verführt. Dann war Malik gekommen und mit ihm die Liebe, und als Sansa geboren wurde, hatte sie wirklich geglaubt, sie sei gerettet.

Sie würde nicht wieder dem Zauber dieser Frauen verfallen, die die Große Mutter verehrten oder mit Diana ritten, dieser »guten Frauen«, die Ega ihr damals am Montseny vorgestellt hatte. Sie hatte sich von ihrer Schuld befreit, indem sie Geliebte, Mutter und Freundin gewesen war – stets im Kampf, der Dunkelheit zu entkommen, in die Onyx sie geführt hatte.

Nun war sie aus ihrem Traum erwacht, aber sie sah nur eine öde, neblige Brache.

Die unschuldige Sansa hatte eine solche Mutter nicht verdient. Wenn die Liebe zu ihrem Kind sie nicht wieder ins Leben zurückzubringen vermochte, würde sie es Leda überlassen. Eine nach der anderen legte sie die Fesseln ab, die sie mit der Welt der Menschen und ihren Gefühlen verbanden. Die sie verletzlich machten.

42

Elisia hob ihren fast vierjährigen Sohn vom Schoß und schickte ihn in den Garten. Er hieß Gombau nach Galis Großvater, dem das Haus gehört hatte, in dem sich die beliebte Herberge zum Miracle befand. Sie würde ihm alles beibringen, was sie wusste, denn eines Tages würde das alles in seinen Besitz übergehen. Die Zeit war wie im Flug vergangen. Ihre Bediensteten liefen geschäftig hin und her, und das Lokal war voll wie immer. Aus der bescheidenen Taverne, die sie damals eröffnet hatte, war eine gepflegte, saubere Herberge geworden, deren guter Ruf sich bis über die Pyrenäen verbreitete. Von ihr waren neun Familien abhängig, außerdem Dutzende Lieferanten für Wein und Lebensmittel in Barcelona und den umliegenden Dörfern.

Trotz ihrer unglücklichen Ehe ging Elisia das Herz auf, wenn sie in das Gesicht ihres Sohnes schaute. Sie fand, dass er ihrem Großvater Lambert ähnlich sah, und es ärgerte sie, wenn jemand behauptete, der Kleine käme ganz nach Gali.

Nach der furchtbaren Zeit in dem dunklen Verschlag, in den Gali sie vor vier Jahren eingesperrt hatte, war es ihr unmöglich erschienen, je wieder das Haupt zu erheben und zu lächeln. Aber sie tat es – für ihren Sohn und für dieses Haus, das der ganze Stolz ihres Großvaters Lambert gewesen wäre. Nun war sie fünfundzwanzig, ihr Lächeln war zurückgekehrt, und sie hatte ein warmes Wort für jeden Gast, aber sie war nicht mehr das naive junge Mädchen – sie hatte gelernt, Bosheit zu erkennen.

Das Leben hatte Narben auf ihrem Herz hinterlassen, aber sie wollte nicht länger leiden. Sie war eine selbstbewusste, starke Frau, die in einer der entlegensten Gegenden des Landes eine florierende Herberge mit guten Zimmern, Pferdestallungen und exzellentem Essen führte. Und sie hatte ein Kind zu erziehen. Beides machte sie, so gut sie konnte, und wurde dafür in Barcelona geschätzt. Sie war längst keine Fremde mehr.

Elisia vermisste Isembard, doch ihr Herz war versiegelt. Sie hoffte, dass sie ihm eines Tages erklären konnte, warum sie damals nicht am vereinbarten Treffpunkt erschienen war. Manchmal machte es sie traurig, wenn sie daran dachte, dass er mit einer anderen Frau zusammen sein könnte. Durch Goda wusste sie, dass er sich nach wie vor in der Mark aufhielt. Sie hatte ihr eine Botschaft für ihn gegeben, vermutete aber, dass ihre Freundin sie nicht weitergeleitet hatte, denn es war nie eine Antwort gekommen. Offensichtlich wollten weder Goda noch der Bischof, dass Isembard von seinem geheimen Auftrag abgelenkt wurde.

Sie lächelte, als sie ihren Sohn zum Gartentor laufen sah, und ging mit einem Korb Mandeln und einer Schale in den Gastraum. Wie damals bei Oterio verließ sie abends die Küche, um ein wenig mit den Gästen zu plaudern. Wehmütig seufzend setzte sie sich zu einer Gruppe von alten Bekannten, um sich an deren Gespräch zu beteiligen, während sie die Mandeln hackte. Der Herbst stand vor der Tür, und sie wollte Nougat herstellen. In Barcelona kannte man eine ähnliche Süßigkeit, die *Turrón* genannt wurde. Wenn die Schale voll war, würde sie die Mandeln rösten und mit Honig und ein wenig Wasser aufkochen. Die Masse hielt sich monatelang, aber wahrscheinlich würde die Köstlichkeit schon nach wenigen Tagen von den Adeligen verzehrt, die in Gold dafür zahlten.

An diesem Abend konnte sie dem Gespräch nicht richtig folgen, denn sie machte sich Sorgen um Emma, Galderics Schwester. Sie war mit Aio verheiratet, der ebenfalls in der Herberge arbeitete. Zur Hochzeit waren auch Joan und Leda mit ihren übrigen Kindern gekommen. Es war ein bewegendes Wiedersehen gewesen; alle hatten Schlimmes durchgemacht. Nun war Emma verschwunden und hatte ihr wenige Monate altes Kind zurückgelassen. Aio suchte tagelang überall in der Stadt nach ihr; nun musste sich eine Amme um das Kind kümmern. Keiner konnte sich erklären, was geschehen war. Elisia hatte Gali in Verdacht, der am Abend ihres Verschwindens das Haus verlassen hatte, um später mit dem Geruch der Huren vom Regomir-Tor und einem Beutel Münzen zurückzukehren. Wie immer behauptete er, nichts zu wissen. Elisia hoffte, dass es stimmte. Sonst würde sie ihn dafür büßen lassen.

»Du solltest es mal mit Haselnüssen versuchen«, sagte Hauptmann Oriol nun. Er war einer der besten Soldaten der Stadt, aber Elisia gegenüber benahm er sich wie ein schüchterner Junge. »So hat es meine Mutter immer gemacht.«

Der Hauptmann war jetzt fünfunddreißig. Sein Haar war schütter geworden, aber er zeigte sich nach wie vor in hervorragender Form. Da er sein Leben ganz in den Dienst des Bischofs stellte, war er nach wie vor ledig und nutzte jeden freien Moment, um in Elisias Taverne zu kommen. Er trank nur mäßig und verbrachte die Zeit damit, die Wirtin zu beobachten, war aber zu schüchtern, um mit ihr zu flirten. Elisia genoss seine Gesellschaft.

»Ich habe schon darüber nachgedacht, aber ich bräuchte gute Ware«, erwiderte sie.

»Mein Cousin hat die besten Haselnüsse in der ganzen Grafschaft«, verkündete der Hauptmann begeistert.

»Würdest du das für mich tun?« Manchmal gefiel es ihr, ihn ein wenig zu reizen.

Oriol knetete unsicher seine Hände, die sonst so beherzt das Schwert führten.

»Das und noch vieles mehr, das weißt du. Du musst mich nur darum bitten.«

Elisia mochte seine sanfte, verständnisvolle Art. Sie vermisste jemanden, der sie in kalten Winternächten umarmte und ihr ins Ohr flüsterte, dass alles gut würde. Oriol weckte Zuneigung in ihr, und das genügte ihr. Mehr erwartete sie nicht.

Als Gali mit dem widerlichen Calort und zwei weiteren Männern den Schankraum betrat, verdüsterte sich ihr Blick.

»Es tut mir sehr leid, Elisia«, sagte Oriol, als er es bemerkte.

»Mir auch«, murmelte sie.

Im ersten Jahr hatte Gali sich vorgenommen, ein guter Wirt zu sein. Auch ihr gegenüber war er freundlich und halbwegs anständig gewesen, doch schon bald hatte er sich wieder schlechte Gesellschaft gesucht und wollte sogar nächtliche Würfelspiele im Miracle veranstalten. Elisia war so wütend geworden, dass Gali davon Abstand nahm. Jetzt lebten sie wie zwei Fremde unter einem Dach. Seit der Vergewaltigung vor Drogos Augen hatte Elisia nicht mehr zugelassen, dass er sie anfasste. Sie verachtete ihn zutiefst, aber er war Gombaus Vater und der Eigentümer des Hauses, außerdem hatte er ein gutes Verhältnis zu den Beamten Bernhards von Gothien. Sie schliefen in getrennten Zimmern und sprachen nur das Nötigste. Elisia hielt den Daumen auf dem Geld und gab ihm regelmäßig eine Summe für die Nutzung des Hauses. Gali brauchte nicht zu arbeiten und ließ sie in Ruhe.

»Auch wenn er dein Mann ist, werde ich nicht zulassen, dass er dir wehtut«, sagte der Hauptmann angewidert. Er verstand einfach nicht, weshalb Gali Elisia nicht liebte.

Diese sah ihn dankbar an, als plötzlich die Glocke der Kathedrale zu läuten begann und alle Gespräche verstummten. Besorgt ergriff Oriol sein Schwert, das an der Wand lehnte, und lief auf den Platz hinaus. Elisia folgte ihm.

Ganze Familien kamen auf die Straße gestürzt. Nach acht Jahren Ruhe befürchteten sie einen erneuten Angriff, doch das war nicht der Grund für das Läuten. Am Portal Vell wartete Vizegraf Astorius mit einer Gruppe Soldaten, die Fackeln trugen. Auch der Stadtvogt und Bischof Frodoi standen bei ihnen. Auf ein Zeichen des Vizegrafen öffneten die Wachen die Tore.

Der Menge stockte der Atem. In der Dunkelheit erschienen erschöpfte, blutüberströmte Männer, Frauen und Kinder. La Esquerda war angegriffen worden.

»Mutter!«, schrie Galderic, als er Leda erkannte. Unter Tränen umarmte er seine Eltern und Geschwister. Elisia folgte ihm mit wehem Herzen. Sie musste Joan und Leda erklären, dass ihre Tochter Emma verschwunden war.

Der Vizegraf und Frodoi brachten die Männer in den gräflichen Palast, um sie zu befragen, während Elisia so viele in der Herberge aufnahm wie nur möglich und sie mit Essen und Decken versorgte. Auch mehrere Familien öffneten die Türen ihrer Häuser, um den Menschen ein Obdach zu geben.

Im Thronsaal des Grafenpalasts hörten sich der Stadtrat und Frodoi eine genaue Schilderung des Angriffs an. Leider hatte niemand die Schuldigen erkannt, nur Rotel von Tenes wusste womöglich, um wen es sich handelte, doch sie war verschwunden, nachdem die Angreifer ihre Tochter mitgenommen hatten. Die Nachricht vom Tod des Sarazenen Malik aus der mächtigen Herrscherfamilie der Banu Qasi hinterließ bei allen ein banges Gefühl.

Später besuchte Frodoi Goda in ihrem Palast, um sie über die schrecklichen Ereignisse zu informieren. Goda empfing ihn in der Eingangshalle. Sie weinte, als sie erfuhr, dass Ega tot war, fasste sich aber rasch wieder. Der Vorfall gab Rätsel auf.

»Warum haben sie Rotels Kind mitgenommen?«, überlegte Goda laut. »Vor einigen Tagen ist eine Dienstmagd aus der Herberge zum Miracle verschwunden, auch sie war kürzlich Mutter geworden. Glaubst du, da besteht eine Verbindung?«

Frodoi dachte angestrengt nach. Plötzlich durchfuhr es ihn.

»Rotel ist nicht irgendeine Frau. Sie hat für Drogo gemordet … Mein Gott! Dieses Mädchen könnte entführt worden sein, um Rotels Tochter zu stillen! Was, wenn Drogo La Esquerda überfallen hat, um sie zu zwingen, erneut für ihn zu morden?«

Die beiden sahen sich voller düsterer Vorahnungen an.

»Er braucht sie, um sich diskret eines Gegners zu entledigen, wie damals bei Vizegraf Sunifred«, fuhr er fort. »Ein Leben gegen das ihrer Tochter!«

»Und Malik?«, fragte Goda blass. Sie war bei der ersten Begegnung zwischen Rotel und dem jungen Mann dabei gewesen und wusste, dass die beiden eine tiefe Liebe verbunden hatte. »Er ist nicht irgendein Sarazene.«

»Die Banu Qasi regieren den nördlichen Teil des Emirats von Córdoba und hatten schon einige Auseinandersetzungen mit dem Emir. Sie sind mächtig und können unerbittlich sein, das mussten schon andere benachbarte christliche Königreiche erfahren. Malik war keiner ihrer Führer, aber man wird seinen Tod als Provokation ansehen.«

»Dahinter steckt ein Plan, Bischof, ich bin sicher!«, rief Goda entsetzt. »Bernhard will einen Krieg heraufbeschwören. Aber wozu?«

Frodoi hatte seine Jugend in Reims verbracht und nie die Schrecken eines Krieges erlebt, Goda hingegen schon. In ihren Augen stand die nackte Angst. Der Bischof wusste nicht, welche Gründe Bernhard haben mochte, aber religiöser Art waren sie sicher nicht. Er musste diese Konfrontation verhindern.

»Ich werde dem Wali von Lleida schreiben und versuchen, die Gemüter zu besänftigen«, sagte er, um sie zu beruhigen.

»Wenn es zum Krieg kommt, bedeutet das große Verluste, auch für den Sieger. Die Truppen leeren die Kornspeicher und plündern die Ställe, und die Toten vergiften die Felder!«

Frodoi hatte sie noch nie so niedergeschlagen gesehen, nicht einmal, als sie verbannt worden war. Goda schien noch etwas sagen zu wollen, doch sie blieb stumm und wandte sich schließlich zitternd zur Treppe um. Der Krieg weckte Erinnerungen an Angst und Verlust in ihr.

»Mein Gott!«, flüsterte sie mit versagender Stimme. »Warum lässt du das zu?«

43

Ende September bestätigten die Späher der Grafschaft die schlimmsten Befürchtungen. Ismail Ibn Mussa, Wali von Lleida und Mitglied der mächtigen Banu Qasi, zog im Niemandsland am Llobregat ein Heer von tausend Fußsoldaten sowie zweihundert Reitern zusammen. Es würde noch vor dem Winter zum Kampf kommen. Mussa hatte seinen Neffen Malik zwar gehasst, weil dieser in der Vergangenheit gegen ihn konspiriert hatte, aber seine eigenen Leute würden ihn verachten, wenn er die Christen nicht in ihre Schranken wies. Und der Emir von Córdoba, Mohammed, ein Sohn des mächtigen Abderrahman II, würde ihn durch einen anderen ersetzen, der mehr Stärke zeigte.

Der Frieden war zerbrochen. Ein Pfeil im Hals eines Mannes erinnerte daran, dass der Konflikt zweier Reiche, die unterschiedlichen Religionen anhingen und beide nach Expansion drängten, noch nicht zu Ende war.

Frodoi ließ Silberkelche einschmelzen und Perlen und Edelsteine von den Bischofsgewändern entfernen, um Mussas Zorn zu besänftigen, doch dessen Antwort bestand darin, die Friedensangebote zu zerreißen und damit zu drohen, die Spanische Mark von Urgell bis Barcelona dem Erdboden gleichzumachen. Seit dem letzten Einfall im Jahr 861 waren erst acht Jahre vergangen; nun beherrschte erneut die Angst das Leben in der Stadt und den umliegenden Dörfern. Die Händler verschwanden von der Via Augusta, und auch Goda hatte die Salztransporte in die Stadt eingestellt. Der Hafen und die Vorstädte verwaisten.

Die Diplomatie hatte ein Ende, als Bernhard am Michaelstag im Triumph in Barcelona einzog, begleitet von fünfhundert Soldaten und hundert Reitern.

Von einem Fenster des gräflichen Palasts sprach er mit stolzgeschwellter Brust zu den Bewohnern der Gekrönten Stadt. Er bezichtigte die Sarazenen, La Esquerda überfallen zu haben, und behauptete, dass sich ein mächtiges Heer bereit mache, Barcelona anzugreifen. Als Markgraf werde er seine Gebiete mit der Hilfe Gottes und der Unterstützung der übrigen Grafschaften der Mark verteidigen. Deshalb fordere er Gehorsam und Waffenhilfe von Girona und Urgell. Die Barcelonesen vereinten sich zu einem einzigen Jubelruf. Sie würden sich seinem Heer anschließen, denn sie wussten, dass dies kein Feldzug wie jeder andere war. Diesmal konnte Barcelona für immer zerstört werden.

Der Markgraf nahm den Beifall entgegen, als ob er bereits gesiegt hätte. Er hatte kein Interesse daran, die Waffenruhe mit den Sarazenen zu halten oder Friedensverhandlungen zu führen. Seine Truppen verteilten sich in der Stadt; um sie zu verpflegen, wurde Vieh aus den Ställen geholt, und die großen Kornkrüge wurden geöffnet, die in der Nähe des Grafenpalasts in die Erde eingelassen waren. Es waren die Getreidevorräte für den Winter – somit würde die Bevölkerung auch im Falle eines Sieges Hunger leiden.

Fünf Tage nach dem Fest des heiligen Dionysius Areopagita kam ein feuchtkalter Wind auf. Bernhard von Gothien ließ den Kamin im Thronsaal des Grafenpalasts entzünden und hörte gelangweilt den taktischen Ausführungen seiner Berater zu. Frodoi konnte sich nicht länger beherrschen.

»Wali Mussa ist ein Banu Qasi. Sie sind große Strategen, die seit Jahrzehnten die Grenze halten.«

»Malt nicht den Teufel an die Wand, Bischof. Sie sind nicht mehr die großen Kriegsherren von einst«, entgegnete Bernhard barsch. »Ihr wisst genauso gut wie ich, dass der Emir von Córdoba die Banu Qasi seit Langem aus dem Amt drängen will. Sie vereinen zu viel Macht auf sich, und sie sind aufrührerisch. Der sarazenische Adel von Lleida wird es nicht wagen, Partei zu ergreifen; von ihnen hat Mussa keine Hilfe zu erwarten. Ihn treibt der Zorn – und der ist stets ein schlechter Ratgeber.«

Der Bischof hatte bereits geahnt, dass Maliks Tod nur ein Vorwand für diese kriegerische Auseinandersetzung war. Sie zu provozieren war der Plan, dachte Frodoi, auch wenn er noch nicht wusste, warum.

»Womöglich sind unsere Informationen nicht vertrauenswürdig, und ihre Armee ist noch größer.«

»Genug! Ihr seid ein Mann Gottes, überlasst den Krieg den Soldaten. Ich habe Graf Salomon von Urgell und Graf Otger von Girona aufgefordert, sich meinem Heer anzuschließen. Salomon wird achtzig Ritter und zweihundert bewaffnete Männer mitbringen, Otger fünfzig Berittene und weitere zweihundert Fußsoldaten. Wir werden sie zermalmen!«

»Otger von Girona ist zu alt, um zu kämpfen.«

Bernhard war verärgert, aber er antwortete dem Bischof nicht, sondern wandte sich der Runde zu.

»Astorius, wie geht die Truppenaushebung in Barcelona voran?«

»Vom Land sind hundert Männer eingetroffen, weitere zweihundert aus Barcelona«, berichtete der Vizegraf. »Es hat zu viele Kriege gegeben, es gibt nicht so viele Männer im wehrfähigen Alter, wie wir dachten.«

»Jedenfalls haben wir ein Fußvolk von tausendzweihundert Mann, mehr als der Wali, und etwas über zweihundert Reiter, die mit seiner berittenen Truppe mithalten können. In Kürze werden weitere hundert Ritter aus Narbonne und anderen Grafschaften Gothiens eintreffen.« Dann richtete sich Bernhard an seine Hauptmänner, deren komplizierte Strategien ihm missfielen. »Wir greifen über die Mitte an, um sie in zwei Gruppen zu spalten, und dann stößt die Reiterei von den Flanken her vor. So haben wir es schon immer gemacht.«

»Ich nehme an, so geht man in Aquitanien gegen die Normannen vor«, mischte sich Frodoi zunehmend aufgebracht ein. »Aber die Sarazenen sind keine plündernden Horden. Ihre Krieger sind gut geschult und bestens ausgerüstet. Unterschätzt den Halbmond nicht. Es hatte seinen Grund, dass Karl der Große die Spanische Mark nicht befrieden konnte. Schickt mehr Spitzel und bezahlt sie gut; wir müssen in Erfahrung bringen, welche Kampftaktik sie anwenden werden.«

Bernhard ignorierte ihn. Er würde siegen und die gesamte Spanische Mark unter seine Kontrolle bringen. Das würde Eindruck auf die Bosoniden machen und auch auf Richildis, die er nicht aus dem Kopf bekam.

»Ihr habt die Einberufung nach fränkischem Recht befohlen«, fuhr der Bischof fort. »Ein Mann auf je vier Haushalte. Aber die Soldaten, die da kommen, sind verängstigte Bauern und bartlose Jünglinge, ohne Waffen und ohne Rüstung. Das wird ein Gemetzel! Es wird keine Olivenernte geben, das Korn wird auf den Feldern bleiben, Mühlen und Ölpressen werden stillstehen.«

»Schweigt! Vertraut Ihr nicht in den Allerhöchsten? Die Frauen werden sich um die Felder kümmern.«

»Lasst auf Steuerkosten Waffen schmieden. Und Eure Soldaten sollen die Männer ausbilden.«

»Genug! Das ist alles, Bischof. Kehrt zu Euren frommen Pflichten zurück und betet für Eure Diözese. Es werden Heldenepen über diesen Krieg geschrieben werden!«

Der Bischof bebte vor Zorn, als er den Palast verließ. Er ging zur alten Kathedrale, trat vor die Steinplatte, auf der er vor Jahren, bei seinem kühlen Empfang in Barcelona, zusammengesunken war, und schrieb seinen Namen in den Staub. Er unterhielt gute Beziehungen zum Wali von Lleida. Gemeinsam war es ihnen jahrelang gelungen, den Frieden zu wahren, doch die Banu Qasi würden nicht zulassen, dass ihre Familie gedemütigt wurde, denn das würde ihnen der Emir von Córdoba nicht verzeihen. Sie hatten sich immer als geschickte Strategen erwiesen, und er war sicher, dass Bernhards Spitzel nur das berichteten, von dem der Wali wollte, dass es bekannt würde.

Dieser Krieg war kein Eroberungskrieg, deshalb würde ein Sieg dem Markgrafen nur Ehre und die lächerlichen Lösegelder des Wali für die Gefangenen einbringen, die er zudem unter den Adligen aufteilen musste. Wurde Bernhard von Gothien hingegen besiegt und die Sarazenen erreichten die Stadt, erwarteten sie die völlige Vernichtung oder Jahre der Not. Er erhob sich und blickte zu dem Kreuz auf, das über dem Altar hing. Diesmal schlug er nicht darauf ein. Er brauchte Gott an seiner Seite. Als kirchlicher Hirte musste er seine Herde beschützen, das hatte er in Reims geschworen.

Nachdem er mit dem Domkapitel die Komplet gebetet hatte, traf er sich heimlich mit Oriol und seinen Männern. Auch der zutiefst beunruhigte Servusdei war anwesend. Er hatte eine Tasche mit Pergament und Federn dabei, wie der Bischof ihm aufgetragen hatte, ohne indes zu sagen, wohin es ging. Während die Wachen die Pferde sattelten, sah Frodoi zu einem erleuchteten Fenster in Godas Palast. Sie beobachtete von dort die Gruppe, die mitten in der Nacht verstohlen aufbrach.

Er deutete eine Verbeugung an. Sie sollte wissen, dass er sein Versprechen hielt. Sie beide wachten über Barcelona; das war alles, was von ihrer Liebe geblieben war. Traurig machte er sich mit seiner Gruppe auf den Weg zum Portal Bisbal, bevor der Markgraf erfuhr, was sie vorhatten. Ein eisiger Wind pfiff über die Ebene von Barcelona, als er befahl, die Tore zu öffnen.

Frodoi, Servusdei und seine Garde ritten fast ohne Rast bis Ripoll. Am Abend des nächsten Tages trafen sie bei dichtem, feuchtkaltem Nebel ein. Die Wachen, die Isembard im Wald postiert hatte, spannten ihre Bögen, aber als sie den Hauptmann und den Bischof von Barcelona erkannten, schlossen sie sich dem Zug an. Der überraschte Isembard empfing sie am

Tor des ummauerten Klosters. Im Hof tummelten sich zwei Dutzend Bedienstete und mehrere Ritter in Kettenhemden.

»Ich freue mich, dich zu sehen«, begrüßte ihn Frodoi. »Die Mark braucht euch.«

Isembard nickte wortlos, doch sein Herz schlug ihm bis zum Hals. Er ahnte, dass der Besuch des Bischofs den Lohn für die jahrelangen Opfer ankündigte. Nun würde sich alles ändern. Wie zuvor sein Vater, hatte er sein Leben in den Dienst der Söhne Graf Sunifreds gestellt. Tag für Tag war er mit Leib und Seele dabei gewesen, diese jungen Männer zu unterweisen, die den Lauf der Geschichte in Barcelona und den übrigen Grafschaften verändern konnten. Nur selten hatte er Santa María de Ripoll und die umliegenden Wälder verlassen, um seine Schwester zu besuchen, er hatte sich nicht mit Frauen oder in Schänken vergnügt wie andere junge Männer. Aber an dem Tag, da sich Wilfried und sein Bruder Miro in einem echten Kampf beweisen mussten, würden sie mit jener Tapferkeit kämpfen, die man von einem Ritter erwartete.

Isembard vermisste Elisia, es tat ihm immer noch weh, dass er sie nicht lieben durfte oder wenigstens etwas mehr über sie erfuhr. Er wusste nur, dass ihre Herberge die beste in diesem verlassenen Land war und dass sie einen gesunden Sohn hatte. Oft fragte er sich, ob sie nun, da das Leben es gut mit ihr meinte, noch an ihn dachte, oder ob Gali endlich der Ehemann war, den sie brauchte. Oriol war sein Interesse nicht verborgen geblieben, er zeigte sich aber in dieser Hinsicht sehr wortkarg. Vielleicht würde die Ankunft des Bischofs auch das ändern.

Gespannt bat er Frodoi in den schlichten runden Wohnturm und ließ Gräfin Ermesenda, ihre Kinder und einige der Männer holen. Schweigend lauschten alle den unheilvollen Neuigkeiten.

Mit den Jahren hatten Armanni von Ampurias, Garleu von Conflent und Maior von Tarrasa weitere Vasallen der verschwundenen Ritter der Mark um sich geschart. Sie teilten das

Ziel, das Guisand von Barcelona so beharrlich verfolgt hatte, und schworen der Gräfin und ihrer bellonidischen Familie die Treue.

»Wir haben fünfzig Ritter«, erklärte Isembard. Er war inzwischen siebenundzwanzig, und alle sahen in ihm den würdigen Nachfolger seines Vaters. »Unter Umständen schließen sich noch weitere fünfzig an, die Graf Sunifred treu ergeben waren, aber sie sind schon alt.«

»Das reicht nicht.« Frodoi sah zu Ermesenda.

Die Gräfin schwieg. In ihr kamen bittere Erinnerungen an die Zeit hoch, als Wilhelm von Septimanien Barcelona eingenommen hatte. Es war die schlimmste Zeit ihres Lebens gewesen.

»Die Banu Qasi sind schwer zu besiegen«, sagte sie schließlich. »Mein Mann hat Mussa den Großen als hervorragenden Strategen bewundert. Auch sein Sohn wird taktisch kämpfen.«

Nachdem lange niemand etwas gesagt hatte, stand Frodoi auf und blickte entschlossen in die Runde.

»Herrin, ich bin nicht wegen einer Handvoll tapferer Ritter gekommen; da hätte es genügt, Euch einen Boten zu senden.« Seine Worte ließen alle aufhorchen. »Was ich will, ist eine Armee.«

»Seht Ihr hier eine? An diesem gottvergessenen Ort?«, entgegnete die Gräfin scharf.

»Nein. Aber Ihr seid die Schwiegertochter des legendären Bello von Carcassonne. Eure Kinder sind Belloniden und als solche mit dem König verwandt. Die Grafen von Ampurias sind Eure Neffen, und Ihr habt Verwandtschaft in den vornehmsten Adelsfamilien Gothiens. Der Moment ist gekommen, dass Ihr und Eure Söhne Euren Platz in der Geschichte zurückerobert!«

»Was schlagt Ihr vor, Bischof?«, fragte Ermesendas ältester Sohn Wilfried, von den Worten des Bischofs gepackt. Von seinen Brüdern war er der kämpferischste, der geborene Anführer.

»Sendet Boten nach Ampurias, Carcassonne, Vallespir und Razès. Zu allen Verwandten. Ihr habt Euch lange genug mit Euren Kindern hier verborgen, Ermesenda. Ruft die Euren zu Hilfe und stellt eine Armee auf, die uns rettet.«

»Die Bernhard von Gothien und seine Machtspiele rettet, meint Ihr?«, entgegnete sie.

»Ich flehe Euch an, verteidigt dieses letzte Territorium des Fränkischen Reichs, wie es Euer Mann Sunifred von Urgell geschworen hat.«

Die Gräfin schickte alle hinaus, um sich mit ihren Kindern zu beraten. Nur widerstrebend kam sie der Bitte des Bischofs nach, aber sie begriff die Dringlichkeit der Situation. Es war an der Zeit, dass man im Königreich von ihnen erfuhr. Als sie Frodoi und die Ritter rufen ließ, war bereits die Nacht hereingebrochen.

»So soll es denn sein«, sagte sie fest. »Ich werde meine familiären Verbindungen nutzen. Aber es sind viele Jahre vergangen. Wir werden auf verschlossene Türen treffen.«

»Vertraut auf Gott, Herrin.« Frodoi erhob sich, um den zweiten Grund seiner Reise zu offenbaren. »Da ist noch etwas. Auch Eure Söhne müssen kämpfen. Es ist ein Risiko, ich weiß, aber im Königreich soll man wissen, dass die Belloniden aus der Linie Sunifreds Erben haben, die des Grafenamtes und seiner Verantwortung würdig sind.«

Ermesenda sah ihn entsetzt an. Auch Isembard erschrak, doch dann begriff er, dass Frodoi recht hatte.

»Es stimmt, was er sagt, Herrin«, pflichtete er dem Bischof bei. »Eure Söhne sind unser aller Stolz. Sie beherrschen den Kampf Mann gegen Mann und zu Pferde. Sie üben sich seit Jahren an den Waffen, aber mit stumpfen Schwertern und hölzernen Speeren erwirbt man sich keinen Ruhm. Sie müssen sich auf dem Schlachtfeld beweisen.« Er schlug mit der Faust auf den Tisch, um die Brüder zu ermutigen. »Wir werden siegen, und Ihr werdet Euch Anerkennung beim König und bei Hof erwerben!«

»Wir müssen es tun, Mutter«, sagte Wilfried und warf Isembard einen dankbaren Blick zu. Sein Bruder Miro nickte ebenfalls.

Frodoi sah Isembard überrascht an. Wenn diese Sache gut ausging, würde er ihn in die Bischofsgarde berufen, wo er Oriol ersetzen würde, wenn dieser sich zur Ruhe setzte. Die Spanische Mark brauchte Männer wie ihn.

Die Gräfin lehnte sich erschöpft in ihrem Stuhl zurück. Es gab keine schlimmere Angst für eine Mutter als den Tod ihrer Kinder. Sie betrachtete Wilfried mit seinem auffallenden vollen Bart, Miro, Radulf, Sunifred und Riculf. Sie waren erwachsene Männer. Blind vor Angst hatte sie ihre Söhne beschützt, um zu verhindern, dass sie genauso den Tod fanden wie ihr Vater, aber bei allem Kummer konnte das nicht immer so weitergehen. Keiner ihrer Vertrauten hatte es bislang gewagt, ihr das in aller Offenheit zu sagen, Frodoi jedoch war ihr nicht untertan. Seine Argumente schienen schlüssig. Sie als Adlige wusste am besten, wie man sich den Respekt des Adels erwarb. Und sie wusste, wie der Adel dachte – hatte sie doch vor Jahren auch so gedacht, als sie eine stölze junge Frau mit großen Ambitionen gewesen war. Die Zeit spielte gegen sie, wenn sie wollte, dass der karolingische Hof ihre Söhne als würdige Nachfolger Bellos von Carcassonne anerkannte.

»Wir werden viele Botschaften senden müssen«, sagte sie schließlich mit einem Seufzen.

Frodoi fiel ein Stein vom Herzen.

»Servusdei, stell der Gräfin deine Feder zur Verfügung«, befahl er. »Wir müssen uns beeilen.«

Dann nahm er Isembard beiseite, um ihm zu erklären, was in La Esquerda geschehen war, und um ihm mitzuteilen, dass Rotel verschwunden war. Etwas Furchtbares bahnte sich an.

44

Königin Irmentrud von Orléans kniete in der dunklen Georgskapelle der Abtei Notre-Dame de Chelles in der Nähe von Paris und betete. Durch eine Schenkung ihres Mannes, König Karls des Kahlen, war sie seit einigen Jahren Stiftsdame der Abtei und als solche nicht den strengen Klosterregeln unterworfen. Sie hatte jedes Zeitgefühl verloren. Manchmal kniete sie bis zum Morgen in der Kapelle; dann mussten die Nonnen ihr aufhelfen, weil sie ganz starr war vor Kälte. Neun Kinder und ein Leben unter ständiger Anspannung an der Seite ihres Mannes hatten ihre Gesundheit angegriffen, doch das machte ihr nichts; nur im Gebet konnte sie den Kummer vergessen, den die Erinnerungen in ihr weckten.

Als Tochter Graf Odos von Orléans, Autun und Nevers hatte sie aufgrund der ständigen Auseinandersetzungen ihres rebellischen Vaters eine bewegte Kindheit gehabt. Als blutjunges Mädchen war sie 842 mit Karl dem Kahlen vermählt worden, und seither war ihr Leben eine einzige Abfolge von Kriegen und Aufständen gewesen. Sie konnte sich an keinen einzigen ruhigen Moment außerhalb der Mauern dieser Abtei aus der Merowingerzeit erinnern. Aber sie war eine Angehörige des Hauses Orléans und hatte nie vergessen, welche Rolle ihr in der Familie zukam. Durch ihre Heirat waren die Orléans verwandtschaftlich mit dem Herrscherhaus der Wilhelmiden verbunden und stiegen in die höchsten Sphären des fränkischen Adels auf.

Nun jedoch quälte sie das Gefühl, dass ihr ganzes Leben, abgesehen von ihren geliebten Kindern, umsonst gewesen war. Sie hatte die schwierige Beziehung des Königs zu ihren Brüdern hingenommen, Gefahren, Verschwörungen und Verrat ertragen, die Mühsal des Reisekönigtums und neun Geburten.

Doch das Jahr 866 war das schlimmste gewesen. Nach langen Konflikten mit seinem Vater war ihr geliebter Sohn Karl, genannt das Kind, König von Aquitanien, mit neunzehn Jahren an einer Verletzung gestorben. Kurz darauf hatte ihr Mann ihren Bruder Wilhelm von Orléans wegen Verrats hinrichten lassen. Mit gebrochenem Herzen hatte sie beschlossen, ihm und dem Hof den Rücken zu kehren. Seither hatte sie das Kloster nicht mehr verlassen, aber sie war nach wie vor die Ehefrau König Karls und damit Königin, und die Last der vielen Sorgen drückte sie schwer, sobald sie den Blick von Christus abwandte.

Es waren Nachrichten eingetroffen, dass die Spanische Mark in Gefahr sei, doch der König hatte andere Prioritäten. Seit dem Tod Karls des Großen und seines Sohnes Ludwig des Frommen, des Vaters Karls des Kahlen, hatte sich niemand mehr um das Schicksal dieses finsteren Ortes gekümmert. Doch Gott ist überall, dachte Irmentrud. Sie erinnerte sich an den klugen Bischof von Barcelona, den sie in Servais kennengelernt hatte, und betete dafür, dass diese Menschen sich eines Tages aus den Fängen des kaiserlichen Adlers befreien würden, so wie sie es getan hatte, als sie sich nach Chelles zurückzog.

Sie hörte die Kirchentür knarren und verzog unwillig das Gesicht. Manchmal zwang die Äbtissin sie, sich schlafen zu legen.

»Ich bin noch nicht fertig.«

Als niemand antwortete, drehte sie sich um. Im Halbdunkel der Kirche sah sie einen Schatten stehen. Die Gestalt trug Nonnentracht, aber etwas an ihrem Verhalten beunruhigte sie.

»Schwester?«

Manchmal ruhten die Toten nicht und erschienen um Mitternacht an den Orten, an denen sie gelebt hatten.

»Wer bist du?«

Sie wollte aufstehen, doch ihre Knie schmerzten. Die Gestalt kam näher und trat in das Licht des Allerheiligsten. In ihrer Angst kroch die Königin zum Altar. Eine blonde Haarsträhne lugte unter dem Nonnengewand hervor, das die Unbekannte angelegt hatte, um sich unauffällig im Kloster bewegen zu können. Keine der Ordensschwestern hat langes Haar, dachte die Königin. Als sie die Kapuze abnahm, sah Irmentrud eine junge Frau von außergewöhnlicher Schönheit, doch deren kalte Augen ließen ihr Herz gefrieren. Bevor sie schreien konnte, stürzte sich die Unbekannte auf sie.

»Ich fürchte, Ihr seid sehr wohl fertig. Nun könnt Ihr Euch ausruhen.«

Sie schlang ihr ein Tuch um den Hals und zog fest zu. Irmentrud von Orléans' Gegenwehr war vergeblich. Die fränkische Königin starb in der Nacht des 6. Oktober 869 in ihrer Abtei.

Als sie sah, dass es vorbei war, ließ Rotel los. Sie empfand nichts, und es bedeutete ihr nichts, dass die Frau, die sie getötet hatte, die Königin war. Sie schloss der Toten die Augen, um zu verhindern, dass der Geist ihres Opfers sie verfolgte. Dann schlich sie sich aus der Kapelle, streifte die Ordenstracht ab und kletterte leichtfüßig über die Mauer, die die Abtei umgab.

Sie hatte eine lange Reise von La Esquerda hinter sich, auf der wohl die letzten Gefühle in ihr gestorben waren, die sie je empfunden hatte. Dieser Mord in der Kapelle führte sie nun wieder auf den dunklen Pfad zurück. So gern hätte sie die kleine Sansa wiedergesehen, aber sie hatte mit Blut für sie bezahlt und war verflucht. Das war es, was Onyx gemeint hatte, als er davon sprach, frei zu sein: Niemals hätte sie ihr Herz öffnen dürfen, weder Malik noch ihrer Tochter. Sich das Leben zu nehmen kam nicht infrage, auch nicht, es sich von einem anderen nehmen zu lassen – jedenfalls nicht, bis sie die letzten Abgründe ihrer Seele kannte. Wenn die Zeit gekommen war, würden auch Drogo und der Mann, dem er diente, den tödlichen Biss ihrer dunklen Seele zu spüren bekommen.

Ein Gewitter zog auf. Sie holte ihren Umhang aus einem hohlen Baumstamm und setzte die Kapuze auf. Der Wind trieb Regen vor sich her. Ohne noch einmal zurückzuschauen, ließ Rotel die Abtei von Chelles hinter sich. Wenn der Schrei der ersten Nonne die Stille durchbrach, würde sie schon weit weg sein.

Karl der Kahle war nun Witwer. Das Rad der Geschichte drehte sich mit furchtbarem Knarren weiter.

45

Dem alten Ehrenkodex folgend, hatten die Gesandten des Wali von Lleida und des Markgrafen von Gothien den Tag der Schlacht festgelegt: Sie sollte am 23. November stattfinden.

Bereits am Vorabend feierte Bernhard seinen Sieg, indem er mit seinen Getreuen im Feldlager zechte. Zu später Stunde gellten die Schreie einer armen Sklavin durch die Nacht, die niemand je wieder sah. Die Adligen, die ihn nicht kannten, waren entsetzt, sagten aber nichts – Bernhard war der Stellvertreter des Königs in der Mark. Auch die einfachen Soldaten teilten seine Kriegsbegeisterung nicht; es kam zu Desertionen, denen der Markgraf durch standrechtliche Hinrichtungen Einhalt gebot.

Frodoi verbrachte die Nacht vor Kälte zitternd in seinem Zelt beim Gebet. Er fürchtete sich sehr – hatte er doch noch nie an einer Schlacht teilgenommen –, aber seine Gegenwart war lebenswichtig für die Moral des Heeres. Gott war mit ihnen. Zur Angst kam die Sorge. Die Späher, die den Wali und seine Strategie auskundschaften sollten, waren nicht zurückgekehrt, und er hatte keine Nachrichten von Isembard oder der erhofften Waffenhilfe durch Ermesenda.

Dann kam der Morgen. Es war der Tag des Märtyrerbischofs Clemens, dem sich Frodoi in der Messe anempfahl, die er im Morgengrauen neben dem Schlachtfeld hielt. Andere suchten Hinweise auf den Sieg, indem sie den Flug der Vögel im kalten Wind beobachteten; niemand wusste, ob er den Abend erleben würde.

Die eisige Kälte war ein Vorbote des Winters. Früher Schneefall hatte die Ebene unweit des Llobregat mit einer weißen Decke überzogen, die sich in wenigen Stunden in einen blutroten Morast verwandeln würde.

Die beiden Heere, die sich an den entgegengesetzten Enden des Feldes formiert hatten, standen sich reglos im Nebel gegenüber. Bernhard von Gothien und seine Berater beobachteten von einer Anhöhe aus die schwarze Linie der Feinde im Schnee. Die Banner flatterten in der Stille.

Eine Fahne zeigte an, wo sich Salomons Truppen befanden. Der Graf von Urgell, der dem Markgrafen misstraute, würde mit seinen Männern an der Flanke kämpfen, auf ausdrücklichen Wunsch Graf Otgers gemeinsam mit den Streitmächten aus Girona. Den anderen Flügel bildeten die Soldaten aus Narbonne. Es waren lediglich siebzig Lanzenreiter und zweihundert Fußsoldaten mit einfachen Helmen, eisenbeschlagenen Rundschilden und kurzen Waffenröcken aus Leder, die mit Metall besetzt waren. Es waren weniger als erwartet, denn die meisten Männer waren mit dem König in Metz und den Gebieten östlich des Rheins, wo sich Karl nach Lothars Tod zum König ernannt hatte und jeden Funken von Rebellion niederschlug.

Die Bauern, die man in der Grafschaft Barcelona ausgehoben hatte, und jene, die Bernhard mitgebracht hatte, bildeten die zentralen Schlachtlinien. Einige hatten Schilde und Lanzen, aber die meisten besaßen keinerlei Rüstung und waren lediglich mit Heugabeln und Hacken bewaffnet. Die Hirten trugen Steinschleudern und Bögen.

Zahlenmäßig waren sie dem Feind überlegen, aber sie waren schlechter bewaffnet und nicht im Kampf erprobt.

»Ein Reiter!«, verkündete ein Junge mit Luchsaugen, den Bernhard zum Späher ernannt hatte.

Das Pferd galoppierte über das neblige Feld auf die Sarazenen zu.

»Die Bogenschützen würden ihn schon erreichen«, stellte Astorius fest.

»Herr!«, fuhr der Junge fort. »Er trägt Mitra und Bischofsstab.«

»Verflucht, das ist Frodoi!« Graf Bernhard hätte am liebsten Befehl gegeben, ihn zu töten, was er aber natürlich unterließ. »Auf die Pferde!«

Frodoi hatte als junger Adliger den Gebrauch der Waffe erlernt und trug ein Schwert, aber er war kein Mann des Kampfes. Das dumpfe Dröhnen der Hufe im Schnee übertönte seinen rasenden Puls. Wali Mussa war bereits seit Wochen in der Gegend und hatte einen Schlachtplan ersonnen, da war er sich sicher, doch Bernhard hatte sich geweigert, auf seinen Rat zu hören. Die erhoffte Verstärkung war nicht eingetroffen; vielleicht hatte der Schnee sie aufgehalten, oder Ermesendas Verwandte hatten Vorbehalte. Frodoi schwante Böses.

Seinen Getreuen Oriol hatte er davon abgehalten, ihm zu folgen. Er würde sich für alle demütigen und den Wali von Lleida um Erbarmen bitten, auch wenn man ihn dafür mit Sicherheit des Verrats bezichtigen würde.

Die muslimischen Schützen spannten ihre Bögen und zielten in den Himmel. Sobald der Befehl gegeben würde, ging ein Pfeilregen auf ihn nieder. Frodoi trieb das Pferd an und erhob den Bischofsstab wie eine Standarte. Er war ein Mann Gottes, für beide Religionen. Drei Reiter lösten sich aus den gegnerischen Reihen und kamen ihm entgegen.

»Es wird ein grauer, kalter Tag werden, ehrenwerter Wali Mussa«, sagte Frodoi, als er vom Pferd stieg. »Wir alle können es kaum erwarten, nach Hause zu kommen.«

Der Sarazenenführer, mit Brustpanzer und Helm unter dem Turban, sah ihn bewundernd an.

»Ihr habt Mut, Bischof, Euch in die Reichweite meiner Bogenschützen zu begeben.«

»Ich bitte Euch, die Schlacht zu beenden, edler Herr. Beide Heere sollen sich zurückziehen. Im Gegenzug biete ich Euch eine großzügige Entschädigung und mich selbst als Geisel.«

»Sprecht Ihr im Namen des Papstes, des Königs oder des Markgrafen von Gothien?«

»Ich spreche nur für mich selbst. Auch ich wurde von Karl dem Kahlen ernannt. Der König wird meine Umsicht gewiss gutheißen. Ich verspreche Euch die Entschädigung oder meinen Kopf auf einer Lanze.«

»Ich habe Euch immer respektiert, Frodoi, das wisst Ihr. Wir haben Jahre des Wohlstands in unseren benachbarten Städten erlebt, die von den gleichen Menschen bewohnt werden. Wer weiß, vielleicht finden sie eines Tages in einem Glauben zusammen. Auch ich finde es unvernünftig, dass wir wie Wölfe übereinander herfallen, doch der Vorfall mit Malik hat einen alten Konflikt zwischen den Banu Qasi und dem Emir wieder ans Licht geholt. Dennoch wäre ich bereit, Euch in meinem Zelt anzuhören, bei einem Kohlefeuer und einem heißen Getränk …« Er sah auf. »Aber ich fürchte, wir müssen abwarten, was Euer Graf dazu sagt. Da kommt er.«

Frodoi drehte sich angespannt um. Vier Reiter kamen im Galopp herangeprescht. Zumindest hatte er Zeit gehabt, einen Dialog zu eröffnen.

Bernhard warf dem Bischof einen hasserfüllten Blick zu.

»Niemand hat Euch die Erlaubnis gegeben, mit dem Feind zu sprechen!«

»Markgraf …«

»Schweigt!«, brüllte der Adlige.

Der Wali verdrehte die Augen.

»Euer Bischof ist sehr besonnen, Graf von Barcelona. Das hier lässt sich auf andere Weise lösen. Lasst uns beide statt unserer Heere kämpfen, wie in früheren Zeiten.«

Bernhard von Gothien grinste und schnupperte.

»Ist das Eure Scheiße, die hier so stinkt? Feiglinge riechen überall gleich. Seht Ihr, Frodoi? Er weiß, dass seine Truppen uns nicht besiegen können.«

»Mäßigt Euch!«, tobte der Wali, während seine Begleiter nach den Säbeln griffen.

»Ihr werdet flüchten wie Schafe, und wir werden euch bis

vor die Tore von Lleida zurücktreiben.« Bernhards Pferd tänzelte nervös und unterstrich damit seinen Spott noch. »Gestern ließ ich mir eine Sarazenensklavin ins Zelt bringen. Ihr Verkäufer sagte, sie sei aus Lleida. Ich habe ihre Angst genossen …« Er leckte sich die Lippen, während er den Wali ansah. »Doch was mich am meisten erregte, war die Vorstellung, es sei eine Eurer Töchter.«

»Ihr seid ein Hundesohn!«

Der Sarazene zog den Säbel, doch Bernhard war bereits außer Reichweite. Frodoi war entsetzt; dieser Mann würde sie alle ins Verderben reißen, wenn Isembard nicht bald eintraf.

»Ihr wolltet mich provozieren, und das ist Euch gelungen, Markgraf. Ich will Euch sagen, was man heute Abend auf diesem Feld sehen wird: einen Berg abgeschnittener Köpfe, über denen der Muezzin zum Gebet ruft. Seid gewiss, dass meine Fährtensucher Euch finden werden, wenn Ihr flieht; denn das werdet Ihr, wenn Euch die Schlacht entgleitet. Euer Kopf wird monatelang das Tor meiner Stadt schmücken, und mein Zorn wird erst besänftigt sein, wenn Barcelona zerstört ist!«

Nach der gescheiterten Unterredung kehrten die Abordnungen zu ihren eigenen Reihen zurück. Frodoi ließ den Kopf hängen.

»Ihr werdet Euch als Verräter verantworten müssen, Bischof.«

»Wir alle werden vor dem Höchsten Richter stehen, noch bevor die Nacht anbricht.«

Goda überquerte den verwaisten Platz und betrat, schwarz verschleiert, die Kathedrale. Frodois Neubau war noch nicht geweiht, überall standen Gerüste und Baumaterial, aber in der unfertigen Kirche drängten sich Mütter, Ehefrauen und Töchter, die mit Tränen in den Augen den Gebeten Servusdeis folgten. Sie beteten für ihre Liebsten, wohl wissend, dass viele Männer nicht aus der Schlacht zurückkehren würden. In sämtlichen Kirchen Barcelonas, den umliegenden Klöstern und Kapellen wurde für den Sieg gebetet.

Die Menge teilte sich, um sie bis nach vorne durchzulassen, wo die Frauen der Adligen und Ritter der Stadt knieten. Gotinnen und Fränkinnen hatten ihre Differenzen beiseitegeschoben, um gemeinsam zu beten. In einer Ecke sah sie Elisia bei dem einarmigen Joan und Leda stehen. Unter Tränen flehten sie um das Leben ihrer Söhne Sicfred und Galderic, die ebenfalls rekrutiert worden waren. Ein junger Bauer und ein erst siebzehnjähriger Schankbursche würden den scharfen Krummsäbeln der Sarazenen gegenüberstehen. Elisia hatte ihnen Helme, Lederwamse und zwei alte Schwerter gekauft, doch die würden sie auch nicht retten, wenn sie nicht wussten, wie man kämpfte.

Goda kniete in ihrer Bank nieder und stimmte in das Gebet Barcelonas ein, an diesem kalten, grauen Tag, an dem die Zeit stehen geblieben zu sein schien. Panik ergriff ihr Herz. Das Warten war schrecklich. Sie bangte um alle, die sterben konnten, aber ganz besonders um einen.

»Lass ihn zurückkehren, Herr«, flüsterte sie unter Tränen.

46

Das christliche Heer konnte die Sarazenen nicht überrennen, wie es Bernhards Strategen geplant hatten. Die kleine sarazenische Reiterei formte einen Keil aus Lanzen und preschte durch die Mitte vor. Bernhards Soldaten verschanzten sich hinter ihren Rundschilden. Hinter ihnen sahen sich die Bauern entsetzt an; die Hauptleute mussten die Peitsche einsetzen, damit sie nicht davonliefen, als plötzlich die Erde bebte.

»Bogenschützen!«, schrie Astorius.

Das Horn erklang, und ein Pfeilhagel stieg auf und verlor sich im Nebel, um dann als tödlicher Regen auf die Reiter niederzugehen. Dutzende fielen, und von der gegnerischen Seite war der Befehl zum Rückzug zu hören. Die Pferde wendeten vor der christlichen Linie und stürmten im Galopp zurück, während die Hirten ihre Steinschleudern abfeuerten.

»Seht Ihr?«, jubelte Bernhard. »Das sind Eure Sarazenen, Bischof! Reiter und Fußvolk, vorwärts!«

»Wartet.«

»Ich weiß wirklich nicht, auf wessen Seite Ihr steht, Frodoi. Noch ein Wort, und ich schneide Euch die Zunge heraus.«

Die dreihundert Reiter der christlichen Kavallerie stürmten durch den schmutzigen Schnee, den der Feind hinterlassen hatte. Der erwartete Pfeilhagel blieb aus, und viele johlten, als sich die sarazenischen Reiter zurückzogen und die Kampfreihen des Wali nur noch wenige Pferdelängen entfernt waren.

Plötzlich brachen die ersten Tiere im Boden ein. Die Sarazenen hatten tiefe Gräben ausgehoben, die sie mit Zweigen und Blättern getarnt hatten, und der Schnee hatte ein Übriges getan. Die Pferde sprangen über die am Boden liegenden Tiere, um dann doch in den nächsten Graben zu stürzen. Es herrschte ein wildes Durcheinander aus verängstigtem Wiehern und Schmerzensschreien. Plötzlich verdunkelte sich der bleigraue Himmel noch mehr, und ein Pfeilhagel brachte den Lärm zum Verstummen.

Aus Bernhards Gesicht wich jede Farbe. Die christliche Reiterei war vernichtet. Frodoi fragte sich, wie lange es noch dauern würde, bis er sein kostbares Schwert zücken musste.

Der Markgraf befahl seinen Hauptleuten, die Fußsoldaten anzufeuern, um ihnen Mut zu machen. Es erhob sich ein wütendes Geschrei, und die Reihen stürmten voran.

»Wir sind immer noch mehr«, sagte der Markgraf mit geballten Fäusten zu seinen Beratern. Dann flüsterte er dem Jungen mit den Luchsaugen etwas zu, und dieser stürzte sich ins Getümmel.

Der Bischof sah die Männer in breiter Kampflinie auf den Feind zurücken. Sie waren ihnen zahlenmäßig überlegen, das wusste auch der Wali. Als sie die Mitte des Schlachtfelds erreicht hatten, erklang das Horn der Sarazenen. Den Bischof überlief es eiskalt. Die dumpfe, donnernde Botschaft kam von jenseits der Ebene, die man zum Schlachtfeld erkoren hatte, aus den umliegenden Wäldern und Steineichenhainen. Dann bebte erneut die Erde.

»Was ist das?«, fragte Bernhard beunruhigt.

»Der Hammer der Banu Qasi«, verkündete Frodoi, der sich vorstellen konnte, was nun kam. »Gott schütze uns.«

Zwischen den Bäumen brachen Hunderte Reiter mit angelegten Lanzen hervor. Es waren mehr als zweihundert an beiden Flanken, die das christliche Heer in die Zange nahmen. Der Lärm des Zusammenpralls war ohrenbetäubend. Mussas Fußsoldaten sprangen über die toten Christen und die Pferdeleiber in den Gräben und griffen frontal an. Die sarazenische Reiterei zog die Schlinge an den Flanken immer enger und richtete ein Blutbad an. Frodoi sah zu seinen Männern, die machtlos dastanden. Oriol weinte vor Zorn.

»Es war mir eine Ehre, dem Bistum zu dienen, aber ich könnte mit dieser Schuld nicht weiterleben.«

Frodoi nickte nur, und Oriol stürzte sich mit seinen Männern in die Schlacht. Frustriert wandte er sich zu Bernhard von Gothien um, um ihm seine Unfähigkeit ins Gesicht zu schleudern, doch der Markgraf war nicht mehr da. Als höchste Stellvertreter des Königs in der Spanischen Mark hatten sie gemeinsam die Niederlage und ihre Folgen zu tragen. Der Bischof ritt den Hügel hinunter, um ihn zur Rede zu stellen, und entdeckte ihn dabei, wie er von dem Jungen mit den Luchsaugen einen Bogen und mehrere Sarazenenpfeile entgegennahm. Wutentbrannt folgte Frodoi ihm aufs Schlachtfeld. Was der Graf vorhatte, wusste er nicht, aber er war sicher, dass dieser nicht ehrenhaft kämpfen würde.

Er war ganz und gar darauf konzentriert, Bernhard aus der Entfernung zu folgen, als ihn plötzlich ein heftiger Schlag traf. Er stürzte in den Schnee und drehte sich, nach Luft ringend, um. Vor ihm stand Drogo in einem Kettenhemd, das wirre Haar in der Stirn, und sah ihn verächtlich an. Bernhard hatte ihn zum Hauptmann der Armee ernannt, aber im Feldlager waren sie sich aus dem Weg gegangen. Frodoi war voller Schlamm und blutigem Schnee.

»Ihr werdet dafür zahlen, was Ihr mir in Servais angetan habt, Bischof«, stieß Drogo hervor und holte mit der Axt aus.

Frodoi zog sein Schwert und wehrte den ersten Hieb ab, doch danach war seine Hand taub.

Nur ein paar Schritte entfernt war die Schlacht für die Christen so gut wie verloren. Ohne Kavallerie, die die feindlichen Linien durchbrechen konnte, wurde das Heer, von drei Seiten eingekreist, in einem Morast aus Blut und toten Körpern zerrieben. Das Stöhnen und Wehklagen der Verletzten und Sterbenden übertönte das Klirren der Waffen.

Auch der Bischof würde bald zu ihnen gehören. Er wehrte mehrere Schläge ab und wich immer weiter in Richtung

Schlachtfeld zurück, weil er dachte, dass ihn vielleicht jemand sähe und ihm zu Hilfe käme. Drogo führte die Axt mit solcher Wucht, dass das Schwert des Bischofs zerbrach. Frodoi griff nach einem herrenlosen Rundschild und konnte einen Axthieb gegen den Hals abwehren. Als er sah, dass sich die Klinge durch das Holz bohrte, wusste er, dass es keine Rettung gab. Drogo brüllte angriffslustig, während er den Schild zerschlug und der Bischof blutend vor ihm auf dem Boden lag.

»Warum, Drogo? Sag es mir, bevor ich sterbe.«

»Das ist nur ein Teil des Plans, den Ihr mit Eurer Tücke nicht verhindern konntet«, sagte er verächtlich. »Ihr werdet unwissend sterben. Seit Jahren habe ich auf diesen Augenblick gewartet, Bischof.«

»Was hast du mit Rotel gemacht?«, fragte er. Bis zum letzten Moment versuchte er zu verstehen, was da vor sich ging.

Drogo wollte ihn töten, aber angesichts der Sorge in Frodois Gesicht konnte er nicht widerstehen.

»Sie hat den Lauf der Geschichte zu unserem Vorteil geändert.«

Gerade als er mit der Axt ausholte, erzitterte die Erde ein weiteres Mal. Drogo hielt beunruhigt inne. Eine neue Angriffswelle kam aus dem Steineichenwald, genau dort, wo sie sich befanden. Die Christen, die ringsum kämpften, ergriffen wild die Flucht. Hunderte Pferde hielten im gestreckten Galopp auf sie zu. Auf der Anhöhe suchte Bernhard das Weite, um das Ende nicht mit anzusehen. Den Bogen und die Sarazenenpfeile hatte er nicht mehr dabei. Als Drogo erkannte, dass die Pferde sie zermalmen würden, ließ er den Bischof liegen und rannte hinter dem Markgrafen her.

Frodoi stand mühsam auf und sah entsetzt zu den Reitern, die genau auf ihn zuhielten. Er versuchte nicht, zu fliehen. Es war zu spät. Doch die Sarazenen stießen keine Siegesrufe aus. Er betrachtete die Reiter genauer und traute seinen Augen nicht, als er sah, dass sie weder Turbane noch Krummsäbel trugen.

Isembard führte eine Reiterei von wenigstens dreihundert Mann an, alle in Kettenhemden und mit eisernen Arm- und Beinschienen. Hinter ihm folgten Ermesendas Söhne. Die Reiter erkannten ihn und ritten um Haaresbreite an ihm vorbei. Frodoi zitterte; ihm war zum Heulen zumute. Der junge Tenes erhob das Schwert Guisands von Barcelona, und augenblicklich fächerten sich die Reiter bogenförmig auf, genau wie zuvor die Sarazenen, die nun wild durcheinanderjagten. Unter furchtbarem Getöse trafen die Reiter mit der feindlichen Nachhut zusammen.

Die Reiter des Wali, die sich inmitten der Fußtruppen befanden, waren nahezu handlungsunfähig, und die langen Lanzen ihrer Gegner sorgten für schwere Verluste unter ihnen. Frodoi erkannte Wilfried und Miro, die Seite an Seite mit Isembard kämpften. Sie erweckten nicht den Anschein, als als sei dies ihre erste Schlacht; sie waren bereit, sich Ruhm und Ehre zu erwerben. Dennoch musste dieses Gemetzel aufhören.

Frodoi griff nach einem herumliegenden Schwert und lief um das Schlachtfeld herum zu den Bannern der Banu Qasi. Vor ihm erschien ein Mann. Er erkannte ihn nicht gleich. Es war Oriol, von oben bis unten mit Schlamm und Sarazenenblut bespritzt.

»Komm mit mir!«

»Nicolás ist tot, mein Herr.«

»Möge Gott ihn in sein Reich aufnehmen.« Der Bischof bedauerte den Tod seiner treuen Wache. »Er war ein großartiger Soldat … Aber es dürfen nicht noch mehr sterben. Derjenige, der diese Schlacht wollte, ist geflohen. Jedes verlorene Leben wird sinnlos sein!«

Duravit und Italo schlossen sich ihnen an, und sie schlugen sich durch das Getümmel zu der sarazenischen Standarte durch, wo der Wali und seine Leibgarde gegen Isembard und die Söhne der Gräfin kämpften. Entsetzt sah Frodoi, wie Mussa Wilfried verwundete. Der Bellonide ging zu Boden, und der Wali hob sein Schwert, um es ihm in die Brust zu stoßen. Während Oriol den Weg frei machte, rannte Frodoi los und warf sich dazwischen. Isembard sah das. Er wusste, dass der Wali, von Blut und Kampflärm geblendet, den Bischof nicht erkannte, deshalb stürzte er zu ihnen und wehrte gerade noch rechtzeitig den Hieb ab.

»Genug, Mussa! Genug!«, rief der Bischof.

»Ich bin der Hauptmann der christlichen Reiterei. Lasst uns dieses Blutvergießen beenden, Wali«, rief auch Isembard.

Mussa zwinkerte, als erwachte er aus einem Albtraum, und ließ seinen Blick schweifen. Die einander ebenbürtigen Armeen schlachteten sich gegenseitig ab. Überall lagen Leichen und Pferdekadaver, es war die Hölle.

»Lasst uns einen Waffenstillstand aushandeln«, bat Frodoi.

Als die Hörner erklangen, stellten die Männer den Kampf ein und belauerten einander, für immer gezeichnet. Isembard betrachtete keuchend den übel zugerichteten Bischof. Es war nicht einfach gewesen, so viele Reiter unter dem Befehl der Gräfin zu versammeln, aber sie hatten es gerade noch geschafft, rechtzeitig zu kommen. Für die jungen Belloniden war dieser Ausgang ein Sieg vor dem fränkischen König … falls Bernhard den Triumph nicht für sich beanspruchte.

Ein Ritter aus Urgell kam hinkend und blutüberströmt herbeigehumpelt. Argwöhnisch beäugte er den Sarazenenführer, doch Frodoi forderte ihn auf, zu sprechen.

»Bischof, Graf Salomon von Urgell und Cerdaña ist soeben gefallen. Ein feindlicher Pfeil hat sein Herz durchbohrt.«

Frodoi erstarrte.

»Die Bogenschützen haben den Beschuss längst eingestellt!«

Der Ritter zuckte niedergeschlagen mit den Schultern. Frodoi blickte mit düsterer Miene zu der Anhöhe, hinter der Bernhard von Gothien mit seinen Getreuen verschwunden war. Er erinnerte sich daran, wie der Markgraf einen Bogen und eine Handvoll Sarazenenpfeile an sich genommen hatte. Nach dieser ebenso blutigen wie unnötigen Schlacht standen Urgell und Cerdaña ohne Grafen da. Erschüttert fragte er sich, ob auch das Teil des Plans war, von dem Drogo gesprochen hatte.

Bernhard erfuhr bald, dass sein Heer nicht vollständig vernichtet worden war. Die Sarazenen würden nicht auf Barcelona marschieren, und sein Ansehen würde nicht leiden, aber nach dem, was geschehen war, war es nicht ratsam, noch länger zu bleiben. Ohne sich um seine geschlagenen Truppen zu kümmern, befahl er den unverzüglichen Aufbruch nach Narbonne. Er wollte als Erster am Hof sein, um zu erklären, was an der Grenze geschehen war: dass nämlich er, der Markgraf von Gothien, die Spanische Mark verteidigt und dafür die Grafschaften Urgell und Cerdaña verdient hatte.

Unterdessen machten sich die Söhne der Gräfin gemeinsam mit Isembard auf, den Leichnam Graf Salomons nach Urgell zu bringen, wo er mit allen Ehren bestattet werden sollte. Die wenigen Einwohner der kleinen Stadt würden unter Tränen die Rückkehr der Belloniden feiern, während sie gleichzeitig den Tod des in der Schlacht gefallenen Grafen betrauerten.

Ein langer Zug erschöpfter Männer schleppte sich nach Barcelona. Auf dem Weg blieben Schwerverletzte und Sterbende zurück, die niemand transportieren konnte, weil den Überlebenden die Kraft dazu fehlte. In Barcelona gab es keinen triumphalen Empfang und keine Blumenteppiche. Die Bewohner warteten mit bangem Herzen vor dem Portal Vell, in der Hoffnung, ihre Lieben unter den zerlumpten Gestalten zu entdecken, die in kleinen Gruppen eintrafen.

Es gab Freudenrufe und innige Umarmungen, andere brachen in Wehklagen aus, als sie erfuhren, dass sie vergebens warteten. Zurück blieben Waisen und Familien, die nun vor dem Nichts standen. Dieselben Menschen, die Bernhard unter dem Palastfenster zugejubelt hatten, verfluchten ihn nun zähneknirschend.

Die Überlebenden berichteten, was geschehen war und wie ihr Bischof unter Einsatz seines Lebens versucht hatte, das Blutvergießen zu verhindern.

Als Frodoi zum Trauergeläut der Glocken auf seinem schlammbedeckten Pferd eintraf, wurde es mucksmäuschenstill. Die zerknitterte Mitra in der Hand, sein seidener Umhang zerrissen, bestand er darauf, eine Messe zu feiern. Viele Menschen strömten in die Kathedrale, auch die Anhänger des mozarabischen Ritus. Mehrmals verließen ihn die Kräfte, sodass Servusdei die Messe zu Ende lesen musste. Auch eine Schlussansprache konnte er nicht halten. Nach den entsetzlichen Dingen, die er gesehen hatte, fehlten ihm die Worte, und er ließ die Gläubigen einfach gehen.

Frodoi wollte allein sein. Nachdem sich die alte Kathedrale geleert hatte, legte er sich auf die Steinplatte und betrachtete im Halbdunkel seine zitternden Hände. Er dachte, sie würden nie wieder aufhören zu zittern.

Als er die Kirche verließ, war es tiefe Nacht. Mit müden Schritten ging er zu seinem Palast, da öffnete sich die Tür zu Godas Haus. Die Eingangshalle lag im Dunkeln. Goda war nicht in der Messe gewesen; neugierig trat er ein. Ein schlichter zweiarmiger Leuchter aus Ton erhellte den Wohnraum, in dem schweigend eine schwarz gekleidete Gestalt wartete.

»Goda …« Er wollte ihr von seinem Verdacht erzählen, was den Tod des Grafen von Urgell betraf, aber er blieb stumm. Er konnte nicht mehr.

Goda kam auf ihn zu, nahm sein Gesicht in beide Hände und küsste ihn auf die Stirn, die Augenlider, die Nase, den Mund. Frodoi begann zu schluchzen, und Goda küsste auch die Tränen weg, die sich mit ihren mischten.

Kriege reißen tiefe Wunden, in deren Angesicht alte Verletzungen heilen. Goda hatte solche Angst gehabt, ihn nie wiederzusehen. Man hatte ihr von seinem Verhalten in der Schlacht erzählt, und nun strich sie über sein wirres Haar und konnte nicht aufhören, ihn zu küssen.

»Du sollst eines wissen, Frodoi.« Zum ersten Mal seit langer Zeit nannte sie ihn bei seinem Namen. »Ich an deiner Stelle hätte in jener Nacht die gleiche Entscheidung getroffen.« Ihre Stimme bebte, aber sie sprach weiter. »Er hat mich geschlagen und erniedrigt, und ich habe jahrelang dir die Schuld daran gegeben. Aber wenn du mich verteidigt hättest, wären du, Argencia und ich wahrscheinlich tot. Alles, was wir erreicht haben, haben wir deswegen erreicht ... Auch dass du nicht in dieser Schlacht gefallen bist. Dein Schweigen aus Furcht und die Narben auf meiner Haut haben jetzt einen Sinn.«

Der Bischof sank kraftlos auf die Knie, umfangen von dieser warmen Umarmung, die er für immer verloren geglaubt hatte. Er war im Widerstreit zwischen dem schrecklichen Wissen, das Erlebte niemals vergessen zu können, und der Liebe, die ihn durchströmte.

»Komm, Frodoi«, sagte Goda und half ihm auf.

Schweigend führte sie ihn in einen kleinen Raum zum Garten hinaus. In der Mitte stand ein altes Marmorbecken.

»Mein Urgroßvater hat es bei den alten römischen Thermen ausgegraben.«

Frodoi betrachtete das dampfende Wasser, ein angenehmer Rosenduft umfing ihn. Goda sah ihn mit feuchten Augen an, als er sich entkleidete und in das warme Wasser stieg. Während sie ihn vorsichtig wusch, spürte der Bischof, wie mit dem Blut und dem Dreck auch die schwere Last von ihm abfiel, die seine Seele jahrelang gepeinigt hatte.

Und er fand Frieden.

Gegen Morgen eilte eine der Wachen des gräflichen Palasts zu Vizegraf Astorius, um ihm Meldung zu erstatten. Dieser trat rasch ans Fenster und sah Frodoi unauffällig aus dem Palast Godas von Barcelona kommen. Es bestätigte die alten

Gerüchte über die verbotene Beziehung, die Bernhard seinerzeit nicht hatte beweisen können. Der Vizegraf lächelte verschlagen. Endlich hatte der Markgraf Gelegenheit, sich seinen Rivalen vom Hals zu schaffen, und er würde ihn, Astorius, großzügig dafür entlohnen.

47

Frodoi ging durch die dunklen Gassen Barcelonas. Er trug eine einfache Tunika und einen wollenen Umhang, auch den Bischofsring hatte er abgelegt. Es war Heiligabend. Servusdei übernahm die Vorbereitungen der Vigil und der Christmette, die in einigen Stunden stattfinden würde. Auch Godas Einladung zum Festbankett in ihrem Palast, zu dem neben Gräfin Ermesenda und ihren Söhnen auch der gotische Adel der Stadt gebeten war, hatte er abgelehnt. Die Belloniden waren am selben Abend in Begleitung von Isembard und weiteren Rittern in der Stadt eingetroffen, wo sie von der Bevölkerung als Helden gefeiert wurden.

Für den Bischof war es ein besonderer Abend, und er wollte ihn mit denen verbringen, die an ihn geglaubt hatten, seit er als junger, unerfahrener Prälat aus Narbonne gekommen war.

Die sechshundert Toten aus der Schlacht gegen den Wali von Lleida lasteten schwer auf ihm. Viele waren nach tagelangem Todeskampf gestorben, und die Versehrten waren eine weitere Last für ihre Familien. Wieder standen Häuser leer, Felder lagen brach. Die Getreidevorräte und das Vieh waren konfisziert worden, um über zwei Monate das Heer zu verpflegen. Hunderte Herdfeuer in Barcelona und den Dörfern der Mark waren erloschen.

Glücklicherweise hatten die von Servusdei und Jordi geleiteten Verhandlungen eine Einmischung des Walis von Saragossa oder gar des Emirs von Córdoba verhindern können. Die Feindseligkeiten ruhten vorläufig, auch wenn weitere Auseinandersetzungen unvermeidlich sein würden.

Seither dachte der Bischof unablässig darüber nach, was Bernhard von Gothien zu seinem Handeln bewegt haben mochte. Kurz nach der Schlacht war die Nachricht eingetroffen, dass Königin Irmentrud am 6. Oktober in der Abtei von Chelles verstorben war – mit ihr hatte er eine mächtige Verbündete bei Hof verloren.

Frodoi kam am Miracle vorbei und seufzte. Für einen Abend wollte er sich eine Verschnaufpause gönnen und nicht an Probleme denken.

Es war kalt, und die Fensterläden der Herberge waren geschlossen, aber durch die Ritzen drang Licht. Als er eintrat, wurde es still, und die Anwesenden, die um einen langen Tisch saßen, erhoben sich überrascht.

»Bitte …« Die Rührung schnürte ihm die Kehle zu, und er räusperte sich. »Lasst mich heute Abend einer von euch sein.«

»Ihr seid jederzeit in diesem Haus willkommen, ob mit Mitra oder ohne«, sagte Elisia, die am Kopfende saß, den schlafenden Gombau in den Armen.

Schnell schob Galderic ihm den besten Stuhl auf den Platz neben der Hausherrin. Der Bischof bewunderte die Speisen: Wild, gebratenes Gemüse, Würste, Obstkompott und gefüllte Tauben. Nicht einmal in seinem Palast hätte man ihm ein solches Festmahl serviert. Auch für Elisia war es ein besonderer Abend – sie hatten viel zu feiern und viel zu beklagen. Und Isembard war bei ihnen – sie konnte es kaum glauben und bebte vor Glück. Die vier Jahre der Trennung waren wie weggeblasen, und sie schöpfte neuen Lebensmut.

Gali war dem Essen ohne Entschuldigung ferngeblieben, aber Elisia wusste, dass er sich vor der Begegnung mit Isembard fürchtete, schließlich hatte er Drogo geholfen, dem Mann, den Isembard von Tenes am meisten hasste. Für sie war sein Fehlen an diesem Abend eine Erleichterung.

Neben Elisia saßen Joan und Leda mit ihren Kindern. Galderic war heil aus der Schlacht zurückgekehrt. Sein älterer Bruder Sicfred hatte ihn beschützt und dabei selbst eine Verletzung am Bein davongetragen. Er war wieder genesen, würde jedoch für den Rest seiner Tage ein Bein nachziehen. La Esquerda war verlassen, aber sie hatten beschlossen, in einigen Tagen zurückzukehren, weil sie sonst das Landrecht verlieren würden. Frodoi sicherte ihnen Abgabefreiheit zu.

Sie feierten auch die Rückkehr von Emma und Aio. Emma erzählte, dass man sie vor der Stadtmauer verschleppt und zu einer Höhle gebracht hatte, wo sie ein wenige Monate altes Mädchen mit dunkler Haut und tiefblauen Augen stillen sollte. Als eines Tages zwei Hirten auftauchten, rief sie um Hilfe. Die beiden Männer, die sie bewachten, entrissen ihr das Kind, das während des Gerangels zu Boden fiel und zu weinen aufhörte. Die Männer hatten auf Emma eingeprügelt, aber die Hirten verteidigten sie mit ihren Steinschleudern und ermöglichten ihr die Flucht. Das Kind lebte wahrscheinlich nicht mehr. Emma war immer noch sehr mitgenommen von dem Erlebten.

Frodoi sah nun klarer: Das kleine Mädchen musste Sansa gewesen sein, Rotels und Maliks Tochter. Sie hatten eine Messe für die Kleine lesen lassen. Als Isembard davon hörte, weinte er um seine kleine Nichte, aber auch um seine Schwester. Wenn Rotel davon erfuhr, würde sie für immer in ihrem Schmerz und ihrem Hass versinken.

Auch Hauptmann Oriol saß mit am Tisch, außerdem Duravit mit seiner jungen Frau Beatriu und weitere Familien, die aus Narbonne gekommen waren und in der Herberge arbeiteten. Frodoi unterhielt sich mit allen und dankte ihnen, bis er schließlich bei Isembard angelangte.

Der junge Tenes wurde von den Belloniden hoch geschätzt und hatte sich großes Ansehen beim Adel der Spanischen Mark erworben, doch ohne Land und ohne Burg würde sein Stern schon bald sinken. Wenn er die Linie der Tenes bewahren wollte, musste er in eine einflussreiche Adelsfamilie einheiraten, die ihm die nötigen Mittel verschaffte, um seinen Ritterstatus zu wahren.

Isembard selbst verschwendete keinen Gedanken an solche Überlegungen, sondern sah verstohlen zu Elisia herüber. Während des Essens hatten sie kaum miteinander gesprochen, aber er würde Barcelona nicht verlassen, ohne zu wissen, ob in ihrem Herzen noch ein Fünkchen Liebe war. Galis Abwesenheit kam ihm sehr gelegen, denn vielleicht würde er jetzt anders reagieren, wenn dieser vor ihm stünde, als vor vier Jahren. Er war nicht mehr derselbe wie damals.

Die Menschen, die um diesen Tisch saßen, hatten in Barcelona eine neue Heimat gefunden. Sie waren nicht nur durch Tod und Leid, sondern auch durch glückliche Fügungen eng miteinander verbunden. Und das wollten sie an diesem Abend feiern.

Elisia sorgte dafür, dass niemand in Trübsinn versank, vor allem nicht Leda, die wegen ihres Mannes und ihrer Kinder so viel durchgemacht hatte. Alle redeten durcheinander, jeder wollte tausend Dinge erzählen, und die Zeit verging wie im Flug. Nach dem Essen brachte Elisia Gombau ins Bett und kehrte lächelnd zurück.

Als sie um den Kamin der Taverne saßen, in dem der Weihnachtsscheit brannte, holte die Gastgeberin einen starken Trester hervor, den sie aus Traubenkernen brannte.

»Ich bedaure nur, dass die Welt nie erfahren wird, was wirklich in der Schlacht geschah«, sagte Sicfred mit Blick auf den Bischof. »Die Sarazenen haben uns eine Falle gestellt. Dass wir noch leben, verdanken wir Isembard und seinen Reitern. Der Markgraf hat uns schmählich im Stich gelassen!«

»So ist der Adel«, setzte Elisia hinzu.

»Er hat seinen Schwur gebrochen!«

»Sprich nicht so vor dem Bischof, Junge!«, sagte Leda erschrocken.

»Sicfred hat recht. Die Geschichte ist voller Lügen«, gestand Frodoi ein.

»Aber das ist nicht rechtens!«, rief Galderic.

»Die Belloniden sind zurück, das ist es, was jetzt zählt«, warf Isembard ein.

»In der Grafschaft gärt es«, sagte der Bischof. »Mit dem Auftauchen der Belloniden ist die Kluft zwischen gotischem und fränkischem Adel noch größer geworden.«

»Nachdem Bernhard in der Schlacht seine Feigheit unter Beweis gestellt hat, können die Söhne Graf Sunifreds auf die Rückgabe ihrer Titel in der Mark hoffen«, bemerkte Joan.

»Das wird nicht geschehen«, widersprach Isembard. »Der Markgraf wird die Ereignisse bei Hof ganz anders schildern.«

Elisia war damit beschäftigt, Trester in ein kleines Fässchen nachzufüllen. Wie nebenbei sagte sie: »Da täuscht Ihr euch. Die Wahrheit setzt sich immer durch …«

Der Bischof runzelte die Stirn und lächelte dann verschmitzt.

»Das musst du erklären, Elisia.«

»Was erzählt man sich über Karl den Großen?«

»Dass er groß und kräftig war, ein Mann wie eine Eiche. Der Tapferste in der Schlacht, von Gott gesegnet.«

»Und was, wenn er ein verschlagenes, schmächtiges Männlein war, das mit dem Papst gemeinsame Sache machte, um sich zum Kaiser aufzuschwingen? Und was erzählt man sich über den legendären Sarazenenherrscher Mussa den Großen, der kürzlich verstorben ist?«, fragte Elisia weiter.

»Dass er ein zum Islam konvertierter Gote war«, antwortete Isembard, der die Augen nicht von ihr lassen konnte. »Ein großartiger Feldherr. Man nannte ihn auch den dritten König Hispaniens.«

Elisia lächelte. Auch sie hatte zu Oriols Bedauern nur Augen für den jungen Tenes.

»Das, woran man sich erinnert, ist nicht das, was in den Chroniken der Mönche steht, die in muffigen Klöstern von Motten zerfressen werden.« Elisia nahm das Fässchen und goss reichlich in die hölzernen Schalen nach. Sie lächelte hintersinnig. »Die Wahrheit ist, was die Spielleute und Bänkelsänger unters Volk bringen. Ihre Geschichten machen die Runde, Jahr um Jahr, immer wieder. Das ist es, was bleibt, selbst wenn es nicht der Wahrheit entspricht.«

»Was hast du vor, Elisia? Ich kenne diesen Gesichtsausdruck …«, fragte Frodoi.

»Für einen Adligen ist die Schande schlimmer als der Tod.« Drogo hatte ihre Taverne verwüstet und sie vor allen Leuten erniedrigt. Bernhard hatte sich ihr gegenüber mitleidig gezeigt, jedoch ihre Freundin Goda auf sadistische Weise misshandelt. Elisia hatte noch eine Rechnung offen. Sie leerte ihren Becher und hustete. »Ich weiß, wie man sie in ihrem Stolz trifft.«

»Manchmal machst du mir Angst, meine Liebe«, sagte Leda.

»Hier steigen Spielleute, Sänger und Barden ab, die in den Adelspalästen und auf den Plätzen dieser Welt auftreten. Sie übernehmen Erzählungen voneinander und schmücken sie weiter aus, um ihr Publikum zu beeindrucken. Sie sind immer auf der Suche nach Geschichten: Schlachten, Turniere, Affären … Aber den größten Erfolg haben Lieder, die von der Armseligkeit des Adels erzählen.«

Frodoi sah sie verdutzt an. Es stimmte, ein öffentliches Spottlied würde größeren Einfluss haben als die Version, die Bernhard oder er selbst in Narbonne oder Reims vortragen konnten. Der Vorschlag der Wirtin war ebenso einfach wie raffiniert.

»Wir sollten dir die Schlüssel der Grafschaft überreichen, schöne Elisia«, sagte er amüsiert.

Sie lachte übermütig und trank erneut. Ihre Wangen waren gerötet, und sie warf Isembard einen langen Blick zu.

»Du kannst mir sicherlich erzählen, was man von Compostela bis nach Rom erfahren soll, Isembard!«

In gelöster Stimmung gingen sie zur Christmette in der Kathedrale, die der Bischof eher lustlos hielt. Spätnachts schlich sich Isembard in den Stall der Herberge, wie es ihm Elisia nach der Messe unauffällig zugeflüstert hatte. Sein Herz schlug schnell.

Die Scheune war von mehreren Öllampen erleuchtet, eine Decke lag ausgebreitet im Heu, und Elisia erwartete ihn lächelnd und mit gelöstem Hemd. Isembard überlief es heiß.

»Du wolltest, dass ich dir meine Version der Ereignisse erzähle?«, fragte er.

Elisia trat näher. Gombau schlief, und es waren mehrere Bedienstete im Haus, die sich um ihn kümmern konnten. Gali war nicht zurückgekehrt, und niemand wusste, dass sie dort waren.

»Ich werde mich um die Sache kümmern, Isembard.« Sie schenkte ihm ein vielsagendes Lächeln. »Du hast mir die Menschen zurückgebracht, die nun meine Familie sind, und das genügt mir.«

Vier Jahre waren eine lange Zeit, und sie konnten nicht länger aufeinander warten – wenn sie eines gelernt hatten, dann, wie flüchtig alles in der Spanischen Mark war.

Sie versanken in einem langen Kuss, und einer zog den anderen aus. Elisia verdrängte die allgegenwärtige Erinnerung daran, wie Gali sie vor Drogos Männern vergewaltigt hatte. Mit geschlossenen Augen gab sie sich Isembard hin, während er sie mit Küssen überhäufte. Und als er in sie eindrang, wurde sie von einer nie gekannten Woge der Lust davongetragen. Sie liebten sich fast bis zum Morgen und vergaßen alles um sie herum. Die Nacht außerhalb des Stalls war ruhig und still.

Schließlich blieben sie erschöpft auf der Decke liegen. Elisia fuhr mit dem Finger über seine kräftigen Muskeln und küsste die Narben bereits vergessener Verletzungen. Bald würde es dämmern, und die Dienstboten würden mit ihrer Arbeit beginnen. Niemand durfte sie zusammen sehen.

»Ich will, dass du heiratest, Isembard«, sagte sie, nachdem sie tief Luft geholt hatte, um sich Mut zu machen. »Ich möchte, dass du alles zurückerhältst, was dir genommen wurde. Und wenn man dich zum Grafen ernennt, wirst du am Arm einer schönen, adligen Frau an der Herberge entlanggehen, umringt von Kindern und Dienern.«

»Aber ich liebe dich.«

Elisia lächelte sanft, obwohl sie innerlich weinte.

»Du musst es tun.«

»Deshalb hast du mich hierherbestellt?«

Sie küssten sich erneut, ihr dunkles Haar fiel auf seine Brust.

»Du weißt, dass nicht Liebe die Welt regiert. Ich werde dich immer lieben und vielleicht du auch mich, aber meine Seele ist aus Eisen und deine aus Gold. Du musst deinen Platz einnehmen … Ich werde stolz auf dich sein.«

Isembard umarmte sie innig. Er fürchtete sich vor der Zukunft. Alle sahen in ihm den tapferen Ritter – und im Kampf bewies er sich ja auch –, aber wie ein Adliger gelebt hatte er doch noch nie! Im Grunde fühlte er sich noch immer wie ein Leibeigener, der auf den Feldern von Santa Afra arbeitete.

»Ich will noch viele Nächte wie diese erleben, Elisia.«

»Als Hauptmann Oriol aus Servais zurückkehrte, sprach er von einer Schönheit namens Richildis aus der Familie der Bosoniden.« Elisia mühte sich, ihre Eifersucht und ihren Kummer zu verbergen. »Er sagte, sie habe Gefallen an dir gefunden. Wenn du sie zur Frau nähmest, würdest du weit kommen.«

Isembard lächelte und zog sie an sich. Elisias Atem beschleunigte sich, während die Hände ihres Geliebten sie liebkosten.

»Ein wenig Zeit haben wir noch, bis der Tag beginnt. Sie soll uns gehören, alles Übrige wird Gott bestimmen.«

48

Attigny, Juni 870

In jenem Jahr berief König Karl die traditionelle Versammlung der Adligen des Landes in der kleinen Stadt Attigny ein. Auch Bischof Frodoi machte sich aus Barcelona auf den Weg. Sein Gefolge vereinte sich unterwegs mit dem von Erzbischof Fredoldus von Narbonne. Er war in Begleitung Ermesendas und ihrer Söhne Wilfried und Miro, da der König dem Vernehmen nach die alte Gräfin wiedersehen und die Söhne Sunifreds kennenlernen wollte, der das Königreich treu gegen den Wali von Lleida verteidigt hatte.

Auf dem Weg nach Attigny stieß auch Graf Otger von Girona mit seinem Gefolge zu ihnen. Der alte Otger, der nicht bei bester Gesundheit war, unternahm die weite Reise, um zu erfahren, was mit den Grafschaften Urgell und Cerdaña geschehen sollte.

Markgraf Bernhard von Gothien reiste mit großem Gefolge aus Béziers an, darunter auch Drogo von Borr.

Attigny lag an einer alten Römerstraße inmitten einer sanften, grünen Hügellandschaft mit dichten Eichenwäldern. Karl der Kahle besuchte häufig seine dortige Burg. Das Feldlager wurde auf den nahen Wiesen aufgeschlagen; es waren Hunderte von Zelten mit den Bannern ihrer berühmten Besitzer, außerdem Baracken für die Wachen und Bediensteten. Wie üblich wurde auf einem Feld eine Holztribüne errichtet, von der aus die erlesenen Gäste den Turnieren beiwohnen würden.

Als sich herumsprach, dass der Bischof von Barcelona in Begleitung Isembards II. von Tenes war, stieg die Erwartung. Sein unglaublicher Sieg gegen Boso II. der Provence war allen noch in bester Erinnerung. Man wollte ihn erneut kämpfen sehen.

Die Reichsversammlung fand unter dem Wappenadler Karls des Großen im Waffensaal der Burg statt. Es wurden Tribute verhandelt, Abkommen geschlossen, Schulden von säumigen Familien eingefordert und das eine oder andere Urteil gesprochen. Der König schien über den Tod seiner Gemahlin nicht sehr betrübt; vielmehr konnte er es kaum erwarten, erneut zu heiraten und weitere Nachkommen zu zeugen. Wenn er zu viel getrunken hatte, sprach er von der Kaiserkrone, die er sich eines Tages aufzusetzen hoffte.

Frodoi hatte gewissenhaft die Themen vorbereitet, die er behandeln wollte, Godas Vergebung verlieh ihm neue Energie und Entschlossenheit. Er klagte Tirs in aller Form an, den Priester aus Córdoba, der weiterhin dem mozarabischen Ritus anhing und von einem Teil der gotischen Bevölkerung und den Hispaniern unterstützt wurde. Tirs zog den Kirchenzehnten ein und spendete ohne bischöfliche Erlaubnis die Sakramente. In einem anderen Teil der Grafschaft hatte ein weiterer Priester namens Baio Land des Bistums besetzt und plante, das westgotische Bistum Tarrasa wieder zum Leben zu erwecken. Frodoi sprach überzeugend, die Kurie nickte bewundernd. Sie hatten ihn nach Barcelona entsandt, um ihn kaltzustellen, aber er erstarkte zunehmend und stand vor dem mächtigen Hinkmar von Reims und dem König selbst bestens da. Die Stadt an der äußersten Grenze des Reichs erlebte einen neuen Aufschwung. Sie belieferte zahlreiche Gebiete im Königreich mit Salz aus Cardona, außerdem mit Wein und Öl, und auch der Hafen war wieder geöffnet worden.

Der Konflikt mit dem Wali von Lleida hatte viel vernichtet, und es war ein sehr harter Winter gewesen, aber wenn der Frieden hielt, würde die Gekrönte Stadt auch weiterhin gedeihen.

Bernhard von Gothien war zwar anwesend, äußerte sich aber nicht zu den Anträgen. Der zunehmende Wohlstand Barcelonas brachte höhere Steuereinnahmen und mehr wehrfähige Bewohner. Sein Interesse galt ausschließlich den Ernennungen für das vakante Grafenamt von Urgell und Cerdaña. Er bedachte Frodoi mit einem finsteren Lächeln; auch für ihn hatte er Pläne.

Als sie die Burg verließen, trat Servusdei zu Frodoi. Er war nervös.

»Bischof, die Vorstellung der Spielleute hat begonnen. Gott stehe uns bei.«

»Alles wird gut gehen, vertrau mir.«

Die Adligen, die nach den langwierigen Verhandlungen aus der Versammlung kamen, strömten auf den Marktplatz, wo Gelächter und begeisterter Applaus zu hören waren. Auf einer kleinen Bühne führten einige Schauspieler eine Posse auf, die den meisten bekannt vorkam.

»Sie kommen, mein Graf!«, rief ein junger Schauspieler, dem ein Arm fehlte.

»O Gott, o Gott, die Sarazenen!«, rief ein anderer in einem lächerlichen Kittel und mit rot bemaltem Gesicht, während er ängstlich in der Luft herumfuchtelte.

Neben der Bühne trat ein Junge auf einen Blasebalg, der zur Erheiterung des Publikums ein furzendes Geräusch von sich gab. Frodoi lachte. Es wurden keine Namen genannt, aber alle wussten, dass diese lächerliche Gestalt Graf Bernhard von Gothien darstellen sollte. Das Stück hatte bereits die Runde durch die Städte und Adelspaläste des ganzen Reichs gemacht. Wie Elisia vorausgesehen hatte, waren die Ereignisse des vergangenen Novembers in der Mark inzwischen zu dem geworden, was die Spielleute daraus machten.

Weitere Schauspieler mit Turbanen und Steckenpferden betraten die Szene. Sie verfolgten den Grafen und zerrissen seine Hose. Als das nackte Hinterteil mit einem verdächtigen braunen Fleck zu sehen war, brach der ganze Platz in schallendes Gelächter aus. Drogo von Borr war ein ungehobelter Klotz in einem Bärenfell, der ungeschickt über die Bühne stolperte, ohne einen einzigen Gegner zu erwischen. Am Ende wurde er von allen mit Salatblättern und faulen Zwiebeln beworfen.

Frodoi näherte sich unauffällig dem König, der begeistert lachte. Neben ihm stand der aufgebrachte Bernhard von Gothien und verlangte, dass diese groteske Vorführung beendet werde.

»Aber Bernhard!«, sagte der König. »Beleidigt ist nur, wer sich getroffen fühlt. Es sind einfache Spielleute. Ihr wisst, dass sie während der Reichsversammlung Narrenfreiheit haben. Und Lachen ist gesund, Markgraf.«

Drogo warf dem Bischof tödliche Blicke zu. Frodoi dachte an Elisia und hätte beinahe erneut losgelacht. Das war die gewiefte Bauernschläue einer Frau, die in einer Herberge aufgewachsen war!

Nun stürmten drei stattliche junge Männer die Bühne, um die heulenden Sarazenen zu besiegen. Im Hintergrund wischte der falsche Drogo dem Grafen den Hintern mit Salatblättern ab, wobei er übertrieben das Gesicht verzog.

Bernhard von Gothien sah die belustigte Herablassung in den Blicken vieler Adliger. Auch die schöne Richildis, die bei ihrem Vater und ihrem Bruder stand, bog sich vor Lachen. Beschämt wandte er sich zum Gehen. Während die Zuschauer am Ende der Vorstellung begeistert klatschten, zertrümmerte Bernhard das Mobiliar in seinem Zelt und brach nebenbei dem Diener, der ihm ein Glas Wein brachte, die Nase.

»Wir werden sie alle aufhängen!«, rief Drogo wütend.

Der Markgraf leerte den Weinkrug, während der Diener sich zum Ausgang schleppte.

»Du bist ein Narr! Deshalb hat Frodoi dir Barcelona abgenommen!« Er stieg über die zerstörten Möbel. »Dieser Bischof hat dafür gesorgt, dass das Stück hier aufgeführt wird. Er will seine Belloniden anpreisen und sie als Helden darstellen! Das muss aufhören, Drogo!« Er knirschte mit den Zähnen. »Wann geschieht endlich, was ich dir aufgetragen habe?«

»Noch vor Sonnenaufgang ist alles erledigt.« Drogo grinste finster.

»Das will ich hoffen. Und dann schaff dir das … das Problem vom Hals. Es darf nichts herauskommen.«

»Wird gemacht. Was die Ernennung zum Vizegrafen von Barcelona angeht …«

»Zuerst will ich die Totenglocke läuten hören, dann reden wir weiter.«

Am nächsten Morgen stand Frodoi vor Tagesanbruch auf und nutzte die Stille, um einen Spaziergang zu unternehmen und über Bernhard von Gothiens Absichten nachzudenken. Es ergab keinen Sinn, den Grafen von Urgell zu ermorden, um den eigenen Machtbereich zu erweitern. Urgell war eine arme, menschenverlassene Grenzregion, deren Bewohner in die unwegsamen Bergtäler der Pyrenäen geflohen waren. Frodoi hatte keine Beweise, den Markgrafen des Mordes zu beschuldigen, aber alles deutete darauf hin, dass noch mehr hinter der Sache stecken musste.

Zum anderen schwand die Macht des Königs zunehmend dahin. Überall im Land kontrollierte der Adel inzwischen ganze Landstriche, Wege, Brücken und Märkte. Nicht anders sah es im Ostfränkischen Reich und in Italien aus. Er musste herausfinden, was da im Hintergrund vor sich ging.

Frodoi betrat ein kleines Wäldchen. In der Ferne waren Pfiffe und Hundegebell zu hören – während die Jungen bis zum Morgengrauen feierten, zogen es die Älteren vor, frühmorgens mit anderen Adligen oder Verwandten zur Jagd zu gehen. An einer Quelle entdeckte er eine kleine, blumengeschmückte Statue aus Holz. Was für ein friedlicher Ort! Verzaubert vom Gluckern des Wassers und dem tiefblauen Morgenlicht, dachte er an seine Ahnen. Das gemeine Volk glaubte immer noch, dass die Quellen von Geistern bewohnt waren.

Plötzlich lief es ihm eiskalt den Rücken hinunter, irgendetwas war hinter ihm, das spürte er. Als er sich umdrehte, sah er niemanden, aber der Vogelgesang war verstummt. Beunruhigt spähte er zu den alten Eichen. Es war leichtsinnig gewesen, sich ohne Wachen so weit vom Lager zu entfernen.

Da entdeckte er einen Schatten hinter einem Baum und erschrak.

»Rotel?«

Er hatte Isembards Schwester als zartes Mädchen von nordischer Schönheit in Erinnerung. Nun war sie eine schöne junge Frau mit blondem Haar, doch in ihren hellen Augen sah er nichts als Kälte. Sie machte sich an ihrem Fellumhang zu schaffen, und Frodoi wich zurück.

»Was hast du vor?«

Er las die Antwort in ihren Augen.

»Es tut mir leid, Bischof, aber ich will meine Tochter Sansa zurück.«

»Du bist seit Monaten verschwunden. Was hast du in der Zwischenzeit getan?«

»Ich habe den Lauf der Geschichte geändert, angefangen mit der Krone …«

Frodoi erschauderte.

»Mein Gott … Du hast die Königin ermordet!« Wut stieg in ihm hoch. »Warum, Rotel? Wer hat dir diesen Wahnsinn befohlen?«

»Ihr könnt Euch denken, wer mich schickt. Ihr habt mächtige Feinde, Bischof.«

Frodoi hörte ein Zischeln unter Rotels Umhang. Er stolperte und stürzte. Trotz seiner Angst sah er plötzlich klar. Nicht nur Königin Irmentrud, auch weitere Adlige waren in den vergangenen Monaten unverhofft verstorben.

»Wer soll noch sterben, Rotel?« Er dachte an Bernhards mögliche Feinde, und plötzlich tauchte da eine Familie auf. »Die Belloniden? Sie könnten die Pläne des Markgrafen von Gothien vereiteln.«

Rotels Schweigen kam einer Bestätigung gleich. Sie hielt nun eine große, schwarz schillernde Kobra in der Hand, die sich heftig wand. Frodoi stockte der Atem. Wenn Graf Sunifreds Söhne starben, konnte es Jahrzehnte dauern, bis ein Adliger aus der Spanischen Mark zum Grafen ernannt wurde. Jetzt allerdings fürchtete er vor allem um sein eigenes Leben.

»Du bist im Irrtum, Rotel. Niemand wird dir deine Tochter zurückgeben. Du wirst als Letzte sterben. Wenn du dein todbringendes Werk vollendet hast, ist alles vorbei.«

»Das glaubt Ihr?«, brach es aus Rotel heraus. Die Erwähnung ihrer Tochter ließ die Mauern, die sie um ihr Herz gezogen hatte, einstürzen. Die Hand, mit der sie die Schlange am Kopf gepackt hielt, begann zu zittern und zeigte, wie aufgewühlt sie war.

»Es war Drogo, nicht wahr? Er hat dich dazu gezwungen!« Rotels Augen blitzten, aber Frodoi sprach weiter. Er musste irgendwie zu ihr durchdringen. »Hast du deine Tochter in den letzten Monaten gesehen? Weißt du, ob sie lebt?«

»Versucht nicht, mich zu manipulieren, Bischof!«

»Weißt du, wo sie ist, Rotel?«

»Bei einer Amme. Wenn sie lebt, werden diese Kerle leben. Wenn sie stirbt, sterben auch sie!«

»Sie haben es dir nicht erzählt, nicht wahr?«, presste der Bischof hervor. »Sie haben dich betrogen!«

Rotel biss die Zähne zusammen, aber Frodois eindringlicher Blick hielt sie zurück.

»Sie haben Joans und Ledas älteste Tochter Emma entführt, damit sie als Amme diente, und Sansa in eine Höhle eine Tagesreise von Barcelona gebracht. Hirten wollten sie retten, aber es geschah ein Unglück und …« Er fürchtete sich davor, ihr die Wahrheit zu sagen, aber es war der einzige Weg. »Wir wissen es nicht genau, aber es kann sein, dass deine Tochter tot ist, Rotel. Isembard wird es dir erzählen. Er hat um sie geweint, als er davon erfuhr. Frag Drogo und Bernhard von Gothien! Sie sind die Schuldigen!«

Rotels Gesichtszüge entgleisten derart, dass Frodoi glaubte, vor dem leibhaftigen Teufel zu stehen.

»Ihr lügt, Bischof!«

»Es tut mir leid, mein Kind. Womöglich gibt es keinen Grund mehr für dich, ihre Befehle zu befolgen.«

Frodoi stand starr vor Angst, die angriffslustige Kobra unmittelbar vor sich. In Rotel zerbrach der letzte Rest ihrer Seele. Die todbringende Schlange in der Hand, trat sie einen Schritt zurück.

»Du weißt, dass ich die Wahrheit sage«, sprach Frodoi weiter. »Ich flehe dich an, mache diesem Albtraum ein Ende!«

Rotel wich weiter zurück. Ihre Lider flatterten, als hätte sie schreckliche Visionen.

»Wohin gehst du?«, rief der Bischof, der allmählich wieder atmen konnte. »Du solltest zu deinem Bruder zurückkehren!« Trotz allem, was sie getan hatte, tat sie ihm leid.

Rotel hörte nicht. Nach dem Mord an der Königin war sie durch das ganze Reich gezogen, um Jagd auf eine Handvoll armer Seelen zu machen, die gewissen Adligen im Weg standen. Drogo von Borr nannte ihr Namen, und sie war gnadenlos. Auch in Attigny würde sie eine Spur des Todes hinterlassen. Wie der Bischof vermutet hatte, sollten die Belloniden die nächsten Opfer sein, aber Frodoi hatte recht: Sie wusste zu viel. Wenn sie ihren Auftrag erledigt hatte, würde Drogo sie töten. Der Gedanke, dass Sansa womöglich nicht mehr lebte, war mehr, als sie ertragen konnte.

»Sagt Isembard, dass ich ihn geliebt habe. Sagt ihm …« Sie wollte sagen, dass sie bedauerte, was sie getan hatte, aber das stimmte nicht. Sie empfand keine Reue. Ihr Herz war gebrochen.

»Wenn du einfach so verschwindest, haben sie gesiegt.«

»Gibt es irgendeinen Sieger in dieser elenden Welt?«

»Du hast dich schon einmal befreit, und du wirst es wieder tun.« Frodoi fasste sich allmählich. »Was ist, wenn deine Tochter noch lebt? Wir wissen es nicht, Drogo schon! Isembard wird dir helfen, sie zu finden!«

»Mir bleibt nur noch eines zu tun.« Rotel dachte nach. »Geht zum Lager zurück, Bischof. Es ist ein Unglück geschehen.«

Damit verschwand sie im dunklen Wald. Frodoi fühlte sich machtlos. Rotel hatte ihre Seele verloren; es gab keine Rettung mehr für sie.

Der Wind trug den Klang eines Horns und dann das Läuten der Glocken heran. Als er das Lager betrat, kam ihm Oriol entgegen. Er war erleichtert, aber er hatte schlechte Neuigkeiten.

»Otger von Girona ist bei der Jagd ums Leben gekommen. Er hat sich bei der Verfolgung eines Rehs von den anderen entfernt, ist in ein Vipernnest getreten und wurde gebissen. Seine Gesundheit war nicht stark genug, dem Gift standzuhalten.«

Frodoi taumelte. Sein Hauptmann musste ihn stützen.

»Geht es Euch gut?«

»Zuerst Urgell und Cerdaña, jetzt Girona ...« Nach Luft ringend, blickte er in die Ferne. Rotel war irgendwo da draußen. »Wenn Bernhard Graf der gesamten Spanischen Mark wird, besitzt er eine nie zuvor gesehene Macht in Gothien!«

»Ein Königreich.«

»Servusdei soll zu mir kommen!«

»Er ist bereits in Eurem Zelt, Herr Bischof.«

Frodoi ging nachdenklich weiter. Der Mönch war Rechtsexperte und er selbst die einzige Stimme, die sich bei der Versammlung Gehör verschaffen konnte, um Schlimmeres zu verhindern. Von ferne beobachtete Bernhard mit seinen Männern den Bischof und spuckte verächtlich aus.

»Tu es endlich, Astorius! Jetzt!«, brüllte er den Vizegrafen an. »Die Bestiarin hat versagt, also müssen wir ihn uns selbst vornehmen.«

49

Nach Otgers Tod wurde die Versammlung für drei Tage unterbrochen. Der Graf von Girona war ein treuer Vasall Karls des Kahlen gewesen, auch wenn das Schicksal des alten Goten und seines kleinen Grenzgebiets den meisten fränkischen Adligen gleichgültig war. Bei der Totenwache forderte der König Ermesenda auf, neben ihm und Erzbischof Hinkmar von Reims zu sitzen. Sie kannten sich von früher, plauderten über alte Zeiten und berieten, mit welchen heiratsfähigen jungen Mädchen sich ihre Söhne verloben könnten. Die Gräfin wollte zurückhaben, was ihnen als Enkeln Bellos von Carcassonne zustand. Auch Isembard vergaß sie nicht und erinnerte den König an den jungen Tenes, der die Spanische Mark gegen Wali Mussa verteidigt hatte. Er verdiente eine gute Frau aus bestem Hause. Karl hörte aufmerksam zu und versprach, darüber nachzudenken.

Isembard war zumeist in Begleitung von Oriol. Er lernte zahlreiche Adlige kennen, die ihm vorschlugen, am Abschlussturnier teilzunehmen, doch er hatte Zweifel. Als die Versammlung zur letzten Zusammenkunft in die Burg zurückkehrte, flüsterte ihm eine Zofe eine Botschaft zu: Richildis, die Tochter Bovins von Vienne, wolle, dass er für sie kämpfe, und erwarte ihn am Abend in ihrem Zelt. Der Vorschlag verwirrte ihn. Es war allgemein bekannt, dass sie sich in Servais für ihn interessiert hatte und dass sie nach wie vor nicht verheiratet war, doch es hieß, der mächtige Bernhard von Gothien sei der aussichtsreichste Kandidat.

Isembard fragte sich, ob er die Einladung annehmen musste, und dachte an Elisia. Sie hätte ihn sicher dazu gedrängt und versucht, sich ihren Kummer darüber nicht anmerken zu lassen. Jeder Mann an seiner Stelle wäre Richildis erlegen, aber

Isembard war überzeugt, dass er gegen den Markgrafen keine Chance hatte. Sie will mich nur überreden, um mich erneut kämpfen zu sehen, sagte er sich.

Auf dem Weg zur Versammlung begegnete er Frodoi. Der Bischof hatte sein prächtiges Zelt kaum verlassen, wo er mit Servusdei alte Chroniken und gotische und fränkische Rechtsschriften wälzte. Seine Augen blitzten entschlossen, als er ihn begrüßte.

»Wollt Ihr Euch zu Wort melden, Bischof?«

»Ich hoffe, dass ich Gelegenheit dazu bekomme.«

»Angeblich wird es heute nicht mehr um kirchliche Fragen gehen«, bemerkte Isembard.

»Heute geht es um weltliche Dinge.«

»Die Euch mehr zusagen.«

Frodoi lachte.

»Bete für mich, Isembard von Tenes, und für die Spanische Mark.«

Als der Kämmerer die Glocke läutete, verstummten die Gespräche, und alle nahmen ihre Plätze ein. Nachdem sie für die Seele Otgers von Girona gebetet hatten, wurde das weitere Vorgehen bei der Verteidigung gegen die Normannen diskutiert. Niemand war bereit, einen derartigen Verlust an Männern und finanziellen Mitteln auf sich zu nehmen, wie der König es wünschte, deshalb lenkte Karl ein und trennte sich zugunsten des habgierigen Adels von lehnspflichtigen Ländereien im eroberten Teil Lotharingiens.

Bernhard von Gothien, der als Markgraf einen Ehrenplatz einnahm, wartete nervös ab. Sobald man ihn zum Herrn über die verwaisten Grafschaften der Spanischen Mark ernannt hatte, würde er Richildis das Königreich bieten können, das sie verlangte. Alles war nach Plan verlaufen und mit den Beratern des Königs abgesprochen. Es musste nur noch die Ernennungsurkunde verlesen und mit dem königlichen Siegel versehen werden. Bernhard dachte an das demütigende Lächeln der jungen Bosonidin während der Vorführung der Spielleute. Das würde er ihr schon austreiben, sobald sie ihm untertan war. Dieser Gedanke erregte ihn, aber es war jetzt nicht der richtige Moment, um sich ablenken zu lassen.

»Was die Grafschaften Urgell, Cerdaña und nun leider auch Girona betrifft, so benötigen diese in Anbetracht der instabilen Lage einen starken Mann, welcher der Krone treu ergeben ist …«

König Karl hörte die Rede von Bernhard von Gothiens Fürsprecher aufmerksam an und wandte sich dann an seine Berater. Als Frodoi diese nicken sah, erhob er sich auf der Tribüne der Bischöfe und Äbte.

»Ich bitte um Erlaubnis, mich an die Versammlung und den König zu wenden, dem Gott noch viele Jahre schenken möge.«

Die Adligen rutschten gespannt auf ihren Plätzen hin und her; die unerwarteten Einlassungen des Bischofs von Barcelona begannen zur Gewohnheit zu werden. Der König wollte abwehren, doch Hinkmar bemerkte Frodois Beunruhigung und bat darum, ihm das Wort zu erteilen. Der Bischof trat vor den Thron.

»Seit der hochverehrte Wilhelm von Aquitanien, Graf von Toulouse, und der edle Berà den Sarazenen die westgotische Provinz Septimanien entrissen, ist vieles, zumeist Dramatisches, geschehen. Doch wenn wir auf die Geschichte zurückblicken, stellen wir zwei entscheidende Dinge fest: Zum einen hatte dieses große Gebiet nie nur einen einzigen Herrscher. Kaiser Karl der Große verstand in seiner Weisheit, dass ein Leben zerbrechlich ist. Ein Kopf ist schnell gefallen, mehrere nicht.« Frodoi ließ seine Stimme von der Kuppel des Saals widerhallen.

»Die Grafschaften Ampurias und Pallars haben jeweils einen eigenen Grafen«, entgegnete Hinkmar.

»So ist es. Aber ich frage mich, wann auch sie dieser unheilvollen Reihe von Unglücksfällen zum Opfer fallen werden …«

Die Teilnehmer der Versammlung wurden unruhig, darunter auch der Graf von Pallars selbst, Bernhard II. von Toulouse. Frodoi fuhr fort: »Zum anderen lohnt es, einen Blick auf die Lebensgeschichte der Männer zu werfen, welche die Geschicke der Spanischen Mark lenkten. Ich will hier nicht ins Detail gehen. Mein treuer Diener Servusdei hat eine vollständige Chronik verfasst. Aus ihr geht hervor, dass der gotische Adel immer treu zum König stand; hingegen waren es stets Franken, die sich gegen Euren Vater und später gegen Euch erhoben. Ihr erinnert Euch gewiss.«

Es gab lautstarke Proteste. Drogo, der ganz hinten stand, verfluchte sich dafür, dass er Frodoi nicht den Schädel mit der Axt gespalten hatte, als er die Gelegenheit dazu hatte. Er verfluchte auch Rotel, die nicht wieder in ihrem Zelt erschienen war. Bernhard von Gothien versuchte Hinkmars Aufmerksamkeit auf sich zu lenken, um ihn aufzufordern, Frodoi zum Schweigen zu bringen, doch der Erzbischof von Reims war ganz in die Diskussion vertieft.

»Ich bin Franke«, fuhr Frodoi fort, »aber ich stehe einer Diözese vor, in der auch Goten und Angehörige anderer Völker leben. Sie lieben und beschützen ihr Land, ohne je zu vergessen, wem sie das verdanken: dem König der Franken!«

»Ihr irrt, Frodoi«, unterbrach ihn Hinkmar, um den kühnen Bischof auf die Probe zu stellen. »Der erste Graf von Barcelona, Berà, ein Gote, wurde vor fünfzig Jahren wegen Verrats des Landes verwiesen.«

Frodoi lächelte. Servusdei hatte ihn gut vorbereitet.

»So ist es, Herr Erzbischof. Damals waren erst zwei Jahrzehnte seit der Rückeroberung der Region von den Sarazenen vergangen, kurze Phasen der Ruhe wechselten mit zahlreichen Kriegen ab. Barcelona stand vor dem Ende, und Graf Berà wollte gegen den Willen gewisser Adliger, die auf mehr Land aus waren, den Frieden. Hinter ihrem Rücken handelte er Friedensverträge aus, woraufhin sie ihn bezichtigten, ein Sarazenenfreund zu sein. Im Jahr 820 kam es zur Klärung der Frage zu einem Gerichtskampf in der Königspfalz zu Aachen. Der bereits betagte Berà verlor gegen den jungen Sanila, den Vertreter der Ankläger, und akzeptierte die Verbannung. Der eigentliche Anführer des blutigen Aufstands war sein Sohn, der sich über die Ungerechtigkeit empörte, die man seinem Vater angetan hatte, doch er war niemals Graf.«

Als die allgemeine Unruhe sich wieder legte, fuhr der Bischof fort: »Denkt hingegen an die Franken Bernhard von Septimanien und seinen Sohn Wilhelm, der den Sarazenen die Tore Barcelonas öffnete, oder an Graf Humfried. Sie alle erhoben sich gegen Euch!« Er deutete entschieden auf den König. »Sie haben auf die königlichen Hoheitsrechte gespuckt! Ich möchte nun vorschlagen, die Söhne des letzten gotischen Grafen, der aus Treue zur fränkischen Krone starb, zu Grafen zu ernennen. Ich beteuere bei meinem heiligen Amt und bei Gott, dass Wilfried und Miro, die Söhne Sunifreds und Ermesendas von Urgell, darauf vorbereitet sind, in Zeiten des Friedens und des Krieges zu regieren. Sie kennen das Land und werden Euch, König Karl, vorbehaltlos die Treue schwören, wie es ihr Vater und ihr Großvater Bello von Carcassonne bei Euren Vorgängern taten.«

Im Saal wurden Rufe laut. Alle erinnerten sich an die Posse der Spielleute. Die Belloniden hatten den Wali von Lleida besiegt und die Spanische Mark und damit die Außengrenze des Reichs gesichert. Der König zog sich zur Beratung zurück, alle im Saal wussten, dass er vor einer heiklen Entscheidung stand. Frodoi atmete tief durch und faltete die Hände, damit man nicht sah, wie sie zitterten. Ermesenda, die neben ihren angespannt wirkenden Söhnen saß, weinte vor Rührung. Mit einem Blick bat er sie um Selbstbeherrschung. Ihre Zukunft hing am seidenen Faden. Bernhard warf Frodoi einen wutentbrannten Blick zu und schüttelte den Kopf. Das würde er ihm niemals verzeihen.

Der König rief den Grafen von Carcassonne zu sich, Oliba II., den er besonders schätzte. Er war ein Cousin Wilfrieds und Miros sowie Sunyers II., Graf von Ampurias, und sie alle waren Enkel des großen Bello von Carcassonne. Das Wiedererstarken der Linie Sunifreds gefiel den bellonidischen Verwandten sehr. Das hatte Frodoi vorausgesehen.

Fast eine Stunde später nahm der König wieder auf dem Thron Platz und bat mit ernster Miene um Ruhe. Einerseits musste er verhindern, dass der Adel so viel Macht auf sich vereinte, dass er zur Gefahr für die Krone wurde; andererseits konnte er den Mann, den er selbst zum Markgrafen von Gothien ernannt hatte, nicht derart brüskieren.

»Nach reiflicher Überlegung und geleitet vom Heiligen Geist, ernennen wir Bernhard von Gothien zum Grafen von Girona.« Nach einer Reihe von Jubelrufen fuhr er fort. »Ferner ernennen wir Wilfried zum Grafen von Urgell und Cerdaña und Miro zum Grafen des Gebiets Conflent.«

Diese Entscheidung hatte weitreichende Folgen. Die bellonidische Linie Sunifreds kehrte auf die politische Bühne des zerfallenden Fränkischen Reiches zurück – mit zwei armen, schwer gebeutelten Grafschaften zwar, aber es war ein Anfang. Im allgemeinen Jubel trat Hinkmar von Reims zu Frodoi.

»Und wieder habt Ihr den Lauf der Geschichte geändert, Bischof.«

Der so Angesprochene wusste nicht, ob das als Lob oder als Vorwurf gemeint war, aber innerlich frohlockte er.

Als die bewegte Versammlung zu Ende war, ging Bernhard schweigend hinaus. Drogo und die übrigen Begleiter wagten nichts zu sagen. Auf dem Platz blieb er stehen und lächelte hintersinnig.

»Das war ein schlauer Schachzug von Frodoi, aber er hat mir lediglich zwei bettelarme Grafschaften abgenommen. Ich hingegen habe Girona gewonnen. Diese Belloniden sind ein Nichts.« Er wandte sich an seinen Schreiber. »Sende eine

Nachricht an Richildis' Vater; ich will die Verlobung, noch heute Abend. Ich habe alles erfüllt, was das Bündnis von mir verlangt hat; nun ist es an der Zeit, dass die Bosoniden sich für meine Mühen erkenntlich zeigen.«

Einer der Männer hatte gesehen, wie Richildis' Zofe mit Isembard gesprochen hatte, sagte aber nichts. Noch eine weitere Demütigung, und es würde zum Blutbad kommen.

»Und der Bischof?«, fragte Drogo, der noch immer auf Rotel fluchte. »Weder Onyx noch seine Schülerin haben jemals versagt. Es muss etwas vorgefallen sein.«

»Irgendwie werden wir Frodoi schon loswerden«, erwiderte Bernhard.

Am Nachmittag nahm Frodoi die Einladung Hinkmars von Reims an, einen Ausritt durch die idyllische Landschaft rund um Attigny zu unternehmen. Frodoi beichtete dem Erzbischof, was in der Schlacht von Osona geschehen war, äußerte seinen Verdacht hinsichtlich des Todes Graf Salomons von Urgell sowie seine feste Überzeugung, dass sowohl Königin Irmentrud wie auch Graf Otger von Girona durch die Hand eines von Drogo beauftragten Mörders ums Leben gekommen seien. Allerdings habe er keine Beweise, setzte er hinzu. Der Erzbischof, der aufmerksam zuhörte, wirkte nicht überrascht, sondern lediglich besorgt.

»Ihr seid nie in der Spanischen Mark gewesen, Hinkmar. Man kann tagelang unterwegs sein, ohne jemandem zu begegnen. In Urgell hausen die Leute mit einer Handvoll Ziegen in den Bergen, während die fruchtbaren Ebenen seit fünfzig Jahren brach liegen. Die Grenzregion muss wieder besiedelt werden; nur so lässt sich die christliche Herrschaft stabilisieren und weiter ausdehnen. Bernhard von Gothien interessiert sich nicht für die Lage des einfachen Volks.«

»Und du hast eigenmächtig eine Entscheidung getroffen«, gab der Erzbischof bissig zurück.

»Die Kirche braucht Frieden, um zu wachsen. Sie muss Land erwerben und sich ausbreiten.«

»Ich vertraue dir, Frodoi. Beinahe hätte ich dich für das Amt des Grafen von Urgell vorgeschlagen. Es gibt viele Bischöfe und Äbte, die an der Spitze von Grafschaften stehen.«

»Ich ziehe es vor, geistlicher Hirte zu sein.«

»Du ziehst es vor, im Hintergrund die Fäden zu ziehen.«

»Ich verhehle nicht, dass mich weltliche Fragen beschäftigen. Wenn die Grafschaft Barcelona gedeiht, gedeiht auch das Bistum. Ihr müsstet die Bischofsaula sehen; sie ist beeindruckend, wie die in Reims, und auch die Erweiterung der Kathedrale wird bald abgeschlossen sein. In zahlreichen Gemeinden wird inzwischen die lateinische Messe gelesen. Es ist mir gelungen, viele Kirchen und Klöster des Adels unter Kontrolle zu bringen, und ich habe durchgesetzt, dass die dortigen Priester eine religiöse Ausbildung an der Diözesanschule erhalten. Servusdei ist sehr streng darin, zu verhindern, dass sogar Nüsse und Milch geweiht werden. Das ist die Kirche, die wir wollen, und wenn ich noch das Problem mit dem mozarabischen Ritus löse, habe ich meinen Auftrag erfüllt.«

Nachdem sie eine ganze Weile geschwiegen hatten, erreichten sie eine Anhöhe, von der aus man einen weiten Blick über Wiesen und Weiden hatte. Frodoi atmete tief durch. Er vermisste die grüne Landschaft, in der er aufgewachsen war.

»Du wurdest auf Betreiben gewisser Feinde deines Vaters nach Barcelona geschickt.«

»Und Ihr habt nichts getan, um es zu verhindern.«

»Es war so ein Gefühl, Frodoi. Sie wollten einen möglichen Rivalen loswerden, aber als ich dich damals in der Bischofsaula sah und die Entschlossenheit in deinem Blick bemerkte, ahnte ich, dass Gott andere, größere Pläne hatte. Und ich habe mich nicht geirrt. Jetzt bist du bereit.«

»Bereit wofür?«, fragte Frodoi und dachte sofort an einen Aufstieg in der Kirchenhierarchie.

»Ich habe hier etwas für dich.« Hinkmar reichte ihm eine versiegelte Schriftrolle.

Die Anerkennung erfüllte ihn mit Stolz, aber Barcelona war zu seinem persönlichen Auftrag geworden. Er dachte an Goda. Wenn er die Stadt verließ, würde er sie verlieren. Sie würde niemals dort weggehen.

»Lies.«

Frodoi erbrach das Siegel und suchte in dem Text nach seiner Ernennung. Doch dann wich die Farbe aus seinen Wangen.

»Das ist eine Exkommunikationsurkunde«, murmelte er.

»So ist es. Wegen Konkubinats im Bischofsamt. Während der Trauerfeier für Graf Otger hatte ich eine interessante Unterhaltung mit Vizegraf Astorius. Er hat dich aus dem Palast dieser Frau, Goda von Barcelona, kommen gesehen. Ich habe dir gesagt, du sollst die Finger von ihr lassen!« Hinkmars Blick war zum Horizont gerichtet. »Es fehlt nur noch meine Unterschrift, um sie zum Papst zu schicken.«

In seiner Angst war Frodoi nicht in der Lage, sich zu rechtfertigen. Die Urkunde zitterte in seinen Händen. Nach der schlimmsten Erfahrung seines Lebens hatten Godas Küsse ihm seine Kraft und Zuversicht zurückgebracht. Er sagte nichts. Nicht noch einmal wollte er diese Scham und den leeren Blick seiner Geliebten ertragen müssen. Diesmal würde er sein Schicksal annehmen und zu seiner Sünde stehen.

Hinkmar wartete schweigend, ohne ihm Vorwürfe zu machen oder Forderungen zu stellen. Da erschien Gräfin Ermesenda mit einer Wache des Erzbischofs am Waldrand.

»Was hat das zu bedeuten?«, fragte Frodoi tonlos.

»Ich sagte vorhin, du seist bereit«, sagte Hinkmar schließlich. »Bereit, das größte und gefährlichste Geheimnis des Landes zu erfahren. Noch kannst du gehen, Frodoi. Du bist ein Angehöriger des Hauses Rairan, und es wird dir an nichts fehlen. Doch wenn du dich entschließt, uns anzuhören, und ich die Exkommunikationsurkunde zerreiße, leistest du damit einen Treuschwur bis in den Tod, denn Gräfin Ermesenda hat um Gnade für dich gebeten.«

»Ich bin schwach und ein Sünder, ich gebe es zu, aber ich gehöre der Kirche.«

»Das ist leicht gesagt, aber wenn du allein unter Wölfen bist, könnte dieser Schwur dir ein erbärmliches Ende bringen. Und vielleicht bin ich dann nicht da, um dich zu halten.«

Frodoi fasste sich wieder. Er hatte alles für diese Sache gegeben und würde auch jetzt nicht weichen.

»Ihr habt meinen Schwur vor Gott. Sprecht, Erzbischof«, sagte er bestimmt.

Ermesenda sah Hinkmar an und nickte.

»Wir vermuten, dass die Bosoniden gemeinsam mit weiteren Adligen, darunter Bernhard von Gothien und Bernard Plantevelue, eine Verschwörung planen.«

Frodoi schloss bestürzt die Augen, hier hatte er die Antwort auf seine Befürchtungen. Ihm kamen Drogos Worte in der Schlacht von Osona in den Sinn. Er hatte nur Bruchstücke eines viel größeren Plans gesehen – die Probleme begannen gerade erst.

»Sie wollen den mächtigen Welfen Hugo Abbas, Markgraf von Neustrien, auf ihre Seite ziehen.«

»Gemeinsam beherrschen sie einen großen Teil des Landes. Wollen sie Karl stürzen?«

»Nein. Meine Informanten behaupten, dass ihre Ziele viel weiter reichen«, erklärte der Erzbischof von Reims. »Sie wollen das Antlitz der Erde verändern und aus dem Frankenreich einen Flickenteppich unabhängiger Länder machen, in denen sie als Könige regieren.«

»Das werden die Karolinger nicht zulassen.«

»Hier geht es nicht um einen schlichten Aufstand von einigen Umstürzlern. Es ist ein wohldurchdachter, geheimer Plan. Boso wird die Nähe des Königs suchen und sein Vertrauen erschleichen, um mehr Macht anzuhäufen; die Übrigen versuchen, ihre Territorien zu vergrößern, wie es Bernhard von Gothien bereits gelungen ist. Es werden Jahre vergehen, bis sie ihr Ziel erreicht haben, aber wenn es so weit ist, wird aus dem Westen des Frankenreiches ein Gespinst unabhängiger, verfeindeter Königreiche geworden sein.«

»Es werden chaotische Zustände herrschen wie in der Zeit vor Karl dem Großen und den Merowingern«, sagte Ermesenda leise. »Es wird endlose Kriege geben, Hunger, Seuchen und Finsternis. In ihrem Machthunger sehen diese Adligen nicht, dass die Normannen, die Sarazenen und die Slawen die christliche Welt bedrohen. Es wäre das Ende.«

Man erzählte sich furchtbare Geschichten aus den Jahrhunderten nach dem Niedergang des Römischen Reiches, als es keinen starken Mann mehr gab, der die Ambitionen Einzelner in Schach hielt.

»Ich verstehe: Markgraf Bernhard will die Herrschaft über ganz Gothien, von der Rhone bis zu den Grafschaften der Spanischen Mark«, schloss Frodoi. »Aber weshalb habt Ihr mich ins Vertrauen gezogen? Was kann ein einfacher Bischof von der äußersten Grenze des Reichs gegen diese mächtige Allianz ausrichten?«

»Wir brauchen deine Klugheit, Frodoi. Ich befürchte, dass die Bosoniden und ihre Verbündeten Erfolg haben und selbst die Treuesten den Glauben verlieren werden. Sollte sich das tatsächlich bewahrheiten, komme ich auf dein heutiges Versprechen zurück, dass du alles unternimmst, um das zu verhindern. Ermesenda vertraut auf dich, und ich auch. Wir hoffen, dass sich uns weitere Adlige und Bischöfe anschließen.«

»Habt Ihr dem König Eure Befürchtungen mitgeteilt?«

»Er fühlt sich unantastbar und glaubt noch immer, dass der Treueschwur auf die Krone irgendeinen Wert besitzt, dabei wäre er selbst der Erste, ihn zu brechen.«

Frodoi reichte ihm die Exkommunikationsurkunde.

»Verbrennt sie, Erzbischof. Solange ich Bischof von Barcelona bin, wird mein Bistum treu zur Krone und zu den Werten des Reichs stehen. Wir werden die Verschwörung vereiteln.«

Hinkmar zerriss das Schriftstück vor seinen Augen.

»Gott hat einen Plan mit dir, Frodoi. Ich hoffe, du kannst Seinen Willen verstehen. Vielleicht wird eines Tages alles von deinem weltvergessenen Barcelona abhängen.«

Müde gab der Erzbischof von Reims seinem Pferd die Sporen und ritt davon. Frodoi und Ermesenda sahen sich düster an. Dann sagte die Gräfin leise: »Denkt immer daran, dass ich mich für Euch eingesetzt habe. Wacht über die Rechte meiner Söhne, was auch immer geschehen mag. Wenn die Spanische Mark unabhängig wird, soll es meine Familie sein, die sie regiert. Ihr bleibt an der Spitze des Bistums, um es zum Erzbistum zu machen und Euch von Narbonne zu lösen.«

Die Gräfin ließ Frodoi bestürzt zurück. Ermesenda sah den Zerfall des Reiches als unvermeidlich an und dachte bereits an ein eigenes bellonidisches Königreich. Die Verschwörung der Bosoniden und ihrer Verbündeten war nur die sichtbare Seite dessen, was die meisten Grundherren empfanden. Die Lage war ernster, als Hinkmar von Reims zugab, aber Frodoi hatte einen Schwur geleistet und würde ihn erfüllen.

Am Abend verließ ein vermummter Reiter das Lager bei Attigny und galoppierte in nördliche Richtung zu einem verfallenen Kloster. Als die Nacht ihre Schatten auf die alten Mauern senkte, stieg er von seinem Pferd. Es war ein finsterer, trostloser Ort, von der Welt vergessen.

Richildis nahm die Kapuze ab und betrachtete die Ruinen mit leuchtenden Augen. Das war der Ort, den man ihr genannt hatte. Der Moment war gekommen.

Die junge Frau ging vorsichtig zwischen den bemoosten Grabsteinen hindurch zu den Überresten der Kirche. Zwei in den Boden gesteckte Fackeln zeigten ihr, dass sie dort richtig war. Das Gotteshaus war entweiht, der zerborstene Altar von Talgkerzen umgeben. Sie hatte das Gefühl, als würde sie aus der Dunkelheit jenseits der zerstörten Mauern beobachtet.

Während sie durch das hohe Gras ging, streifte sie den Umhang und die Tunika ab und legte sich nackt auf den Altar. Die leeren Augen einer verstümmelten Christusfigur starrten auf ihren schlanken, zarten Körper herab, den begehrtesten im ganzen Königreich.

Schatten lösten sich aus der Dunkelheit und kamen näher. Richildis sah vorsichtig zu ihnen herüber, und es gruselte sie. Sie waren genauso abstoßend, wie sie sie sich vorgestellt hatte: sieben alte Frauen in zerlumpten schwarzen Kleidern und mit verschleierten Gesichtern. Die ganze Szene war grauenerregend, aber Richildis bezähmte ihre Angst. Der alte Kult existierte tatsächlich. Seine Furcht einflößenden Zauberinnen waren nahezu verschwunden, doch ein obskurer Priester hatte ihr von einer Gemeinschaft namens »Die sieben Witwen« erzählt und versichert, diese Frauen hätten große Macht. Gegen das Versprechen, ihn vor den Tribunalen der Kirche zu schützen, die heidnische Praktiken erbittert verfolgten, hatte er sie hierher bestellt. Niemand aus ihrer Familie wusste davon, doch im entscheidendsten Moment ihres Lebens brauchte sie alle nur erdenkliche Hilfe, selbst wenn sie damit ihre machtgierige Seele in Gefahr brachte.

»Was wünscht Ihr, Richildis?«

»Alles.«

»Ihr besitzt außergewöhnliche Schönheit und adliges Blut.«

»Aber ich will Macht!«

»Die alten Götter unseres Volkes sind unbarmherzig. Sie würden nicht für die Menschen am Kreuz sterben wie dieser Christus. Wenn du um etwas bittest, musst du etwas noch Wertvolleres bieten.«

Richildis hätte am liebsten gebrüllt, dass sie endlich mit dem Ritual beginnen sollten, aber sie beherrschte sich und wiederholte, was der geheimnisvolle Priester ihr aufgetragen hatte: »Ich will ihnen bis in alle Ewigkeit gehören. Heute Nacht habe ich etwas Wichtiges zu erledigen und brauche ihre Macht.«

»Deshalb hast du uns gerufen.«

Die alten Frauen näherten sich dem Altar. Eine zerrte einen schwarzen Ziegenbock hinter sich her, der ängstlich blökte.

Richildis trank eine bittere Mixtur, die ihr den Magen umdrehte, und legte sich wieder hin. Unter Gesängen schnitten die Sieben Witwen dem Tier die Kehle durch, fingen das Blut in einem menschlichen Schädel auf und mischten es mit einer fettigen Paste. Dann strichen sie die dunkle Flüssigkeit auf den Körper der jungen Adligen. Ihr graute vor diesen knochigen Händen mit den schmutzigen Nägeln, die sie schamlos berührten, aber sie war benommen von dem Trank, und die Wirklichkeit verschwamm, während ihre Haut zu kribbeln begann. Die alten Frauen verwandelten sich in schöne Jünglinge und Mädchen im Liebesspiel, und sie gab sich ganz ihren wollüstigen Fingern hin, um sich mit Leib und Seele darzubieten. Als sie vor Verzückung aufstöhnte, gossen die Frauen das restliche Opferblut über sie.

»Der Gehörnte Gott nehme das Weib und erhalte seine Macht.«

Richildis schrie wie von Sinnen, und die alten Frauen stimmten ein. Es war ein obszöner Schrei, der aus der entweihten Kirche in die Nacht aufstieg. In der Ferne bekreuzigten sich die Bauern ängstlich. Das Licht Christi reichte noch nicht überallhin.

Als das Ritual zu Ende war, erhob sich Richildis mühsam. Ihr Verstand war getrübt, aber sie war euphorisch und gewiss, Großes zu erreichen.

»Jetzt müsst Ihr zahlen, junge Dame«, raunte eine der Frauen.

Richildis wich ihrem Blick aus; sie fürchtete, von ihrem unheilvollen Einfluss gebannt zu werden.

»Ich habe euch Schutz vor Verfolgung versprochen. Was noch, alte Frau?«

»Es gibt da im Feldlager ein junges Mädchen mit blondem Haar und finsterer Seele. Sie kommt von weither, aber von ihr geht eine außergewöhnliche Kraft aus. Sie ist wie wir …«

Die junge Adlige dachte an Drogos Auftragsmörderin, die ihnen gute Dienste geleistet hatte.

»Ihr Name ist Rotel von Tenes. Sie ist eine Bestiarin.«

»Ihr Schmerz erschüttert das Universum. Sie plant Rache, und sie wird in dieser Nacht sterben.«

Die überraschte Richildis wagte nichts zu sagen.

»Ihr werdet das verhindern, junge Dame«, fuhr die Alte fort. »Wir wollen sie in unser altes Wissen und unsere Tradition einweihen. Sie wird unsere Erinnerungen vor diesem Gott bewahren, der sich ans Kreuz schlagen ließ, und vor seinen habgierigen Kirchenmännern.«

»Niemand weiß, wo sie ist.«

»Eure Männer sollen das Lager überwachen. Sie wird dort sein, denn es wird etwas geschehen. Packt sie, wenn es so weit ist, dann sehen wir uns wieder. Kann sein, dass es auch Euch zugutekommt, wenn Ihr sie beschützt. Heute habt Ihr für die erste Stufe bezahlt, aber Ihr werdet immer mehr wollen, bis die Habgier Eure Seele zerfrisst, die genauso schwarz und verdorben ist wie unsere.«

Richildis sah die Frauen abschätzig an. Sie brauchte keine Ratschläge von diesen alten Hexen, sie hatte, was sie wollte. Schweigend zog sie sich an; es blieb nicht mehr viel Zeit.

»Bis das geschieht, werden viele Jahre vergehen, alte Vettel. Das wirst du nicht mehr erleben …«

Als sie merkte, dass sie allein war, verstummte sie. Sie hatte nicht gehört, wie die Frauen gingen, und erschrak. Sie musste vorsichtig sein mit diesen finsteren Bündnissen, die sie hinter dem Rücken ihrer Familie schmiedete, aber sie tat es zum höheren Ruhm der Bosoniden.

50

Am Abend wurden in Attigny die üblichen Empfänge und Tänze zum Abschluss der Reichsversammlung gegeben. Neue Verbindungen und uneheliche Kinder würden bei dieser fröhlichen Feier entstehen. Alle sprachen über die geplante Hochzeit Bernhards von Gothien mit Richildis, die zur Enttäuschung zahlreicher heiratswilliger Mädchen an diesem Abend zwischen den Bosoniden und den Rorgoniden vereinbart werden sollte. Isembard beschloss, dennoch der Einladung in Richildis' Zelt nachzukommen. Er würde ihr lediglich gratulieren und ihr mitteilen, dass er sich nicht für das Turnier angemeldet hatte.

Das prächtige Zelt war aus gelb-blau gestreiftem Stoff, den Farben der Bosoniden. Es stand in der Nähe des königlichen Zeltes, da die Bosoniden zu den *Primores* gehörten, die mehr als hundert Reiter in eine Schlacht schicken konnten.

Das Innere war mit Fellen ausgelegt und mit Truhen, Schemeln und Divanen möbliert. Richildis empfing ihn in einer goldbestickten Tunika aus blauer Seide. Das rotblonde Haar fiel offen über ihre Schultern, und ihre katzenhafte Anmut verwirrte ihn. Sie sah betörender aus denn je, nahezu überirdisch schön.

Sie lächelte ihn verführerisch an und reichte ihm ein Glas Wein.

»Da seid Ihr ja, Isembard.«

Ihr Ton verhieß eine Reise in die Welt der Sinne. Kein Mann im Vollbesitz seiner Kräfte könnte sich dem Zauber dieser jungen Frau entziehen, aber sich darauf einzulassen wäre gefährlich, denn Bernhard von Gothien war in der Nähe und würde schon bald um ihre Hand anhalten. Vielleicht hat sie mich deswegen eingeladen, mutmaßte Isembard, um heißblütig Abschied zu feiern. Sie las jeden seiner Gedanken und befeuerte sie mit einem zuckersüßen, herausfordernden Lächeln.

»Werte Dame, wir brechen morgen in aller Frühe auf. Ich werde nicht zum Turnier antreten können.«

»Wie bedauerlich. Ich hätte Euch gerne kämpfen gesehen.« Sie kam näher und betrachtete seine kräftigen Muskeln unter den Hemdsärmeln.

»Es freut mich, Euch wiederzusehen, Richildis.«

»Auch ich habe diese Begegnung herbeigesehnt, Isembard. In Servais konnten wir uns kaum kennenlernen.«

»Ich stehe außerdem in Eurer Schuld, meine Dame«, sagte er nervös, während ihn ihr Amberduft umfing. »Euer Tuch hat mir das Leben gerettet, aber ich habe es verloren.«

»Dann steht Ihr tatsächlich in meiner Schuld«, hauchte sie. »Ich werde darüber nachdenken, wie Ihr das vergelten könnt … Ich weiß, dass Ihr noch nicht vermählt seid. Sagt mir, Isembard, findet Ihr keine passende Frau?«

Ihre neckischen Worte wurden von gut einstudierten verführerischen Blicken begleitet. Sie war so bezaubernd schön, dass die Lust in Isembard erwachte. Die Belloniden, die Gräfin und auch Elisia hatten ihm nahegelegt, dass für seinen Aufstieg eine adlige Ehefrau vonnöten sei. Er konnte nicht glauben, dass Richildis sich ihm anbot, dem niedrigsten Ritter der ganzen Versammlung, der ihr nichts zu bieten hatte.

Er betrachtete die Rundung ihrer Brüste, sog den Duft ihres Parfüms ein. Sein Herz war weit weg, aber er war ein Mann und wollte sie berühren. Ihr Blick war eine einzige Versuchung. Isembard leerte sein Weinglas.

»Zurzeit gibt es keine. Vielleicht muss sie mich finden.«

Sie standen sich nun direkt gegenüber, ihre sinnlich geöffneten Lippen schrien nach einem Kuss.

»Vielleicht ist sie ganz in der Nähe, Ritter von Tenes …«

»Kann sein …« Isembard verlor jede Zurückhaltung. »Auch wenn sie sich für einen Markgrafen aufhebt.«

Richildis lächelte und fuhr sehnsüchtig mit den Fingern über seine Lippen.

»Glaubt Ihr wirklich, ich gebe mich mit einem Markgrafen zufrieden?«

Als sie ihn küsste, wurde Isembard von einer Woge der Lust erfasst, die ihm den Verstand raubte. Richildis wollte sich nicht mit Reden und abwägendem Schweigen aufhalten. Ihre Zunge schlüpfte begierig in Isembards Mund, während sie seinen Nacken streichelte. Er liebkoste durch den dünnen Stoff hindurch ihre Brüste, vollkommen in den Fängen der Begierde, die Richildis in ihm entfacht hatte. Sie stöhnte und ließ ihre Hand zu seiner Männlichkeit gleiten. Dann löste sie sich mit erhitzten Wangen von ihm.

»Ein echter Mann! Ich will es genauso sehr wie du, aber nicht heute.«

Sie zerriss ihr Kleid, und Isembard bewunderte atemlos ihren perfekten Körper und ihre weiche, reine Haut. Plötzlich wich Richildis scheinbar ängstlich zurück und begann zu schreien.

In diesem Moment wurde der Zelteingang zurückgeschlagen, und es erschien Richildis' Zofe, die ihm am Morgen die Botschaft überbracht hatte. Hinter ihr standen König Karl und vier Soldaten seiner Garde.

»Seht Ihr, Majestät?« Sie deutete empört auf Isembard. »Dieser Mann wollte meiner Herrin Gewalt antun. Mein Gott! Ihr versteht … Ich wusste nicht, an wen ich mich wenden sollte!«

Isembard war entsetzt. Richildis wich mit verängstigtem Gesichtsausdruck zurück, doch ihre Augen blitzten. Das Kleid noch immer geöffnet, lief sie dem König entgegen.

»Danke, mein Herr!«, hauchte sie mit geheuchelter Ehrerbietung. »Was für ein Glück, dass Ihr rechtzeitig erschienen seid!«

Karl konnte es nicht glauben. Richildis' Zofe war weinend in sein Zelt gestürzt, und nun hielt er die begehrenswerteste

Frau des Landes in den Armen. Er konnte den Blick nicht von ihren bebenden Brüsten wenden, der Amberduft ihrer Haut brachte ihn um den Verstand. An diesem Abend war sie sinnlicher und unwiderstehlicher denn je.

Plötzlich bekam der Vorfall für Isembard einen Sinn, und er fluchte leise. Die Bosonidin hatte ihn benutzt, um das Begehren des Königs zu wecken. Und nicht nur das.

»Nehmt ihn fest!«, brüllte der König, der wie von ihr verhext war. »Das wird Euch den Kopf kosten, Isembard von Tenes.«

»Herr, verschont sein Leben«, flehte Richildis. »Er hat meine Arglosigkeit ausgenutzt, um mir Gewalt anzutun, aber er ist ein tapferer Krieger. Er muss nur lernen, wo sein Platz ist.« Sie schenkte Isembard ein leidenschaftliches und zugleich geringschätziges Lächeln. »Er wäre ein großartiges Mitglied Eurer *Scara*. Wenn er Eurem Befehl untersteht, wird er mich respektieren.«

Karl war verwirrt. Richildis schmiegte sich noch fester an ihn und blickte sanft lächelnd zu ihm auf. Der König wagte es, sie um die schmale Taille zu fassen, während die Lust ihn übermannte.

»Lasst mich jetzt nicht allein«, bat Richildis, die genau merkte, was mit Karl los war. »Meine Familie ist bei den Feierlichkeiten, und ich habe Angst. Ich will nicht allein bleiben.«

Der verwitwete König verging schier vor Lust. Er begehrte sie, seit sie ein junges Mädchen war. Er war siebenundvierzig, Richildis fünfundzwanzig. Gott machte ihm ein kostbares Geschenk, das er nicht ausschlagen konnte. Er pries die Zofe, die in sein Zelt gekommen war, um ihn um Hilfe zu bitten.

»Kommt mit mir, edle Dame. Ich habe den besten Wein, der wird Euch beruhigen.« Er wandte sich an seine Männer. »Nehmt den da mit! Ich werde sehen, was ich mit ihm mache.«

Bernhard von Gothien sah mit glasigen Augen beim Tanz zu. Er achtete nicht auf die bittenden Blicke der jungen Mädchen, die mit ihm tanzen wollten. Die Antwort Bovins von Vienne und seiner Tochter Richildis ließ auf sich warten, und er hatte dem guten Burgunderwein reichlich zugesprochen. Er war wütend auf Hinkmar von Reims, weil dieser Frodoi nicht in die Schranken gewiesen hatte. Astorius hatte geplaudert, doch Frodoi schien unter dem Schutz des Erzbischofs und königlichen Beraters zu stehen. Bernhard kochte vor Wut, aber er musste vorsichtig sein, um nicht bei Karl in Ungnade zu fallen, denn der Prälat genoss großes Ansehen.

Sollte Frodoi doch nach Barcelona zurückkehren, in dieses heruntergekommene Nest. Wenn er, Bernhard, Richildis heiratete, würde er gemeinsam mit den mächtigen Bosoniden an Einfluss und Macht gewinnen, und irgendwann mussten der Bischof und die Belloniden für ihre Dreistigkeit zahlen. Auf ihn wartete ein ganzes Königreich.

Während er seinen finsteren Gedanken nachhing, hörte er in einem nahen Zelt eine Frau schreien und lief eilig dorthin.

»Richildis!«

Als er den Eingang zurückschlug, sah er seine begehrte Bosonidin in den Armen des Königs liegen. Richildis raffte in gespielter Schamhaftigkeit die zerrissene Tunika zusammen, doch darunter waren ihre nackten Beine und ein wenig rötliches Schamhaar zu erkennen. Ein Paradies, das ihm nun verwehrt zu bleiben schien.

»Das war von Anfang an der Plan, Markgraf.«

Hinter ihm stand Richildis' Bruder Boso und grinste siegesgewiss.

»Was geht hier vor?«, zischte er. Am liebsten hätte er ihn verprügelt.

»Richildis hat ein Königreich verdient, und Karl wird es ihr verschaffen.«

»Verflucht sollt Ihr sein!«

»Beruhigt Euch!« Bosos Augen funkelten. »Ihr habt die Angelegenheit mit der Königin erledigt, und nun beginnt unser Bündnis einen Sinn zu ergeben. Wenn ich erst der Schwager des Königs bin, zähle ich auf Euch. Uns erwartet Großes, Bernhard!«

Dieser starrte weiter in das Zelt. Ein perlendes Lachen deutete darauf hin, wie die Nacht für den verwitweten König weitergehen würde. Die erste von vielen.

»Wird sie Karls neue Gemahlin?«

»Richildis war immer unerreichbar für Euch, Markgraf. Ich wundere mich, dass Ihr das nicht früher erkannt habt. Ihr Ehrgeiz ist viel größer als unserer. Ihr werdet eine andere Frau finden, die Euch zufriedenstellt. Kommt mit. Lasst uns trinken und über die Zukunft sprechen. Gemeinsam schreiben wir ein großartigeres Heldenstück als diese Spielleute.«

Kurz vor dem Morgengrauen nahm Drogo ein metallisches Klirren in seinem Zelt wahr. Ihm brummte der Schädel vom Wein, und er fror. Er tastete über das fellbedeckte Lager, auf dem er eines der Freudenmädchen aus Attigny zu finden erwartete. Er erinnerte sich, dass er wütend gewesen war, als er erfahren hatte, dass Boso von Vienne Bernhard zum Trinken eingeladen hatte und er ausgeschlossen blieb. Aber er war nur ein kleiner Vasall des Markgrafen von Gothien.

Drogo spürte, dass die Kräfte ihn verlassen hatten, die Onyx einst aus dem fernen Dschungel mitbrachte. Immerhin war er am Leben und in der Nähe der Macht. Er hatte die Drecksarbeit erledigt, während sich diese Geier über die stinkenden Überreste des Kaiserreichs hermachten, doch als Lohn würde er Vizegraf von Barcelona werden. Und das war erst der Anfang, wenn die Verschwörung gelang.

Er nahm eine undeutliche Frauengestalt neben dem Kohlebecken wahr. Es musste die Hure sein.

»Komm her«, verlangte er mit rauer Stimme. »Es ist kalt.«

Die Gestalt rührte sich nicht. Sie trug den groben Kittel des Mädchens, aber etwas an ihr war anders. Sie war schlanker, und blondes Haar fiel ihr über die Schultern. Obwohl er zu viel getrunken hatte, vernahm er in seinem Kopf eine warnende Stimme.

»Hast du nicht gehört?«

Die Mädchen in Attigny waren eine Wucht, wenn er sich auch kaum an die Nacht erinnern konnte. Er wurde wütend, aber als er sich bewegen wollte, merkte er, dass er an Händen und Füßen gefesselt war. Irritiert kniff er die Augen zusammen und sah nun klarer.

Von dem Freudenmädchen war keine Spur zu sehen. Es war Rotel.

»Ich habe dem Mädchen zwei Pfund Silber, fünfzig Silbermünzen und sieben Goldmünzen gezahlt«, sagte sie ungerührt. »Alles, was du hattest. Sie kann sich einen Palast davon bauen.«

»Was? Du verfluchtes Miststück!«

Bevor er noch etwas sagen konnte, stürzte sich Rotel auf ihn und stopfte ihm ein mit Exkrementen beschmiertes Tuch in den Mund. Drogo würgte und musste das Erbrochene hinunterschlucken, um nicht zu ersticken. Seine Augen tränten, und seine Kehle brannte; er wollte schreien, aber es kam nur ein angsterfülltes, wütendes Krächzen heraus.

»Deine Männer haben noch mehr getrunken als du, Drogo. Lass sie schlafen; das hier ist eine Sache zwischen uns beiden … Wo ist meine Tochter Sansa? Lüg mich nicht an. Ich bekomme es heraus.«

Zwei goldene Skorpione liefen mit erhobenem Stachel über Drogos nackte Brust. Entsetzt riss er die Augen auf und begann zu schwitzen. Rotel nahm ihm den widerlichen Knebel ab, als er heftig den Kopf schüttelte.

»Es war ein Unfall. Die Amme hat die Kleine fallen lassen«, sagte er. Doch als er sah, dass Rotel einen weiteren Skorpion zu den anderen setzte, korrigierte er sich: »Es war einer meiner Männer! Das war so nicht vorgesehen, aber ich will sie dir ersetzen. Ich besorge dir ein anderes Mädchen in ihrem Alter. Oder einen Jungen, ganz, wie du willst.«

»Wie ist es geschehen? Weißt du das?«

Als der Mann schwieg, trommelte Rotel auf seine Brust, und einer der Skorpione stach zu. Der Schmerz breitete sich in Drogos Körper aus. Panik ergriff ihn.

»Angeblich ist sie mit der Schläfe gegen den Felsen gestoßen! Es tut mir leid …«

»Auf welcher Seite?«, fragte sie unbarmherzig. Sie zitterte vor Wut.

Drogo spürte etwas Warmes zwischen seinen Beinen. Er hatte ins Bett uriniert. Rotel deutete auf seine rechte Schläfe, und er nickte. Er verstand den Sinn dieses grauenvollen Verhörs nicht.

»Das wollte ich wissen«, murmelte sie, packte die Skorpione und ging.

Drogo glaubte, er wäre noch einmal davongekommen, und atmete erleichtert auf. Sobald er sich befreit hatte, würden seine Männer Jagd auf dieses Teufelsweib machen. Rotel blieb im Zelteingang stehen.

»Mein Geliebter Malik, meine Tochter Sansa, meine Lehrerin Ega … Wenn ich die Gewissheit hätte, dass ich sie im Jenseits wiedersehe, würde ich dir eigenhändig den Dolch reichen, damit du mich erstichst.« Sie wandte sich mit einem derart grausamen Lächeln zu Drogo um, dass ihm das Blut in den Adern gefror. Sie musste den Verstand verloren haben. »Aber durch deine Schuld wird meine Seele in der tiefsten Hölle schmoren, und ich werde sie nie wiedersehen! Also sehe ich lieber dich sterben, Drogo von Borr!«

Rotel war noch nicht fertig, sie spielte lediglich ein perverses Spiel mit ihm. Drogo wand sich vor Panik, als er sah, wie sie entschlossen wieder auf ihn zukam. Die junge Frau zerrte ihn an den Haaren hoch und drückte sein Gesicht mit der rechten Seite in das Becken mit der glühenden Kohle. Dieselbe Seite, auf die Sansa gefallen war. Er schrie, es stank nach verbranntem Fleisch. Rotel hielt ihn fest, bis sein Ohr nur noch eine unförmige schwarze Masse war.

Sie hätte noch ewig so stehen können, um jeden seiner Schreie und den Gestank auszukosten, aber sie hörte bereits die Rufe der Söldner, die sich dem Zelt näherten.

Als sie hereinkamen, bot sich ihnen ein Bild des Schreckens. Drogo lag ohnmächtig halb auf seinem Bett, halb auf dem Boden, die eine Hälfte seines Gesichts war nur noch eine unförmige Masse aus verkohltem Fleisch. An der Rückseite des Zelts war die Wand zerschnitten.

Während im Lager Alarm geschlagen wurde, lief eine Prostituierte in Richtung Wald davon. Rotel war in einer Hochstimmung, die sie selbst überraschte. Sie hatte ihre Rache nicht zu Ende bringen können, aber wenn Drogo das überlebte, war das schlimmer als der Tod. Unerbittlich würde sie ihn verfolgen, um ihm den Rest zu geben, und dann war der Markgraf von Gothien an der Reihe. Sie glaubte, Onyx' schallendes Gelächter zu hören. Der alte Bestiar hatte recht gehabt: Nichts war finsterer als ihre Seele.

Plötzlich war sie von sechs Männern umringt, die auf sie gewartet zu haben schienen. Rotel zischte wie eine Schlange. Sie hatte ihren Umhang nicht dabei, und ihre Schwerter waren zu nah.

»Komm mit, wenn du nicht willst, dass wir dich ausliefern«, sagte einer.

»Warum?«, stieß sie wütend hervor. »Wem dient ihr?«

»Jemandem, der mächtig genug ist, dass man deine Verbrechen vergisst und du von vorne anfangen kannst.« Die Männer waren nervös, diese zarte Frau hatte etwas Unheimliches an sich. »Wenn du dein Leben retten willst, ist das deine letzte Gelegenheit.«

Rotel wusste, dass sie in der Falle saß. Hunderte Soldaten durchkämmten das Lager und seine Umgebung. Der König würde nicht hinnehmen, dass ein derartiges Verbrechen bei der Reichsversammlung ungesühnt blieb. Sie fluchte leise und hob die Arme. Sie durfte nicht auf dem Schafott sterben; ihre Rache war noch nicht vollendet.

Vierter Teil

Die Ritter der Mark

Das Jahr 875

Das Schicksal war König Karl dem Kahlen gewogen. Nach der Reichsversammlung von Attigny im Juni 870 traf er sich am 8. August mit seinem Halbbruder Ludwig dem Deutschen in Maastricht, wo die beiden im Vertrag von Meerssen das Lotharingische Zwischenreich ihres verstorbenen Neffen Lothars II. unter sich aufteilten. Karl erhielt die Gebiete östlich des Rheins einschließlich der ausgedehnten Grafschaften im Rhonebecken. Im Oktober vermählte er sich mit Richildis und übertrug die neu erworbenen Gebiete an seinen Schwager Boso, den er außerdem zum Herzog von Lyon und Burgund und zum Grafen von Bourges und Vienne ernannte.

Kaiser Ludwig II. von Italien, ein Bruder und rechtmäßiger Nachfolger Lothars II., vermochte sein Erbe nicht gegen seine machtgierigen Onkel zu verteidigen. Nach einem Rachefeldzug gegen Benevent wurde er gefangen genommen und für tot gehalten, was er nicht war, aber zum ersten Mal rückte die Kaiserkrone für Karl den Kahlen in greifbare Nähe, da sein Neffe keine männlichen Nachkommen hatte.

Doch auch Ludwig der Deutsche trug sich mit dem Gedanken an die Kaiserkrone. Kaiserin Engelberga gelang es mit diplomatischem Geschick, Zeit für ihren Mann, Ludwig II., zu gewinnen und einen Teil der an Ludwig den Deutschen gefallenen Gebiete zurückzuerhalten. Im Gegenzug wurde dessen Sohn Karlmann zum Erben der Kaiserwürde ernannt.

Im Jahr 872 jedoch erhielt Karl der Kahle ein Sendschreiben Papst Adrians II. mit einer verschleierten Botschaft: »Wir beteuern unter dem Siegel der Verschwiegenheit, dass, solltet Ihr den Kaiser überleben, wir keinen anderen als Herrscher anerkennen werden als Euch.« Ab diesem Moment war die Kaiserkrone sein höchstes Ziel.

Karl übertrug Aquitanien an seinen Sohn Ludwig den Stammler, doch er traute ihm nicht, da dieser bereits im Jahr 862 gegen seinen Vater rebelliert hatte. Deshalb ernannte er Boso zu Ludwigs Kämmerer, Bernhard von Gothien zum königlichen Statthalter in Aquitanien und Bernard Plantevelue zu seinem Berater.

Als Ludwig II. von Italien am 12. August des Jahres 875 in Brescia starb, drehte sich das Rad der Geschichte erneut. In seinem Testament wurde Karlmann zum neuen Herrscher über Italien eingesetzt, wie seine Gemahlin es ausgehandelt hatte, doch König Karl besaß die Unterstützung des neuen Papstes, Johannes VIII., und hatte nicht vor, nachzugeben. Erneut bahnte sich ein Machtkampf zwischen den Karolingern an.

In der Spanischen Mark betrieben die neuen Grafen Wilfried und Miro die Wiederbesiedlung Urgells und Cerdañas, indem sie Bauern aus den Pyrenäen ansiedelten. Bernhard von Gothien allerdings kümmerte sich kaum um Barcelona und Girona, da er seine Truppen in anderen Gebieten brauchte. Im Stich gelassen und nahezu wehrlos, rechneten beide Grafschaften jederzeit mit ihrem Ende.

51

Festung von Ponthion,
24. August, Tag der heiligen Thekla

Hauptmann Isembard II. von Tenes befehligte ein *Cuneus*, eine Einheit von hundert Reitern der gefürchteten *Scara*. Von seiner Position an der Spitze der Formation betrachtete er überwältigt das gewaltige Heerlager vor den Toren Ponthions. Hunderte Zelte umgaben die befestigte Stadt. Hinter dem Lager sah er die Marketender mit ihren Herden und Hunderten Ochsenkarren.

Es herrschte reges Treiben, was darauf hinwies, dass der König sich zum Aufbruch bereit machte. Isembard ließ seine Reiter Aufstellung nehmen, und die vor den Mauern versammelte Menge jubelte ihnen zu. Kinder liefen bis zum Burgtor vor dem Zug her und streuten Blumen in den trockenen Auguststaub.

Einen Monat war es her, seit sie zur Loiremündung aufgebrochen waren, aber sie hatten den normannischen Terror erneut aufhalten können. Dreißig Langschiffe waren den Fluss hinaufgekommen, angeführt von einem Heerführer des Nordmännerhäuptlings Hasting, der auf eigene Rechnung auf der Suche nach Ruhm und Reichtum war. Isembard und seine Einheit waren nach Angers gezogen, um die Plünderung von Dörfern und Klöstern zu verhindern. Die Entscheidung, wer die gefährlichsten Missionen leiten sollte, lag stets bei Boso von Vienne, dem Bruder der neuen Königin Richildis, und seinen Verbündeten Bernhard von Gothien und Bernard Plantevelue.

Seit Richildis' Vermählung mit dem König hatte das Bündnis der Bosoniden und Rorgoniden Früchte getragen.

Der unbequeme Isembard hätte nicht länger ein Problem sein müssen, doch Bischof Frodoi, Gräfin Ermesenda und ihre Söhne hatten sich für sein Leben eingesetzt und seine Heldentaten ins Feld geführt. Auch Richildis hatte ihn protegiert, und unter dem Einfluss seiner jungen Frau hatte Karl der Kahle ihn schließlich begnadigt. Aufgrund seiner Geschicklichkeit im Umgang mit der Waffe und seines Rufs nach der Schlacht von Osono wurde er der Eliteeinheit der *Scara* zugeteilt.

»Habt Ihr schon gehört?«, rief eine der Wachen Isembard zu, als sie die Burgbrücke überquerten. »Der König hat eine eilige Versammlung einberufen. Kaiser Ludwig II. ist tot, und der König will nach Rom, um sich von Papst Johannes VIII. salben und zum Kaiser krönen zu lassen.«

»Aber der Kaiser hat seinen Neffen Karlmann zum Nachfolger bestimmt!«

»Ihr seid seit fünf Jahren am Hof, Hauptmann. Gibt es etwas, das unser König nicht begehrt?«

Bestürzt über die Neuigkeiten, stieg Isembard vom Pferd. Deshalb hatte Karl seine Truppen einberufen. Sein Machthunger und der Ehrgeiz der schönen Königin kannten keine Grenzen. Nun wollten sie die Kaiserkrone an sich reißen und würden damit einen weiteren Krieg mit Ludwig dem Deutschen und seinen Söhnen heraufbeschwören.

In seine finsteren Gedanken versunken, zuckte er zusammen, als ihn ein Paar zarter Arme umschlang. Er lächelte und küsste Bertha von Orléans – seine Frau.

»Gott sei Dank bist du zurück!«

Er hob sie hoch und wirbelte sie herum, bis sie in helles Gelächter ausbrach. Bertha war Hofdame im Gefolge der Königin. Richildis wollte Isembard in ihrer Nähe haben und hatte ihm die Hand der jungen Frau geboten. Im Gegenzug sollte er zum Hauptmann einer Einheit der *Scara* ernannt werden. Isembard hatte die Vermählung hinausgezögert, weil sein Herz noch immer bei Elisia von Carcassonne war, aber wenn er

Hauptmann werden wollte, konnte er nicht länger ein Ritter ohne Land sein. Er brauchte ein Pferd und Waffen, und die bekam er nur, indem er eine Verbindung mit einer adligen Familie einging. Also musste er Elisia aufgeben. Die Wirtin hatte viel früher als er begriffen, dass sie unterschiedlichen Welten angehörten. Mit dem schmerzlichen Verzicht gehörte der junge Unfreie aus Santa Afra endgültig der Vergangenheit an. Er war nun Isembard II. von Tenes und Orléans, Sohn eines legendären Ritters der Mark.

Die Verbindung war im vergangenen Jahr beschlossen worden, als Bertha sechzehn wurde. Sie war die Tochter Otbers von Orléans, ihre Familie gehörte zu den königlichen Vasallen. Otber besaß eine kleine Burg und Ländereien in der Nähe von Orléans, einer ruhigen, wenig besiedelten Gegend, in der hervorragender Wein angebaut wurde. Und er gehörte dem sogenannten mittleren Adel an, der fünfzig Männer für das königliche Heer stellte. Nun kam er zusätzlich noch für einen Teil von Isembards Ausgaben als Hauptmann der *Scara* auf; er hatte sich dem Willen Königin Richildis' nicht verweigern können.

Bertha war eine zarte, blasse Frau mit feinen Gesichtszügen. Sie war dazu erzogen worden, eine vorteilhafte Verbindung einzugehen, durch die sich die Stellung der Familie verbesserte. Sie hätte jeden Bewerber akzeptiert, den ihre Familie ihr vorschlug, aber sie hatte sich auf den ersten Blick in Isembard verliebt und schätzte sich glücklich, dass die Königin sie ausersehen hatte, ihn zu heiraten. Ihr Vater musste mit diesem jungen Goten vorliebnehmen, aber er hegte die Hoffnung, dass er sich Verdienste in der Armee erwarb, damit seine künftigen Enkel der Familie Ehre machten.

Die Ehe wurde in Reims durch Erzbischof Hinkmar geschlossen, die anschließende Feier war bescheiden. Isembard behandelte Bertha liebevoll und mit Respekt, während er versuchte, Elisia zu vergessen. Genauso wenig konnte er allerdings vergessen, wer diese Verbindung eingefädelt hatte. Die machtgierige Richildis, die alles für ihre Familie tat, hatte ihn benutzt, um den König für sich zu gewinnen, doch sie blieb unberechenbar. Ihr feuriger Blick verwirrte ihn, deshalb ging Isembard ihr möglichst aus dem Weg.

Auf Berthas Gesicht legte sich ein Schatten.

»Es tut mir sehr leid, aber ich hatte wieder meine Blutung, nachdem du weggegangen warst.«

»Hab Geduld. Gott wird es richten.«

»Ich würde dir so gerne diese Freude machen. Verstoß mich nicht …«

Isembard umarmte sie und trocknete ihre Tränen. Es gefiel ihm nicht, sie so zu sehen.

»Unser Kind wird schon kommen, Liebes.«

Bertha lächelte erleichtert, und aus ihren grünen Augen sprach Bewunderung. Es überraschte sie noch immer, dass ihr Mann so verständnisvoll war – nicht so wie die anderen.

»Stimmt es, dass der König nach Italien geht, Bertha?«

»Er will so schnell wie möglich aufbrechen.« Unmut lag in ihrem Blick. »Richildis schickt mich zu den Webern, um Decken zu bestellen. Ich hätte dich gerne so empfangen, wie es sich für eine Ehefrau gehört.«

Isembard streichelte ihr übers Gesicht, und Bertha lächelte zärtlich.

»Wir sehen uns heute Nacht, Liebster«, sagte sie mit einem flüchtigen Kuss.

Isembard ging zum Badehaus der Burg, wo er mit seiner Frau und Otbers Dienerschaft lebte, er wollte ordentlich vor den König treten. Man hatte ihm den Bronzezuber und mehrere Krüge mit warmem Wasser bereitgestellt. Während er sich wusch, dachte er darüber nach, welche Folgen die Entscheidung des Königs haben würde. So fiel ihm nicht auf, dass die Gespräche der Diener vor der Tür verstummten.

Als ein Paar sanfter Hände seinen Rücken berührte, schloss er die Augen. Hatte Bertha beschlossen, den Botengang zu verschieben? Er genoss die Berührungen, doch als die Hände zu seinem Glied glitten, öffnete er die Augen. Seine junge Gemahlin war zurückhaltend und vorsichtig. Diese Finger jedoch waren fordernd, geleitet von einem lodernden Feuer.

»Richildis!«

Isembard wich zurück. Die Königin lächelte und betrachtete wohlwollend seinen nackten Körper und die Erregung, die sie in ihm hervorgerufen hatte. Sie trug ein aufreizendes blaues Kleid, ähnlich dem, das sie auch in Attigny getragen hatte.

Sie begehrte ihn, und Isembard wusste das. Er hatte es unzählige Male bei Empfängen auf ihrem Gesicht gesehen, doch er hielt sich von ihr fern und schlug sämtliche Einladungen aus, die Richildis ihm durch ihre Dienerinnen schicken ließ. Inzwischen war sie Mutter von drei Kindern geworden, von denen aber nur noch das älteste, Rothild, lebte. Der Kummer hatte sich in ihr Gesicht eingegraben, aber sie war nach wie vor eine unwiderstehliche, leidenschaftliche Frau.

»Heiße deine Kaiserin willkommen, Isembard von Tenes. Die mächtigste Frau des Erdkreises.«

Sie war bester Laune, ihre Augen strahlten vor Glück.

»Das werdet Ihr nicht länger sein, wenn Karl das erfährt. Was wollt Ihr hier?«

Richildis genoss die Verwirrung des Mannes, der ganz vergessen hatte, sich zu bedecken.

»Wir reisen nach Rom, um Karl zum Kaiser und König von Italien zu krönen. Vielleicht bleibt der Hof dort, ganz in der Nähe des Papstes.« Sie platzte fast vor Begeisterung. »Es kann sein, dass wir uns nicht wiedersehen, und du und ich, wir haben noch etwas offen. Ich warte seit Tagen auf dich.«

Isembard wurde wütend. Richildis kümmerten die Schläge, der Durst und die Schmach nicht, die er nach der Reichsversammlung in wochenlanger Gefangenschaft durchlitten hatte. Er war nicht mehr der unbedarfte Ritter, der damals in ihr Zelt gekommen war. Sein ausweichendes Verhalten seither hatte das Verlangen der jungen Königin nur noch weiter befeuert, aber noch nie hatte sie so viel gewagt wie jetzt.

»Geht mit Eurem König, meine Dame!« Isembard hatte keine Eile, sich zu bedecken. Auch er wusste zu spielen. »Bertha gibt mir alles, was ich brauche.«

Mit wutverzerrtem Gesicht holte Richildis zur Ohrfeige aus. Isembard hielt ihre Hand fest und betrachtete ihre vor Zorn gerötete Haut. Die Spannung zwischen ihnen war deutlich zu spüren, und er musste den Drang unterdrücken, seiner Erregung freien Lauf zu lassen und sie an Ort und Stelle zu nehmen.

»Ihr könnt Euer Glück mit einem anderen feiern«, setzte er boshaft hinzu. »Jemandem, der Euch nähersteht …«

Am Hof machten zahlreiche Gerüchte über die Königin die Runde. Einige bezichtigten sie der Hexerei, andere munkelten von ungestümen Vorgängen in einem Schlafgemach, wenn Richildis' Bruder Boso am Hof weilte. Es gab Zweifel an der Vaterschaft ihrer Kinder, auch wenn Richildis bemüht war, die bösen Zungen zum Verstummen zu bringen. Eine ihrer Zofen hatte ihre Zunge bereits unter den Händen der Scharfrichter verloren.

»Weißt du nicht, dass ich dich in den Staub treten kann, du verfluchter Weinbauer?«

»Ihr könnt Eurem Gemahl tausend Lügen über mich einflüstern. Er weiß, dass seine Macht auf der Stärke unserer Schwerter gründet. Einen Hauptmann der *Scara* anzurühren hieße, einen Aufstand zu riskieren, und das wäre nicht gut für ihn, denn es wird Krieg um die Kaiserwürde geben«, bemerkte er ungehalten. »Karlmann und sein Vater werden nicht hinnehmen, dass der fränkische König die Krone an sich reißt, und sie besitzen die Unterstützung der Bischöfe und des italienischen Adels.«

»Sei still!«, herrschte sie ihn an. »Karl hat genauso viel Anrecht auf die Krone wie die übrigen Nachkommen Ludwigs des Frommen. Außerdem wird er von Papst Johannes VIII. unterstützt.«

»Und auch von seiner *Scara*, sofern er uns nicht brüskiert.«

Richildis lachte bitter auf, aber er sagte die Wahrheit. Diese Elitetruppe musste mit Respekt behandelt werden, ihre gekrönten Häupter hingen von ihr ab. Sogar ihre Launen hatten eine Grenze, aber sie war es nicht gewöhnt, gedemütigt zu werden.

»Du bist sehr hochmütig geworden, Isembard. Ich könnte dich mit Privilegien überhäufen.« Sie kam näher, ganz sanft diesmal, um seine starke Brust zu liebkosen. »Ich weiß, dass du es genauso willst wie ich!«

»Warum jetzt, Richildis?« Er hielt ihre Hände fest. »Sagt mir die Wahrheit.«

In ihrem Stolz war auch ein Hauch Bitterkeit zu erkennen.

»Ich will ein Kind, Isembard! Eines, das nicht in meinen Armen stirbt, ein Kind, so gesund und stark wie der beste Hauptmann der *Scara*, einen Thronfolger für das Kaiserreich.«

»Thronfolger ist Ludwig, genannt der Stammler, der Sohn Karls aus seiner ersten Ehe.«

»Das wird sich ändern!«, schrie sie. »Die Bosoniden werden die Karolinger ablösen! Aber ich muss so schnell wie möglich schwanger werden … Ich weiß nicht, was in Italien geschehen wird!«

Isembard sah den fiebrigen Glanz in Richildis' Katzenaugen. Der erste Versuch der Bosoniden, in die königliche Familie einzuheiraten, war die Vermählung ihrer Tante Theutberga mit Lothar II. gewesen, doch diese Verbindung war gescheitert. Seit sie denken konnte, fühlte sich Richildis zu Höherem berufen; hatte, um das zu erreichen, sogar ihre Seele verkauft. Nun war sie Königin – aber sie wollte Kaiserin des Fränkischen Reiches und die Mutter von Herrschern sein!

Isembard schob sie sanft, aber bestimmt von sich. Er würde sich nicht an ihren Intrigen beteiligen.

»Gibt es irgendjemanden, den Ihr nicht als reines Instrument Eures Ehrgeizes seht, Herrin?« Er begann sich anzukleiden, während die Königin vor Zorn rot anlief. »Ich muss unverzüglich zu Eurem Gemahl. Er erwartet mich im Thronsaal.«

Richildis ging zur Tür. Ihre Wut war stärker als die Gefühle, die sie in ihrem tiefsten Herzen für den Ritter hegte. Doch zu ihrem Herzen sollte niemand Zutritt haben.

»Mein Bruder Boso wird bald eintreffen. Das wirst du noch bereuen, Isembard von Tenes. Übrigens ist ein Mönch aus Barcelona eingetroffen. Er kommt im Auftrag Bischof Frodois.«

»Servusdei?«

»Das weiß ich nicht. Wieder einer, der sich über den angeblichen Machtmissbrauch Bernhards von Gothien beklagt. Die Goten begreifen einfach nicht, dass es ein Privileg ist, Untertanen zu sein.«

Isembard trat in den Korridor hinaus, wo die Dienerinnen der Königin Wache standen. Vielleicht würde sich nach langem Stillstand endlich etwas bewegen. Es trafen nur selten Nachrichten aus der Spanischen Mark ein. Barcelona hatte Probleme, aber Frodoi bemühte sich weiter um Fortschritt, gründete neue Gemeinden und Dörfer. Er wusste, dass die Herberge am Miracle bestens lief und Goda ein Vermögen mit dem Salzhandel gemacht hatte.

Nur Rotel blieb verschwunden. Isembard litt deswegen und verspürte einen leisen Schmerz. Er hatte seit der Versammlung in Attigny vor fünf Jahren nichts mehr von seiner Schwester gehört, aber er war sicher, dass sie noch lebte. Drogo hatte den Angriff überlebt, allerdings würde es keine Gnade für ihn geben. Eines Tages würde Rotel kommen, um ihre Rache zu einem tödlichen Ende zu führen.

Isembard betrat den karg eingerichteten Saal, in dem ihn Karl der Kahle erwartete. Die grauen Wände waren mit blassroten Wappenschilden geschmückt, durch zwei schmale Fenster fiel das Mittagslicht. Das einzige Mobiliar bestand aus einem Podest mit dem vergoldeten Thron aus Holz. Der König trug einen langen Umhang aus rotem Stoff und Robbenpelz. Es waren keine Ratgeber anwesend, lediglich zwei Mitglieder der Leibgarde in ihren weißen Umhängen, die reglos wie Statuen verharrten. Vor dem Podest stand ein Mönch im zerschlissenen schwarzen Habit der Benediktiner.

»Isembard II. von Tenes! Ich dachte schon, du würdest erst kommen, wenn ich zum Kaiser gekrönt bin!«

»Frauengeschichten, Ihr versteht. Die Dame wollte nicht warten.«

Karl grinste.

»Bertha hat dich gut im Griff, Hauptmann. Gib gut auf sie acht, sie ist das freundlichste und umsichtigste Mädchen am ganzen Hof. Rothild liebt sie heiß und innig. Sie wird eine wunderbare Mutter sein.«

»Davon bin ich überzeugt, mein Herr.«

»Später wirst du mir Genaueres von deiner Mission erzählen. Du hast Besuch aus deiner Heimat.«

Isembard umarmte den greisen Servusdei, der bleich und abgezehrt wirkte.

»Ich bringe Nachrichten aus Barcelona. Die erste ist von Elisia von Carcassonne«, sagte er mit leichtem Unbehagen. »Sie beglückwünscht dich zur Hochzeit mit Bertha von Orléans.«

»Geht es ihr gut?«, fragte er leise.

»Sie und Goda sind für den Wohlstand Barcelonas verantwortlich. Zwei mutige, starke Frauen, obwohl letztere wenig gottesfürchtig ist.«

»Ihr werdet später Gelegenheit haben, über alte Zeiten zu sprechen«, unterbrach sie der König. »Isembard, du weißt, dass mein Neffe, der Kaiser, gestorben ist. Aufgrund meiner

Herkunft und meiner Verdienste steht mir die Kaiserkrone zu. In einigen Tagen werden wir nach Rom aufbrechen; in den Alpen wird ein Großteil meines Heeres dazustoßen. Bei fast zehntausend Mann wird Karlmann es nicht wagen, mich aufzuhalten.« In Gedanken sah er bereits ein Meer aus Mitren, festliche Gesänge und Weihrauch in der Petersbasilika in Rom vor sich.

»Darf ich offen zu Euch sprechen, mein König?«, riss Servusdei ihn aus seinen Träumen. »Ich warte bereits seit einigen Tagen.«

»Sprich, Servusdei«, sagte der König mit gelangweilter Miene.

»Wie ich Euch bereits mitteilte, haben Graf Wilfried von Urgell und Cerdaña und sein Bruder Miro in Conflent die Verwaltung neu organisiert und werben in den Tälern und auf dem flachen Land für das Landnahmerecht. Familien und ganze Sippen aus den Pyrenäen roden unter ihrem Schutz neue Felder im Niemandsland. Allerdings ist das von den Sarazenen nicht unbemerkt geblieben. Wilfried hatte bereits mit mehreren Ausfällen zu kämpfen. Im vergangenen Jahr kam es zu einer erneuten Auseinandersetzung mit Ismail Ibn Mussa aus der Familie der Banu Qasi. Er konnte ihn zurückschlagen, aber um einen hohen Preis.«

»Das hast du schon bei deiner Ankunft in Ponthion berichtet.«

»Es gibt keine Truppen an der Grenze, und die Lage wird zunehmend schwieriger. Bernhard von Gothien hat seinen Vasallen Drogo von Borr mit der Verteidigung beauftragt, aber seine Söldner brandschatzen und plündern. Wir stehen schutzlos da!«

Karl verzog unwillig das Gesicht. Bernhard von Gothien war neben Boso, dem Bruder seiner Frau, einer seiner engsten Berater.

»Die Plünderungen führen zu Landflucht und Hunger. Letztes Jahr hat eine Heuschreckenplage einen Teil der Ernte vernichtet, ohne dass deswegen die Abgaben gesenkt worden wären.«

»Das Land hat noch andere Probleme als die Spanische Mark. Sag das Frodoi.«

»Die Sarazenen könnten Eure Abwesenheit zum Angriff nutzen.«

Isembard kochte innerlich. Er verachtete den König. Dieser war an sich ein kultivierter Mann, aber vom Ehrgeiz zerfressen. Und wieder einmal kam die Spanische Mark in seinen Plänen nicht vor.

Der König war nun verstimmt und wollte die Audienz so schnell wie möglich beenden.

»Ich habe dir gestattet, offen zu sprechen. Du hast nichts von mir zu befürchten, aber Bernhard von Gothien ist Graf von Barcelona und Girona, und ich kann mich nicht in seine Amtsgeschäfte einmischen.«

»Wenn der Papst Euch zum Kaiser krönt, werdet Ihr der Bewahrer des christlichen Erdkreises sein. Jede Handbreit verlorener Boden ist eine Wunde im Körper Christi!«

»Bei allem Respekt, mein König«, mischte sich Isembard ein. »Die Verteidigung der Spanischen Mark ist eine Notwendigkeit.«

»Und ich nehme an, der findige Bischof Frodoi hat sich bereits Gedanken gemacht, wie das zu bewerkstelligen wäre!«

Servusdei sah Isembard an.

»Der Bischof bittet darum, Hauptmann Isembard II. von Tenes mit seiner Reiterei zu entsenden, um sich ein Bild von der Situation an der Grenze zu machen. Er hat viele Jahre dort gelebt und kennt das Gebiet. Graf Wilfried und Graf Miro sind einverstanden.«

Mit diesem Vorschlag hatte Isembard nicht gerechnet. Er zögerte keinen Moment.

»Mein Vater hat Eurem Vater einen Schwur geleistet. Er war einer der Ritter der Mark«, sagte er. »Ein Herrscher sollte wissen, was an den Grenzen seines Landes vor sich geht.«

»Ich brauche dich an meiner Seite, Isembard. Es kann sein, dass es zum Krieg mit meinem Halbbruder Ludwig dem Deutschen und seinen Söhnen kommt.«

Servusdei blieb beharrlich. »Wenn die Sarazenen angreifen, müsst Ihr die Streitkräfte aufteilen, und das wird Euch schwächen.«

»Ein Teil meiner Truppen wird hierbleiben, um die Normannen zu bekämpfen«, sagte der König nachdenklich. »Ich kann auf keine Einheit der *Scara* verzichten. Mit einem geschwächten Heer werde ich nicht bis Rom kommen.« Er erhob sich, um den Thronsaal zu verlassen. »Aber ich werde mit Bernhard von Gothien sprechen. Ich kann ihn in dieser Sache nicht übergehen.«

Frodoi und Servusdei hatten dieses Hindernis vorausgesehen.

»Ihr könnt Euch in die Angelegenheiten einer Grafschaft einmischen, indem ihr einen *Missus dominicus* entsendet.«

Der König hielt inne. Seit der Merowingerzeit entsandte die Krone Beamte, um die Grafschaften und Bistümer zu kontrollieren. Es mussten stets ein Laie und ein Kleriker sein, beide von adliger Abstammung, damit bei möglichen Interessenskonflikten beide Seiten vertreten waren.

»Isembard ist ein einfacher Ritter ohne Untertanen. Das genügt nicht.«

»Aber durch meine Verbindung mit dem Haus Orléans bin ich Euch direkt untertan, mein König.« Bei dem Gedanken an eine Rückkehr in die Spanische Mark klopfte sein Herz wie wild. »Ernennt mich zum *Missus dominicus*, und ich werde mit meinen Reitern aufbrechen, um herauszufinden, was in der Grenzregion vor sich geht und wie groß die Bedrohung durch die Sarazenen ist. Wenn ich Euch Bericht erstatte, werdet Ihr bereits die Kaiserkrone tragen.«

Karl der Kahle sah den Benediktinermönch belustigt an.

»Ich vermute, Frodoi hat sich auch über den zweiten Gesandten bereits seine Gedanken gemacht … Oder irre ich?«

»Er schlägt Bischof Vollfadus von Bourges vor.«

»Das habe ich befürchtet. Ein des Lebens überdrüssiger alter Mann, der sich nicht allzu sehr einmischen wird.« Er durchschritt den Raum. »So ernst ist die Lage, Servusdei?«

»Sie wird es werden. Ohne eine nennenswerte Garnison am Llobregat kann alles verloren gehen, was Euer Großvater Karl der Große mühsam errungen hat. Im Landesinneren hält Wilfried die Stellung, aber an der Küste …«

Die Erwähnung seines Großvaters machte Eindruck auf Karl, besonders in diesen Tagen. Er wollte sein wie er, doch die Kaiserkrone war nichts wert, wenn es ihm nicht gelang, die Grenzen des Reichs zu sichern.

»Ich muss mich mit meinen Beratern besprechen. Wartet auf meine Entscheidung.«

Karl handelte immer weniger auf eigenen Beschluss. Isembard sah zu Servusdei. Da war etwas an dessen unerwartetem Vorschlag, das nicht passte, aber er kannte Frodoi und schwieg. Auch der alte Mönch würde erst reden, wenn der Moment gekommen war.

52

Die Abreise nach Italien wurde auf den 1. September festgesetzt. Am Vortag traf der Sohn des Königs, Ludwig von Aquitanien, genannt der Stammler, mit seinem Gefolge in Ponthion ein. Nach dem Tod seines Bruders Karl im Jahr 866 war er der einzige Thronerbe, Richildis hatte dem König noch keinen lebenden Sohn geschenkt. Mit Ludwig kamen der einflussreiche Herzog Boso, Statthalter für Aquitanien, Bernhard von Gothien und Ludwigs Ratgeber Bernard Plantevelue. Alle drei hatten weitere Grafschaften erhalten und standen dem König sehr nah.

Nachdem sie dem zukünftigen Kaiser gehuldigt hatten, berieten sie über Regierungsfragen und einen möglichen Krieg mit der ostfränkischen Seite. Karl wartete bis zum Schluss, um auf den Vorschlag zu sprechen zu kommen, den der Bischof von Barcelona durch Servusdei hatte unterbreiten lassen: dass Hauptmann Isembard als *Missus dominicus* die Sicherung der Spanischen Mark neu organisierte.

Isembard betrat den Raum und nahm die offenkundige Verachtung Bernhards und Bosos reglos hin. Der Erste hasste ihn seit der Schlacht gegen den Wali von Lleida, noch immer erzählten die Spielleute überall im Land von den wahren Geschehnissen. Boso hatte ihn immer ignoriert, doch an diesem Tag warf er ihm feindselige Blicke zu. Isembard vermutete, dass er mit seiner Schwester Richildis gesprochen hatte. Mit Sicherheit war die Königin wütend und gekränkt, nachdem er sie derart verschmäht hatte.

»Die Gefahr geht von Graf Wilfried aus, weil er das Niemandsland besiedelt, um das wir mit den Sarazenen streiten. Das ist eine Provokation!«, brauste Bernhard von Gothien auf. »Er und sein Bruder sind Goten, sie denken nur an sich und nicht an das Frankenreich! Sie zu ernennen war ein Fehler.«

»Aber besteht tatsächlich die Gefahr, dass es zu einem Angriff kommt?«, erkundigte sich der König.

Der Markgraf errötete, seit Monaten hatte er keine Botschafter mehr aus der Spanischen Mark empfangen. Sein ganzes Interesse galt den neuen Ehren, die er durch die geheime Allianz erhalten sollte – noch nie hatte ein Rorgonide so viel Macht angehäuft.

Karl bemerkte seine Ahnungslosigkeit; er wollte den Markgrafen nicht bloßstellen, aber er konnte das Problem nicht ignorieren.

»Hauptmann Isembard und Bischof Vollfadus werden mit einer Abteilung Soldaten als *Missi dominici* in die Spanische Mark reisen, um die Lage zu erkunden. Er ist dem Schwur verpflichtet, den sein Vater als Ritter der Mark geleistet hat, und wird den Auftrag getreulich ausführen.«

Bernhard von Gothien stieg die Zornesröte ins Gesicht.

»Er hat nicht die Herkunft und das Ansehen, um sich in die Angelegenheiten meiner Grafschaften einzumischen!«

»Ich hingegen kann unserem König nur zustimmen«, bemerkte Boso mit aufreizender Bedächtigkeit.

Der Markgraf fuhr wütend herum und verlangte, unter vier Augen mit seinem Verbündeten zu sprechen.

»Reiß dich zusammen, Bernhard. Merkst du nicht, dass es eine Fügung des Schicksals ist? Wenn Isembard wegen eines absurden Schwurs in die finsterste Ecke der Welt ziehen will, lass ihn ziehen!« Boso grinste verschlagen. »Sorge dafür, dass er nicht zurückkehrt. Die Barden werden seine Heldentaten an seinem Grab besingen.«

»Woher dieses plötzliche Interesse an Isembards Tod?«, hielt Bernhard ihm entgegen.

»Er hat meine Schwester beleidigt. Niemand beleidigt eine Bosonidin und kommt mit dem Leben davon.«

»Hat sie ihn etwa in seinem Schlafgemach beehrt, Boso?«, stichelte Bernhard.

Die Gerüchte über die Geschwister waren beschämend, und tatsächlich steckte Eifersucht hinter Bosos Zorn. Nach Richildis' bruchstückhafter Schilderung dessen, was zwischen ihr und Isembard vorgefallen war, vermutete er, dass es ihr um Nachkommen ging. Er wollte den jungen Ritter tot sehen, aber er wusste, dass der König ihn schätzte.

»Hüte deine Zunge, Bernhard!«, zischte er. »Wir sind noch nicht am Ziel. Wenn du und die Rorgoniden bei unserem Plan dabei sein wollt, dann vergiss nicht, mit wem du es zu tun hast.«

Sie kehrten in den Thronsaal zurück, und Karl ließ seinen Schwager sprechen.

»Isembard, Ihr tragt nach wie vor stolz den Namen Tenes, ohne dass Ihr die gleichnamige Burg Euer Eigen nennt«, sagte Boso. »Das beweist, dass Ihr Euch Eurem Vater und dem Schwur der Ritter der Mark weiterhin verbunden fühlt.«

»So ist es«, beteuerte Isembard, ohne die Verachtung zu bemerken, die in Bosos Worten mitschwang. »Ich werde mich mit meinen Reitern auf den Weg machen, um …«

»Nicht so eilig, Hauptmann«, unterbrach ihn Boso. »Zum einen wissen wir nicht, wie groß die Bedrohung durch die Sarazenen in der Spanischen Mark wirklich ist.« Er wandte sich an den König. »Zum anderen solltet Ihr nicht vergessen, dass sich mit der Kaiserwürde neue Fronten gegen Euch bilden. Falls es zum Krieg in Italien kommt, werdet Ihr jeden Reiter der *Scara* vermissen, der Eurem Heer fehlt.«

»Und was schlagt Ihr vor, Schwager?«

»Isembard erhält die Erlaubnis, als *Missus dominicus* allein in das Grenzgebiet zu reisen und sich ein Bild von der Lage zu machen.« Er lächelte entgegenkommend. »Sollte er Unterstützung brauchen, stehen ihm Bernhards Gefolgsleute zur Verfügung: Drogo von Borr und andere niedere Ritter.«

Die Berater traten nah an den König heran, um ihn zu überzeugen. Boso warf Isembard einen boshaften Blick zu. Ohne Begleitung schickten sie ihn in den Tod, dafür würde Drogo sorgen. Herausfordernd hob der Hauptmann den Kopf.

»Ich bin einverstanden, mein König!«, sagte er mit fester Stimme und wandte sich dann geringschätzig an Bernhard. »So erfahrt Ihr endlich, was wirklich in der Mark vor sich geht.«

Damit war die Audienz beendet, und Karl ließ seinen Majordomus Theodorich sowie zwei Rechtsgelehrte holen, um die Ernennung zum *Missus dominicus* aufzusetzen. Isembard verließ den Thronsaal mit einer dunklen Ahnung, dass er vor der schwierigsten Herausforderung seines Lebens stand.

Der König sank erschöpft und verschwitzt auf seine Seite des Bettes. Er wagte es nicht, die Königin anzusehen.

»Es tut mir leid, Richildis ... Ich habe zu viele Sorgen.«

»Es ist alles gut, mein Herr. Auch in Eurer Schwäche erfüllt Ihr mich mit Glückseligkeit«, sagte sie bissig. Sie hatte nie viel von Karl im Bett erwartet, aber bei diesem Besuch in ihren Gemächern hatte ihr Mann es nicht einmal geschafft, in sie einzudringen.

Der König fluchte leise. Es war nicht einfach, Zutritt zum Schlafgemach der launischen Richildis zu bekommen, denn sie pflegte lange Phasen der Enthaltsamkeit unter dem Vorwand, Gott um einen gesunden Nachkommen zu bitten. Er akzeptierte das, denn die beiden letzten Kinder waren kurz nach der Geburt gestorben. Seit der ersten Nacht in Attigny empfing ihn Richildis nur noch in ein züchtiges Nachthemd gehüllt, das alles verbarg, was er als Mann so sehr begehrte.

»Sagt mir, mein König ...« Sie fuhr ihm über das schüttere Haar. »Was bekümmert Euch? Vielleicht kann ich Euch helfen.«

»Ihr seid eine Frau. Von diesen Dingen versteht Ihr nichts.«

»Ich bin eine Bosonidin!«, entgegnete sie auffahrend.

»Verzeiht. Die päpstlichen Legaten bringen Neuigkeiten aus Pavia. Der Adel und die Bischöfe Norditaliens sind uneins. Viele ziehen Karlmann als Kaiser vor.«

Richildis' Augen blitzten.

»Wer raubt Euch den Schlaf?«

»Mein Halbbruder Ludwig versammelt Truppen südlich der Alpen, befehligt von Karlmanns Bruder Karl dem Dicken, um uns an der Weiterreise zu hindern.«

»Könnt Ihr sie nicht zermalmen?«

»Mit meiner gesamten Armee, ja, doch der Papst warnt davor, dass meine Widersacher in Italien Zeit gewinnen könnten, um sich zu formieren, wenn ich mich noch länger damit aufhalte, eine Armee zu versammeln.«

»Dann lasst uns unverzüglich aufbrechen!«

»Mit den Streitkräften, über die wir derzeit verfügen, könnte mein Neffe uns aufhalten, und wir würden in den Bergen festsitzen. Wenn wir dort vom Winter überrascht werden, könnten wir alles verlieren! Schon zu Zeiten Roms sind große Armeen in den Alpen zugrunde gegangen.«

»Wie ist Karl der Dicke?«

»Mein Neffe? Ein Feigling. Sein Vater ist der festen Überzeugung, dass er seinen Brüdern Karlmann und Ludwig ebenbürtig ist, aber weder hat er den Charakter dazu, noch ist er ein guter Feldherr.«

Richildis nickte und betrachtete seinen schlaffen Penis. Karl stieß sie ab, aber sie musste ihm einen Nachkommen schenken, um in die Thronfolge eingreifen zu können.

Es klopfte an der Tür des Schlafgemachs, und ein ängstlicher Diener erschien.

»Herrin, Euer Bruder Boso erwartet Euch zur Vigil.«

Richildis erschrak, ließ sich aber dem König gegenüber nichts anmerken.

»Wir wollen heute Nacht dafür beten, dass Gott Karl den

Dicken von Eurem Weg fernhalte und uns ein gesundes Kind schenke.«

Karl verzog das Gesicht, aber er wollte die Pläne Gottes nicht durchkreuzen. Er gab nichts auf das Gerede, denn solche nächtlichen Gebete waren bei den frommen Bosoniden gang und gäbe.

»Ihr gebt mir das Gefühl, etwas ganz Besonderes zu sein, wie früher meine Mutter Judith«, flüsterte der König wehmütig.

»Eine große Dame.«

»Ihr bringt mir Glück, Richildis.«

Teilweise stimmte das. Wenn sich ihnen ein Adliger in den Weg stellte, gab er entweder sein Ansinnen auf oder er wurde mit einem Unglück oder gar dem Tod gestraft. Daher rührte das finstere Gerücht, die Königin stehe mit gefährlichen Zauberinnen im Bunde.

»Die Macht des Gebets ist groß, mein König«, sagte Richildis, nachdem sie sich in einen dicken Umhang gehüllt hatte, um das Schlafgemach zu verlassen. Wir Bosoniden beten zu Gott, dass er Euch an den Platz stelle, der Euch gebührt.«

»Wie Ihr wünscht«, gab Karl zurück und ließ sie gehen.

Boso erwartete sie an der Tür seines Gemachs in einem abgelegenen Turm, Richildis trat ein und hielt trotzig seinem Blick stand. Er öffnete die Schließe ihres Umhangs und riss ihr das Hemd vom Leib. Als sie seine Hände auf ihrem nackten Körper spürte, schloss die Königin die Augen und dachte an Isembard.

»Ich will nicht, dass ein Habenichts ohne Land den zukünftigen Herrscher zeugt, Schwester«, flüsterte ihr Boso, blind vor Eifersucht, ins Ohr. »Der Thronfolger wird bosonidisches Blut haben, und die Welt wird sich vor ihm verneigen.«

Richildis wünschte sich so sehr einen Sohn, dass sie ohne Absprache gehandelt hatte, und das warf ihr Bruder ihr vor. Sie hätte gerne entgegnet, dass weder er noch der König Isembards Stärke besaßen; ihre Söhne waren gestorben, und was nützte das vornehmste Blut, wenn das Kind schwach zur Welt kam? Aber sie schwieg. Alles für die Familie und ihren höheren Ruhm.

»Wir werden es schaffen, Bruder«, sagte sie schließlich und überließ sich seinen Küssen. Boso hatte recht: Isembard war ihrer unwürdig. »Wir werden die bedeutendste Dynastie der Geschichte sein!«

Das war es, was sie sich erhofften. Karl würde alte Gesetze wie die *Capitulare de villis* anwenden, in denen Karl der Große die Verwaltung des Reichs organisiert hatte. Außerdem sollte die Königin die Hoheit über den Palast haben und ihren Gemahl in dessen Abwesenheit vertreten. Richter, Ministerialen und Seneschalle hätten sich ihrem Willen zu beugen, und sie würde gemeinsam mit dem Majordomus den königlichen Schatz verwalten. Die Bosoniden würden unantastbar sein.

Bei Tagesanbruch öffnete Richildis das Fenster. Sie fröstelte im kalten Wind, der über ihre nackte, verschwitzte Haut strich, und stellte eine Lampe auf das Fensterbrett. Dann sah sie zu dem nebelverhangenen Wald. Es war das vereinbarte Zeichen. Ein Paar eisblauer Augen würde die Nachricht sehen. Keiner sollte sie auf ihrem Weg nach Rom aufhalten.

53

»Das Salzwasser kocht. Soll ich die Kapaune reintun, Elisia?«

»Wenn du sie gut gesäubert hast, Galderic, ja. Morgen ist das Fleisch zart und leicht salzig. Dann kannst du sie mit Leber, Zwiebel und Rosmarin füllen, aber nicht zu viel davon.«

»Und Zimt?«

»Der würde den Geschmack verbessern, aber wir haben nicht mehr viel davon und müssen sparsam damit sein. Du kannst noch Mandeln hinzufügen, wenn du willst. Morgen brätst du sie dann. Aber nicht verbrennen!«

Galderic antwortete nicht. Er war in seinem Stolz getroffen. Inzwischen zweiundzwanzig, hatte er sein halbes Leben in dieser Küche verbracht und konnte genauso gut kochen wie sie. Elisia lächelte. Mit ihren einunddreißig Jahren wurde sie allmählich wie ihr Großvater Lambert, der immer allen misstraut hatte. Galderic hatte alles von ihr gelernt, besaß eine feine Nase und befolgte genau ihre Anweisungen. Er hatte es abgelehnt, in den Küchen der Adelspaläste zu arbeiten, um bei ihr im Miracle zu bleiben. Elisia wiederum hatte ihn von Anfang an immer um sich und liebte ihn wie einen jüngeren Bruder.

Sie sah sich um. Sieben Bedienstete waren unter Galderics Aufsicht in der Küche beschäftigt. Auf vier Feuern köchelten Suppen und Eintöpfe, auf zwei weiteren im Garten wurde Fleisch gebraten. Nach all den Opfern und der vielen Arbeit in den vergangenen Jahren konnte Elisia zum ersten Mal durchatmen. Das Miracle brummte, und sie war eine angesehene Frau, ihr Herz allerdings war verdorrt – und das war Galis Schuld.

Nach jahrelangen Ausschweifungen war ihr Mann krank geworden, und obwohl Elisia für ihn nichts empfand außer eisiger Kälte, hatte sie einen jüdischen Arzt kommen lassen. Gali war wieder genesen, aber nur noch ein Schatten seiner selbst, sein verlebtes Gesicht und der schwarze, zahnlose Mund waren abstoßend. Er gab ihr die Schuld an seinem Unglück, sie sei nicht die unterwürfige Frau gewesen, die er gesucht hatte. Elisia war unzählige Male versucht, Hauptmann Oriol zu bitten, ihn aus der Stadt zu weisen, aber er war ihr rechtmäßig angetrauter Ehemann und der Vater von Gombau, ihrem ältesten Sohn.

Emma kam aufgeregt in die Küche der Taverne gerannt.

»Sie sind da! Sie stehen gleich vor der Tür!«

»Aber sollten sie nicht erst morgen eintreffen?« Elisias Herz klopfte wie wild.

»Sie sind nach der Frühmesse angekommen. Sie waren im Palast und sind jetzt auf dem Weg hierher.«

Die Wirtin des Miracle fühlte sich seltsam schwach. Seit sie erfahren hatte, dass Isembard in die Stadt kam, sagte sie sich immer wieder, dass sie stark sein musste. Alles war, wie es sein sollte. Sie stützte sich auf der Arbeitsplatte ab und fuhr sich mit der bemehlten Hand über die Stirn. Ihre Sehnsucht, ihn wiederzusehen, war größer, als sie sich eingestehen wollte, und gleichzeitig wäre sie am liebsten davongelaufen. Sie nahm die Schürze ab und betrachtete ihr verschwommenes Spiegelbild im Boden der Bronzepfanne. Elisia hätte sich gern ein wenig hergerichtet und etwas Passendes angezogen, aber dafür blieb keine Zeit mehr.

Die Fremden bestaunten den geräumigen Gastraum der Taverne und deuteten zur Decke. Elisia, Emma und deren Mann Aio hatten die Dachbalken mit geometrischen Mustern sowie den Früchten und Tieren bemalt, die sie in ihrer Küche zubereiteten. Viele benutzten sie als Speisekarte, und sie verliehen dem Raum etwas Herrschaftliches. Galderic hatte vorgeschlagen, ein großes Wandgemälde neben dem Kamin anzubringen, aber Elisia war unentschlossen. Sie mussten die Wände häufig tünchen, um den Fettgeruch loszuwerden, denn sie wollte nicht, dass es in ihrer Herberge stank wie in den Schänken am Regomir-Tor.

Als sie Bertha von Orléans hereinkommen sah, war es, als fasse eine eisige Hand nach ihrem Herzen. Am liebsten hätte sie sich in der Küche eingeschlossen, denn dass sie so jung und hübsch war, hatte sie nicht erwartet. Sie selbst hatte Isembard diesen Moment in ihrer gemeinsamen Nacht in der Scheune ausgemalt. Tausendmal hatte sie sich vorgestellt, wie es sein würde, Isembard mit einer anderen Frau zu sehen, seiner Frau. Aber sie hätte niemals gedacht, dass es so wehtun würde.

Bertha hatte große grüne Augen und einen warmherzigen, sanften Blick. Ihre Haut war hell und zart. Unter dem Kopftuch schaute volles dunkles Haar hervor, und unter dem Reiseumhang trug sie ein schlichtes grünes Kleid, das ihre schlanke Taille betonte. Elisia betrachtete die zarten, zum Sticken bestimmten Hände der Dame und schaute dann auf ihre eigenen herunter, die von der jahrelangen harten Arbeit trocken und rissig waren. Berthas Berührungen werden Isembard angenehmer sein, dachte sie und schalt sich dafür, dass sie ihre Eifersucht nicht im Griff hatte. Sie hätte ihn ja haben können, aber sie hatte ihn ermutigt, für die Erhaltung seiner vornehmen Linie zu sorgen. Und nun konnte sie es nicht ertragen.

Mit einem gezwungenen Lächeln ging sie auf die junge Adlige zu, um sie zu begrüßen, da betrat Isembard den Raum, und die Welt um sie herum versank. Fünf Jahre sind nichts, schoss es ihr durch den Kopf. Ihr Herz klopfte heftig, und die Leere erschien ihr noch größer.

»Herzlich willkommen in der Herberge zum Miracle.«

»Mein Gott! Das ist die schönste Herberge, die ich je gesehen habe!«, rief Bertha begeistert. »Mein Gatte sagt, das alles sei dein Werk, Elisia von Carcassonne, und du seist eine starke, bewundernswerte Frau.«

»Es freut mich, dich wiederzusehen, Elisia«, sagte Isembard befangen. Er fühlte sich furchtbar, aber das Miracle war die einzige Unterkunft, die einer jungen Dame aus adligem Haus würdig war.

Elisia forschte in seinem Blick und fand, wonach sie suchte. Er liebte sie noch immer, mit einer Intensität, die er nicht verbergen konnte. Die Situation war herzzerreißend.

»Isembard von Tenes.« Elisia wandte den Blick ab, der schon zu lange auf ihm ruhte. »Es freut mich, Euch in Barcelona zu sehen. Ihr seht gut aus. Es heißt, Ihr wäret Hauptmann in der besten Armee des Königs.«

»Ja, bei der *Scara*!«, erklärte Bertha und schaute ihren Mann bewundernd an. Doch dann bemerkte sie die Spannung zwischen ihnen, und ihre Begeisterung erlosch. »Aber er redet immer wieder von diesem Land. Was ich bisher gesehen habe, gefällt mir, vor allem das Licht. Hier sind die Tage freundlicher als in Orléans.«

»Ich habe gehört, dass Ihr als *Missus dominicus* hier seid.« Elisia bemühte sich, das Zittern in ihrer Stimme zu unterdrücken. »Seid Ihr allein gekommen?«

»Ja. Ich muss mich an der Grenze umsehen. Meine Gemahlin und ihre Diener werden solange hier wohnen, wenn es dir recht ist …«

Elisia hätte Bertha am liebsten hinausgeworfen. Es erschien ihr unerträglich, sich vorzustellen, wie sie sich in einem der Zimmer liebten. Mit zitternden Lidern senkte sie den Kopf. Nein, das war nicht ihre Art.

»Nirgendwo könnten sie besser aufgehoben sein, mein Herr.«

»Und dein Mann, Elisia?«, fragte Bertha verlegen. Sie wollte mehr über die attraktive Wirtin wissen, die den Blick nicht von Isembard wenden konnte.

»Er ist seit gestern unterwegs, um Lämmer zu kaufen. Die Tiere mit dem schmackhaftesten Fleisch werden in den Bergen aufgezogen.«

»Ich hoffe, auch ihn kennenzulernen.«

In diesem Moment erschien Gombau, der mittlerweile zehn Jahre alt war, und dahinter ein kleinerer Junge mit flachsblondem Haar.

»Und diese reizenden Kinder?«

»Das sind meine Söhne Gombau und Lambert.«

Isembard sah Elisia verwirrt an. In keiner Nachricht war von dem kleinen Lambert die Rede gewesen. Er schätzte ihn auf fünf Jahre, die Zeit, die er nicht mehr in Barcelona gewesen war. Als er aufblickte, sah er Elisias Augen auf sich gerichtet, und ein Schauer durchlief ihn. Bertha beobachtete aufmerksam die Reaktionen der beiden – und für sie brach eine Welt zusammen.

Gombau beanspruchte die ganze Aufmerksamkeit für sich und brachte seinen Bruder zum Weinen. Bertha beugte sich zu dem Jungen hinunter und strich ihm über das blonde Haar, bis er aufhörte zu weinen. Sie betrachtete sein Gesicht; nein, es konnte keinen Zweifel geben.

»Nur Mut, Lambert«, flüsterte sie. »Du bist hübsch und tapfer, wie dein Vater.«

Elisia und Isembard waren tief betroffen. Bertha von Orléans hatte man dazu erzogen, ihre Gefühle zu beherrschen, und sie sah den Jungen traurig, aber gefasst an. Wie viele Adlige hatte auch ihr eigener Vater mehrere uneheliche Kinder. Und Lambert war zur Welt gekommen, bevor sie ihren Mann kennenlernte. Elisia war schmerzlich berührt. Wie sie selbst, so nahm auch Bertha ihr Schicksal an.

»Wir zeigen Euch die Zimmer im Obergeschoss«, verkündete sie, um die Anspannung zu lösen. »Wählt eines, das Euch gefällt. Und falls es belegt ist, quartieren wir den Gast um.«

»Ihr seid reizend, Elisia«, sagte Bertha höflich. Sie mochte Eifersucht und Wut empfinden, aber sie blieb freundlich. »Selbst in Orléans treffen Händler ein, die das Miracle in den höchsten Tönen loben und behaupten, dass Ihr die beste Köchin im ganzen Land seid.«

»In den Städten gibt es überall viele Herbergen«, erklärte Elisia bescheiden.

»Aber keine wird von einer Frau geführt!« Berthas Lob klang aufrichtig. »Das ist der Unterschied.«

»Meine Frau hat sehr eigene Ansichten«, bemerkte Isembard.

Die Bediensteten der Herberge führten die junge Adlige und ihre Diener über die breite Treppe in den ersten Stock. Bertha fand ihre Fassung wieder und zeigte sich begeistert. Sie sprach freundlich mit allen, ohne Unterschiede zu machen. Elisia blieb mit Isembard zurück.

»Nicht einmal ich hätte eine bessere Wahl treffen können«, sagte sie, obwohl ihr Herz blutete.

»Ich liebe dich, Elisia«, gestand er beklommen. »Ich hätte nie geglaubt, dass ich das noch einmal sagen würde. Ich musste es tun, das weißt du. Der König hätte mich um ein Haar hinrichten lassen, aber er hat mich begnadigt. Dafür musste ich ihm die Treue schwören, und dann hat er mir angeboten, Hauptmann zu werden, und …«

»Es ist dein Weg, Isembard.« Sie war tieftraurig, doch sie riss sich zusammen und schenkte ihm einen warmen Blick. »Sieh dich an! Eine beeindruckende Erscheinung seid Ihr, mein Ritter!«

Es stimmte, Isembard sah stattlicher aus denn je, aber vor allem hatte er dieses Leuchten in seinen Augen.

»Und dein Sohn? Lambert?« Er musste die Wahrheit wissen.

»Er ist der Sohn meines Mannes, Isembard!«, erklärte sie knapp. »Und zu seinem eigenen Besten soll das so bleiben.«

Immer noch verwirrt, nahm er ihre Hand, und sie sah ihn sehnsüchtig an.

»Wir sind nicht mehr das junge Mädchen und der junge Mann von damals, mit hehren Zielen und voller Träume. Ich bin einunddreißig, du dreiunddreißig. Wir tragen die Last unserer Sünden auf unseren Schultern, Isembard. Die Dinge sind, wie sie sind. Gott will nicht, dass wir zusammen sind.«

»Wo ist Gali? Sag mir die Wahrheit.«

»Du würdest ihn nicht wiedererkennen. Er lebt hier, das Haus gehört nach wie vor ihm. Er kümmert sich nicht um die Kleinen, und ich glaube, er hat eine andere Frau in der Vorstadt. Aber ich bin es leid, ihn zu hassen.« Ihre Miene verhärtete sich. »Als er erfahren hat, dass du kommst, ist er verschwunden. Das macht er oft. Manchmal hoffe ich, dass er nicht zurückkommt oder dass man mir seine Leiche auf einer Trage bringt.«

»Hat er immer noch Umgang mit Drogos Männern?«

»Ich weiß es nicht. Aber wie dem auch sei, pass auf, Isembard. Drogo ist wieder erstarkt. Frodoi schützt die Stadt, aber die Straßen und das Grenzgebiet gehören ihm. Deshalb kommen immer weniger Händler. Barcelona ist in seinem Würgegriff.«

»Bertha weiß nicht, worum es geht. Sie denkt, es ist eine Ehre, dass der König mich geschickt hat, um die Grenzgarnison zu inspizieren.«

»Es gibt keine Garnison. Nur eine Handvoll Banditen.« Plötzlich wurde Elisia einiges klar. »Warum hast du den Auftrag angenommen? Du bist Hauptmann der *Scara*, der König achtet dich!«

»Ich hatte viele Gründe, zurückzukommen … Aber verantwortlich dafür ist Frodoi.« Er schwieg einen Augenblick. »Ich weiß nicht, wie lange wir in der Stadt sind.«

Elisia erriet seine Frage und seufzte.

»Es ist schwer für mich, dich mit deiner Frau zu sehen, aber ihr könnt bleiben«, sagte sie, obwohl es sie Überwindung kostete. »Bertha ist hier gut aufgehoben, wenn du zur Grenze reist. Und versprich mir, dass du zurückkommen wirst. Es gibt schon zu viele Witwen in Barcelona.«

Isembard nickte, und für einen Moment waren die vielen Jahre des Verzichts vergessen. Verstohlen schlüpften sie in die kleine Kammer, in der Gali sie damals eingesperrt hatte, und umarmten sich innig. Ihre Geschichte war zu lang, um sich nur mit Blicken zu begegnen. Endlich ließ Elisia ihren Tränen freien Lauf.

»Wie konnten wir so blind sein, Isembard?«

Er drückte sie noch fester an sich und streifte ihre Lippen, das Herz schlug ihm bis zum Hals. Voller Zärtlichkeit und Hingabe küssten sie sich, bis sie ihn schließlich von sich schob.

»Elisia, ich …«

»Sag nichts.« Sie weinte vor Freude, den Geliebten wiederzuhaben, und zugleich vor Schmerz, ihn nicht halten zu können. »Mach sie glücklich, wie du mich glücklich gemacht hättest, Isembard.«

Sie strich über seinen goldblonden Bart und verschwand in die Küche. An diesem Tag musste Galderic die Bedienung der Gäste übernehmen.

Isembard verabschiedete sich von seiner Frau und ging zur bischöflichen Palastaula. Mit einem kleinen Rundgang hatte er sich einen ersten Eindruck von der Stadt verschafft. Sie wirkte belebter, und es gab neue Häuser dort, wo früher Felder gewesen waren, aber der Markt war immer noch schlecht bestückt. Auf dem Weg nach Barcelona hatte er die vernachlässigten Straßen gesehen, die Grafschaft zerfiel erneut in einzelne Dörfer, Klöster und Städte – eine Situation, die den Handel einschränkte und verhinderte, dass schnell Truppen ausrücken konnten, um sie zu verteidigen. Eine große Schwäche für das Königreich.

Auf dem Platz erwartete ihn ein Soldat, der fast zehn Jahre älter war als er.

»Hauptmann Isembard von Tenes!«, rief Oriol erfreut, und sie umarmten sich lange. »Mein Gott! Wie stolz Guisand jetzt wäre!«

»Wie ist die Lage?«, erkundigte sich Isembard, während sie zur Kathedrale gingen.

»Der Bischof wird dich über alles informieren. Die Grenzregion ist ein Nest von Banditen, die vom Plündern leben, und Drogo hat die Kontrolle. Nach dem, was Rotel ihm angetan hat, hat er den Verstand verloren.«

Isembard schwieg. Es schmerzte ihn, über seine Schwester zu sprechen. Außerdem hatte man einen Preis auf ihren Kopf ausgesetzt.

»Komm, du wirst schon erwartet.«

Die neue Kathedrale war das prächtigste Bauwerk der Stadt. Vor der schlichten Fassade mit dem geraden Abschluss lag der elegante Portikus mit seinem Bogen aus schwarzem und weißem Marmor. Seitlich erhob sich ein gedrungener, quadratischer Turm, der für die Glocken vorgesehen war, die noch gegossen werden mussten. Oriol forderte ihn auf, einzutreten. Der alte westgotische Bau war Stein für Stein abgetragen worden; die Quader der römischen Tempelanlage hatte man beim Neubau wiederverwendet. Der Innenraum war bereits fertiggestellt. Er beeindruckte durch die Höhe des dreischiffigen Tonnengewölbes, dessen mittleres am breitesten und höchsten war und die von Gurtbögen und eleganten Arkaden gestützt wurden. Der Boden bestand aus großen Steinplatten, von denen viele von der Via Augusta stammten. Die Kathedrale war der Stolz der Einwohner und besonders ihres Bischofs Frodoi.

Der Bau war nach wie vor eingerüstet, auf dem Boden lag Schutt, und zahlreiche Handwerker und Gesellen tünchten die Wände. Dabei schrien sie weder, noch sangen sie anzügliche Lieder. Von der Kathedrale ging bereits jetzt eine sakrale Atmosphäre aus. Die meisten Arbeiten fanden in der Apsis statt, es war noch eine Lücke zu schließen, durch die ein Lichtstrahl auf den Altar fiel.

Obwohl die Stadt zunächst wenig von den Bemühungen

ihres Bischofs gehalten hatte, war die neue Kathedrale ein Symbol für die Zukunft. Wenn die Münzstätte keine neuen Münzen prägte, waren die Gerüste genauso verwaist wie der Markt. In jedem Stein schlug der Puls Barcelonas, und in kritischen Momenten suchten die Menschen Zuflucht in ihren Mauern, so wie damals bei der Schlacht von Osona. Nach vierzehn Jahren war sie noch nicht geweiht, aber bereits jetzt war sie der spirituelle Mittelpunkt Barcelonas, auch wenn der mozarabische Ritus weiterhin bestand.

Sie betraten die bischöfliche Aula, durch deren schmale Fenster sanftes Mittagslicht fiel. Kanoniker und Diakone spazierten auf und ab, in leise Gespräche vertieft. Frodoi hingegen saß nachdenklich auf seinem Marmorthron, der durch ein Mäuerchen vom restlichen Raum abgetrennt war. Er war nun neununddreißig und erschien Isembard wie ein Monarch, der von der Last seines Amtes erdrückt wurde. Neben ihm standen seine treuen Begleiter Jordi und der greise Servusdei, der inzwischen in seinen Siebzigern und nach der weiten Reise nach Ponthion sehr erschöpft war.

Die Rückkehr nach Barcelona führte Isembard vor Augen, wie viel Zeit vergangen war. Elisia hatte es gesagt: Sie waren älter geworden. Noch gab es Spuren der alten Hoffnungen, die sie in die Gekrönte Stadt geführt hatten, aber ihre Unbedarftheit war auf der Strecke geblieben.

Frodoi sah dem Hauptmann der *Scara* entgegen. Das lockige Haar des Bischofs war ergraut, sein Blick dunkler geworden, tiefer und weiser. Er hatte Isembard ein Jahr zuvor bei der Reichsversammlung in Attigny getroffen, wo er erneut Klage gegen Tirs und vor allem Baio erhoben hatte. Dieser hatte sich inzwischen zum Bischof von Tarrasa ernannt, weihte Priester und beanspruchte bischöfliches Land für sich. Frodoi hatte damals recht bekommen und die Erlaubnis, Gewalt anzuwenden, aber ohne die Unterstützung des Grafen blieb das Problem unverändert bestehen.

Der Ritter küsste seinen Ring, doch Frodoi erhob sich, um ihn zu umarmen.

»Ich bin ohne meine Soldaten hier. Boso und Bernhard von Gothien wussten es zu verhindern.«

Die Augen des Bischofs blitzten.

»Aber du bist als *Missus dominicus* hier und damit nicht dem Markgrafen unterstellt.«

»Ich nehme an, das ist es, was Ihr wolltet, Frodoi. Ich vermisse übrigens den Bischof von Bourges.«

»Der alte Vollfadus wird seinen Palast nicht verlassen.« Frodoi lächelte hintersinnig. »Er führt seine schlechte Gesundheit an. Ich hatte nichts anderes erwartet.«

»Der König könnte ungehalten sein«, gab Servusdei zu bedenken. Die Sache gefiel ihm nicht.

»Wenn er davon erfährt, ist es ihm gleich. Ihn interessiert nur die Kaiserkrone.«

Goda betrat die Aula, wie immer in Schwarz gekleidet. Sie ging inzwischen auf die fünfzig zu, ihr graues Haar war unter dem Schleier zum Zopf geflochten. Anders als die Damen bei Hof versteckte sie ihr Alter nicht. Sie war nicht mehr so betörend wie einst, aber sie besaß immer noch eine geheimnisvolle Aura. Nantigis' Witwe, einst von Drogo verbannt, war inzwischen die mächtigste Frau Barcelonas, hochgeachtet von zahlreichen Familien, die sie aus dem Elend herausgeholt hatte.

»Verehrte Dame«, grüßte Isembard höflich. Elisia hatte ihm am Ende ihrer Begegnung etwas erzählt, das ihn brennend interessierte. »Es heißt, Eure Tochter Argencia habe sich verlobt …«

»Ja, mit Ermemir, dem Sohn eines Fischers. Was du gehört hast, stimmt.«

Es entstand betretenes Schweigen. Niemand in Barcelona konnte glauben, dass die adlige Goda eine so beschämende und wenig standesgemäße Verbindung für ihre Tochter guthieß. Isembard sah zu Frodoi, doch der zuckte nur mit den Schultern. Goda hatte selbst ihm nicht den Grund verraten.

»Ich weiß, dass du es nicht verstehst, Isembard, aber ich habe meine Gründe.« Damit erklärte sie das Gespräch für beendet.

Frodoi ließ die Aula räumen, damit niemand hörte, was sie zu bereden hatten. Dann wandte er sich an den Hauptmann der *Scara* und kam ohne Umschweife zur Sache. Später würden sie Zeit haben, sich gegenseitig auf den neuesten Stand der Dinge zu bringen.

»Wir haben dich nicht kommen lassen, damit du das Grenzgebiet inspizierst. Das kennst du schließlich gut.«

»Das habe ich mir gedacht«, antwortete Isembard und sah zu dem schweigsamen Servusdei.

»Du bist hier, um eine Armee aufzustellen«, fuhr der Bischof fort.

Isembard erschrak. Frodoi überschritt immer wieder seine Befugnisse.

»Das steht nur Bernhard von Gothien zu, Bischof.«

»Aber es ist überlebenswichtig für unsere Grafschaften! Nun, da überall neue Siedlungen entstehen, muss eine Verteidigungslinie entlang der Flüsse Llobregat und Segre errichtet werden. Ich habe die Unterstützung der Grafen Wilfried von Urgell, Miro und Ramón von Pallars und Ribagorza, aber wir brauchen jemanden, der das alles organisieren kann. Und dieser Jemand bist du, der einzige gotische Hauptmann der *Scara*. Jetzt, da der König und sein Adel weit weg sind, ist der richtige Moment.«

»Das Problem ist, dass wir nicht genug Soldaten haben«, erklärte Oriol. »Jedes Frühjahr ruft der Markgraf die Männer zu den Waffen, um in Aquitanien für den Sohn des Königs zu kämpfen. Außer Drogos Söldnern bleiben nur unerfahrene junge Burschen und Alte übrig.«

Isembard wusste um die Gefahren des Plans, aber er war nicht mehr der unbedarfte Knabe, der ein paar alten, in Ungnade gefallenen Rittern folgte. In der *Scara* hatte er Strategie und vor allem Disziplin gelernt.

»Zunächst will ich mich entlang des Llobregat umsehen. Ich werde nicht ohne triftigen Grund meinen Gehorsam gegenüber dem König vergessen und Markgraf Bernhard vor den Kopf stoßen. Das hätte noch schlimmere Folgen.«

Frodoi verzog unwillig das Gesicht, nicht daran gewöhnt, dass man ihm widersprach. Aber Isembard war ein offizieller Gesandter des Königs und ihm nicht unterstellt. Das musste er akzeptieren.

»In Ordnung, aber sei vorsichtig.« Frodoi überließ das Wort dem zurückhaltenden Jordi.

»Vor einigen Tagen ist ein Junge hier eingetroffen. Seine Familie hat als Hirten in der Nähe von Benviure gelebt. Er sagte, vor einem Jahr seien seine Eltern ermordet worden. Er ist im Hospital. Wir glauben, dass er durchkommt, aber er hat noch sechs Geschwister in den Bergen, die ebenfalls fast verhungert sind. Wie sie gibt es viele in dieser gottverlassenen Gegend.«

»Sieh dich genau um und erstatte dem König Bericht!«, rief Goda mit feuchten Augen. In den letzten Jahren hatte sie begriffen, dass es mehr brauchte als Opfer an die Große Mutter, um die Stadt zu schützen. »Die Salztransporte werden von Drogo und sarazenischen Banden angegriffen. Die instabile Lage ist die Quelle ihres Reichtums und unser Untergang. Von Graf Bernhard haben wir nichts zu erwarten!«

Isembard nickte. Gott hatte den gleichen Weg für ihn vorgesehen, den zuvor sein Vater gegangen war.

54

Frodoi erhob sich von der Steinplatte, auf der er gebetet hatte. Auch in der neuen Kathedrale befand sie sich direkt vor dem Altar, wie zuvor in der westgotischen Kirchenanlage. Durch das Mittelschiff näherte sich Servusdei, auf einen etwa zwölfjährigen Jungen gestützt. Es war der Hirtenjunge, den die Mönche im Hospital gerettet hatten. Als der Bischof die beiden sah, lächelte er freundlich. Der alte Mönch war dankbar für die Hilfe des Jungen und erklärte ihm die Kirche und ihre spirituelle Bedeutung, als könnte dieser ihn verstehen.

Hunderte Menschen hatten sich in den drei Kirchenschiffen versammelt, um bei diesem historischen Augenblick dabei zu sein. Der Bischof, mit Mitra und Bischofsstab, gab Anweisung, den Altarraum zu schließen.

»Noch siehst du das Licht, mein Junge«, erklärte Servusdei. »Es müssen nur noch ein paar Ziegel eingesetzt werden, dann ist die Apsis endgültig geschlossen.« Er deutete auf die Mauerlücke und den Lichtstrahl, der auf den Altar fiel. »Die Kirche wird im Halbdunkel liegen, das notwendig ist zur inneren Einkehr. Aus der Dunkelheit machen wir uns auf die Suche nach dem Licht des Vaters, der uns sieht und über uns richtet.«

Sie beobachteten die Meister auf den schmalen Gerüsten in der zentralen Apsis, während ihre Gesellen Mörtel anrührten und mit Flaschenzügen nach oben zogen. Stein um Stein schloss sich die neue Kathedrale von Barcelona unter dem andächtigen Schweigen der Gläubigen. Als Frodoi das Zeichen gab, wurde der letzte Stein eingesetzt. Dämmerlicht senkte sich über die Kathedrale, im Innenraum erklangen Ausrufe des Erstaunens, Gebete stiegen zum Gewölbe auf. Frodoi war tief bewegt. Er hatte es geschafft. Es blieb noch viel zu tun, um dem Bau die Pracht zu verleihen, die eines Gotteshauses würdig war, aber die Sonne fiel nicht mehr in den geheiligten Raum, und sein Name würde in die Geschichte Barcelonas eingehen.

Er drehte sich um und hielt nach Goda Ausschau. Goda und er trafen sich weiterhin heimlich. Im Gewand eines einfachen Mönchs aus dem Kloster Santa María del Pi stieg er manchmal mit hochgeschlagener Kapuze zu dem Turm auf dem Mons Iovis, den sie hatte herrichten lassen. Mit der Zeit war die Leidenschaft nicht mehr dieselbe wie früher, aber die Verbundenheit und die Liebe waren geblieben, die sie trotz ihrer Sünde mit Glück erfüllte. Sie würden nie aufhören, sich zu lieben, aber sie waren vorsichtiger geworden. Sie hatten zu viel gelitten.

Frodoi betrachtete den Jungen, der Servusdei begleitete. Da war etwas seltsam Magnetisches in seinem Blick, das ihn an Rotel von Tenes erinnerte.

»Bei uns bist du in Sicherheit«, sagte er freundlich und fuhr ihm übers Haar. »Bald wird ein guter Freund auch deine Geschwister herbringen. Ihr habt nichts mehr zu befürchten, Gott wird über euch wachen.«

Plötzlich begann der Junge bitterlich zu weinen. Er war so viel Fürsorge nicht gewohnt, nicht einmal zu Lebzeiten seiner Eltern. Er zitterte.

»Herr Bischof«, presste er schüchtern hervor. »Ist dieser Freund ein Ritter namens Isembard?«

»Ja.« Er fasste den verängstigten Jungen am Kinn. »Sprich, mein Junge. Hab keine Angst.«

»Der Mann mit dem verbrannten Gesicht hat seinen Namen genannt …« Er begann zu weinen. »Er wird nicht zurückkommen. Sie werden ihn töten.«

»Eine Falle!«, rief Frodoi, und das Echo hallte in der Kirche wider. Viele sahen ihn neugierig an. »Oriol, mit mir!«

Isembard, im Waffenhemd mit dem karolingischen Adler, wurde von drei Männern seines Schwiegervaters und fünf Soldaten der Stadtwache begleitet, die Vizegraf Astorius ihm auf königliche Weisung zugestanden hatte. In den ersten Tagen bereisten sie die Dörfer am Llobregat, wo sie freundlich empfangen wurden. Isembard hörte sich die Klagen der Leute an und sah die Angst in ihren Blicken. Der Name Drogo von Borr wurde nur im Flüsterton ausgesprochen.

Er inspizierte den Wachposten an der Via Augusta, dann zogen sie flussaufwärts zu einem alten Steineichenwald, und schließlich erreichten sie den Turm von Benviure, wo Guisand bestattet war. Bewegt hielt er vor dem Grab des alten Ritters inne, bevor sie sich weiter umsahen. Der runde Turm war nahezu eingestürzt und die Kapellen verlassen. Pau und die anderen Einsiedler waren nicht mehr da.

»Dies ist ein strategisch wichtiger Ort. Wenn die Sarazenen hier über den Llobregat kommen, stehen ihnen bis Barcelona kein Hindernis und keine Burg mehr im Weg.«

Als etwas im Gebüsch raschelte, zogen sie die Waffen. Ein nacktes, etwa siebenjähriges Kind kam aus dem Unterholz hervor und lief davon. Es hatte in der Erde gegraben.

»Es hat etwas zu essen gesucht«, sagte einer der Männer, als er die Stelle untersuchte.

»Wir sind ganz in der Nähe der Stelle, wo die Familie des Jungen aus dem Hospital überfallen wurde«, bemerkte Isembard mit gerunzelter Stirn. »Folgen wir dem Geruch der Angst. Deswegen sind wir hier.«

Es fiel ihm nicht schwer, denn Guisand hatte ihn das Fährtenlesen gelehrt. Das flüchtende Kind gab sich keine Mühe, seine Spuren zu verwischen, und wenig später erreichten sie bei Einbruch der Dunkelheit eine Schlucht, in der eine Steinhütte mit strohgedecktem Dach stand. In einem Pferch hinter der Hütte starrten drei magere Ziegen apathisch vor sich hin. Als Isembard und seine Männer von den Pferden stiegen, stürzten vier nackte Kinder aus der Hütte und rannten in den nahen Wald.

»Lasst sie nicht entwischen!«

Als die Männer zu schreien begannen, warfen sich die Kinder schluchzend auf den Boden. Eines nässte sich ein. Es waren Jungen und Mädchen zwischen drei und acht Jahren, schmutzig und mit Narben übersät. In der Türöffnung erschien ein etwa dreizehnjähriges Mädchen, das ebenso nackt war wie die anderen, und starrte mit angstgeweiteten Augen zu ihnen herüber, einen Knüppel in der Hand. Auch sie war bis auf die Knochen abgemagert.

Isembard hob die Hände.

»Wir tun dir nichts. Sind das deine Geschwister?«

Das Mädchen nickte stumm. Als Isembard einen Schritt auf sie zu machte, verschränkte sie die Beine und hielt schützend die Hand vor die Scham. Sie zitterte.

»Hab keine Angst.« Er nahm den Umhang ab und warf ihn ihr zu. »Bedeck dich.«

Das Mädchen traute sich nicht, den Stoff aufzuheben.

»Die Ziegen sind krank«, sagte sie schließlich. »Wir haben nichts mehr zu essen.«

»Lebt ihr allein?« Isembard hatte bemerkt, dass das Mädchen nur schleppend sprach. Er kam langsam näher, um sie nicht noch mehr zu erschrecken. »Ich komme im Namen des Königs. Und deine Eltern?«

Es fiel ihr schwer zu antworten. Aus der dunklen Hütte war Weinen zu hören.

»Wir haben in Höhlen gelebt, aber dann sind eine alte Frau namens Ega und ein wunderschönes Mädchen gekommen …« Das Mädchen sah Isembard an und setzte hinzu: »Sie glich Euch. Sie brachten uns an einen Ort, um ein Dorf zu bauen.«

»Santa María de Sorba.«

»Ja. Dann hat mein Vater in der Schlacht von Osona gegen die Sarazenen gekämpft, und der Bischof hat ihm angeboten, hier seine Tiere zu weiden. Vor einem Jahr sind Soldaten gekommen und haben alles mitgenommen. Sie haben meinem

Vater die Kehle durchgeschnitten, und meine Mutter …« Ihre Stimme versagte. »Meine Mutter ist auch gestorben.«

»Sind diese Soldaten noch einmal zurückgekommen?«

Das Mädchen senkte den Kopf. Isembard konnte sich vorstellen, was passiert war. In diesen Jahren, in denen er nach Ruhm und Ehre strebte, hatte er vergessen, dass die Mark noch immer ein verfluchter Ort war.

»Haben sie dir wehgetan?« Als das Mädchen nicht antwortete, stellte er eine andere Frage.

»Wie viele seid ihr?«

»Wir waren neun Geschwister. Im Winter sind zwei gestorben, und jetzt ist meine Schwester sehr krank. Sie haben sie mit irgendwas angesteckt … Sie ist sechs. Ein weiterer ist vor ein paar Wochen nach Barcelona geflohen.«

»Wie ist dein Name, Mädchen?«

»Agnes.«

»Bitte zieh dir etwas an, Agnes.«

Zitternd hob sie den Umhang vom Boden auf und hüllte sich darin ein. Einer der Soldaten rief nach Isembard, und sie gingen hinter die Hütte. Zwischen den Steinen sahen sie menschliche Knochen mit Bissspuren.

»So haben sie also überlebt. Mein Gott …«

»Es geschieht wieder«, sagte Isembard leise. »Was soll aus diesen Kindern werden, wenn sie überleben? Wenn sie keine Barmherzigkeit kennen, werden sie auch kein Erbarmen mit anderen haben.«

Berührt von der furchtbaren Situation, die sich an so vielen Orten wiederholte, übergaben sie Agnes einige Vorräte. Die Kinder hatten nichts, und die Feldsteinmauern der elenden Hütte drohten einzustürzen. Sie aßen Wurzeln, die sie im Wald ausgruben, und legten Schlingen aus, in denen sich jedoch nur selten ein Tier verfing. Für das kranke Mädchen gab es keine Rettung. Sie wickelten es in Decken und entzündeten ein Feuer in der Hütte.

Die übrigen Kinder kamen zurück. Der Kleinste umklammerte dankbar Isembards Hand, und der Hauptmann umarmte ihn gerührt.

»In ein paar Tagen kommen wir zurück und bringen euch in ein Dorf namens La Esquerda. Dort bekommt ihr etwas zu essen, und es gibt Leute, die sich um euch kümmern werden.«

»Verschwindet von hier, Mann des Königs!«, sagte Agnes plötzlich. Ihr Gesicht war tränenüberströmt. »Ihr seid nicht wie sie … Geht, bevor sie kommen.«

Isembard sprang auf.

»Das ist eine Falle!«

Der Mann, der mit ihm in die Hütte gegangen war, riss die Tür auf. Drei Pfeile trafen ihn in die Brust, und er brach tot zusammen, während sich die Kleinen vor Angst schreiend in eine Ecke kauerten. Die sieben Männer, die draußen gewartet hatten, wurden in diesem Moment ebenfalls von Pfeilen tödlich getroffen. Isembard konnte nicht entkommen.

»Sie haben meinen Bruder nach Barcelona geschickt, um euch herzulocken!«, wimmerte Agnes. »Wir haben es gemacht, damit sie uns was zu essen geben …«

In ihrer Panik vor der erwarteten Strafe rannte sie aus der Hütte.

»Nein!«, rief Isembard.

Agnes begann zu kreischen, als sie von einem Soldaten mit einem Drachen auf der Brust abgefangen wurde. Ein Stück Leder bedeckte die Hälfte seines Gesichts, aber selbst in der Dunkelheit waren die Brandnarben zu erkennen. Mit Drogo von Borr waren zwanzig Männer gekommen. Er hielt ein langes Messer an den Hals des Mädchens.

»Wir wussten, dass du kommen würdest, *Missus dominicus*. Ergib dich, Isembard. Du wirst sowieso sterben, aber wenn du keinen Widerstand leistest, werde ich die Kinder verschonen.«

Er saß an einem namenlosen Ort in der Falle. Die beste Gelegenheit, um einen königlichen Gesandten verschwinden zu lassen – ein brennender Pfeil genügte, und die Hütte brannte lichterloh. Er verfluchte sich für seine Dummheit. Mit einem Hinterhalt von Drogo hatte er gerechnet, aber nicht damit, dass er sich dieser bedauernswerten Kinder bedienen würde. Schweigend ließ er das Schwert fallen und ging nach draußen. Die Söldner johlten, während sie die Waffen der ermordeten Männer an sich nahmen.

»Knie nieder, Isembard«, befahl Drogo.

Er gehorchte, während er die Söldner musterte. Sie trugen zerrissene Kettenhemden.

»Du stehst vor einem Gesandten des Königs. Nicht einmal Bernhard von Gothien wird dieses Verbrechen rechtfertigen können.«

»Glaubst du, das interessiert mich?«, donnerte Drogo. »Sieh dir mein Gesicht an! Du wirst für Rotel bezahlen. Tötet ihn! Und die Kinder auch.«

Isembard hob den Kopf. Er hatte ein Licht im Dunkel des Waldes aufflackern gesehen.

»Los, macht schon!«, forderte Drogo einen seiner Männer auf, doch der rührte sich nicht.

»Schaut nur, Herr.«

Auf dem Pfad durch den Wald erschienen an die dreißig Fackeln. Ein großer Reitertrupp galoppierte auf die Hütte zu. Isembard erkannte Hauptmann Oriol mit einem Jungen auf der Kruppe seines Pferdes. Hinter ihm ritt mit erhobenem Schwert der Bischof. Gott ruft mich noch nicht zu sich, dachte Isembard erleichtert.

»In Christi Namen, ergebt euch!«, schrie Frodoi. »Vor euch steht der Bischof von Barcelona!«

Drogo schnaubte verächtlich und zerrte Agnes zu seinem Pferd. Die fliehenden Söldner wurden von mehreren Reitern verfolgt.

»Begeh kein weiteres Verbrechen, Drogo«, warnte ihn Isembard, als er seine Fluchtabsicht bemerkte.

Drogo hob Agnes auf sein Pferd und sprang hinter ihr auf. Isembard schrie, dass niemand angreifen solle, um das Mädchen nicht zu verletzen. Als Drogo weit genug entfernt war, schnitt er dem Kind gnadenlos die Kehle durch, warf es vom Pferd und verschwand in der Nacht. Isembard rannte zu Agnes und hielt ihrem Blick stand, bis sie in seinen Armen starb. Ihr Schmerz sollte tief in seine Seele dringen – als Strafe für seinen Fehler. Er hatte den größten Verbrecher der Spanischen Mark entwischen lassen, in der Hoffnung, ein Leben zu retten. Vergebens. Seine Vorgesetzten bei der *Scara* hätten ihn gnadenlos ausgepeitscht.

Frodoi trat zu ihm.

»Es tut mir leid, Isembard«, murmelte er bestürzt. »Wir hätten ahnen müssen, dass sie dir eine Falle stellen. Das ist ein Akt des Verrats gegen den König!«

»Der Befehl kam aus Ponthion«, antwortete Isembard und dachte an Bernhard und Boso.

Er schloss Agnes die Augen, nahm ihr den blutbefleckten Umhang ab und bedeckte ihren nackten, von Wunden übersäten Körper mit dem Umhang eines der ermordeten Männer. Isembard fasste einen Entschluss. Er war ein Hauptmann der *Scara* und wusste nun, was er zu tun hatte.

Oriol, Duravit und Italo kehrten zurück. Die Söldner, die nicht gefangen wurden, hatten sich in einem verfallenen Kloster in der Nähe der Hütte verschanzt, aber Drogo war nicht bei ihnen. Frodoi wurde wütend. Er hatte schon oft Berichte von grausamen Verbrechen gehört, doch nun hatte er eines mit eigenen Augen gesehen.

»Einen *Missus dominicus* anzugreifen ist ein unverzeihlicher Angriff auf die Krone! Ich will ihre Leichen am Aquädukt von Barcelona baumeln sehen! Und auch Drogo wird für sein Verbrechen büßen …«

Isembard schwieg. Als sie zu dem alten Kloster kamen, scharte Oriol die Reiter um sich, um den Befehl des Bischofs auszuführen, doch Isembard bat ihn, zu warten.

»Bischof«, sagte er ernst, »als wir vor vierzehn Jahren nach Barcelona kamen und uns die Horden angriffen, nahmen diese vor unseren Augen ein kleines Mädchen mit. Sie hieß Ada und war erst drei Jahre alt.«

»Ich erinnere mich«, sagte Frodoi düster. »Ich hatte jahrelang Albträume ihretwegen.«

»Ich habe die verkohlten Reste ihres Beins in einer Feuerstelle entdeckt«, sagte Isembard zu Frodois Entsetzen. »Vielleicht war einer dieser Wilden der Vater der Kinder in der Hütte. Wenn es keine Hoffnung gibt, wiederholt sich die Geschichte. Ich habe schon zu viel Elend gesehen ... Ihr habt recht: Wir brauchen eine Armee.«

Frodoi überlief es heiß und kalt. Ein so hohes Risiko war er noch nie eingegangen.

»Dir ist bewusst, dass wir den Gehorsam gegenüber dem König verweigern und den Grafen brüskieren.«

»Ich bin der Sohn eines Ritters der Mark, der seinen Schwur vor König Ludwig geleistet hat, nicht vor dem Grafen. Die Spanische Mark wird neue Ritter und Soldaten haben, die sie verteidigen.« Er deutete auf die Ruinen, in denen sich die Söldner verschanzt hatten. »Wir brauchen keine Toten, sondern Schwerter. Wenn Ihr das wirklich wollt, dann folgt mir, und wir teilen die Hoffnung oder aber den Tod. Oriol, Duravit und Italo sollen mitkommen, das wird genügen.«

»Bist du sicher?« Oriol war beunruhigt. »Es sind um die zwanzig Männer.«

Isembard antwortete nicht, sondern ging hocherhobenen Hauptes auf die Ruinen zu.

»Ich komme in meiner Funktion als *Missus dominicus* eures Königs Karl des Kahlen. Bei mir ist der Bischof von Barcelona!«, rief er mit martialischer Stimme. »Lasst uns ein und wir verhandeln, oder ihr werdet da drinnen sterben wie Ratten!«

Als die fünf Reiter die Mauer erreichten, hielten sich Drogos Männer still, denn eine Pfeillänge entfernt warteten die restlichen Soldaten, die der Bischof mitgebracht hatte.

»Ich bin Isembard von Tenes«, sagte Isembard mit unbewegter Stimme. »Mir wurde gesagt, dass ihr zu den Truppen gehört, die die Grenze bewachen. Im Namen des Königs fordere ich euch auf, Aufstellung zu nehmen, um mich auf meiner Inspektionsreise zu begleiten.«

Nach einem rauen Gelächter kam einer der Männer näher. Als er den Bischof erkannte, blitzte es in seinen Augen: Das war ihr Passierschein, um heil hier herauszukommen. Er konnte nicht glauben, dass Isembard so dumm gewesen war, den Kirchenmann mitzunehmen.

»Ich kenne dich, Isembard!« Der Mann trug eine alte Mönchskutte unterm Kettenhemd. »Du bist der Ritter ohne Land, der mit Guisand durch die Lande zog. Es war eine bemerkenswerte Nacht damals in Tenes, erinnerst du dich? Aber heute trägst du einen hübschen Umhang. Der wird mir gut stehen.«

»Bist du der Hauptmann dieser Einheit?«

Frodoi und seine Soldaten sahen sich fassungslos an. Isembard benahm sich, als wären diese Männer nicht kurz davor, ihnen die Kehle durchzuschneiden. Sie scharten sich um ihn.

»Du scheinst unbedingt heute Nacht sterben zu wollen, junger Tenes«, fuhr der Söldner abfällig fort. »Der Bischof ist uns mehr wert. Drogo wird uns großzügig belohnen.«

»Ich sehe, du sprichst im Namen aller. Nun gut, gib deinen Männern Befehl zur Aufstellung. Ich will die Waffen sehen und mich vergewissern, dass ihr kampfbereit seid.«

Unter allgemeinem Gelächter schnaubte der Mann wütend, und die anderen taten es ihm nach.

»Ich warte«, beharrte Isembard.

Der Mann stieß einen Schrei aus und attackierte Isembard mit dem Schwert. Der wich ihm mit Leichtigkeit aus und nutzte den Schwung, um ihn aufs Kreuz zu legen, ohne auch nur seine Waffe zu ziehen. Mit einem dumpfen Knacken blieb der falsche Mönch liegen, den Hals merkwürdig verrenkt. Die Söldner brüllten auf. Ein weiterer griff an, aber auch er kam nicht an Isembard heran, denn dieser packte ihn am Arm und kugelte ihm die Schulter aus. Oriol, Italo und Duravit scharten sich um den Bischof und streckten zwei weitere Männer nieder. Die übrigen Söldner hielten inne und sahen sich angespannt an. Isembard löste einen Beutel vom Gürtel. Seine königliche Zuwendung als *Missus dominicus.*

»Das sind Silbermünzen. Die Bezahlung für jene von euch, die würdig sind, Teil meiner Armee zu sein.«

»Besser, du gibst uns den Beutel und ...«

Bevor der Mann den Satz beenden konnte, rannte Isembard auf ihn zu und schlug ihm den schweren Geldbeutel auf den Mund. Der Mann taumelte rückwärts, während er seine Zähne ausspuckte.

»Ich biete euch allen ein neues Leben, wenn ihr richtige Soldaten sein wollt, die die Spanische Mark verteidigen und ihre Bewohner schützen. Schluss mit den Plünderungen und Vergewaltigungen und Drogo von Borrs Launen! Ihr werdet mir die Treue schwören und lernen, wie man richtig kämpft.« Er grinste herausfordernd. »Oder ihr könnt mir den Beutel abnehmen. Ich schätze, bevor ihr das schafft, haben wir sieben von euch getötet und zwei oder drei zu Krüppeln gemacht.«

Es herrschte angespanntes Schweigen. Der *Missus dominicus* machte keine leeren Drohungen, und auch die Soldaten des Bischofs standen im Ruf, ausgezeichnete Krieger zu sein. Einer versuchte es aus dem Hinterhalt und stieß gleich darauf einen markerschütternden Schrei aus. Die Wunde an seinem

Oberschenkel ging bis auf den Knochen; von Oriols Schwert tropfte Blut.

»Nehmt Aufstellung! Wer nicht der Mark dienen will, kann jetzt gehen.«

Keiner wollte zu denen gehören, die sterben würden. Isembard sah die Feigheit in ihren Augen. Bei ihren Überfällen auf Bauern und Hirten ließen sie keine Gnade walten, aber sie waren keine Soldaten.

Fassungslos entschieden sich die Söldner, zu gehorchen. Einige schwankten vor Trunkenheit. Isembard ging angewidert an ihnen vorbei, aber er gab jedem zehn Oboli. Ein junger Bursche versuchte ihn mit einem Messer anzugreifen. Isembard, der mit einem solchen heimtückischen Angriff gerechnet hatte, packte seine Hand und verdrehte sie, bis die Waffe zu Boden fiel. Er hätte ihm das Handgelenk zertrümmern können, aber er tat es nicht.

»Ich kämpfe seit Jahren gegen die Normannen, und glaubt mir, verglichen mit ihnen seid ihr Hofdämchen. Wie heißt du?«, herrschte er den Jungen an.

»Airado, mein Herr«, antwortete dieser mit zusammengebissenen Zähnen wegen des schmerzenden Handgelenks. Er war etwa im selben Alter wie Isembard damals, als er Guisand begegnete.

»Hast du Verwandte? Los, antworte!«

»Eine Schwester, in Barcelona. Mein Vater hat sie verkauft, als sie zum ersten Mal blutete, und dann hat er mich verlassen … Sie ist Prostituierte … oder war es. Ich weiß nicht, ob sie noch lebt.«

Isembard nahm zehn weitere Oboli aus dem Beutel und gab sie ihm.

»Damit du sie unterstützen kannst, falls du sie findest.«

Frodoi wollte es nicht glauben, aber die Autorität, die von dem Hauptmann der *Scara* ausging, machte Eindruck auf diese Männer, von denen die meisten eine ebenso schmerzvolle und entbehrungsreiche Lebensgeschichte hatten wie Airado. Bis zu dieser Nacht waren Ansehen und Achtung für sie unerreichbar gewesen.

Zuerst war es nur ein zaghaftes Nicken, doch ohne ihren Anführer stimmten am Ende alle zu. Drogo hatte ihnen nie etwas gezahlt, sondern ihnen lediglich gestattet, sich bei ihren Raubzügen zu nehmen, was sie bekommen konnten. Isembard griff nach der Peitsche, die an seinem Sattel befestigt war. Keiner hatte ihn je sein Pferd schlagen gesehen, aber er hatte sie dabei. Schweigend überreichte er sie Italo, dem kräftigsten seiner Männer.

»Airado hat versucht, einen Vorgesetzten anzugreifen. Zur Strafe erhält er sieben Peitschenhiebe. Du kannst dich glücklich schätzen«, sagte er zu dem jungen Söldner, der ganz bleich geworden war. »Wenn du mir auch nur einen Kratzer zugefügt hättest, hätte ich dich töten lassen. Los, Italo, entblöße ihn.«

Die Reiter aus der Stadt hatten sich der Ruine genähert. Zur allgemeinen Betroffenheit nahm Italo Airado das Lederwams ab und zerriss sein Hemd am Rücken. Die Bestrafung war martialisch. Die Peitschenhiebe hallten durch die Nacht, und der Söldner ertrug nur die ersten drei Schläge stumm. Am Ende sank er zu Boden und krallte vor Schmerzen die Finger in die Erde. Isembard half ihm auf.

»Wascht seine Wunden mit Wein aus und baut das Lager ab. Wir brechen zum nächsten Posten auf. Unterwegs erkläre ich euch die Regeln der Armee. Und ich rate euch, sie zu befolgen.«

Eingeschüchtert gingen sie zu Fuß hinter den Pferden her. Einer floh in den Wald.

»Ein Deserteur!«, rief Isembard, sodass es auch der Flüchtige hören konnte. »Hat den Sold genommen, und jetzt macht er sich aus dem Staub. Darauf steht der Tod. Wer ihn fängt, erhält zehn Oboli.«

Fünf Männer rannten hinter ihm her auf den dunklen Wald zu.

»Ich erkenne dich nicht wieder, Isembard«, sagte Frodoi.

»Sie sind wie die Normannenhorden, mit denen ich seit fünf Jahren zu tun habe. Bring ihren Anführer um, und sie werden sich sofort einen neuen suchen. Das ist unser Vorteil. Ich werde durch die Mark ziehen und jeden rekrutieren, der ein Schwert halten kann. Doch auch dann noch sind wir den Sarazenen unterlegen. Man braucht eine disziplinierte und gut ausgerüstete Armee, die sich nicht beim ersten Widerstand auflöst.«

Der Bischof und seine Männer sahen sich an. So etwas hatte seit den Rittern der Mark niemand mehr versucht.

»Freut euch nicht zu früh«, sagte der junge Tenes. »Aus Erfahrung weiß ich, dass mindestens die Hälfte von ihnen desertieren wird. Und wir müssen mit einem offenen Auge schlafen. Wenn man uns nicht irgendwann nachts die Kehle durchschneidet, wird die Spanische Mark eine Streitmacht haben, die bereit ist, die Grenze zu verteidigen.«

Frodoi und Oriol erinnerten sich an den jungen Isembard, der in blinder Wut Steine auf den gräflichen Palast geworfen hatte. Nicht einmal das Schicksal der Kinder hatte ihn aus der Fassung gebracht. Er war Hauptmann einer Eliteeinheit und wusste genau, was er zu tun hatte. Guisand von Barcelona hatte recht gehabt: Der junge Tenes war der Anführer, den sie brauchten.

»Du bleibst bei ihm, Oriol«, sagte Frodoi, der seine Gedanken las. »Ich reite nach Barcelona zurück. Ich habe etwas Wichtiges zu erledigen. Wir sehen uns bald, Isembard. Gott leite und schütze dich. Morgen wird das ganze Volk wissen, dass die Ritter der Mark zurück sind.«

55

Karl der Dicke schlief gerne umgeben von nackten Frauen. Er lag dann im Bett, während sie sich kichernd an seinem fülligen Körper zu schaffen machten. Der Sohn Ludwigs des Deutschen hasste Feldzüge, die langen Märsche auf unbequemen Wegen bei Kälte, Regen und sengender Sonne. Er zog eine gemütliche Taverne und ein warmes Schlafgemach vor, wo er sich seinen Freuden hingeben konnte, doch diesmal war sein Vater ungehalten gewesen und hatte nichts von seinen Ausreden wissen wollen.

Nach dem Tod seines Cousins, des Kaisers, war sein Bruder Karlmann der legitime Thronfolger der Kaiserwürde. Karlmann und sein anderer Bruder Ludwig waren beide von selbstgewissem Auftreten, geschickt im Umgang mit dem Schwert und damit würdige Nachfolger ihres Vaters. Karl hingegen war die Schande der Familie und wegen seiner extravaganten Kleidung und seiner Laster Ziel des Spotts bei Hofe. Sein Vater hasste ihn bis zur Grausamkeit, aber er brauchte jeden seiner Söhne, um die Truppen über die Alpen zu führen und den fränkischen König Karl den Kahlen aufzuhalten.

Nach wochenlangem Marsch waren sie schließlich in Pavia eingetroffen, der wichtigsten Stadt Norditaliens. Die Hälfte des örtlichen Adels unterstützte seinen Bruder Karlmann; deshalb hatten sie ihn mit allen Ehren empfangen, als sie das Heer sahen, das er im Namen seines Vaters befehligte. Sie hatten ihm zu Ehren ein Bankett mit dreißig verschiedenen Speisen gegeben und ihm die schönsten Frauen aus den Vorstädten zugeführt, ohne sich darum zu scheren, ob sie verheiratet waren oder nicht. Das alles, um einen Krieg vor den Toren der Stadt zu verhindern.

Karl der Dicke wusste, dass sich sein Onkel, der westfränkische König, mit einer großen Armee näherte, die er auf seinem Weg über Langres mit Tausenden weiterer Männer verstärkte. Er selbst hatte ein wesentlich kleineres Kontingent, doch seine Aufgabe war es lediglich, ihn aufzuhalten, bis sein Bruder Karlmann mit seinen Truppen über den Brenner kam. Dann würde sein Onkel in den Alpen festsitzen, und sie brauchten nur abzuwarten, bis ihn die ersten Schneefälle zur Umkehr zwangen. Ein simpler Plan, fand er, so simpel, dass er ihn seinen Heerführern überließ, um sich weiter der Völlerei und seinen Bettspielen zu widmen.

Den Spähern zufolge würde es am nächsten Tag zum Zusammentreffen der beiden Heere kommen. Im Feldlager wurden Schwerter geschärft und Pfeile vorbereitet. Für alle Fälle hatte Karl der Dicke bei einem Krug Wein mit seiner Leibgarde einen geheimen Fluchtplan ersonnen, falls etwas schiefging.

Als er vor sein Zelt trat, um frische Luft zu schnappen, sah er sie wieder. Sie stand zwischen den Bäumen hinter den letzten Lagerfeuern des Feldlagers. Er bedeutete ihr, näher zu kommen.

Seit seiner Ankunft in Pavia hatte er eine geheimnisvolle Begleiterin. Immer wieder tauchte die schwarz gekleidete Frau in der Menge oder im Wald auf. Sie trug einen Schleier, aber er sah sofort, dass sie schöner war als alle Frauen, die er je besessen hatte, und das beflügelte seine Fantasie. Sie erschien ihm sogar in seinen Träumen und flüsterte ihm unverständliche Worte ins Ohr, doch bevor er sie berühren konnte, verschwand sie, und er wachte schweißgebadet auf. Als Sohn des Königs war er es nicht gewöhnt, dass sich eine Frau weigerte, seine Geliebte zu werden, und sich ihm entzog, deshalb machte er sich auf die Suche nach ihr.

Er hatte sich nach ihr erkundigt, aber niemand wusste, wer sie war. Die Leute hatten Angst. Es schien irgendwie mit Hexerei zu tun zu haben; seine Diener flehten ihn an, sie zu vergessen. Es konnte sich um eine Falle handeln. Angeblich stand Königin Richildis, die Gemahlin seines Onkels, mit dunklen heidnischen Mächten im Bunde. Tavernengeschwätz, dem kein Mensch, der bei klarem Verstand war, Glauben schenkte.

Dieses Gesicht und das blonde Haar, das unter dem Schleier hervorlugte, zogen ihn auf eine rätselhafte, unheimliche Weise an. Wahrscheinlich ist sie eine junge Witwe, die den nächsten Schritt nicht wagt, dachte Karl der Dicke.

Als er sie nun erneut am Waldrand stehen sah, fasste er sich ein Herz. Morgen würden sie dem Feind entgegenziehen, und danach würde er nach Aachen zurückkehren. Ohne lange nachzudenken, ging er auf sie zu und stolperte unsicher durch das unebene Gelände. Er hatte zu viel getrunken, wie jeden Abend.

In dem Wäldchen hing feiner Bodennebel, und Lichtstrahlen fielen durch die Baumkronen, die bereits ihr Laub verloren hatten. Die geheimnisvolle Frau blieb in Sichtweite, aber dennoch unerreichbar. Karl folgte ihr, bis er erschöpft war und die Orientierung verloren hatte.

»Hier …«, flüsterte sie aufreizend.

»Wo bist du?«, keuchte er schwitzend. »Zeig dich!«

Er entdeckte sie, vom Mondlicht umflossen, auf einer Lichtung. Etwas war anders. Da war kein sinnliches Lächeln mehr auf ihrem verschleierten Gesicht zu erkennen.

Es war völlig still.

»Wer bist du?«

Die Frau lüftete den Schleier. Ihre eiskalte Schönheit machte ihm Angst.

»Ich bin eine, die zu vergessenen Göttern betet. Eine Jägerin.«

Aufreizend langsam hob sie einen silbernen Fingerhut in Form eines Sporns. Karl war viel kräftiger als sie, aber seine abergläubische Angst hinderte ihn daran, sich ihrem Einfluss zu entziehen, und er blieb wie versteinert stehen.

»Jesus Christus, steh mir bei!«

Doch das dämonische Wesen floh nicht bei der Erwähnung Christi, wie die Priester behaupteten, sondern kam mit entschlossenen Schritten auf ihn zu und stach ihm die Spitze des Dorns in den Hals. Eine dunkle Flüssigkeit trat aus. Karl spürte ein brennendes Feuer in seinen Adern, und ihm wurde schwindlig.

»Du bist dem Tod geweiht, Prinz Karl. In zwei Tagen ist dein Leben verwirkt. Wenn du das Gegengift willst, tritt morgen den Rückzug an und überlasse deinem Onkel die Stadt.«

»Das kann ich nicht! Mein Vater …«

»Dann wirst du sterben, und es wird ein schrecklicher Tod sein.«

Karl spürte, wie sein Körper taub wurde und sich das Feuer bis in seine Füße ausbreitete. Im Delirium nahm der Wald unwirkliche Formen an, und er schrie vor Entsetzen.

»Da entlang!«, rief jemand in der Ferne. »Das war die Stimme des Prinzen!«

»Zieh dich mit deiner Armee zurück, und du wirst das Gegengift erhalten«, zischte Rotel. »Denk daran: zwei Tage.«

Als die Leibwache erschien, lag der Sohn Ludwigs des Deutschen zitternd auf der Lichtung, rieb sich unablässig den Hals und wimmerte wie von Sinnen. Ein Arzt wurde geholt, der immer in seinem Gefolge mitreiste. Der Mann schnupperte an der kleinen Wunde.

»Belladonna und Antimon«, stellte er fest. »Vielleicht noch etwas anderes. Das war ein Anschlag auf den Prinzen.«

»Hexerei!«, rief der Hauptmann der Leibgarde. »Nichts wie weg aus diesem Wald!«

Am nächsten Tag litt Karl der Dicke unter Fieber und Muskelkrämpfen und schrie vor Schmerzen. Er wirkte verängstigt und weigerte sich, zu erzählen, was geschehen war. Er versammelte seine Heerführer um das Krankenlager in seinem Zelt und befahl, das Feldlager abzubrechen.

»Wenn wir das tun, kann Karl der Kahle ungehindert nach Pavia ziehen. Euer Vater wird toben und uns alle köpfen lassen.«

»Wird er nicht«, flüsterte der Prinz ängstlich. Er blickte sich um, als fürchtete er, die Dämonin mit dem hübschen Gesicht zu entdecken. Sie war in der Nähe. »Mein Bruder ist nicht für die Kaiserkrone bestimmt. Es gibt Mächte, die das verhindern, und es ist besser, sie nicht herauszufordern.«

»Ihr solltet mit einem Priester sprechen.«

»Ich denke nicht daran, zu kämpfen! Gehorcht, und ich werde mit meinem Vater sprechen.«

Ludwig der Deutsche konnte es nicht glauben, als er die Nachrichten von seinen Söhnen erhielt. Sein Sohn Karl hatte den Rückzug angetreten, statt sich dem feindlichen Heer in den Weg zu stellen, und Karlmann, der über stärkere Truppen verfügte, war durch eine diplomatische Mission unter der Führung Bosos von Vienne ausgeschaltet worden. Der König der Westfranken, sein Halbbruder, hatte gesiegt, ohne einen Tropfen Blut zu vergießen, und ehrenvoll Einzug in Pavia gehalten. Da niemand mehr da war, um die Stadt zu verteidigen, hatten die Stadtoberen die Seiten gewechselt und dem westfränkischen Monarchen ihre Unterstützung zugesichert. Karl der Kahle hatte mithilfe der Bischöfe von Velletri, Arezzo und Porto den letzten Widerstand des norditalienischen Adels niedergeschlagen und war Mitte November ohne jede Gegenwehr nach Rom gezogen, wo ihn Papst Johannes VIII. auf den Stufen des Petersdoms empfangen würde, wie es seit der Zeit Karls des Großen Brauch war.

Die Krönung war für den Weihnachtstag in Sankt Peter vorgesehen, genau fünfundsiebzig Jahre nach der feierlichen Inthronisation Karls des Großen und nach demselben Ritus. In Gegenwart der Kurie, der italienischen Bischöfe, des Adels und des römischen Volks würde Papst Johannes VIII. den knienden König mit geweihtem Öl salben und ihm die Kaiserkrone aufs Haupt setzen. Nachdem Karl der Kahle geschworen hatte, die Heilige Römische Kirche zu achten und zu ehren und nichts gegen ihre Gesetze und ihre Amtsgewalt zu unternehmen, würde der Papst seinerseits vor dem Kaiser niederknien, um seine weltliche Herrschaft anzuerkennen.

Die heilige Allianz würde unter Lobgesängen und dem Jubel des Volkes vor dem Gotteshaus besiegelt werden. Danach würde Karl mit Zustimmung des italienischen Hofs zum König von Italien gekrönt werden, und dann würden harte Verhandlungen mit Bischöfen, Äbten und Adligen folgen, um sich in diesem fremden Terrain zu behaupten.

Daran war nichts mehr zu rütteln. Ludwig der Deutsche war außer sich und plante einen Feldzug ins Reich seines Rivalen. Während sich Karl der Kahle die Kaiserkrone aufsetzte, würde er Weihnachten in der Burg von Attigny verbringen, Karls Wein trinken und alles zusammenraffen, was irgendeinen Wert besaß, um diesem seine Empörung zu zeigen, aber letzten Endes hatten seine Söhne die Chance vergeben, sich die Kaiserkrone aufs Haupt zu setzen. Diese Ehre fiel nun seinem Halbbruder und mit ihm der schönen Richildis zu, der Königin, die zunehmend von einer finsteren Aura umgeben war.

Rotel ließ Karl dem Dicken durch einen Diener ein Purgativ zukommen und blieb noch einige Tage in der Hütte im Wald bei Pavia, in der sie sich versteckte. Als Richildis mit dem Heer ihres Mannes in der Stadt eintraf, führte man sie dorthin.

Isembards Schwester war mittlerweile neunundzwanzig Jahre alt und eine der sogenannten »Sieben Witwen«, die sich selbst Haliurunnen nannten. Von ihnen hatte sie fünf Jahre lang das uralte Wissen der Vorfahren erlernt und war nun noch mächtiger und finsterer als zuvor. Die Haliurunnen verstanden sich als Nachfahrinnen jener Hexen, die der Sage nach vom Gotenkönig Filimer, dem Sohn Gadarichs des Großen, aus der Gemeinschaft des Stammes verbannt wurden, weil er glaubte, dass sie den Truppen schadeten. In den Wäldern verborgen, taten sie sich mit sonderbaren Wesen zusammen, die als Faune bekannt waren. Die ersten Nachkommen aus diesen Verbindungen wuchsen in den Sümpfen von Meotida auf, doch die Goten fanden sie und zwangen sie, wegzugehen und sich in alle Winde zu zerstreuen.

Rotel wusste nicht, wie viel Wahres an dieser Geschichte war, aber die alten Frauen behaupteten, dass sie mütterlicherseits ebenfalls eine Haliurunne sei. Der Glaube und das Wissen dieser Frauen hatten große Ähnlichkeit mit dem, was Ega sie gelehrt hatte, doch die Sieben Witwen umgab die Finsternis ihrer heidnischen Praktiken, dieselbe Finsternis, die auch Rotel umfing, seit sie Malik und Sansa verloren hatte. Nur durch diese Frauen hatte sie nicht auch den Verstand verloren.

Die Haliurunnen führten sie auf einen dunklen Pfad, der aus finsterer Zeit kam. Sie praktizierte jahrhundertealte gotische Rituale und lernte, die Zukunft aus dem Vogelflug und den Eingeweiden zu lesen. Sie hatte die Toten beschworen und zugunsten ihrer Beschützerin Richildis die abscheulichsten Flüche ausgesprochen.

Die Königin schützte die Haliurunnen vor dem Kirchenbann, den Edikten Karls des Großen und dem Kapitular von Quierzy, das ihr Mann im Jahr 873 erlassen hatte und in dem er dazu aufforderte, Gottlose und Zauberkundige zu verfolgen und vom Antlitz der Erde zu tilgen. Sie bot ihnen Zuflucht, wenn Gerüchte im Volk aufkamen und man sie aus dem Land vertreiben wollte. Der Tag würde kommen, an dem Rotel Rache für ihre Tochter Sansa nahm, doch sie war fasziniert von der Kraft dieser geheimnisvollen Rituale und beschloss, noch eine Weile bei den Frauen zu bleiben.

Onyx hatte sie nie auf diesen Pfad geführt; vielleicht hatte er nicht die Zeit dazu gehabt. Durch ihn war sie zur Bestiarin geworden, nun war sie eine Haliurunne, eine Hexe. Sie bezwang ihre Opfer nicht nur mit dem Gift ihrer Waffen, sondern wusste auch die Substanzen der Pflanzen einzusetzen und sich die Ängste dieser abergläubischen Welt zunutze zu machen.

In dieser Nacht schlachtete sie einen Widder und benetzte Richildis' weiße Haut mit seinem Blut. Die Königin erflehte die Gunst der Götter für ihren Weg zum Kaiserthron. Als das blutige Opfer zu Ende war, sah Rotel sie maliziös an.

»Du hast mir vor fünf Jahren das Leben gerettet, und ich habe bei den Sieben Witwen viel gelernt. Aber ich vergesse nicht. Ich habe nur deshalb bei Bernhard von Gothiens Aufstieg zugesehen, damit er noch tiefer fällt. Doch nun ist es an der Zeit, Rache für meine Tochter zu nehmen.«

Richildis erschrak. Rotel war keine Dienerin, der man Befehle erteilen konnte. Sie führte ihre Aufträge nur aus, damit die Königin die alten Frauen schützte und sie selbst ihre dunklen Kenntnisse vertiefen konnte, doch ihre finstere Seele war frei. Rotel war der einzige Mensch, den sie wirklich fürchtete. Aber sie brauchte sie, um alle Hindernisse beiseitezuräumen, die ihrem Ehrgeiz im Weg standen.

»Ich bitte dich, Rotel … Ja, ich habe dir Bernhards Seele versprochen, und du sollst sie haben. Aber noch ist er uns nützlich. König Karl wird meinen Bruder zum Vizekönig von Italien ernennen. Boso wird Ermengarde heiraten, die Tochter des verstorbenen Kaisers, und so den italienischen Adel hinter sich bringen.« Sie versuchte, Rotel mit ihrer Begeisterung anzustecken.

Rotel hörte ungerührt zu, wie Richildis die größten Geheimnisse ausplauderte.

»Ihr Bosoniden handelt gegen die universelle Ordnung.«

»Gott erwählt die Besten aus seiner Herde, um sie aus dem Staube zu erheben, wenn die Zeit gekommen ist.«

Richildis zögerte nicht, sich auf Gott zu berufen, obwohl ihr Körper mit Widderblut beschmiert war.

»Pippin der Jüngere, der Vater Karls des Großen, war Hausmeier der letzten Merowingerkönige. Der letzte Merowingerkönig Childerich III. war genauso unfähig und im Niedergang begriffen wie seine Vorgänger. In Wirklichkeit regierte der königliche Hausmeier mit Unterstützung des Adels. Damals stellte sich Papst Zacharias die Frage, wer regieren sollte: derjenige, der königliches Blut besaß, oder derjenige, der de facto die Macht besaß? Der Papst wusste, dass es eine heikle, folgenreiche Frage war, aber er brauchte starke Verbündete gegen die heidnischen Lombarden, die das päpstliche Herrschaftsgebiet bedrohten. Er dachte praktisch und antwortete, dass derjenige Herrscher sein sollte, der die tatsächliche Macht besaß. So wurden die Merowinger gestürzt, und der Hausmeier Pippin übernahm die Krone. Um die heilige Allianz mit der Kirche zu symbolisieren, erhielt er wie die biblischen Könige die Weihe und wurde zum König von Gottes Gnaden gesalbt.« Richildis fuchtelte begeistert mit den Händen. »Und nun wird Gott Unser Herr den Bosoniden eine ähnliche Gnade zuteil werden lassen!«

»Ihr seid eine gelehrte Frau, Richildis.«

Die Königin sah sie stolz an. Diese Geschichte hatte sie als Kind gelernt. In ihrer Familie wurde sie immer wieder erzählt, und es wurde darüber debattiert, ob ihre Dynastie es den Karolingern gleichtun würde.

»Du kannst gemeinsam mit mir die Geschichte verändern, Zauberin. Du sollst Bernhard haben und wen auch immer du willst, aber ich bitte dich um ein wenig Zeit.«

»Ich will, dass du meinen Bruder Isembard vor ihnen schützt«, sagte Rotel und zeigte in diesem kurzen Moment einen Funken Gefühl. Vor fünf langen Jahren hatte sie sich von ihm getrennt, weil sie des Lichts nicht länger würdig war.

»Auch er spielt eine Rolle in unserem Plan«, antwortete die Königin nachdenklich. »Ihr beide seid ein wichtiger Bestandteil unserer Geschichte, auch wenn mein Bruder Boso das nicht wahrhaben will.«

56

Elisias älterer Sohn Gombau war ein lebhaftes, rebellisches Kind. Seine Mutter verzweifelte oft, vor allem, wenn er den kleinen Lambert verprügelte. An diesem Dezembermorgen war das Geschrei bis auf den Platz zu hören. Im Garten der Herberge hatte ein erbitterter Kampf mit einer Horde Sarazenen stattgefunden. Gombau hatte heldenhaft gesiegt, wie dieser Soldat, mit dem seine Mutter befreundet war, aber die »Stadt«, die er verteidigt hatte, lag in Trümmern, und sein kleiner Bruder hockte weinend im Hühnerstall. Das Ergebnis waren ein im ganzen Garten zerstreuter Holzstapel und ein zertrampeltes Kräuterbeet.

Gombau wich Elisias Schuh aus und entwischte zur größten Besorgnis seiner Mutter in den Straßen der Stadt. Weder Galderic noch die Kinder der Dienstboten konnten ihn finden.

Gegen Mittag kam er mit hängendem Kopf in die Küche geschlichen.

»Es tut mir aufrichtig leid. Ein Kind sollte seiner Mutter gehorchen. Ich will versuchen, rücksichtsvoller zu sein und dich nicht mehr zu ärgern, und den Vater auch nicht.«

Elisia sah ihn entgeistert an. Dieses geschwollene Gerede passte so gar nicht zu ihrem Sohn. Als sie die lächelnde Bertha im Türrahmen stehen sah, vermutete sie, dass diese ihn dazu angeleitet hatte. Adlige versteckten ihre Fehler gern hinter wohltönenden Worten. Die Entschuldigung rettete Gombau allerdings nicht davor, für den Rest des Tages das verstreute Holz aufzustapeln.

Am Nachmittag zwang sich Elisia, zu dem Tisch am Fenster zu gehen, wo Isembards junge Frau häufig saß, um zu sticken oder zu lesen. Ihr Verhältnis war freundlich, aber sie gingen sich aus dem Weg. Elisia wurde an ihre hoffnungslose Liebe erinnert, und Bertha, die in dem kleinen Lambert das Ebenbild ihres Mannes sah, fürchtete, die alten Gefühle zwischen der Wirtin und ihrem Mann könnten wieder aufflammen.

Mittlerweile hatten sie einen kleinen Palast in Barcelona gefunden, aber es würde eine ganze Weile dauern, ihn herzurichten. Wochenlang hatten sich die beiden Frauen mit größter Vorsicht behandelt und versucht, mehr über die andere in Erfahrung zu bringen. Doch mit der Zeit beruhigten sich die Gemüter, vor allem bei Bertha, die dazu erzogen war, ihre Gefühle zu beherrschen. Die Familie ging immer vor. Elisia verstand die Veränderung, die in Bertha vorging. Sie selbst konnte nicht um Isembard kämpfen, er mochte sie lieben, ja, aber er war der Ehemann der jungen Adligen aus dem Hause Orléans, und das musste sie akzeptieren. Dennoch quälte es sie, Bertha tagtäglich zu sehen, so jung und voller Leben.

Nun trat Elisia an den Tisch; sie war bereit, ihre Haltung ebenfalls zu ändern. Sie fand es seltsam, dass diese Frau stundenlang vor ein paar Seiten saß, die für Elisia nicht zu entziffern waren. Manchmal packte sie die Neugier, wenn sie sah, wie Bertha weinte oder zustimmend nickte. Andere Male blickte Bertha seufzend aus dem Fenster auf den Platz hinaus. Isembard war noch nicht zurückgekehrt, aber es trafen regelmäßig Nachrichten ein.

Überall hieß es, er sei der würdige Nachfolger seines Vaters. Er war ein gerechter Hauptmann, zögerte jedoch nicht, Ungehorsam zu bestrafen. Eichen mit gehenkten Soldaten säumten seinen Weg, um an seine militärischen Regeln zu erinnern. Elisia schauderte es bei dem bloßen Gedanken an diese Szenen. In der Herberge wurde darüber diskutiert, ob das alles zu etwas führte. Isembard handelte nicht wie ein Gesandter des Königs, sondern wie ein Anführer, der in Bernhard von Gothiens Abwesenheit eine Armee aufstellte.

Einige von Drogos Anhängern hatten versucht, seiner habhaft zu werden, aber er hatte sie entweder getötet oder in seine

Truppen aufgenommen. Es waren harte Zeiten, und Isembard machte da keine Ausnahme. Viele fürchteten ihn.

Außerdem erzählte man sich, er habe sich mit Graf Wilfried, dessen Bruder Miro und Ermesenda, der Mutter der beiden, getroffen, aber es war nicht durchgesickert, was sie vorhatten. Es herrschte angespannte Ruhe, irgendwann musste Bernhard von Gothien jedoch reagieren, und es würde zum Machtkampf in der Mark kommen.

Elisia betrachtete Bertha mit einem wehmütigen Lächeln. Sie beneidete sie um die Jugend ihrer siebzehn Jahre und das glückliche Leben, das Isembard ihr geben konnte. Sie selbst war kaum jünger gewesen, als Gali sie beim Würfelspiel gewonnen hatte, und kurz darauf fand sie sich in Not in einer fremden Stadt wieder.

Bertha war ein junges Mädchen, aber sie kannte gute Geschichten, mit denen sie die Gäste abends am Kamin unterhielt. Elisia hörte ihr manchmal aus der Küche zu. Sie war klug und gebildeter als so mancher Geistliche in der Stadt.

»Ich wollte mich bei Euch bedanken, dass Ihr Gombau dazu gebracht habt, sich zu entschuldigen«, sagte sie mit einem Lächeln. »Ich glaube nicht, dass es ihm wirklich leidtut, aber die Worte klangen sehr gut.«

»Er ist ein guter Junge. Du musst Geduld haben«, riet Bertha vorsichtig.

»Ihr werdet eine großartige Mutter sein, Bertha!«

»Falls mein Gemahl die Zeit findet, mir ein Kind zu schenken«, flüsterte sie mit gesenktem Kopf.

»Er wird zurückkehren!«, beteuerte Elisia mit schlechtem Gewissen, während sie an Lambert dachte. »Ihr werdet sehen.«

»Ich nehme an, du hättest gerne noch mehr Kinder gehabt, Elisia. Mir ist aufgefallen, dass du kaum ein Wort mit Gali wechselst. Das tut mir leid. Unsere Rolle als Ehefrau ist manchmal schwer, aber wir müssen stark bleiben. Ich glaube, deswegen ist dein Sohn Gombau so, wie er ist. Du solltest ihm helfen, damit er lernt, euch zu respektieren. Er wird noch Zeit genug haben, das Elend dieses Lebens kennenzulernen …«

»Für die Sache mit Gali gibt es keine Lösung, aber ich danke Euch für den Rat«, sagte Elisia bitter. Sie nahm die Hände der jungen Frau. »Ihr habt ein edles und großes Herz.«

Bertha griff nach dem Buch, in dem sie häufig blätterte.

»Ich habe bemerkt, wie du zu mir herübersiehst, wenn ich lese.«

»Mein Großvater war fasziniert davon, aber er konnte es nie lernen.«

Bertha reichte ihr lächelnd das Buch. Sie wollte eine Brücke zu der tapferen Wirtin schlagen. Sie selbst würde niemals so stark sein.

»Ich würde dir gerne das Lesen beibringen. Die Verfasserin erinnert mich ein bisschen an dich.«

»Eine Frau hat dieses Buch geschrieben?«

Bertha nickte stolz.

»Eine Frau, deren Name in Barcelona einen bitteren Beigeschmack hat, obwohl nur wenige ihre wahre Geschichte kennen und wissen, was sie gelitten hat. Sie hieß Dhuoda der Gascogne und war die Gemahlin Bernhards von Septimanien, Graf von Barcelona und der Vater Wilhelms von Septimanien.«

Elisia nahm die Hände von dem ledernen Einband, als wäre er vergiftet. Die Verfasserin war die Mutter des Mannes, der Graf Sunifred ermordet und dessen Frau und Kinder vertrieben hatte!

»Ich weiß, was du denkst. Es kann sein, dass ihr Sohn auch Isembards Vater getötet hat. Aber sie wurde bereits als Vierzehnjährige mit Bernhard verheiratet. Nachdem sie eine Weile mit ihrem Mann in Barcelona gelebt hatte, schickte er sie ohne eine Erklärung nach Uzès, wo sie seine Besitzungen verwalten und Geld auftreiben sollte, um Bernhard mit Waffen zu versorgen und zu unterhalten. Der Graf verbrachte viel Zeit bei Hof, und es wurde viel über seine ehebrecherische Beziehung zu Kaiserin Judith gemunkelt, der Mutter des jetzigen Königs Karl. Die edle Dhuoda ertrug diese Demütigung und Bernhards Gleichgültigkeit, der sie nur aufsuchte, um einen Erben zu zeugen. Als schließlich Wilhelm geboren wurde, riss er ihr das Kind aus den Armen und nahm es, noch ungetauft, mit, um es als Treuepfand dem König zu übergeben, der den Knaben am Hof aufzog. In ihrer Verzweiflung über den Verlust ihres Sohnes und die Geringschätzung ihres Mannes schrieb Dhuoda dieses Buch. Es heißt *Liber Manualis* und ist an ihren Sohn Wilhelm gerichtet, den sie dazu anhält, seinen Vater und die Kirche zu achten. Es war ihre Art, mit ihm zu sprechen. Sie ermunterte ihn, stets edel zu handeln und auch die Ärmsten nicht gering zu schätzen.« Bertha strich über den Buchrücken. »Sie schrieb es einsam und verlassen auf ihrer Burg, weit weg von ihren geliebten Kindern, während sie sich bemühte, ihren kalten Ehemann zu ertragen, so wie du. Sie ist vor Jahren gestorben, aber ihr Werk wird für immer bleiben.«

»Mein Gott!« Elisias Augen wurden feucht, als sie das Buch berührte.

»Hinter diesen verwerflichen Männern stand eine verlassene Frau, die versuchte, den Lauf der Dinge zu ändern. Es gelang ihr nicht; ihr Sohn wurde mit vierundzwanzig Jahren für seine Vergehen hingerichtet. Aber ihre Lehren sind es wert, im Gedächtnis behalten zu werden.«

Elisia war bewegt. Das Leid versteckte sich in den elendsten Hütten, aber auch in den vornehmsten Palästen.

»Würdet Ihr mir das Lesen beibringen?«

»Mit Zeit und Geduld könnte es dir gelingen, es zu lernen, und auch ich hätte ein wenig Ablenkung. Ich werde Bischof Frodoi darum bitten, dass einer seiner Schreiber eine Abschrift für dich anfertigt und es für dich binden lässt.«

Elisia lächelte glücklich. Es würde der kostbarste Gegenstand sein, den sie besaß. Außer Goda gab es nur eine Handvoll Frauen in der Stadt, die diese Fertigkeit beherrschten, und keine von ihnen war aus dem einfachen Volk. Es wäre ihr nie in den Sinn gekommen, lesen zu lernen, und erst recht nicht, dass eine junge Adlige sich erbot, es ihr beizubringen. Sie interessierte sich für Dhuoda.

Plötzlich stand jemand hinter ihr.

»Du solltest es tun, Elisia«, sagte Goda, die das Gespräch mitangehört hatte.

Ihre Bediensteten schleppten Salzsäcke herein, um am nächsten Schlachttag das Fleisch zu pökeln.

»Die Herberge läuft fast von allein, da kannst du die Zügel ein wenig locker lassen. Glaub mir, wenn du erst einmal das geschriebene Wort verstehst, wird dir deine Welt wie ein Sandkorn am Strand erscheinen.«

Bertha erhob sich, um die Besucherin zu begrüßen. Elisia betrachtete weiter das Buch und dachte an ihren Großvater Lambert. Er wäre stolz auf sie gewesen.

»Du hast viel durchgemacht, Elisia, und ich glaube, es würde dir gefallen, in das Herz einer anderen Frau zu schauen, die ebenfalls unter der Lieblosigkeit ihres Mannes litt«, setzte Goda hinzu, und ihre dunklen Augen funkelten. »Bist du nicht neugierig? Barcelona mag stürmische Zeiten erleben, aber entscheidend ist, wie wir damit umgehen. Bücher vermögen vieles; sie geben Stärke.«

An diesem Abend ging Frodoi in die Krypta der alten Kreuzkirche. Die geheimnisvolle Nachricht hatte ihn neugierig gemacht. Goda von Barcelona stand zwischen ihren Ahnen wie eine Priesterin aus einer vergessenen Welt. Eine Seite seiner Geliebten, die er stets mit Argwohn betrachtete, aber er hatte gelernt, sie zu respektieren. Er war der Bischof, und seine neue Kathedrale würde alle Gläubigen seines Bistums aufnehmen, doch der alte Glaube war nach wie vor tief in der Seele der Menschen verwurzelt.

Goda drehte sich mit einem strahlenden Lächeln zu ihm um. Ohne viel darauf zu geben, dass sie sich an einem geheiligten Ort befanden, ging sie Frodoi entgegen und küsste ihn, während sie mit seinen ergrauten Locken spielte.

»Wir werden alt, lieber Bischof. Ich hätte gerne im Alter mit dir am Kaminfeuer gesessen, statt mich in einer Krypta zwischen Toten zu treffen, aber dein Gott ist ein eifersüchtiger Gott.«

»Er bietet uns ein ewiges Leben nach diesem irdischen Jammertal. Kann das die Große Mutter, die du verehrst, auch?«

Goda überhörte den Kommentar und strich ihm sanft über die Wange. Dann löste sie sich von ihm, und der Bischof sah zwei schwere Truhen auf den Steinfliesen stehen. Goda öffnete eine, um ihm die Silbermünzen zu zeigen. Der Bischof holte tief Luft. Es war ein Vermögen.

»Du wolltest, dass Isembard eine Armee aufstellt«, sagte sie stolz. »Hiermit wirst du es schaffen, Bischof.«

»Noch haben wir nur eine Handvoll Männer, aber es könnten Hunderte werden, sogar mit Reiterei!«

»Kauft euch die Unterstützung, die ihr braucht, und lasst Waffen schmieden.«

»Vielleicht kann ich es dir niemals zurückgeben, Goda.«

Sie schlang die Arme um ihn und sah ihm tief in die Augen.

»Als Gegenleistung musst du mir etwas versprechen. Es stehen große Veränderungen bevor, ich spüre das. Wenn es so weit ist, sollst du dafür sorgen, dass der König Argencia und Ermemir die Herrschaft über den Salzberg und die Burg von Cardona überträgt.«

Frodoi riss erstaunt die Augen auf. Endlich verstand er, weshalb Goda sich dazu herabließ, ihre Tochter mit einem Fischer zu verheiraten.

»Du willst eine neue Dynastie gründen! Du hast immer weiter gesehen als die anderen.«

»Ermemir war ein unterernährter, nackter Junge, als er den Berg entdeckte. Er war der Einzige auf dieser ersten Reise, der mir vertraute. Mittlerweile ist er ein kluger, geschäftstüchtiger junger Mann, aber vor allem liebt und achtet er meine Tochter. Es war eine aussichtslose Liebe, bis ich vor Jahren diese Entscheidung traf. Die Verbannung hat mich verändert, Frodoi. Ich habe mehr gesehen, als du und sämtliche Adligen sich vorstellen können.« In ihrem Gesicht spiegelte sich Verachtung. »Ich mag mich zum Gespött der Leute machen, aber wenn ich sterbe, werden Argencia und Ermemir die Herren über diesen Ort und sein Salz sein.«

»Ist sie einverstanden?«

»Ermemir geht seit Jahren in meinem Palast ein und aus. Argencia liebt ihn, aber sie hat Angst. Sie leidet unter den verächtlichen Blicken, doch dann erinnert sie sich an ihre Gefangenschaft im Kerker des Grafenpalasts und weiß, wofür ich es tue. Meine Tochter wird selbst über ihr Schicksal und das ihrer Kinder entscheiden! Sie soll nie einen alten Säufer heiraten müssen, um zu überleben!« Ihre Augen wurden feucht. »Ich will der Grafschaft die verfallene Festung von Cardona abkaufen und dort eine neue Burg errichten. Meine Enkel werden lernen, wie man mit der Waffe umgeht, und ihre Familie wird dank des Salzbergs über Generationen Einfluss und Macht haben.«

Frodoi nickte bewundernd. Goda konnte Geschichte schreiben, wenn sie der Verachtung des hochnäsigen Adels die Stirn bot. Ermemir würde immer ein Fischersohn bleiben, aber manche Dynastien hatten eine noch bescheidenere Vergangenheit. Mit der Zeit würden diese Ursprünge hinter der Legende verschwinden oder durch vornehmeres Blut verwässern. Dokumente verschwanden oder wurden umgeschrieben, die Erinnerung ging verloren. Und so würde aus dem Herz eines Salzbergs eine neue Dynastie hervorstrahlen.

»Goda, vielleicht geht es nicht gut. Unter uns sind Franken, die Bernhard von Gothien die Treue halten. Es kann sein, dass wir scheitern oder dass es zum Krieg kommt.«

»Das ist mir bewusst.« Sie umfasste sein Gesicht mit ihren Händen. »Aber mit deinem Scharfsinn und Isembards Schwert wird das in Erfüllung gehen, wovon meine Familie seit Generationen träumte: Ihr werdet es schaffen, dass Barcelona noch weitere tausend Jahre besteht!«

»Gott schütze Isembard, den zweiten Helden aus dem Haus Tenes«, sagte Frodoi feierlich, bevor er ihre neuerliche Allianz mit einem Kuss besiegelte.

57

Hauptmann Isembard überstand Meutereien, Hinterhalte und Mordversuche. Mit viel Mühe scharte er eine Anzahl von Getreuen um sich, die er mit dem Geld aus den Truhen aufstocken konnte, die Frodoi ihm unter starker Bewachung zukommen ließ.

Auch Oriol und ein Teil der Bischofsgarde blieben auf Weisung des Prälaten bei ihm; aus Urgell entsandte Graf Wilfried Armanni von Ampurias, Garleu von Conflent und Maior von Tarrasa, allesamt kampferprobte Männer und alte Freunde von Isembard. In der Kapelle von Benviure schworen sie feierlich auf das Kreuz und die Bibel, die Neuen Ritter der Mark zu sein; eine Kopie der Urkunde, die Jordi in Vertretung Frodois verfasste, wurde an König Karl den Kahlen übersandt. Isembard würde nicht an den Hof zurückkehren, bevor er den alten Schwur seines Vaters eingelöst hatte – und sollte es ihn den Kopf kosten. Außerdem wollte er Bernhard von Gothien und Boso von Vienne in ihrem Stolz verletzen.

Gemeinsam trafen sie die Entscheidungen und hielten die Disziplin von fast fünfzig Reitern und dreihundert Fußsoldaten aufrecht. Godas Geldtruhen halfen dabei. Isembard hatte Airado in seinen persönlichen Beraterstab aufgenommen, und der junge Soldat bewies ein Gefühl für Strategie.

Diejenigen, die ein Pferd besaßen, übten sich in der bevorzugten Taktik der Franken: angaloppieren, abspringen, angreifen und wieder aufsitzen. Sie trainierten mit Sandsäcken und Steinen auf dem Rücken, um mehr Kraft zu entwickeln. Für die Fußtruppen wurde ein Wald aus mannshohen Pfosten errichtet. Die Kämpfer mussten sich mit großen Holzschilden und Keulen, die viel schwerer waren als echte Waffen, vor den Pfosten hin und her bewegen. Sogar die Schwerter waren mit Gewichten beschwert. Es war ein tödlicher Tanz vor dem Gegner – immer eng zusammengerückt, ohne die Formation aufzugeben. Es kam zu Unfällen, aber auch im echten Kampf hatten die Soldaten wenig Platz. Die Geschicktesten übten, mit dem Dolch die Schwachstelle der Rüstung und der Bewaffnung zu treffen.

Isembards Truppen sollten lernen, wie man tötet, aber vor allem mussten sie etwas aushalten und einen kühlen Kopf bewahren können. Mit jedem Schlag und jeder Demütigung bereitete Isembard sie darauf vor, ihre Wut zu bezähmen. Abends hielt er ihnen lange Vorträge darüber, dass blindwütige Raserei jede Strategie und Taktik zunichtemachte und zu den schlimmsten Niederlagen der Geschichte geführt hatte.

Trotz der Desertionen nahm die Zahl derer, die sich ihnen anschlossen, weiter zu, während sie mit dem Bau von hölzernen Wachtürmen und Forts entlang der Grenze begannen.

Vor Weihnachten ließ Isembard das Lager in der Ebene von Taradell, am Fuß des Montseny-Gebirges, aufschlagen. Die Männer würden den Winter hindurch weiterhin hart trainieren, aber er wollte vorher herausfinden, wie der geheime Teil ihres Plans voranging. Ohne Näheres über sein Ziel zu verraten, brach er mit Oriol nach Norden auf, wo sie den schmalen Pfad zu dem wieder aufgebauten Dorf La Esquerda einschlugen.

Es war ein eisiger, grauer Morgen. Die Älteren schnupperten die kalte Luft; ihre schmerzenden Knochen verrieten ihnen, dass es bald schneien würde. Hinter ihnen gingen ängstlich die Kinder, die sie in der Hütte entdeckt hatten. Wie versprochen würde er sie als Mägde und Knechte bei Familien im Dorf unterbringen. Nur so konnten sie überleben.

An der Flussbiegung des Ter bewunderte er die Gemüsegärten und die neuen Getreideäcker, die man der Wildnis abgerungen hatte. Auch Nuss- und Apfelbäume waren angepflanzt worden, deren Früchte man in Honigtöpfen einlegte. Eine

Gruppe von Bauern mit ihren Frauen und Kindern verspritzte zum Beginn der Aussaat das Blut eines roten Huhns auf der Erde. Als sie Isembard erkannten, erschraken sie und warteten, bis er und seine Begleiter vorbei waren, um dann mit dem alten Ritual fortzufahren.

Nach Drogos Überfall, bei dem die Heilerin Ega gestorben war, hatte man das Dorf mit einer Holzpalisade und im Fels verankerten Türmen versehen. Es wurden Steine für neue, eingeschossige Häuser mit Strohdächern gesammelt. Frodoi wollte im Frühjahr weitere Siedler schicken, denn jede Familie hatte bereits drei *Mansos* zu bestellen, von deren Ertrag sie leben und auch ihre Abgaben leisten konnte. Als sie durch das Tor ritten, kamen ihnen die Kinder entgegengelaufen, um sie zu empfangen. Oriol verteilte Haselnüsse und Kastanien.

Isembard dachte an Rotel, die mit ihrer Tochter Sansa hier glücklich gewesen war. Ihm wurde weh ums Herz, doch als er ein Klirren hörte, schob er seinen Kummer beiseite.

»Hört ihr das?«, fragte er mit einem Lächeln.

Es waren Hammerschläge. Die Schmiede arbeitete auf Hochtouren. Sie war das größte Geheimnis von Isembards Armee, und der Schlüssel war Ledas einarmiger Mann Joan, der Schmied. Seit uralten Zeiten wusste man von Minen im Picamena-Tal im Montseny; die Männer hatten die Wege in Schuss gebracht und transportierten das Erz auf Karren ins Dorf. Joan hatte mit seinem ältesten Sohn Sicfred und weiteren Familien die Schmiede hinter der bescheidenen Kirche San Miguel errichtet.

Sie ließen die Kinder bei den Frauen des Dorfs und gingen zur Schmiede, einem geräumigen Gebäude aus Stein und Lehm, durch dessen Dach dichter schwarzer Rauch drang. Das Erz schmolz in einer runden Grube; der Abstich floss in Wannen, die man in den Fels geschlagen hatte. Die Holzkohle für den Ofen lieferten die Köhlereien am Montseny. Joan unterwies ein halbes Dutzend Gesellen unterschiedlichen Alters in der Schmiedekunst. Als sie eintraten, sahen sie ihn mit seinem verbliebenen Arm auf das glutrote Blatt einer Pflughacke einhämmern, um die Schlacke zu entfernen, während sein Sohn das Werkzeug mit Zangen festhielt. Auf ein Zeichen von Joan tauchte Sicfred die Hacke in eine Wanne mit kaltem Wasser. Das Metall zischte. Joan erklärte den Gesellen konzentriert: »Jetzt muss man ein genaues Auge auf das Blatt haben, damit es nicht zerspringt.«

Erst dann bemerkte Joan, dessen Gesicht ebenso schwarz war wie sein Hemd, Isembard und begrüßte ihn respektvoll. Er konnte immer noch kaum glauben, dass er wieder als Schmied arbeitete. Nachdem sie einige freundliche Worte gewechselt hatten, blickte Isembard zum rückwärtigen Teil der Schmiede, wo die übrig gebliebene Schlacke lagerte.

»Wie geht es mit dem Auftrag voran?«

»Seht selbst, Herr.«

Sie räumten die Schlacke und die Binsenmatte beiseite, unter der eine Falltür versteckt war. Das Dorf wahrte dieses Geheimnis und lebte gut davon – Godas Geld hatte den Wohlstand nach La Esquerda gebracht; in jeder Familie gab es jemanden, der für Joan arbeitete.

Schweigend kletterten sie über eine Leiter in ein Kellergewölbe, das größer war als die eigentliche Schmiede. Gänge verloren sich in der Dunkelheit. Es war stickig und roch nach Metall. Im Licht der Fackeln betrachteten Isembard und Oriol zufrieden Hunderte von Schwertern, Lanzen und Dolchen sowie zahlreiche Holzkisten voller Pfeilspitzen. Ein Dutzend junger Burschen schärfte die Waffen mit Schleifsteinen, während andere Metallringe und Eisenplättchen für die schweren Kettenhemden zusammenfügten.

»Wir beginnen gerade mit den Helmen«, erklärte Joan.

Isembard nahm das Modell des Rundhelms, das der Schmied ihm zeigte. Im Frankenreich hatte ein solcher Helm den Gegenwert von zwei Kühen, aber hier verfügten sie über Eisen und Männer, die es leid waren, in Angst zu leben. Es sind vielleicht nicht die besten Waffen, dachte er, aber mein Heer wird nicht mit Hacken und in Lederpanzern kämpfen müssen. Das harte Training würde den Rest erledigen.

»Wann braucht ihr die Sachen?«, fragte Joan.

»Im Moment weilt der König zur Kaiserkrönung in Rom. Bernhard wird abwarten, um den Lohn für seine Treue bei Boso einzufordern, aber wenn er begreift, dass die Spanische Mark nach Jahrzehnten der Vernachlässigung ihren eigenen Weg eingeschlagen hat, wird er das Gebiet zurückhaben und uns unterwerfen wollen. Es wird noch eine Weile dauern, aber die Zeit wird kommen. Arbeite weiter, Joan. Wenn der Sturm kommt, werden wir nicht weinend in der Dunkelheit stehen wie unsere Väter.«

Gali zuckte und hielt Baldias Kopf fest gepackt, die sich zwischen seinen Beinen zu schaffen machte. Sie befanden sich in einem schäbigen Schuppen beim Regomir-Tor, wohin die Prostituierte die Männer aus der Schänke mitnahm. Auf einem fauligen Strohlager vergaß der Besitzer der besten Herberge Gothiens den Neid und den Hass, die seine Seele vergifteten.

Er hatte damals Oterios Küchenmagd haben wollen, um versorgt zu sein. Er hatte geglaubt, Elisia sei unbedarft und unterwürfig, doch sie hatte sich nicht manipulieren lassen. Sie warf ihm seine Laster vor, hatte ohne seine Erlaubnis zwei Flüchtige in Girona gerettet und sich in Barcelona allgemeine Wertschätzung erworben, während sie sich immer weiter von ihm entfernte. Sogar konspiriert hatte sie hinter seinem Rücken … Er hatte sie vor Drogos Männern gedemütigt, aber es war nur noch schlimmer geworden. Ihre Verachtung brachte ihn um den Verstand. Und dann war da Isembard von Tenes, ein Mann, den jede Frau begehrte. Er wusste nicht, was zwischen dem Hauptmann und Elisia war, aber er würde sie drankriegen. Wenn er sich vorstellte, wie seine Frau diesem Mann erlag, verging er förmlich vor Eifersucht.

Nach jener Lektion hatte Elisia nur noch einmal sein Schlafgemach aufgesucht. Es war nach der Schlacht von Osona gewesen, eine kalte, rasche Begegnung, aus der Lambert entstanden war. Nach wie vor nagte der Zweifel an seiner Seele. Gali hatte davon geträumt, ein Leben wie Oterio zu führen, mit Bediensteten und Krügen voller Wein. Wie ein König hatte er leben wollen, als stolzer Besitzer einer gut gehenden Herberge … Doch seine Frau hatte ihm einen Strich durch die Rechnung gemacht. Sie gab ihm eine lächerliche Miete für das Haus und enthielt ihm die Einnahmen vor.

Unerbittlich näherte er sich dem Höhepunkt. Bei Baldia und den verlebten Frauen aus den Schänken fühlte er sich mächtig, die verächtlichen Blicke und beschämenden Gerüchte waren vergessen.

Plötzlich zersplitterte die Brettertür, und Calort kam lachend hereingepoltert. Baldia zog ein rostiges Messer unter dem Stroh hervor, aber der Eindringling blieb ungerührt.

»Du musst etwas für mich erledigen, Gali«, sagte er und stieß Baldia beiseite. »Drogo will diesem feinen Ritter, mit dem deine Frau so gut befreundet ist, eine Lektion erteilen. Er wird zu mächtig und weiß sich gut zu schützen, aber in deiner Herberge wohnt seine Frau. Wenn der süßen Gemahlin etwas zustößt, ist das für so einen Adligen schlimmer, als wenn ihm selbst etwas widerfährt. Töte sie!«

»Du hast den Verstand verloren!«, entfuhr es Gali. »Was wird aus mir, wenn sie mich entdecken?«

»Es gibt Schlimmeres als den Tod, mein Freund.« Calort grinste. »Ich habe da noch ein altes Schriftstück, das dich daran erinnern könnte. Tu, was ich dir sage, oder du wirst die Folgen zu spüren bekommen!«

»Wenn ich es mache, gibst du es mir dann zurück?«, fragte Gali ängstlich.

»Erfülle deinen Auftrag, dann reden wir weiter«, entgegnete Calort und wandte sich zur Tür.

Gali war verzweifelt. Wenn er Bertha tötete, war das sein Ende. Niemand in der Stadt würde ihn schützen, Calort und Drogo schon gar nicht. Die Kirche würde seine Seele verdammen, und man würde ihn foltern, bevor man seinen zerschundenen Körper an einem der Türme aufhängte. Blind vor Wut entriss er Baldia das Messer und stürzte sich auf Calort, rammte ihm die Klinge in den Rücken und stach auch dann noch auf ihn ein, als dieser schon am Boden lag, bis die Prostituierte ihn schreiend und schluchzend zur Besinnung brachte.

»Was hast du getan? Mein Gott …«, wimmerte sie. »Seine Männer werden uns umbringen!«

Keuchend und blutbeschmiert zerriss Gali Calorts Hemd. Er nahm dessen Geld und das zerknitterte, schmierige Schriftstück an sich und übergab beides der verzweifelten Baldia. Ihm blieb keine Zeit, Calorts Männer konnten jeden Moment auftauchen.

»Verbrenn das, schnell! Und mach hier sauber! Ich grabe ein Loch, um die Leiche zu verscharren.« Als er sah, dass sie sich nicht rührte, gab er ihr eine Ohrfeige. »Beweg dich, du Hure!«

Verschreckt ging Baldia zu der einzigen Talgkerze, die sie besaß. Sie kehrte Gali den Rücken zu und steckte das Dokument ein. Dieser Mann hatte ihr Geschäft ruiniert; sie konnte nicht mit einer verscharrten Leiche unterm Fußboden arbeiten. Sie kannte solche Typen wie ihn. Wenn er in der Lage war, für das geheimnisvolle Schriftstück zu töten, konnte es ihr eines Tages nützlich sein, um ihn zu erpressen.

Männer wie Gali brachten nur Unglück.

Fünfter Teil

Die Schmiede

Das Jahr 877

Die nächsten zwei Jahre verliefen nicht so, wie der neue Kaiser Karl der Kahle es sich erhofft hatte. Zwar war er durch Papst Johannes VIII. zum Kaiser gekrönt worden, doch nur zehn führende Adlige Italiens hatten die Ernennung unterzeichnet. Nahezu ohne Unterstützung des italienischen Adels trug er eine große Bürde auf seinen Schultern: die Verteidigung des Kirchenstaats, die Regierung des Frankenreichs und Italiens, die Bedrohung durch seinen widerspenstigen Sohn, den König von Aquitanien, und den Konflikt mit seinem Halbbruder Ludwig dem Deutschen, der ihm die Kaiserwürde streitig machte.

Zunächst berief er mit Zustimmung des Papstes mehrere Konzile ein, um die Unterstützung der italienischen und fränkischen Bischöfe zu gewinnen. Der Konflikt mit seinem Halbbruder schwelte weiter, aber die Diplomatie verhinderte das Schlimmste. Papst Johannes VIII. hatte vor, die Einheit des Reichs unter Führung der Kirche wiederherzustellen, und ernannte Erzbischof Ansegis von Sens zum Apostolischen Vikar, der mit seinen weitreichenden Befugnissen Hinkmar von Reims die Vormachtstellung bei Karl dem Kahlen und die Ehrenämter in den Reichsversammlungen streitig machte.

Ansegis plante eine große Allianz zwischen den zerstrittenen Herrschern des Karolingerreichs. Karl seinerseits beschloss, Botschafter zu Ludwig dem Deutschen zu entsenden, doch am Tag der Abreise, dem 28. August 876, traf die Nachricht von Ludwigs Tod ein. Geblendet von seinem und Richildis' Machthunger, zog Karl mit seinem Heer nach Aachen, um die Stadt zu besetzen – das Symbol der kaiserlichen Macht –, und wandte sich nach Mainz, um die linksrheinischen Gebiete zu erobern. Er wähnte sich seinem größten Ziel, das riesige Reich Karls des

Großen zu regieren, bereits ganz nah, doch sein Neffe Ludwig der Jüngere reagierte schneller als erwartet und stellte sich seinen Truppen entgegen.

Das rücksichtslose Vorgehen König Karls machte jegliche Diplomatie zunichte. Am 8. Oktober 876 kam es zur Schlacht bei Andernach. Karl der Kahle erlitt die schwerste Niederlage seines Lebens, und dort begannen auch die Schmerzen in seiner Brust. Gedemütigt und krank floh er nach Lüttich, wo sich die Beschwerden verschlimmerten. Es trafen unheilvolle Nachrichten ein, die ihm noch mehr zu schaffen machten: Die Normannen zogen mit hundert großen Schiffen die Seine aufwärts, und in Italien griffen die Sarazenen mithilfe adliger Verräter den Kirchenstaat an.

Sein Schwager Boso, damals bereits Herzog von Lyon und der Provence, betrieb erfolgreich seine Ernennung zum Vizekönig von Italien. Die Hochzeit mit Ermengarde, Tochter des verstorbenen Kaisers Ludwig, im Jahr 876 festigte seine Position noch weiter. Als Vizekönig war es seine Pflicht, das neue Herrschaftsgebiet Italien zu verteidigen, doch er redete sich mit einem Mangel an Truppen heraus. Richildis wiederum streute dem König Sand in die Augen, damit er nicht sah, dass Boso nur zu seinem eigenen Vorteil handelte. Zudem hatte der König nicht länger Hinkmar von Reims an seiner Seite, der ihm die Augen hätte öffnen können.

Die Spanische Mark lebte in angespannter Erwartung, während das gesamte Königreich einer ungewissen Zukunft entgegenging.

58

Lüttich, im März

»Seine Heiligkeit erwählte ihn und gab ihm den Vorzug vor allen anderen, um ihn zur Kaiserwürde zu erheben, auf dass er stets die Heilige Kirche Christi schütze ... und sie vor den Angriffen der Heiden verteidige.«

Nachdem der Apostolische Vikar Ansegis die wortreiche Botschaft Papst Johannes' VIII. verlesen hatte, verspürte Kaiser Karl ein neuerliches Stechen in der Brust. Der Heilige Stuhl forderte Unterstützung ein, ohne sich um seine Gesundheit zu scheren oder zu bedenken, dass er vor einigen Monaten durch die Niederlage gegen seinen Neffen Ludwig III., den Sohn Ludwigs des Deutschen, einen großen Teil seiner Armee eingebüßt hatte.

»Es sind nun schon Dutzende Schreiben mit der immer gleichen Forderung!«, klagte er kurzatmig und hustete. »Der Papst weiß, dass ich Lüttich nicht verlassen kann!«

Richildis, die am Bett ihres Mannes saß, reichte ihm einen dampfenden Tee. Der Papst hatte auch ihr geschrieben, damit sie bei Karl vermittelte. Sie sorgte sich um seine Gesundheit – wenn er starb, waren ihre Pläne hinfällig. Vor zwei Jahren hatten sich die Bischöfe in Rom geweigert, sie zur Kaiserin zu krönen. Sie war immer noch empört, wenn sie an diese Demütigung zurückdachte. Um die Sache zu Ende zu bringen, war sie auf ihren geschwächten Mann angewiesen. Mit einem Lächeln flüsterte sie ihm zu: »Aber nun wird Eure Wahl zum Kaiser infrage gestellt ...«

Karl biss die Zähne zusammen, um die unerträglichen Schmerzen zu unterdrücken. Manchmal erschien ihm der Tod eine verlockende Perspektive zu sein. Er war nun fast vierundfünfzig und blickte auf ein Leben voller Spannungen, Kämpfe, Streit und ständigen Reisens zurück. Von dem König, dem es einst gelungen war, das Westfrankenreich zu mehren und schließlich zum Kaiser gekrönt zu werden, war nicht viel geblieben.

Doch nicht nur sein Körper krümmte sich unter dem stechenden Schmerz in seiner Brust; auch sein Gemüt versank in einem Sumpf aus Kummer und Zweifeln. Alles, was er erreicht hatte, schien ihm aus den Händen zu gleiten.

Im Hintergrund unterhielt sich Boso mit Bernhard von Gothien und den beiden päpstlichen Legaten, den Augen und Ohren des Papstes bei Hof. Dann blickte er zu seiner Schwester herüber und nickte.

»Der Kaiser braucht Ruhe«, verkündete Richildis.

Bernhard von Gothien trat ans Fußende des Bettes und ignorierte den wütenden Blick der Königin. Nach wie vor war er mit seinen Ansprüchen und seiner Unberechenbarkeit ein Unsicherheitsfaktor. Er benahm sich wie ein launisches Kind und würde irgendwann zum Problem werden. Wäre Boso nicht gewesen, sie hätte ihn bereits an Rotel übergeben.

»Da ist noch eine Sache, mein König. Es geht um Euren Hauptmann Isembard von Tenes. Er errichtet weiterhin ohne meine Zustimmung Türme und Wachposten entlang der Grenze, und der Graf von Urgell unterstützt ihn dabei. Sie nennen sich die Ritter der Mark. Er kontrolliert Dörfer und Siedlungen, denen er im Tausch gegen Vieh und Korn für seine Truppen Schutz zusichert. Meine Informanten schätzen, dass seine Armee inzwischen über dreihundert Reiter und mehr als tausend Fußsoldaten zählt. Er führt sich wie der Herr dieses Landes auf, und ich glaube, dass er einen Aufstand vorbereitet. Wenn Ihr mir Eure Zustimmung gebt, werde ich ihn aufhalten, bevor es zu spät ist.«

»Ich selbst habe den Schwur der Ritter entgegengenommen, Bernhard. Dieses Gelübde bindet ihn an die Krone, wie zuvor schon seinen Vater. Er erledigt Eure Aufgaben an der Grenze.«

Der Markgraf ballte die Fäuste und lief rot an, aber Boso kam ihm zuvor.

»Ihr vertraut diesem Goten weiterhin?«, fragte er den König.

»Ja. Vielleicht ist er der Einzige, dem ich vertraue. Ruhe und Sicherheit führen zu höheren Erträgen und damit mehr Abgaben, das rechne ich Barcelona hoch an. Isembard und Frodoi wachen über meine Besitzungen. Die Spanische Mark macht mir keine Sorgen«, erklärte er ungehalten. »Hingegen hat die Inkompetenz des Herzogs in Italien großes Unheil angerichtet.«

»Herr ...«, zischte Bernhard wütend. Fast sah es aus, als wollte er sich auf den König stürzen.

»Genug!«, ging Richildis verärgert dazwischen. »Ich sagte, der König braucht Ruhe!«

Die Geschwister aus dem Haus der Bosoniden blickten sich verschwörerisch an. Sie würden nicht zulassen, dass Bernhard von Gothien dem König die letzten Kräfte raubte. Karl hatte wichtige Entscheidungen zu treffen, und seine Frau war dafür zuständig, sie ihm einzuflüstern. Boso packte den aufgebrachten Bernhard am Arm und zog ihn aus dem Raum. Richildis bedeutete den päpstlichen Legaten und dem Vikar mit einer knappen Handbewegung, ebenfalls zu gehen. Karl nickte dankbar.

»Ihr seid mein Engel, Richildis.«

»Verzeiht, mein Herr, aber auch ich muss Euch mein Herz ausschütten.«

»Sprecht, meine Liebe. Eure Stimme ist Balsam für mich.«

»Ich bete jeden Tag zu Gott, dass er den Heiligen Vater beschütze. Dieser verfluchte Nomenklator namens Gregorius hat seinen Glauben verraten und hätte um ein Haar den Ungläubigen die Tore Roms geöffnet. Könnt Ihr Euch das vorstellen? Das geistliche Zentrum der Kirche unter dem Joch des

Islams! Wie würde die Geschichte den Kaiser in Erinnerung behalten?«

Karl sah sie mitleidheischend an. Er brauchte warmherzige Worte, keine Vorwürfe. Aber sie war noch nicht fertig.

»Da er weiß, dass Ihr krank seid, trägt er die Kaiserkrone womöglich einem Eurer Neffen, Karlmann, Ludwig oder Karl dem Dicken, an.«

»Das wird er nicht!«, zürnte der König, um sich dann vor Schmerzen zu krümmen.

Richildis umarmte ihn, bemühte sich aber, dem Atem ihres Mannes auszuweichen.

»Ich hätte mir so gewünscht, dass Ihr mir einen Erben schenkt«, murmelte Karl niedergeschlagen.

Die Königin schloss die Augen. Gott strafte sie mit kranken Kindern. In diesem Winter hatten sie den nicht einmal einjährigen Karl zu Grabe getragen. Seine blasse Haut und sein schwaches Weinen hatten bereits darauf hingedeutet, dass er dasselbe Schicksal erleiden würde wie seine Geschwister.

»Ich vertraue immer noch darauf, dass Gott uns diesen Wunsch gewährt, mein Gemahl.«

Die Wahrscheinlichkeit war gering. Nach der Niederlage bei Andernach hatten sie vielleicht ein- oder zweimal das Bett geteilt – Karl hatte weder die Kraft dazu noch das Verlangen danach. Von seinen neun Kindern mit Irmentrud hatten nur ein Sohn, Ludwig der Stammler, und die Töchter Ermentrud und Rotrud überlebt, die beide den Schleier genommen hatten. Richildis hatte vier Söhne verloren, lediglich die kleine Rothild lebte noch. Zehn Kinder zu begraben, auch daran trug der König schwer.

»Nun seid erst einmal Ihr wichtig. Bittet Gott um Kraft, damit Ihr bald das Bett verlassen und nach Italien ziehen könnt, um den Papst zu schützen! So werdet Ihr unter Beweis stellen, dass die Kaiserwahl durch eine höhere Macht gelenkt wurde. *Rex Dei Gratia*! Herrscher von Gottes Gnaden!«

Karl seufzte. Richildis hatte recht. Auch wenn er sich sterbenskrank fühlte, musste er seinem heiligen Schwur nachkommen. Er war der Geweihte. Mut und Treue waren die höchsten Tugenden, die er seinen jüngsten Kindern weitergeben konnte, falls eines davon überleben sollte.

»Sobald der Sommer kommt, werde ich nach Italien ziehen, so Gott will. Schreibt dem Papst und teilt ihm das mit, meine Königin.« Er glaubte einen Schatten am Fußende des Bettes zu sehen und hatte eine böse Vorahnung. Der Tod belauerte ihn. Dennoch schenkte er der schönen Richildis ein Lächeln. »Möge Gott mir in diesen schweren Zeiten beistehen.«

59

An diesem warmen Frühlingsmorgen versammelten sich die Bewohner Barcelonas vor dem Portal der neuen Kathedrale. Ringsum in den Bauhütten meißelten die Steinmetze Heiligenfiguren, und die Glasmeister bliesen das grünliche Glas für die Lampen, die das Gotteshaus während feierlicher Messen erhellen würden.

Frodoi, der eine perlenbesetzte Mitra trug, kniete auf der Steinplatte vor dem Altar und tat, als ob er betete. Er nahm den Geruch der Pigmente wahr, die Handwerksgehilfen weiter hinten zerrieben, während die Meister auf den Gerüsten die Wände mit farbigen religiösen Szenen ausmalten. Er wollte, dass alle drei Kirchenschiffe mit Fresken geschmückt wurden, zum einen, um den weltlichen Gläubigen zur Unterweisung zu dienen, aber auch, um seinen Ruhm im ganzen Königreich zu verbreiten. Mochten andere, ehrgeizigere Prälaten irgendwann prachtvollere Gotteshäuser errichten, der Name Bischof Frodois würde für immer mit der Geschichte Barcelonas verbunden sein. Gott würde ihm seine Schwäche verzeihen.

Auf einem Bogen des Seitenschiffes entstand gerade eine Darstellung der heiligen Eulalia. Goda hatte ihm die Szene der Märtyrerin vorgeschlagen, die der Überlieferung zufolge in Barcelona gestorben war. Das schöne Gesicht der jungen Frau hatte eine gewisse Ähnlichkeit mit der gotischen Edeldame, eine Laune, die sich der Bischof erlaubt hatte, um sie während des Gebets betrachten zu können. Eine Taube entwich im Augenblick ihres Todes aus dem Mund der Heiligen, dahinter waren die Kirche der Fischer, Santa María del Mar, und das Meer zu sehen. Den Hintergrund hatte Goda vorgeschlagen, um eine alte Familientradition zu wahren, über die sie nicht sprechen wollte. Frodoi akzeptierte das; auch wenn ihm Godas Herz gehörte, war sie die Seele Barcelonas.

Dieses Bildnis würde Frodoi immer an seine verbotene Liebe erinnern. Sie hatten keine Kinder, und sie konnten sich nicht gemeinsam in der Öffentlichkeit zeigen. Sie würden in unterschiedlichen Palästen alt werden, aber ihre Verbindung war so stark wie die Pfeiler der neuen Kathedrale, die der größte Stolz Barcelonas war.

Im Chorraum wartete das gesamte Kanonikerkollegium geduldig, bis er sein Gebet beendet hatte. Die neuen Glocken im Turm läuteten so hell und klar wie in keiner anderen Kirche der Stadt, um die Gläubigen zu diesem wichtigen Ereignis zusammenzurufen.

Der Klerus zog in einer langen Prozession auf den Platz. Dem Bischof folgten in hierarchischer Ordnung die Kanoniker, Richter und Priester, der Archidiakon, die Diakone und der Chor. Der feierliche Rahmen würde dem historischen Moment eine besondere Symbolkraft verleihen; Frodoi wusste, wie er die Gemüter seiner Herde rührte und erreichte, dass sie in ihrem Hirten ein starkes Oberhaupt sahen.

Auf der einen Seite des Platzes standen die Offiziellen der Grafschaft mit Vizegraf Astorius, dem Stadtvogt, dem *Saig* sowie den Mitgliedern des Tribunals und des Stadtrats. Auf der anderen Seite befand sich der Adel, darunter auch Goda und Bertha von Orléans, der man ihre Schwangerschaft bereits ansah. Dahinter die Handwerker, Händler und freien Bauern, auch Elisia und Gali mit ihren Bediensteten standen dort. Ganz hinten warteten die übrigen Bewohner der Stadt sowie Fremde niedriger Herkunft, die sich bis in die umliegenden Gassen drängten.

Der Bischof bat um Ruhe und sprach dann mit lauter Stimme: »Regelmäßig sende ich Schreiben an den Hof, um über die Lage im Bistum zu berichten und die wertvolle Arbeit zu loben, die der *Missus dominicus* Hauptmann Isembard II.

von Tenes mit den Neuen Rittern der Mark an der Grenze leistet.« Er breitete die Arme aus, um seinen Worten Nachdruck zu verleihen. »Mit großer Anstrengung haben sie eine Verteidigungslinie aufgebaut, eine Mission, zu der auch Graf Wilfried von Urgell und sein Bruder Miro von Conflent beigetragen haben. Ihr alle wisst, dass die Türme und Wachposten an den Ufern des Llobregat, Cardener und Segre sich als wirksam erwiesen und so manchen Angriff der Sarazenen vereitelt haben, die verhindern wollen, dass die Grenzgebiete von Christen besiedelt werden.

Neue Siedler strömen nach Urgell, und in der fruchtbaren Ebene von Osona entstehen Felder, Gehöfte und Klöster. Viele haben dazu beigetragen, indem sie ihren Söhnen erlaubten, sich den Rittern der Mark anzuschließen; andere, wie die edle Goda von Barcelona, viele angesehene Bürger dieser Stadt und so manche jüdische Familie haben Geld und Darlehen gegeben, wohingegen Graf Bernhard von Gothien es vorzieht, gemeinsam mit den Bosoniden Macht und Ansehen anzuhäufen.«

Ein Raunen ging über den Platz. Die meisten Anwesenden nickten, doch der Vizegraf, eine Gruppe adliger Günstlinge und eine Handvoll fränkischer Beamte verzogen unwillig die Gesichter. Der Bischof nahm sich mit den Jahren zu viel heraus.

»Die Spanische Mark ist nach wie vor eine entlegene, gefährliche Gegend«, fuhr dieser eindringlich fort. »Das Gefühl der Verlassenheit ist geblieben, doch nun hat sich der König erbarmt. Ich habe euch heute hier versammelt, um euch mitzuteilen, dass unser König Karl den Bewohnern Barcelonas seine Dankbarkeit ausdrücken möchte!«

Nach dem Segen zeigte der Archidiakon ein Sendschreiben mit dem kaiserlichen Adler. Neben ihm stand Judacot, ein jüdischer Händler, der in ganz Gothien und anderen Teilen des Landes unterwegs war. Mit lauter Stimme verlas der

Geistliche den Brief, den der Kaiser an alle Bewohner Barcelonas richtete:

»Dirigo ad Drodoynum, episcopum, libras decem de argento ad suam ecclesiam reparare.«

Der König schenkte der Stadt zehn Pfund Silber für den Neubau der Kathedrale und dankte den Barcelonesen für ihre Treue. Viele rechneten nach. Die Summe entsprach dem Wert von zweitausend Silbermünzen, ein Vermögen, mit dem die Stadt nach fast dreißig Jahren ständiger Verzögerungen den Bau der neuen Kathedrale vollenden konnte. Barcelona brach in Jubel aus. Frodoi sah sich in der Menge nach Priestern um, die sich nicht zu seinem Klerus gesellt hatten. Es war auch ein Sieg über den mozarabischen Ritus. Gott war auf seiner Seite.

Judacot überreichte dem Bischof die metallbeschlagene Truhe mit dem Silber. Es würde in der Münzstätte geschmolzen werden, um Münzen daraus zu prägen. Im Anschluss begannen die Feierlichkeiten mit Musik und Tanz in den engen Gassen. Frodoi wollte, dass sich diese Geste des Königs in das kollektive Gedächtnis der Stadt eingrub. Dank des Königs würde sein ehrgeiziges Werk endlich vollendet werden. Karl hatte ihn anderen Bischöfen vorgezogen, und Frodoi platzte beinahe vor Stolz und Freude.

In der Herberge am Miracle herrschte reges Treiben. Menschen aus Badalona und anderen Städten der Umgebung waren Frodois Ruf gefolgt, und alle wollten in Elisias Taverne absteigen. Dazu kamen die Vorbereitungen für eine Hochzeit, die im September stattfinden sollte. Godas Tochter Argencia und Ermemir würden endlich den Bund der Ehe schließen und hatten die Wirtin mit dem Ausrichten des größten Festmahls beauftragt, das die Stadt je gesehen hatte.

Goda litt darunter, dass man über ihre Tochter und den jungen Fischer spottete, und sie gedachte, mit außergewöhnlichem Prunk dagegen vorzugehen. Gleich neben ihrem Palast wurde ein weiterer errichtet, der es mit denen des Grafen und des Bischofs aufnehmen konnte. Sie kaufte alles an Seide und Luxusobjekten, was die Händler nach Barcelona brachten – den Adligen würde am Tag der Hochzeit der Atem stocken. Alle sollten sich an die Entstehung der neuen Dynastie erinnern.

Elisia kochte Fruchtkompott auf Vorrat und röstete Mandeln, um Turrón herzustellen. Alles, was sich haltbar machen ließ, wurde am besten frühzeitig zubereitet. Erschöpft ging sie zum Holzschuppen. Zur Verzweiflung des Personals bestand sie darauf, jede Fleischsorte über einem bestimmten Holz zu braten, diese Sorgfalt bei der Arbeit trug jedoch weiter zum Ruf der Herberge bei.

Als ein Schatten hinter sie trat, erschrak sie, doch dann ließ sie zu, dass starke Hände ihre Taille umfassten und heiße Lippen ihren Hals liebkosten. Mit geschlossenen Augen drehte sie sich um und küsste Isembard hingebungsvoll. Sie konnten nicht anders. Der Hauptmann kam regelmäßig nach Barcelona, um dem Bischof Bericht zu erstatten und seine Frau zu besuchen, die inzwischen in einem Anwesen gleich neben dem Bischofspalast wohnte.

Sie liebten sich, seit sie zwei junge, naive Menschen auf dem Weg in ein ungewisses Schicksal gewesen waren. Trotz des Abgrunds, der sie trennte, gaben sie sich mit langen Blicken und flüchtigen Liebkosungen den Gefühlen hin, die sie füreinander hegten.

Isembard machte es zu schaffen, dass er die sanfte Bertha hinterging, aber das Leben an der Grenze war gefährlich, und jeder Tag konnte der letzte sein. Seine Liebe zu Elisia war unermesslich. Mit ihr fühlte er sich komplett.

Auch Elisia ließ zu, dass er sich erneut in ihr Herz schlich. Sie blühte auf. Bei ihm vergaß sie Gali und das, was er ihr angetan hatte. Isembard würde irgendwann nach Orléans zurückkehren, das wusste sie natürlich, aber sie wollte die Zeit auskosten, die ihnen blieb, bevor ihr Herz von Neuem verdorrte, vielleicht für immer.

Sie kicherten und scherzten und vergaßen jede Zurückhaltung. Er hob ihre zerschlissene Tunika, und sie ließen sich ins Heu fallen. Die Welt ringsum versank, und sie liebten sich leise, mit einem gedämpften Flüstern, das niemals Versprechungen machte.

»Das ist nicht rechtens«, keuchte Elisia atemlos, als sie sich voneinander lösten. Ihre geröteten Wangen verrieten ihre Erregung.

»Ich werde bald fortgehen, Elisia«, sagte er traurig. »Bertha will bei ihrer Mutter und ihren Schwestern sein, wenn das Kind kommt. Außerdem sammelt der König das Heer, um nach Italien zu ziehen und den Papst zu verteidigen. Nach der Niederlage in der Schlacht am Rhein muss die *Scara* neu organisiert werden. Es kann sein, dass er mich zurückberuft.«

Sie sah ihn erschrocken an. Eine dunkle Last senkte sich auf ihr Herz – wieder zerrann ihnen das Glück zwischen den Fingern.

»Und was wird aus der Grenze?«

»Es gibt gute Hauptleute, und Graf Wilfried ist ein hervorragender Anführer. Er wäre ein guter Graf für Barcelona und Girona. Seine Mutter Ermesenda betreibt seine Ernennung. Er hat seine Cousine Guinidilda von Ampurias geheiratet und besitzt großes Ansehen und genügend Geld für weitere Soldaten.«

»Wenn du gehst, wird Bernhard von Gothien versuchen, deine Truppen unter seine Kontrolle zu bringen.«

Elisia sprach laut aus, was auch seine Männer dachten. Die ganze Mühe konnte vergebens gewesen sein, sobald er die Pyrenäen überquerte. Und das wird schon bald sein, sagte sie sich bedrückt.

»Eine Armee darf nicht von einem einzigen Mann abhängen. Vertrauen wir auf Gott.«

Elisias Hals war wie zugeschnürt. Sie hatte sich in seine Arme geworfen, wissend, dass sie ihn erneut verlieren würde. Sie kam in Isembards Leben nicht vor.

»Wie geht es Bertha?«, fragte sie leise. »Ich habe sie seit Tagen nicht gesehen.«

»Sie fühlt sich erschöpft, und der Gestank in den Straßen verursacht ihr Übelkeit.«

Elisia strich ihre Tunika glatt und steckte ein paar lose Haarsträhnen fest.

»Wir müssen damit aufhören, Isembard«, sagte sie mit Tränen in den Augen, »sonst wird es uns zerstören. Ich warte jeden Tag mit bangem Herzen auf Nachrichten, weil ich Angst habe, dass du nicht zurückkommst.« Sie streichelte seine Wangen. In seinem blonden Bart zeigten sich die ersten grauen Haare. »Ich leide wie eine Ehefrau und habe dich doch nicht.«

»Elisia …«

»Du hast mich sehr glücklich gemacht, Isembard von Tenes. Sag nichts, ich bitte dich.«

Der Hauptmann küsste ihre Tränen weg.

»Wie geht es mit dem Lesen voran?«, erkundigte er sich, um sie abzulenken.

»Es ist sehr schwer, aber vieles verstehe ich schon! Diese Dhuoda besaß eine bewundernswerte Stärke. Deine Frau ist sehr geduldig mit mir.« Elisia versuchte der Situation die Spannung zu nehmen. »Wenn sie eine eingebildete Furie wäre, würde ich mich besser fühlen!«

Sie entlockte ihm ein Lächeln und ging zur Tür, kurz darauf verließ auch Isembard den Schuppen. Ein nur zu vertrautes Gefühl verriet ihm, dass er beobachtet wurde. Er sah zum Haus hinauf und bemerkte einen Schatten hinter einem Fenster. Auch ohne ihn erkannt zu haben, wusste er, dass es Gali war, und ihn packte eine unbändige Wut. Dieser nichtsnutzige Widerling war nur deshalb noch unversehrt, weil Elisia ihn angefleht hatte, ihn in Ruhe zu lassen. Sie wollte keinen

Skandal in der Herberge, durch den ihr Verhältnis ans Tageslicht kommen könnte. Seit Calort, einer seiner finsteren Freunde, verschwunden war, war Gali noch unbeherrschter und aufbrausender, insbesondere Elisia gegenüber. Sie hatte angeboten, ihm das Haus abzukaufen, aber er weigerte sich und führte seine Vaterpflichten an, obwohl er Gombau und Lambert überhaupt nicht beachtete. Er hatte vor irgendetwas Angst und verließ das Miracle nur selten.

Isembard sah herausfordernd zu dem Fenster hinauf. Nur eine einzige Provokation, und er würde diesem Kerl eine Lektion erteilen. Gali blieb feige im Dunkeln stehen, aber er hatte sie ertappt.

Als es dunkel wurde, ging Gali zu dem Palast, in dem Bertha von Orléans residierte, um ihr zu erzählen, was er im Schuppen beobachtet hatte. Er kochte vor Wut. Seine Vermutungen hatten sich bewahrheitet … Aber Elisia gehörte ihm. Er würde die beiden des Ehebruchs anklagen und sie vernichten. Dem Gesetz nach waren sie dann sein Besitz. Während er an das Geld dachte, das seine Frau irgendwo versteckte, wurde die Tür geöffnet. Der Diener verzog unwillig das Gesicht, als er ihn erkannte.

»Hauptmann Isembard ist mit Hauptmann Oriol und einigen anderen Männern in der Taverne.«

»Ich will zu Bertha von Orléans«, sagte Gali unwirsch. »Es ist dringend.«

Bevor der Diener etwas erwidern konnte, schob er ihn zur Seite und trat ein. Als er Bertha nicht sah, ging er die Treppe hinauf. Isembards Frau hatte die Tür gehört; in dem Glauben, es sei ihr Mann, kam sie aus ihrem Zimmer, um ihn zu begrüßen. Als sie Gali im dunklen Korridor stehen sah, erschrak sie. Mit seinen zweiundvierzig Jahren und den schwarzen Zahnstümpfen sah er wie ein Toter aus. Sein Gestank verursachte ihr Übelkeit.

»Was willst du hier, Gali?«, fragte sie misstrauisch.

»Dein Mann betrügt dich mit meiner Frau, Bertha. Wir sollten sie anzeigen.«

Ihr Herz verkrampfte sich. Sie hatte sich davor gefürchtet, dass so etwas passieren könnte. Natürlich war ihr die Anziehung zwischen den beiden nicht verborgen geblieben, aber sie hatte gute Miene zum bösen Spiel gemacht und brachte Elisia sogar das Lesen bei. Ihre Erziehung hatte dem Zweck gedient, eine vorteilhafte Ehe einzugehen, und sie hatte einen berühmten Hauptmann der *Scara* geheiratet. Ihre Bestimmung war nie die Liebe gewesen, auch wenn sie sie mit Isembard erfahren hatte.

Mit wehem Herzen erinnerte sie sich an die Ratschläge ihrer Mutter. Sie war eine Adlige und hatte sich wie eine solche zu benehmen – vor allem gegenüber Plebejern wie Gali –, auch wenn sie innerlich weinte.

»Mein Gemahl ist ein Mann und benimmt sich wie ein solcher«, erklärte sie herablassend, »aber er weiß, wo sein Zuhause ist und dass ich seine Frau bin.« Sie streichelte über ihren gewölbten Bauch. »Ich werde ihm den Erben gebären, der seine Linie fortführt.«

»Du begnügst dich mit den Brosamen, die dir meine Frau, dieses kleine Flittchen, übrig lässt?«

»Ich hatte nicht die Wahl wie du, aber ich danke Gott für einen Mann wie Isembard.« Sie musterte ihn angewidert. »Vielleicht hast du Elisia in seine Arme getrieben.« Gali war nicht bereit, so wie sie die Tatsachen zu akzeptieren, das war offensichtlich. Bertha trat herrisch auf ihn zu. »Mein Vater gehört dem mittleren Adel an! Wenn du den Namen meines Mannes und den des Hauses Orléans in den Schmutz ziehst, werden dich seine fünfzig Ritter jagen wie einen Hasen!«

Sie hatte verletzend sein wollen, aber als sich Galis Gesicht zu einer furchtbaren Fratze verzerrte, begriff sie, dass sie einen Fehler gemacht hatte. Sie bemerkte einen dumpfen Schlag, dann umfing sie Dunkelheit. Entsetzt über das, was er getan hatte, stieß Gali die Dienstboten beiseite und stürzte in die Nacht hinaus.

Ein Diener rannte zur Taverne, um ihrem Mann Bescheid zu geben. Isembard eilte nach Hause, gefolgt von zahlreichen Gästen des Miracle. Er fand seine Frau von ihren Bediensteten umringt, sie hatte eine blutende Platzwunde am Kopf, und ein Arm war gebrochen.

»Es war Gali von Carcassonne, mein Herr«, berichteten die Bediensteten Isembard.

Elisia, die ebenfalls mitgekommen war, tastete vorsichtig den Bauch der Schwangeren ab.

»Wir müssen sie nach oben bringen. Ich hole den Leibarzt des Bischofs.«

Sie sah ihren Geliebten an und brach in Tränen aus. Gott hatte sie für ihre Sünde gestraft. Wenn Bertha starb oder einen Schaden zurückbehielt, könnten sie sich nicht mehr in die Augen sehen.

Blind vor Wut und Schmerz, stürzte Isembard auf die Straße. Diesmal würde es keine Gnade für Gali geben. Elisia hielt ihn nicht auf, ihr Mann hatte kein Mitleid verdient.

Die Nachricht verbreitete sich, und Frodoi kam persönlich vorbei, um sich nach dem Zustand der vornehmen Fränkin zu erkundigen. Niemand konnte sich den Angriff erklären, doch als Goda erschien, verstanden sie sich mit einem Blick. Isembard suchte nach Gali in mehreren Schänken, aber niemand wusste etwas über ihn.

Frodoi, Oriol und Goda setzten sich in Berthas Palast zusammen.

»Hauptmann Isembard ist über die Maßen zornig«, sagte der Bischof nachdenklich.

»Er hat zu viele Feinde, als dass sich seine Ehefrau in einem so leicht zugänglichen Gebäude aufhalten sollte«, bemerkte Oriol. »Wäre Bertha in einem Wehrturm oder einer Festung untergebracht, hätte Gali sie niemals verletzen und ungestraft entkommen können.«

»Worüber denkt Ihr nach, Bischof?«, fragte Goda angesichts von Frodois Schweigen.

»Oriol hat recht. Isembard ist ein Ritter der Mark. Er und seine Familie brauchen einen sicheren, geschützten Rückzugsort.« Seine Augen funkelten angriffslustig. »Vielleicht sollten wir ihn ermutigen, die Burg seiner Familie zurückzugewinnen.«

»Tenes?«, fragte sie beunruhigt. »Die ist dank Bernhard von Gothien weiterhin in den Händen Drogo von Borrs!«

»Ich bin sicher, dass Drogo auf die eine oder andere Weise mit diesem Unglück zu tun hat. Isembard muss aufhören, wie Guisand von Barcelona zu denken, wenn er eine weitere Stufe nach oben erklimmen will.« Er sah Goda mit einem siegesgewissen Lächeln an. »Der Wille. Der Wille hat eine Kathedrale errichtet, und er wird eine neue Dynastie in Cardona gründen. Isembard muss die Burg Tenes *wollen*.«

60

Die Hände auf dem Rücken verschränkt, blickte Boso nachdenklich in die Flammen des riesigen Kamins im Rittersaal der Burg von Berzé, einer der alten Festungen, die in der Hand der Bosoniden waren. Es war eine Ironie des Schicksals, dass er das Familienmitglied mit dem größten Einfluss und gleichzeitig so unzufrieden war. Sieben Jahre war alles wie vorgesehen verlaufen: Sie hatten Karl den Kahlen zu ihren Gunsten beeinflusst, und wenn ihnen ein Widersacher Steine in den Weg legte, wusste seine Schwester, an wen sie sich wenden musste, um ihn zum Schweigen zu bringen. Der fränkische König war inzwischen auch Kaiser, aber der italienische Adel und ein Großteil des Klerus weigerten sich, Richildis zur Kaiserin zu krönen.

Neben Markgraf Bernhard von Gothien und Bernard Plantevelue hatte sich auch Hugo Abbas aus dem Haus der Welfen dem Bündnis angeschlossen, Geißel der Normannen und geschickter Diplomat. Karl hatte ihn für seine Treue mit der Mark Neustrien im Norden des Reichs sowie den Grafschaften Angers, Auxerre und Tours entlohnt. Zusammen beherrschten sie einen Großteil des Landes mit Hunderten von großen und mittleren Adligen, die unter anderem Soldaten und Geld brachten.

Als Ludwig der Deutsche starb, hatten sie gehofft, ihren Einflussbereich erneut zu erweitern, und Karl den Kahlen gedrängt, ohne ausreichende Vorbereitung gegen seinen Halbbruder ins Feld zu ziehen. Nach der demütigenden Niederlage bei Andernach war dieser Traum geplatzt. Der Kaiser war schwer krank, und falls er starb, wäre ihr Plan kurz vor dem endgültigen Ziel gescheitert.

Er hörte, wie sich die Tür öffnete und seine Besucher eintrafen. Auch seine Schwester Richildis war nach Berzé gekommen, um an dem geheimen Treffen teilzunehmen.

Er drehte sich erst um, als die Tür krachend ins Schloss fiel. Dort standen sein Vater Bovin von Vienne und Richildis, Bernhard von Gothien und Bernard Plantevelue sowie Hugo Abbas, der aus dem Norden gekommen war. Boso vermisste seine Tante Theutberga, die am 11. November 875 im Kloster Sainte-Glossinde bei Metz gestorben war. Anders als sein Vater Bovin hatte sie seine und Richildis' Ambitionen unterstützt, doch die Kränkungen ihres Mannes Lothar II. hatten ihr sehr zu schaffen gemacht und ihre Gesundheit angegriffen.

Hugo Abbas fühlte sich unwohl. Er war der Krone stets treu ergeben gewesen, doch die unruhigen Zeiten, durch die das Land ging, hatten ihn davon überzeugt, dass sie eine Alternative suchen mussten. Einzig Erzbischof Hinkmar von Reims war nicht zu dem Treffen erschienen. Obwohl er nach der Ankunft des Apostolischen Vikars Ansegis aus dem Beraterstab des Königs gedrängt worden war, hatte die Verärgerung darüber seine Loyalität zu dem geschwächten König nicht brechen können.

»Nun, Boso?«, begann Hugo. »Ich habe einen weiten Weg hinter mir und möchte erfahren, was die Zukunft für uns bereithält und ob es Gott oder der Teufel ist, der sie schreibt.«

Der Angesprochene bedachte die Runde mit einem Raubtierlächeln.

»Wir sind unserem Ziel ganz nah.«

»Der König hat für den 14. Juni 877 eine Reichsversammlung in Quierzy einberufen«, erklärte Richildis, stolz, das Wort in dieser adligen Runde zu haben. »Er will die Lage im Reich klären, bevor er über die Alpen zieht, um den Papst und den Kirchenstaat zu verteidigen.«

»Und seine Gesundheit? Soweit ich weiß, hat er sich noch nicht von seinen Leiden erholt.«

»Er ist fest gewillt, seinen Eid gegenüber dem Papst zu erfüllen, aber er ahnt, dass er nicht zurückkehren wird. Bei dieser Versammlung will er seinen Nachlass ordnen.«

»Und das ist der Anlass für unser Treffen, werte Freunde«, übernahm ihr Bruder Boso das Wort. »In Quierzy soll die gesetzliche Erbfolge in den Grafschaften festgeschrieben werden, sodass Söhne ihren Vätern ins Amt folgen können, ohne zuvor vom König ernannt zu werden. Damit wären unsere Besitzungen, sobald die Karolinger nicht mehr auf dem Thron sitzen, vor dem Gesetz erbliche Monarchien, die niemandem untergeben sind!«

Sie wahrten die Form, aber sie waren voller Enthusiasmus. De facto wurden die meisten Gebiete seit Jahrzehnten, wenn nicht gar Jahrhunderten von denselben Familien regiert, doch die oberste Gewalt oblag stets dem König. Starb dieser, musste sein Nachfolger die Grafen und Herzöge erneut ins Amt setzen, ein Umstand, den der neue Herrscher meist nutzte, um sich ihrer Treue zu versichern und mehr Truppen zu fordern. Machtbündnisse, Verschwörungen und Aufstände führten immer wieder zum Niedergang mächtiger Familien, zu Amtsenthebungen und Änderungen in der Adelshierarchie.

»Da ist noch etwas«, bemerkte Bernard Plantevelue. »Das ganze Reich soll wissen, dass Karl uns erneut im Stich lässt, um nach Italien zu ziehen. Wir haben in Erfahrung gebracht, dass hundert Normannenschiffe die Seine hinauffahren, um das Herz des Landes zu verwüsten.«

»Er wird keinen Krieg an zwei Fronten führen können«, erklärte Hugo.

»Er will fünftausend Pfund Silber aufbringen, um einen Waffenstillstand mit den Normannen zu schließen«, erklärte Richildis. »So kann er die Invasion aufhalten und sich dem Italienfeldzug widmen.«

»Fünftausend Pfund?«, wetterte Bernhard von Gothien. »Er nimmt uns aus, um sich beim Papst lieb Kind zu machen! Das ist inakzeptabel!«

Der Markgraf von Gothien hatte blutunterlaufene Augen, sein Gesicht war wutverzerrt. Er sah die unerreichbare

Richildis an und trank ohne Unterlass. Alle wussten, dass er zu Gewaltausbrüchen neigte und unbeständig war. Er hatte kirchlichen Besitz an sich gerissen und sich in seinen Grafschaften gegen die Ernennung von Bischöfen gestellt, die der König angeordnet hatte, was zu Spannungen mit der Krone geführt hatte. Irgendwann würde er zum Problem werden. Aber jetzt wurde er noch gebraucht.

»Es scheint, als wäre der Moment endlich gekommen«, sagte Boso. »Schwester, sorge dafür, dass der König die Änderung auf der Reichsversammlung verfügt, dann kann Gott ihn beruhigt zu sich nehmen. Ich werde dafür sorgen, dass seine Neffen Ludwig, Karlmann und Karl der Dicke von seinem Italienfeldzug erfahren und ihn in den Alpen aufhalten.«

»Aber ich werde nicht zulassen, dass er stirbt, bevor der Papst mich zur Kaiserin ernannt hat«, entfuhr es Richildis. »Nach allem, was ich mit diesem Mann durchgemacht habe, seid ihr mir das schuldig.«

»So wird es geschehen«, bestätigte ihr Bruder. »Und dann beginnt der Aufstand. Der König darf nicht zurückkehren, und wir müssen das Land unter unsere Kontrolle bringen.«

»Verrat an einem Kaiser von Gottes Gnaden zu üben ist eine schwere Sünde!«, urteilte Bovin.

Sein Sohn und die übrigen Anwesenden sahen ihn missbilligend an. Er hatte nie den starken Charakter eines Bosoniden gehabt und wirkte immer verzagter.

»Der einzige Verräter ist der König, der sich den Launen des Papstes beugt, dem es nur darum geht, sein Amt und seinen Besitz zu wahren!«

»Titel zu sammeln ist das eine. Sich gegen den Willen Gottes zu stellen, das andere.«

»Vater, steht Ihr auf unserer Seite oder auf Seiten des Königs?«

Bovin war immer eng mit Karl befreundet gewesen. Er war der Schwachpunkt in dieser Verschwörung, und alle wussten es. Selbst die schönen Augen seiner Tochter warfen ihm vor, ein Feigling zu sein.

»Ich bin der Familie der Bosoniden verpflichtet«, erwiderte er. »Gott möge uns vergeben.«

Boso und Richildis sahen sich beunruhigt an. Ihr eigener Vater könnte sie verraten.

»Da ist noch etwas«, sagte Richildis mit ernster Miene. »Mein Gemahl wird bei der Reichsversammlung in Quierzy seinen Sohn Ludwig den Stammler zum Thronfolger ernennen. Wir müssen auf jeden Fall seine Krönung verhindern, sonst werden sich die Königstreuen um ihn scharen.«

»Wenn der Aufstand beginnt, werden wir ihn nach Aquitanien zurückdrängen. Dieser Mann wird niemals in der Lage sein, das Land zu regieren.«

Die Anwesenden besiegelten die Verschwörung. Gemeinsam vereinten sie die größte Adelsmacht auf sich, die es je im Kaiserreich gegeben hatte. Sie erhoben die Gläser, und schließlich willigte auch Hugo Abbas ein. Er war am wenigsten überzeugt, aber er war kein Feigling wie Bovin. Still betete er zu Gott, dass dieser ihnen beistehen möge. Das Jahr 877 würde die Geschicke der Welt verändern.

Gegen Mitternacht zogen sich die Adligen weinselig und hochgestimmt in ihre Gemächer zurück. Nachdem Richildis den aufdringlichen Bernhard von Gothien abgewiesen hatte, begab sie sich in die dunkle Burgkapelle von Berzé und kniete vor der Christusfigur im Chorraum nieder. Die Figur hatte ihr schon als Kind besonders gefallen, weil der Gekreuzigte, mit Krone und in einem bestickten, purpurnen Gewand, die Augen geschlossen hielt und einen entspannten Gesichtsausdruck zeigte. Anders als unter den leidenden Blicken anderer Statuen fühlte sie sich von dieser nicht angeklagt.

Eine Träne rann ihr die Wange hinab. Zutiefst enttäuscht darüber, dass sie keinen Sohn bekam, der Ludwig dem Stammler den Thron streitig machen könnte, haderte sie mit ihrem Mann und Boso, doch die Schuld lag bei ihr. Ihre Kinder kamen krank und schwach auf die Welt, weil sie heidnischen Göttern geopfert hatte, die ebenso verdammt und finster waren wie ihre Priesterinnen.

Sie war zweiunddreißig Jahre alt, und noch war sie fruchtbar. Sie könnte Ludwig den Stammler verführen und zur Ehe hinreißen, seine derzeitige Ehefrau Adelheid war allerdings klug und wachsam. Viele Adlige warben hinter dem Rücken ihres Bruders um sie, doch sie dachte immer noch an Isembard und entbrannte bei der Vorstellung, wie er sie nehmen würde. Er hätte ihr sicher längst einen kräftigen Sohn geschenkt. Es war ein Fehler gewesen, ihn in die Spanische Mark zu schicken. Isembard hatte nicht den Tod gefunden; vielmehr stellten seine königstreuen Truppen inzwischen ein Hindernis für die Verschwörung dar.

Wie auch immer, es war eine letzte Chance. Die Mutter zukünftiger Herrscher zu sein war zu einer zwanghaften Obsession für Richildis geworden.

Plötzlich merkte sie, dass sie nicht länger allein war, und es überlief sie kalt. Ein Schatten verbarg sich in der Dunkelheit. Richildis nahm ein kleines Pergament hervor und begann, eine Liste von Namen zu verlesen: Graf Oliba II. von Carcassonne, Wilfried von Urgell, die Bischöfe Frothar von Bourges, Frodoi von Barcelona, Hinkmar von Reims … Mit lauter Stimme benannte sie fast ein Dutzend einflussreicher Männer aus dem Adel und dem hohen Klerus, die zu ihrem Mann hielten und eine Gefahr für ihre Revolte waren. Nach kurzem Stocken nannte sie einen letzten Namen: »Bovin von Vienne.«

»Euer eigener Vater?«, fragte eine Frauenstimme aus der Dunkelheit.

Richildis atmete tief durch, damit ihre Stimme nicht zitterte. Es war ein notwendiges Opfer. Wenn er sie verriet, endeten sie alle auf dem Schafott. Nicht einmal ihre Reize würden den König gnädig stimmen können.

»Mein Vater wird der Erste sein, Rotel. Er darf Berzé nicht verlassen. Es muss noch heute Nacht geschehen.«

»Alles Böse fällt irgendwann auf einen selbst zurück, Königin.«

Der Satz machte ihr Angst. Sobald ihr Auftrag beendet war, würde sie diese Frau ermorden lassen. Boso hatte recht: Rotel war gefährlich, und sie wusste zu viel.

»Ich spüre Eure Angst, Königin. In diesem dunklen Teil des Universums ist kein Platz für Ängste. Wenn Ihr Schwäche zeigt, wird Euch alles zwischen den Fingern zerrinnen. An diesem Kampf sind noch andere Mächte beteiligt. Mächte des Lichts.«

»Dieses Licht wird verlöschen. Erfülle deine Pflicht, Rotel. Mögen deine Dämonen dir helfen.«

Im Morgengrauen herrschte helle Aufregung. Die Diener fanden Bovin von Vienne tot in seinem Zimmer, er trug Reisekleidung, und Entsetzen stand in seinem Gesicht. Er war gestorben, als er sich bereit machte, mitten in der Nacht von der Burg zu fliehen.

Gegen Mittag reiste Hugo Abbas überstürzt mit seinem Gefolge ab. Das hier war nicht einfach eine Verschwörung; etwas Düsteres lag über diesem Bündnis. Der Machthunger der Bosoniden und die Art und Weise, wie jeder potenzielle Abtrünnige verschwand, beunruhigten ihn. Fürs Erste würde er zu dem Bündnis halten, doch sollte er finstere oder gotteslästerliche Machenschaften aufdecken, würde er den Pakt lösen, und die Verschwörer würden seine ganze Macht zu spüren bekommen.

61

Die Reichsversammlung von Quierzy endete ohne Ovationen für den Kaiser, und es fand auch kein Turnier statt. Karl wollte nicht, dass Ritter vor dem Feldzug nach Italien Verletzungen davontrugen. Der große Abwesende des fränkischen Adels war Markgraf Bernhard von Gothien, der mit dem König im Streit lag, weil er dessen Kirchenpolitik nicht guthieß. Sein unberechenbares Verhalten missfiel den Mitgliedern der Allianz. Außerdem kam es zu erbitterten Auseinandersetzungen zwischen dem fränkischen Adel und dem apostolischen Vikar Ansegis, der größeren Einsatz für den Papst verlangte. Karl bedauerte es, sich von Erzbischof Hinkmar von Reims getrennt zu haben.

Wie er gemeinsam mit Richildis entschieden hatte, würde er einen Feldzug nach Italien unternehmen, um die dortige Küste gegen die Sarazenen zu verteidigen. Während seiner Abwesenheit blieb das Frankenreich seinen Neffen und den Normannen ausgeliefert, die er durch eine Zahlung von fünftausend Pfund in Silber davon überzeugen wollte, ihre Schiffe nicht zu verlassen. Ein Vermögen, für das seine Untertanen aufkommen würden. Außerdem war er gezwungen, die Herrschaft in die Hände seines Sohnes Ludwigs des Stammlers zu legen, dem er misstraute, hatte dieser ihn doch schon früher hintergangen.

Die Aussichten waren niederschmetternd. In der Reichsversammlung hatte er die Adligen in die Pflicht genommen, den Besitz der Kirche und des Kaisers zu wahren. Er hatte sie erneut die Treue auf die Krone schwören und sich versichern lassen, dass sie die Besitztümer seiner Nachkommen und seiner Gemahlin achteten – alles Versprechungen, die mit seinem Tod hinfällig sein würden.

Am längsten war über den Vorschlag der Bosoniden und weiterer Adliger diskutiert worden, das Erbrecht in den Grafschaften einzuführen. Trotz der schmeichelnden Worte seiner Gemahlin hatte der König lediglich zugestanden, dass Gebiete nach dem Tod des Lehnsherrn vorläufig von dessen Verwandten verwaltet werden durften. Kehrte jedoch ein Vasall nicht lebend vom Italienfeldzug zurück, sollte sein Lehen an den Sohn weitergegeben werden. Auch wer im Falle von Karls Tod der Welt entsagte, um für den Rest seiner Tage für seine Seele zu beten, sollte seine Nachfolge frei regeln können.

Karl ordnete akribisch die Regierungsgeschäfte des Landes für die Zeit seiner Abwesenheit. Er regelte selbst Nebensächliches wie etwa die Frage, wie viel Wild sein Sohn Ludwig wo jagen dürfe.

Karl wurde von Todesahnungen getrieben. Seine Befürchtungen blieben nicht unbemerkt, und das Ende der Versammlung erinnerte an eine Trauerfeier. Am 20. Juni begab sich der Hof nach Compiègne, um die wenigen verfügbaren Truppen zu versammeln und in Richtung Süden zu ziehen.

Am 1. August stand der König bereit, den Fluss Saône in Richtung Alpen zu überqueren. Die Nachrichten aus der Heimat waren bedrückend. Für die Zahlungen an die Normannen waren Vieh und ganze Ernten konfisziert worden. Viele Klöster mussten Kelche und Kirchenschmuck einschmelzen, um die Plünderer aus dem hohen Norden zufriedenzustellen. Er war schuld am Ruin Hunderter Vasallen und seines Volks. Das Land verfluchte seinen König.

Die Allianz der Bosoniden befeuerte den Unmut noch weiter, und die Spielleute sangen ätzende Lieder, die dieses Mal auf Kosten König Karls gingen.

Als sie die Saône erreichten, wurden Flöße gebaut, um das nur ein paar Tausend Soldaten zählende Heer ans andere Ufer zu bringen. Der König rief seine Hauptleute und Berater zu sich und verabschiedete sich förmlich von seinem Schwager,

Herzog Boso von Vienne, und von Bernard Plantevelue. Bernhard von Gothien war nicht anwesend.

Karl bereute es, die Kaiserwürde angenommen zu haben. Sie hatte ihm nur Sorgen gebracht, und darüber hinaus schienen die italienischen Untertanen nicht bereit zu sein, den Heiligen Stuhl zu beschützen. Seine Berater wollten das Westfränkische Reich nicht verlassen, nicht einmal Boso, der immerhin Vizekönig von Italien war und dessen Gemahlin Ermengarde in Rom weilte. Der König war misstrauisch, aber sie versprachen, ihm mit ihren Truppen zu Hilfe zu eilen, falls es nötig wurde. Fürs Erste würde der Kaiser seinen heiligen Schwur allein erfüllen.

Richildis beugte sich über eine Stickarbeit, während sie den Abschiedsworten des Königs lauschte, die wie ein Testament klangen. Sie hatte eine kleine Glasampulle in ihrem Ausschnitt versteckt, die Rotel ihr gegeben hatte. Sobald sie ein paar Tropfen davon in den Wein mit den Heilkräutern träufelte, den der jüdische Arzt Zedequias Karl jeden Abend verabreichte, würde er Fieber bekommen. Boso und sie sahen sich an. Es gab kein Zurück.

Karl ließ ein Mitglied der königlichen Garde rufen.

»Schicke eine Brieftaube nach Barcelona. Isembard von Tenes soll herkommen.«

»Er hat eine wichtige Mission an der hispanischen Grenze, mein König.«

»Er ist ein *Missus dominicus*, und ich brauche ihn jetzt! Sieh dir unsere Armee an! Sie ist unzureichend! Wir brauchen gute Heerführer, um alles aus den Soldaten herauszuholen!«

Boso sah Richildis fragend an, doch sie wich seinem Blick aus. Der Befehl des Königs ging von seiner Schwester aus. Er wollte protestieren, doch dann lächelte er. Der Hauptmann der *Scara* war nicht wie vorgesehen gestorben. Wenn er sich nun mit seinen Truppen in der Spanischen Mark festsetzte, würde er über kurz oder lang zum Problem werden. Es war besser, wenn Isembard mit dem König nach Italien ging; dann könnte er Bernhard von Gothien damit beauftragen, seine Truppen für sich zu beanspruchen, die Allianz würde den Süden des Landes kontrollieren und mögliche Bedrohungen ausschalten – und dann würden sie die königstreuen Grafen Wilfried und Miro aus dem Weg räumen.

»Ich stimme Euch zu«, sagte Boso. »Ihr braucht die besten Männer um Euch.«

Der Soldat der Garde wirkte nicht sehr überzeugt.

»Mein König, vielleicht solltet Ihr den Italienfeldzug verschieben, bis der Unmut Eurer Untertanen nachlässt.«

Richildis fiel ihm wütend ins Wort.

»Der Papst bittet um Hilfe, du Dummkopf!« Dann wandte sie sich an Karl. »Erinnert Ihr Euch an die jüngsten Nachrichten? Rom wurde lediglich von zehn byzantinischen Schiffen geschützt, die auf diplomatischer Fahrt waren! Mein Gemahl, wir müssen nach Rom, was auch immer geschieht, damit die Geschichte unseren Opfermut rühmt. Ich werde mit Euch kommen, auch wenn Euch alle im Stich lassen. Dafür werdet Ihr vom Papst verlangen, dass er mich zur Kaiserin ernennt.«

Karl sah sie stolz an. Seine Gemahlin war bereit, die Mühen und Gefahren des Feldzugs mit ihm zu teilen. Von Rechts wegen war sie die Hüterin der kaiserlichen Insignien Reichsapfel, Krone und Schwert; sie bewahrte die Symbole des Kaisertums in einer schweren Truhe auf, deren Schlüssel sie unter ihrer Kleidung trug. Richildis umarmte ihn, eine mütterliche Geste, die ihn beruhigte.

»Zu Befehl, Euer Hoheit«, gab sich der Soldat geschlagen. »Ich werde eine Nachricht nach Barcelona schicken.«

Richildis sah Karl dankbar an.

»Mit Hauptmann Isembard von Tenes werde ich mich viel sicherer fühlen.«

62

»Spannt an!«, rief Isembard.

Zweihundert junge Bogenschützen spannten die Sehnen und hoben die Bögen. Am Ende des Feldes neben dem Turm von Benviure markierte ein Streifen umgegrabener Erde das Ziel. Der Hauptmann ging ruhig an ihnen vorbei, während er auf das Knacken des unter Spannung stehenden Holzes hörte. Er sah, wie die Gesichter allmählich rot anliefen und die Arme zu zittern begannen.

»Keiner schießt, bevor ich den Befehl gebe!«

Neben ihm betrachtete Airado jeden einzelnen Schützen. In dieser Position zu verharren war schmerzhaft, aber sie hatten monatelang geübt und waren inzwischen in der Lage, sie zu halten. Isembard ging schweigend weiter, ohne auf die flehenden Blicke zu achten. Eine Ewigkeit später rief er: »Los!«

Eine Wolke aus Pfeilen sirrte durch die Luft, bis sie kaum noch zu sehen war, und ging schließlich wie ein tödlicher Regen nieder.

»Jeder von euch hat eine persönliche Einkerbung an seinen Pfeilen. Ich will, dass ihr sie findet. Der Pfeil muss exakt positioniert sein. Raum zwischen den Pfeilen bedeutet Glück für den Feind. Und ich will nicht, dass einer von ihnen Glück hat! Jeder, dessen Pfeil außerhalb des Zielbereichs gelandet ist, wird die Übung zehnmal wiederholen, verstanden?«

Während die Bogenschützen zu den Pfeilen liefen, kam ein Reiter zu Isembard galoppiert.

»Hauptmann, es ist eine Nachricht aus Barcelona eingetroffen.«

»Wann?« Isembard nahm das kleine Pergament entgegen, das eine Brieftaube gebracht hatte.

»Hauptmann Oriol erwartet Euch im Turm von Benviure. Bischof Frodoi will Euch dringend sehen.«

»Was steht darin?«, fragte Airado, als Isembard mit ernstem Gesicht die Nachricht las.

»Der König befiehlt mich zu sich nach Pavia«, antwortete er nachdenklich.

»Jetzt, da wir wissen, dass Drogo Truppen zusammenzieht? Findet Ihr das nicht verdächtig? Was, wenn sie Euch absichtlich weglocken?«

»Ich muss gehen«, gab er knapp zurück.

Airado hatte ein flaues Gefühl im Magen. Sein anfänglicher Hass auf Isembard hatte sich in Verehrung gewandelt. Er war streng, aber gerecht, und er hatte ihnen einen Grund gegeben, für den es sich zu kämpfen lohnte. Nur wenige Männer waren zu Drogo zurückgekehrt. Aus einem Haufen plündernder Söldner war eine gut ausgebildete Armee geworden. Isembard und die alten Kämpen Armanni, Garleu und Maior teilten die Männer nach ihren Fähigkeiten als Schwertkämpfer, Lanzenträger oder Bogenschützen ein und gaben ihnen Rüstungen und Schilde. Durch den Hauptmann der *Scara* hatte Airados Leben einen Sinn bekommen, und er hegte die Hoffnung, seine Schwester zu finden und sie aus den widerlichen Schänken am Regomir-Tor herauszuholen.

Ein Teil der Truppen konzentrierte sich in der Nähe der Via Augusta, die nach Barcelona und zu den Städten im Norden führte, ein strategischer Punkt für mögliche Sarazeneneinfälle. Entlang der Grenzflüsse standen Dutzende Türme mit Wachposten, bewaffneten Männern, Spähern, Holz und grünem Gras, um Rauchzeichen geben zu können. Die Soldaten erhielten ihren Sold in Münzen oder Korn. Das Geld von Goda und die Kredite der Juden von Barcelona waren längst aufgebraucht, aber adlige Familien, Äbte und freie Bauern mit Besitz in den neuen Gebieten sorgten auch weiterhin für den Unterhalt der Truppen.

Isembard ritt mit gemischten Gefühlen zum Turm. Er hatte beinahe vergessen, dass er hier war, um die Grenzregion zu inspizieren. Seine eigentliche Mission war beendet.

Oriol erwartete ihn mit einem Krug warmem Wein. Sie umarmten sich fest. Der Hauptmann des Bischofs war bereits vor einiger Zeit in die Stadt zurückgekehrt, aber sie standen weiterhin in engem Kontakt. Gemeinsam machten sie sich auf den Weg nach Barcelona.

»Aus welchem Taubenschlag kam die Taube?«

»Aus dem gräflichen Palast. Der König verlangt ausgerechnet jetzt nach dir, da Drogo aus seiner Lethargie erwacht.«

»Fang nicht an wie Airado. Es ist meine Pflicht als Hauptmann der *Scara*. Armanni, Garleu und Maior werden das Kommando übernehmen. Außerdem haben wir Wilfried und seinen Bruder Miro.«

Oriol schluckte die Tränen herunter, die in seiner Kehle brannten. Wenn Frodoi recht hatte, würde Isembard mit dem König in Italien sterben. Der Bischof erhielt täglich Nachrichten aus Narbonne und anderen Bistümern, die das Schlimmste befürchten ließen. Es war von einer von langer Hand vorbereiteten Revolte die Rede, die sich die allgemeine Unzufriedenheit zunutze machte. Und damit sie gelang, durfte der König, der inzwischen die Alpen überquert hatte, nicht lebend zurückkehren.

Vor seiner Abreise nach Pavia ging Isembard zu seiner Frau, um sich zu verabschieden. Bertha war noch jung und hatte sich gut von ihrem Sturz erholt. Der Arm war geschient, aber das Kind in ihrem Bauch lebte, worüber alle erleichtert waren. Isembard hatte es aufgegeben, nach Gali zu suchen; niemand verstand, wie er so spurlos hatte verschwinden können.

Als sie die Neuigkeiten von ihrem Mann erfuhr, begann Bertha von Orléans bitterlich zu weinen. Sie würde ihr Kind bekommen, während er im fernen Italien gegen die Sarazenen kämpfte. Auch die geplante Heimreise nach Orléans verschob sich. Die Gerüchte, die ihnen von überall aus dem Reich zugetragen wurden, waren immer beunruhigender.

Bedrückt lief der Hauptmann zum Miracle, aber er bekam Elisia nicht zu Gesicht. Seit Galis Angriff auf Bertha ging sie ihm aus dem Weg – überzeugt, dass ihre Sünde zu dem Unglück geführt hatte. Als Elisia durch Galderic von Isembards Abreise nach Italien erfuhr, schloss sie sich in ihrem Zimmer ein, um zu weinen. Auf seine Liebkosungen zu verzichten war schlimm genug, aber seinen Tod würde sie nicht ertragen. In der Taverne spekulierten die Gäste über das Ende des Königs und darüber, ob sein Heer in Italien den Sarazenen in die Hände fallen würde oder den rachsüchtigen Söhnen Ludwigs des Deutschen.

Isembard sollte zu Frodoi in die bischöfliche Palastaula kommen, aber er traf ihn in der Kathedrale an. Von den zehn Pfund Silber, die Karl der Kahle gestiftet hatte, hatte der Bischof Künstler kommen lassen, um die Apsis mit Fresken auszuschmücken, die es an Pracht mit jenen in der Abtei Saint-Germain d'Auxerre aufnehmen konnten, wo Frodoi in seiner Jugend ein Jahr verbracht hatte. Zwei Silberschmiede aus Toulouse fertigten Kelche und ein riesiges Bronzekreuz, die dem Gotteshaus den Glanz der großen Kathedralen verleihen würden.

Der Bischof führte ihn durch eine schmale Tür in das alte, von Dachfenstern erhellte Baptisterium. Isembard war noch nie in diesem Raum gewesen, dessen achteckiges Taufbecken mit den vier kleinen, nach unten führenden Treppen ein Kreuz bildete. Es war ein Zeugnis der langen Vergangenheit der Stadt, das Frodoi sorgsam bewahrte.

»Die Stadt steht vor dem größten Dilemma ihrer Geschichte«, begann der Bischof. »Wenn das Bündnis der Bosoniden sich gegen die Krone erhebt, wird Bernhard von Gothien verlangen, dass sich Barcelona der Revolte anschließt.

Scheitert der Aufstand, werden wir unter der Vergeltung König Karls oder seines Nachfolgers zu leiden haben.«

»Verweigert ihr euch jedoch und der Aufstand ist erfolgreich, werdet ihr den Zorn der Verräter zu spüren bekommen.«

»Ich sehe, du verstehst. «

»Habt Ihr Erzbischof Hinkmar von Reims um Rat gefragt? Er ist gewandt in solchen Fragen, genau wie Ihr, Frodoi.«

Isembard lächelte vielsagend, aber Frodoi reagierte nicht. Seit sechzehn Jahren war er nun Bischof und setzte sich unermüdlich für Barcelona und die Region ein. Sie hatten glückliche und mühevolle Zeiten erlebt, und es nagte an ihm, dass nun weit weg über die Zukunft der Stadt entschieden wurde und er nicht eingreifen konnte.

»Ich weiß nicht, auf wessen Seite Hinkmar steht. Seit der König ihn durch Vikar Ansegis ersetzt hat, ist er nicht mehr derselbe.« Er sah den Hauptmann ernst an. »Ich befürchte, wenn du gehst, wird Bernhard von Gothien deine Truppen für sich beanspruchen und sich dabei Drogos bedienen. Siehst du das nicht, Isembard? Es ist alles genau geplant.«

»Meine Leute haben fähige Anführer, und sie verehren die Ritter der Mark. Sie sind da, um die Grenze zu bewachen. Außerdem gibt es ja noch Euch, Bischof.«

»Was glaubst du, wie lange es dauert, bis sie mich aus dem Weg räumen? Ich hoffe nur, dass es nicht deine eigene Schwester sein wird, die das erledigt ... Angeblich steht sie als dunkle Zauberin in den Diensten von Königin Richildis.«

Isembard wandte das Gesicht ab. Es schmerzte ihn, über Rotel zu sprechen. Die Gerüchte über die Hexe mit den blonden Haaren, die im Auftrag der Königin tötete, hielten sich hartnäckig. Er wusste, dass seine Schwester niemandem diente, aber sie konnte einen Pakt geschlossen haben.

»Betet zu Gott, dass er Euch erleuchte, Bischof Frodoi.«

»Er sagt mir, dass Barcelona dem König die Treue halten soll! Er hat uns zehn Pfund Silber für die Kathedrale gegeben!

Bernhard hingegen hat uns nur ausgebeutet. Aber das Volk braucht einen greifbaren Beweis für den Willen Gottes!«

»Sicherlich schmiedet Ihr bereits einen Plan«, vermutete Isembard.

Der Bischof schwieg. Er hatte Angst. Sie umrundeten das Taufbecken; hier lagen die Ursprünge des christlichen Volkes, das er zu schützen hatte. Auch Isembard mussten die Augen geöffnet werden.

»Eines solltest du noch wissen, bevor du gehst, Isembard. Meine Spitzel haben Gali auf dem Weg zu Drogos Festung gesehen. Er war in Begleitung einer Hure.«

»Gali? Verflucht soll er sein!«

»Er lebt und sucht womöglich Schutz. Die Spitzel haben ihn nicht abgefangen, weil sie keinen Befehl dazu hatten. Es tut mir leid.«

Der Hauptmann der *Scara* wurde von Zorn übermannt.

»Bei meiner Ehre, ich werde seinen Kopf auf meine Lanze spießen!«

»Wenn er in Tenes ist, hatte Drogo etwas mit der Sache zu tun«, deutete Frodoi an und wartete auf Isembards Reaktion. »Vielleicht solltest du über den persönlichen Affront hinaussehen und wie ein Adliger denken …«

Der Hauptmann verließ entschlossenen Schrittes das Baptisterium. Frodoi blieb nachdenklich zurück. Kurz darauf erschien Servusdei; er sah blass aus.

»Ich habe Isembard gesehen, er war außer sich. Ihr habt ihm gesagt, dass Gali gesehen wurde …«

»Ja, und er hat reagiert wie erwartet. Er wird Drogo zur Verantwortung ziehen. Seine Loyalität gegenüber seinen Lieben ist größer als die zur Krone.«

»Ihr habt einen Krieg heraufbeschworen!«, brach es aus dem alten Mönch heraus.

»Weder Drogo noch Bernhard von Gothien rechnen mit einem Angriff zum jetzigen Zeitpunkt. Wenn Isembard Drogo in seinem Versteck schlägt, gewinnen wir Zeit, um eine Entscheidung zu treffen: die Krone oder der Markgraf.«

Der Mönch berührte den Marmor und küsste ihn. Er wünschte sich ein Leben in Kontemplation und Studium, aber der Bischof mischte sich ständig in weltliche Angelegenheiten ein.

»Ihr habt der Stadt Wohlstand gebracht und genießt den Respekt der Goten und Hispanier. Doch wenn sie vor der Wahl stehen, Euch zu folgen oder in Ungnade zu fallen, weiß ich nicht, wie sie sich entscheiden werden.«

»Sie sollen nicht mir folgen, sondern Gott!«

»Dann mögen ER und alle Heiligen uns beschützen …«

Der Bischof stieg in das Taufbecken hinab, um die Kraft dieses uralten heiligen Ortes zu spüren. Seine Erbauer hatten es nicht umsonst an dieser Stelle der Stadt errichtet. Sie wussten, dass es in der Erde Kraftströmungen gab, die eine Verbindung zum Göttlichen herstellen konnten. Nun wurde Frodoi klar, warum Hinkmar von Reims Treue von ihm verlangt hatte, damit er im Gegenzug von einer Exkommunizierung absah: Der Erzbischof hatte geahnt, was geschehen würde. Auch andere Prälaten würden ihren Eid erfüllen müssen, er musste erreichen, dass Barcelona treu zum König stand. Frodoi bat um Beistand, während die Worte des Mönchs in seinem Kopf widerhallten.

»ER und alle Heiligen mögen uns beschützen …«, flüsterte er.

Plötzlich lief ihm ein Schauer über den Rücken, und seine Nackenhaare richteten sich auf. Sorgfältig betastete er die alten Marmorfliesen, und zum ersten Mal seit Tagen huschte ein Lächeln über sein Gesicht. Servusdei war beunruhigt. Er kannte Frodoi. Der Bischof heckte wieder etwas aus.

»Du sagst es, mein Freund! Ein Heiliger, der uns beschützt! Wir brauchen eine *inventio*! Einen Reliquienfund, der Barcelona eint!«

Frodoi zerrte Servusdei förmlich in die Kathedrale. Frohlockend blieb er vor dem Fresko der heiligen Eulalia stehen und ergötzte sich einen Moment am Gesicht seiner Geliebten.

»Die heilige Eulalia!«, rief er, und seine Stimme hallte im Gewölbe wider. »Sie wird unsere Beschützerin sein!«

»Sie ist die am meisten verehrte Märtyrerin der christlichen Welt«, bemerkte der Mönch. »Es wäre ein historischer Fund, dem der Gebeine des heiligen Vinzenz gleichzusetzen! Aber ihr genauer Todesort ist unbekannt. Nur die örtliche Legende spricht von Barcelona, und damit kennen wir immer noch nicht die genaue Lage ihres Grabs.«

Frodoi war nicht zu halten.

»Ich muss eine Nachricht an Hinkmar von Reims senden. Er wird Rat wissen!«

»Mein Gott, dieser Mann …«, flüsterte Servusdei hinter dem Rücken des Bischofs.

63

Nachdem Gali Bertha in einem Anfall blinder Wut die Treppe hinuntergestoßen hatte, wusste er, dass sein Leben verwirkt war. Er suchte Zuflucht bei Baldia, der Prostituierten, und sie versteckte ihn in den alten römischen Abwasserkanälen unter den Schänken am Regomir-Tor.

Inzwischen war ihm klar, dass Lambert womöglich der Sohn des Hauptmanns war. Hätte er das früher geahnt, er hätte den Jungen im Cagalell-See ertränkt. Sein Angriff auf Bertha war ein großer Fehler gewesen. Sie war ein gern gesehener Gast in der Stadt und zudem die Frau eines Helden, man würde ihn umbringen, sobald man ihn fand.

Er musste unbedingt weg aus Barcelona. Baldia schlug ihm vor, zur Burg Tenes zu gehen. In den Schänken hatte sich herumgesprochen, dass der König auf einem Feldzug in Italien weilte und Bernhard von Gothien heimlich Söldner zu Drogo gesandt hatte, um Isembards Truppen zu unterwerfen. In den Freudenhäusern wurden junge, frische Mädchen bevorzugt, und das war Baldia nicht mehr, obwohl sie jünger war, als es den Anschein hatte. Die Soldaten allerdings, die in der kleinen Burg festsaßen, hatten keine Wahl; dort wäre sie hochwillkommen. Aber sie fürchtete sich davor, den langen Weg allein zu gehen. Gali jedoch weigerte sich; er wollte nach Narbonne und hatte keine Lust, sich mit einer Hure zu belasten. Baldia drohte ihm mit Calorts Dokument, das sie in weiser Voraussicht nicht vernichtet hatte.

Zuerst wollte Gali sie erwürgen, hielt dann jedoch inne. Vielleicht war es eine glückliche Fügung, dass das Pergament noch existierte! Also willigte er ein, sie zu begleiten, wenn sie ihm das Schriftstück zurückgab. Er wusste nicht, was darin stand, aber bestimmt würde es seine Frau in Leid und Verdammnis stürzen und Isembards Herz brechen. Deshalb war Drogo mit Sicherheit bereit, für das Dokument zu bezahlen, und er, Gali, würde irgendwo weit weg von der Mark untertauchen.

Dank seines schmutzverkrusteten Äußeren und des struppigen Barts gelang es ihm, die Wache am Portal Bisbal zu täuschen. Über einsame Pfade wanderten sie nach Tenes, wenn ihnen jemand begegnete, versteckten sie sich. Eines Nachts wurden sie von einer Horde von Drogos Männern überrascht. Baldia zahlte mit ihrem Körper für ihrer beider Leben, und Gali gab den Söldnern eine Nachricht an Drogo mit.

Schließlich erreichten sie die Burg Tenes, die auf einem hohen Felsen thronte. Sie war in einem desolaten Zustand, die Zinnen waren zerfallen, und im Turm hatten Feigenbäume Wurzeln geschlagen. Was in den Tavernen erzählt wurde, schien zu stimmen: Drogo sammelte neue Kräfte. Hunderte Soldaten tranken oder lungerten untätig im Waffenhof herum. Der Gestank war ekelerregend.

Es waren Söldner von jenseits der Pyrenäen, grob und gewalttätig. Sie schubsten Gali herum und schleiften die arme Baldia wie Raubtiere in eine Ecke. Als er das Hauptgebäude betrat, hörte er ihre Schmerzensschreie und Männerlachen. Sie machten keine Geschäfte mit ihr, und er wusste, dass er sie nie wiedersehen würde, aber es kümmerte ihn nicht.

Er atmete tief durch, um sich Mut zu machen. Das hier war Isembards Zuhause gewesen, und er war gekommen, um seinem Rivalen den Todesstoß zu versetzen, bevor er für immer floh.

Ein Soldat schubste ihn grob ins Gebäude, wo ihm ein sauertöpfisch dreinschauender Mönch den Weg zur Treppe wies. Die ausgetretenen Stufen waren vom Holzwurm zerfressen und knarrten bei jedem Schritt, als würden sie jeden Moment einstürzen. Gali hatte Angst. Selbst seine eigenen Männer fürchteten Drogo nach dem, was ihm Rotel von Tenes in Attigny angetan hatte.

Als er den dunklen Rittersaal betrat, begriff er, dass die Gerüchte stimmten. Drogo saß der Tür abgewandt auf einem hölzernen Thron, den er zur rückwärtigen Wand gedreht hatte. Die Fenster waren mit dicken Teppichen verhängt, die verrußten Wände unterstrichen das düstere Ambiente.

Der Thron knarrte, als Drogo sich bewegte.

Nur wenige hatten ihn nach dem Angriff der Bestiarin zu Gesicht bekommen. Er verließ diesen Raum nur selten.

»Tritt näher«, befahl eine raue Stimme, die in dem kargen Raum widerhallte.

Gali gehorchte erschrocken.

»Es gibt schon zu viele Schurken in diesem alten Gemäuer. Warum noch einen mehr?«

»Ich habe jahrelang darüber berichtet, was in der Taverne zum Miracle geredet wird, und …«

»Das ist lange her«, unterbrach ihn die Stimme. »Du hast meinen Leuten gesagt, dass du etwas hättest, das mir nützlich sein könne. Wenn es nicht stimmt, lasse ich dich von meinen Männern häuten.«

Gali zuckte zusammen. Drogo scherzte nicht. Nervös kramte er das Pergament hervor und hielt es ihm hin. Drogo erhob sich und blieb einen Moment reglos mit dem Rücken zu ihm stehen. Dann drehte er sich langsam um, und Gali schrie auf, unfähig, sein Grauen zu unterdrücken. Die rechte Hälfte seines Gesichts war eine unförmige Masse. Er hatte einen Teil der Wange eingebüßt, sodass man den Kieferknochen mit den gelblichen Zähnen sah, die ein bösartiges Grinsen formten.

Drogo riss ihm das Pergament aus der Hand. In der Zeit, als ihn sein Vater in einem Kloster eingesperrt hatte, um ihn zu vergessen, hatte er lesen gelernt. Seine Augen blitzten.

»Du bist ein widerlicher Feigling, Gali! Das willst du deiner eigenen Frau antun?«

»Ich versuche nur zu überleben«, winselte er, bemüht, sein Grauen zu unterdrücken.

»Und warum sollte mich dein Hass auf sie interessieren?«

»Weil ich herausgefunden habe, dass sie mich mit Isembard von Tenes betrügt. Womöglich ist sogar einer unserer Söhne von ihm. Sie kennen sich seit vielen Jahren. Sie hat sogar ihr Leben für ihn riskiert, als sie damals Waffen nach Barcelona schmuggelte.« Als er das Interesse in Drogos scheußlicher Fratze bemerkte, fasste er Mut. »Sie lieben sich. Wenn Ihr den Hauptmann schwächen wollt, könnte sie der Weg dazu sein.«

Drogo war wie elektrisiert, seine Spitzel hatten nichts von dieser Beziehung gewusst. Das veränderte alles. Er ging in eine Ecke des Raums. Dort lag der blutverkrustete Schädel, den er aus Afrika mitgebracht hatte, außerdem eine Bleifigur mit Haaren des Hauptmanns der *Scara*, beschafft von einem Überläufer. Sie war halb geschmolzen, verbogen und von mehreren rostigen Nägeln durchbohrt. Nach so langer Zeit zeigte das Ritual endlich Wirkung. Die Liebe war eine Schwäche – die größte von allen.

»Was willst du dafür?«

»Schutz, um die verfluchte Mark zu verlassen …« Als er Drogos Sinneswandel bemerkte, setzte er hinzu: »Obendrein hundert Silbermünzen. Und Ihr könnt die Hure für die Truppe behalten.«

»Zuerst musst du bestätigen, dass dieses Dokument echt ist und berichten, was damals genau geschehen ist.«

Drogo jubilierte innerlich, während der Mönch nach Galis Aussage eine kurze Erklärung verfasste, die Elisias Ehemann mit einem Kreuz in einem Kreis unterzeichnete. Damit zog Gali einen Schlussstrich unter seinen Traum vom Ruhm in Barcelona, aber er würde woanders neu anfangen, wie damals in Carcassonne.

Für Drogo öffnete sich endlich der wahre Weg zur Rache – der des Leids, nicht des Todes. Er hatte so viel gelitten, dass ihm der Tod wie eine Erlösung erschien; er wollte den Bruder der Frau, die ihn zur Einsamkeit des umgedrehten Throns verdammt hatte, bei lebendigem Leib zerfleischen.

»Also hat die Tavernenwirtin nichts aus deiner Lektion gelernt«, spottete er. »Wie tief bist du gesunken!«

Gali schluckte seinen Zorn hinunter. Er wollte nur weg und dieses entsetzliche Gesicht nicht länger ansehen. Drogo kam auf ihn zu, wie um ihm zu zeigen, was für ein Monster er war. Plötzlich bemerkte Gali einen stechenden Schmerz. Als er an sich herabschaute, sah er, dass ein Dolch bis zum Heft in seinem Leib steckte.

»Dachtest du wirklich, ich würde eine Ratte wie dich laufen lassen? Dieses Schriftstück hat Calort verwahrt, der immer noch nicht wieder aufgetaucht ist. Und jetzt weiß ich, warum. Das ist deine Belohnung.«

Der Mönch nahm das Pergament an sich, damit es nicht befleckt wurde. Gali spürte, wie die Klinge aus seinem Bauch gezogen wurde. Er presste die Hände auf die Wunde, aber das Blut sprudelte nur so hervor. Der Schmerz raubte ihm die Sinne, und sein elendes Leben floss auf dem Fliesenboden aus ihm heraus. Niemand würde um ihn weinen.

64

»Die auf ihn gefallene Wahl ist von Gottes Gnaden in die Weltordnung eingeschrieben.«

Karl bat den Mönch, ihm den Satz immer wieder vorzulesen. Es war die beste Nachricht seit Monaten, und er spürte, wie seine Schwäche nachließ. Der Beschluss war auf einer Synode getroffen worden, die der Papst mit hundertdreißig italienischen Bischöfen in Ravenna abgehalten hatte, um breite Unterstützung für den Kaiser zu finden. Außerdem war der Pontifex ihm entgegengereist, um ihn persönlich in Italien zu empfangen, und sie waren übereingekommen, sich im September in dem kleinen Ort Vercelli am Fuß der Alpen zu treffen.

Als sie sich dem Ort näherten und das päpstliche Banner erblickten, war der König glücklich. Karl befahl mehreren Mitgliedern der *Scola*, ihrerseits das Banner mit dem karolingischen Adler zu hissen als Zeichen dafür, dass das kaiserliche Schwert Italien zu Hilfe eilte. Der Großteil des Heeres schlug sein Lager vor den Toren von Vercelli auf, und nachdem einige Botschaften ausgetauscht worden waren, begab sich der Kaiser zu seinem Treffen mit Papst Johannes VIII.

Unter Glockengeläut und Fanfarenklängen erwartete ihn der Heilige Vater vor der Stadt. Er saß auf einem tragbaren Thron, angetan mit den päpstlichen Gewändern und der Tiara. Karl hatte sich für ein Gewand im byzantinischen Stil entschieden. Er trug die Krone, den Reichsapfel und das Schwert, die Richildis ihm übergeben hatte. Die Königin glänzte mit ihrem langen blonden Haar, das sie unter einem zarten, weißen Seidenschleier verbarg. Sie trug eine karmesinrote Tunika mit schwarzen Ärmeln und einem Zobelkragen. Hofdamen hielten den Saum ihres Umhangs. Nach fünf Geburten war sie noch immer eine unwiderstehlich schöne Frau.

Während Johannes VIII. mithilfe seiner Diakone vom Thron stieg, beugte sich Richildis zu Karl dem Kahlen und raunte ihm zu: »Vergesst Euer Versprechen nicht, Herr Gemahl.«

»Ich schwöre bei Gott, dass der Papst Euch zur Kaiserin krönen wird.«

Sie beugte sich noch weiter vor, und ihre Lippen streiften das Ohr des Königs.

»Trinkt nicht so viel und bewahrt Euch Eure Kraft für heute Nacht. Wenn Ihr ihn überzeugt, werde ich Euch so viel Freude bereiten wie nie zuvor ...«

Karl lächelte. Nach so vielen guten Nachrichten fühlte er sich gestärkt genug, um das Lager der Königin aufzusuchen und endlich den ersehnten Sohn zu zeugen.

Doch als er die sorgenvolle Miene Johannes' VIII. sah, verspürte er erneut ein plötzliches Stechen in der Brust. Die weiße Schminke des Heiligen Vaters konnte dessen dunklen Augenringe nicht verdecken. Er wirkte ernst und besorgt. Karl kniete vor ihm nieder und küsste den schweren Goldring, bevor sie Seite an Seite die Kirche von Vercelli betraten, um ihre Ebenbürtigkeit zu demonstrieren.

»Ist etwas vorgefallen, Euer Heiligkeit?«

»Ich fürchte, ja. Euer Neffe Karlmann rückt mit einem starken Heer an und schmiedet Bündnisse mit den italienischen Adligen, die Eure Wahl nicht gutheißen. Als König von Böhmen, Mähren, Pannonien und Kärnten ist er fest entschlossen, Euch die Krone der Lombardei und auch die Kaiserwürde streitig zu machen.«

Karl wurde blass und musste sich auf den Papst stützen.

»Wo ist er jetzt?«

»Auf dem Weg über den Brenner.«

»Es wird noch Wochen dauern, bis er hier ist«, erklärte der König wütend. »Ich habe Boten zu meinen Vasallen im Reich entsandt, dass ich ihre Waffenhilfe benötige.«

»Wir sollten Zuflucht in Pavia suchen. Hinter dicken Stadtmauern sind wir sicherer.«

Mit seinen siebenundfünfzig Jahren war Johannes VIII. noch immer ein energischer Mann, der sich eingehend mit weltlichen Fragen und der Verteidigung seines Hoheitsgebiets beschäftigte. Er fackelte nicht lange, wenn es darum ging, Adlige und Könige zu exkommunizieren, die seinen Interessen entgegenstanden. Der Papst wandte sich zu der verschleierten Richildis um, die hinter ihnen folgte. Sie schenkte ihm ein verführerisches Lächeln, und der Pontifex geriet ins Träumen. Noch könnte ich die Königin mit meiner Manneskraft beglücken, dachte er, während er sich fragte, wie weit sie zu gehen bereit wäre, um zu bekommen, was sie sich am meisten wünschte.

»In Pavia werde ich Eure Gemahlin zur Kaiserin krönen. Ich möchte mich für ihre Vermittlung erkenntlich zeigen, diesen Feldzug zu unternehmen. Das Reich braucht Euch.«

Karl nickte mutlos. Neben dem resoluten Papst wirkte der fränkische König mit seiner Glatze und der teigigen Haut wie ein Greis. Seit der Krönung hatte er jeden einzelnen Tag die Kaiserkrone verflucht, auf die er so versessen gewesen war.

»Seid zuversichtlich, Karl«, sagte der Papst ohne große Überzeugung. »Auf der Synode von Ravenna haben Euch die Bischöfe unterstützt. Es kann sein, dass wir weitere Verbündete gewinnen.«

Der König biss sich auf die Zunge, um ihm nicht vorzuwerfen, dass genau diese hundertdreißig Bischöfe sich wie Ratten verkriechen würden, sobald Karlmanns Banner auftauchte, umringt von einem Lanzenwald. Ohne die Unterstützung Bosos und seiner fränkischen Adligen war er verloren.

Als sie den in Weihrauchschwaden gehüllten Altar erreichten, ließ sich Karl auf seinen Thronsessel sinken. Ihm war zum Heulen zumute. Während der Dankmesse, die anlässlich der Begegnung der beiden Oberhäupter des Reichs – des geistlichen und des weltlichen – gefeiert wurde, dachte er an seine Mutter Judith und die Träume von Größe, die sie hegten, als er noch ein Kind war. Sie würde sich noch im Grab um ihn grämen. Karl der Kahle fühlte sich von Gott verlassen und von der Geschichte verdammt.

65

Die Tafeln bogen sich unter Speisen, wie sie die Barden in ihren fantastischsten Geschichten beschrieben. Trockenfrüchte und fünferlei Käse, Hühnersuppe mit Zimt und Wein, Platten mit frittiertem Fisch, Geflügel und Kaninchen, gefüllt mit Kastanienpüree, gegrillter Ochse, gebackenes Schwein in einer Sauce aus Innereien mit Ei, Knoblauch, Kümmel und reifem Käse und zum Abschluss Milchcreme mit Honig, Quittenbrot, Turrón und andere Süßspeisen. Noch jahrelang sollte man sich in der Gekrönten Stadt an das Hochzeitsmahl erinnern, das Goda im Garten ihres Palasts auftischen ließ. Die etwa hundert Gäste gehörten größtenteils dem gotischen Adel von Barcelona, Ampurias und Girona an. An einem Tisch etwas abseits, um den Adel nicht zu brüskieren, saßen die Familien der früheren Fischer, die sich nun dem Salzhandel widmeten und rasch zu Wohlstand kamen.

In den Bäumen hingen Blumengirlanden, und aus Girona war eine Musikgruppe der Kanonikerschule mit Harfen, Violas und einer Handtrommel gekommen. Goda ging zwischen den Gästen umher und sprach stolz von der neuen Dynastie, die Argencia begründen würde. Die Ratschläge befreundeter Familien hatten sie nicht von ihrem Vorhaben abbringen können. Sie hatten nicht in der Verbannung gelebt und gesehen, wie das einfache Volk, dem sie ihre Privilegien verdankten, tagtäglich ums Überleben kämpfte. Diese Menschen hatten sie gerettet, und es war ihr egal, ob sie eherne Regeln brach; Argencia und Ermemir würden eine neue Dynastie begründen, die Jahrhunderte überdauern würde.

Das Brautpaar saß am Kopfende des Ehrentisches: Argencia, das Ebenbild der jungen Goda, und der hübsche Ermemir, der sich dank der Unterweisung seiner gestrengen Schwiegermutter wie ein waschechter Adliger benahm. Die beiden wirkten glücklich, wenngleich sie sich in dieser Situation, in die Goda sie durch ihre Hartnäckigkeit gebracht hatte, ein wenig unwohl zu fühlen schienen.

Frodoi hatte die beiden getraut. Die Zeremonie, bei der auch das Loblied auf die heilige Eulalia gesungen wurde, hatte in der Kirche am Strand stattgefunden, der sich Goda besonders verbunden fühlte. Über Generationen war ihre Familie für ihre Instandhaltung aufgekommen, als sei ihre Erhaltung eine heilige Mission, der Bischof bekam allerdings nicht aus Goda heraus, was der Grund dafür war.

Die adlige Dame hatte dem Bistum einen goldenen, mit Edelsteinen besetzten Kelch gestiftet sowie fünfzig Sack gemahlenes Salz und kam außerdem für die Kosten der Kapitelle in der neuen Kathedrale auf, die Gesichter, florale Motive und Bibelzitate in karolingischer Schrift zierten. Die Brautmesse wurde mit allem Prunk begangen. Das gesamte Kapitel, in Seide und Gold gewandet, Klerus und Diakone waren mit dem Bischof unter Gesängen und Weihrauchduft in die Kirche eingezogen, die zu diesem Anlass mit Gobelins und Blumen geschmückt war.

Im Anschluss beteten Argencia und Goda an Nantigis' Grab, das sich auf dem Friedhof der alten Kreuzkirche befand. Danach begann die Feier, die den ganzen Tag bis spät in die Nacht hinein dauerte. Godas Diener liefen, unterstützt von den Bediensteten der Taverne zum Miracle, auf und ab, um den Gästen Wasserschalen zum Reinigen der Hände zu reichen. Die Gäste folgten der Sitte, sich mit drei Fingern der rechten Hand von den Speisen zu bedienen; außerdem standen für jeden eine Schale, ein Löffel und ein Messer bereit.

Elisia hatte wochenlang geschuftet, doch an diesem Tag wollte Goda sie an ihrer Seite haben. Die Wirtin trug ein hübsches blaues Kleid mit weißem Mieder und sah strahlend schön aus mit ihrem dunklen, offenen Haar, das sie frisch gewaschen hatte. Sie lächelte, ließ aber keinen Moment die Bedienungen aus den Augen; sie konnte nicht anders. Und so hielt sie sich auch davon ab, an Isembard zu denken, von dem es keine Nachrichten gab. Von Jordi wusste sie, dass er mit seinen Truppen nach Tenes gezogen war, um Galis Auslieferung zu fordern. Bertha erzählte sie nichts davon, denn es waren nur noch vier Monate bis zur Geburt, und sie hatte schon genug gelitten.

Goda sah Elisia prüfend an, als könnte sie die Sorge in ihrem Gesicht erkennen. Sie hatte Pläne für sie. Sobald die Hochzeit vorbei war, würde sie Frodoi bitten, die Ehe mit Gali zu annullieren. Der Wirtin mangelte es nicht an Bewerbern; am meisten hielt Goda von Oriol, der seit Jahren heimlich in sie verliebt war. Er war noch immer ein stattlicher Mann, nach Jahrzehnten im Dienst des Bistums allerdings ein ziemlicher Eigenbrötler. Aber er hatte ein gutes Herz und würde Elisia achten.

Bertha, die ebenfalls bei ihnen saß, versuchte fröhlich zu wirken. Alle beglückwünschten sie zu ihrer Genesung und der Leistung ihres Mannes. Aber sie wollte zurück nach Orléans. Wenn sie Elisia ansah, verging sie vor Kummer und Eifersucht – ihre naiven Jungmädchenträume hatten sich in Wohlgefallen aufgelöst. Dennoch war und blieb sie Isembards Ehefrau vor Gott und den Menschen. Also schwieg sie und wahrte die Form. Elisia vermutete, dass sie etwas wusste, und ging ihr aus dem Weg.

Die Gäste unterhielten sich angeregt und lachten fröhlich, während sie versuchten, die hartnäckigen Gerüchte über eine Rebellion gegen Karl den Kahlen von sich zu schieben. Goda verfolgte unauffällig die Gespräche der gotischen Stadtherren. Wenn sich der Aufstand über das gesamte Land ausbreitete, würde sich Barcelona zwischen der Krone und Graf Bernhard entscheiden müssen, diesem Franken, der sie ausgebeutet hatte, ohne sich um die Spanische Mark zu kümmern.

Die Goten hatten das Gefühl, dass man sie im Stich gelassen hatte. Der einzige Lichtblick waren Graf Wilfried von Urgell und sein Bruder Miro. Diese waren zwar dem Markgrafen von Gothien unterstellt, aber sie würden niemals einen Adligen unterstützen, der sich mit Bernard Plantevelue verbündet hatte, dessen Bruder Wilhelm der Mörder ihres Vaters war. Wenn sie sich falsch entschieden, würde Barcelona mit Blut und Elend dafür bezahlen.

Am Nachmittag erschien Vizegraf Astorius mit mehreren Soldaten sowie dem *Saig*. Die angeregten Gespräche verstummten, und die Musik verklang. Alle sahen die ernste Miene des Beamten.

»Dies hier ist eine Feier, Vizegraf«, sagte Goda ungehalten.

Astorius überließ es dem *Saig*, ihre Anwesenheit zu erklären. Dieser warf Goda einen entschuldigenden Blick zu.

»Wir müssen Elisia von Carcassonne mitnehmen.«

Die Wirtin wurde blass, als sich aller Blicke auf sie richteten.

»Im gräflichen Palast ist ein wichtiges Dokument von der Burg Tenes eingetroffen. Diese Frau hat sich eines schweren Vergehens schuldig gemacht und bleibt bis zur Gerichtsverhandlung in Haft.«

»Seid Ihr sicher, dass es sich nicht um einen Irrtum handelt?«, fragte Goda besorgt.

Astorius ergriff das Wort: »Die Richter werden entscheiden, ob das Dokument echt ist oder nicht, aber die Rechtslage ist klar. Wir handeln im Auftrag Bernhards von Gothien, der als Graf von Barcelona geschworen hat, das gotische Recht des *Liber Iudiciorum* zu befolgen, unter das Elisias Vergehen fällt.«

Auf ein Zeichen des Vizegrafen traten die Soldaten zu der Wirtin. Empörung wurde laut – Elisia genoss bei Adligen und Fischern ein hohes Ansehen. Sie hatten miterlebt, wie sie tagein, tagaus schuftete, und die Herberge am Miracle gleich neben den gewaltigen Säulen war der Stolz der Stadt.

»Graf Bernhard kennt und schätzt mich!« Elisia erhob sich.

Der Vizegraf lächelte, ohne sich an der feindseligen Stimmung zu stören.

»Es geht hier nicht um den Markgrafen, sondern um die Gesetze dieser Grafschaft. Der edle Drogo von Borr hat Euch beklagt.«

Der *Saig* zeigte ihr ein altes Pergament. Elisia erinnerte sich, wie Gali und sie den Topf mit dem Geld gefunden hatten, aber sie wusste nicht, ob es sich um dasselbe Dokument handelte. Sie konnte einen Namen entziffern, bevor der *Saig* es wieder an sich nahm. Gombau. Galis Großvater. Elisia erschrak, ohne zu wissen, was genau hier vor sich ging. Goda verlangte, das Schriftstück zu sehen, und wurde blass.

»Was habe ich getan, Herr Vizegraf?« Elisia hatte eine böse Vorahnung.

»Hat dein Mann dir nie etwas erzählt?«

»Was denn erzählt?« Sie spürte, wie ihr flau im Magen wurde.

»Gali ist kein freier Mann, sondern ein *Servus fiscali*, ein Sklave der Krone. Sein richtiger Name ist Trasmir, und sein Großvater war nicht Gombau, sondern einer von dessen Sklaven, der ebenfalls Trasmir hieß. Seine ganze Familie waren Unfreie. Karl der Kahle hatte sie Graf Sunifred im Jahr 843 übergeben, um sein Land in Vernet zu bestellen. Gombau, ein Vasall des Grafen, war für die Sklaven verantwortlich. Er hatte einen Sohn und einen Enkel namens Gali. Das Haus, in dem sich die Herberge befindet, gehörte ihm, aber die meiste Zeit des Jahres hielt er sich mit seiner Familie in Vernet auf. Als Wilhelm von Septimanien im Jahr 848 Graf Sunifred in Barcelona hinrichten ließ, war Gombau bei ihm. Da er fürchtete, das gleiche Schicksal zu erleiden, versteckte er mit der Hilfe des Sklaven Trasmir die Münzen und dieses Dokument im Haus, bevor er floh.«

Elisia wankte und musste von den Wachen gestützt werden. Der Vizegraf schwenkte ein weiteres, neueres Dokument.

»Gombau wollte mit seiner Familie nach Norden fliehen. Nach Aussage deines Mannes ermordete sein Großvater Trasmir Gombau und seinen Sohn in einem Wald, um in der Fremde dessen Identität anzunehmen. Bevor er starb, erzählte er seinem Enkel von dem Topf mit den Münzen. Um an den Schatz und das Haus zu kommen, musste er nur nach Barcelona gehen und sich als Gombaus Enkel ausgeben, den niemand je gesehen hatte. Um ganz sicherzugehen, nannte er sich Gali. Was die beiden nicht wussten, war, dass es sich bei dem Dokument, das Gombau ebenfalls in dem Topf aufbewahrt hatte, um die königliche Schenkungsurkunde handelte, in der auch die übergebenen Sklaven aufgeführt waren.«

Elisia brach zusammen. Der *Saig* sah sie mitleidig an.

»Nach gotischem Recht geht eine freie Frau, die einen Sklaven heiratet, ebenfalls in das Eigentum von dessen Besitzer über. Damit bist du eine Sklavin Graf Bernhards von Gothien, da sämtliche Pfründe der vorherigen Grafen an ihn übergingen. Das gilt auch für deine beiden Söhne.«

»Es ist offensichtlich, dass Elisia nichts davon wusste!«, empörte sich Goda. »Sagt das Gesetz auch etwas über Betrug?«

»Das werden das Tribunal und die Ratsherren zu entscheiden haben.«

Elisia nahm die Proteste der Anwesenden kaum wahr. Ihre ganze Existenz war von einer Minute zur anderen in sich zusammengebrochen. Sie dachte an den regnerischen Nachmittag am Grab ihres Großvaters Lambert. Seit sie Carcassonne verlassen hatte, war ihr Leben eine einzige Farce gewesen. Sie hatte den falschen Mann geheiratet, sie liebte den falschen Mann, hatte einen unehelichen Sohn, und nun strafte Gott sie für ihre Sünde. So viele Lügen, die auf ihr lasteten. Ihr größter Kummer galt Gombau und Lambert, die vergnügt mit den anderen Kindern hinten im Garten spielten. Auch sie würden zu Sklaven Bernhards von Gothien werden. Lieber sah sie die beiden tot als dem Sadismus des unbeherrschten Markgrafen ausgeliefert.

Bischof Frodoi trat empört hinzu, um zu protestieren. Es brach ihm das Herz, zu sehen, wie Elisia litt.

»Nach dem Gesetz erhält ein Sklave die Freiheit, wenn er dreißig Jahre lang unbehelligt gelebt hat«, sagte er bestimmt.

Der Vizegraf lächelte grausam.

»Der echte Gali ist im Jahr 848 gestorben, und wir schreiben das Jahr 877, Herr Bischof. Das sind neunundzwanzig Jahre, und damit ist das Gesetz weiterhin gültig. Elisia und ihre beiden Söhne sind Sklaven.«

Die Proteste wurden lauter. Die Gäste, die als Stadtobere zugleich Mitglieder des gräflichen Tribunals waren, verlangten Einsicht in das Dokument, was der Beamte jedoch mit dem Hinweis verweigerte, sie bekämen während des Verfahrens die Gelegenheit, es eingehend zu studieren. Goda sah Frodoi an, der verstummt war. Hinter ihm stand Oriol, die Hand am Schwertknauf. Auch seine Männer standen bereit.

»Ihr müsst das verhindern, Herr Bischof!«, flehte Goda. Sie verstand nicht, warum Frodoi dem Vizegrafen nicht entschiedener entgegentrat.

»Ich kenne die Wachen des *Saig*«, flüsterte Oriol. »Sie finden die Situation genauso widerwärtig wie wir. Wenn wir Elisia gewaltsam in die Kathedrale brächten, wäre sie auf geweihtem Boden und Ihr könntet verlangen, dass sie sich vor einem kirchlichen Tribunal verantwortet.«

»Worauf wartet Ihr noch, Bischof?«, wetterte Goda empört. »Ihr habt Grafen auf den Thron gehoben, und jetzt könnt Ihr nicht einmal eine einfache Festnahme verhindern?«

Frodoi sah zu Servusdei hinüber, der zusammengesunken auf einem Hocker saß. Während er die furchtbare Anschuldigung angehört hatte, hatte er die Mienen der gotischen Adligen beobachtet. Sie befanden sich in einem Dilemma: Sollten sie den Anordnungen des fränkischen Vizegrafen Folge leisten oder sich vor diese arme Frau stellen, die von allen geschätzt wurde? Genau wie in der Frage der Loyalität Barcelonas zur

Krone, wagten sie es nicht, Partei zu ergreifen. Frodoi hatte Hinkmar von Reims einen Schwur geleistet, und der Konflikt um Elisia konnte seinen Interessen dienen. Also traf er eine schmerzliche Entscheidung.

»Nein«, sagte er und setzte sich wieder. »Diese Angelegenheit fällt unter weltliches Recht.«

»Was?« Goda war außer sich. Sie ballte die Fäuste, riss sich aber zusammen. Frodoi enttäuschte sie erneut, und diesmal stand nicht sein Amt auf dem Spiel.

Der Bischof konnte Godas Schmerz spüren, aber er blieb hart. Als Elisia ihn flehend ansah, wich er ihrem Blick beschämt aus. Ihr Unglück ließ seinen Hass auf Bernhard von Gothien noch größer werden. Er wollte sie retten, aber nicht so, wie es alle erwarteten. Er flehte zu Gott – wenn es schiefging, würde er für den Rest seines Lebens an der Schuld tragen.

»Die Kirche kann nicht eingreifen«, sagte er mit fester Stimme. »Die Richter Bernhards von Gothien werden in dieser Sache urteilen. Er spricht Recht in der Grafschaft.«

Die Gäste machten ihrer Empörung Luft, und es war die eine oder andere Beleidigung wegen seiner fränkischen Herkunft zu hören. Frodoi ertrug ihre Entrüstung stoisch, während ihn Angst erfüllte.

Oriol biss sich auf die Lippen, seine Treue zum Bischof wurde auf eine harte Probe gestellt. Die Wachen des *Saig* führten Elisia und ihre Söhne ab, die weinten und sich gegen die Soldaten wehrten.

»Verflucht sollt Ihr sein, Bischof!«, zischte Goda, für die Elisia inzwischen beinahe so etwas wie eine Schwester war. Ihre Enttäuschung riss eine unüberwindliche Kluft zwischen ihnen. »Verlasst mein Haus! Ihr seid bei uns nicht mehr willkommen!«

Frodoi erhob sich mit totenblassem Gesicht und verließ unter feindseligem Schweigen Godas Palast. Von einem Moment auf den anderen war er allein. Seine Geliebte würde den Plan, den er im Stillen schmiedete, niemals gutheißen, doch damit die Goten wach gerüttelt wurden und sich gegen den Grafen auflehnten, blieben nur der Weg des Leids und Gottvertrauen.

66

Im Schutz der abendlichen Dämmerung erklomm Isembard mit Armanni und Airado den steilen, felsigen Pfad zu der Burg, die einmal der Sitz der Familie Tenes gewesen war. Fünfzig gut bewaffnete Reiter warteten in einer Reihe am Fuß des Felsens, außerhalb der Reichweite von Drogos Bogenschützen. Dunkle Wolken verhießen drohendes Unwetter, und die Festung sah im Dämmerlicht düster und finster aus.

Der Hauptmann wusste, dass ein verräterischer Pfeil alles zunichtemachen konnte, aber Drogos Botschafter hatten versichert, dass ihr Herr ihnen Gali persönlich übergeben wollte und für ihre Sicherheit garantierte, solange es zu keiner Provokation kam.

Isembard blieb kurz stehen, um den traurigen Zustand der Burg in Augenschein zu nehmen. In einigen Jahren würde das alte Gemäuer gänzlich verfallen sein. Er hatte kaum noch Erinnerungen an das Leben dort, und die wenigen waren schmerzlich. Grau und still war es gewesen. Die Mägde hatten immer mit ihnen geschimpft, wenn er und seine Schwester mit den Kindern der Wachen spielten; sie sollten ihre Mutter nicht stören, deren tiefe Melancholie sie tagelang ans Bett fesselte. Ihr Vater war nie da gewesen.

Er lächelte, als er sich den Kontrast zwischen diesem düsteren Ort und Berthas erfrischendem Lachen vorstellte. In Gedanken sah er sich mit seinen Söhnen im Waffenhof mit Holzschwertern kämpfen und Bankette für seine treuesten Männer geben. Hier könnte er sich mit Gott versöhnen, nachdem er mit Elisia gesündigt hatte. Und wenn er lebend aus Italien zurückkehrte, würde er den Schwur der Ritter der Mark einlösen.

Sein Vater wäre stolz auf ihn. Mittlerweile verstand er, welches Titanenwerk jene Ritter in der dunklen Mark damals auf sich genommen hatten. Voller Ungeduld vernahm er eine innere Stimme: die Stimme des Blutes, die nach Wiedergutmachung verlangte.

»Woran denkt Ihr, Hauptmann?«, fragte Airado neben ihm.

»An meinen Vater. Seid vorsichtig. Wir halten uns genau an den Plan.«

Auf dem Turm wimmelte es von Soldaten, die sie verächtlich beobachteten. Auch die eine oder andere Beleidigung erreichte sie. Dann erschien Drogo auf dem Mauerkranz. Die Fackeln seiner Soldaten beleuchteten die Ledermaske, die seine verbrannte Gesichtshälfte verbarg.

»Hier hast du den Kerl, der deine Frau angegriffen hat, Isembard Ohneland.«

Sie warfen ein Bündel herab, das von den Felsen abprallte und schließlich neben Isembard und seinen Männern aufschlug. Es waren einige Tage vergangen, seit Frodoi ihn informiert hatte, und bei dem Gestank konnten sie sich schon vorstellen, was es enthielt. Als sie Galis Kopf sahen, wichen sie angewidert zurück.

»Hättet ihr nicht warten können, um ihn lebend zu übergeben?«

»Freust du dich nicht, dass dein Liebchen jetzt verwitwet ist?« Drogo brach in ein grausames Gelächter aus, als er sah, wie sich Isembards Gesicht verzerrte. »Ich befürchte allerdings, dass du deine Wirtin sehr verändert vorfindest, wenn du zurückkommst.«

»Was sagst du da?« Der Hauptmann spürte, wie sein Blut zu kochen begann. »Was wollte Gali hier?«

»Deine geliebte Elisia ist eine Sklavin, weil sie einen Sklaven geheiratet hat!« Die übrigen Männer fielen in Drogos Lachen ein, um Isembard zu verspotten. »Gali wollte sich an euch rächen und dann das Weite suchen. Ich habe nur dem Gesetz genüge getan. Du solltest mir dankbar sein, Bluthund des fränkischen Königs.«

Eine unbändige Angst erfasste den Hauptmann. Er musste sofort nach Barcelona zurück, um zu erfahren, was passiert war. Seine Männer sahen, wie er litt, und warteten reglos ab.

Und dann kam klar und deutlich eine Erinnerung zurück, die Isembard geschworen hatte, niemals zu vergessen: Er sah Agnes vor sich, das Mädchen aus der Hütte. Sie war in seinen Armen gestorben, während jede Hoffnung in ihren Augen erlosch. Ihr sinnloser, grausamer Tod hatte ihm seine Schwäche vor Augen geführt. Doch dieses Mal würde er sich keine Schwäche erlauben – sein Herz musste hart und kalt sein wie Guisands Schwert.

»Ich warne dich, Drogo von Borr. Man nennt uns die Neuen Ritter der Mark, weil wir geschworen haben, die Grenze zu schützen und dem König treu zu dienen. Jeder Angriff auf uns wird als Verrat an der Krone betrachtet, und du wirst die Folgen zu spüren bekommen. Sei gewarnt. Was Elisia von Carcassonne betrifft, so danke ich dir, dass du über Gesetz und Ordnung in der Grafschaft wachst. Wenn die Wirtin ein Vergehen begangen hat, soll sie dafür bezahlen.« Er wandte sich seinen Reitern zu und rief: »Zurück ins Lager!«

Drogo tobte vor Wut, als Isembard so ruhig blieb. Vielleicht hatte Gali ihn belogen. Er hatte fest damit gerechnet, dass der Hauptmann der *Scara* Hals über Kopf nach Barcelona aufbrechen würde, um seine Geliebte zu retten, und er inzwischen seine Truppen und ihre Posten angreifen konnte, die ohne ihren obersten Anführer leicht zu überrumpeln sein würden.

Drogo beschloss, die Zusicherung der Immunität während der Begegnung zu brechen. Der Hauptmann war mit fünfzig Reitern gekommen, er selbst verfügte über ebenso viele Reiter sowie fünfhundert kampfbereite Fußsoldaten. Es war die Gelegenheit, die Ritter der Mark ihrer Führung zu berauben. Bernhard würde ihm Barcelona als Belohnung nicht verweigern, wenn er sein eigenes Königreich Gothien gründete.

»Macht euch bereit«, sagte er zu seinen Männern. »Wir werden sie im Wald überraschen.«

Isembard und seine fünfzig Reiter entfernten sich, und kurz darauf gab Drogo das Signal zum Aufbruch. Ohne Hörnerklang und Trommelwirbel öffnete sich das Burgtor. Während einige den steilen Pfad nahmen, schwärmten die Fußsoldaten zu beiden Seiten des Felsens aus und rückten lautlos voran. Die Reiter würden dem Gegner einen Hinterhalt legen, bis die fünfhundert Fußsoldaten eintrafen, um sie zu vernichten.

Als sie nicht mehr zu sehen waren, begab Drogo sich zu seinem Thron und warf die kleine Bleifigur von Isembard in das Kohlebecken, in dem Rotel ihm das Gesicht verbrannt hatte. Während die Figur schmolz, murmelte er unverständliche Wörter. Er spürte etwas Wesenhaftes hinter sich und flüsterte immer wieder Isembards Namen wie einen Fluch.

Wenig später klang Schlachtenlärm durch die verrammelten Fenster. Jeder Todesschrei, der durch die Nacht gellte, ließ ihn vor Freude erbeben.

»Herr, kommt und seht Euch das an«, rief ihm der Mönch von der Tür her zu.

Drogo stieg auf die Mauer und erwartete die siegreiche Rückkehr seiner Männer. Aber es war nichts zu hören.

»Da drüben«, sagte der Mönch verängstigt.

Ein in Schaffelle gehüllter Junge mit einem Hirtenstab in der Hand stand am Rand des Eichenwalds. In der anderen Hand hielt er eine Fackel. Seine Anwesenheit und die Stille, die nach dem Kampf über dem Wald lag, beunruhigten die wenigen Soldaten, die auf Tenes zurückgeblieben waren. Einige befürchteten, es könnte ein Gespenst sein.

»Wer ist das?«

»Ich habe eine böse Vorahnung, Herr. Was, wenn Gott uns eine Vision schickt?«

»Tötet diesen Bastard!«

Doch die Pfeile erreichten den Jungen nicht, der nun ein Horn hob und kräftig hineinblies. Ein tiefer Ton durchdrang die Nacht, dass es die Männer auf der Burg schauderte. Plötzlich tauchten flackernde Lichter zwischen den Bäumen auf. Zuerst nur ein paar, dann Dutzende, Hunderte, bis der Wald an ein dunkles Meer voller orangefarbener Sterne erinnerte.

»Für meine Schwester Agnes!«, rief der Hirtenjunge aus voller Kehle.

»Gott unser Herr …«, wimmerte der Mönch. »Das ist eine Falle! Isembard ist mit seiner Armee gekommen, um die Burg seiner Familie zurückzuerobern!«

»Isembard würde niemals so handeln!«

»Vielleicht ist er anders als sein Vater. Er hat im Kampf gegen die Normannen gelernt.«

Drogo versetzte dem Mönch einen Stoß, sodass dieser rückwärts in den Burghof stürzte und sich das Genick brach. Die Soldaten sahen ihn stumm an. Die unzähligen Lichtpunkte kamen immer näher, wie Rachegeister all derer, die Drogo im Laufe seines Lebens zum Opfer gefallen waren. Der Hirtenjunge wurde von mehreren Reihen Bogenschützen mit brennenden Pfeilen verschluckt. Er ließ erneut das Horn ertönen, und die Pfeile sirrten in den Himmel.

»In Deckung!«, brüllten die Wachen.

Die tödliche Salve ging auf die wenigen Soldaten nieder, die sich in der Burg befanden. Manche wurden getroffen und gingen schreiend zu Boden, während andere Pfeile Schuppen und Strohhaufen in Brand setzten.

Dann zerstörte ein kleines Katapult Teile des Turms und der Gebäude im Waffenhof. Chaos brach aus. Ein dritter Hornklang kündigte den Sturm an. Drogos Bogenschützen verteidigten die Burg mit gleichmäßigen Salven, während Dutzende Männer, hinter ihren Schilden verschanzt, mit Leitern den Pfad hinaufkamen. Die Angreifer erreichten das Burgtor und setzten es in Brand, während von oben kochendes Öl auf sie herabgegossen wurde. Vor Schmerzen schreiend, zogen sie sich zurück, doch die Flammen hatten bereits auf das Holz übergegriffen.

Isembard und Airado erklommen eine der Leitern, während sie beteten, dass niemand sie in die Tiefe stieß. Ein Sturz auf die Felsen wäre tödlich gewesen. Als sie sich schließlich auf die Mauer schwangen, stellten sie verblüfft fest, dass niemand den äußeren Ring verteidigte. Der Laufgang war verwaist, in der Burg war es still.

»Seht Euch das an!«, japste Airado.

Die Verteidiger hatten im Waffenhof ihre Schwerter auf einen Haufen neben einem zerschmetterten Mönch abgelegt. Vor dem Hauptgebäude warteten vierzig unbewaffnete Männer. In diesem Moment gab das Burgtor nach und krachte funkenstiebend nach innen. Dutzende von Isembards Männern stürzten kampfbereit in den Hof.

»Wir ergeben uns!«, rief einer von Drogos Männern.

»Wo ist euer Herr?«

»Er ist mit einigen Getreuen durch den Brunnenschacht geflohen. Ihr könnt die Burg durchsuchen.«

Mehrere Soldaten stiegen in den dunklen Schacht, und es wurde ein Suchtrupp losgeschickt, aber Drogo kannte sich in diesem Gelände gut aus. Sie würden ihn wohl kaum finden.

Isembard wandte sich an die Burgbesatzung.

»Ich erkläre diese Burg durch väterliches Recht zum Besitz Isembards II. von Tenes. Ihr Besatzer Drogo von Borr hat königstreue Soldaten angegriffen und ist folglich ein Verräter. Will mir einer der Anwesenden den Titel streitig machen?«

Schweigen. Airado nahm einen Schild und begann daraufzuschlagen, während er rief: »Isembard, Isembard, Isembard!«

Seine Soldaten stimmten einer nach dem anderen ein. Die im Wald getöteten Söldner waren die Söldner gewesen, die Bernhard geschickt hatte. Die Männer, die er hier sah, waren Drogos alte Soldaten. Sie blickten sich an und schlossen sich dann den Rufen an – ihr Leben hing davon ab. In Isembards Reihen erkannten sie Kameraden wieder, die vor einiger Zeit die Seite gewechselt hatten. Sie waren gut bewaffnet, hatten ordentliche Rüstungen und Stolz im Blick.

Airado und weitere junge Soldaten beugten das Knie vor dem Hauptmann.

»Nehmt uns als Vasallen an, und wir werden diese Burg und ihre Besitzungen verteidigen.«

»Auch wir schwören Euch die Treue!«, rief einer von Drogos Männern voller Hoffnung. Die Übrigen taten es ihm nach.

»Ihr habt den Tod verdient, weil ihr die Burg nicht verteidigt habt, aber Drogos Feigheit entschuldigt euch. Diejenigen, die den Rittern der Mark dienen wollen, werden sich in Zehnergruppen aufteilen und zur Grenze ziehen, um dort ihre Ausbildung zu beginnen. Die Übrigen geben ihre Waffen ab und können gehen.«

Wunden wurden behandelt und die Brände gelöscht. Isembard nahm die alte Festung in Augenschein, eine heruntergekommene, stinkende Ruine. Im Rittersaal versammelte er sich mit seinen Hauptleuten.

»Wo mag Drogo jetzt sein?«, fragte Armanni nachdenklich.

»Er wird fliehen, um sich in Narbonne oder anderswo Bernhard von Gothien anzuschließen.« Isembard sah sie düster an. »Dieser Krieg ist noch lange nicht vorbei.«

Sie besprachen Details, die Verteidigung der Burg betreffend. Isembard wollte Bauleute und Zimmermänner kommen lassen, um sie instand zu setzen. Er würde immer wieder für längere Zeit in Orléans weilen, aber dies war der Stammsitz seiner Familie.

Dann war der Moment gekommen, den Sieg zu feiern und ein Fass aus dem Weinkeller zu öffnen.

Isembard umarmte gerührt seine Hauptleute.

»Eigentlich müsste ich euch aufhängen lassen, weil ihr den Schwur gebrochen und mir geholfen habt, die Burg meines Vaters zurückzuerobern!«, sagte er mit feuchten Augen.

Alle erhoben das Glas auf ihn. Seine Vorfahren würden voller Stolz vom Himmel auf ihn herabblicken: Der Sohn der Erde, aufgewachsen in dem kleinen Kloster Santa Afra, war nun Isembard II., Herr der Burg Tenes in der Grafschaft Barcelona.

Unter Lachen und tausend Kampfanekdoten ließ der Hauptmann der *Scara* das Geschehene Revue passieren. Sie hatten eine Truppe fränkischer Söldner vernichtet. Dass Bernhard es gewagt hatte, sie zu schicken, deutete darauf hin, dass der Aufstand, den Frodoi befürchtete, bereits im Gange war.

Isembard dachte an den listigen Bischof. Er war es gewesen, der ihm den Gedanken in den Kopf gesetzt hatte, die Burg Tenes zurückzuerobern. Damit wollte er die Truppen des Markgrafen in der Spanischen Mark dezimieren und Zeit gewinnen, aber wenn Bernhard von Gothien davon erfuhr, würde er vor Wut toben und eine noch größere und besser bewaffnete Armee entsenden. Solange der König in Italien weilte, hatten sie keinen Schutz von ihm zu erwarten.

Isembard versuchte, sich seinen Männern gegenüber zuversichtlich zu geben, obwohl ihm die Probleme zu schaffen machten. Nicht zuletzt dachte er auch darüber nach, was Drogo über Elisia und ihr Vergehen gesagt hatte. Gleich am nächsten Tag würde er nach Barcelona aufbrechen. Der König hatte ihm befohlen, unverzüglich zu ihm zu eilen, aber das musste warten, bis Elisia in Sicherheit war.

Bevor er im Morgengrauen aufbrach, ging Isembard noch einmal in den verwaisten Waffensaal und drehte den alten Thron von Tenes um, in den Drogo einen Drachen geschnitzt hatte. Er stellte ihn so auf, wie er es in Erinnerung hatte. Vor seinem inneren Auge sah er seinen Vater im Dämmerlicht dort sitzen, den Kopf nachdenklich in die Hand gestützt, und er begann zu begreifen, welches Dilemma es für einen Adligen bedeutete, zwischen Herz und Pflicht entscheiden zu müssen.

Isembard nahm zwei frische Pferde und galoppierte nach Barcelona. Er musste unbedingt herausfinden, was mit Elisia geschehen war. In Sichtweite der Gekrönten Stadt kam ihm Oriol auf der Via Francisca entgegen. Bei ihm waren sechs Reiter; sie trugen die gleichen Brustpanzer und Umhänge wie Isembard. Dieser erstarrte, als er die Offiziere der *Scara* sah.

»Sie sind gestern eingetroffen, Isembard«, erklärte Oriol sorgenvoll.

»Isembard von Tenes, deine Aufgabe als *Missus dominicus* ist beendet«, verkündete einer der Soldaten. »Der König verlangt, dass du unverzüglich zu seinem Heer stößt. Wir sind gekommen, um dich zu holen. Du sollst sofort mitkommen.«

»Ich muss mich noch von meiner Frau verabschieden.«

»Ich fürchte, das wird nicht möglich sein. Du warst lange mit Billigung des Königs fern von deiner Einheit, aber Befehl ist Befehl. Entweder du kommst mit, oder du bist ein Verräter.«

Die sechs Reiter griffen nach ihren Schwertern. Sie waren gute Kämpfer und würden nicht gehen, ohne ihn mitzunehmen oder als Deserteur zu bestrafen. Isembard sah mit wehem Herzen in Richtung Barcelona.

»Die Hinweise auf eine Rebellion verdichten sich, Hauptmann«, sagte einer der Reiter ungeduldig. »Wir müssen aufbrechen, bevor man uns die Weiterreise verweigert. König oder Tod!«

»König oder Tod!«, antworteten die Übrigen im Chor.

Isembard versuchte, Ruhe zu bewahren. Er kannte die strengen Regeln der *Scara*. Er hatte einen Eid geleistet und durfte seiner Familie keine Schande machen. Mit ernster Miene wandte er sich an Oriol.

»Gib in Barcelona Bescheid, dass Gali von Carcassonne tot ist und die Burg Tenes sich in meiner Gewalt befindet.« Er lenkte sein Pferd neben das von Oriol und flüsterte ihm zu: »Sag dem Bischof, dass wir Drogos Söldner vernichtet haben. Das war es nämlich, was er wollte, und er hat es geschafft, mich zu manipulieren. Jetzt muss er etwas für mich tun. Drogo sagte, dass Elisia Bernhards Sklavin werden soll; du kannst ihm ausrichten, dass seine kostbare Seidenmitra mein Schwert nicht aufhalten wird, sollte ihr ein Leid geschehen.«

»Isembard …« Oriol nahm die Drohung gegen den Bischof als Angriff auf sich selbst, doch noch mehr schmerzte es ihn, zu sehen, welche tiefen Gefühle der Hauptmann für Elisia hegte. «Mäßige dich …«

»Sag ihm das! Ich werde zurückkommen!«

»Los jetzt, Hauptmann«, drängte der Wortführer der *Scara*. »Der König wartet. Und es ist noch ein weiter Weg bis Italien.«

Als sie in der Ferne verschwanden, sah Oriol der Staubwolke hinterher.

»Gott schütze dich, Isembard. Wenn Frodoi versagt, wird er dafür büßen müssen, und wenn es das Letzte ist, was ich tue.«

67

Trübes Licht fiel durch die schmalen Fenster des Thronsaals im gräflichen Palast. Seit der Festnahme Elisias von Carcassonne waren fast zwei Wochen vergangen, und an diesem 21.September, dem Tag des heiligen Matthäus, sollte die Gerichtsverhandlung stattfinden. Die sieben Richter, die der Vizegraf ernannt hatte, unterhielten sich bedeutungsvoll miteinander. Um ihre Unparteilichkeit zu garantieren, stammten sie aus Girona, Conflent und Vallespir. Auf einem Tisch neben ihnen befanden sich ein Silberkreuz und eine Bibel, auf welche die Zeugen schwören würden. Auf zwei Bänken hatten die Ratsherren der Stadt Platz genommen. Sie wachten über die Neutralität der Richter, berieten diese hinsichtlich der örtlichen Rechtsgepflogenheiten und dienten als Prozesszeugen. Auch Frodoi hatte einen Ehrenplatz neben dem Tribunal, war jedoch lediglich als Prozesszeuge zugegen.

Das gotische Recht empfahl, nur die unmittelbar Betroffenen zur Verhandlung zuzulassen, um Tumulte zu vermeiden, doch angesichts des öffentlichen Drucks duldete der Vizegraf die Anwesenheit von Bürgern, die Elisia freundschaftlich verbunden waren. Goda saß mit weiteren Angehörigen des örtlichen Adels auf einer der Bänke im hinteren Bereich. Sie würdigte Frodoi keines Blickes, und auch eine Aussprache hatte sie verweigert. Hinter der abwartenden Haltung des Bischofs steckte eine Absicht, das war Goda klar, aber dass er Elisia für seine Zwecke benutzte, dafür gab es keine Entschuldigung. Sie war ihm lediglich dankbar, dass er Astorius davon überzeugen konnte, dass der zwölfjährige Gombau und der inzwischen siebenjährige Lambert nicht vor Gericht erscheinen mussten. Bis zum Urteilsspruch kümmerte sich Joans und Ledas Tochter Emma um die Kinder.

Goda sah Oriol hereinkommen. Isembard war nicht dabei. Wie alle war auch Oriol tief getroffen von Elisias Schicksal, die einem ortsfremden Tribunal ausgeliefert war.

Die Wachen öffneten die Türen, und der *Saig* brachte die Angeklagte herein. Sie war barfuß und trug eine schmutzige Tunika aus grobem Stoff, ihr Haar war verfilzt. Doch was den Anwesenden noch mehr zu Herzen ging, waren die Angst und das Leid, die wie ein Schleier über ihrem sonst so warmherzigen Blick lagen, der die Stadt zum Strahlen gebracht hatte. Ihr Gang war schleppend, sie wirkte verwirrt und verängstigt. Galis letzter Schlag war vernichtend gewesen; ihre Zuversicht war gebrochen.

Als Frau eines Sklaven war sie selbst eine Sklavin und nicht mehr wert als eines von Bernhard von Gothiens Pferden. Sie sah die Anwesenden an, als wären sie Fremde. Sie wollte sich auf den Boden kauern, doch der *Saig* hinderte sie daran. Servusdei würde ihre Verteidigung übernehmen, obwohl ihm die Argumente fehlten. Wenn er es nicht schaffte, dann niemand in der Stadt.

»Elisia von Carcassonne?«, fragte der Richter aus Girona, der den Vorsitz innehatte.

Die so Angesprochene antwortete nicht. Der Vertreter des Vizegrafen und des Markgrafen schilderte den Sachverhalt, bevor er die Anklage formulierte. Dann wurden die Zeugen aufgerufen. Mit der Hand auf der Bibel schworen sie bei Gottvater, Sohn und Heiligem Geist, die Wahrheit zu sagen. Es waren Handwerker, die zu Zeiten Sunifreds am Platz beim Miracle gelebt hatten; sie bestätigten, dass Gombau ein Gefolgsmann des damaligen Grafen gewesen war und stets von einem Sklaven namens Trasmir begleitet wurde. Den Gepflogenheiten folgend, wurde Elisia gefragt, ob sie einen Einwand habe oder ob sie das Gesagte bestätige. Andernfalls konnte sie weitere und bessere Zeugen benennen, um die Aussagen zu entkräften.

Servusdei rief eine ganze Reihe von Gästen der Herberge auf, die Galis schlechten Charakter bezeugten. Nicht einmal seine Frau habe gewusst, dass er in Wirklichkeit Trasmir hieß. Seine Verteidigung beruhte auf Elisias Unwissenheit hinsichtlich der wahren Identität ihres Ehemannes, doch für das Tribunal schien es keineswegs gesichert, dass sie nichts gewusst hatte. Es war ebenso denkbar, dass sie genau wie ihr Mann gelogen hatte, um als Freie zu leben.

Im weiteren Verlauf wurden die schriftlichen Beweisstücke vorgelegt, bestehend aus der Schenkungsurkunde des Königs aus dem Jahr 843 und der Schilderung der Ereignisse, die der falsche Gali auf der Burg Tenes unterzeichnet hatte. Hauptmann Oriol bestätigte, dass Elisias Mann tot war und folglich nicht vernommen werden konnte.

Der Ankläger des Vizegrafen betonte, dass es einem Wunder gleichkomme, dass die Urkunde so lange Zeit überstanden hatte; folglich sei es Gottes Wille, dass dem Recht genüge getan werde. Frodoi erschrak. Es war gefährlich, den Allerhöchsten ins Spiel zu bringen; die Richter würden es nicht wagen, gegen Seinen Willen zu urteilen. Die Ratsherren erinnerten daran, wie viel Gutes die Herberge zum Miracle der Stadt gebracht habe. Der Vizegraf beteuerte, dass sie geöffnet bleiben werde, doch da ihre Besitzerin eine Sklavin sei, gehöre die Herberge dem Fiskus, und der Graf werde einen neuen Betreiber bestellen.

Elisia sagte nichts. Sie blickte aus dem Fenster und flüchtete sich in Erinnerungen an ihre glückliche Kindheit bei ihrem Großvater in Oterios Schänke.

»Habt Ihr nichts dazu zu sagen, Elisia von Carcassonne?«, herrschte einer der Richter sie an, der Servusdeis trockene Ausführungen leid war.

»Mein Mann hieß Gali«, flüsterte sie fast unhörbar.

»Es mag unrecht erscheinen, aber die irdischen Gesetze sind Teil der göttlichen Ordnung, und gegen sie zu verstoßen, bedeutet, Gott selbst zu entehren«, fuhr der Ankläger fort. »Deshalb muss der angerichtete Schaden vergolten werden. Elisia ist ein *instrumentum vocalis*, ein der Sprache mächtiges Ding, welches ebenso Eigentum des Grafen von Barcelona ist wie ihr Hab und Gut und ihre Nachkommenschaft.«

Nun endlich brach Elisia in Tränen aus, und alle im Saal waren erleichtert, überhaupt eine Regung bei ihr zu sehen. Die Richter berieten leise und nickten schließlich. Ihnen blieb nichts anderes übrig, als das *Liber Iudiciorum* in seiner ganzen Härte anzuwenden.

Frodoi ließ Servusdei zu sich rufen.

»Ist das alles, was du an Gegenargumenten anzuführen hast?«

»Elisia kann nicht beweisen, dass sie nichts wusste … Außerdem habt Ihr den Ankläger gehört: Gott hat die Urkunde nicht ohne Grund erhalten. Es gibt keine Rettung.«

Die Augen des Bischofs blitzten. Der alte Mönch sank in sich zusammen.

»Doch, die gibt es, Servusdei. Wir haben darüber gesprochen. Verlange ein Gottesurteil.«

»Herr!«

Frodoi blickte zu Goda, die ihn voller Verachtung ansah. Falls noch ein Band zwischen ihnen bestand, so würde er es nun zerschneiden – aber er musste es tun, selbst wenn das Risiko groß war. Seit Elisias Festnahme wusste er, dass er bis zum Äußersten gehen musste, damit die Stadt reagierte.

»Wenn das alles Gottes Wille ist, dann möge Gott sprechen!«

Servusdei kehrte gebeugt zum Podium zurück. Ihm war bewusst, was der Bischof von ihm verlangte. Mit Tränen in den Augen sah er zu Elisia. Die Richter nahmen ihre Plätze ein, um das Urteil zu verkünden und die *Recognitio* zu verlangen, das Schuldeingeständnis der Beschuldigten und die Versicherung, dass sie auf weitere Verteidigung ihrer Rechte verzichtete. Servusdei bat noch einmal um das Wort.

»Verehrte Richter und Stadtobere, meine Mandantin versichert weiterhin, Galis wahre Identität nicht gekannt zu haben, und bittet darum, dass Gott in dieser Sache für sie sprechen möge.«

Es wurde totenstill im Saal. Der Mönch sah zu Frodoi und schloss sein Plädoyer ab: »Nach gotischem Recht ist ein solches Vorgehen unüblich. Deshalb berufe ich mich auf das Recht der Karolinger, das Gottesurteile zulässt, um die Frage zu beantworten, ob Gott auf der Seite der Beschuldigten steht oder nicht. Da Elisia von Carcassonne beteuert, die wahre Identität ihres Mannes nicht gekannt zu haben, und da sie keine Gotin ist, verlange ich, sie der Kesselprobe zu unterziehen, um herauszufinden, ob sie lügt oder die Wahrheit spricht.«

Im Saal wurde Protest laut. Viele sprangen empört auf, um sich auf den Bischof und seinen Mönch zu stürzen. Frodoi duckte sich, und Oriol zog drohend sein Schwert.

»Ich werde es tun!«

Elisias Worte gingen im allgemeinen Aufruhr unter. Ihre Augen waren fest auf den Bischof gerichtet, und anders als erwartet, blitzte ein Funken Hoffnung in ihnen auf. Der Bischof konnte in ihre Seele blicken. Wochenlang hatte sie zu Gott gebetet, sterben zu dürfen; die Wasserprobe war auch nicht schlimmer, als mit ansehen zu müssen, wie ihre Söhne zu Sklaven eines Mannes wie Bernhard wurden. Das Urteil stand so gut wie fest, es war die einzige Lösung.

»Ich werde es tun!«, rief sie erneut.

Der Saal verstummte. Alle waren verwirrt.

»Gott weiß, dass ich die Wahrheit sage. Je eher, desto besser.«

Ohne auf die zu achten, die das grausame Prozedere verhindern wollten, indem sie darauf hinwiesen, dass Gottesurteile in der Grafschaft nicht vorgesehen seien, ließ sie sich vom *Saig* auf den Platz hinausführen, wo sich eine Menschenmenge versammelt hatte. Goda verlangte, mit Elisia zu sprechen. Sie würden eine Lösung finden, beteuerte sie, doch Elisia blieb bei ihrer Entscheidung.

»Wenn ich die Probe bestehe, bin ich endlich frei von Gali. Ich spüre noch immer seinen stinkenden Atem auf meinem Gesicht, obwohl er tot ist … Und wenn ich es nicht schaffe, ist es auch egal.«

Zwei Diener schleppten einen Kessel mit siedendem Wasser aus der Palastküche herbei. Frodoi ging zu Elisia, um mit ihr gemeinsam zu beten. Der Bischof war Franke und kannte das weitere Vorgehen. Ohne auf die feindselige Stimmung der Barcelonesen zu achten, zog der Bischof den goldenen Ring ab, mit dem er seine Schreiben siegelte, und warf ihn ins kochend heiße Wasser.

»Elisia von Carcassonne, du musst den Ring herausholen. Das Wasser wird deinen Arm verbrühen; heilt er nach einer gewissen Zeit, hast du die Wahrheit gesagt und wärest samt deinen Söhnen frei. Im anderen Falle jedoch wird Gott Euch zur Sklaverei verdammen.«

Servusdei stimmte einen Psalm an, doch als der Ärmel der Beschuldigten hochgeschoben wurde, versagte seine Stimme, und auf dem Platz wurde es totenstill. Elisias Unterlippe zitterte vor Angst.

»Gott wird dich schützen«, sagte Frodoi unter Tränen und umklammerte sein goldenes Kreuz.

Elisia spürte den Schmerz, noch bevor das kochende Wasser ihre Hand berührte. Sie biss die Zähne zusammen und tauchte den Arm hinein. Ihr wurde schwarz vor Augen, und der Schrei, den sie ausstieß, ließ die Stadt erschaudern. Aber sie zuckte nicht zurück, bis sie den Boden des Kessels ertastete. Mit einem letzten Rest Bewusstsein erinnerte sie sich daran, dass sie etwas herausholen musste. Sie konnte den Schmerz nicht länger ertragen, doch dann berührte sie mit einem Finger den Siegelring des Bischofs, packte ihn und zog die Hand zurück.

Ein Aufschrei ging durch die Menge. Was Elisia wie eine Ewigkeit vorgekommen war, war in einem Augenblick vorbei gewesen, doch ihr Arm war mit Brandblasen übersät, und weiße Hautfetzen schälten sich vom rohen Fleisch. Als der *Saig* den Ring entgegennehmen wollte, verbrannte er sich daran und ließ ihn zu Boden fallen. Die beeindruckten Wachen fingen Elisia auf, als sie das Bewusstsein verlor. Goda hatte bereits eine berühmte jüdische Heilerin holen lassen, die mit Salben bepackt herbeieilte. Auch Frodoi hatte zwei Mönche mit medizinischen Kenntnissen kommen lassen. Während die Anwesenden beteten, wurde Elisias Arm mit den Salben eingerieben, dann wurde sie von den Wachen in eine Zelle gebracht. Der Vizegraf wollte verhindern, dass man sie heimlich aus der Stadt brachte.

Elisia war nicht bei Bewusstsein, aber die alte Heilerin wachte bei ihr und schwor sich, dass sie diese Frau retten würde. So etwas hatte man in Barcelona noch nie gesehen.

Stunden später schaute der Vizegraf durch die Türklappe der Zelle. Der ganze Arm war eine einzige, grauenvolle Wunde. Er war betroffen, und es gefiel ihm ganz und gar nicht, was Drogo von Borr da angerichtet hatte. Der Ankläger und der *Saig* standen mit ernsten Mienen hinter ihm. Mochte sein, dass der Markgraf wütend wurde, wenn er davon erfuhr, aber Astorius musste einfach aussprechen, was er dachte.

»Wer solchen Mut beweist, hat es nicht verdient, versklavt zu werden. Möge Gott zu ihren Gunsten entscheiden. Die Heilerin soll so lange bei ihr bleiben, wie es nötig ist.«

68

Von Weihrauch umhüllt, hob Richildis den Blick, sodass ihr Gesicht von dem schräg einfallenden Licht beleuchtet wurde, das durch die schmalen Fenster der Kapelle fiel. In ihrem kostbaren Gewand aus weißgoldener Seide wirkte sie wie eine Göttin. Kniend breitete sie die Arme aus. Sie war die Erwählte, die Kaiserin. Die Welt lag ihr zu Füßen.

Die schlichte Kapelle war der Größe des Augenblicks nicht angemessen, doch Karlmanns Armee stand kurz vor Pavia, und so hatte sich der Kaiser in Begleitung des Papstes mit seinen Truppen ans südliche Ufer des Pos zurückgezogen, der ihnen als natürliche Verteidigungslinie dienen würde, während sie auf Verstärkung aus dem Westfränkischen Reich warteten. Richildis wusste, dass die Zeit drängte, und hatte eingewilligt, dass man sie an diesem armseligen Ort zur Kaiserin krönte. In der kleinen Kapelle saß dicht gedrängt der Adel aus Tortona, Nizza und Genua sowie ein gutes Dutzend Bischöfe, die es kaum erwarten konnten, endlich abzureisen.

Karl wollte neben seiner schönen Gemahlin eine herrschaftliche Erscheinung abgeben, doch seine Haut war fahl, und das Fieber verursachte ihm Schweißausbrüche. Der Chor begann zu singen, als Johannes VIII., in vollem Ornat und mit der päpstlichen Tiara, den Hirtenstab an seinen Archidiakon reichte und die Krone von dem weinroten Kissen nahm. Richildis' Stirn glänzte vom Salböl; sie konnte es kaum erwarten, das kalte Metall zu spüren.

Als sie endlich die Krone trug, hätte sie am liebsten laut geschrien vor Freude. Die etwa fünfzig Anwesenden, die in die Kapelle passten, huldigten ihr und dem Kaiser – sie hatte es geschafft. Als junges Mädchen hatte sie davon geträumt, dass dieser Moment in einer großen Kathedrale vor Hunderten erlesener Gäste stattfinden würde. Doch das tat jetzt nichts zur Sache. Sie hatte ihre Gefühle, ihre Unschuld und ihren Anstand geopfert, um ihr Ziel zu erreichen. Für diese Krone hatte sie konspiriert, gesündigt und gemordet, und nun war sie, Richildis der Provence, ein Teil der Geschichte. Sie war Kaiserin, die Macht Gottes auf Erden.

Plötzlich öffneten sich die Türen der Kapelle mit einem durchdringenden Knarren. Ein eisiger Lufthauch ließ die Kerzenflammen auf dem kleinen Altar erzittern und bauschte das schwere Gewand des Papstes. Richildis wandte sich verärgert zum Eingangsportal; sie würde denjenigen bestrafen, der es wagte, den Moment ihres größten Ruhms zu stören. Im gräulichen Licht, das von außen hereinfiel, zeichnete sich eine Gestalt ab. Es war Isembard von Tenes. Sein Umhang starrte vor Schmutz, aber selbst mit wirrem Haar und dem ungepflegten blonden Bart fand sie ihn männlicher denn je, auch wenn sein erschöpftes Gesicht die Anstrengung der Reise verriet.

Die jähe Unterbrechung verhieß nichts Gutes. Isembard kam den Mittelgang der kleinen Kapelle entlang, ohne auf das erstaunte Getuschel zu achten. Karl, beunruhigt von seiner ernsten Miene, erhob sich mühsam, um ihn zu begrüßen.

»Mein König, hier bin ich, wie Ihr befohlen habt. Ich bringe keine guten Nachrichten.« Er warf einen Seitenblick auf Richildis, und ihre Schönheit beeindruckte ihn auch jetzt. »Karlmann hat von der Krönung erfahren und ist auf dem Weg hierher. In zwei oder drei Tagen wird er mit seiner Armee den Po überschreiten.«

Die Nachricht löste Panik aus, und ohne den Schlusssegen abzuwarten, leerte sich die Kirche. Diejenigen, die Besitz zu verlieren hatten, mussten sich darauf vorbereiten, ihre Burgen zu verlassen, aber die meisten mussten sich entscheiden, ob sie dem Papst und dem Kaiser die Treue hielten oder andere Optionen in Betracht zogen. Karl, der sich seiner Schwäche bewusst war, hoffte auf ermutigende Nachrichten.

»Seid Ihr unterwegs Bosos Armee und seinen Verbündeten begegnet? Sie sind auf dem Weg hierher.«

»Hoheit, in der Nähe der Alpen ist keine Armee. Ich bin durch ganz Gothien und Burgund gereist. Die Truppen sind zu Hause, in ihren Territorien.«

»Aber sie haben es versprochen!« Die Nachricht traf den König zutiefst, und er sank in sich zusammen.

Richildis, die aufmerksam zugehört hatte, eilte zu ihrem Mann, um ihn zu stützen. Sie warf dem Hauptmann einen tiefen Blick zu, und dieser nahm den Amberduft ihrer Haut wahr.

»Ihr seid nicht in der Verfassung, um zu reisen, mein Gemahl«, sagte die Kaiserin. »Lasst mich meinem Bruder entgegenziehen, und ich werde die versprochene Unterstützung mitbringen.«

»Würdet Ihr das tun?« Karl berührte ihre Krone. Nach so vielen Jahren hatten sie es geschafft, aber zu welchem Preis!

»Isembard soll mich mit einer Abteilung Soldaten begleiten.«

»Die besten Männer sollen Euch zur Verfügung stehen, meine Königin! Fordert Euren Bruder und die beiden Bernhards auf, mir unverzüglich zu Hilfe zu eilen. Ich fürchte nur, dass sie nicht rechtzeitig eintreffen und Karlmann die Reichsinsignien an sich reißt.«

Richildis' Augen blitzten. Daran hatte sie bereits gedacht.

»Das wird nicht geschehen, wenn sie nicht in Italien sind. Ich bin die Bewahrerin des Reichsschatzes. Gestattet, dass ich sie mitnehme. Bei mir sind sie in Sicherheit, was auch immer geschieht.«

»Nicht einmal für mein Leben würde ich sie herausgeben, Richildis!«, sagte Karl.

»Ich würde mein Leben für Euch geben, mein Kaiser, aber Gott wird Euch schützen. Ihr seid von ihm erwählt.«

Isembard war versucht, Richildis für ihre gekonnte Schauspielerei zu applaudieren. Sie hatte sich nicht geändert in all den Jahren.

»Isembard …«, begann Karl, doch ein Hustenanfall zwang ihn zu einer kurzen Pause, bevor er fortfahren konnte. »Ich wollte, dass du meine Truppen gegen Karlmann führst, doch nun braucht dich die Kaiserin. Bring sie heil und gesund zu ihrem Bruder und kehrt mit Verstärkung zurück.«

Der Hauptmann nickte betroffen. Der König war sehr schwach, und er hatte offenbar sein taktisches Gespür verloren. Karl verfügte in Italien über eine schlagkräftige Armee, wenngleich sie den Truppen Karlmanns zahlenmäßig unterlegen war. Tausende Soldaten aus der Heimat zu mobilisieren bedeutete, dass große Mengen an Vieh und Hunderte Wagenladungen Getreide benötigt wurden, außerdem Gerber, Schmiede und eine Vielzahl an Bediensteten, doch auf seinem Weg hierher auf den alten Römerstraßen hatte er keinerlei Anzeichen davon gesehen.

Richildis verabschiedete sich und ging, um die sofortige Abreise vorzubereiten. Keinen Tag länger wollte sie in diesem verseuchten Feldlager bleiben. Karl wartete auf einen letzten liebevollen Blick der Kaiserin, bevor sie die Kapelle verließ, aber auf Richildis' Gesicht lag ein triumphierendes Lächeln, das sie ihren Mann keinesfalls sehen lassen wollte. Als Karl Isembards Hände ergriff, konnte der Hauptmann kaum an sich halten. Vor zwei Jahren hatte er einen starken, tatkräftigen König verlassen, und nun stand er vor einem gebrochenen Mann.

»Hoheit …« Als er Karls flehenden Blick sah, entschloss sich der Hauptmann der *Scara* zur Wahrheit. »Ihr seid allein.«

»Ich werde hier sterben.«

69

Nach zweiwöchiger Reise erreichten Kaiserin Richildis, Isembard und zehn Reiter der *Scara* die provenzalische Küste im Kernland Herzog Bosos. Sie hatten keine Nachrichten vom König, den sie krank und von seinem Neffen Karlmann bedrängt in Italien zurückgelassen hatten. Die erhoffte Verstärkung würde niemals eintreffen, und Isembard erwartete nicht, Karl den Kahlen lebend wiederzusehen.

Isembard spähte in den dichten, opalisierenden Nebel, der über dem reglosen Wasser der Sümpfe von Arles lag, und stützte die Hand auf sein Schwert. Er wusste nicht, wohin die Kaiserin wollte, und die Schiffer hatten Anweisung, nicht zu sprechen.

Es war ein düsterer Morgen an diesem 9. Oktober. Nur die Ruder der drei Boote waren zu hören, die zarte Kreise auf dem Wasser bildeten, die sich im Nebel auflösten. Sie glitten durch ein Labyrinth aus Kanälen und kleinen Inseln mit bizarr geformten Bäumen und Schilfrohr – eine fremdartige Landschaft, in der sich nur die Fischer zurechtfanden, die sie am Ufer abgeholt hatten. Schweigend ruderten sie an schwarzen Wurzeln vorbei, die wie die Gebeine Ertrunkener aus dem Grund ragten.

Obwohl sie das weitere Schicksal des Königs nicht kannte, trug Richildis bereits Trauer. Es war ein erschreckender Anblick, sie schwarz verschleiert im Bug des ersten Bootes stehen zu sehen.

Isembard hatte während des langen Ritts nach Arles kaum mit ihr gesprochen. Er nahm ihre glühenden Blicke wahr, aber die Unbilden einer so überstürzten Reise ließen keine Intimität zu. Die Königin trieb zu größter Eile an und brachte die Pferde an ihre Grenzen. Es schien, als wollte sie Zeit gewinnen. Sie war in Begleitung zweier Zofen und eines alten Priesters, der sich um ihr Seelenheil kümmerte.

Die Soldaten verloren in dem Sumpf schnell die Orientierung. Eine in Nebel gehüllte Lagune war nicht der beste Ort, um die Kaiserin zu beschützen. Die Landschaft weckte abergläubische Ängste. Es war eine ungesunde Gegend, in der womöglich dunkle Kreaturen hausten, die sich dem Licht Christi widersetzten.

»Herrin, wohin wollen wir?«, fragte Isembard, der mit Richildis in einem Boot saß.

»Zu einem Ort, wo die Reichsinsignien vor Karlmann in Sicherheit sind.«

Sie glitten an einer großen Insel vorbei; die verdorrten Bäume, die dort standen, erinnerten an riesige knochige Hände. Plötzlich tauchte ein Schatten aus dem Nebel auf, das Gesicht unter der Kapuze eines Fellumhangs verborgen. Isembard lief es kalt den Rücken hinunter. Auch wenn er ihr Gesicht nicht sehen konnte, war er sicher, dass es Rotel war, die reglos wie ein Geist in der stillen Lagune auf sie wartete.

Nachdem er so viele Jahre nichts von ihr gehört hatte, waren Isembards Gefühle widersprüchlich. Es erleichterte ihn, zu wissen, dass sie lebte, aber gleichzeitig kamen Erinnerungen an eine ganz ähnliche Gestalt zurück, die sie gesehen hatten, als sie mit Frodois Siedlern nach Barcelona gezogen waren. Damals war sie der Vorbote des Unheils gewesen, und er spürte, dass es diesmal nicht anders war.

Auch die Fischer hatten sie gesehen: Sie bekreuzigten sich und murmelten etwas in einem unverständlichen Dialekt.

»Dort ist die Abtei Montmajour«, verkündete Richildis kurz darauf.

Vor ihnen tauchte eine dunkle Masse aus dem Nebel auf. Es war eine baumbestandene Insel, auf der ein trutziger, moosbewachsener Turm, ein Kloster und eine Kirche standen. Isembards Männern kam es vor, als näherten sie sich einer Festung im Jenseits, wo die Seelen der Verstorbenen ihre Ruhe fanden. Die schweigenden Schiffer machten die Boote an einem kleinen Holzsteg fest. Sofort erschienen auf einem Pfad mehrere Soldaten in fränkischer Uniform.

»Das sind Truppen meines Bruders Boso. Wir sind zu früh«, sagte sie mit einem Lächeln. »Er wird noch einen Tag oder zwei brauchen.«

Isembard sprang an Land. Er war misstrauisch; Richildis führte irgendetwas im Schilde. Als er die Stille hinter sich bemerkte, drehte er sich um und stellte fest, dass die beiden Boote mit seinen Männern und dem Priester verschwunden waren. Der Nebel hatte sie verschluckt.

»Du brauchst nicht nach ihnen zu suchen, Hauptmann«, verkündete Richildis. »Sie kommen nicht mit.«

Einer der Soldaten von der Insel versetzte ihm einen Schlag auf den Hinterkopf, und nach einem kurzen, heftigen Schmerz umfing ihn Dunkelheit.

Als Isembard wieder zu sich kam, saß er an einer Mauer festgekettet, aber es war nicht die Wand eines Verlieses – er sah die verschwommenen Lichter brennender Kerzenleuchter. Seine Schläfen pochten, und sein Kopf schmerzte. Am anderen Ende des Raumes schien jemand zu stehen, aber nachdem er mehrmals die Augen zusammengekniffen hatte, stellte er fest, dass es sich um eine gekrönte Christusfigur handelte. Er befand sich im Inneren der Abtei. Die Figur hing in der Apsis der Kirche. Die Steinquader der Wände waren bemoost und wiesen Reste von Bemalungen auf. Die Decke war aus Holz.

Vor dem Altar kniete Richildis. Sie wirkte in sich gekehrt und trug einen kostbaren, goldbestickten Umhang aus weißer Seide. Neben ihr stand die metallbeschlagene Holztruhe, in der sich die Reichsinsignien befanden.

»Weshalb tut Ihr das, Richildis?«

Er versuchte sich zu bewegen, aber die Eisenringe waren zu fest. Man hatte ihm das Wams und die Tunika abgenommen, er trug nur noch sein Hemd, das nach der langen Reise vor Schmutz starrte. Die Kaiserin wandte sich zu ihm um und schenkte ihm ein reizendes Lächeln.

»Es ist meine Bestimmung! Nur noch eines fehlt mir, und du wirst es mir geben.«

Nun verstand Isembard, weshalb sie vor ihrem Bruder ankommen wollte. Ihre größte Obsession war in den letzten zwei Jahren noch stärker geworden. Sie sah ihn mit glühenden Augen an.

»Eure Sünden wiegen zu schwer, als dass Gott Euch ein Kind schenken würde.«

Richildis kam auf ihn zu und ohrfeigte ihn. Sie schien es zu genießen, ihn in Ketten zu sehen, ihrem Willen ausgeliefert. Sie beugte sich über ihn und zerriss mit einem Ruck sein Hemd. Ihr bewundernder Blick ruhte auf Isembards kräftigem Körper. Dann glitten ihre Finger von seiner breiten Brust zum Unterleib und spielten mit dem feinen blonden Haar. Sie wusste, wie man einen Mann erregte, und nickte zufrieden.

»Diese Abtei ist einer der heiligsten Orte des Reichs«, sagte sie versonnen. »Der Legende nach wurde sie von Bischof Trophimus erbaut, den man entsandt hatte, Gallien zu bekehren.«

»Seit wann so fromm, meine Königin?« Nach so vielen Offenbarungen nahm Isembard kein Blatt mehr vor den Mund und setzte sarkastisch hinzu: »Gewiss waren die Gerüchte über Eure dunklen Praktiken nur Lüge! Wenn Ihr erst einmal Witwe seid, könnt Ihr den Schleier nehmen und für die Seele Eures geliebten Mannes beten!«

»Schweig! Du kannst dir nicht vorstellen, wie ich gelitten habe, wenn dieser Versager sich auf mir abmühte, zu schwach, mir ein Kind zu schenken! Gott ist mein Zeuge, dass ich meine Pflicht als Ehefrau erfüllt habe, doch ein Thronfolger ist mir versagt geblieben. Ich werde in die Hölle fahren oder im Himmel selbst vorstellig werden, um einzufordern, was mir zusteht!«

»Eure Besessenheit raubt Euch den Verstand.«

Richildis lächelte herablassend. Ein einfacher Ritter konnte sie nicht verstehen. Und das war es auch nicht, was sie von ihm wollte.

»Es gibt keinen Mann, der mich nicht begehrt … Doch ich habe dich für diese Aufgabe erwählt, Isembard II. von Tenes. Dieser heilige Ort soll Zeuge des Opfers sein, das ich bringe, um dem Fränkischen Reich einen starken, christlichen, hochherzigen Herrscher zu schenken.«

Sie öffnete die Fibel ihres Umhangs. Das schwere Kleidungsstück glitt zu Boden, und Richildis stand nackt vor Isembard. Trotz ihrer Schwangerschaften hatte sie eine betörende Figur mit festen Brüsten und wohlgerundeten Hüften. Ihr Amberduft hüllte alles ein. Isembards Herz jedoch war weit weg, sein ganzes Sehnen galt Elisia. Aber Richildis begehrte ihn, seit sie ihn in Servais gesehen hatte.

»Ihr seid verrückt geworden, Richildis. Was Ihr tut, ist ein Sakrileg.«

Begierig suchte sie seine Lippen und lächelte, als sie seine Erektion spürte. Sie siegte immer.

»Ich begehre dich seit Jahren, mein Ritter«, hauchte sie. »Nimm mich und schenke mir einen Sohn, der so ist wie du!«

Isembard wehrte sich dagegen, das Instrument des krankhaften Ehrgeizes der Königin zu sein, aber sie setzte sich rittlings auf ihn und flüsterte keuchend: »Du willst es doch auch, Isembard!« Sie verging vor Lust. So lange hatte sie ihr Verlangen unterdrückt, dass die Ekstase unaufhaltsam näher kam, mit einer Macht, wie Richildis sie noch nie zuvor gespürt hatte. Doch plötzlich waren draußen vor der Kirche Stimmen zu hören. Panische Angst stand in ihrem Gesicht.

»Richildis! Wo steckst du?«, hörte sie ihren Bruder Boso.

Die Königin löste sich vor Erregung zitternd von Isembard und bedeckte sich mit dem Umhang, gerade noch rechtzeitig, bevor sich die Kirchentür öffnete.

»Unser sehnlichster Wunsch ist in Erfüllung gegangen!«, rief Boso schon vom Portal aus. »Brieftauben haben die Nachricht nach Arles und ins ganze Land getragen: Am 6. Oktober, vor drei Tagen, hat Kaiser Karl am Mont Cenis seine Seele in Gottes Hände gelegt, als er auf dem Rückzug ins Westfrankenreich war, weil keine Verstärkung kam.«

Isembard senkte den Kopf und betete für die Seele des Königs und für seine Untertanen.

Boso indessen lief außer sich vor Freude auf die verwirrte Richildis zu, führte sie zu der Truhe und öffnete diese mit triumphierendem Blick. Den an die Wand geketteten Mann übersah er in seiner Begeisterung.

Der Bruder der Kaiserin setzte sich die Krone auf, nahm das Schwert und den Reichsapfel und stellte sich vor den Altar.

»Eines Tages wollte ich das Schwert Karls des Großen in den Händen halten«, sagte er berauscht von der Magie des Augenblicks, während er die glänzende Waffe betrachtete.

Richildis setzte ebenfalls ihre Krone auf und trat neben ihn, Isembard hatte sie ganz vergessen. Dies war der Traum der Bosoniden gewesen, seit sie denken konnte.

»Mein Beileid, Kaiserinwitwe«, sagte Boso und fasste sie um die Taille.

Jubilierend stellten sie Richildis' Krönung nach, als ob sie Kinder wären, die ausgelassen Kaiser und Kaiserin spielten. Isembard war empört.

»Das sind die Reichsinsignien! Verräter! Was habt Ihr vor?«

Erst jetzt bemerkte Boso den Hauptmann. Wutentbrannt sah er zu Richildis.

»Du hast ihn so sehr begehrt, dass du dich nicht beherrschen konntest, stimmt's, Schwester? Hast du vergessen, wer du bist?«

»Ich bin eine Bosonidin«, sagte sie leise, die Augen voller Tränen. »Ich tue alles für die Größe unseres Hauses.«

»Sieh mich an, Richildis!« Er hob die Reichsinsignien. »Wir sind dem Triumph so nah! Du darfst unser Blut nicht verunreinigen!«

»Verzeih mir, Boso. Aber wenn alle glauben sollen, dass ich einen Sohn von Karl unter dem Herzen trage, musste ich ihn jetzt empfangen.«

»Du wirst diesen Sohn bekommen, das verspreche ich dir. Und er wird der mächtigste Herrscher des ganzen Erdkreises sein! Aber du musst beweisen, dass du deiner Familie würdig und treu bist.«

Boso riss ihr den Umhang vom Leib und küsste sie leidenschaftlich. Richildis lehnte sich gegen die Truhe und gab sich ihrem Bruder unterwürfig hin. Der nahm sie mit heftigen Stößen, die Kaiserkrone auf dem Haupt. Die Königin ertrug seine grobe Lust und sah dabei zu Isembard herüber. Ihr Begehren war unerfüllt geblieben. Der Hauptmann bemerkte die Enttäuschung in ihren Augen, Mitleid mit ihr hatte er nicht. Vielleicht empfand Richildis etwas für ihn, aber sie war eine Bosonidin, die vor allem ihrer Familie verbunden war und unfähig, ihr Herz zu öffnen.

Als Boso zum Höhepunkt kam, blickte er voller Hass zu Isembard. Die Geschwister ließen sich auf den Steinboden sinken, die Reichsinsignien in den Händen.

»Du warst schnell hier«, sagte sie.

»Als ich vom Tod deines Mannes erfuhr, brach ich sofort auf. Ich habe Botschaften an die beiden Bernhards und Hugo Abbas geschickt«, erklärte Boso. »Der Aufstand hat begonnen.«

»Nun, da Karl tot ist, wird sein Sohn Ludwig die Krone für sich beanspruchen. So hat es sein Vater bei der Reichsversammlung in Quierzy verfügt.«

»Er ist nur eine Marionette. Gespielinnen und Wein werden ihn seine Ansprüche vergessen lassen.«

»Das einzige ungelöste Problem ist Hinkmar von Reims«, sagte Richildis, an seine Brust gelehnt. »Die meisten fränkischen Bischöfe folgen ihm, und auch wenn er Streit mit Karl hatte, wird er doch dessen Sohn unterstützen.«

Boso begann zu lachen, während er seine Schwester schamlos streichelte.

»Hast du den Erzbischof mitgebracht?«, fragte sie, als könnte sie seine Gedanken lesen.

»Er glaubte, wir würden verhandeln. Seine Wache liegt im Sumpf, er selbst ist gleich nebenan eingesperrt. Mit Sicherheit hat er uns gehört. Wenn er sich uns nicht anschließen will, wird sich deine Bestiarin um ihn kümmern müssen. Deshalb hatte ich dich gebeten, sie mitzubringen. Kein Soldat wäre bereit, einen so hohen Gottesdiener zu töten.«

Isembard war entsetzt. Rotel mordete im Auftrag dieser machtgierigen Adligen. Er konnte es nicht begreifen.

»Verdammt sollt ihr sein!«, brüllte er, um sie daran zu erinnern, dass er noch da war.

Boso stand auf und kam auf ihn zu, das Schwert Karls des Großen in der Hand. Eifersucht blitzte in seinem Blick. Seine Schwester würde es nicht zugeben, aber sie zog den Hauptmann ihm vor.

»Ich erinnere mich noch an das Turnier in Servais … Du schuldest mir deinen Hauptmann, Richildis.«

Die Königin ließ sich ihre Panik nicht anmerken.

»Er soll dir gehören, Bruder, aber töte ihn nicht hier und nicht mit diesem Schwert. Außerdem würde Rotel uns das nicht verzeihen.«

»Dann sollten wir uns beider entledigen.«

Isembard glühte vor Zorn und zerrte fluchend an den Ketten. Boso lachte lauthals, während er ihm die Schwertspitze gegen die Brust drückte.

»Gehen wir in unsere Gemächer, Boso, und dann erzählst du mir, was im Land los ist«, sagte Richildis hinter ihm. Ihr scheinbarer Gleichmut überspielte ihre Besorgnis. »Es gibt viel zu feiern.«

Als die beiden gegangen waren, versuchte Isembard mit Gewalt, die Fesseln abzustreifen, bis das Blut lief. Erschöpft fiel er schließlich in einen unruhigen Dämmerschlaf.

Er erwachte mit einem unbestimmten Gefühl der Angst. Draußen war es dunkel geworden. Das Licht des Allerheiligsten reflektierte ein Paar eiskalter Augen unter einer Kapuze. Isembard zuckte instinktiv zusammen und merkte, dass er noch immer an die Wand gekettet war. Sein Körper war steif vor Kälte.

»Bruder …«

»Rotel!« Er wurde von widerstreitenden Gefühlen übermannt. So lange hatten sie sich nicht gesehen, und so viel war inzwischen geschehen.

»Du bist in einem bedauernswerten Zustand.«

Ihre Stimme war kalt, aber er bemerkte ein leichtes Beben darin. Ihre Verbindung war verschüttet, doch sie war noch da. Unter ihrer Kapuze lugte ein blonder Zopf hervor, wie sie ihn in Santa Afra immer geflochten hatte, wenn sie nervös war. Eine Welle unendlichen Schmerzes überflutete ihn.

»Kommst du, um mich zu töten?«, fragte er.

»Ich würde dich niemals töten.«

»Das erledigt Boso, dieser Feigling, nicht wahr? Du machst die Drecksarbeit für die Königin.«

Rotel schlug die Kapuze zurück, und Isembard erschauderte. Seine Schwester war jetzt einunddreißig, aber sie hatte sich kaum verändert. Die Zeit schien ihrem Jungmädchengesicht nichts anhaben zu können, auch wenn sie sehr blass war und tiefe Ringe um die Augen hatte.

»Ich stehe nicht im Dienst der Königin. Ich lebe seit Jahren bei den Sieben Witwen, den Haliurunnen. Sie bewahren uraltes Wissen über die Geheimnisse dieser Welt. Richildis schützt uns vor dem Hass der Kirche und des Adels.«

»Die Geheimnisse der Schöpfung hat dir schon Ega offenbart. Jetzt betreibst du Hexerei und Nekromantie, so heißt es.«

Trotz allem sah Isembard in Rotel noch immer seine Schwester. Es wäre seine Aufgabe gewesen, sie zu beschützen, aber er hatte es nicht getan. Und dann hatten sich ihre Wege getrennt. Er konnte sie nicht verurteilen, aber sie war so anders und so fremd, dass es ihn schmerzte.

»Ich kann deine Gedanken lesen. Du fühlst dich schuldig, weil du mich nicht beschützen konntest. Mach dich davon frei, Isembard. Endlich habe ich zu mir selbst gefunden, auch wenn dir mein Weg dunkel und gottlos erscheinen mag. Ich kenne nun die Geheimnisse unserer Ahnen.« Sie wollte, dass ihr Bruder verstand, warum sie gegangen war und sogar ihre Rache an Drogo aufgeschoben hatte. »Die alten Götter verschwinden hinter Heiligenlegenden, aus ihren Tempeln werden Kapellen, doch bei der Sonnenwende brennen nach wie vor die Feuer, Opfergaben werden zu den Quellen gebracht, und es werden Hühner geschlachtet, um Fruchtbarkeit für die Felder zu erbitten. Ein Großteil des einfachen Volks folgt weiter der Tradition der Vorväter, weil die Menschen in ihm keinen Trost finden.« Sie deutete auf das Kreuz. »Ich wollte das alles entdecken. Die Königin schützt uns, deshalb habe ich getan, was sie wollte!«

»Du bist immer anders gewesen«, sagte Isembard. »Du hast damals die Statue einer Muttergöttin in der Höhle in Santa Afra aufbewahrt, aber ich habe es keinem verraten. Ich weiß, dass du gewisse Dinge spüren kannst. Die Natur spricht zu dir, deshalb hast du nie einen Platz unter den Menschen gefunden, aber du hattest Licht in dir. Jetzt verbreitest du nur noch Dunkelheit.«

»Man hat mir sehr wehgetan. Der Abt von Santa Afra, Drogo, Onyx ... Dann wurden Malik, Ega und meine Tochter getötet ... Verdient diese Welt etwas anderes als meinen Hass?«

Isembard glaubte eine Träne auf ihrer blassen Wange glitzern zu sehen, und er verstand. Auch er konnte in ihren Augen lesen. Rotel hatte der Welt den Rücken gekehrt und von den Zauberinnen gelernt, damit der Hass sie nicht vollständig zerstörte.

»Erinnerst du dich an Joan und Leda? Wie oft wurden ihre Bemühungen zunichtegemacht? Und Elisia? Wahrscheinlich ist sie inzwischen eine Sklavin Bernhards von Gothien. Wir leben in schrecklichen Zeiten voller Elend, Krankheit und Krieg! Selbst die mächtige Richildis musste vier Kinder begraben. Es gibt keine Entschuldigung für deine Taten, Rotel.«

Seine Worte hallten von der dunklen Decke wider, dann herrschte Stille.

»Sieh uns an, Rotel«, setzte er schließlich traurig hinzu. »Als Kinder hatten wir nur uns, und jetzt machen wir uns nur noch Vorwürfe. Willst du wirklich kaltblütig einen Erzbischof ermorden? Deshalb haben sie dich kommen lassen …«

»Für mich ist er ein Mann wie jeder andere.«

»Aber er ist die letzte Säule des Königreichs! Und was dann?«

»Ich werde zu Ende bringen, was ich mit Drogo begonnen habe, und das wird das Ende Bernhards von Gothien sein. Er trägt die Hauptschuld an meinem Unglück.«

»Wenn du die Verantwortlichen für Sansas Tod suchst, brauchst du nicht weit zu gehen: Es sind die Bosoniden. Seit Jahren schon schmieden sie dieses Komplott und haben jede einzelne Entscheidung getroffen. Du hast aufgehört, Drogo zu dienen, um sich seinen Herren vor die Füße zu werfen!«

Rotel wankte, als hätte sie eine Ohrfeige erhalten. Isembard wurde zornig.

»Der König ist tot, die Rebellion ist in vollem Gang! Die Zeit der Verschwörungen und des heimtückischen Verrats ist vorbei. Glaubst du wirklich, du wirst dieses Kloster lebend verlassen, nachdem du ihre Lügen und ihre Verbrechen kennst? Sei nicht naiv!«

»Ich weiß mich zu verteidigen«, sagte Rotel verbissen.

»Und die anderen?«, schrie Isembard wütend. »Mit Hinkmars Tod vergibst du die letzte Chance, das Gleichgewicht wiederherzustellen. Es ist das Todesurteil für Frodoi, für die Siedler in La Esquerda, für Elisia, die uns in Girona gerettet hat und die ich von ganzem Herzen liebe, meine Frau Bertha … Wenn dieser Aufstand das Land ins Chaos stürzt, werden sie die Leidtragenden sein, und du wirst nicht mal mehr leben, um es zu bedauern!«

Rotel war am Boden zerstört. Isembard rührte an Gefühle, die sie längst tot geglaubt hatte. Ihr Herz blutete. Sie zog einen scharfen Dolch hervor, sah ihren Bruder mit funkelnden Augen an und öffnete dann die Schlösser der Hand- und Fußschellen.

»Geh, Isembard! Auch die Königin will nicht, dass du stirbst. Sie vertraut darauf, dass ich dich befreie. Im Grunde ihres Herzens liebt sie dich, doch eine solche Schwäche wird sie sich niemals erlauben. Flieh, so weit du kommst. Du kannst nichts gegen das Bündnis ausrichten.«

»Und meine *Scara*?«

»Sie ist bereits Teil der Gespensterarmee, die durch den Sumpf geistert.«

»Komm mit mir, Rotel!«, sagte er mit brechender Stimme. »Allein schaffe ich es nicht. Ich brauche dich.«

Sie sahen sich lange an. Rotel spürte, wie sie in Versuchung geriet, und wandte sich ängstlich ab.

»Da liegt ein Boot bereit. Die Sümpfe sind ein verschlungenes Labyrinth, aber wenn du nicht im Schlamm stecken bleibst, wirst du herausfinden.«

Isembard erhob sich und umarmte sie innig. Er musste es einfach tun. Rotel machte sich ganz steif, doch dann klammerte sie sich an ihn und begann zu weinen, zum ersten Mal seit vielen Jahren. So viele Gefühle brachen sich mit einmal Bahn. Die Trauer um ihren Geliebten, um ihre Tochter, um das, was sie verloren hatte, das alles übermannte sie in den Armen ihres Bruders.

»Was bin ich für dich, Isembard?«, fragte sie ängstlich, fast so, als wäre sie wieder ein Kind.

»Du bist eine Legende. Du hast einen Bestiar überlebt, Ega hat dich in die Geheimnisse des Waldes eingeweiht, und nun praktizierst du heidnische Kulte. Du trägst die Last vieler Seelen mit dir, aber du bist immer noch frei, Rotel. Du bist immer noch meine geliebte Schwester.«

»Du musst jetzt gehen«, sagte sie und wischte sich die Tränen weg. »Ich lenke sie ab.«

»Ich gehe nicht ohne Hinkmar von Reims. Bitte hindere mich nicht daran.«

»Was interessiert mich ihr Krieg?«

»Diesmal ist es keine Auseinandersetzung zwischen Adligen. Wir werden von Normannen und Sarazenen bedroht. Die einfachen Menschen, mit denen du deine heidnischen Kulte praktizierst, sind die Ersten, die sterben oder versklavt werden, Rotel! Der Erzbischof besitzt genügend Einfluss in der Kirche und beim Adel, um den Aufstand aufzuhalten. Deshalb wollen sie, dass du ihn tötest.« Als er ihr Zögern bemerkte, setzte er mit gnadenloser Offenheit hinzu: »Das erste unschuldige Opfer dieser Verschwörung ist deine eigene Tochter Sansa gewesen.«

»Zieh dich an und komm mit«, sagte Rotel, glühenden Hass im Blick.

Die Abtei besaß einen kleinen Kreuzgang mit einer Gemeinschaftszelle, einem Refektorium, der Sakristei und einem Vorratsraum. Im oberen Stockwerk lagen die Gemächer der Bosoniden. Rotel trat zu dem Soldaten, der im dunklen Kreuzgang Wache hielt; die Übrigen wärmten sich draußen an einem Feuer. Isembard sah, wie der Mann geräuschlos zusammensackte. Als er über ihn hinwegstieg, stellte er fest, dass seine Kehle durchschnitten war und er in einer Blutlache lag. Rotels Gesicht hatte keinerlei Regung gezeigt. Sie war eine hervorragende Mörderin, und er fühlte sich noch schuldiger.

Sie öffneten die Tür zum Vorratsraum mit dem Schlüssel des Soldaten. Erzbischof Hinkmar erhob sich vom Boden. Er sah mitgenommen aus.

»Ist es so weit, Tochter des Teufels? Eines Tages werden in ganz Europa die Scheiterhaufen lodern, auf denen man euch Hexen verbrennt!«

»Schweigt!«, zischte Rotel und erhob die Hand, in der sie einen bedrohlichen Metalldorn hielt.

Isembard zog sie zurück und kniete nieder, um den Ring des Bischofs zu küssen.

»Erzbischof, wir sind gekommen, um Euch zu befreien.«

»Ich habe gehört, wie die Wachen sagten, dass König Karl gestorben sei, Gott sei seiner habgierigen Seele gnädig. Ich vermute, der Aufstand hat begonnen.«

»So ist es. Ihr solltet Euch in Sicherheit bringen, um in diesem Konflikt vermitteln zu können.«

Hinkmar strich sich über den grauen Bart.

»Dafür ist noch mehr nötig.« Seine Augen funkelten. »Nur Gott kann diesem Wahnsinn Einhalt gebieten, indem er durch ein untrügliches Zeichen seinen Willen zu verstehen gibt.«

»Ich begreife nicht.«

»Ich habe Taubengurren im Turm gehört. Ich muss eine Nachricht an Bischof Frodoi von Barcelona schicken. Er hat mich kürzlich um Rat gebeten, und ich will ihm darauf antworten.«

»Ich glaube nicht, dass die Bosoniden Brieftauben für die Städte der Spanischen Mark haben.«

Rotel fasste ihren Bruder am Arm.

»Wenn sie um diese Stunde Flügelschlagen hören, werden sie uns entdecken.«

»Dann lasst mich hier zurück, und Gottes Strafe möge uns alle treffen!«, fuhr Hinkmar auf. Er war es nicht gewohnt, dass man ihm widersprach.

»Gehen wir«, sagte Isembard und nahm das Talglicht, das in einer Nische stand.

Leise führten sie den Bischof ins Refektorium. Wie Hinkmar vermutet hatte, fand er dort Pergament und Feder.

In fliegender Hast kritzelte Hinkmar eine Botschaft auf einen langen Streifen Pergament:

»An Bischof Frodoi von Barcelona von Hinkmar von Reims: Finde die Gebeine der heiligen Eulalia und verkünde den Fund im ganzen Erdkreis. Niemand wird sich gegen den erheben, der ein so kostbares Geschenk Gottes besitzt.«

Sie schlichen zu dem Schuppen hinter dem Turm. Im Taubenschlag standen Käfige mit verschiedenen Städtenamen. Der Erzbischof fand einen mit der Aufschrift Reims und gab sich damit zufrieden.

»In meinem Palast in Reims gibt es Brieftauben für Barcelona. Gott helfe uns.«

»Was hat diese Botschaft zu bedeuten?«

»Frodoi wird sie verstehen.«

Sie steckten die Nachricht in eine Lederkapsel, die sie am Fuß der Taube befestigten. Der Morgen graute, als sie in den stillen Himmel aufflatterte. Stimmen waren zu hören.

»Nimm den alten Mann mit«, sagte Rotel. »Ich lenke sie ab. Wir treffen uns am Steg.«

»Du kommst mit?«

Sie küsste ihn auf die Wange, und ein warmer Glanz erschien in ihren Augen.

»Wenn es dir gelingt, hier herauszukommen, wirst du der ärgste Feind der Allianz sein. Glaubst du etwa, du schaffst es ohne meine Hilfe durch ganz Gothien? Die Königin sagt, dass Bernhard von Gothien und Drogo von Borr in Narbonne sind, um Truppen zu sammeln. Der Moment der Abrechnung ist gekommen.«

Isembard erfasste ein tiefes Gefühl der Rührung, als sie in der Dunkelheit verschwand. Er sah das unschuldige, wehrlose Mädchen vor sich, mit dem er lachend in den Weinbergen von Santa Afra Fangen gespielt hatte. Und nun war er unendlich erleichtert, dass sie ihn beschützte.

Im Gebüsch war das unheimliche Lachen einer Frau zu hören und ließ ihnen das Blut in den Adern gefrieren. Die Soldaten rannten beunruhigt hin; sie fürchteten sich, aber ihre Angst vor Boso war noch größer.

»Deine Schwester ist gefährlich«, flüsterte Hinkmar.

»Ich weiß. Aber sie rettet uns gerade das Leben, Erzbischof, vergesst das nie.«

Leise verließen sie die Abtei und schlichen zum Steg. Die Mönche sahen sie und schwiegen. Die Bosoniden waren die Herren von Arles und die Gönner der Abtei, aber die Mönche würden weder einen Erzbischof verraten, noch verziehen sie den inzestuösen Geschwistern ihr gotteslästerliches Verhalten.

Am Steg stieß Rotel zu ihnen, und während es allmählich Tag wurde, glitt das Boot durch den Nebel und verschwand in den geheimnisvollen Sümpfen. Ein dunkler Schatten schwebte an ihnen vorüber. Am Fenster der Abtei Montmajour stand Boso. Er streckte den Arm aus, und der Wanderfalke ließ sich auf dem ledernen Handschuh nieder. Er nahm dem Raubvogel die tote Taube weg und löste die Kapsel. Schweigend las er die Nachricht und verzog unwillig das Gesicht.

»Du hattest recht, Schwester. Die Taube hatte eine Nachricht von Hinkmar dabei.«

In eine Decke gehüllt, trat Richildis hinter ihn.

»Was steht drin?«

»Ich muss unverzüglich Bernhard von Gothien und den Erzbischof von Narbonne informieren. Es ist etwas, das die Geschichte zum Vorteil dessen wendet, der sie besitzt.«

Die Kaiserin sah in den dunstigen Morgen hinaus und lächelte. Die Wachen hatten ihnen mitgeteilt, dass den Gefangenen die Flucht gelungen war. Die Tenes-Geschwister waren mit dem Erzbischof irgendwo da draußen im Nebel.

Sie würde es nie wieder wagen, Isembard zu verführen, aber es überlief sie heiß und kalt, wenn sie daran dachte, was sie bei ihm empfunden hatte. Ist das die wahre Liebe? fragte sie sich und wandte sich vom Fenster ab.

70

An diesem 10. Oktober, dem Tag der heiligen Afra, hatte sich ein Großteil der Bewohner Barcelonas auf dem Platz versammelt, um ungeduldig auf das Ende der Terz, des Stundengebets nach Sonnenaufgang, zu warten. Als die ersten Gläubigen aus der neuen Kathedrale strömten, schwoll das Stimmengewirr an. Dann trat der Bischof sichtlich erschöpft und abgemagert mit seinem Gefolge vor das Portal. Er hatte gefastet und viele Nächte durchwacht, um für die Heilung Elisias von Carcassonne zu beten.

Der Vizegraf gab dem *Saig* eine Anweisung, und alle verstummten, als die Wirtin aus dem gräflichen Palast trat. Geblendet vom Licht, kniff sie die Augen zusammen und ging unsicher weiter. Nach der langen Zeit im Verlies war ihre Haut fahl und schmutzig. Hinter ihr folgte die Heilerin, deren ernstes Gesicht nichts Gutes verhieß. Die Leute reckten die Hälse, um Elisia zu sehen. Goda trat ängstlich zu ihr; sie wusste nicht, was sie sagen sollte. Der *Saig* fasste den Arm der Gefangenen und schob den Ärmel hoch, um den Leinenverband freizulegen. Die Menge hielt den Atem an.

Elisia schloss die Augen, nickte unmerklich, und der Beamte begann den Verband zu lösen. Frodoi, der nur wenige Schritte entfernt stand, suchte vergeblich Godas Blick.

Hinter ihm stand Bertha, auch sie sehr blass. Trotz des Grolls, den sie seit Galis Enthüllung auf Elisia hegte, empfand sie auch Mitleid mit ihr. In ihrer Heimat hatte sie grausame Gottesurteile mitangesehen: Die Beschuldigten mussten über glühende Kohlen gehen oder glühendes Eisen anfassen. Manchmal wurden die neugeborenen Kinder zweier Widersacher unter Wasser getaucht, um zu prüfen, wem Gott wohlgesinnt war, indem er das Kind rettete. Es war immer grausam. Viele Priester und Mönche beteten leise. Gott würde sich durch den Arm dieser Frau offenbaren.

Nachdem er den äußeren Verband entfernt hatte, nahm der *Saig* das mit Salbe getränkte Tuch ab, das Hand und Arm bedeckte, und Elisias Gesicht verzerrte sich vor Schmerz. Es herrschte Totenstille, als Barcelona den Arm betrachtete. Die Haut war rot und geschwollen; ein unschöner Anblick, aber die Wunde hatte sich weder entzündet, noch roch sie faulig. An den Fingern entstand bereits neue Haut.

»Sie verheilt!«, verkündete der *Saig* sichtlich bewegt.

Auf dem Platz brach ein Jubel aus, wie man ihn noch nie gehört hatte, und Elisia begann hemmungslos zu weinen. Einige warfen sich auf die Erde, um Gott zu danken, während sich ganze Familien in die Arme fielen, als sie erfuhren, dass Gott für die Wirtin mit den sanften Augen gesprochen hatte, die ihnen Gemüse und Vieh abkaufte. Goda schloss ihre Freundin in die Arme, und auch Frodoi hatte eine Gänsehaut. Bertha begrüßte sie zurückhaltender, aber in ihrer Miene spiegelte sich Erleichterung.

Elisia wandte sich zu der Heilerin um, die ein wenig abseits stand und weinte. Nur sie beide wussten, welche Ängste sie in den vergangenen Tagen ausgestanden hatten, als die Schmerzen unerträglich erschienen und keine Besserung eintrat.

Als das Tribunal eintraf, verbeugten sich die Männer respektvoll vor Elisia. Nachdem sie die Wunde aufmerksam untersucht hatten, bat der *Saig* mit lauter Stimme um Ruhe.

»Gott hat gesprochen, und ganz Barcelona ist Zeuge!«, verkündete der Richter aus Girona. »Diese Frau hat die Wahrheit gesagt, als sie behauptete, nichts von dem Sklavenstand ihres Mannes zu wissen. Folglich kann sie nicht als Unfreie betrachtet werden, da ihre Einwilligung in die Ehe auf einem Irrtum beruhte. Hat jemand Einwände gegen den Gottesbeweis vorzubringen?«

Wieder wurde es still. Der Wille Gottes war unanfechtbar. Der Richter fuhr fort: »Vizegraf Astorius wird als Stellvertreter des Grafen von Barcelona ein Dokument unterzeichnen, in welchem dieser das Urteil anerkennt. Er sieht von seinen Forderungen ab und wird heute und fürderhin die Freiheit der Beschuldigten Elisia von Carcassonne und ihrer Kinder sowie ihren gegenwärtigen und zukünftigen Besitz anerkennen.«

»So soll es im Namen Graf Bernhards von Gothien und dank Gottes Hilfe geschehen«, bestätigte der Vizegraf mit lauter Stimme. Er freute sich aufrichtig für Elisia, aber gleichzeitig fürchtete er Bernhards Zorn. Es würde ihn sein Amt kosten, sofern er seine Loyalität nicht auf andere Weise unter Beweis stellte. Er ging mit den Richtern und den Ratsherren in den gräflichen Palast, um das Dokument zu unterzeichnen.

Auf dem Platz wimmelte es von Menschen, die sich drängten, um Elisias Arm zu bestaunen, als handelte es sich um eine verehrungswürdige Reliquie. Zur Verblüffung der Anwesenden kniete der mächtige Frodoi mit tränennassen Augen vor der Wirtin nieder. Die Frau half ihm auf und lächelte traurig.

»Bischof … Ich habe es geschafft.«

»Verzeih mir, Elisia«, bat er mit brüchiger Stimme.

»Ich weiß, warum Ihr es getan habt, Frodoi. Es war grauenvoll, aber ich bin Euch nicht böse.«

»Er war ein Feigling!«, sagte Goda unversöhnlich.

»Nein, Goda. Es war die einzige Möglichkeit, mich zu retten. Was wäre die Alternative zur Sklaverei gewesen? Mich irgendwo zu verstecken? Eine andere Identität anzunehmen wie Gali? Ohne ein Urteil wären meine Söhne und ich dazu verdammt gewesen, zu fliehen und von der Barmherzigkeit anderer zu leben, immer in der Angst, dass die Häscher des Grafen uns finden.«

Frodoi verneigte sich wortlos. Noch nie hatte er so viel gebetet, gewacht und gefastet, um Gottes Gunst zu erflehen, aber es war ihm gelungen, und er fühlte sich gesegnet. Elisia trat näher und flüsterte ihm zu: »Wir beide sind nicht von hier, hoher Herr. Ihr seht das alles mit anderen Augen. Ich weiß, dass Ihr das Gottesurteil wolltet, um herauszufinden, ob Gott mit Barcelona ist oder mit dem Grafen.« Sie hob den Arm. »Hier seht Ihr seine Antwort.«

Elisia schien verändert. Ihre Augen hatten ihren warmen Glanz verloren, aber sie war stark wie eine Eiche. Und sie hatte begriffen, wie gefährlich dieses politische Spiel war. Die Menschen brauchten ein Zeichen, und sie und der Bischof hatten es ihnen gegeben.

»Man könnte meinen, du vermagst in meiner Seele zu lesen, Elisia.«

»Es sind viele Jahre vergangen. Ich hoffe nur, dass Ihr einen Vorteil daraus ziehen könnt, wenn es so weit ist.«

Aufgeregt bahnte sich Jordi einen Weg durch die Menge, um den hinfälligen Servusdei zu Frodoi zu führen. Der alte Mönch war noch blasser als gewöhnlich.

»*Deo gratias*, Elisia«, sagte er, während er ihren Arm betrachtete. Dann wandte er sich an Frodoi und verkündete, ohne die Stimme zu senken: »Es gibt Neuigkeiten! Der König ist am 6. Oktober gestorben, und ein Bündnis mehrerer Adliger hat sich gegen das Herrscherhaus erhoben. Zu ihnen gehören Herzog Boso der Provence, Bernard Plantevelue, Graf von Autun und der Auvergne, Hugo Abbas, Markgraf von Neustrien, und Bernhard von Gothien. Königin Richildis, die wenige Tage vor dem Tod des Königs zur Kaiserin gekrönt wurde, hat die Reichsinsignien an sich genommen und steht auf der Seite ihres Bruders.«

»Gott sei uns gnädig!«, sagte der Bischof unter dem Gemurmel der Umstehenden.

Auch der Vizegraf hatte die Nachricht erhalten und trat nun mit seinen Soldaten und Bernhards Offiziellen aus dem Palast. Mit versteinerter Miene überreichte er Elisia eine Abschrift des Urteils, auf dem die Tinte noch nicht getrocknet war, und wandte sich dann mit lauter Stimme an das Volk, um die Worte des alten Servusdei zu wiederholen. Als sich das Stimmengewirr legte, schloss er feierlich: »Barcelona erklärt Graf Bernhard die Treue und freut sich, ihn zum rechtmäßigen König über Gothien und weitere Gebiete ausrufen zu können!«

Frodoi lief rot an vor Zorn. Das also war das erklärte Ziel der Verschwörer: sich zu Herrschern unabhängiger Königreiche zu erklären. Das, was Hinkmar von Reims und Gräfin Ermesenda bei ihrem geheimen Treffen in Attigny vorausgesehen hatten, war eingetreten. Damals hatte er einen Schwur geleistet, um der Exkommunizierung zu entgehen, und den musste er nun erfüllen, auch wenn es ihn viel mehr kosten sollte als die Bischofswürde. Er trat vor den Vizegrafen, unauffällig von Oriol und seinen Männern flankiert.

»Habt ihr nicht gesehen, was passiert ist? Just am heutigen Tag hat Gott eine Bewohnerin Barcelonas vor der Rechtsprechung des Grafen bewahrt!« Er fuchtelte mit den Armen wie bei einer seiner flammenden Predigten. »Bernhard hat die Spanische Mark jahrelang vernachlässigt, nur seine Steuern, um die hat er sich gekümmert! Es war ein Gesandter des Königs, ein Gote, der uns Frieden und Wohlstand gebracht hat!«

»Eure Worte riechen nach Verrat, Frodoi!«

Oriol zog sein Schwert, und Astorius' Wache tat es ihm gleich. Die Anspannung stieg.

»Wenn die Stadt sich von der Krone lossagt, wird sie es bitter bereuen«, sagte Frodoi.

»Und wenn sie dem Grafen nicht folgt, wird sie seinen Zorn zu spüren bekommen! Bernhard wird keine Gnade walten lassen«, entgegnete der Vizegraf wütend, auch wenn er sich des großen Ansehens bewusst war, das Frodoi bei den Gläubigen genoss. »Diese Angelegenheit sollte im Rat verhandelt werden und nicht auf dem Platz.«

»Gut.«

Während die Ratsherren zum gräflichen Palast gingen, trat Frodoi zu Servusdei und fragte leise: »Weiß man etwas über Erzbischof Hinkmar von Reims?«

»Er hat nicht auf Euren Vorschlag zur Reliquienerhebung geantwortet.«

»Es ist etwas vorgefallen, ich bin sicher.« Er sah den alten Mönch an. »Such weiter im Archiv nach Berichten über Heilige aus der Mark. Wir müssen herausfinden, wo die Gebeine der heiligen Eulalia begraben sind.«

Als Goda mit Elisia an ihm vorbeiging, warf sie ihm einen kühlen Blick zu. Frodoi sah ihr bekümmert nach. Ohne sie wurde sein Kampf wesentlich schwieriger. Vielleicht würde er sie nie zurückgewinnen, aber zumindest konnte er ihr zeitlos schönes Antlitz auf dem Fresko der Heiligen in der Kathedrale betrachten.

Servusdei räusperte sich mahnend.

»In dem unwahrscheinlichen Fall, dass Gott uns mit einem Reliquienfund belohnt, haben wir dennoch verloren, wenn uns die Aufständischen die Reliquien streitig machen. Es würde ihnen in die Karten spielen!«

»Mag sein … Aber sieh dir Elisias Arm an«, beharrte der Bischof. »Gott ist mit uns, davon bin ich fest überzeugt!«

Der alte Mönch verstand nicht, woher Frodoi selbst in den schwierigsten Momenten diese Entschlossenheit nahm, aber er hatte gelernt, seinen früheren Schüler zu respektieren.

»Ich werde die Akten aus der Zeit der Westgoten durchsehen. Kommt ins Archiv, wenn die Ratsversammlung vorbei ist.«

»Wir warten auf Euch, Bischof!«, rief der Vizegraf ungeduldig vom Eingang des gräflichen Palasts. Er sah sie misstrauisch an, als wüsste er, worüber sie sprachen.

In diesem Moment trat Elisia zu ihm.

»Es ist mir nicht gestattet, den Rat zu betreten, darum vertraue ich auf Eure Urteilskraft.« Sie zeigte den Ratsmitgliedern erneut ihren Arm und sah dann zu Frodoi. »Aber Ihr sollt wissen, dass ich dem Bischof zustimme: Gott hat heute für eine Frau aus Barcelona gesprochen, nicht für den Grafen.«

Astorius war außer sich, aber Elisia zuckte furchtlos mit den Achseln. Sie wollte nur gesund werden und die Herberge weiterführen. Goda sah sie bewundernd an.

Das Archiv des Bistums befand sich im Keller des bischöflichen Palasts. Zwischen mächtigen Backsteinpfeilern und von Schimmel überzogenen Gewölben standen alte Holzregale, auf denen sich kein einziges Staubkörnchen befand. Das Archiv war Servusdeis Heiligtum. Als er zum ersten Mal mit Frodoi dort gewesen war, hatte er entmutigt die Stapel mit zerfledderten Akten und die vom Holzwurm zerfressenen Regale betrachtet. Bücher hatten zu Dutzenden auf dem Boden verstreut gelegen. Sechzehn Jahre später war es immer noch dunkel und feucht, aber es herrschte Ordnung, und die am stärksten beschädigten Dokumente waren auf neue Pergamentbögen kopiert worden.

Der alte Mönch trat zu dem einfachen Arbeitstisch und entzündete mit einem Kienspan den vierarmigen Bronzeleuchter. Hier wurde er allmählich ruhiger. Die Welt da draußen machte ihm zunehmend Angst. Mit den Jahren aß er weniger und schlief nicht mehr viel. In einer Wandnische hatte er ein altes Bildnis der Muttergottes aufgestellt. Vielleicht war es auch eine Heilige – die Gesichtszüge waren kaum noch zu erkennen, und es waren nur noch Reste der farbigen Bemalung vorhanden. Bauern hatten es in Solsona in einem Acker gefunden und zum Bischof gebracht. Servusdei kniete oft stundenlang auf einer Matte aus Espartogras vor dem Bildnis, um zu beten. Während Frodoi eine prächtige Kathedrale erbaute und sie mit Gold und Zierrat ausstattete, hatte er das Gefühl, dass er nur hier in Verbindung mit Gott und seinem bescheidenen Sohn Jesus Christus stand.

Anders als die meisten Geistlichen, die er kannte, hatte er, eine Waise aus Reims, schon als Kind Mönch werden wollen. Er hatte ein einfaches, enthaltsames Leben geführt, wie es die Regeln des heiligen Benedikt von Nursia vorschrieben, und sich dem Gebet und dem Studium gewidmet, auch dann noch, als Hinkmar von Reims ihn in Frodois Dienst gestellt hatte. Sein Glaube war fest, obwohl ihm manchmal der Mut sank, wenn er sah, wie die Heilige Römische Kirche der Habgier frönte und ihre Würdenträger sich wie machthungrige Adlige gebärdeten. Viele kannten nicht einmal die heiligen Schriften, Psalter und Antiphonale. Leviten und Kanoniker zeigten kein Interesse, das Licht des Evangeliums in ihren Urteilen zu spiegeln. Die Bischofskurien handelten zum eigenen Vorteil, König und Adel wurden gedrängt, mehr Geld und Land zu geben, um ihre Seelen zu retten. Die Kirchenfürsten saßen auf ihren Pfründen, während ihre Herde von unfähigen Priestern betreut wurde, die zuweilen nicht einmal des Lesens mächtig waren. Die Folge war das Wiederaufleben alter Kulte und heidnischer Bräuche.

In den Gewölben des alten Bischofspalasts konnte er dem Chaos der Welt entfliehen. Er kümmerte sich hingebungsvoll um jedes Pergament und versenkte sich darin, um dessen Geheimnisse zu ergründen.

»Magister, ich habe die Neuigkeiten gehört. Es ist furchtbar.«

»Ja, Astrald.«

Servusdei lächelte dem Jungen zu. Es war der Waisenknabe, den Drogo damals nach Barcelona geschickt hatte, um Isembard in die Falle zu locken. Zwei Jahre später hatte er mit einer Fackel vor der Burg Tenes gestanden, um den Tod seiner älteren Schwester Agnes zu rächen. Der Mönch hatte ihn im Hospital kennengelernt – ein hungriges, verängstigtes Kind, das nur seine Geschwister beschützen wollte –, aber schon damals hatte er gespürt, dass dieser kluge, wissbegierige Junge etwas

Besonderes war. Servusdei hatte sich seiner angenommen und sein verdorrtes Herz geöffnet. Der Junge interessierte sich für die Wissenschaft von den Sternen und glaubte, die nächtlichen Gestirne lesen zu können. Deshalb hatte der Mönch seinen eigentlichen Namen vergessen und ihn im Baptisterium auf den Namen Astrald getauft.

Inzwischen war Astrald vierzehn und las fließend Latein. Er schien dafür bestimmt, die Kutte zu nehmen. Für den alten Mönch war er wie ein Sohn. Er wollte einen Gelehrten aus ihm machen, der sich im kanonischen Recht auskannte, um seine Zukunft zu sichern.

»Was wird jetzt geschehen, Meister?«

»Die Herzen der Menschen sind voller Dunkelheit, aber ich vertraue darauf, dass uns das Licht Gottes leitet.« Er mochte es, so zu ihm zu sprechen. Selbst wenn Astrald es nicht verstehen sollte, würde er jedes Wort aufsaugen und es in Zukunft zu schätzen wissen.

Der Junge nickte verwirrt. Dann blickte er zu dem Bildnis, und den Mönch überkam ein merkwürdiges Gefühl, wie schon so manches Mal. Sein junger Schüler hatte etwas Besonderes an sich, eine Intuition, die ein Geschenk Gottes sein oder aus der tiefsten Finsternis der Hölle stammen konnte. Wer wusste schon, was er in den einsamen Wäldern gesehen hatte, in denen er aufgewachsen war!

»Es wird gut ausgehen, Magister«, sagte er. »Aber ich glaube, es wird Blut fließen.«

Erschrocken schüttelte Servusdei den Kopf.

»Sei vorsichtig, was du sagst, Astrald. Du bist noch zu jung, um zu erkennen, ob das, was du in den Sternen oder anderen Naturphänomenen liest, von Gott geschrieben wurde, oder ob der Leibhaftige dich blendet.«

»Es tut mir leid, Meister.«

Er reichte seinem Zögling ein altes, in Holzdeckel gebundenes Buch. Astrald verdrehte die Augen.

»In diesem Predigtbuch spricht der heilige Bischof Helladius darüber, dass man sich vor der Astrologie in Acht nehmen solle. Geh nach oben ans Tageslicht und lies es.«

»Muss das sein?«

»Faulheit ist eine Todsünde!«

Der Junge seufzte und schlich mit gesenktem Kopf davon. Servusdei lächelte. Es war ein unerträgliches Buch, aber es würde Astrald den ganzen Tag beschäftigen, er selbst musste sich auf die Reliquienerhebung konzentrieren, die Frodoi plante. Er trat vor eines der Regale und nahm Dutzende Heiligenlegenden, Andachtsbücher und Konzilakten heraus. Eine Reliquie zu finden war, als erhielte man eine direkte Botschaft von Gott. Niemand würde es wagen, sich dem zu widersetzen.

Er kehrte zum Tisch zurück und vergaß die Zeit, während er sich in die Texte vertiefte. Als er einen Stapel verschimmelter Akten durchsah, mit denen er sich bislang noch nicht beschäftigt hatte, erweckte ein Pergament seine besondere Aufmerksamkeit. Es handelte sich um einen Bischof Quiricus zugeschriebenen Hymnus. Beim zehnten Konzil von Toledo im 7. Jahrhundert war ein gewisser Quiricus als Bischof von Barcelona aufgetreten. Geduldig entzifferte er die im Laufe der Jahrhunderte verblasste, nahezu unleserliche Schrift:

Fulget hic honor sepulcri martyris Eulaliae …

Sein Herz schlug schneller. Es ließ sich nicht feststellen, ob der Text authentisch war, aber die Verse verorteten die berühmte Märtyrerin in die Stadt zu Zeiten Kaiser Diokletians im 4. Jahrhundert. Und sie beschrieben die Lage des Grabes!

Servusdei wusste, dass andere Quellen die Heilige mit Mérida in Verbindung brachten, das sich unter muslimischer Herrschaft befand. Der Volksmund von Barcelona behauptete jedoch, sie habe in der Stadt gelebt und sei auch dort begraben. In der Zeit vor den Sarazenen war die Märtyrerin sehr verehrt worden, doch davon zeugten nur noch das sogenannte Campo de Santa Eulalia und eine Kapelle in der Nähe der Fischerkirche, irgendwo im Nichts. Nun hielt er in seiner zitternden Hand ein vergessenes Dokument, das den Volksglauben bestätigte. Und ein ehemaliger Bischof der Stadt offenbarte, wo sich ihr Grab befand!

»Die heilige Eulalia! Mein Gott … Könnte sie sich wirklich hier in Barcelona befinden?«

Sein Herz klopfte heftig. Neben dem heiligen Vinzenz hatte sie einen Ehrenplatz im Märtyrerverzeichnis und an den Altären des christlichen Erdkreises.

Er vertiefte sich erneut in das abgegriffene Dokument und studierte weitere Texte aus demselben Stapel. Dann begann er eine Skizze auf einem Stück Pergament aufzuzeichnen, bis er Schritte hinter sich hörte. Verärgert wollte er mit Astrald schimpfen, doch es blieb verdächtig still. Aus dem Augenwinkel sah er, dass es der Vizegraf war. Astorius war noch nie im bischöflichen Archiv gewesen. Unauffällig schob Servusdei die Skizze in die Tasche seines Habits.

»Seid Ihr mit dem Bischof hier?«

»Frodoi ist noch im Rat. Ich habe mich einen Augenblick entschuldigt.«

»Steht die Entscheidung schon fest?«, fragte der Mönch, um Zeit zu gewinnen.

»Frodoi ist wortgewandt und hat die Achtung der Goten. Ich befürchte, Barcelona wird sich nicht hinter Bernhard von Gothien stellen, und wir werden alle in Ungnade fallen.«

Die Miene des Vizegrafen verriet seinen Unmut.

»Und was wollt Ihr hier?«, fragte Servusdei beunruhigt.

»Du und der Bischof habt vorhin etwas Ernstes besprochen. Ich habe eine Nachricht vom Grafen und seinen Verbündeten erhalten, in der es um eine sonderbare Botschaft geht, die in Arles abgefangen wurde … Plant ihr eine Reliquieneinsetzung der heiligen Eulalia?«

»Das sind religiöse Angelegenheiten, Herr Vizegraf.«

»Bei Frodoi ist nichts nur religiös.«

Der Vizegraf trat an den Tisch und betrachtete die Anmerkungen, die Servusdei an den Rand von Quiricus' Hymne geschrieben hatte. Er konnte lesen und wurde blass.

»Ihre Gebeine befinden sich tatsächlich in Barcelona?«

»Wenn wir dem Hymnus des Prudentius Glauben schenken können, sind sie in Mérida …«

»Nein! Hier steht, dass sie sich in der kleinen Kapelle unten am Meer befinden!«

»Das Dokument könnte gefälscht sein oder ein Schachzug Bischof Quiricus', um der Stadt größere Bedeutung zu verleihen.« Servusdei bekam es mit der Angst zu tun.

»Du lügst! Die Auffindung der Gebeine der heiligen Eulalia würde das gesamte Reich erschüttern!« In Astorius' Augen erschien ein gieriges Funkeln. »Wie könnte man sich dem entgegenstellen, der diese Reliquien besitzt? Frodoi! Dieser verdammte Fuchs! Wann will er die Auffindung verkünden?«

»Er weiß noch nicht einmal davon! Es könnte alles nur eine Legende sein …«

Er verstummte, als er merkte, dass er einen Fehler gemacht hatte. Nur er und nun auch Astorius wussten, dass die alte Kirche Santa María unten am Strand womöglich ein Geheimnis barg, das den Lauf der Geschichte verändern konnte.

Astorius war aufgeregt. Wenn die Reliquien in die Hände der aufständischen Allianz gelangten, würde es niemand wagen, sich ihnen entgegenzustellen. Und wenn Bernhard erst einmal König von Gothien war, würde er ihn mit einer Grafschaft belohnen.

»Du hast unserer Sache soeben einen sehr nützlichen Dienst erwiesen, Bruder Servusdei. Es ist an der Zeit, dass du deinen Lohn an dem Ort erhältst, nach dem du strebst: im Himmel.«

Servusdei wich entsetzt zurück. Der Vizegraf zog seinen Dolch und stürzte sich auf ihn. Der alte Mönch hatte dem Angreifer nichts entgegenzusetzen und sank mit vier Stichen in Bauch und Brust zu Boden, während der Adlige die Dokumente auf dem Tisch zusammenraffte und zur Treppe eilte. In seinem Todeskampf dachte der Mönch an Astrald. Er hatte einen großen Kanoniker aus ihm machen wollen, aber wenn er gekonnt hätte, hätte er Oriol in diesem Moment gebeten, ihn im Gebrauch der Waffen zu unterweisen, damit der Junge sich der menschlichen Niedertracht erwehren konnte. Er starb, während er für ihn betete.

71

Nachdem sie Hinkmar von Reims zum Bischof der kleinen Stadt Maguelone in der Grafschaft Melgueil begleitet hatten, wanderten Isembard und Rotel auf einsamen Pfaden durch Gothien. Sie fanden sich gut in der Wildnis zurecht und waren erfolgreiche Jäger. Isembard betrachtete Rotels unheimlichen Umhang mit Unbehagen, doch mit der Zeit ließ seine Anspannung nach. Sie waren wieder die Kinder der Erde, die aufeinander achtgaben; die starke Verbindung, die ihnen vor langer Zeit geholfen hatte, nach der Flucht aus Tenes zu überleben, war wieder da.

Sie sprachen über die Vergangenheit, scherzten und vermieden es, über Rotels dunkles Schicksal zu sprechen. Isembard dachte oft an Elisia und war voller Sorge, was in der Spanischen Mark vor sich gehen mochte, aber er hatte seine Schwester wieder, und zum ersten Mal fielen die Schuldgefühle von ihm ab, die seit Ewigkeiten auf ihm lasteten.

Rotel spürte, wie die fast in Vergessenheit geratene Liebe zu ihrem Bruder ihre verletzte Seele heilte, ihr Schicksal aber war besiegelt: Am Ende stand die Rache. Sie würde denen, die ihr so wehgetan hatten, niemals vergeben. Er fragte sie, was sie nach der Ankunft in Narbonne tun wollte, erhielt aber keine Antwort.

Als sie sich der Stadt näherten, sahen sie das beeindruckend große Heerlager und versteckten sich in einer verlassenen Schäferhütte. Trotz Rotels Bedenken hüllte sich Isembard in einen Schaffellumhang, den er in der Hütte fand, und ging zu einer Schänke vor den Stadttoren, um die neuesten Nachrichten in Erfahrung zu bringen. Außerdem war es schon spät, und ein Platz am wärmenden Kamin sehr verlockend, denn an jenem 17. Oktober fegte ein eisiger Wind über die einsame

Landschaft, durch die sie den ganzen Tag gewandert waren.

Isembard war müde und niedergeschlagen. Als Hauptmann der *Scara* war er viel herumgekommen und wusste, dass weite Teile des Landes nahezu menschenleer waren. Neben einer Handvoll Städte gab es nur kleine Dörfer und vereinzelte Gehöfte, die sich in fruchtbaren Tälern oder in der Nähe von Klöstern angesiedelt hatten. In den Bergen hausten die Hirten in Höhlen oder groben Steinhütten. Es gab Wälder, die niemand zu durchqueren wagte, und Ebenen, auf denen einem tagelang keine Menschenseele begegnete. Der Krieg würde das Land noch weiter entvölkern, und Adel und Klerus würden die Überlebenden bis zum Letzten auspressen.

Auf ihrem Weg begann er auch zu verstehen, weshalb Rotel ihre Rache seit Jahren aufgeschoben hatte. Fasziniert zeigte sie ihm die gewaltigen Monolithen und Steintische auf den Hügeln und in den Ebenen und erklärte ihm, dass die alten Götter und Geister nicht vollständig verschwunden seien, auch wenn die Priester deren Verehrung als Götzenanbetung verdammten. In der Einsamkeit spürte man den Pulsschlag jener uralten Mächte – Ursprung so vieler Legenden.

In einem Winkel der schäbigen Schänke lauschte Isembard den Gesprächen der Gäste, insbesondere, wenn sie stark dem warmen Wein zugesprochen hatten. Er erfuhr, dass der König in Nantua beigesetzt worden war. Sein Körper war schnell in Verwesung übergegangen, vielleicht durch den Einfluss eines Gifts, sodass man darauf verzichtet hatte, ihn nach Paris zu überführen. Der Aufstand hatte begonnen, und Bernhard von Gothien war einer seiner Anführer. Ein Zimmermann klagte, dass sich zwei seiner Söhne dem Heer angeschlossen hätten. Es ging in die Spanische Mark, um den Widerstand Barcelonas und Graf Wilfrieds von Urgell zu brechen, die sich dem Aufstand verweigerten.

»Wann wollen sie aufbrechen?«, fragte Isembard aus seiner Ecke.

»Du bist nicht von hier. Warum interessiert dich das?«

Alle sahen ihn misstrauisch an, aber der Zimmermann war betrunken und konnte seine Zunge nicht im Zaum halten.

»Hängt davon ab, ob unser Erzbischof Sigebaud die Reliquien der heiligen Eulalia findet oder nicht.«

»Was sagst du da?«, fragte Isembard fassungslos.

»Hier wird über nichts anderes gesprochen! Angeblich hat der Vizegraf von Barcelona herausgefunden, wo sich die Gebeine der Märtyrerin befinden, und Erzbischof Sigebaud von Narbonne davon in Kenntnis gesetzt. Der Bischof will so schnell wie möglich aufbrechen, um die Reliquien nach Narbonne zu bringen, wo sie besser aufgehoben sind als in dieser entlegenen, rebellischen Stadt.« Der Mann rülpste, ohne sich um die missbilligenden Blicke der Übrigen zu scheren. Es war nicht klug, so über Kirchenangelegenheiten zu sprechen. »Sobald er die Reliquien hat, wird der Markgraf diesen Goten geben, was sie verdienen.«

Vieles war im Umbruch in der Spanischen Mark. Isembard leerte seinen Wein mit einem unguten Gefühl. Als er zu der Hütte zurückkam, war seine Schwester verschwunden. Er wartete die ganze Nacht, aber er musste zu seinen Truppen zurück, und so machte er sich am nächsten Morgen auf den Weg in Richtung Pyrenäen. Nach einigen Tagen bemerkte Isembard, dass er von einem Trupp Soldaten verfolgt wurde, doch wie es schien, gelang es ihm, sie abzuschütteln.

Nach zwei kräftezehrenden Wochen hatte er die Berge überquert und erreichte eine unwegsame Gegend in Küstennähe. Er kam zu vier einfachen Mönchsklausen, deren Bewohner ihm gestatteten, im Holzschuppen zu übernachten.

Am Abend saß er mit den Mönchen um ein kleines Feuer und teilte deren karges Mahl, als sechs mit Äxten bewaffnete Soldaten auftauchten. Hinter ihnen erschien die grauenerregende Gestalt Drogos von Borr und sah ihn triumphierend an.

»Isembard von Tenes! Als wir erfuhren, dass du aus Arles geflohen bist, war es nur logisch, dass du in die Mark zurückwillst. Aber als man mir mitteilte, dass du in Narbonne gesehen wurdest, konnte ich es nicht glauben. Du bist unvorsichtig geworden, Hauptmann.«

»Du bist mir gefolgt«, stieß Isembard hervor.

Drogo brach in wildes Gelächter aus. Die Mönche wichen angesichts dieser gespenstischen Erscheinung verängstigt zurück.

»Du hältst dich für besonders klug, Isembard, aber deine Spur war deutlich. Ich bin durch ganz Gothien gezogen, um dir endlich den Garaus zu machen, und dasselbe wird Bernhard mit deiner Armee tun. Ich werde mir Tenes zurückholen, und deine Familie wird wieder nichts weiter als eine alte gotische Legende sein.«

Zwei Soldaten griffen ihn an, doch der Hauptmann der *Scara* hatte sich wieder gefasst, wehrte die Attacke ab und streckte die beiden mit zwei sicheren Schwertstreichen nieder. Drogo brüllte wütend und stürzte sich mit den übrigen vier auf ihn. Isembard suchte Rückendeckung bei den steinernen Klausen und kämpfte verbissen. Er wurde am Bein verwundet, aber er würde Widerstand leisten, bis ihn die Kräfte verließen. Ein weiterer Söldner ging mit einer klaffenden Bauchwunde zu Boden, es war jedoch nur eine Frage der Zeit, bis sie Isembard töteten.

Plötzlich hörten sie die entsetzten Schreie der Mönche und sahen eine unheimliche Gestalt näher kommen. Wie gelähmt blieben die Soldaten stehen. Drogo wich zurück, als sie einen hasserfüllten Schrei ausstieß und auf ihn zu stürmte. Isembard sah Rotels blonden Zopf unter der Kapuze hervorblitzen.

»Sansa …«, hörte er sie zischen.

Es war nur ein kurzer Moment, ein Wimpernschlag. Dann löste sich Rotel von Drogo und verschwand wieder in der Schwärze der Nacht. Die Schreie des Mannes waren kaum mehr als ein ersticktes Wimmern. Sein Kopf steckte in einem schwarzen Ledersack, der am Hals zugeknotet war. Drogo stolperte umher und fuchtelte mit den Armen, während er versuchte, sich zu befreien. Als sich der Knoten schließlich löste, fielen Skorpione heraus und eilten mit erhobenen Stacheln ins Gebüsch.

»Das war sie! Sie!«, brachte er heraus. »Tötet sie!«

Die drei entsetzten Söldner zögerten und rannten dann hinter Rotel her. Außer sich vor Zorn, gelang es Isembard, einen von ihnen niederzustrecken, doch die anderen beiden liefen laut schreiend davon, um den Rest von Drogos Truppe zu warnen, die am Weg wartete.

Isembard trat zu seinem Widersacher, der sich in furchtbaren Zuckungen auf dem Boden hin und her warf. Sein Gesicht war bis zur Unkenntlichkeit angeschwollen.

»Jetzt wissen wir, wer eine Spur hinterlassen hat, nicht wahr, Drogo?« Er sah, wie der Mann sich im Todeskampf wand und flehend eine Hand hob, doch die Erinnerung an den Tod der kleinen Agnes ließ den Hauptmann reglos verharren. »Du schuldest der Welt viel Schmerz für deine Grausamkeit.«

Drogo rang verzweifelt nach Luft, während Hals und Zunge immer weiter anschwollen. Ein grauenvolles gurgelndes Geräusch kam aus seiner Kehle. Die Mönche flehten Isembard an, sich zu erbarmen – und schließlich hob er sein Schwert und stieß es ihm in die Brust. Das Zucken hörte auf. Drogo von Borr war genauso elend gestorben, wie er gelebt hatte.

Isembard war klar, dass er so schnell wie möglich diesen Ort verlassen musste. Ohne ein weiteres Wort an die Mönche zu richten, ging er und wurde bald von der Dunkelheit verschluckt. Die Mönche blieben mit tausend Fragen zurück. Eine weitere dunkle Legende der Mark war geboren.

Rotel stieß ein lautes Geheul aus, während sie durch den dunklen Wald rannte. Es war ihr gleich, dass ein Dutzend Soldaten hinter ihr her war. Sie konnte den Tod unter ihnen säen, wenn sie erschöpft ihr Lager aufschlugen, oder dafür sorgen, dass sie sich in tiefen, namenlosen Schluchten verirrten. Eine höllische Glut verzehrte sie von innen, und sie hatte ihre Freude daran, Drogos Geist hinter jedem Baum zu sehen, für alle Zeiten einen Ausdruck des Entsetzens im Gesicht.

»Bestiarin …«, wisperte Onyx in ihren Gedanken.

Rotel lächelte. Sie wusste, was ihr alter Meister meinte. Als sie Bernhard von Gothiens Heer in Narbonne gesehen hatte, hatte sie Erkundigungen eingezogen und wie erhofft erfahren, dass sich auch Drogo von Borr unter ihnen befand. Einigen Söldnern verriet sie Isembards Identität, und dann wartete sie nur noch ab. Ihr Bruder diente ihr als Köder, um Drogo anzulocken und von der Truppe zu trennen. Tagelang führte sie die Männer immer wieder auf Isembards Spur, ohne dass diese etwas von Rotel bemerkten. Ihre Rache sollte in der Mark vollendet werden – da, wo alles begonnen hatte. Sie vertraute darauf, dass Isembard vorsichtig genug war, um heil aus der Sache herauszukommen, und zog nun die Aufmerksamkeit der Söldner auf sich, damit er entkommen und seinen Weg fortsetzen konnte.

Im Morgengrauen gaben die Söldner die Verfolgung auf. Sie mussten dem Markgrafen berichten, was geschehen war. Unter trockenem Laub verborgen und zufrieden lächelnd, sah Rotel sie davonziehen. Dann machte sie sich auf den Weg in die Grafschaft Barcelona, wo sie Bernhard an der Via Augusta auflauern würde. In Narbonne wurde er von seiner Garde geschützt, aber auf dem freien Feld war er angreifbar. Keine Armee würde seine Bestrafung verhindern können.

Sie fühlte sich lebendig, durchströmt von einer schrecklichen, zerstörerischen Kraft. In Gesellschaft ihres Bruders war sie für einige Tage in ihre Kindheit zurückgekehrt und hatte darüber nachgedacht, wie ihr Leben unter anderen Umständen verlaufen wäre.

Aber man hatte ihr alles genommen, und sie würde nicht zurückweichen. Sie war ein Bestiar und eine Zauberin, ihr Schicksal war besiegelt.

72

»Erzbischof Sigebaud von Narbonne und sein Gefolge nähern sich über die Via Augusta«, verkündete Oriol.

Frodoi nickte, den Blick abwesend auf die Arkaden der Bischofsaula gerichtet. Er war mutlos und niedergeschlagen. Der Mord an Servusdei war ein harter Schlag nicht nur für seine Pläne, sondern auch für sein Herz. Dieser aufrichtige Mönch war die reinste Christenseele gewesen, die er je kennengelernt hatte. Männer wie er sollten auf dem Papstthron und den Thronen aller Länder sitzen; stattdessen wurden sie erdolcht, weil sie Narren wie ihm dienten.

Er war nicht hinter das Motiv des Verbrechens gekommen, bis eine Eilbotschaft aus Narbonne eintraf. Erzbischof Sigebaud hatte in Erfahrung gebracht, wo sich das Grab der heiligen Eulalia befand, und kam zur feierlichen Auffindung der Gebeine nach Barcelona.

Frodoi war inzwischen ziemlich sicher, dass Servusdei etwas im Archiv herausgefunden hatte, jedoch gestorben war, bevor er ihm davon erzählen konnte. Und er war überzeugt davon, dass der Vizegraf seinen alten Weggefährten getötet hatte, als er aus der Ratsversammlung verschwunden und nicht wieder zurückgekehrt war. Denn seit jenem Tag hatte er sich mit Dutzenden Wachen im gräflichen Palast verschanzt und weigerte sich, ihn zu empfangen. Wenn er zumindest gewusst hätte, wo sich die Reliquien befanden, hätte er Sigebaud zuvorkommen können, doch der hatte sich in seiner Botschaft darüber ausgeschwiegen.

Servusdei lag vor einem der Altäre in der neuen Kathedrale begraben; dort sollte auch das alte Marienbildnis seinen Platz finden, das er so sehr verehrt hatte. Frodoi konnte nichts weiter tun als beten, wenn sein bester Ratgeber und Rechtsgelehrter bereits am himmlischen Festmahl teilhatte. Er würde für Astralds weitere Ausbildung sorgen und für die Kosten aufkommen. Der Junge war am Boden zerstört. Zu viele Tote in so wenigen Jahren.

»Ihr solltet zum Portal Vell gehen, um ihn zu empfangen«, fügte Oriol hinzu, und der Bischof schreckte aus seinen Gedanken hoch.

»Ich werde ihn vor dem Portal meiner Kathedrale empfangen«, entgegnete er trotzig.

Oriol senkte den Kopf. Frodoi ließ sich vom Archidiakon und zwei Diakonen ankleiden und die Mitra aufsetzen. Dann wartete er unter dem schwarz-weißen Marmorportal auf den Erzbischof von Narbonne. Dieser wurde von Vizegraf Astorius begleitet, der es vermied, dem Bischof von Barcelona zu nahe zu kommen.

Als Sigebaud vom Pferd stieg, ging Frodoi ihm entgegen. Die Spannung war mit Händen zu greifen, aber der Besucher stand in der Kirchenhierarchie über ihm – also küsste er seinen Ring.

»Ich bedaure den Tod von Bruder Servusdei sehr«, sagte Sigebaud betroffen.

Frodoi setzte an zu fragen, wie der Erzbischof von den Reliquien erfahren hatte, schluckte die Frage dann aber doch herunter. Es tat nichts mehr zur Sache. Sigebaud war ein guter Bischof und genauso zielstrebig wie er, er wollte lediglich die Gelegenheit nutzen, seinem Bistum zu mehr Größe zu verhelfen. Dadurch machte er sich aber – wissentlich oder unwissentlich – zu einem Instrument Bernhards von Gothien, der um jeden Preis verhindern wollte, dass Barcelona sich hinter einem spirituellen Schutzschild verschanzte.

»Ihr solltet die Reliquien nicht mitnehmen, falls sie gefunden werden«, sagte Frodoi.

»Hier geht es nicht nur um uns, Bischof. In diesen finsteren Zeiten wird die heilige Märtyrerin Eulalia fast ebenso verehrt wie die Muttergottes, und Narbonne ist wesentlich sicherer als eine Stadt an der Grenze. Ich werde in Narbonne eine Kirche errichten, die ihrer würdig ist und zu der die Menschen pilgern werden. Du bist Franke wie ich, Frodoi … Hilf mir, und der Ruhm wird uns beiden zuteilwerden.«

Der Bischof von Barcelona seufzte und wies ihm den Weg in die neue Kathedrale. Mit Genugtuung bemerkte er den bewundernden Gesichtsausdruck des Erzbischofs. Das ehemals bescheidene Gotteshaus war nun eine dreischiffige Kathedrale mit rechteckigem Grundriss und mächtigen Bögen. Die kleinen Fenster im Obergaden ließen nur wenig Licht herein, aber doch genügend, um die zahlreichen Gläubigen zu erkennen, die sich anlässlich der Begegnung eingefunden hatten. Durch ein zweireihiges Spalier von Adligen und Ministerialen schritten sie auf großen Steinplatten, von denen einige römische Inschriften trugen, das Mittelschiff entlang. Sigebaud bestaunte die Wandmalereien.

»Grandios, Frodoi! Niemand hat geglaubt, dass du es schaffen würdest.«

»Das Gotteshaus wurde dank der Großzügigkeit Karls des Kahlen fertiggestellt. Gott sei seiner Seele gnädig«, erklärte er stolz. »In Kürze wird es geweiht.«

»Hervorragend. Von hier aus werden wir in einer feierlichen Prozession zur Kirche Santa María del Mar ziehen.«

Frodois Blick fiel auf das Fresko der Märtyrerin mit der kleinen Fischerkirche im Hintergrund. Tiefe Enttäuschung erfasste ihn.

»Dort also liegen ihre Gebeine?«

Sigebaud lächelte triumphierend. Er genoss es, Frodoi, dem Liebling Hinkmars von Reims, einmal überlegen zu sein.

»Wir müssen nur noch die genaue Lage des römischen Grabes ausfindig machen.«

Der Bischof bekam weiche Knie. Die Heilige lag in der alten Kirche unten am Strand begraben. Die Volksfrömmigkeit beruhte also auf einem wahren Kern. So oft war ich da, und nicht ein Mal ist mir der Gedanke gekommen, dachte er wütend.

Sigebaud wollte, dass die feierliche Auffindung einen tiefen Eindruck bei den Gläubigen im gesamten christlichen Erdkreis hinterließ. Mit einem solch kostbaren Fund gesegnet zu sein, würde ihn zum meistgeachteten Erzbischof machen und vielleicht sogar zur Ehre der Altäre erheben. Frodoi nickte ergeben. Er hatte jede Hoffnung verloren.

Alles verlief so, wie es der Erzbischof von Narbonne vorgesehen hatte. Die Bewohner der Stadt begleiteten die Prozession mit Kerzen und Lichtern. Man ordnete ein Fasten an, und in der kleinen Kirche wurde gebetet, während die Grabplatten angehoben wurden. Darunter kamen nur Sand und Knochen zum Vorschein, die allerdings nicht die erhoffte Aura der Heiligkeit verbreiteten.

Unter den Anwesenden war auch Goda. Als Frodoi sich ihr nähern wollte, verschwand sie in der Menge.

Am zweiten Tag wurde in der schlichten Apsis gegraben, mit dem gleichen Ergebnis, ebenso auf dem kleinen Friedhof. Nervös zog sich Sigebaud zurück, um die ganze Nacht hindurch zu beten. Noch hatte er die Hoffnung nicht aufgegeben. Als er Frodoi zu Rate zog, zuckte dieser nur mit den Schultern. Er musste nicht lügen: Er wusste wirklich nicht, wo sich die Reliquien befanden.

Am dritten Tag wurde die Suche auf die Umgebung der Kirche ausgeweitet. Man erforschte alte Gräber und römische Stelen, doch die heilige Eulalia blieb weiterhin verborgen. Nachdem sie die Sext gebetet hatten, schrie Sigebaud frustriert die Priester an, als ob sie Leibeigene wären. Sein Traum zerrann ihm zwischen den Fingern, und auch dieser Tag verging ohne Reliquienfund.

Am Abend ging der Erzbischof zum Meer hinunter, wo sanft die Wellen auf den Strand schlugen.

»Barcelona ist nicht im Besitz der göttlichen Gnade«, murmelte er, als Frodoi zu ihm trat.

»Ihr habt es versucht, Erzbischof.«

»Wir sind Seine Diener und müssen uns Seinem Willen beugen.«

»Ein Reliquienfund wäre dem Markgrafen sehr gelegen gekommen und hätte seine Ziele geheiligt.« Frodoi versuchte nun doch, seine wahren Absichten zu ergründen.

»Ich weiß, was du denkst, und es gefällt mir nicht. Ich diene nur der Kirche. Im Gegensatz zu dir habe ich kein Interesse an irdischer Macht, Frodoi. Es ist offensichtlich, weshalb Hinkmar von Reims dich so schätzt.«

»Es freut mich, dass Euch nur der Glaube antreibt. Vielleicht behält Gott die heilige Eulalia bei sich, und wir werden sie niemals finden. Hier bleibt nichts mehr zu tun.«

Sigebaud sah seinen Untergebenen an und fasste ihn an der Schulter.

»Du warst ein guter Gastgeber. Deshalb biete ich dir an, mich nach Narbonne zu begleiten. Dort stehst du unter meinem Schutz.«

»Habe ich etwas zu befürchten?«

»Bernhard wird nicht hinnehmen, dass Barcelona ihn und seine Revolte nicht unterstützt … Und ich weiß, dass du bei dieser gewagten Entscheidung die Finger im Spiel hattest. Erinnere dich, was passierte, als Wilhelm von Septimanien vor dreißig Jahren Barcelona plünderte.« Er deutete auf die Mauern der Stadt, die im Abendrot leuchteten. »Vielleicht sind Trümmer und Leichen alles, was davon in einigen Tagen noch übrig ist. Bernhard von Gothien ist von tausend Dämonen besessen, so scheint es. Seine Seele ist grausam. Du bist Franke, es besteht kein Grund, das gleiche Schicksal zu erleiden wie dieses Volk.«

Frodoi überlief es eiskalt. Sigebaud von Narbonne war der zweitmächtigste Mann in Gothien und sagte das nicht umsonst. Er hatte Angst, doch er schüttelte entschlossen den Kopf.

»Hinkmar von Reims gab mir den Auftrag, diese Diözese zu leiten, und solange es noch einen einzigen Gläubigen gibt, werde ich nicht von hier fortgehen.«

»Du bist mutig ... oder ein Narr. Auf jeden Fall bewundere ich dich, Frodoi, und werde dafür beten, dass wir uns beim nächsten Bischofskonzil wiedersehen. Gott schütze dich, treuer Freund.«

Sigebaud erklärte die Suche für beendet. Er würde im bischöflichen Palast übernachten und am nächsten Tag nach Narbonne zurückkehren.

Die Dämmerung senkte sich über Barcelona wie eine Vorahnung dessen, was die Stadt erwartete. Auf dem Weg sah Frodoi noch einmal zu der kleinen Kirche Santa María zurück, die am dunklen Strand lag. Er konnte nicht glauben, dass Sigebaud gescheitert war. Das musste etwas zu bedeuten haben.

»Wo bist du, Eulalia?«, flüsterte er. »Barcelona braucht dich mehr denn je.«

73

»Es ist Isembard!«, rief ein Junge von den inzwischen wieder hergerichteten Zinnen der Burg Tenes. Mit seinen Adleraugen konnte er die Gesichtszüge des Hauptmanns im Wams eines fränkischen Soldaten und einem wollenen Umhang erkennen. »Der Burgherr ist zurück!«

Airado erklomm die steinerne Treppe zur Mauer und lächelte erleichtert.

»Öffnet das Tor!«

Im Burghof sank Isembard erschöpft auf einen Holzschemel. Die Soldaten umringten ihn.

»Herr …«, sagte Airado. »Gott sei Dank seid Ihr da!«

»Wisst ihr etwas über Elisia von Carcassonne?«

Airado war überrascht.

»Sie wurde der Kesselprobe unterzogen, aber ihr Arm ist geheilt. Sie ist frei. Auch Eurer Gemahlin Bertha geht es gut.«

»Gelobt sei Gott, der Herr!« Isembard war erleichtert. Die Angst ließ nach, aber die Situation war nach wie vor schwierig. »Ruf die anwesenden Ritter zusammen. Ich habe Drogo von Borr getötet. Ich befürchte, ich habe einen Krieg ausgelöst.«

Mit düsterer Miene begab er sich in den Waffensaal, er musste zur Ruhe kommen. Das gewaltige Heer, das er vor drei Tagen in Narbonne gesehen hatte, kam ihm in den Sinn. Ja, es gab die Neuen Ritter der Mark, aber sie waren entlang der Grenze verteilt, um diese gegen Angriffe von außen zu verteidigen. Niemals würde er genügend Männer zusammenbringen, um sich Bernhard entgegenzustellen. Er fühlte sich zwischen Angst und Ohnmacht gefangen. Vermutlich wäre es besser gewesen, in der Hochzeitsnacht auf Bertha zu hören und seinen Abschied von der *Scara* zu nehmen, um in Orléans eine Handvoll Untertanen zu regieren und in Frieden seine Kinder zu erziehen.

Kurz nachdem Erzbischof Sigebaud die Gekrönte Stadt verlassen hatte, traf ein schlammverschmierter Bote ein und meldete Vizegraf Astorius, dem Rat und dem Bischof, dass Markgraf Bernhard von Gothien mit einem mächtigen Heer in Girona eingetroffen sei, um Barcelona zu unterwerfen und sich den Brüdern Wilfried von Urgell und Miro entgegenzustellen, weil diese sich nicht seinem Willen beugten. In drei Tagen würde er vor den Toren der Stadt stehen. Die Nachricht wurde geheim gehalten, um die Bevölkerung nicht zu beunruhigen, aber der Vizegraf beschloss, mit seinen fränkischen Beamten die Stadt zu verlassen, um Bernhard entgegenzueilen. Sein Traum von Größe und Macht war nach der gescheiterten Reliquienauffindung geplatzt.

Als Frodoi den gräflichen Palast verließ, musste er die feindseligen Blicke der gotischen Ratsherren über sich ergehen lassen, die es inzwischen bereuten, dass sie sich davon hatten überzeugen lassen, der Krone die Treue zu halten. Der Bischof hatte sie ins Verderben gestürzt.

Am Nachmittag ging Frodoi niedergeschlagen in das Archiv im Keller seines Palasts hinunter. Es war still. Er vermisste das Knarren von Servusdeis Stuhl und das leise Summen des alten Mönchs, während er mit seiner sorgfältigen karolingischen Schrift ein Kapitel kopierte. Auf den Bodenfliesen war noch ein Rest Blut zu sehen. Frodoi bückte sich, um es zu berühren.

Sein treuer Ratgeber hatte die Himmelspforte durchschritten, doch in diesem Gewölbe, in dem er sich eine eigene, friedliche Welt der Gelehrsamkeit geschaffen hatte, war er nach wie vor gegenwärtig.

Frodoi suchte auf dem Tisch und in den umstehenden Regalen nach etwas, das der Vizegraf vielleicht übersehen hatte.

Aber dem Bischof fehlte die Geduld, und seine Augen ermüdeten rasch. Er betrachtete das alte Marienbildnis.

»Ich verspreche Euch einen Altar, heiligste Jungfrau Maria, wenn Ihr mir verratet, wo sich das Grab befindet.«

Das Kerzenlicht flackerte, um gleich darauf ganz still weiterzubrennen. Frodoi war entmutigt. Der Erzbischof von Narbonne war gescheitert, und auch er war offenbar nicht würdig. Er war allein.

»Da seid Ihr ja, Herr Bischof.«

Frodoi zuckte zusammen. Servusdeis Schüler hatte den Luftzug beim Öffnen der Tür verursacht. Mit seinem durchdringenden Blick, der ihn immer nervös machte, schaute der ehemalige Hirtenjunge ihn an. Astrald besaß nicht die Augen eines Kindes; dieser Junge hatte in seinem kurzen Leben zu viel Grauenhaftes gesehen.

»Du hast mich gesucht?«

»Alle suchen Euch! Gerade eben ist eine Brieftaube von der Burg Tenes eingetroffen. Hauptmann Isembard ist zurück und will seine Truppen an der Via Augusta zusammenziehen, um den Grafen aufzuhalten, bevor er Barcelona erreicht.«

»Das ist Selbstmord! Er wird seine Truppen nicht so schnell versammeln können.«

»Angeblich will er verhandeln, um einen Krieg zu verhindern.«

»Isembard hat keinerlei Befugnis dazu.«

Er staunte über sich selbst, dass er so mit einem Hirten sprach, aber irgendwie sah er in Astrald etwas von Servusdei. Der Junge nannte den genauen Wortlaut der Botschaft: »Jordi sagt, dass der Hauptmann die schriftliche Ermächtigung erbittet, im Namen des Bischofs von Barcelona zu handeln.«

»Geschickt, aber es wird nichts nützen.« Während Frodoi die Treppe hinaufstieg, drehte er sich noch einmal zu dem Jungen um. »Ist nichts mehr von dem da, was Servusdei in den letzten Tagen geschrieben hat?«

Astrald zuckte mit den Schultern.

»Nur das hier, Herr. Ich habe es in seiner Kutte gefunden, als wir seinen Leichnam wuschen.«

»Was ist das?« Frodoi nahm das zerknitterte Stückchen Pergament, das der Junge ihm reichte.

»Es sind unverständliche Notizen und eine Zeichnung auf der Rückseite.«

Frodoi hielt das Pergament näher ans Kerzenlicht und erstarrte.

»Diese Zeichnung erinnert an den Altarraum von Santa María, der Kirche unten am Strand. Dieses Zeichen deutet hinter den steinernen Altar«, dachte er laut nach. »Da hat Sigebaud nicht gegraben. Dort sind keine Grabplatten.«

»Meint Ihr, die Zeichnung zeigt, wo sich das Grab der heiligen Eulalia befindet? Verzeiht, Bischof … Wenn ich das gewusst hätte, hätte ich sie Erzbischof Sigebaud gegeben.«

Astrald duckte sich in Erwartung einer Strafe, doch Frodoi fuhr ihm übers Haar und sah mit klopfendem Herzen zur Muttergottes.

»Sag dem Archidiakon, er soll das gesamte Kathedralkapitel zusammenrufen.«

Frodoi setzte ein Schreiben auf, in dem er Isembard zum Gesandten des Bischofs von Barcelona ernannte und ihn ermächtigte, ein Abkommen auszuhandeln. So konnte er Zeit gewinnen, aber in spätestens drei Tagen würde Bernhard von Gothien vor der Stadt stehen.

Wenig später hörte die Bistumskurie verblüfft von der Absicht ihres Bischofs, die Suche nach den Reliquien fortzusetzen. Unter Glockengeläut zogen erneut zahlreiche Bewohner Barcelonas in einer langen Prozession zur Kirche Santa María, wo sich bereits die Gläubigen drängten. Bewegt zeigte Frodoi mit dem Bischofsstab an, wo der Fußboden hinter dem Altar geöffnet werden sollte.

Als die Bodenplatten beiseitegeräumt waren, verstummten

die Gesänge. Die Arbeiter traten verschwitzt und enttäuscht zur Seite, und Frodoi kam mit klopfendem Herzen näher. Es waren lediglich die Überreste eines Vorgängerbaus sowie Sand zu sehen. Auch Servusdei hatte geirrt.

»Ihr werdet sie finden, Herr«, flüsterte Astrald ihm zu, der sich durch den Klerus gedrängt hatte. »Ihr müsst nur daran glauben, wie Servusdei.«

Die Erwähnung des alten Mönchs brachte ihm ein Gespräch über Reliquienfunde in Erinnerung. Den Legenden zufolge waren es meist einfache Leute aus dem Volk gewesen, die sie fanden. Hirten, Bauern ... »Der Glaube führt zur Offenbarung«, hatte Servusdei damals gesagt. Es war besser, den Hymnus des Quiricus und andere alte Dokumente zu vergessen und stattdessen auf das Gebet zu vertrauen. Außerdem würde es ein wenig Ruhe in die Stadt bringen.

Ohne etwas auf die Entmutigung des Kathedralkapitels zu geben, ordnete er eine dreitägige Zeit des Fastens und des immerwährenden Gebets an, und zwar für Männer, Frauen und Kinder gleichermaßen, ob zu Hause oder in den Kirchen. Santa María sollte Tag und Nacht geöffnet bleiben, damit die Gläubigen mit brennenden Kerzen wachen und Hymnen und Psalmen singen konnten.

Frodoi wusste, dass die Zeit des Taktierens vorüber war und er nur noch beten konnte.

74

Isembard führte die Soldaten von der Burg Tenes in die Nähe des kleinen Dorfs Santa Coloma, so genannt, weil sich die Bewohner, Kinder der Siedler aus dem Norden, dem Schutz der Märtyrerin aus Sens anvertrauten. Der Hauptmann sah mit trauriger Miene, wie die Bauern mit ihren Familien und ihren Habseligkeiten flüchteten und die noch jungen Olivenhaine und Weinberge zurückließen. Im Jahr 861 hatten bereits die Sarazenen die Gegend verwüstet.

Sie befanden sich nur wenige Meilen von der Via Augusta nach Barcelona entfernt. Auch einige Truppen von der Grenze waren seinem Aufruf gefolgt, aber die meisten Garnisonen hatten nichts von den Ereignissen mitbekommen, und falls doch, würden sie Tage brauchen, um zu ihnen zu stoßen. Von Tenes aus hatte er eine Brieftaube nach Urgell geschickt, aber seither waren zwei Tage vergangen, und es hatte sie noch kein Bote mit einer Antwort erreicht. Graf Wilfried war gezwungen, seine eigenen Grafschaften zu verteidigen, die sich ebenfalls gegen Bernhard von Gothien gestellt hatten.

Späher meldeten, dass die aus etwa zweitausend Soldaten bestehende Armee des Markgrafen am nächsten Morgen eintreffen würde. Isembard befehligte lediglich vierhundert Fußsoldaten und achtzig Reiter.

Oriol traf mit der von Frodoi gesiegelten Ermächtigung ein und setzte Isembard über die Situation in Barcelona in Kenntnis. Der Bischof wachte seit zwei Tagen in der Kirche am Meer im Gebet und erflehte ein göttliches Zeichen zur Auffindung der Reliquien der heiligen Eulalia. Dass die Märtyrerin im gesamten christlichen Erdkreis verehrt wurde, konnte in dem Konflikt eine Wende herbeiführen, aber sie hatten nur alte Legenden, die sich mit anderen aus dem fernen Mérida mischten. Vielleicht hatten sich die Gebeine der Heiligen nie in Barcelona befunden.

Isembard und Oriol gingen bedrückt durch das Feldlager.

»Die Armee ist gespalten, Oriol. Unsere Soldaten halten es für Selbstmord, einem toten König die Treue zu halten statt dem Markgrafen. Seine Truppen werden uns zermalmen.«

»Hunderte Männer sind von der Grenze unterwegs. Du brauchst nur noch zwei Tage. Und Graf Wilfried wird uns nicht im Stich lassen, davon bin ich überzeugt.«

»Ich bin seit vielen Jahren Soldat. Wir wissen beide, dass man zum Kämpfen einen Grund braucht. Ehre, Treue, Gerechtigkeit, Rache, Macht, Reichtum … Doch die Männer, die meinem Ruf gefolgt sind, haben es aus Bewunderung für ihren verehrten Hauptmann getan, der ihnen nun nichts zu bieten hat. Ohne Siegeswillen sind wir bereits geschlagen.«

»Du musst im Namen des Bischofs verhandeln. Du bist dazu bemächtigt.«

»Ich habe um die Erlaubnis zum Verhandeln gebeten, um die Truppe nicht zu demoralisieren. Wir wissen beide, dass Bernhard meinen Kopf ohne zu zögern auf seine Standarte spießen wird. Gibt es Neuigkeiten über den Aufstand der Bosoniden?«

»Die Bosoniden und ihre Verbündeten sorgen dafür, dass sich die Revolte ausbreitet. Die Karolinger und ihre Vasallen leisten allerdings weiterhin Widerstand in ihren Gebieten. Vor der Abreise aus Barcelona habe ich erfahren, dass eine Brieftaube mit einer Botschaft für Frodoi eingetroffen ist. Erzbischof Hinkmar befindet sich in Reims und hat dem Thronfolger Ludwig dem Stammler die Treue erklärt. Er will sich mit Hugo Abbas, dem Markgrafen von Neustrien, treffen, der stets treu zur Krone gestanden hat, um ihn davon zu überzeugen, sich aus dem Bündnis zurückzuziehen. Das würde das Gleichgewicht der Mächte wiederherstellen. Aber er braucht irgendetwas, einen Beweis Gottes, der die Legitimität des Thronfolgers stützt.«

»Und hier kommen Frodoi und die Reliquienauffindung ins Spiel.« Isembard erinnerte sich an die Botschaft, die Hinkmar in der Abtei Montmajour in Arles geschrieben hatte.

»Es würde unsere Position stärken, wenn es zu dem erhofften Fund käme, bevor Barcelona in die Hände Bernhards von Gothien fällt, aber nachdem bereits Sigebaud gescheitert ist, glaubt niemand, dass es Frodoi gelingen wird. Nur er selbst ist zuversichtlich; deshalb bittet er dich um ein wenig Zeit. Du sollst den Markgrafen aufhalten.«

»Wie geht es meiner Frau?«, fragte Isembard bedrückt. »Ich hätte sie niemals mitbringen dürfen.«

»Sie hat Angst, wie alle.«

»Gott schütze uns.« Isembard betrachtete das Gelände, das er ausgewählt hatte, um Bernhard aufzuhalten. Es war eine Gegend mit tiefen Schluchten, Felsen und kleinen Wäldchen zwischen Feldern. »Reite nach Barcelona zurück, Hauptmann Oriol, und sag Frodoi, dass er seine Zeit bekommen wird.«

Als es Nacht wurde, übergab Frodoi dem treuen Jordi die Leitung der Vigil und schritt hoheitsvoll durch die dicht gedrängte Menge der Gläubigen zum Ausgang der Kirche Santa María del Mar. Er ließ die Gebete und die brennenden Kerzen hinter sich, um zum Strand zu gehen, wie auch Sigebaud es vor einigen Tagen in seiner Verzweiflung getan hatte. Seine Gläubigen waren genauso müde und ohne Hoffnung wie er selbst, deshalb musste er durchatmen.

Im Schutz der Dunkelheit warf er den Hirtenstab in den Sand. Dann legte er die Mitra, das Kreuz und das schwere, goldbestickte Gewand ab und watete, nur mit einem Leinenhemd bekleidet, ins Wasser. Er hatte Angst, denn er konnte nicht schwimmen und fürchtete, von den Wellen ins Meer gezogen zu werden, doch in seiner Verzweiflung sank er auf die Knie und begann zu weinen. Er war zu weit gegangen. Sein Auftrag war lediglich gewesen, ein Machtgleichgewicht zum

Grafen von Barcelona herzustellen und den mozarabischen Ritus in seiner Diözese auszurotten.

Sein Hochmut und die Liebe zu Goda hatten ihn hierhergebracht, doch sie war nicht mehr da. Er war genauso verängstigt wie vor sechzehn Jahren in Reims, als er eingewilligt hatte, in dieses verfluchte Land zu gehen. Nun wusste er, dass Gott sein Spiel mit ihm getrieben hatte – er war nicht zu Höherem berufen, und auch nicht dazu, die Spanische Mark aus der Finsternis zu führen. Er war nur ein Mensch, und er war einsamer denn je. Vielleicht hätte er zulassen sollen, dass Hinkmar ihn exkommunizierte, statt einen Schwur zu leisten, den er nicht halten konnte.

Er ließ Wasser über seinen Kopf rinnen, um wach zu werden. Diese Vigil würde nichts verändern. Er war kein Mann des Glaubens, sondern der Tat. Und nun wusste er nicht mehr, was er tun sollte.

»Es war alles vergebens, Herr.«

Aus der Dunkelheit beobachtete eine in einen Umhang gehüllte Gestalt seinen Zusammenbruch und ging dann in Richtung Stadt.

In jener Nacht hatten die Wachen am Portal Vell Anweisung, den Bewohnern das Tor zu öffnen, denn viele beteiligten sich an dem Auffindungsritual. Viele Frauen aus dem Adel hielten Vigil in der Kirche am Meer, und ihre Bediensteten gingen mit Aufträgen hin und her.

Derselbe Schatten, der den Bischof am Strand weinen gesehen hatte, klopfte nun an die Tür von Godas Palast. Ein Diener rief seine Herrin herbei.

»Elisia! Wie geht es dir?«, erkundigte sich Goda und betrachtete besorgt den verbundenen Arm.

»Ich komme von der Vigil«, antwortete die Wirtin ohne ein Lächeln.

Goda verzog das Gesicht und trat zur Seite, um sie einzulassen. Sie gingen in den Garten zu dem kleinen, unterirdischen Tempel. Schweigend entzündeten sie Kerzen für die Große Mutter.

»Ich bin diejenige, deren Arm entstellt ist, und du bist wütend.«

»Was, wenn er nicht verheilt wäre? Dieser verfluchte Bischof!«

»Aber er ist verheilt! Liebst du Frodoi?«

Goda senkte den Blick. Sie war zweimal verheiratet gewesen und hatte in jungen Jahren mehr Liebhaber gehabt, als die Stadt vermutete, aber ihre Beziehung zu Frodoi war weit über die anfängliche körperliche Anziehung hinausgegangen. Im Laufe der Jahre hatte die Leidenschaft nachgelassen, aber sie hatte immer noch ein gemeinsamer Traum verbunden.

»Er glaubt, dass er das alles für sein Bistum tut, aber er tut es für dich, Goda.«

»Frodoi denkt ausschließlich an sich selbst«, entgegnete sie scharf.

»Es stimmt, dass er meine Situation genutzt hat, um den Rat der Stadt zu beeinflussen, aber darin unterscheidet er sich nicht von dir. Auch du hast das Leben der Fischer aufs Spiel gesetzt, um den Salzberg zu suchen. Ihr wollt beide eine Zukunft für uns alle und geht dafür Risiken ein, ohne andere um ihre Meinung zu fragen.«

»Was willst du?«, erwiderte Goda aufgebracht. »Dass ich hingehe und ihn tröste? Dafür ist es zu spät!«

»Nein. Ich will, dass sich die Seele Barcelonas äußert. Er braucht dich. Ich habe oft gesehen, wie du Gaben nach Santa María gebracht hast, und jetzt grämst du dich wegen dem, was dort vor sich geht. Ich kenne dich. Ich bin sicher, du weißt mehr.« Angesichts des hartnäckigen Schweigens ihrer Freundin streckte Elisia ihren vernarbten Arm aus. »Sonst hatte das alles keinen Sinn, Goda.«

Dann ging sie und ließ die Adlige verzweifelt zurück.

Als der Morgen graute, betrat Godas Diener Felix die Kirche am Meer und flüsterte Frodoi diskret eine Botschaft seiner Herrin zu. Ohne lange zu überlegen, machte sich der Bischof auf den Weg in die Stadt. Er dachte an das Fresko in der Kathedrale und an Godas Drängen, auch die bescheidene Kirche am Strand darauf darzustellen. Mit klopfendem Herzen betrat er die Krypta der alten westgotischen Kirche neben dem gräflichen Palast.

»Ich bin nur hier, weil Elisia mich darum gebeten hat«, sagte Goda kühl.

Frodoi trat zu ihr.

»Hier hat alles begonnen, und hier wird alles enden«, sagte er niedergeschlagen. »Morgen wird Bernhard von Gothien hier sein. Wir werden ihm die Stadttore öffnen und uns ihm zu Füßen werfen, um unsere Strafe entgegenzunehmen. Ich werde als größter Verräter vorangehen, aber viele andere werden mir folgen.«

»Wie konntest du Elisia einem Gottesurteil unterziehen?«, schrie sie wütend.

Der Bischof war geradezu erleichtert, als er sie so aufgebracht sah. Das war die Frau, die er liebte.

»Du sagst das, weil du sie wie eine Schwester liebst. Aber du weißt genau, warum ich es getan habe. Du weißt es besser als jeder andere! Nur Gott konnte die Situation verändern!«

Goda gab ihm eine Ohrfeige, die er demütig hinnahm. Er sah, wie ihr Zorn allmählich verrauchte.

»Weshalb sollte die Kirche Santa María auf dem Fresko der heiligen Eulalia erscheinen?«, fragte er. »Befindet sich ihr Grab tatsächlich dort?«

Goda wich seinem Blick aus. Sie suchte den Rat ihrer Vorfahren, aber die alten Gräber blieben kalt und stumm.

»Ich habe meiner Mutter geschworen, die Geheimnisse der Stadt zu wahren.«

»Und was würden deine Vorfahren sagen, wenn diese Geheimnisse helfen könnten, Barcelona zu retten? Wozu dient das Vermächtnis eines Volkes, wenn nicht dazu, es zu schützen und zu bewahren?« Tränen traten ihm in die Augen. »Warum, Goda? Warum erfüllst du nicht unseren Pakt?«

»Das solltest du wissen, Bischof! Niemandem habe ich mein Herz so geöffnet wie dir. Du solltest wissen, weshalb meine Familie nicht wollte, dass dieses Geheimnis jemals enthüllt wird.«

Frodoi runzelte die Stirn, doch dann verstand er.

»Eulalia ist nicht nur eine christliche Märtyrerin, nicht wahr?«, erkannte er. »Servusdei hat es gesagt! Die Taube, die aus ihrem Mund auffliegt, ist der heilige Vogel der Venus. Das Geschenk der Liebenden. Ein Symbol der Fruchtbarkeit für die Stadt.«

»Seit Jahrhunderten ist die Verehrung der Märtyrerin eng mit dem alten Glauben verbunden, wie bei vielen anderen Heiligen auch. Mit der Auffindung ihrer Reliquien wird diese uralte Verehrung verschwinden.« In Godas Augen stand Angst. »Ich habe versprochen, das zu verhindern!«

Frodoi war tief beeindruckt. Nun verstand er, warum Goda die Seele Barcelonas war. Er nahm ihre Hände, und sie streichelte traurig die seinen. Sie war aufgewühlt.

»Goda ...« Er sah sie liebevoll an. »Du befindest dich in einem furchtbaren Zwiespalt, so wie ich in der Nacht, als ich dich Bernhard auslieferte. Nur du kannst dem, was wir seither durchgemacht haben, einen Sinn geben. Barcelona ist in deinen Händen, aber der Preis ist hoch: Vielleicht muss eine Tradition sterben, damit eine neue entsteht.«

Als Goda schwieg, wandte sich Frodoi zum Gehen. Er würde sie nicht zwingen, dafür liebte er sie zu sehr. Zum ersten Mal gab der Bischof von Barcelona auf.

75

Isembard konnte nicht schlafen. Jemand sah in sein Zelt, flüchtete aber, als er merkte, dass er sich aufrichtete. Die Verräter fanden sich überall. Am Morgen waren fast hundert Mann desertiert, und die Übrigen waren demoralisiert.

Armanni, Garleu, Maior und Airado traten ein. Am Vorabend hatten sie mit Kieselsteinen die Position der einzelnen Einheiten nachgestellt. Sie würden Überraschungsangriffe durchführen und sich dann wieder in die Wälder zurückziehen, bevor Bernhards Kavallerie zum Zug kam. Wenn sie genügend Verwirrung anrichteten, konnten sie Bernhards Vormarsch vielleicht aufhalten. Der Rest hing von Frodoi ab.

»Wir haben nur noch dreihundertvierzig Fußsoldaten und fünfzig Reiter«, erklärte Airado mit bleichem Gesicht.

Isembard nickte. Er verließ das Zelt und stieg auf sein Pferd, um die wenigen Truppen zu inspizieren, über die er verfügte. Die Männer trugen die Kettenhemden und die Schwerter, die Joan in La Esquerda geschmiedet hatte. Sie würden nicht so schnell fallen, wenn sie schnell waren und sich gut positionierten.

»Hört mich an! Barcelona, Urgell und Cerdaña schützen seit Jahren die Außengrenze des Reichs. So haben wir es geschworen. Doch nun sind wir nicht hier, um gegen die Sarazenen zu kämpfen, sondern gegen unseren eigenen Grafen. Wir tun es, weil wir nichts von diesem Bündnis mit den Bosoniden und Plantevelue zu erwarten haben, dem Bruder des Mannes, der Barcelona geschleift hat. Bernhard von Gothien hat es jahrelang bewiesen.«

»Und was ist mit dem zukünftigen König?«, rief einer der Männer. »Was haben wir von ihm zu erwarten?«

Airado wollte mit der Peitsche auf ihn losgehen, aber Isembard hielt ihn zurück. Noch hatten diese Männer keinen Grund zu kämpfen, und er hatte ihnen nur einen einzigen zu bieten: »Vielleicht auch nichts. Aber wenn er an die Macht kommt, wird er nicht vergessen, wer stets zu ihm gehalten hat.«

»Und wozu soll das gut sein?«

»Wir können fordern, dass ein Gote die gesamte Spanische Mark regiert. Wilfried könnte auch die Grafenwürde in Barcelona übernehmen. Anders als Bernhard, bleibt er in seinen Grafschaften Urgell und Cerdaña, um seine Gebiete zu verteidigen und zu besiedeln. Das Land südlich der Pyrenäen wird noch über Generationen ein gefährlicher Ort bleiben, vielleicht für immer, aber mit einer Familie wie den Belloniden haben wir zumindest die Hoffnung auf eine bessere Zukunft für unsere Söhne und Töchter an der Grenze. Dafür kämpfen wir. Wer mir vertraut, trete einen Schritt vor. Die anderen können gehen.«

Während die meisten Soldaten vortraten und andere noch diskutierten, traf aus nördlicher Richtung ein Reiter im gestreckten Galopp ein.

»Sie sind da!«, rief er aufgeregt. In seinem Lederwams steckte ein Pfeil. »Bernhards Reiterei!«

»Das kann nicht sein.«

»Sie sind die ganze Nacht hindurch geritten«, keuchte der Mann, der sich vor Schmerz krümmte. »Sie wissen, wie viele wir sind und wo wir uns aufhalten!«

»Verrat!«, schrie Airado.

»Macht euch bereit«, befahl Isembard.

»Zu spät«, murmelte Armanni.

Auf dem Weg erhob sich eine dichte Staubwolke. An die zweihundert Reiter hielten eine Viertelmeile entfernt an und bildeten eine lange Linie. Die Reiter hoben ihre Lanzen, um Isembards Heer einzuschüchtern. Gleichzeitig erschien an der Flanke eine weitere Einheit, um sie in die Zange zu nehmen.

Ein einzelner Reiter löste sich aus der Formation und kam gerade so nah herangeritten, dass sie ihn hören konnten.

»Bernhard von Gothien, der Herr dieses Landes, ist ein großzügiger Mann und will nur ohne Zwischenfälle nach Barcelona gelangen!«, verkündete er. »Jeder, der sich unserem Heer anschließt, erhält nicht nur Vergebung, sondern auch fünfzehn Scheffel Korn für die nächste Saat.«

Die Reiter hinter ihm begannen Kornsäcke von einem Karren zu laden.

»Traut ihnen nicht!«, sagte Isembard.

Seine Männer tuschelten bereits miteinander. Einer rannte zu den feindlichen Linien, ließ das Schwert fallen und nahm einen der Säcke.

Isembard schnaubte vor Wut. Er versuchte erst gar nicht, seine Truppen durch eine weitere Ansprache zur Vernunft zu bringen. Etwa fünfzig Männer, die meisten ehemalige Söldner von Drogo, die sich in Tenes ergeben hatten, rannten der Belohnung entgegen. Airado, der jünger und impulsiver war, versuchte sie aufzuhalten, aber sie stießen ihn um und trampelten rücksichtslos über ihn hinweg. Von dem Grenzheer, das sich in Santa Coloma vereint hatte, blieben nur noch fünfzig Reiter und an die zweihundert unentschlossene Fußsoldaten. Der Herold des Markgrafen kehrte zu seinen Linien zurück, während Isembards Deserteure um die Kornsäcke rangelten. Da ertönte ein Pfiff, Bernhards Reiter preschten mit angelegten Lanzen los, und es begann ein grausames Gemetzel.

»Mein Gott!«, murmelte Airado, während jede Farbe aus seinem Gesicht wich.

»Sie werden nicht verhandeln«, schloss Armanni. »Sie wollten uns nur weiter schwächen.«

Die Luft war erfüllt von Schreien und Flehen. Isembard entdeckte einen Reiter in einem kostbaren Umhang, der ein wenig abseits stand. Er glaubte beinahe, Bernhard von Gothiens Lachen angesichts dieser grausamen Tat zur Untergrabung der gegnerischen Moral zu hören. Isembard saß mit seiner unzureichenden Truppe in der Falle. Ein Horn blies zum vernichtenden Angriff, aber sie würden nicht widerstandslos fallen.

Am Morgen des dritten Tages der Vigil las Frodoi in der Kirche am Meer jene Messe, die Bischof Quiricus vor Jahrhunderten zu Ehren der heiligen Eulalia verfasst hatte. Als er die Hostie erhob, merkte er, wie seine Kräfte schwanden und seine Hände zu zittern begannen. Ihm wurde schwindlig vor Erschöpfung, und er musste von zwei Diakonen gestützt werden. Die Gläubigen, die zuvor andächtig geschwiegen hatten, begannen zu murmeln. Er sah undeutlich, wie sich eine Gestalt einen Weg durch die Menge bahnte. Es war Goda. Sie trat vor den Altar und bewegte stumm die Lippen hinter ihrem schwarzen Schleier.

»Schwöre, dass die Heilige Barcelona niemals verlässt«, las Frodoi von ihren Lippen. Sein Herz klopfte heftig. Er nickte.

Goda trat auf die Evangelienseite des Altarraums und kniete nieder, um die alten Tonziegel zu küssen. Es gab dort kein Grab und keinerlei Hinweis, der Anlass gegeben hätte, dort zu suchen. Als sie sich wieder erhob, leuchteten ihre Augen wie damals beim Empfang, als er sie zum ersten Mal gesehen hatte. Er bekam eine Gänsehaut. Die Geistlichen, die mit ihm die Messe hielten, sahen sich verstohlen an. Es herrschte völlige Stille. Als die Messe zu Ende war, ließ sich Frodoi die Mitra abnehmen und ergriff den Bischofsstab.

»Ich flehe zu unserem dreieinigen Gott, Vater, Sohn und Heiliger Geist, dass er uns segne und eine heilige *Inventio* gewähre, zum Wohl und Schutz unserer Stadt!«

Nach der Antwort der Gemeinde ging er feierlich zu der Stelle, an der Goda niedergekniet war. Diese stand nun hinten bei den übrigen adligen Damen. Frodoi hielt nach irgendeiner Besonderheit Ausschau und bemerkte in einer Fuge ein kleines Loch. Unter andächtigem Schweigen steckte er die Spitze des Bischofsstabs hinein, der fast eine Handbreit darin verschwand. Dort befand sich offenbar ein Hohlraum. Aufgeregt hebelte er ein wenig, und es entstand ein Spalt zwischen den Fliesen. Die Menschen hielten den Atem an.

»Hier.«

Die Diakone ließen zwei Männer mit Hacken holen, und diese begannen zu graben.

»Da ist etwas!«, rief der eine, als er auf festen Untergrund stieß.

Frodoi sprang in die kleine Grube. Ringsum drängten sich die Neugierigen, während die beiden Arbeiter den Sand entfernten und einen alten, zerborstenen Steinsarkophag freilegten. Darin lag ein Skelett, der Größe nach zu urteilen das einer jungen Frau. In den knöchernen Händen hielt sie ein silbernes Kreuz mit einer eingravierten Taube.

»Die Taube!«, rief der alte Priester von Santa María. »Die Taube, die im Moment des Todes aus dem Mund der heiligen Eulalia aufflog! Das Symbol der Märtyrerin!« Die Gläubigen brachen in laute Jubelrufe aus. Gott hatte sie gesegnet.

Man schrieb den 23. Oktober 877, als in Barcelona die Gebeine der heiligen Eulalia aufgefunden wurden. Vom ersten Moment an glaubten alle, einen besonderen Duft wahrzunehmen, der von der ausgehobenen Erde aufstieg. Niemand zweifelte daran, dass die Tote, die dort begraben lag, die junge Märtyrerin war.

Frodoi kniete nieder und begann zu weinen, während der Chor mit bebenden Stimmen das volkstümliche Loblied der Heiligen anstimmte. Sein erster Gedanke galt Servusdei. Astrald, der bei den Laienmönchen stand, lächelte ihm zu. Der Junge hatte es vorausgesagt. Frodoi suchte nach Goda und sah, wie sie die Kirche verließ.

Ohne auf seine kostbaren Gewänder zu achten, küsste der Bischof jeden einzelnen Knochen der Heiligen und legte ihn dann vorsichtig auf das Leintuch, das man ihm reichte. Es wurde ein Traggestell geholt, worauf man anschließend die Gebeine bettete. Die Leute nahmen Erdbrocken und Steinchen als Amulette mit – die Stimmung in der alten Kirche am Meer war erfüllt von Freude und Glaubenseifer.

Frodoi kehrte in den kleinen Altarraum zurück, um zu den Gläubigen zu sprechen. Die Blicke aller zeugten von tiefer Verehrung. Das Vertrauen, das sie nun in ihn setzten, war schon jetzt grenzenlos.

»Alle Brieftauben sollen ausschwärmen, um die Auffindung der heiligen Eulalia im ganzen Königreich zu verkünden! Boten sollen die gute Nachricht bis in die entlegenste Stadt des christlichen Erdkreises tragen!« Das Volk brach immer wieder in Freudenrufe und Beifall aus. Frodoi brauchte dieses Bad in der Menge, um wieder der Alte zu werden. »Ruft es in die Welt hinaus: Barcelona wurde für seine Treue zum Fränkischen Reich mit den Reliquien der heiligen Eulalia gesegnet, der höchstverehrten Märtyrerin der Christenheit!«

Es war keine Predigt, sondern vielmehr ein Befehl, und der Archidiakon machte sich mit den Schreibern unverzüglich daran, diesen in die Tat umzusetzen. Als sich die Nachricht in der Stadt verbreitete, läuteten sämtliche Glocken, und die Vornehmen und Beamten, die nicht geflohen waren, scharten sich in Festtagskleidung um den Bischof, als hätten sie niemals Argwohn gegen ihn gehegt.

»Unter dem Schutz der Märtyrerin droht uns kein Unheil, das spüre ich. Lasst uns erneut beten, und am Abend werden wir die Reliquien in einer feierlichen Prozession in die Kathedrale überführen. Sie werden acht Tage ausgestellt bleiben, während auf der rechten Altarseite ein Sarkophag für die Gebeine errichtet wird. In dieser Erde wurden sie gefunden, und hier werden sie bleiben.«

Der Jubel der Barcelonesen wollte nicht enden, und die Gesänge aus der Kirche Santa María hallten über das türkisblaue Meer und die Vorstädte. Wer auf den Feldern arbeitete, kehrte in die Stadt zurück, um der Gnade teilhaftig zu werden. Andere hingegen sahen mit bangem Blick zur Via Francisca jenseits des alten Aquädukts. Von dort wurde das gewaltige Heer Bernhards von Gothien erwartet.

76

Zunächst gelang es Isembards kampferprobten Truppen, sich dem Ansturm zu widersetzen. Geschützt durch die Reiterei, die dabei hohe Verluste erlitt, erreichten die Männer den nahen Wald und brachten sich in Position. Sie nutzten das unwegsame Gelände, um in kleinen Gruppen anzugreifen, sich zu zerstreuen und danach an verabredeten Punkten wieder zu versammeln. Mit Pfeilen aus dem Hinterhalt, Schlingen und Schleudern stifteten sie Verwirrung unter Bernhards Rittern, die zwischen den Bäumen nur schlecht vorankamen.

Außer sich vor Wut über den heldenhaften Widerstand der Ritter der Mark, befahl Bernhard von Gothien um die Mittagszeit, den Wald in Brand zu setzen. Der Rauch trieb seine Gegner aufs freie Feld, wo sie dem todbringenden Angriff der Reiterei ausgesetzt waren.

»Das ist das Ende«, murmelte Isembard. Sein Schwert troff von Blut.

Da ertönte von jenseits des Waldes ein Horn, gefolgt vom Dröhnen Hunderter Hufe.

»Nein, ist es nicht!«, rief Airado. »Das ist Graf Wilfried!«

Die Belloniden würden Barcelona nicht seinem Schicksal überlassen. Wilfried von Urgell und sein Bruder Miro griffen mit Hunderten Reitern die Kavallerie des Markgrafen von den Flanken her an. Begeistert sah Isembard, dass sie die gleiche Taktik anwandten wie damals in der Schlacht gegen den Wali von Lleida. Für seine dezimierte und resignierte Truppe war die Hilfe ein Zeichen Gottes.

Als sich die Schlachtreihen von Bernhards Kavallerie aufzulösen begannen, befahl Isembard den Angriff. Zu Fuß stürmte er seinen knapp hundert Männern voran, gefolgt von Armanni, Garleu, Maior und Airado. Seine Soldaten schrien aus voller

Kehle, begierig, ihre gefallenen Kameraden zu rächen, doch ihre Schmähruf e gingen im Dröhnen der Hufe unter.

Es kam zum Kampf auf offenem Feld. Isembard hieb mit seinem Schwert Lanzen entzwei und wich todbringenden Speerspitzen aus. Es zerriss ihm das Herz, als er sah, wie Maior von drei Lanzen durchbohrt wurde. Wutentbrannt hielt er Ausschau nach dem eigentlichen Verursacher von so viel Unheil. Bernhard beteiligte sich nicht an den Kämpfen und hielt sich auf seinem Pferd ein wenig abseits.

Voller Zorn, aber ohne die Beherrschung zu verlieren, schlug sich der Hauptmann der *Scara* eine Bresche durch Tote und Verletzte und schuf so neue Legenden über sein Kampfgeschick. Bernhard von Gothien wurde nervös, als er ihn mit gezogenem Schwert heranstürmen sah, und befahl seinen beiden berittenen Leibwachen, ihn niederzustrecken. Isembard wich der Lanze des Ersten aus und stieß ihm das Schwert in den Leib. Der Zweite nutzte diesen Moment, um seine Pike gegen ihn zu richten. Der Hauptmann wandte sich um, wohl wissend, dass er nicht mehr ausweichen konnte, doch plötzlich stieß der Reiter einen lauten Schrei aus, ließ die Waffe fallen und stürzte, immer noch schreiend, vom Pferd. An seinem Bein befanden sich vier klaffende Wunden, die bis auf den Knochen gingen. Sie erinnerten an den Prankenhieb eines gewaltigen Bären.

»Rotel!«, rief Isembard fassungslos, als er seine Schwester hinter dem Verwundeten auftauchen sah.

Die Gestalt im Fellumhang stürzte sich auf den Soldaten. Als sie sich wieder erhob, lag der Mann mit durchtrennter Kehle da.

Seine Schwester hatte nur ein Ziel: Bernhard von Gothien.

»Warte!«, rief Isembard, aber Rotel lief genau auf den Markgrafen zu, der jetzt ohne Schutz war.

Besorgt rannte er hinter ihr her. Er ahnte Böses. Rotel hatte immer nur im Verborgenen gemordet; sie war nie im Schlachtengetümmel gewesen und achtete nicht auf Rückendeckung. Ein Soldat stellte sich ihr in den Weg und ging mit vier entsetzlichen Schnitten im Gesicht vor Schmerzen schreiend zu Boden. Entsetzt über die unheimliche Erscheinung, die auf ihn zukam, zog Bernhard von Gothien sein glänzendes Schwert.

Etwas Dunkles flog durch die Luft und fiel zappelnd vor dem Pferd des Markgrafen auf den Boden. Eine fürchterliche schwarze Schlange richtete sich zischend und mit gespreiztem Nackenschild auf. Das Pferd scheute erschrocken und warf Bernhard ab, die Hufe zermalmten die afrikanische Kobra. Bernhard war von dem Sturz benommen, ein Bein war gebrochen. Er hatte sein Schwert verloren und starrte Rotel an wie eine Todesbotin. Voller Panik schleppte er sich rückwärts.

»Nein, Rotel! Geh in Deckung!«, schrie Isembard.

Die Bestiarin war nicht unbemerkt geblieben. Ein Bogenschütze, der in der Nähe seines Herrn stand, spannte seinen Bogen und schoss. Der Pfeil traf Rotel in den Rücken. Sie krümmte sich vor Schmerz, aber sie ging weiter auf den Markgrafen zu.

Mit tränenverschleiertem Blick versuchte Isembard, zu ihr zu gelangen. Einer von Bernhards Soldaten verletzte ihn an der Schulter und zwang ihn zum Zweikampf, bevor er seinen Weg fortsetzen konnte. Da bohrte sich ein zweiter Pfeil tief in den Rücken seiner Schwester, und Isembard schrie auf.

»Mein Gott!«

Rotel kam nur noch mühsam vorwärts. Bernhard lag nach wie vor am Boden. Als sie vor ihm stand, nahm sie die Kapuze ab. Trotz seiner Schmerzen und seiner Angst bewunderte der Markgraf staunend die schönste Frau, die er jemals gesehen hatte. Nicht einmal Richildis war mit ihr zu vergleichen. Doch dann verzerrte sich Rotels Gesicht zu einer dämonischen Fratze, und Bernhard schrie vor Entsetzen. Isembard war noch zwanzig Schritte entfernt, als er in den Händen seiner Schwester zwei lange, rostige Nägel entdeckte, vielleicht von einer

Christusfigur aus einer Kapelle. Rotel schleppte sich nur noch mühsam dahin und hinterließ eine Blutspur auf der Erde. Ihr schwerer Umhang glitt zu Boden und sie trat vor Bernhard, der wegzukriechen versuchte.

»Jetzt wirst du meine Dunkelheit sehen, Markgraf!«

Und ohne zu zögern, stieß sie ihm die Nägel in ihrer ganzen Länge in die Augen. Gnadenlos. Dann wurde sie von einem dritten Pfeil getroffen. Als wäre die Zeit stehen geblieben, sah Isembard, wie seine Schwester zu zucken begann. Er schrie laut, während es ihm das Herz zerriss. Rotel sank auf die Knie, verharrte einen Augenblick reglos und brach dann neben ihrem Opfer zusammen, das vor Schmerz brüllte, das Gesicht blutüberströmt. Zwei seiner Männer schleiften ihn panisch davon.

Isembard rannte zu seiner Schwester und nahm sie in die Arme. Er konnte die Pfeilspitzen aus dem Lederwams ragen sehen. Blut sickerte aus ihrem Mund, aber ihr Gesicht war immer noch das des kleinen Mädchens aus Santa Afra. Als Rotel ihn erkannte, huschte ein schwaches Lächeln über ihr Gesicht, aus dem reine Liebe sprach.

»Bruder …« Sie spuckte Blut, in fernen Visionen verloren.

»Rotel …« Isembards Welt stürzte zusammen. Die sechzehn Jahre, die sie ohne einander gewesen waren, lösten sich in nichts auf. Sie waren allein, endlich wieder zusammen, und der Schmerz war unermesslich. »Geh nicht fort!«

Sie hob die Hand. Die scharfen Sporne, mit denen sie angegriffen hatte, hatte sie verloren. Sie streichelte ihrem Bruder über das Gesicht, und eine Träne lief ihre Wange hinunter. Dann schaute sie über seine Schulter hinweg in die Ferne.

»Du bist gekommen, Meister.«

Rotel richtete ihre Augen gen Himmel und blieb reglos liegen, mit gebrochenem Blick und einem traurigen Lächeln auf den Lippen, das sie noch schöner erscheinen ließ als je zuvor.

Für Isembard war es, als wäre er mit ihr gestorben. Ohne auf die Gefahr zu achten, hockte er sich hin und begann zu schluchzen, bis sich ein langer, durchdringender Schrei aus seiner Kehle löste, der über das Schlachtfeld hallte und alle bis ins Mark traf.

Als irgendwann seine Stimme versagte, war ein lautes Horn zu vernehmen, das über die Ebene schallte. Den Rittern der Mark sank der Mut, weil sie glaubten, dass es das Eintreffen der zweitausend Fußsoldaten des Markgrafen ankündigte. Aber es war ein einzelner Reiter, der auf die Kämpfenden zugaloppierte.

»Sankta Eulalia!«, schrie er. »Die Heilige Eulalia ist in Barcelona!«

Mit unglaublichem Wagemut gab der Herold seinem Pferd die Sporen und preschte durch die Kampfreihen. Ein einziger Pfeil hätte seine Stimme zum Verstummen bringen können, doch kein Bogenschütze ließ die Sehne los. Niemand war so verwegen, sich Gottes Willen entgegenzustellen.

»*Laudamus te, Domine!* Herr, wir loben dich!«, verkündete er, als er die Wirkung seiner Worte bemerkte. »Barcelona steht unter dem Schutz der heiligen Eulalia!«

Er ritt zu Bernhards Hauptleuten, die noch nichts vom Schicksal des Markgrafen wussten, und warf ihnen einen Brief mit dem Siegel des Bischofs von Barcelona und des Rats der Stadt zu. Auch die Grafen von Urgell und Conflent kamen hinzu, nachdem sie eine Waffenpause vereinbart hatten. Ein Geistlicher verlas mit lauter Stimme die Einzelheiten der Reliquienauffindung. Viele sanken auf die Knie. In der Ferne waren die Glocken von Badalona und Santa Coloma zu hören. Die Nachricht verbreitete sich schnell.

Als sich herumsprach, was Bernhard von Gothien widerfahren war, machte sich Mutlosigkeit in seinen Reihen breit. Es hatte keinen Sinn mehr, auch nur einen weiteren Tropfen Blut zu vergießen. Gott hatte einer Stadt, die treu zur Krone stand, eine Reliquie geschenkt, und der Markgraf war schwer verwundet. Das Heer von Gothien war nach wie vor in der Lage, Barcelona zu besiegen und zu unterwerfen, doch damit würden sie ihr Seelenheil in Gefahr bringen. Wer konnte, lief davon, und die Truppen der Mark brachen in Jubel aus und dankten Gott.

Graf Wilfried und Airado gingen zu Isembard, der fernab der Geschehnisse noch immer seine tote Schwester in den Armen hielt. Als sie seine Verzweiflung sahen, knieten sie bewegt neben ihm nieder, obwohl es sie schauderte bei der Vorstellung, was diese zarte Frau dem mächtigen Markgrafen angetan hatte.

»Drogo von Borr und Bernhard von Gothien haben ihre Strafe bekommen«, sagte Isembard mit gebrochener Stimme, während er Rotel die tiefblauen Augen schloss. »Ruhe in Frieden, Schwester … Dein Leid hat nun ein Ende.«

77

Hinkmar von Reims saß am Kopfende des langen Eichenholztisches und wandte sich an Hugo Abbas, Bernard Plantevelue, Boso von Vienne und dessen Schwester, Kaiserin Richildis. Zwei Dutzend Adlige und Vasallen standen schweigend um sie herum und verfolgten die Verhandlungen auf der Burg von Berzé. Bernhard von Gothien fehlte. Die leeren Augenhöhlen hatten sich entzündet, und der Markgraf schwebte zwischen Leben und Tod. Er war nicht in der Lage, zu regieren, und seine Vasallen hatten sich den Angriffen gebeugt, die Graf Wilfried von Urgell und Graf Miro in Gothien unternommen hatten, um den Aufstand im Namen des Königs niederzuschlagen.

Die Nachricht vom Reliquienfund der verehrten heiligen Eulalia hatte das Frankenreich und die gesamte christliche Welt bewegt. Aus allen Städten strömten Pilger nach Barcelona, um sich vor dem Sarkophag zu verneigen, den Frodoi in der neuen Kathedrale hatte errichten lassen. Als Zeichen der Achtung und Dankbarkeit sollte die Kirche zukünftig den Namen der Märtyrerin tragen. Über dem Grab erhob sich ein Marienaltar, als Dank an die Muttergottes, wie Frodoi es gelobt hatte, und auch weil die Reliquien jahrhundertelang in einer kleinen Marienkirche am Meer geruht hatten. Aber die Wirkung des Reliquienfundes reichte viel weiter, genau wie es die Bischöfe von Barcelona und Reims vorausgesehen hatten.

Hugo war der Erste, der seine Haltung änderte. Einem so außerordentlichen Zeichen konnte er sich nicht widersetzen. Gott hielt seine schützende Hand über die Karolinger und ihre Getreuen, das hatten die Ereignisse in Barcelona gezeigt. Er hatte sich gegen Karl den Kahlen erhoben, weil er es nicht gutgeheißen hatte, dass dieser sein Reich verließ, um dem Papst zu Hilfe zu eilen, während Normannenhorden die Seine hinaufzogen. Doch nun war der alte König tot, und er war nach wie vor der erste Ratgeber des Thronfolgers Ludwig des Stammlers. Seine Stellung und seine Privilegien waren gesichert.

Auch die Nachrichten aus Italien machten ein Umdenken ratsam. Als der Papst keine Möglichkeit mehr sah, die Kaiserkrönung Karlmanns zu verhindern, der weiterhin vom norditalienischen Adel unterstützt wurde, war er nach Rom zurückgekehrt. Doch auf dem Weg nach Rom war der Sohn Ludwigs des Deutschen an einem Fieber erkrankt, das in seiner Armee wütete, und nach Norden umgekehrt. Der Thron Karls des Großen war vakant, und in diesem Saal wurde nun über das weitere Schicksal des Kaiserreichs entschieden.

Richildis hatte die Reichsinsignien auf den Tisch gelegt und sah frustriert zu ihrem Bruder. Bosos Lippen umspielte ein feines Lächeln. Die Lage mochte sich verändert haben, doch die Bosoniden waren erfahrene Strategen. Durch geschicktes Taktieren hatten sie es bis ganz nach oben geschafft, weil sie es verstanden, sich in Position zu bringen und im richtigen Augenblick zu handeln. Ehre und Stolz waren ihrem Machtstreben nur hinderlich; es machte dem Herzog wenig aus, sich mit einem Erzbischof an einen Tisch zu setzen, den er noch einen Monat zuvor zu ermorden versucht hatte. So war die Politik im Kaiserreich.

»Wir beugen uns dem Willen des Allerhöchsten«, sagte Boso bedächtig, beinahe amüsiert. »Wenn es Sein Wille ist, dass die karolingische Dynastie mit Ludwig dem Stammler weitergeführt wird, wer sind wir, uns ihm zu widersetzen?«

Ringsum nickten alle, als hätte es den über Jahre geplanten Aufstand nie gegeben. Gott hatte gesprochen, nun ging es darum, Titel und Privilegien zu wahren.

»Das freut mich zu hören, Herzog Boso«, sagte Hinkmar. Er war genauso Politiker wie alle anderen hier und wollte keine Zeit mit Vorwürfen verschwenden. Das Machtgleichgewicht stand auf tönernen Füßen.

»Wenn alle Titel, Ländereien und Pfründe unangetastet bleiben, werden wir als treue Untertanen das Knie vor Prinz Ludwig beugen. Für Bernhard von Gothien können wir jedoch nicht sprechen; niemand weiß, ob er überleben wird.« Der Bosonide sprach für den aufständischen Adel, ohne das geringste Mitleid mit seinem früheren Verbündeten zu zeigen. »Gott weist uns darauf hin, dass die wahren Feinde außerhalb des Kaiserreichs zu finden sind. Lasst uns die Vergangenheit vergessen und wie ein Mann gemeinsam für die Zukunft kämpfen!«

Im Saal wurde Beifall laut. Hinkmar sah den zynischen Boso mit gerunzelter Stirn an, musste sich aber eingestehen, dass es so am besten war. Ludwig war auf diese Männer angewiesen, um zu regieren. Das vergossene Blut, die ganzen Intrigen waren nur noch Anekdoten, die nichts in der Verhandlung zu suchen hatten.

»Dann gebt die Reichsinsignien an die Krone zurück und fügt euch in die neue Situation«, sagte Hinkmar.

»Hier sind sie, Erzbischof. Die Kaiserin wird sie ihrem Stiefsohn Ludwig überreichen. Im Gegenzug werdet Ihr gewisse Indiskretionen vergessen, die nur die Familie angehen.«

Diesmal schwang eine leise Drohung im Ton des Bosoniden mit, die Hinkmar sehr wohl wahrnahm. Er selbst hatte in der Abtei Montmajour das inzestuöse Stöhnen auf heiligem Boden gehört. Sein Leben hing von seinem Schweigen ab, und außerdem stand das Königreich auf dem Spiel.

»Ich weiß nicht, wovon Ihr sprecht.«

»Das freut mich zu hören«, sagte Boso und schaute zu der blassen Richildis.

Die Geschwister hatten tagelang diskutiert. Richildis war vor Enttäuschung in Tränen ausgebrochen angesichts der unerwarteten Wendung und weil es ihr nicht gelungen war, einen Thronerben zu gebären. Aber sie vertraute Boso und der restlichen Familie. Der Aufstand war gescheitert, doch sie kontrollierten bereits jetzt den unfähigen Ludwig in Aquitanien. Die Bosoniden würden sogar mehr Privilegien erhalten als unter Karl dem Kahlen – sie mussten nur geduldig sein und geschickt vorgehen, wieder einmal.

Im Anschluss wurden die Einzelheiten verhandelt. Die feierliche Krönung des neuen Königs sollte noch vor Weihnachten in Gegenwart aller bedeutenden Adligen, Bischöfe und Äbte des Reichs stattfinden, um gegenüber Ludwigs Cousins in Ostfranken Stärke zu zeigen und diese von einer Invasion in Westfranken abzuhalten. Bei der traditionellen Reichsversammlung im kommenden Frühjahr würden neue Privilegien verteilt werden.

Während des pompösen, zwanziggängigen Festmahls, bei dem unter anderem Wildbret und mit Trüffeln gefüllte Fasane aufgetischt wurden, warben gleich mehrere Adlige um Richildis. Trotz der Gerüchte und obwohl sie König Karl keinen gesunden Sohn geboren hatte, war sie die begehrteste Witwe des Landes.

Sie schenkte jedem Bewerber ein Lächeln, doch ihre Aufmerksamkeit galt Boso. Seine Zuversicht bedeutete, dass er etwas im Schilde führte, was er der Familie noch nicht mitgeteilt hatte. In einer ruhigen Minute gesellte sie sich zu ihm.

»Du bist bestens aufgelegt heute Abend, Bruder. Macht es dir solche Freude, dass du die Gelegenheit verpasst hast, König der Provence und über Burgund zu werden?«

Er starrte voller Verlangen auf ihre Lippen.

»Geliebte Schwester, ich habe einen hochinteressanten Brief aus Rom erhalten.«

»Geht es deiner Frau Ermengarde gut? Hat sie inzwischen ihr Kind bekommen?«

Richildis hasste ihre Schwägerin Ermengarde von Lotharingien, die Tochter des verstorbenen Kaisers Ludwig von Italien. Sie hatten sich nur einmal gesehen, und damals hätte sie ihr am liebsten das hübsche Gesicht mit einem Dolch zerschnitten.

»Die Nachricht ist nicht von ihr«, sagte Boso belustigt, als er ihre Eifersucht bemerkte. »Sondern vom Heiligen Vater.«

»Also hat er dich nicht vergessen.«

Die anderen Gäste achteten nicht auf die Geschwister. Sie tranken und kniffen die Dienerinnen in die Wangen, die den Wein einschenkten. Nicht mehr lange, und sie würden ihrem Verlangen freien Lauf lassen. Nur der nüchterne Hinkmar beobachtete von der anderen Seite des Saals aus, wie der Bosonide den Hintern der Königin tätschelte.

»Wie fändest du es, die Schwester des Adoptivsohns von Papst Johannes VIII. zu sein?«

Richildis riss überrascht die Augen auf und schlug eine Hand vor den Mund, um nicht in lauten Jubel auszubrechen. Sie konnte beinahe hören, wie sich das Rad der Geschichte knarrend in die ursprüngliche Position zurückdrehte und alles von vorn begann.

78

Isembard lauschte Berthas ruhigem Atem. Er hatte lange ihren Bauch gestreichelt und die Bewegungen des Kindes gespürt, das sie erwartete. Seine Frau war das sanfteste Wesen, das es gab, davon war er nach der schrecklichen Zeit, die sie durchlebt hatten, überzeugt. Sobald das Kind auf der Welt war, würden sie nach Orléans reisen, um eine Weile bei ihrer Familie zu bleiben. Vielleicht würden dort auch die Wunden heilen, die Rotels Tod geschlagen hatte.

Die sterblichen Überreste Rotels von Tenes ruhten auf Wunsch ihres Bruders in der Kirche Santa María. Die heilige Eulalia und Rotel hatten Bernhards Armee aufgehalten, und so gab es keinen, der Einwände dagegen erhob, denn nur wenige kannten ihre düstere Vergangenheit. Vielmehr wurde sie als neue Märtyrerin betrachtet, und weder Frodoi noch Isembard hatten ein Interesse daran, zu verhindern, dass man sie so in Erinnerung behielt.

Der Hauptmann der *Scara* wusste nicht, ob der Thronfolger ihn in sein Heer berufen und als Herrn von Tenes bestätigen würde, was ihn allerdings nicht davon abhielt, die väterliche Burg instand zu setzen. Die umliegenden Wälder und Felder waren Teil der Besitzung, und wenn er Bauern ansiedelte, würden sie das ungenutzte Land roden. Das brächte ihm die nötigen Mittel ein, um seinen Adelsstand zu halten. Die Neuen Ritter der Mark hatten einen Eid zu erfüllen.

Er dachte daran, wie Bischof Frodoi ihn bei der Ankunft in Barcelona in die Arme geschlossen hatte. Den Geistlichen umwehte eine Aura von Heiligkeit. Er schmückte die Stadt für den Empfang Wilfrieds von Urgell heraus, als ob dieser bereits der rechtmäßige Graf wäre, eine wohlüberlegte Geste, die sich schon bald in der Spanischen Mark herumsprach. Der

Bischof war umtriebiger denn je und bereitete seine Reise zur Krönung des neuen Königs und zur Reichsversammlung vor, um Vorteile aus der aufopferungsvollen Zeit zu schlagen. Er vermisste Servusdei, aber wenigstens hatte er Jordi an seiner Seite.

Isembard ließ seine Frau schlafen und stand auf. Er verzog das Gesicht. Die Verletzungen, die er in der Schlacht davongetragen hatte, heilten, schmerzten aber bei jeder Bewegung. Die tiefste Wunde jedoch würde niemals heilen: Er hatte nicht verhindern können, dass Rotel die wurde, die sie gewesen war. Und er hatte nicht ihr Leben retten können. Alle hielten ihn für einen Helden, aber dieses Versagen würde er für den Rest seiner Tage mit sich herumtragen.

Er legte einen Umhang um und ging durch die einsamen Gassen zur Herberge am Miracle. Es war schon nach Mitternacht und das Haus geschlossen. Isembard sprang über die Gartenmauer und schlich zum Stall. Sie wollten sich heute Nacht treffen – ein letztes Mal.

»Elisia …«

Sie kam ihm entgegen und küsste ihn zärtlich. Isembard rannen die Tränen hinab, als sie ihn umarmte.

»Deine Schwester hat am Ende für Recht gesorgt«, flüsterte Elisia traurig. »Sie war immer ein freier Geist, vergiss das nicht.«

Seit dem Gottesurteil war Elisia verändert. Isembard war das gleich aufgefallen, als er nach Barcelona kam. Sie hatte keine Schuldgefühle mehr, weil sie ihn liebte, und sie war Witwe, dennoch trennte sie nach wie vor ein Abgrund. Als er sie streicheln wollte, gebot sie ihm Einhalt.

»Das Leben ist kurz«, flüsterte Isembard und küsste sie auf den Hals. »Schon morgen könnten wir tot sein.«

Elisia hob ihren entblößten Arm. Er sah immer noch furchtbar aus. Sie hatte ihn mit Honig eingerieben, und über dem rohen Fleisch bildete sich neue Haut. Allmählich kam auch das Gefühl zurück, aber sie konnte ihn nach wie vor nicht benutzen.

»Du musst dich um Bertha und dein Kind kümmern. Es ist deine Pflicht.« Sie kämpfte mit ihren Gefühlen. »Ich werde deinen Erstgeborenen aufziehen … Lambert.« Zum ersten Mal sprach sie es laut aus. »Goda will, dass ich wieder heirate.«

Isembard verspürte einen Stich in der Brust. Elisia senkte den Blick; es tat weh, über die Zukunft zu sprechen, aber sie wollte, dass Isembard es wusste und akzeptierte.

»Es geht um Hauptmann Oriol. Er hegt seit Jahren eine heimliche Liebe zu mir. Ich sehe in seinen Augen, dass er ein anständiger Mann ist, der mich gut behandeln wird. Er hat vor, seinen Dienst in der bischöflichen Garde zu quittieren und die Waffen abzulegen. Er ist dreiundvierzig, ich bin vierunddreißig. Ich weiß nicht, ob ich ihm noch ein Kind schenken kann, aber er wird ein guter Wirt sein … Er wird geschätzt und geachtet in der Stadt.«

Isembard versuchte zu lächeln. Mit diesem harten Schlag hatte er nicht gerechnet. Es war etwas anderes, Gali zu hintergehen als seinen engen Gefährten. Oriol war ein Ritter, aber er hatte sein Leben in den Dienst der Bischöfe von Barcelona gestellt und dafür einen miserablen Lohn erhalten, ein Haus, das allmählich verfiel, und ein wenig Land innerhalb der Mauer, um das sich niemand kümmerte. Er hatte etwas Besseres verdient. Frodoi war es ihm schuldig.

Elisia sah den Kummer in Isembards blauen Augen. Zu viele Verluste für ein einziges Herz. Sie strich ihm zärtlich übers Gesicht, und beide weinten innerlich.

»Du verstehst es doch, oder? Auch ich habe ein Recht darauf, jemanden an meiner Seite zu haben, auf den ich mich verlassen kann, der mich achtet, der mir hilft und der für mich Sorge trägt.« Sie küsste ihn auf die Augen und auf den Mund. »Aber das bist nicht du, Liebster, bist es nie gewesen … Auch wenn ich all die Jahre davon träumte, dass es so sein könnte. Du bist mein edler Ritter Isembard II. von Tenes.«

Er nickte. Kein Schwert konnte die heiligen Gelübde brechen. Tief in seinem Herzen spürte er, dass dieser Kampf verloren war. Tränen glitzerten in seinen Augen.

»Komm, Liebster«, sagte sie. »Lass uns diese letzte Nacht miteinander verbringen … Morgen wird Gott jedem von uns seinen Weg weisen.«

79

Herzog Boso von Vienne öffnete Troyes für die Reichsversammlung, die König Ludwig einberufen hatte, nachdem er am 8. Dezember des Vorjahres zum neuen Herrscher gekrönt worden war. Noch nie hatte eine Versammlung so große Erwartungen geweckt. In und vor der Stadt wimmelte es von Adligen und ihrem Gefolge, überall standen Zelte, so weit das Auge reichte. Sogar Holzkapellen waren errichtet worden, um Messen für die zahlreichen Gäste zu halten. Nur wenige Adlige, Bischöfe und Äbte blieben dieser wichtigen Versammlung fern.

Auch Papst Johannes VIII. war anwesend. In den Wochen zuvor war über nichts anderes gesprochen worden. Sein Weg hatte ihn zunächst nach Arles geführt, wo er von Boso, seinem derzeitigen Vertrauten, empfangen wurde. Nach einem gescheiterten Versuch, ein Konzil in Lyon einzuberufen, war er nach Troyes aufgebrochen, um den neuen König des Westfränkischen Reichs zu erwarten.

Mitte August zog er dann auf seinem prächtigen goldenen Tragstuhl mit einem eindrucksvollen Gefolge aus Bischöfen, Rittern und Wachen in die Stadt ein, begleitet vom Herzog und dessen junger Gemahlin Ermengarde von Lotharingien.

Stumm vor Staunen, versammelten sich Hof und Adel, um den Papst und den mächtigen Bosoniden willkommen zu heißen, den Johannes VIII. Gerüchten zufolge adoptieren wollte. Dennoch hatte der Pontifex es abgelehnt, in Bosos Palast in Troyes zu wohnen, um weiteres Gerede zu vermeiden, sondern lagerte mit seinem Gefolge vor den Toren der Stadt.

Richildis trat hinzu, um Ermengarde zu begrüßen. Sie bedauerte, dass Rotel nicht da war, um dieses zarte, faltenfreie Gesicht so zu entstellen, wie sie es mit Drogos getan hatte. Mit seiner Frau hatte Boso eine gesunde Tochter gezeugt.

Am 7. September 878 traf der neue König mit seinem Kämmerer Theoderich und zahlreichen Höflingen ein. Der Papst krönte ihn ein weiteres Mal, um seine Legitimierung zu bestätigen. Ludwig sah kränklich aus. Um seine Gesundheit war es nie zum Besten bestellt gewesen, was ihn indes nicht daran hinderte, bei dem Festbankett, das an diesem Abend für den Papst und die anwesenden Adligen gegeben wurde, über die Stränge zu schlagen.

Es machte die Runde, dass der Papst während seiner Reise durch Gothien einen Kirchenbann gegen Wilfried, Miro und ihre Brüder ausgesprochen hatte, weil diese von Bernhard ernannte Geistliche und Beamte entlassen hatten. Vielleicht wollte er Spannungen mit dem Mann vermeiden, der nach wie vor der Herr über Gothien war. Bernhard lebte, hatte aber nicht nur das Augenlicht, sondern auch den Verstand verloren. In seinen Delirien sprach er von einem Dämon von unvergleichlicher Schönheit, der ihn in seiner ewigen Dunkelheit verfolgte. Dem Wahn verfallen, saß der Rorgonide ohne Vasallen und ohne Truppen in Autun fest.

In Troyes angekommen, hatte der Papst die Angelegenheit schnell vergessen und empfing Wilfried und Miro wie Helden.

Isembard kam in Begleitung seines Schwiegervaters aus Orléans. Er wunderte sich immer noch, wie schnell der Hof und der Adel die tragischen Ereignisse und die vielen Toten vergaßen, die der Aufstand verursacht hatte. Es waren neue Zeiten. Bündnisse zerbrachen, und die Widersacher von ehedem hatten keine Bedenken, gemeinsame Sache zu machen. Als die Bischöfe aus Barcelona, Urgell und Girona gemeinsam mit Sigebaud von Narbonne eintrafen, machte sich Isembard auf, um Frodoi zu begrüßen. Es war eine herzliche Begegnung unter alten Freunden, die einander achteten und respektierten.

»Die Burg Tenes wird bald bewohnbar sein«, sagte der Bischof, wie immer gut informiert. »Wann kommst du zurück?

Die Ritter der Mark brauchen dich. Airado ist zu ungestüm, er kann jeden Tag einen Krieg auslösen.«

»Meine Tochter ist gesund zur Welt gekommen, aber es ist noch zu früh, um sie auf eine graue, entlegene Burg zu bringen. Ich hoffe darauf, dass der König mir den Titel meines Vaters zuerkennt.«

»Davon kannst du ganz sicher ausgehen, mein werter Freund.«

Der Bischof lächelte listig und verschwand in seinem Zelt. Er hatte Jordi mitgebracht, außerdem mehrere Geistliche, die in gotischem und karolingischem Recht bewandert waren, sowie den jungen Astrald. Wie erwartet, empfing ihn der König mit allen Ehren, schließlich hatte Frodoi die Reliquien der heiligen Eulalia entdeckt und damit den römischen Ritus in Barcelona gestärkt. Selbst Hinkmar hatte sich öffentlich vor ihm verneigt, als er ihn in der Versammlung begrüßte. Der neue König verdankte ihm die Krone, und dies war der Moment, um über die Belohnung zu verhandeln.

Oriol umarmte Isembard fest. Beide wussten, was die Begegnung überschattete.

»Ich werde gut auf sie achtgeben, mein Freund. Sie wird mich nie ansehen wie dich, aber ich hoffe, dass ich sie glücklich machen kann.«

Isembard fasste ihn bei den Schultern und lächelte.

»So sehr mich deine Worte schmerzen, so weiß ich doch, dass es so sein wird. Elisia hat dich verdient und du sie. Du besitzt meinen Respekt, Oriol. Ich würde niemals einen Freund hintergehen.«

Der Hauptmann des Bischofs nickte erleichtert. Die Liebe nahm ihre eigenen Wege, aber er vertraute auf Isembards Wort. Goda hatte Oriol zu dieser Vermählung ermuntert, und Elisia hatte seinen Antrag mit verhaltener Freude angenommen. Unter der Leitung von Emma und Aio und mit Galderic in der Küche lief die Herberge fast von allein. Die Besitzerin hatte ein Auge darauf, wenn sie nicht bei ihren Kindern war oder in Dhuodas Buch las, das Bertha ihr bei ihrem kühlen Abschied geschenkt hatte. Außerdem bestickte sie ihr Hochzeitskleid, glücklich, dass ihr Arm es ihr wieder erlaubte. Oriol und sie hatten es verdient, gemeinsam alt zu werden, nachdem sie so viele Schwierigkeiten des Lebens gemeistert hatten.

Am 9. September errang Frodoi einen ersten Sieg, als in der *Lex Gotica* harte Strafen für die gotteslästerliche Ausübung des mozarabischen Ritus festgeschrieben wurden. Die strenge Anwendung des Gesetzes würde seine Macht festigen. Er erhielt zudem die nötigen Mittel für die Instandsetzung der Kirchen und des sogenannten Campo de Santa Eulalia. Doch der Höhepunkt der Feierlichkeiten fand am 10. September statt, als Boso und seine Frau Ermengarde dem königlichen Gefolge, dem Papst und den einflussreichsten Adligen ihren Palast öffneten, um die Verlobung ihrer neugeborenen Tochter Engelberga mit Karlmann, dem elfjährigen Sohn Ludwigs des Stammlers, zu feiern.

In diesem zwanglosen Rahmen vergab der König inoffiziell die Beute des Aufstands, der nach einem Jahr bereits nahezu in Vergessenheit geraten war. Boso behielt seine ausgedehnten Ländereien im Rhonebecken, Bernard Plantevelue erhielt Aquitanien, und dem Kämmerer Theoderich wurde für seine Treue zu Ludwig die Grafschaft Autun zuerkannt. Blieben nur noch die übrigen Grafschaften Bernhards von Gothien aufzuteilen; das sollte am folgenden Tag geschehen.

An jenem historischen 11. September 878 läuteten die Glocken von Troyes, während sich die Adligen erneut zur Versammlung einfanden. Bernhard von Gothien wurde vom Papst exkommuniziert, und König Ludwig sprach ihm sämtliche Titel ab. Angesichts seines Wahnsinns und unter dem Druck Graf Wilfrieds von Urgell und seiner Brüder hatten sich seine Vasallen von ihm losgesagt. Bernhard würde, von der Welt vergessen, unter der Aufsicht seines Bruders Emenon und weiterer Familienmitglieder der Rorgoniden in Autun bleiben, ein Schicksal, das schlimmer war als der Tod.

Im Anschluss bat Frodoi um eine Verhandlungspause für eine vertrauliche Unterredung mit dem König und seinen wichtigsten Beratern. Nachdem sie sich in die Sakristei zurückgezogen hatten, richtete der König verdrossen das Wort an ihn.

»Es ist bereits alles entschieden, Bischof, das wisst Ihr doch!« Ludwig wollte die Angelegenheit so schnell wie möglich hinter sich bringen, um sich dem nächsten Festmahl zu widmen. »Es wird genau so geschehen, wie Ihr es wünscht: Graf Wilfried erhält Barcelona, Girona und Besalú. Die alte Grafschaft Osona, die mit Urgell und Cerdaña einen Großteil der Spanischen Mark ausmacht, wird neu organisiert. Miro wird Graf von Roussillon. Ich erhoffe mir, dass sie die Grenze sichern und das Land endlich wiederbesiedeln.«

»Es ist ein kluger Schachzug, Goten zu Grafen der Mark zu ernennen, mein König.«

»Weshalb dann diese Geheimniskrämerei?«

Frodoi war angespannt. Seit seiner ersten Begegnung mit Goda hatte er auf diesen Augenblick hingearbeitet. So viel Mühsal und so viel vergossenes Blut für diesen einen Moment, in dieser kleinen Sakristei mit einer Handvoll Personen.

»Mein König, seit Euer Urgroßvater Karl der Große die Spanische Mark von den Sarazenen eroberte, sind achtzig Jahre voller Kämpfe und Rebellion ins Land gegangen, die nur Hunger und Elend gebracht haben. Die Mark ist nach wie vor ein finsterer Ort, und es wird mehr als eine Generation brauchen, um sie zu befrieden.«

»Worauf wollt Ihr hinaus?«

»Die Nachfahren Graf Sunifreds aus dem Haus Bellos von Carcassonne sollten die Grafschaft als erblichen Titel erhalten.«

»Eine gräfliche Erbfolge ohne vorherige Ernennung durch den König?«, rief Hinkmar überrascht aus.

»Es ist ein Recht, das durch den König gewährt wird und das auch künftige Könige zu achten hätten. Es braucht eine kontinuierliche Regierung, um Stabilität und dauerhaften Frieden zu schaffen. Es ist eine Maßnahme, die dem gesamten Königreich zugutekäme, davon bin ich fest überzeugt.«

»Eine solche Entscheidung wäre beispiellos in der Geschichte«, murmelte der Kämmerer Theoderich.

»Das Emirat von Córdoba ist stark. Es in Schach zu halten wird viele Opfer und vor allem Zeit kosten. Aber eine gefestigte gräfliche Dynastie wird die Gefahr mindern.«

»Und was erhielte die Krone im Gegenzug dafür, dass sie das Recht aufgibt, den Grafen zu ernennen?«

Frodoi sah zu Wilfried und Miro.

»Die Gefolgschaft und Treue zur Krone, die diese Männer im letzten Jahr bewiesen haben.«

Ludwigs Vorgänger wären niemals darauf eingegangen, doch der schwache König trat mit seinen Ratgebern beiseite, um über den unerwarteten Vorschlag zu beraten. Mit einer stabilen Spanischen Mark konnten sie ihr Augenmerk auf die Normannen richten und vielleicht sogar Gebiete auf ostfränkischem Boden zurückgewinnen.

Als der König sich ihm wieder zuwandte und Frodoi sein Gesicht sah, wurden seine Augen feucht. Hinkmar sah ihn stolz an. Frodoi wünschte sich, dass Goda jetzt hier wäre.

Feierlich verkündete der König: »Kraft meines Amtes gewähre ich den Grafen Wilfried und Miro sowie ihren Nachkommen auf ewig das Recht, ihre Ämter gemäß karolingischem Recht zu vererben. Bei Antritt des Grafenamtes hat der Erbe dem König seine Aufwartung zu machen und ihm Gehorsam zu schwören.« Er sah zu Hinkmar und Theoderich, und diese nickten. »Ihr werdet Verständnis dafür haben, dass diese Entscheidung vorläufig nicht in der Versammlung publik gemacht wird, um Proteste zu vermeiden.«

»So sei es. Ehre sei Gott«, antworteten Frodoi und die Belloniden.

Hinkmar trat zu seinem persönlichen Schreiber, der eine Mitschrift anfertigte, um sie später in seine Chronik aufzunehmen, und diktierte: »*Et per alios secrete dispositos ...*«

Und mit diesen »weiteren geheimen Verfügungen« änderte sich der Lauf der Geschichte in der Spanischen Mark.

Sie verließen die Sakristei und nahmen ihre Plätze in der Versammlung ein. Hinkmar von Reims, Boso von Vienne, Bernard Plantevelue, Richildis der Provence, Isembard von Tenes, Frodoi, Wilfried, König Ludwig, Hugo Abbas, Theoderich, der Papst ... Sie alle wussten, dass diese Geschichte noch längst nicht zu Ende war. In diesen dunklen Zeiten hielt das Buch Gottes neue Verschwörungen, Bündnisse, Intrigen, Verrat, Kämpfe und Abenteuer bereit. Ereignisse, die den gesamten Erdkreis und großherzige Seelen wie Elisia, Oriol, Goda, Astrald, Jordi, Joan, Leda, Emma und Galderic betreffen würden. Aber Barcelona lebte.

80

Ergriffen hörte Isembard, wie die Glocken der neuen Kathedrale die Krönung des Grafen von Barcelona verkündeten. Er war am Abend zuvor in der Stadt eingetroffen, um an den Feierlichkeiten teilzunehmen, wie er es Wilfried von Urgell bei der Reichsversammlung in Troyes versprochen hatte.

Er trat ans Fenster des kleinen Palasts, den schon seine Frau während ihres Aufenthalts in Barcelona bewohnt hatte. Die Kathedrale zum Heiligen Kreuz und Santa Eulalia war in goldenes Herbstlicht getaucht. Er atmete tief durch. Das anhaltende Läuten rief ihm jene fernen Tage in Santa Afra in Erinnerung, wenn er und seine Schwester beim Glockenläuten alles stehen und liegen lassen mussten, um zum Gebet zu eilen. Rotel hatte dem klösterlichen Leben wenig abgewinnen können und die Weinberge nur ungern verlassen. Das Herz wurde ihm schwer, aber dies war nicht der Moment, sich mit Wunden zu beschäftigen, die niemals heilen würden.

Die Menschen strömten auf die Straßen und bildeten eine Gasse, durch die Wilfried zur neuen Kathedrale ziehen würde. Vor dem gräflichen Palast versammelten sich die Mitglieder der Stadtwache, die Beamten und die Mitglieder der Adelsfamilien im Festtagsstaat.

Isembard sah Oriol eintreffen. Er trug nicht länger Schwert und Lederwams, sondern eine elegante braune Tunika und einen dunklen Umhang, doch die Soldaten grüßten ihn nach wie vor mit tiefem Respekt. Bei ihm war Elisia in einem blauen Leinenkleid und einem dicken Wollumhang, gefolgt von einer ganzen Schar von Männern, Frauen und Kindern, die in der Herberge zum Miracle arbeiteten. Isembard war bewegt. Elisia war endlich Herrin über ihr Leben und strahlte große Ruhe aus. Als sie ihn am Fenster sah, blickte sie auf und lächelte ihm zu, dann hob sie den Arm und bewegte die Finger. Sie war genesen. Er nickte fröhlich, und sie sahen sich eine kleine Ewigkeit lang an. Keiner von beiden würde je vergessen, was alles geschehen war, seit sie sich am Stadttor in Girona zum ersten Mal begegnet waren. Jeder Kuss und jede Liebkosung zogen an ihnen vorbei, aber sie würden diese Grenze nie wieder überschreiten. Das Feuer in ihren Herzen würde brennen, bis die Zeit die Glut erkalten ließ. So hatten sie es gewollt, und Gott hatte ihnen inneren Frieden geschenkt.

Elisia neigte dankbar den Kopf, dann ging sie zu Oriol.

»Es ist Zeit, Isembard!«, rief Bertha hinter ihm.

Isembard drehte sich zu ihr um und lächelte. Seine Gefühle behielt er für sich. Er sah sie bewundernd an. Zwei Dienerinnen hatten ihr beim Ankleiden geholfen, und die junge Mutter sah wunderschön aus in ihrem weinroten Gewand und der weißen, silberbestickten Haube. Bertha hatte ihre jugendliche Unschuld verloren, aber sie hatte ihm verziehen und war nach wie vor bereit, mit ihm die Linie Tenes und Orléans zu gründen. Zum Ansehen des Hauptmanns der *Scara* kamen ihre Kenntnisse des Hofes und der Adelshäuser, die unerlässlich waren, um in diesem gefährlichen Dschungel zu bestehen.

»Meine Herrin«, sagte er galant.

Er legte sein Schwert um, und sie gingen zusammen nach unten. Auf dem belebten Platz gesellte sich Airado mit einigen weiteren Rittern der Mark zu ihnen. Der junge Soldat trug einen dicken Verband um den Kopf. Seit ein Graf an der Macht war, der das Niemandsland besiedeln wollte, hatten die Spannungen mit den Sarazenen zugenommen. Die Wunde war die Folge eines heftigen Scharmützels. Dieser Konflikt würde noch lange Zeit andauern.

Als Wilfried von Urgell vor das Portal des Grafenpalasts trat, brach die Menge auf dem Platz in lauten Jubel aus. Der Graf trug eine kostbare schwarze Tunika mit glänzenden Nieten aus Metall und hatte sein Schwert umgegürtet. Hinter ihm folgte seine Frau Guinidilda in einem türkisblauen Seidenkleid, das ihre fortgeschrittene Schwangerschaft offenkundig werden ließ.

Zwei Monate nach der Ernennung in Troyes wurde Sunifreds Sohn in Barcelona zum Grafen gekrönt, und seine Nachfahren würden ihm ohne vorherige Ernennung durch den König auf den Thron folgen dürfen. Viele weinten vor Freude, andere blieben skeptisch, denn in der Spanischen Mark war bislang nichts von Dauer gewesen.

Hinter dem Grafenpaar folgten Wilfrieds Geschwister und seine stolze Mutter Ermesenda. Wilfried suchte Isembards Blick, und dieser trat zu ihm.

»Es ist geschafft, Graf. Aber es ist nur ein Anfang, das müsst Ihr wissen.«

»Gott segne diesen Anfang, den ich dir zu verdanken habe, Isembard, dir und vielen anderen …«

Lächelnd blickten sie zur neuen Kathedrale mit ihrem eleganten Portalbogen aus schwarzem und weißem Marmor. Die Kirche besaß genauso viel Persönlichkeit wie ihr Erbauer.

Die Kathedrale zum Heiligen Kreuz und Santa Eulalia erstrahlte in diesem historischen Moment, als wäre sie nur für die Krönung errichtet worden, doch ihre Steine bargen eine wesentlich längere Geschichte. Sie war in Jahrzehnten erbaut worden, in denen Barcelona Gefahr lief, wie andere Städte der Mark zerstört und vergessen zu werden. Viele Jahre hatte die Baustelle geruht, in anderen war fieberhaft gearbeitet worden, aber nun war das Werk vollendet und die Stadt stolz. Unter ihren Fundamenten ruhte das majestätische Barcino, doch die Glocken kündeten davon, dass Barcelona, obgleich ärmer und entvölkert, dem zweiten Jahrtausend entgegenging und immer noch stand.

An diesem Morgen war die Kirche, die zu diesem Anlass geweiht worden war, brechend voll. Neben den herrlichen

Fresken und den verzierten Kapitellen verdienten auch die Arkaden Bewunderung, die zu diesem Anlass mit rot-goldenen Stoffbahnen geschmückt waren.

Als das Portal für den Grafen geöffnet wurde, fiel das Sonnenlicht durch das Mittelschiff bis in den Altarraum und ließ das perlenbesetzte, seidene Messgewand Bischof Frodois funkeln, das eines Papstes würdig gewesen wäre. Mit Mitra und Bischofsstab wartete er auf der Steintafel, die Zeuge seiner Sorgen geworden war und die auf seinen Wunsch hin unverändert geblieben war. Der Chorgesang hallte vom Gewölbe wider, und das ganze Gotteshaus war in Weihrauchschwaden gehüllt.

Die Bewohner der Stadt hatten gemäß ihrer Herkunft und ihres Standes ihre Plätze eingenommen. Gleich vorn am Altar stand der Adel, dahinter folgten die Freien und ganz hinten die Unfreien. Hunderte Blicke waren bewundernd auf ihren Bischof gerichtet, der ihnen mit seiner Beharrlichkeit eine Kathedrale geschenkt hatte, welche die Zeit überdauern würde. Frodoi suchte in der Menge nach bekannten Gesichtern. Goda stand neben ihrer Tochter Argencia und Ermemir beim Adel, schwarz gekleidet, hochmütig und stolz. Ebenfalls vorne standen Hauptmann Isembard, seine junge Frau Bertha und die Ritter der Mark, die dem Landadel der Grafschaft angehörten. Weiter hinten neben einem Pfeiler entdeckte er Elisia und Oriol. Er würde sie bald trauen, ein Umstand, der ihn mit Glück erfüllte. Dann erkannte er einige der ersten Siedler und war gerührt. In der entlegensten Stadt des Kaiserreiches war er gemeinsam mit seinen Gläubigen als Mensch und Bischof gewachsen.

Die Grafen brachten Blumen und Kerzen zum Grab der heiligen Eulalia und begaben sich dann zu einem mit einem Baldachin überspannten Podest am Altar. Im Anschluss begann die feierliche Messe, genau so, wie Servusdei es verlangt hätte. Es war eine mehrstündige Feier, wie sie die Stadt noch nicht gesehen hatte. Schließlich nahm Frodoi die eiserne Grafenkrone, während der Chor seine Stimmen erhob, zeigte sie den Barcelonesen und setzte sie Wilfried langsam aufs Haupt. Gebete hallten in der Kirche wider, und eine Träne rollte über die Wange des tief bewegten Prälaten. Er war Frodoi, Bischof von Barcelona, und mit dieser Krönung war der unergründliche Wille Gottes endlich erfüllt.

Epilog

Tage später gab der Bischof ein Essen in seinem Palast, zu dem er seine engsten Vertrauten einlud, darunter auch Goda. Nachdem die Adlige sich unter dem Vorwand verabschiedet hatte, nach Hause gehen zu wollen, führte Jordi sie diskret zu den prächtigen Schlafgemächern des Prälaten. Dieser kam bald hinterher, wie sie es heimlich verabredet hatten, und sie liebten sich zärtlich, erfüllt von Glück und fernab von allem Kummer und Leid, die sie durchlebt hatten.

Schließlich lag Goda auf dem Bett, ihre nackte Haut schimmerte im Kaminfeuer. Frodoi streichelte sie und dachte darüber nach, wie viel Zeit vergangen war. Aber jetzt waren sie hier, mit tiefen Narben auf der Seele, doch vereint durch ein Gefühl, das stärker war als sie.

»Woran denkst du?«, fragte Frodoi, als plötzlich ein Lächeln über ihr Gesicht huschte.

»Dein Name ist in die Geschichte dieses Landes eingeschrieben, Frodoi. Das weißt du, oder? Meiner hingegen wird mit der Zeit in Vergessenheit geraten.«

Den Bischof durchlief eine Welle der Liebe, und er küsste sie zärtlich.

»Der Mensch ist Staub und wird zu Staub werden, aber die Seele lebt weiter, Goda von Barcelona. Deine wird so lange bestehen, wie es diese Stadt gibt.«

Sie richtete sich auf und umarmte Frodoi ganz fest, als wollte sie mit ihm verschmelzen.

»Ich liebe dich, verdammter Bischof«, flüsterte sie, während sie seinen Mund suchte.

Hic requiescat beata Eulalia martyris Christi, qui passa est in civitate Barchinona sub Daciano preside II Idus februaris, et fuit inventa Frodoino episcopo cum suo clero intra domnu Sancte Marie X Kalendas novembras Deo gratias.

Hier ruht die heilige Eulalia, Märtyrerin Christi, die unter Statthalter Dazianus an den zweiten Iden des Februar (12. Februar) den Tod litt und durch Bischof Frodoino und seine Geistlichkeit an den 10. Kalenden des November (23. Oktober) in der Kirche Santa María aufgefunden wurde. Ehre sei Gott.

Text auf einer Marmortafel aus der Zeit der Reliquienauffindung. Heute ist die Tafel mit Eisenkrampen an der Rückwand der Apsis der Krypta angebracht, die sich unter dem Hauptaltar der gotischen Kathedrale Santa Cruz y Santa Eulalia in Barcelona befindet.

Historischer Kontext

Dieser Roman spielt in der zweiten Hälfte des 9. Jahrhunderts in den entscheidenden zwei Jahrzehnten für die Geschichte Barcelonas und der Grafschaften der Spanischen Mark, die später als Altkatalonien bekannt wurden.

Heute fällt es schwer, sich die isolierte Lage Barcelonas im Niemandsland an der Grenze zum Llobregat vorzustellen, wo das Emirat Córdoba begann. Die entlegenste Stadt des Fränkischen Reichs leistete hinter trutzigen Mauern Widerstand gegen Sarazenenangriffe und von den Grafen angeführte Revolten. Andere Städte wie Egara, Ausa und Ampurias verschwanden.

Das römische Barcino war nur noch eine ländliche Siedlung, deren Einwohnerzahl auf etwa 1500 geschätzt wird. Wo sich einstmals ein rechtwinkliges Straßennetz, Tempel und ein großes Forum befanden, waren nun nur noch Felder, finstere Gassen und Häuser aus Lehmziegeln und wiederverwendeten Steinen. Im 9. Jahrhundert konnte man das sogenannte Barchinona zu Fuß in weniger als fünf Minuten durchqueren. Es gab nur einige wenige nennenswerte Bauwerke wie die Kirchen Santos Justos y Pastor und San Miguel, beide aus westgotischer Zeit, sowie den frühromanischen Komplex des Bischofspalasts und den gräflichen Palast. Die Stadtmauer war von zwei Wassergräben (Ramblas) umgeben, die unweit des Meeres in die Sümpfe und den Cagalell-See mündeten. Es gab kleine Vorstädte und mehrere Klöster und Kirchen wie Santa María, später Santa María de las Arenas und noch später Santa María del Mar genannt, die unmittelbar an der Küste lag. Aus jener Epoche ist nur wenig erhalten geblieben; einiges davon ist heute im Museo de Historia de Barcelona (Stadtgeschichtliches Museum) zu sehen.

Der Roman ist inspiriert vom Wiederaufschwung Barcelonas und der Rückkehr der Nachfahren Bellos von Carcassonne, dessen Enkel, der legendäre Wilfried I., genannt der Haarige, eine Herrscherdynastie begründete, die in Aragón bis ins Jahr 1412 fortbestand.

Im Roman treffen fiktive Personen auf historische Persönlichkeiten wie Bischof Frodoi, Hinkmar von Reims, König Karl den Kahlen oder Mitglieder unterschiedlicher Adelsfamilien wie den Belloniden, den Rorgoniden mit Bernhard von Gothien oder den Bosoniden mit Herzog Boso der Provence und seiner Schwester, der ehrgeizigen Königin Richildis, deren inzestuöse Beziehung in der Chronik Erzbischof Hinkmars von Reims erwähnt wird.

Die geschilderten Verschwörungen, Intrigen, Aufstände und sogar die Vereinnahmung der Reichsinsignien durch Richildis fanden tatsächlich statt. Die Handlung spielt nicht nur in Barcelona, sondern geht weit darüber hinaus, um die Machtspiele im niedergehenden Frankenreich aufzuzeigen. Tatsächlich boten die Krise der Karolingerdynastie, die Machtgier der Adelshäuser und die Bedrohungen von außen den Grafschaften der Spanischen Mark die Möglichkeit, den Weg in die Unabhängigkeit einzuschlagen.

Natürlich gibt es auch fiktive Elemente wie etwa die Ritter der Mark. Sie sind jedoch inspiriert von einer kleinen Adelsschicht im katalanischen Bergland, die in den karolingischen Chroniken als *milites hispani maiores* bezeichnet wird, im Unterschied zu den *minores*, zu denen etwa die Bauern gehörten.

Was die Heiligen betrifft, nach denen die Tage des Jahres benannt sind, so richten sich diese nach dem fränkisch-mozarabischen Kalender, der ungefähr zu jener Zeit entstand, von der im Roman erzählt wird. Er wird in der Kathedrale von Barcelona aufbewahrt.

Bischof Frodoi wird die Erweiterung der alten Kathedrale zugeschrieben, auf die ein romanischer und schließlich der gotische Bau folgten, der sich noch heute an gleicher Stelle befindet. Bis heute werden in der Krypta der Kathedrale Santa Cruz y Santa Eulalia die Gebeine der Märtyrerin aufbewahrt, ganz so, als erfüllte die Stadt ein altes Versprechen. Berichte aus jener Epoche erzählen vom Scheitern Erzbischof Sigebauds, der die Gebeine der Heiligen nach Narbonne überführen wollte, und wie es Frodoi gelang, die Reliquien drei Tage später zu entdecken und in die Kathedrale zu bringen.

Die meisten Historiker datieren den Reliquienfund der heiligen Eulalia auf Ende 877, doch es gibt Hinweise darauf, dass er erst ein Jahr später stattfand. Das Datum ist nicht ohne Bedeutung. Bevor König Karl der Kahle nach Italien aufbrach, übergab er Bischof Frodoi als Anerkennung für die Treue der Barcelonesen zehn Pfund Silber für den Bau der Kathedrale. Kurz darauf stirbt der König unter unklaren Umständen in den Alpen, und es kommt zum Aufstand der Bosoniden und ihrer Verbündeten. Als die Reliquien der heiligen Eulalia in einer königstreuen Stadt aufgefunden werden, beugen sich die aufständischen Adligen Hinkmar von Reims. Nur Bernhard von Gothien will nicht nachgeben; er wird in Autun festgesetzt, exkommuniziert, seiner Titel enthoben und von der Geschichte vergessen.

Für einige Historiker besteht ein Zusammenhang zwischen diesen Ereignissen. Sie vertreten die These, dass die Reliquienauffindung solche Aufmerksamkeit im Fränkischen Reich erregte, dass sie eine Revolte beendete, die zum Ziel hatte, die Herrschaftsgebiete im heutigen Frankreich und Italien zu teilen. Das würde auch erklären, weshalb der Thronfolger als Gegenleistung für die Treue entgegen fränkischer Gewohnheit durch eine geheime Verfügung das Erbrecht in den Grafschaften der Spanischen Mark einführte. Dies geschah am historischen 11. September des Jahres 878 während der Reichsversammlung von Troyes; hier begann der Weg Barcelonas zu seiner späteren Größe.

Dieser Roman spielt mit der Möglichkeit, dass jene Ereignisse im letzten Winkel des Kaiserreichs das gesamte Herrschaftsgebiet beeinflussten, und stellt fiktive Mutmaßungen über die Leerstellen an, die Forschung und archäologische Funde noch nicht füllen konnten.

Doch in Anbetracht der Ereignisse und Heldensagen, die wir aus jener unruhigen, rätselhaften Zeit kennen, wird die Realität die Geschichten, die in diesem Buch erzählt werden, mit Sicherheit an Dramatik und Spannung noch übertroffen haben.